J.C. Herring

Adreßbuch der Stadt Nürnberg

Dritte Abtheilung

SALZWASSER
VERLAG

J.C. Herring

Adreßbuch der Stadt Nürnberg

Dritte Abtheilung

Unveränderter Nachdruck der Originalausgabe von 1863.

1. Auflage 2022 | ISBN: 978-3-37506-871-4

Verlag: Salzwasser Verlag GmbH, Zeilweg 44, 60439 Frankfurt, Deutschland
Vertretungsberechtigt: E. Roepke, Zeilweg 44, 60439 Frankfurt, Deutschland
Druck: Books on Demand GmbH, In de Tarpen 42, 22848 Norderstedt, Deutschland

Adreßbuch

der

Stadt Nürnberg.

Nach amtlichen Quellen bearbeitet

und

herausgegeben

von

J. C. Hering.

Dritte Abtheilung.

Nürnberg,

1863.

A.

Aab, G. H., Buchbindermeister. 7. D. S. 546.

Abel, C. Cas., Kfm. (F.: Abel u. Klinger). 5. D. S. 406.

Abel, Robert, Kaufmann. 5. D. S. 406.

Abele, J. Jak., Maurerges. 26. D. S. 56.

Abend, Tob., Geschäftspalier. 30. D. L. 83.

Abend, J. Phil., Rothgießer u. Gewichtfbkt. 16. D. S. 1137.

Abend, Anna, Wäscherin. 29. D. L. 7.

Abend, Gg., Zimmergeselle. 30. D. L. 5b.

Abend, J. Casp., Rothgießer u. Gewichtfbkt. 16. D. S. 1099.

Ablaßmeyer, Frz. Xav., Tapezier. 2. D. S. 101.

Abraham, J. Gg., Ausläufer. 25. D. L. 1521.

Abraham, Christ., Tapezier. 13. D. S. 911.

Achilles, Sophie, Hauptmannstochter. 32. D. S. 47.

Achtmann, Matth., Bremsenwärter. 20. D. L. 1209.

Ackermann, Joh., Rothschmiedsdrechsler. 25. D. S. 1669c.

Ackermann, Marg., Wittwe. 8. D. S. 599.

Ackermann, Bab., Cigarrenmach. 17. D. S. 1200.

Ackermann, J., Brillenmacher. 24. D. S. 1607.

Ackermann, Heinr., Kuttler. 25. D. L. 1564c.

Actiengesellsch f. mech. Kammgarnspinnerei. 27. D. S. 105—110.

Adam, Gabr., chemische Fabrik. Rennweg 1b.

Adam, Marg., Tünchergesellenwittwe. 27b. D. L. 142.

Adam, Kunig., Feinbäckerin. 5. D. L. 230.

Adam, Gg., Schreinermeister. 26. D. Wöhrd 9.

Adam, Xav., Rechnungsführer. 19. D. L. 1166.

Adam, Wirthschafts- und Gartenbesitzer. 30. D. S. 156b.

Adamer, A. J., Glasermeister. 17. D. L. 963.

Adelbert, Paul, Handschuhmacher. 23. D. S. 1567.

Adelhard, J. Ad., Tischlermeister. 30. D. L. 127.

Adelhard, P. Mich., Metallschlagermeister. 15. D. S. 1058.

Adelhardt, Walb., Näherin. 27b. D. L. 167.

Adelhard, Gg., Fabrikwächter. 16. D. S. 1147.

Adelmann, Chirurg. 8. D. S. 587.

Adelmann, Christ., Zugeherin. 3. D. S. 243.

Adelmann, Bab., Wirthswittwe. 24. D. L. 1448.

Adelmann, Joh., Wirth zum Hopfenstock. 6. D. L. 335.

Adelmann, Jeanette, Registr.-Wwe. 19. D. L. 1156.

Adelmann, Chr., Goldschlagergeselle. 24. D. S. 1608.

Adelum, Frdr., Bauführer. 11. D. L. 538.

Adler, Simon, Privatier. 2. D. S. 155.

Adler, Bernh., Handelsmann. 22. D. S. 1520.

Adler, J. Gottl., Goldarbeiter. 5. D. S. 425.

Affinger, Tobias, Feilenhauer. 16. D. S. 1103.

Affinger, Anna, Webermstrs.-Wwe. 17. D. S. 1196.

Aichelein, Christ., Näherin. 32. D. S. 32.

Aichlin, J. Jac., Schuhmachermeister. 10. D. S. 665.

Aischmann, J. C., Kaufmann. 7. D. L. 350.

Aischberg, Lehm., Comm.- u. Speditgesch. 10. D. L. 503.

Albanus, Christ., Wittwe. 26. D. S. 15.

Albeck, J., Fabrikarbeiter. 16. D. S. 1082.

Albersdörffer, J. Jac., Zinngießermeister. 10. D. S. 723.

Albert, Joh., Schleifer. 7. D. S. 524.

Albert, Ludw., Schriftsetzer. 1. D. L. 59.

Albert, Theod., Eisendreher. 28. D. S. 176.

Albert, Gg., Schneidermeister. 26. D. L. 61c.

Albert, Gg., Schneidermeister. 13. D. S. 919.

Albert, J., Schneidergeselle. 9. D. S. 612a.

Albert, Mart. Wilh., Magistr.-Offiziant. 15. D. S. 1072a.

Albert, Joh. Conr., Ahlenschmiedmeister. 13. D. L. 697.

Albert, Marie, Polirerin. 24. D. L. 1450.

Albertus, Karol., Ladnerin. 10. D. L. 509.

Albig, Joh., Kammmachermstr. 19. D. S. 1295.

Albrecht, Casp., Steinhauer. 25. D. L. 1516.

Alberrecht, Bened., Maurerges. 29. D. S. 204.

Albrecht, G., Wagenwärter. 14. D. L. 744.

Albrecht, Frdr., Wirth. 25. D. S. 1655.

Albrecht, Paul, Schreiner. 21. D. S. 1429.

Albrecht, Carl, Cand. der Theol. 20. D. S. 1355.

Albrecht, Fräul. 19. D. S. 1296.

Albrecht, Franz Paul, Büttnermeister. 1. D. L. 61.
Alexander, Leop., Hopfen= u. Produkthdlg. 9. D. L. 436a.
Alfa, Anna Barb., Gärtnerswittwe. 31. D. S. 106b.
Alfa, Aug., Glasschleifer. 13. D. L. 702.
Alfa, Moritz, Kammmachermeister. 22. D. L. 1337a.
Alfa, Thom., Rothschmiedmeister. 4. D. L. 219.
Alfa, Gg., Taglöhner. 26. D. L. 43.
Alkofer, Gg., Heizer. 17. D. L. 948c.
Allmannsdörfer, Joh., Beinknopfmacher. 18. D. L. 1086.
Allmeßdörfer, Hieron., Paternostermacher. 18. D. L. 1074.
Alt, G., Wittwe, Garn= u. Bandhdlg. 12. D. S. 817a.
Alt, Gg., Schlossermeister. 25. D. L. 1578.
Alt, J. Frdr., Manufactur= u. Spielwaarenhdlg. 6. D. L. 330.
Alt, Carl Christ., Kaufmann. 3. D. L. 170.
Alt, Frdr., Drechslermeister. 20. D. S. 1352.
Alt, J. Christ., Tüncher= u. Maurermeister. 11. D. L. 540.
Alt, Heinr., Bildhauer. 25. D. L. 1558.
Alt, Frdr., Färbermeister. 8. D. L. 426.
Alt, Gg., Funktionär am Canalamt. 6. D. L. 330.
Altenburg, Fr., Posamentier. 21. D. L. 1291.
Altenburg, Val. Christ., Maler. 10. D. S. 716.
Altschäffel, Jos., Eisenbahnschreiner. 15. D. S. 1065.
v. Allweyer, Bernh., k. Oberlieutenant. 10. D. L. 533b.
Allwang, J., Fabrikschmied. 28. D. S. 151.
Amm, Sophie, Oberlieutenantswittwe. 11. D. S. 802.
Amm, J., Schreinermeister. 19. D. S. 1308.
Amm, J. Mich., Fabrikarbeiter. 6. D. S. 470.
Amm, Joh., Gastwirth zum Prater. 26. D. L. 82. 83.
Amberger, Gg. Conr., Landwehrprofoß. 23. D. L. 1441.
Amberger, Gg., Weißmacher. 10. D. S. 720.
Amberger, J. Mart., Schuhmachermeister. 17. D. S. 1183.
Amberger, Mar. Kath., Kaufmannswittwe. 4. D. L. 195.
Amberger, Frdr. W., Posamentier. 12. D. S. 823.
Amberger, Frdr., Fuhrmann. 15. D. L. 787b.
Ambos, J. Gg., Spielwaarenfabrikant. 23. D. L. 1420.
Ameis, Paul, Hopfenhändler. 10. D. L. 485.
Ameisöder, Frdr., Flaschnermstr. 3. D. L. 149.
Ameisöder, Marg., Flaschnermstrswwe. 3. D. L. 149.
Ameisöder, Barb., Holzhauerswittwe. 12. D. S. 848a.
Ammerbacher, Mar., Schneiderswwe. 18. D. S. 1256a.
Amersdörfer, Gg. H., Auctionsbüreau. 6. D. L. 336.
Amersdörfer, Chr., Privatier. 5. D. S. 362.
Amersdörfer, Aug., Wirthschaftspächter. 30. D. L. 93.

Ammon, Sebast., Samenhandlung. 32. D. S. 109b.
Ammon, Elis., Rothschmiedswittwe. 24. D. S. 1607.
Ammon, Christ. Wilh., Rothschmied. 25. D. S. 1669a.
Ammon, Kath. Barb., Wittwe. 18. D. L. 1059.
Ammon, Conr., Gastwirth. 19. D. L. 1101.
Ammon, Ferd., Privatier. 27. D. L. 150c.
Ammon, Joh., Zimmerges. 29. D. L. 1b. 1c
Ammon, J. Gg., Schneidermeister. 15. D. L. 816.
Ammon, Gg., Werkmeister. 24. D. L. 1483.
v. Ammon, Oskar, k. Bez.-Ger.-Rath. 12. D. L. 600.
v. Amon, Max, k. Bahnhofverw. 28. D. L. 103. (Post.)
Ammon, Conr., Privatier. 30. D. S. 160.
Ammon, Joh., Weinhändlerswittwe. 4. D. L. 189.
Ammon, Conr., Feilenhauer. 12. D. S. 830.
Ammon, Mich., Feilenhauermeister. 24. D. S. 1622.
Ammon und Geith, Drogoneriewaaren. 16. D. S. 1130.
Ammon, Joh., Zimmergeselle und Bauakkordant. 29. D. L. 15.
Ammon, J. Wilh., Büttnermeister. 5. D. S. 360.
Ammon, Chrstph., Zinnfiguren- u. Zinnfabrik. 4. D. S. 333.
Ammon, J. Felix, Rothgießermeister. 16. D. S. 1088.
Ammon, Felix, Rothgießermeister. 16. D. S. 1141.
Ammon, Andr. Christ., Schreinermeister. 10 D. S. 744.
Ammon, J. Frdr., Schuhmachermeister. 16. D. S. 1143.
Ammon, Gg. Chrstn., Schuhmacher. 17. D. S. 1218.
Ammon, Mar. Hel., Schuhmachermeisterswwe. 13. D. S. 948.
Ammon, J. Mich., Schuhmachermeister. 10. D. S. 669b.
Ammon, Joh., Maurerges. 29. D. L. 16a.
Ammon, Ulr., Strumpfwirker. 14. D. S. 961.
Ammon, Frdr., Klauenhändler. 27b. D. L. 124.
Ammon, Marie. Zuspringerin. 27b. D. L. 146.
Ammon, Gg., Fabrikarbeiter. 7. D. L. 358.
Ammon, Marg., Näherin. 5. D. S. 345.
Ammon, J., Lohnkutscher. 12. D. L. 601.
Amschler, Lis., Papparbeiterswittwe. 5. D. S. 364.
Andres, Leonh., Werkmeister. 18. D. S. 1278.
Andres, Gg., Maurerges. 26. D. S. 39.
Andres, Mart., Maurergeselle. 29. D. S. 204.
v. Andry, Postmeisterswittwe. 8. D. S. 554.
Andryzky, Xav., Wagenwärter. 30. D. L. 29b.
Angerer, J. Conr., Locomotivführer. 19. D. L. 1334.
Angerer, Marg., Näherin. 18. D. L. 1015.
Anhalt, Joh. Christn., Landesprodukte. 13. D. S. 931.
Ankenbrand, Conr., Zinngießer. 17. D. S. 1205a.

Annert, Babette, Kurzwaarenhändlerin. 10. D. S. 676.
Annert, L. C. Posamentier. 10. D. S. 676.
Appel, Kaufmann u. Agent. 31. D. S. 116.
Apfelbach, K. G., Paternostermachermstr. 20. D. L. 1220.
Apfelbacher, Marg., Zugeherin. 14. D. L. 756.
Apfelbacher, Lisette, Papparbeiterin. 25. D. L. 1561b.
Apold, J., Tünchergeselle. 8. D. S. 575b.
Appold, Jul., Meerschaumgraveur. 7. D. S. 545.
Appold, Christ., Eisenbahnarbeiter. 16. D. 891.
Appold, Chr., Steinmetzengeselle. 26. D. S. 67.
Appold, Conr., Tünchergeselle. 25. D. S. 1682.
Appold, Conr., Pachtgärtner. 30. D. S. 194.
Appold, Barb., Näherin. 32. D. S. 118.
Appold, Gg. Conr., Tünchergeselle. 23. D. S. 1557.
Appold, Heinr., Bäckermeiterswittwe. 22. D. S. 1446.
Ardel, Thomas, Gürtlermeister. 9. D. L. 441.
Arndt, J., Nachtlichterfabrikant. 14. D. S. 972.
Arnhold, Frz., Uhrschlüsselfabrikant. 30. D. S. 145.
Arnold, Gg., Kaufmann. 31. D. S. 116.
Arnold, Conr., Kirchner b. heil. Geist. 12. D. S. 860.
Arnold, Wilh., Zimmergeselle. 29. D. S. 196.
Arnold, Jak., Kesselschmied. 26. D. S. 22.
Arnold, J. M., Zimmergeselle. 29. D. S. 196.
Arnold, Gg. Leonh., Fabrikarbeiter. 20. D. S. 1357a.
Arnold, Christ., Drechslermeister. 20. D. S. 1381.
Arnold, Balth., Schneidermeister. 13. D. S. 918.
Arnold, Joh., Schönfärber. 17. D. S. 1191.
Arnold, Ludw., Kunstfärber. 25. D. S. 1703b.
Arnold, A. Marg., Kleidermacherin. 9. D. S. 633.
Arnold, Joh., Posamentier. 8. D. S. 555.
Arnold, Marg., Schneidermeiterswittwe. 29. D. S. 183.
Arnold, Marg., Näherin. 5. D. L. 289.
Arnold, Joh., Schuhmachermeister. 20. D. L. 1250.
Arnold, J. L., Fabrikarbeiter. 31. D. S. 127.
Arnold, J. Tob., Webermeister. 16. D. S. 1103.
Arnold, Oskar, Polizei-Offiz. 24. D. L. 1482.
Arnold, Jakob, k. Aich-Meister. 5. D. L. 284.
Arold, Marg., Kaufmann-Wwe. 17. D. S. 1196.
Arold, Gg., Pfragner. 5. D. L. 242.
Asbury, Robert, Kesselschmied-Werkmeister. 30. D. L. 57.
Aschenbrenner, Achate, Wittwe. 12. D. L. 581.
Aschenbrenner, Marg., Näherin. 8. D. S. 580b.
Aschenbrenner, A. Fr., Schlossermeister. 17. D. L. 997.

Aschenbrenner, Ad., Güterlader. 17. D. L. 997.

Ascheneller, Joh. Sim., Kramkäufel. 1. D. S. 55.

Ascheneller, J. Matth., Kammmachermstr. 22. D. L.1321b.

Ascheneller, Gg., Metallschlagerges. 24. D. L. 1457.

Astner, Christ. Joach., Fabrikarbeiter. 5. D. S. 381.

Astner, Florian, Schuhmachermeister. 6. D. S. 469a.

Auer, Anna Elisabetha, Wittwe. 22. D. S. 1452.

Auer, Gottfr., Hornpressermstr. 23. D. L. 1440.

Auer, Christ. Wilh., Steindrucker. 13. D. L. 667.

Auer, Paul, Steindrucker. 26. D. S. 10.

Auer, Gg. Adam, Schreinermeister. 28. D. S. 140.

Auer, Jak., Sattlergeselle. 23. D. L. 1445.

Auer, J. Gg., Musiker. 3. D. S. 213.

Auer, Conr., Musiker. 30. D. S. 3.

Auer, Carl, Musiker. 26. D. S. 20.

Aufhammer, J. Gg., Schreinermeister. 1. D. S. 33.

Aufhammer, Mart., Schriftsetzer. 18. D. L. 1010.

v. Aufseß, Hans, Freiherr, k. Kämmerer. 17. D. L. 996.

August, Carl, Bremser. 28. D. L. 99.

Auinger, A. B., Lohnkutschers-Wwe. 8. D. S. 581.

Auinger, Privatier. 8. D. L. 411.

Aumüller, Jos., Nachtlichterfabrkt. 16. D. S. 1148.

Aures, K., Wurzelschneiderswittwe. 3. D. L. 156.

Aures, Mar. Barb., Wittwe. 21. D. S. 1434.

Auernheimer, J. Wolfg., Kunstmühlenbes. 15. D. S. 1005.

Aurnheimer, J. S., Privatier. 28. D. S. 137.

Aurnheimer, H. Gg., Relikt. Gasth. z. bayr. Hof. 2. D. S.118.

Auernheimer, J. Fabrikarbeiter. 18. D. L. 1099.

Auernheimer, J., Schuhmachermeister. 13. D. S. 848.

Auernheimer, Friedr., Privatier. 7. D. S. 548.

Aquila, Christn., Fabrikarbeiter. 26. D. S. 47.

Aquila, Joh., Schreiner. 6. D. S. 433.

v. Axthelm, kgl. Oberpostmeisterswittwe. 10. D. S. 704.

B.

Bach, Friedr., Kaufmann. 24. D. S. 1617.

Bach, Herm., Kaufmann. 5. D. L. 287.

Bach, Joh. Phil., Weinhandlung. 27. D. L. 150a.

Bach, Lorenz, Magazinier. 14. D. L. 723.

Bach, Anna Kath., Waagmacherswittwe. 15. D. L. 817.

Bach, Gg., Einsammler. 15. D. L. 797.

Bacher, Jos., Hafnermeister. 29. D. S. 218.
Bacherl, Fr. Jf., Handelsm. u. Fabrikschreiner. 24. D. S. 1623.
Bachler, Christ., Bürstenmacher. 13. D. S. 925c.
Bachhelbel, J. Frdr., Flaschnermeister. 19. D. L. 1178.
Bachmannn, Fabrikarbeiter. 15. D. L. 785.
Bachmann, Joh, Vorarbeiter. 29. D. S. 212.
Bachmann, Carl, Wagenmstr. 28. D. L. 103. (Bahnhof.)
Bachmann, J. Gg., Gärtner. 23. D. L. 1416c.
Bachmann, Anna, Büglerin. 7. D. S. 500.
Bachmann, J. Gottfr., Weber. 18. D. S. 1256b.
Bachmann, J., Eisendreher. 20. D. S. 1364.
Bachmann, Edw.-Reg.-Command.-Act. 21. D. L. 1284.
Bachmeier, Joh., Rothschmiedmeister. 15. D. L. 787.
Bachmeier, Erh., Zirkelschmiedmeister. 23. D. S. 1531c.
Bachmeier, Pet., Ahlenschmiedmeister. 15. D. S. 1017.
Bachmayer, Joh., Rothschmied. 20. D. L. 1210.
Bachmeyer, J. Leonh., Hornknopfmacher. 22. D. L. 1328.
Bachmeyer, G. Conr., Pfragner. 16. D. S. 1147.
Bachmeyer, Andr., Schuhmachermstr. 15. D. L. 786.
Bachschmied, Wittwe. 19. D. S. 1322.
Bachschuster, Jak., Goldspinner. 27. D. S. 84.
Bachschuster, Pet., Drahtziehermstr. 21. D. S. 1409.
Bader, Kunig., Gastwirthschaftsbesitzerin. 29. D. L. 28.
Bader, Konr., Holzhauer. 20. D. L. 1222.
Bader, Mar. Magd., Illuministin. 22. D. S. 1455.
Bader, Christ., Fabrikarb. 16. D. S. 66.
Baader, Marianne, Näherin. 12. D. S. 839.
Baader, Heinr., Pinselmacher. 27a. D. L. 6.
Badum, Carl, Privatier. 11. D. S. 762.
Bahnhöfer, Jak., Wagenschieber. 29. D. L. 16a.
Baier, Joh., Rothschmiedmeister. 23. D. S. 1562.
Baier, Frdr., Schreinergeselle. 17. D. S. 1238.
Baier, Steph., Schneidermeister. 8. D. S. 551.
Baier, Marg., Portefeuill-Arbeiterin. 14. D. S. 997.
Baier, J., Taglöhner. 31. D. S. 127.
Baier, Peter, Röhrenmeister. 13. D. L. 691.
Baier, Schneidermeister. 8. D. S. 551.
Baier, Joh., Taglöhner. 21. D. S. 1395.
Baier, Christ., Fabrikarbeiter. 20. D. L. 1224.
Baier, J., Taglöhner. 27. D. S. 91.
Baier, Babette, Cigarrenmacherin. 28. D. S. 157.
Baier, Joh. Dav., Schneidermeister. 1. D. S. 81.
Bayer, J., Webermeister. 18. D. S. 1251.

Bayer, Joh. Steph., Spielwaarenfabrikant. 6. D. S. 483.
Bayer, Joh., Reißzeugfabrikant. 3. D. S. 225.
Bayer, Ant., Fabrikarbeiter. 22. D. L. 1309.
Bayer, Eleonore, Näherin. 7. D. S. 507.
Bayer, Marie, Näherin. 9. D. L. 475.
Bayer, Aaron, Tuchhandlung. 13. D. S. 893.
Bayer, Joh. Mart., Briefträger. 16. D. L. 867.
Bayer, Barb., Zugeherin. 19. D. S. 1310.
Bayer, Clem., pens. Postoffizial. 30. D. S. 168e.
Bayer, Gg. Leonh., Auslaufer. 15. D. L. 791.
Bayer, Julie, Malerin. 1. D. L. 62.
Bayer, Albrecht, Schneidermeister. 2. D. L. 78.
Bayer, Mich., Tuchbereiter. 5. D. L. 234.
Bayer, Joh., Näherin. 15. D. S. 1070.
Bayer, J. Gg., Oekonom. 27. D. L. 164b.
Bayersdorf, Anton, Tünchergeſ. 23. D. L. 1408b.
Bayerlacher, Dr. med., prakt. Arzt. 5. D. L. 227.
Bayerlein, Caroline, Majors-Wwe. 1. D. L. 18.
Bayerlein, Henr., Rentbeamten-Wwe. 14. D. S. 983.
Bayerlein, Gg., Steindruckereibeſitzer. 23. D. L. 1433.
Bayerlein, J. M., Schuhmacher. 3. D. L. 155a.
Baierlein, J. Ad., Fabrikarbeiter. 21. D. S. 1420.
Backofen, J. L., Kaufmann. 25. D. S. 1701b.
Backofen, Carol., Stadtschreibers-Wwe. 13. D. S. 944.
Backofen, Gg. (Firma: Sichling u. Backofen). 25. D. S. 1707.
Backofen, Paul, Glaſermeiſter. 24. D. L. 1461a.
Backraß, Konr., Färbergeſelle. 25. D. S. 1670.
Backraß, Magd., Wittwe. 15. D. L. 778.
Ball, Viktor, Schloſſer. 25. D. S. 1671.
Bald, Leonhard. 5. D. L. 280.
Baldauf, J. Erh., Schreinermeiſter. 19. D. S. 1306.
Bahl, Valent. Fabrikarbeiter. 22. D. S. 1521.
Ballhorn, Hermann, Buchhändler. 26. D. L. 6tc.
Ballenberger, Anna, Wittwe. 32. D. S. 34.
Ballenberger, Eliſe, led. 22. D. L. 1330.
Balß, G Mich., Scheibenzieher. 3. D. S. 179.
Baalß, Joh. Chriſt. Sam., Bäckermeiſter. 15. D. L. 821.
Baalß, Leonh., Bäckermeiſter. 30. D. L. 37h.
Baalß, Frdr. Wilh., Bäckermeiſter. 7. D. S. 499.
Bamberger, Chriſt., Auslaufer. 5. D. S. 352.
Bamberger, J., Kaufmann. 5. D. L. 294.
Banholzer, M. Oebſtlerin. 22. D. L. 1328.
Bankel, Kath., Hafnergeſellen-Wwe.

Bankel, Gg., Fabrikarbeiter. 29. D. S. 228.
Banleitner, W., Lohnkutscher. 16. D. S. 1159.
Bannig, Aug. Heinr. Dittmar, Agent. 13. D. S. 953.
Barbe, Charlotte, Ingenieurs-Wwe. 11. D. S. 768.
Bärblinger, Jeanette, Wittwe. 4. D. S. 266.
Barfuß, Leonh. Wilh., Fabrikarbeiter. 22. D. S. 1458.
Barras, G., Steinmetz. 16. D. S. 1103.
Bartenfelder, Justine, Zugeherin. 27. D. S. 91.
Bardenstein, Andr., Schuhmacher. 25. D. L. 1540.
Bartenstein, Ludw., Fabrikarbeiter. 29. D. S. 187.
Barnickel, Anna, Fabrikarbeiterin. 26. D. S. 35.
Bartels, J. Fr., Privatier. 4. D. L. 194.
Bartels, Jakobine, Lehrers-Wwe. 12. D. L. 628.
Barth, Mich., Hopfenhandlung. 30. D. L. 89.
Barth, Joh., Hopfenhandlung. 6. D. L. 348.
Barth, J., gefaßte und ungefaßte Sticksteine. 6. D. L. 298.
Barth, Anton, Schuhmachermeister. 5. D. L. 266.
Barth, Friedr., Fabrikarbeiter. 23. D. S. 1528.
Barth, J. Adam, Brauereibesitzer. 21. D. L. 1276ab.
Barth, J. Mich., Wirthschaftsbesitzer. 31. D. S. 133.
Barth, Henriette, Kaufmanns-Ww. 11. D. S. 763.
Barth, J. Adam, Schuhmachermeister. 13. D. S. 938.
Barth, Carl, Friedr., Buchbindermeister. 11. D. S. 794.
Barth, Friedr., Fabrikschlosser. 26. D. S. 3.
Barth, J., Fabrikarbeiter. 28. D. S. 139.
Barth, Anna Marg., Bleistiftarbeiterin. 20. D. L. 1251.
Barth, Gg., Nudenschreiner. 3. D. L. 139.
Barth, Louise, Privat. 8. D. S. 565a.
Barth, Frbr., Fabrikarbeiter. 7. D. S. 512b.
Barth, Joh., Auslaufer. 11. D. L. 542d.
Barthel, Gg., Hopfenhändler. 4. D. S. 287.
Barthel, Andr., Jac., Fabrikbesitzer. 27. D. L. 130a b.
Barthel, Friedr. Nic., Kramkäufel. 1. D. S. 53.
Barthelmeß, Dr., Ernst, prakt. Arzt. 11. D. S. 804.
Barthelmeß, J. L., Bäckermeister. 21. D. L. 1281b.
Barthelmeß, Fr. 23. D. L. 1416.
Barthelmeß, Chr. Reichard, Posamentier. 3. D. L. 133.
Barthelmeß, J. Nic., Kaufmann. 15. D. S. 1014.
Barthelmeß, J. R. Rich., Kfm. u. Fabrkbes. 18 D. S. 1281.
Barthelmeß, M., Kaufmanns-Wwe. 11. D. S. 795.
Barthelmeß, Fr., Kaufmann. 11. D. S. 800.
Barthelmeß, Fr., Büttnermeister. 17. D. L. 983d.
Barthelmeß, Conr., Handschuhmacher. 20. D. S. 1369.

Barthelmeß, J. Gg., Handschuhfabrikant. 11. D. S. 800.

Bär, Kath., Kaufmannswittwe. 7. D. L. 352.

Bär, Gg., Optikus. 3. D. L. 114.

Bär, Joh, Kammmachermeister. 18. D. L. 1061b.

Bär, Wolfg., Salzfischer. 18. D. L. 1064.

Bär, Marg., Zugeherin. 18. D. L. 1035.

Bär, J. Gg., Kammmacher. 22. D. L. 1330.

Baer, J., Maler. 5. D. L. 241.

Bär, Ernst, Spielwaarenmacher. 27a. D. L. 54b.

Bär, Kath., Obsthändlerin. 4. D. S. 208.

Bär, Friedr., Maler. 24. D. L. 1497.

Bär, Valentin. 16. D. S. 1165.

Bär, Jos., Kutscher. 2. D. L. 78.

Bär, Joh., Kammmachermeisterswittwe. 23. D. L. 1409.

Bär, Gg., Andr., Kramkäusel. 2. D. S. 134.

Bär, J. Conr., Kammfabrikant. 19. D. L. 1152.

Bär, Ed. Wolfg., Kammmachermeister. 20. D. L. 1232.

Bär, J. Gg., Spezereihandlung. 12. D. S. 811.

Bär, J. Phil., Kammmacher. 16. D. S. 1107.

Baer, Helene, Bleistiftpolirerin. 23. D. L. 1429.

Bärmann, Friedr., Lohnkutschereibesitzer. 24. D. L. 1513.

Bärmüller, J. Fr., Schneider u. Lohnbed. 1. D. L. 390.

Bärnreuther, J., Fabrikarbeiter. 27b. D. L. 167.

Bärnreuther, Fr., Eisenbahnschreiner. 27b. D. L. 142a.

Bärnreuther, J., Fabrikarbeiter. 16. D. L. 891.

Baß, Joh., Fabrikarbeiter. 29. D. S 205.

Baßendorf, Friedr. 23. D. L. 1445.

Baßler, J. Andr. M. 4. D. L. 209.

Baßler, J. Moritz, Conditor. 4. D. L. 209.

Baßler, Paul, Privatier. 7. D. S. 532a.

Baßler, Rud., Privatier. 14. D. L. 762.

Baßt, J. Paul, Brauereibesitzer. 19. D. S. 1298.

Battmer, Ludw., Lokomotivführer. 16. D. L. 908.

Bauder, Albrecht, Rothgießermeister. 14. D. L. 748.

Baudenbacher, Kasp., Drechslermeister. 16. D. S. 1154.

Baudenbacher, J. Andr., Rothgießermstr. 16. D. L. 902.

Baudenbacher, Marg., Näherin. 16. D. S. 1096.

Baudenbacher, Gg. Dan., Webermstr. 23 D. L. 1430.

Baudenbacher, Marg., Webermeisterwwe. 22 D. L. 1325.

Baudenbacher, Mich. Bezirksgerichtsbote. 10. D. S. 671.

Bauer, Matth., Fabrikarbeiter. 26. D. S. 19.

Bauer, Matth., Zimmergeselle. 29. D. S. 192.

Bauer, Rosette, Pfarrtochter. 11. D. S. 707.

Bauer, Steph., Taglöhner. 22. D. L. 1328.

Bauer, Marg., Taglöhnerswittwe. 29. D. S. 198b.
Bauer, Babette, Wittwe. 16. D. L. 878.
Bauer, J. Gg., Pflastergeselle. 32. D. S. 133.
Bauer, W. Wilh., Gold= u. Silberflitterfabr. 30. D. L. 128.
Bauer, Joh., Fabrikarbeiter. 22. D. S. 1521.
Bauer, Wilh., Fabrikarbeiter. 17. D. S. 1188.
Bauer, Conr. Christoph, Funktionär. 16. D. L. 892.
Bauer, Babette, Goldeinlegerin. 22. D. S. 1257.
Bauer, Appol., Laderswittwe. 2. D. L. 89.
Bauer, Madlon, Goldeinlegerin. 25. D. S. 1676a.
Bauer, Sabine, Zugeherin. 20. D. L. 1251.
Bauer, J. Ad., Fischbachaufseher. 16. D. L. 896.
Bauer, Gg., Fabriktheilhaber. 27b. D. L. 166.
Bauer, Martin, Zahnbürstenmacher. 26. D. L. 85.
Bauer, Theod., Polizeisoldat. 4. D. S. 324c.
Bauer, Joh. Jak., Paternostermacher. 20. D. L. 1205.
Bauer, Gg. Chr., Organist b. St. Aegydien. 16. D. S. 1144.
Bauer, Paul, Fruchttrager. 27. D. S. 76.
Bauer, Joh., Fabrikarbeiter. 29. D. L. 25.
Bauer, Christoph, Oekonom. 30. D. L. 3.
Bauer, Lor., Fabrikschlosser. 27. D. S. 80.
Bauer, Friedr., Eisengießer. 26. D. S. 3.
Bauer, Joh., Rothgießer. 15. D. S. 1018.
Bauer, Albrecht, Maurergeselle. 29. D. S. 198 b.
Bauer, J. Casp., Schuhmachermeister. 1. D. L. 47.
Bauer, J. Gg. Carl, Privatier. 7. D. L. 373.
Bauer, Frdr., Pflasterermeister. 6. D. L. 320a.
Bauer, J., Gastw. z. d. 2 braunen Hirschen. 30. D. L. 61.
Bauer, Christ., Drahtziehermeister. 17. D. L. 983d.
Bauer, Gg., Wirthschaftsbesitzer. 16. D. L. 904.
Bauer, Heinr., Rothgießer. 12. D. L. 625.
Bauer, Gottl., pens., Oberzoll=Insp. 27a. D. L. 37.
Bauer, Frdr., Oberlehrer. 1. D. L. 15.
Bauer, J., Rothschmiedmeister. 16. D. S. 1094.
Bauer, Casp., Getraidmesser. 9. D. L. 459.
Bauer, Eva, Prof.=Wwe. 15. D. L. 792a.
Bauer, Gg., Weber. 10. D. S. 724.
Bauer, M., Pfarrers=Wwe. 10. D. S. 732.
Bauer, Gg., Webermeister. 8. D. S. 564b.
Bauer, Joh., Schneider. 5. D. L. 245.
Bauer, A., Goldspinnerin. 22. D. L. 1328.
Bauer, J. Albr., Eisendreher. 18. D. S. 1256b.
Bauer, Malwine, Pfarrerswittwe. 9. D. S. 639.

Bauer, Lisette, Mechanikerswittwe. 9. D. S. 657.
Bauer, Ursula, Wwe., Taglöbnerin. 26. D. L. 786.
Bauer, Gg., Mechaniker. 23. D. L. 1403.
Bauer, Paul, Buchhalter. 4. D. L. 199.
Bauer, Anna Marg., Wwe. 7. D. S. 503.
Bauer, Chr., Bedienter. 8. D. L. 420k.
Bauer, Gg., Spielwaarenmacher. 23. D. S. 1403.
Bauer, Nic., Bremser. 29. D. L. 16.
Bauer, Heinr., Postkondukteur. 19. D. L. 1111.
Bauer, Jak., Pastellfarbenmacher. 25. D. S. 1651.
Bauer, Elis., Wwe., Zugeherin. 18. D. S. 1245b.
Bauer, Fr., Metzgermeister. 4. D. S. 302.
Bauer, Frdr. Ernst, Kaufmann. 10. D. L. 533a.
Bauer, J. Conr., Mühlenbesitzer. 25. D. L. 1572al.
Bauer, Mich., Zimmermeister. 29. D. L. 38.
Bauer, Adolph, Drahtfabrikant. 17. D. L 395.
Bauer, J. Ad., Drechslermeister. 17. D. L. 951b.
Bauer, J. H., Drechslermeister. 17. D. S. 1187.
Bauer, Veit, Maschinenheizer. 30. D. L. 19.
Bauer, Gg., Lakirer. 16. D. S. 1091.
Bauer, Bernh., Wirthschaftsbesitzer. 27. D. L. 11.
Bauer, J. Gg., Schuhmachermeister. 15. D. L. 811
Bauer, Christ., Kinderwärterin. 14. D. S. 1001b.
Bauer, J., Privatier. 4. D. S. 292.
Bauer, Gg., Konducteur. 10. D. L. 492.
Bauer, Käthe, Privatierin. 22. D. L. 1370.
Bauer, Phil., Eisenbahnarbeiter. 12. D. L. 589b.
Bauer, Kunstflaschner. 8. D. 596.
Bauer, Ulrich, Tünchergeselle. 8. D. L. 434.
Bauer, E., Buchhalter. 4. D. L. 187.
Bauer, Conr., Tapeziermeister. 11. D. S. 775.
Bauer, Marie, Fräulein. 8. D. S. 696.
Bauer, Joh., 1. Bankdiener. 1. D. L. 19b.
Bauer, Leonh., Goldschlagergeselle. 29. D. L. 17.
Bauernfeind, Jak. Ceremonienmeister. 5. D. S. 555.
Bauernschmidt, Joh., Monteur. 25. D. S. 1682.
Bauerreiß, J. Jobst, Schweinemetzger. 16. D. L. 879.
Bauereiß, Fr., Malerswittwe. 6. D. S. 435.
Bauerreiß, Gg. Lehrer. 11. D. L. 538.
Baureiß, Jak. Fabrikarbeiter. 12. D. L. 639.
Bärwolf, Heinr., Zeichenkreidefabrik. 26. D. S. 43.
Bärwolfinger, J. C., Schuhfabrik. 14. D. S. 978b.
Baum, Joh., Vorarbeiter. 17. D. L. 969.

Baum, Ludw. Wilh., Musiklehrer. 25. D. L. 1572.
Baum, Andr., Bremsenwärter. 27b. D. L. 124.
Baum, Louise, Kleidermacherin. 25. D. L. 1533.
Baum, Andr., Ziegeleibesitzer. 13. D. L. 677.
Baum, Frdr. Val., Nadlermeister. 12. D. S. 839.
Baum, Thomas, Friseur. 4. D. S. 266.
Baum, Andr., Holzzurichter. 23. D. L. 1394.
Baum, J., Bleistiftmacher. 3. D. S. 258.
Baum, A. K., Nadler- u. Fischangelm.-W. 14. D. L. 724.
Baum, Joh., Fabrikarbeiter. 18. D. L. 1069.
Baum, Gg. Frdr., Schreinermeister. 20. D. L. 1220.
Baum, Gg., Fabrikarbeiter. 24. D. S. 1579.
Baum, J. Gg., Webermeister. 15. D. S. 1005.
Baumann, Wilh., Metalldreher. 25. D. S. 1700.
Baumann, Dsk., Musikmeister. 23. D. L. 1432.
Baumann, Conr., Oberkondukteur. 28. D. L. 86.
Baumann, Aug., Pappwaaren-Fabrikant. 17. D. L. 969a.
Baumann, Christ., Handlungs-Cassier. 22. D. S. 1497.
Baumann, J., Flaschnergeselle. 24. D. L. 1477.
Baumann, M., Wwe., Lohnkutscherei. 5. D. L. 267.
Baumann, Frdr., Fabrikarbeiter. 18. D. L. 1051.
Baumann, Joh., Fabrikarbeiter. 19. D. S. 1338a.
Baumer, J. Holzhändler. 19. D. L. 1112.
Baumer, Bab, Blumenmacherin. 17. D. L. 939.
Baumbach, Marie, Wundarztswittwe. 14. D. L. 771.
Baumbach, Thr., Etuis- u. Portefeuillefab.-W. 5. D. L. 260.
Baumbach, Rudolph, Portefeuillefabr. 5. D. L. 269a.
Baumbach, Ernst, Jul., Graveur. 19. D. L. 1162.
Baumbach, J. Th. Ch., Feingoldschläger. 22. D. L. 1336a.
Baumeister, J., Gasarbeiter. 25. D. L. 1539b.
Baumeister, Aug. Ernst, Stellmacher. 5. D. L. 231.
Baumeister, Gg., Schneidermstr. 6. D. S. 438.
Baumeister, Gg. Wolfg., Schweinemetzger. 3. D. S. 248.
Baumgärtner, J. Jac., Schuhmachermstr. 3. D. S. 236.
Baumgärtner, Sus., Steinmetzen-Wwe. 20. D. L. 1250.
Baumgärtner, J. Chr., Pferdemetzger. 12. D. 851.
Baumgärtner, Gg, Schuhm. u. Thürmer. 11. D. S. 777b.
Baumgärtner, Marie, Leichenfrau. L. 1331.
Baumgärtner, Elise, Wirthswittwe. 11. D. S. 783.
Baumgärtner, Joh. Conr. 20. D. L. 1223.
Baumgärtner, Susanne. 20. D. L. 1250.
Baumgärtner, Lehrer. 4. D. L. 216.
Baumgärtner, J. Sigm., Zimmergeselle. 28. D. S. 157.
Baumgärtner, Julie, Lehrers-Wwe. 6. D. S. 469.

Baumgärtner, Andr., Holzhauer. 22. D. L. 1344.
Baulon, Theod., Handlungsreisender. 27. D. S. 123.
Bäumelburg, M., Pfarrerswwe. 11. D. S. 789.
v. Bäumen, Gg., Privatier. 27b. D. L. 150.
Bäumler, Joh, Landesproduktenhdl. 8. D. L. 416.
Bäumler, J. G., Musiker. 7. D. S. 497.
Bäumler, Paul Wolfg., Antiquar. 25. D. S. 1665.
Bäumler, G. Leonh., Schneidermstr. 15. D. S. 1037.
Bäumler, Mar., Zugeherin. 18. D. L. 1054.
Bäumler, Gg., Fabrikarb. 26. D. S. 67.
Bäumler, J. A. G. (Firma: Bäumler's Söhne). 1. D. S. 26.
Bäumler, Gottl., Buchhalter. 1. D. S. 92.
Bauriedel, J., Papparb. 18. D. L. 1039.
Bauriedel, Gg. P., Kunstmühlbesitzer. 25. D. S. 1674.
Bauriedel, J. Mart., Kunstmühlbesitzer. 26. D. L. 64.
Bauriedel, Kath., Wittwe. 18. D. L. 10631. m.
Bauriedel, Gg. Jac., Schneller. 21. D. S. 1434.
Bausewein, Frdr., Cantor. 12. D. S. 827.
Bech, Wilh., Postconducteur. 19. D. L. 1166.
Becher, Joh., Cigarrenfabrikant. 16. D. L. 927.
Bechmann, J. Aug. (Firma: Bechmann u. Comp.) 32. D. S. 3.
Bechmann, Gg., Auslaufer. 3. D. S. 182.
Behl, F. G., Drechslermstr. u. Meerschaumfabr. 4. D. L. 198.
Behm, Ros., Hauptzollamtsassistentenwittwe. 23. D. S. 1548.
Behaim, Leonh., Schneidermeister. 4. D. L. 172.
v. Behaim, Christ. Carl Frdr., Wittwe. 11. D. S. 759.
Behr, Christ., Stationsdiener. 29. D. L. 28.
Behrens, Barb., Cigarrenmacherin. 23. D. L. 1413.
Behrends, Heinr., Rothgießermeister. 27. D. S. 120.
Behring, Heinr., Knopfmacher. 18. D. L. 973.
Behringer, Kath., Musikerswittwe. 22. D. L. 1323.
Behringer, Frdr., Schreinermeister. 1. D. L. 70.
Behringer, J., Schuhmachermeister. 12. D. S. 838.
Behringer, J., Kammmachermeister. 20. D. S. 1348.
Behringer, Frdr., Vorarbeiter. 1. D. L. 64.
Bechtner, Paul, Flaschnermeister. 24. D. S. 1607.
Bechtner, J. H., Bäckermeister. 4. D. L. 199.
Bechtner, Sim. Ernst, Posamentier. 24. D. L. 1450.
Bechtner, Ad., Schachspielfabr. 4. D. L. 204.
Bechtold, Adalb., k. Hauptmann. 4. D. L. 214.
Beck, J. Leonh., Tabakfabrik. 9. D. S. 605.
Beck, Conr., Kaufm. 8. D. S. 562a.
Beck, Frdr., Privatier. 5. D. S. 395.

Beck, Dr., k. Notar. 24. D. L. 1452.
Beck, J. Frdr., Gastwirth. 14. D. S. 960.
Beck, J. Conr., Wirth. 13. D. L 695.
Beck, Gg. Ad., Wirth. 27. D. L. 6b.
Beck, J. Gg. Mich., Wirth. 27. D. L. 107.
Beck, Joh., Rothgießermstr. 22. D. S. 1454.
Beck, J. Frdr., Rothschmiedmstr. 22. D. S. 1257.
Beck, Elis., Rothschmiedswwe. 13. D. S. 945.
Beck, Thom., Rothschmiedmstr. 22. D. S. 1457.
Beck, Gg., Schlossermstr. 23. D. S. 1531e.
Beck, Joh., Schlossermstr. 3. D. S. 213.
Beck, Ulr. Frdr., Flaschnermstr. 11. D. S. 786.
Beck, Primus, Privatier. 22. D. L. 1324.
Beck, Gg., Bäckermeister. 26. D. L. 87.
Beck, Simon, Bäckermeister. 26. D. S. 9.
Beck, Joh. Gg., Bäckermeister. 13. D. S. 915.
Beck, J. Sim., Bäckermeister. 26. D. S. 22. 23.
Beck, J. Gg., Relikten, Bäckermeister. 14. D. S. 994.
Beck, Fr., Bäckermeister. 17. D. S. 1179.
Beck, Gg., Großpfragner. 17. D. S. 1232.
Beck, Privatier, Relikten. 17. D. S. 1206.
Beck, Sim., Bäckermeister. 2. D. S. 104.
Beck, Gg., Bäckermeister. 87b. Kieselberg.
Beck, Christ. Alex. Gg., Privatier. 30. D. S. 192.
Beck, J. Gg., Schuhmachermeister. 1. D. L. 65.
Beck, Gg., Holzhändler. 12. D. L. 616.
Beck, Gg., Galanteriewaarenverf. 16. D. L. 910.
Beck, Mar., Schreinerswittwe. 32. D. S. 126.
Beck, Joh., Holzhändler. 27. D. L. 164.
Beck, J. Adam, Postkondukteur. 19. D. L. 1170.
Beck, Marie, Wittwe. 8. D. L. 426.
Beck, A., Näherin. 22. D. L. 1313.
Beck, Jac., Bote. 27a. D. L. 51.
Beck, J. Mich., Steinhauer. 27a. D. L. 51.
Beck, Jac., Bürstenmacher. 13. D. S. 945.
Beck, Paul, Eisenbahnschreiner. 17. D. L. 661.
Beck, Andr., Scheibenzieher. 18. D. L. 1095.
Beck, J. Ernst, Scheibenzieher. 18. D. L. 1063d.
Beck, Joh., Drahtzieher. 17. D. L. 950.
Beck, J. Gg., Drahtziehermeister. 9. D. S. 628.
Beck, Marg., ledig. 19. D. S. 1307.
Beck, Marg., Näherin. 25. D. S. 1662.
Beck, Nannette, Näherin. 9. D. S. 631b.

Beck, Käthe, Näherin. 24. D. S. 1620.

Beck, Conr., Posamentier. 22. D. S. 1460.

Beck, Jac., Schuhmachermeister. 9. D. S. 636.

Beck, J. Christ., Ausläufer. 4. D. S. 325.

Beck, Barb., Ausläuferswittwe. 25. D. S. 1665.

Beck, J. Gg., Scheibenzieher. 23. D. S. 1560.

Beck, J. Gg., Bürstenfabrikant. 4. D. L. 183.

Beck, J. Gg., Büttnermeister. 4. D. L. 215.

Beck, J. Ludw., Hafnermeister. 27. D. L. 96.

Beck, J. Frdr., Hutfabrikant. 16. D. L. 875b.

Beckh, Dr. Hermann, Privatier. 7. D. L. 365.

Beckh, Frdr., Privatier. 5. D. S. 408.

Beckh, Wilh., Dr. med., prakt. Arzt. 5. D. L. 246.

Beckh, Edmund, k. Bezirksrath. 26. D. L. 90.

Beckh, Frdr., Kaufmann. 30. D. L. 88.

Beckh, Aug., Apotheker. 13. D. S. 920.

Beckh, Gg. Adam, Gold- u. Silberdrahtsbf. 17. D. L. 999b.

Beckh, L. G. A und Köhler, J. Chr. (Firma: Beckh und
  Köhler). 4. D. S. 205.

Beckh, Rud., Kaufmann. 5. D. S. 401.

Beckmann, G. Conr., Schreinermeister. 18. D. S. 1259.

Beckstein, Gg., Schneidermeister. 15. D. L. 798.

Becker, Frdr., Handlungsreisender. 8. D. 574b.

v. Becker, Carol., Generallieutenantswittwe. 5. D. S. 404.

Beckert, Joh. Metzger. 17. D. S. 1176.

Beckert, Nic., Kuttler. 24. D. L. 1454.

Beckert, Christ., Post-Offizial. 13. D. L. 661.

Beierhofer, Sim., Lader. 17. D. L. 941.

Beikiefer, J., Holzhauer. 32. D. S. 84.

Beikiefer, Joh., Fabrikarbeiter. 18. D. L. 1063f.

Beiköffner, Mich., Tünchermeister. 29. D. L. 4.

Beils, Joh. Wilh., Antiquitätenhandlung. 4. D. L. 213.

Beißbarth, Andr., Pinselfabr. 5. D. L. 284.

Beißbart u. Sohn, G. C., Pinsel- u. Bürstenfabr. 8. D. L. 429.

Belgrad, Gg., Gastwirth. 18. D. L. 1078.

Belgrad, Matth., Rothschmiedmeister. 28. D. S. 156.

Belgrad, Mina, Näherin. 11. D. L. 550.

Belgrad, Paul, Fabrikarbeiter. 9. D. L. 473.

Bemky, Frdr., Privatierswittwe. 13 D. S. 906.

Bendheimer, Marg., Zugeherin. 13. D. L. 667.

Benedikt, J., Peitschenmacher. 18. D. L. 1004.

Benedikt, Ant. Lor., Spielwaarenmacher. 24. D. S. 1587.

Benedikt, Andr., Rechnungsführer. 29. D. L. 23a.

Benker, Gg., Gastwirth. 3. D. S. 222.

Benker, Adolph, Scribent. 17. D. L. 977.

Benker, Aug., Kfm., Eisenhandlung. 2. D. L. 79.

Benkert, Frz., Expeditor. 30. D. L. 37k.

Benckher, Jul. (Firma: J. Gg. Benckher.) 30. D. L. 20.

Benckher, Emma, Fräul. 13. D. S. 991.

Bentz, Regina, Tüncherwittwe. 27b. D. L. 116b.

Benz, Chrstph., Zinnschmelzer. 17. D. S. 901.

Benz, Conr., Kupferstecher. 22. D. S. 1474.

Benz, Conr., Fabrikarbeiter. 25. D. S. 1684.

Benz, Joh. Casp., Thürmer. 8. D. L. 419c.

Benz, Joh., Thurmwächter. 24. D. S. 1614.

Benz, Ferd., Zimmergeselle. 14. D. L. 758.

Benz, J. Adam, Tuchmachergeselle. 26. D. S. 56.

Benz, Conr., Fabrikarbeiter. 10. D. S. 739.

Benz, Marg., Gärtnerswittwe. 27b. D. L. 94a.

Benz, Joh., Tüncher. 27b. D. L. 116b.

Benzold, Conr., Drechslermeister. 5. D. L. 282.

Beer, J. Steph., Rothgerbermeister 5. D. L. 246.

Beer, J. Andr., Conditor. 19. D. L. 1155.

Beer, Frdr., Schlosser. 15. D. S. 1055.

Beer, Anna, Pflastererswittwe. 4. D. S. 302.

Beer, Wilh., Lakirer. 18. D. L. 1028.

Berg, Casp., Eisengießerei. 30. D. L. 59.

Berg, Jos., Kofferträger. 26. D. S. 46a.

Berg, Carl, Kupferdruckereibesitzer. 7. D. S. 536.

Berger, A. L. Frdr., Schlossermeister. 6. D. L. 318a.

Berger, Karol., Blumenmacherin. 24. D. L. 1500.

Berger, Heinr., Kammmachermeister. 4. D. S. 284.

Berger, J. Chrstph., Schlossermeister. 21. D. S. 1429.

Berger, J. Mich., Wirthschaftsbesitzer. 4. D. S. 263.

Bergholz, Gg., Schuhmachermeister. 19. D. L. 1119.

Bergler, Gg., Ad., Lohnkutscher. 8. D. S. 592a.

Berger, Carl, Sensal. 14. D. S. 958.

Berger, Aichmeister. 13. D. S. 935.

Berger, J. Gg., Unterhändler. 12. D. S. 843.

Bergmann, Gg., Lakirer. 22. D. S. 1484.

Bergmann, J. Gg., Feingoldschlager. 23. D. L. 1392.

Bergmann, Joh., Schreinergeselle. 26. D. S. 49.

Bergmann, Elis., Wäscherin. 29. D. L. 7.

Bergner, Pet. Paul, Zirkelschmied. 22. D. S. 1464.

Bergner, J. Mich., Schlossermeister. 4. D. S. 283.

Bergner, J. Jac., Windenmachermeisterswwe. 17. D. L. 932.

Bergner, Wolfg., Steinhauergeselle. 28. D. L. 98.

Bergner, Matth., Drahtzieher. 27. D. S. 100.

Bergner, Mart., Lokomotivführer. 26. D. L. 50b.

Bergner, J., Windenmacher. 9. D. L. 461.

Bergner, Marg., Wäscherin. 28. D. L. 98.

Bergner, Mich., Zimmergeselle. 28. D. L. 98.

Bering, Conr. Jac., Paternostermacher. 18. D. L. 1070.

Beringer, Kunig., Wittwe. 10. D. S. 751.

Beringer, J. U., Buchhalter. 8. D. L. 434.

Beringer, Louise, Actuarswittwe. 12. D. S. 829.

Beringer, Andr., Kammmacher. 18. D. L. 1058.

Beringer, Gg. Gottfr., Feingoldschlager. 27. D. L. 118.

Beringer, Gg., Maler. 15. D. L. 1020.

Beringer, Ad., Metallschlager. 9. D. S. 656.

Berringer, Gg., Kunstmaler. 24. D. S. 1614.

Berringer, J. Gg., Schuhmachermeister. 17. D. S. 1170.

Berringer, Wolfg., Zimmergeselle. 30. D. L. 13.

Berkmann, Nikol., Fabrikarbeiter. 22. D. S. 1489.

Bernauer, J. Carl, Lackirer. 22. D. L. 1305.

Berndörfer, Chr., Bäckermeister. 1. D. L. 21.

Bernett, J. Mich., Gastwirth z. roth. Kreuz. 15. D. L. 826.

Bernet, Joh. Gg., Oekonom. 27. D. L. 88.

v. Bernewitz, Gottfr., k. sächs. Hauptmann. 5. D. S. 413.

Berngruber, J. Mich., Nagelschmied. 11. D. S. 791.

Bernhard, J., Fabrikarbeiter. 30. D. L. 47.

Bernhard, Carl Ludw., Lohnkutscher. 27. D. L. 152.

Bernhold, Carl, Kaufmann. 16. D. L. 860a.

Bernhardt, J. Frdr., Schreinermeister. 18. D. S. 1258.

Bernhard, Joh., Eisenbahnschreiner. 11. D. S. 782.

Bernlocher, Leonh., Taglöhner. 26. D. L. 49b.

Bernreuther, Joh., Bierbrauereibesitzer. 18. D. L. 1050.

Bernreuther, Joh., Privatier. 10. D. L. 497a. b.

Bernreuther, M. B., Großpfr. u. Bierw. W. 4. D. S. 296.

Bernreuther, J. Mich. Wirth z. röm. Kaiser. 9. D. L. 450.

Bernreuther, Elis., Bierbrauerswittwe. 18. D. L. 1050a.

Bernreuther, Marg., Maurergesellenwittwe. 29. D. L. 21.

Bernreuther, Dor., Schuhmacherswwe. 7. D. S. 509.

Bernreuther, J. G., Auslaufer. 16. D. L. 868.

Bernreuther, Gg., Steinhauerges. 29. D. L. 20.

Bernstadt, J. Mayer, Kaufm. 15. D. S. 1016.

Bertele, J., Schreinerges. 22. D. S. 1453a.

Berthold, Anna, Kleidermacherin. 15. D. S. 1050.

Berthold, J. Barth., Hornpresser. 23. D. L. 1440.

Berthold, Mich., Hornpressermstr. 23. D. L. 1434.

Berthold, Friedr., Wittwe. 29. D. L. 1446.

Berthold, Max, Bader. 4. D. S. 321.

Berthold, Jac., Rothgießermstr. 23. D. L. 1429.

Berthold, Frdr., Taglöhner. 16. D. L. 890.

Berthold, Sigm., Hornpressermstr. 23. D. L. 1427.

Berthold, Leonh., Taglöhner. 29. D. L. 16a.

Besserer, J. H., Privatier. 2. D. S. 114.

v. Besserer, k. pens. Gensd.-Majors-Wwe. 14. D. S. 996.

Beselsieder, J. Matth., Kammmachermstr. 1. D. L. 37.

Best, Nik., Wirthschaftsbes. 9. D. S. 621.

Bestle, Andr., Schreinerges. 19. D. S. 1329.

Bestelmeyer, M. K. Th, Bürgermeisters.W. 1. D. S. 75.

Bestelmeyer, J. Mark., u. Dav. Frdr. 7. D. S. 496.

Bestelmeyer, Jul., Privatier. 22. D. L. 1370.

Bestelmeyer, Theodor, k. Stadtrichter. 2. D. L. 82.

Bestelmeyer, Joh., Wittwe, Tabakfabrik. 19. D. S. 1333.

Bestelmeyer, Therese, privatisirt. 23. D. S. 1553.

Bessel, Carl, Kutscher. 4. D. S. 208.

Beselt, Marg., Zinngießerswwe. 32. D. S. 37.

Beselt, Marg., Wäscherin. 28. D. L. 91.

Beselt, Gabr., Schuhmacherges. 27a. D. L. 53.

Beselt, Paul, Rothschmiedswwe. 16. D. S. 1124.

Besenbeck, G. F., k. II. Pf. zu St. Aegyd. 11. D. S. 778.

Besold, Joh., Maurerges. 18. D. L. 1066.

Besold, C. Ludw., Zinnfigurenfabrikant. 3. D. S. 244.

Besold, Conr., Fabrikarb. 18. D. S. 1268.

Besold, J., Sackträger 5. D. S. 416.

Besold, Gg., Drechslermstr. 8. D. L. 418.

Besolt, Pet., Farbreiber. 6. D. S. 473.

Besold, J. Gg., Ausläufer. 3. D. L. 153.

Besold, Christ., Bleistiftmacher. 18. D. L. 1052.

Besold, Gg., Hopfeneinkäufer. 1. D. L. 56.

Besold, Alb., Bleistiftarb. 25. D. S. 1683.

Besold, J. Nik., Flaschner. 3. D. S. 244.

Besold, Mich., Wirthsch. z. gold. Kreuz. 22. D. L. 1357.

Besold, Joh., Wirth. 14. D. L. 726.

Bettmann, H., Kaufm. 2. D. S. 100.

Bettmann, Meyer, Hopfenhdlg. 4. D. L. 211.

Beugler, Mart., Bader. 3. D. L. 132.

Beugler, J. Jac., Gastwirth. 27. D. L. 69.

Beugler, Marie, Wäscherin. 6. D. S. 458.

Beuschel, Gg. Leonh., Lohnbedienter. 24. D. L. 1458.

Beuttner, Ludw., Papparb. 10. D. S. 728b.

Beyer, Joh., Schneidermstr. 11. D. S. 795.
Beyer, Gg., Oekonom. 26. D. L. 87b.
Beyerlein, Ph., Schneidermstrswwe. 16. D. S. 1115.
Beyschlag, Gurkenhdlrswwe. 9. D. L. 476.
Beß, J. Leonh., Lumpenhdlr. 20. D. L. 1239.
Beß, Joh., Einkassier. 26. D. L. 67.
Beß, Mich., Pflastererges. 28. D. S. 159.
Beß, J. Conr., Schuhmachermstr. 24. D. S. 1584.
Beß, Gottfr., Schuhmacher. 17. D. L. 983d.
Beß, Barb., Zimmergeswwe. 30. D. L. 45.
Beß, Joh., Eisenbahnkonducteur. 2. D. L. 85.
Beß, Frdr., Magazingehülfe. 21. D. S. 1389.
Beß, J. Frdr., Gartenbesitzer. 31. D. S. 128.
Bezzelt, Mich. Jos., Schlosserges. 29. D. S. 203a.
Bezzelt, Heinr., Fabrikarb. 29. D. S. 184.
Bezzelt, J. Gg., Stecknadelmachermstr. 18. D. L. 1085.
Bezold, Lor., Graveur. 4. D. L. 198.
Bezold, Frdr., Beutler. 4. D. S. 288.
Bezold, Marg., Gürtlersfrau. 23. D. S. 1527.
Bezold, Louise, Pfarrwwe. 15. D. S. 1006.
Bezold, Leonh., Metzgermstr. 13. D. L. 717.
Bezold, Heinr., Fabrikarb. 26. D. S. 47.
Bezold, Joh., Bäckermstr. 13. D. S. 930.
Biber, Ant., Pianofortefabr. 1. D. L. 7a.
v. Bibra, Ernst Freih., Dr. med. et phil. 5. D, S. 418.
v. Bibra, k. b. Hauptmann. 19. D. L. 1143b.
Biberau, Carl, Tapezier. 8. D. S. 574a.
Bichelmeier, Joh., Müllerges. 20. D. L. 1247.
Bickel, J. Fr., Güterlader. 1. D. L. 21.
Bickel, Gg., Zirkelschmiedmstr. 12. L. 587.
Bickel, J. Casp., Reißzeugfabr. 25. D. L. 1533.
Bickel, K. Aug., Farbholzmühlarb. 28. D. S. 129b.
Bickel, Kath., Strumpfwirkerswwe. 11. D. L. 552.
Bieber, J., Maurerges. 28. D. S. 170.
Bieber, J., Steinhauer 30. D. S. 8.
Biedenbacher, J. Casp., Zimmerges. 26. D. S. 67.
Biedermann, Elis., Posamentierwwe. 24. D. S. 1615.
Biedermann, Fr., Privatier. 22. D. S. 1466.
Biedermann, Elis., Posamentierwwe. 20. D. S. 1384.
Biesel, Jos., Schreinermstr. 6. D. S. 475.
Biehler, Gg., Eisengießer. 23. D. S. 1540.
Bieling, Lisette, Fräulein. 16. D. S. 1114.
Biemann, J., Ultramarinarb. 20. D. L. 1238.

Biemann, Gg., Fabrikarb. 22. D. S. 1450.

Bierbauer, Joh., Wirthschaftsbes. 27. D. S. 121.

Bierbauer, Kath., Feinbäckerin. 16. D. S. 1135.

Bierbauer, M., privatisirt. 25. D. L. 1553.

Bierdümpfl, Anna, Lehrerswwe. 12. D. L. 588.

Bieringer, J. Conr., Webermstr. 24. D. S. 1584.

Bierlein, J. Conr., Schuhmachermstr. 28. D. S. 13b.

Bierlein, Anna, Todtengräberswwe. 23. D. L. 1423.

Bierlein, J. Gg., Kleidermacher. 23. D. L. 1430.

Bierlein, J., Seifen- u. Lichterfabr. 20. D. S. 1363.

Bierlein, Marie, Haushälterin. 19. D. L. 1162.

Bierlein, J., Beinschneider. 18. D. L. 1082.

Bierlein, Joh., Kammmacher. 18. D. L. 1025.

Bierlein, Walb., Büttnermstrswwe. 17. D. L. 958.

Biermann, Barb., Wittwe. 22. D. L. 1336a.

Biersack, Conr., Fabrikarb. 19. D. S. 1284.

Bieswanger, Gg., Kanalarb. 27a. D. L. 68.

Bilger, Marie, Kleidermacherin. 29. D. L. 26.

Billhofer, J. Gg., Kaufm. 23. D. S. 1533.

Billhofer, Amalie, Kaufmannswwe. 3. D. L. 170.

Billig, J. Adam, Büttnermstr. 13. D. L. 698.

Billing, J. Mich., Privatier. 17. D. L. 935.

Binder, Marie, Bürgermeisterswwe. 12. D. L. 607b.

Binder, J. Carl, Canzlist. 17. D. S. 1219.

Bing, Alex., Privatier. 2. D. L. 84.

Bingold, Fr., Gärtner. 22. D. S. 1446.

Binzer, Marg., Haarflechterswwe. 12. D. S. 865.

Binzfeld, Louise, Instrumentenmacherswwe. 27b. D. L. 146.

Birkel, J. Mart., Fabrikarbeiter. 18. D. S. 1259.

Birkel, Conr., Flaschnermstr. 19. D. S. 1291.

Birkel, Frdr., Fabrikarb. 26. D. L. 52.

Birkenstock, Joh., Regenschirmfabr. 15. D. S. 1074b.

Birklein, Magn. Gottl., Schuhmacherges. 32. D. S. 36.

Birkler, Elis., Papparbeiterin. 27a. D. L. 45.

Birkner, Gottl., Dr. med., prakt. Arzt. 7. D. L. 396.

Birkner, H. L. (F.: Birkner u. Hartmann.) 9. D. L. 451.

Birkner, Gg. Balth., Wirth. 1. D. S. 58.

Birkner, Gust., Kaufm. 9. D. L. 451.

Birkner, Conr., Branntweinbrenner. 26. D. S. 25.

Birkner, Carl, Kaufm. 17. D. 999a.

Birkmann, Christ., Kleidermchr. 19. D. L. 1167.

Birkmann, Joh., Aichmstr. 15. D. L. 804.

Birkmann, Helene, privatisirt. 21. D. L. 1281a.

Birkmann, Fr. Lor., Kupferstecher. 19. D. S. 1323.
Birkmann, Wilh., Lithographen-Wwe. 2. D. S. 116b.
Birkmann, Sam., Maler u. Photograph. 10. D. S. 728b
Birkmann, J. G., Flaschnermeister. 23. D. S. 1548.
Birkmann, Friederike, Verwalters-Wwe. 14. D. S. 961.
Birkmann, F. Ludw., Feingoldschlager. 19. D. L. 1098.
Birkmann, Marie, Bildhauerswwe. 10. D. S. 705a.
Birkmann, J. P., Gartenbesitzer. 32. D. S. 143.
Birkmann, J. Conr., Gartenbesitzer. 32. D. S. 118.
Birkmann, J. Gg., Gärtner. 18. D. 1280c.
Birkmann, Paul, Gärtner. 30. D. S. 168.
Birkmann, J. M., Pachtgärtner. 30. D. S. 163bc.
Birkmann, J., Gärtner. 26. D. L. 57.
Birkmann, Jos. Frdr, Pachtgärtner. 30. D. L. 11.
Birkmann, Ruppr., Pachtgärtner. 30. D. L. 2.
Birkmann, Mart., Büttnermeister. 24. D. L. 1495.
Birkmann, J. Sim., Büttnermeister. 7. D. L. 375.
Birkmann, J., Büttnermeister. 25. D. S. 1656.
Birkmann, Elise, Wwe. 18. D. S. 1276.
Birkmann, Paul, Gold- u. Silberarb. 23. D. L. 1401.
Birkmann, Fr. X., Wirthschaftsbes. 22. D. L. 1307.
Birkmann, J., ehem. Wirth. 22. D. S. 1508.
Birkmann, Christ., Weißgerber. 26. D. S. 52.
Birkmann, Joh., Lader. 17. D. L. 940.
Birkmann, Matth., Güterlader. 17. D. L. 969a.
Birkmann, J. Abr., Tünchergeselle. 29. D. S. 202a.
Birkmann, A., Zugeberin. 10. D. S. 696b.
Birkmann, Marg., Bleistiftarbeiterin. 32. D. S. 36.
Birkmann, Joh., Holzhauer. 32. D. S. 36.
Birkmann, Kunig., Zugeberin. 10. D. S. 753.
Birkmann, J. Gg., Fabrikarbeiter. 21. D. S. 1411.
Birkmann, David. Fabrikarbeiter. 12. D. L. 599.
Birkmann, Chr., Taglöhner. 12. D. L. 636b.
Birkmann, Doroth., Fabrikarbeiterin. 26. D. S. 27.
Birkmann, Matth., Taglöhner. 9. D. S. 440.
Birkmann, Barb., Fabrikarbeiterswittwe. 12. D. S. 909.
Birkmann, J. Leonh., Zimmergeselle. 31. D. S. 100.
Birkmann, Joh. Wolfg., Zimmermeister. 28. D. L. 88.
Birkmann, J. W., Zimmermeister. 32. D. S. 120.
Birkmann, Andr., Zimmermeister. 30. D. S. 3.
Birkmann, J. Gg., Fuhrmann. 4. D. S. 331c.
Birkmeyer, J. M., Dr. med., prakt. Arzt. 12. D. L. 601.
Bischoff, Christ. Ph., Feingoldschlagermstr. 28. D. L. 87.

Bischoff, Oberlehrer. (Schulhaus.) 27b. D. L. 132b.
Bischoff, J. Ad., Wachsbossirerswittwe. 9. D. S. 648.
Bischoff, J. G., Portefeuillefabrik. 3. D. L. 135.
Bischoff, Privatier. 10. D. L. 497.
Bitterauf, Sabine, Musikers-Wwe. 26. D. L. 78b.
Bittermann, J. Andr., Bierwirth. 19. D. L. 1099.
Bittermann, J., Lohnkutschereibes. 5 D. L. 262a.
Bittner, Mich., Orgelbauer. 8. D. S. 576.
Bittner, Aug., Orgelbauer. 15. D. S. 1021.
Blabel, Sim., Schneidermstr., (Magazin.) 14. D. L. 759.
Bladlin, Elis., Sockenmacherin. 25. D. S. 1697f.
Blaimer, Jean, Photograph. 12. D. S. 811.
Blaimer, Joh. Jos., Kupferdrucker. 9. D. S. 634.
Blaimer, Joh., Verwalter. 12. D. S. 857.
Blaimer, J., Sattlermeister. 29. D. S. 207.
Blaimer, Frdr., Sattlerges. 17. D. S. 1204b.
Blank, J. Markus. 22. D. L. 1317.
Blank, Ferd. Fr., Manufacturhandlung. 13. D. S. 939.
Blank, Heinr., Fabrikant. 18. D. L. 1088a.
Blank, Lorenz, Holzmesser. 27. D. L. 115.
Blank, Conr., Nachtlichtermacher. 23. D. L. 1427.
Blank, Leonh., Lokomotivführer. 9. D. L. 444.
Blank, Elis., Cigarrenmacher. 25. D. L. 1545.
Blank, Lorenz, Wirthschaftspächter. 27a. D. S. 75a.
Blank, Ludw., Fabrikarbeiter. 30. D. S. 185.
Blank, Christ., Schuhmachermstr. 7. D. S. 502.
Blank, Steph., Fabrikarbeiter. 22. D. S. 1454a.
Blankenburg, Christ., Pappwaarenverf. 25. D. L. 1577.
Blasneck, Ros., Leichenkassierswittwe. 29. D. S. 219.
Blatner, Adolph, dram. Künstler.
Blaurock, Ph. Jac., Fabrikinspektor. 21. D. S. 1389.
Bleicher, Frdr., Specerei=, Farb= u.Tabakhdl. 1. D. S. 73.
Bleisteiner, Gg., Metzgermstr. 25. D. L. 1514.
Bleisteiner, Joh. Metzgermstr. 10. D. L. 517a.
Blessing, J. M., Drechslermeister. 5. D. S. 385.
Blessing, Anna, Drechslermstrs.=Wwe. 10. D. L. 498.
Blinden=Erziehungs=Institut. 30. D. L. 118.
Bloch, Isaak, Stahl= u. Eisenhandlung. 22. D. L. 1369.
Bloch, Lamul, Agent der Strafanstalten. 4. D. L. 212.
Blödel, Wittwe, Geflügelhändlerin. 12. D. S. 852.
Blödel, Conr., Colporteur. 6. D. S. 773.
Blödel, Joh., Eisenbahndiener. 12. D. S. 823.
Bloß, Gg. 18. D. L. 1087.

Blöst, Nic., Webermeister. 18. D. S. 1239b.

Blöst, Helene, Webermstrs.-Wwe. 24. D. S. 1586.

Blöst, J. Mich., Webermstr. 24. D. S. 1586.

Bloy, J. Andr., Galanteriearbeiter. 27b. D. L. 162.

Blum, Elis. Marg., Sattlermstrs.-Wwe. 4. D. S. 262.

Blum, Andr., Büttnermstr. 21. D. L. 1289.

Blum, Aug., Hammerschmiedsgeselle. 24. D. S. 1620.

Blum, M., Näherin. 24. D. S. 1594.

Blum, Joh., Fabrikschlosser. 21. D. S. 1421.

Blumlein, J., Tünchergeselle. 25. D. S. 1683.

Blümlein, J. Sus., Wwe. 19. D. S. 1321.

Blumberger, Chr., Flaschnergeselle. 18. D L. 1035.

Blumröder, A. u. Heimstädt, G., Tabakfbr. 16.DS.1129.

Blumroeder, Marg., Privatier. 7. D. 488.

Blumroeder, Aug., Tabakfabrik. 1. D. L. 60.

Blumenreisinger, Max, Spielwaarenmach. 26. D. 87c.

Blumröder, Ph., Lederhandlung. 4. D. S. 289.

Blumröder, Joh., Musikdirekt.-Wwe.

Bocher, Jos., Hafnermstr. (Wöhrd.) 30. D. S. 128.

Boches, Magd., Wwe. 16. D. S. 1111.

Bock, Dr. med., Ludw., prakt. Arzt. 25. D. S. 1713b.

Bock, E. M., Goldarb. u. prakt. Zahnarzt. 1. D. S. 41.

Bock, Gg. Leonh., Zirkelschmied. 24. D. S. 1582.

Bock, L. Mad., Privat. 1. D. L. 10.

Bock, Andr., Bez.-Ger.-Actuar. 4. D. L. 224.

Bock, Conr., Kaufmann. 6. D. S. 446.

Bock, Marg., Privatiers-Wwe. 4. D. S. 301.

Bock, Joh., Auslaufer. 16. D. S. 1154.

Bock, Frdr., Lehrer. 7. D. S. 508.

Bock, Christ., Zirkelschmiedmstr. 24. D. 1582.

Bock, Christ., Taglöhner. 31. D. S. 142.

Bock, Marg., Taglöhnerin. 31. D. S. 123.

Böck, J. Jak., Drahtwaarenfabrik. 28. D. L. 55.

Böck, Primus, Schuhmachermstr. 5. D. L. 231.

Böcklein, J. G., Zeugschmiedmstr. 25. D. L. 1566.

Böcklein, J. Fr., Steinmetzengesell. 28. D. S. 131.

Böcklein, Gustavine, Zugeherin. 28. D. S. 174.

Böcklein, Jak., Büttnermstr. 25. D. S. 1709.

Böcklein, J., Fabrikarbeiter. 30. D. L. 38.

Böcklein, Bab., Fabrikarbeiterin. 22. D. L. 1364.

Böcklein, Andr., Schlossermstr. 13. D. L. 665.

Böcklein, Christ., Steinmetzengeselle. 30. D. S. 192.

Böcklein, J. Mich., Maschinenführer. 29. D. S. 33.

Böcklein, Andr., Schlossermstr. 15. D. S. 1055.
Bodechtel, Erh., Drechslermstr. 12. D. L. 582.
Bodechtel, Aug. Drechsler. 10. D. S. 739.
Bodechtel, J. Ernst, Schreinermstr. 12. D. L. 582.
Bodechtel, Karoline, Fräulein. 21. D. S. 1395.
Bodechtel, Eleonora, Orgelmach.-Wwe. 12. D. L. 582.
Bodechtel, Jak., Fabrikschreiner. 19. D. S. 1288.
Bode, Lndw., Kammmacherges. 25. D. L. 1547.
Bodenschatz, Conr., Flaschner. 16. D. S. 1119.
Bödler, Sigm., Postkonduft. 19. D. L. 1119.
Bögh, Schuhmacherwerkzeugmacher. 14. D. L. 1150.
Bögel, J., Magazinier. 30. D. L. 127.
Bogner, Leonh., Kammmacher. 9. D. S. 620.
Bogner, Clara, Hauptzollamts-Verw.-Wwe. 14. D. L. 766.
Bogner, Paul, Steinmetzengeselle. 27b. D. 128.
Bogner, Marie Marg., Rudenschreiners-W. 9. D. S. 621.
Bogner, J., Zimmergeselle. 30. D. L. 51.
Bohl, Christ., Gärtner. 30. D. S. 187.
Böheim, Mich., Fabrikarbeiter. 29. D. S. 187.
Böheim, Steph. Mart., Colporteur. 25. D. S. 169.
Böheim, Phil., Hebamme. 3. D. S. 249.
Böhm, Gg. Fr., Portefeuiller. 12. D. L. 618.
Böhm, Gg. Ad., Kammmacher. 12. D. L. 625.
Böhm, Marie, Goldbücherm.-Wwe. 22. D. L. 1354.
Böhm, Gg., Lohnkutscher. 17. D. S. 1169.
Böhm, Peter, Güterschaffer. 7. D. L. 358.
Böhm, Joh. Mich., Dosenmaler. 22. D. L. 1337.
Böhm, J. Paul, Rothgießermeister. 16. D. L. 900.
Böhm, J. Christoph, Zimmergeselle. 9. D. L. 435a.
Böhm, Carl, Schuhmachermstr. 5. D. L. 240.
Böhm, Peter, Gastw. z. blauen Flasche. 16. D. L. 874.
Böhm, J. Gg., Wirth u. Pfragner. 13. D. L. 660.
Böhm, Frdr., Wirthschaft zum Lamm. 28. D. S. 175.
Böhm, Sigm., Hopfenhandlung. 17. D. L. 958.
Böhm, J. Frdr., Bader. 14. D. S. 942.
Böhm, K. Röhrenmstr. 32. D. S. 49.
Böhm, Jul., Handschuhfabr. u. Beutler. 19. D. L. 1154.
Böhm, J., Fabrikarbeiter. 28. D. S. 129a.
Böhm, Heinr., Mechaniker. 19. D. S. 1303b.
Böhm, Wirthschaftsbesitzer. 23. D. S. 1553.
Böhm, Christ., Kartenmacher. 10. D. S. 668.
Böhm, Johanne, Doctors-Wwe. 17. D. S. 1173.
Böhm, Eduard, Metalldrechsler. 15. D. S. 1019.

2*

Böhm, Wilh., Kammmachermstr. 22. D. S. 1453a.

Böhm, J., Werkmeister. 26. D. L. 69.

Böhm, Pet., Gastwirth. 18. D. L. 1035.

Böhm, Konr., Holzhauer. 18. D. L. 1020.

Böhm, Joh., Lackirer. 22. D. S. 1535.

Böhme, J. Heinr., Handschuhmacher. 12. D. S. 839.

Bohmer, Aug., Lackirer. 16. D. L. 913.

Böhmer, J. Gg., Maurergeselle. 26. D. S. 62.

Böhmer, Leonh., Eisengießer. 29. D. S. 218.

Böhmländer, Joh., Büttnermstr. 8. D. S. 587.

Böhmländer, Joh. Thom., Kirchendiener. 1. D. L. 49.

Böhmländer, Andr., Sattlermstr. 27. D. S. 92.

Böhmländer, Sigm., Drechslermstr. 18. D. L. 1041.

Böhmländer, Christ., Kunstmaler. 17. D. S. 1220.

Böhmländer, J. Sim., Bildhauer. 9. D. S. 659.

Böhmländer, J. C., Mechaniker. 20. D, S. 1355.

Böhmländer, A., Drechslermst. (Patentstifte.) 25. D. L. 1567b.

Böhmländer, J. Gg., Lehrer. 10. D. S. 715.

Böhmländer, A. Dan., Schlossermstr. 18. D. S. 1250.

Böhmländer, Joh., Ahlenschmied. 21. D. L. 1274.

Böhmländer, J. M., Ahlenschmied. 14. D. S. 988.

Böhmländer, S., Ahlenschmiedmstr. 23. D. L. 1423.

Böhmländer, J. Mart., Ahlenschmiedmstr. 17. D. L. 946.

Böhmländer, Joh., Jac., Bierwirth. 14. D. S. 988.

Böhner, Mor., Drechslermstr. 24. D. L. 1475.

Bohnert, F., Buchhalter. 18. D. L. 969.

Böhnert, Paul, Steinmetzengeselle. 27. D. S. 100.

Böhnert, Sigm. Frdr., Zimmergeselle. 20. D. L. 1240.

Böhnlein, Gg., Schuhmachermstr. 12. D. L. 579b.

Bohrer, Conr., Maurergeselle. 29. D. L. 17.

Böhrer, Heinr., Gartenbesitzer. 30. D. S. 149.

Böhrer, Jac., Gartenbesitzer. 30. D. S. 186.

Böhrer, J. Magnus, Gärtner. 32. D. S. 27.

Böhrer, J. Leonh., Gärtner. 32. D. S. 34.

Böhrer, Christ., Holzhauer. 15. D. S. 1066.

Böhrer, Gg., Steinhauergeselle. 28. D. S. 98.

Böhrer, Erasmus, Dachdeckergeselle. 29. D. L. 13.

Böhrer, Lor., Gärtner. 27. D. L. 51.

Böhrer, Elis., Gärtnerin. 29. D. L. 17.

Böhrer, Conr., Flaschner. 19. D. L. 1124.

Böhrer, Gg., Drechsler. 1. D. S. 28.

Böhrer, Marie Dor., Drechslermstrs.-Wwe. 31. D. S. 108.

Böhrer, Chr. Frdr., Zeichenlehrer. 15. D. S. 1041.

Böhrer, Veit, Pachtgärtner. 27a. D. L. 1.
Böhrer, J. G., Sattlermstr. 6. D. S. 443.
Böhrer, J. Mich., k. Professor. 14. D. L. 750.
Böhringer, J. Gg. Bäckermeister. 18. D. L. 1010.
Böhringer, Joh., Schreinermeister. 27b. L. 120.
Böhringer, Kath., Dosenschleiferin. 27a. L. 65.
Böhringer, Anna, Maurerges.-Wwe. 29. D. L. 20.
Böhringer, Gg., Schlossermstr. 23. D. L. 1411.
Boklet, Joh. Drechslergeselle. 5. D. S. 427.
Boller, Ernst, Scribent. 3. D. S. 177a.
Boller, Carl, Hasenmstr. 9. D. L. 456.
Böller, Nic., Privatier. 29. D. L. 26.
Boller, Heinr., Vorarbeiter. 28. D. S. 143.
Bolleiniger, Anna Maria, Stickerin.
Böld, J., Jac., Schreinermstr. 4. D. L. 217.
Bollet, J. Mich., Glas-, Porzell.-Geräthe. 3. D. L. 135.
Bolleininger, Marg., Feinwäscherin. 24. D. L. 1492.
Bolian, J. Conr., Werkmeister. 5. D. L. 247.
Bolian, Gg., Samenhdlg. u. Parfümerien. 27. D. L. 18.
Böllinger, Christ., Kammmacher. 25. D. S. 1647.
Böllmann, Andr., Fabrikarbeiter. 27b. D. L. 97.
Böllmann, J. Gottl., Fabrikarbeiter. 30. D. L. 38d.
Bonn, J. Dav., Maler. (Hinterh.) 7. D. L. 351.
Boenecke, Carl, q. Revierförster. 10. D. S. 721.
Bonhack, E., Blumenmacherin. 3. D. L. 145.
Bolster, Theres., Näherin. 27. D. S. 115.
Bolz, Ant., Packträger. 30. D. S. 2a.
Bolzner, Frdr., Fabrikarbeiter. 21. D. S. 1421.
Boritz, Gg., Fabrikarbeiter. 31. D. S. 141g.
Borrmann, Sam., Buchdrucker. 5. D. L. 241.
Borrmann, Moritz, Buchdrucker. 14. D. S. 990.
v. Borstell, Charl., Hauptm.-Wwe. 6. D. L. 336.
Börner, Sophie, Privat. 1. D. S. 35.
Börner, Joh., Wirth. z. Eichwagen. 25. D. L. 1518.
Boß, Chocolade- u. Conditoreifabr. 31. D. S. 126.
Böß, Christ., Metallschlagermstr. 36. D. L. 55.
Böß, Barb., Metallschlagerswittwe. 27a. L. 33a.
Böß, Christ., Metallschlager. 27. D. L. 31.
Bosch, Lina, Putzarbeiterin. 23. D. L. 1431.
Bosch, Ros. Amande, Pfarrers-Wwe. 11. D. S. 779.
Bosch, Chr., Specerei- u. Tabakhdlg. 8. D. S. 603.
Bosch, Christ., Schuhmachermstr. 12. D. S. 855c.
Bösch, Heinr., Gasverwalter. 3. D. S. 214.

Böscher, J. Frdr., Webermstr. 18. D. S. 1244a.
Bössel, Gg., Holzmagazin-Aufs. 20. D. L. 1301.
Bösenecker, Anna, Schleifermstrs.-Wwe. 28. D. L. 128.
Boßhard, H., Elfenbeingraveur. 6. D. L. 321b.
Bößwillibald, Sophie, Seniors-Wwe. 23. D. L. 1385.
Bott, Lucian, Wagenwärter. 28. D. L. 94.
Boß, Matth., Wirthschaftsbes. 9. D. S. 625.
Boßner, Paul, Zimmerges. 27a. D. L. 33c.
Boßner, Nannette, Weinhändlers-Wwe. 6. D. L. 329.
Brockel, Marie, Zimmerges.-Wwe. 29. D. L. 5.
Brand, Mich., Wirth z. Stadt Spalt. 12. D. L. 621.
Brand, J. Baptist, Schneidermeister. 12. L. 579a.
Brand, J. Mich., Steindrucker. 16. D. L. 903.
Brand, Christ., Güterladerswittwe. 9. D. L. 474.
Brand, Kunig., Paternostermachers-Wwe. 5. D. S. 352
Brand, Marg., Sattlermstrs.-Wwe. 24. D. L. 1472.
Brand, Elise, Goldstickerin, 25. D. L. 1571.
Brand, Josepha, Wäscherin. 26. D. L. 36.
Brand, Joh., Schreinergeselle. 4. D. S. 263.
Brandt, Frdr., Polizei-Soldat. 2. D. S. 115a.
Brand, Jos., Tünchergeselle. 21. D. L. 1291.
Brand, J., Vergolder. 18. D. L. 1094.
Brand, Joh., Lehrer. 9. D. L. 474.
Brand, Anna Kath., Theatermaschinistenwwe. 20. D. L. 1243.
Brandel, Käthe, Kleidermacherin. 17. D. S. 1212.
Brandeiß, J., Kaufmann. 9. D. L. 434.
Brandes, J. Ph., Comtoirist. 21. D. L. 1262.
Brandes, Frdr., Schuhmacherwerkzeugmacher. 10. D. S. 723.
Brannett, Soph., Pfarrerswwe. 10. D. S. 732.
Brandner, Adalbert, Cigarrenfabrikant. 15. D. S. 1064.
Brandner, Christ. 9. D. S. 630.
Brandner, Dor., Hausmeisterswwe. 23. D. L. 1425.
Brandstätter, Magdalena, Zinnmalerin. 20. D. L. 1238.
Brändelmeier, Maler. 6. D. L. 320a.
Braun, Gg., Eisenhammerwerksbesitzer. 30. D. L. 27.
Braun, Christ. Adolph, Buchhandlung. 3. D. L. 118.
Braun, J. Conr., Waagmachermstr. 22. D. S. 1482.
Braun, J. P., Rothschmiedmstr. 22. D. S. 1462.
Braun, M., Metalldrechslerswwe. 9. D. L. 453.
Braun, Just. Christ., Metallgießerei. 23. D. S. 1565.
Braun, J. Gottf., städtischer Röhrenmeister. 25. D. S. 1696.
Braun, Sim., Lohndiener. 5 D. S. 364.
Braun, Marie, Essigfabrikanten-Wwe. 5. D. S. 375.

Braun, Lor., Fabrikarbeiter. 22. D. L. 1344.
Braun, Steph., Spielwaarenmacher. 6. D. S. 443.
Braun, Dr., Gust., prakt. Arzt. 27a. D. L. 26.
Braun, E. M., Schneidermstrswwe. 12. D. S. 850.
Braun, J. Baptist, Appell.-Ger.-Assess. 14. D. S. 974.
Braun, Marg., Näherin. 2. D. S. 154.
Braun, J. M., Schneidermeister. 14. D. S. 978b.
Braun, J. Con., Tapezier. 14. D. S. 999.
Braun, And. Heinrich, Lohnbedienter. 5. D. S. 386.
Braune, Wilh., Schneidermstr. 7. D. S. 504.
Braun, Marg., Zugeherin. 22. D. 1471.
Braun, J. Kasp., Metalldrechsler. 22. D. S. 1467.
Braun, Kasp., Rothschmiedsdrechsler. 22. D. S. 1467.
Braun, Babette, Kleidermacherin. 17. D. L. 939.
Braun, J. M., Taglöhner. 18. D. L. 1029.
Braun, Marg., Conditors-Wwe. 17. D. L. 949.
Braun, Privatierswittwe. 6. D. S. 476.
Braungart, C. G., Spezereihändler. 9. D. L. 438.
Bräunlein, Carl, Güterlader. 15. D. L. 789.
Bräunlein, J. Gg., Auslaufer. 3. D. S. 204.
Bräunlein, J. Gg., Schneidermstr. 11. D. L. 551.
Bräuning, J. Sebast., Lohnkutscher. 17. D. L. 951a.
Bräuning, Anna, Polizeisoldaten-Wwe. 12. D. S. 823.
Bräuning, August, Buchhalter. 3. D. S. 210c.
Bräuninger, Kath, Schneiders-Wwe. 5. D. L. 252.
Braunecker, Kunig., Hafners-Wwe. 5. D. S. 380.
Braumüller, Anna, Cand.-Wwe. 34. D. L. 1471.
Bräunlein, Gg., Privatier. 19. D. S. 1335.
Bräunlein, Paul, Glockengießer. 22. D. S. 1456b.
Braß, Carl, Kaufmann. 10. D. S. 729.
Braster, Fr., Stationsmeister. 30. D. L. 11f.
Bratenstein, Elis., Wäscherin. 26. D. L. 52.
Braunstein, Chr. Mich., Relikten. 24. D. S. 1610.
Bräutigam, Musiker. 5. D. L. 270.
Bräutigam, Joh., Conservator. 9. D. L 476.
Brehm, Barb., Zugeherin. 17. D. L. 932.
Brehm, J. Frdr., Tünchergeselle. 13. D. L. 909.
Brehm, Frdr., Steinhauer. 9. D. S. 625.
Brehm, J., Weißdosenmacher. 26. D. S. 35.
Brehm, J. Gottl., Dosenmacher. 19. D. L. 1117.
Brehmer, Wilh., Portefeuiller. 23. D. L. 1396.
Brecheis, Frdr., Galanterieschreiner. 16. D. S. 1079.
Brecheis, J. Phil., Flaschnermeister. 14. D. L. 733.

Brecheis, Marg., Fabrikarbeiters-Wwe. 27. D. S. 78.

Brechenmacher, Heinr. 10. D. S. 728b.

Breit, Ros., Schuhmachermeisterswwe. 4. D. S. 272.

Breitenbach, Bab., Kinderfrau. 12. D. L. 638.

Breitenbacher, Kath., Kleidermacherin. 14. D. S. 987.

Breitsameder, Näherin. 27b. D. L. 121.

Breitscherr, Chr., Maurergeselle. 28. D. L. 63.

Breitschopp, Phil., Thorschreiber. 15. D. L. 850.

Breitschopp, Heinr., Fabrikarbeiter. 22. D. 1467.

Breitschopp, Joach., Wirth z. blauen Rößlein. 23.D. S 1534.

Breitschopp, Phil., Examinator. 22. D. S. 1467.

Breitschopp, Conr., Schuhmacher. 20. D. L. 1211.

Breitschwerdt, Joh., Maurergeselle. 32. D. S. 28b.

Breitung, Thom., Wirthschaft z. Propheten. 12. D. L. 587.

Brelites, Joh., Commis. 2. D. S. 120.

Brenner, Heinr. Theodor, Musiker. 11. D. L. 550a.

Brenner, Chr., Sattlergeselle. 25. D. L. 1542.

Bremer, Joh. Musiker. 24. D. L. 1494.

Brenner, Marie, Wittwe. 24. D. L. 1495.

Brenner, J. Musiker. 27b. D. L. 116b.

Brendle, Reg., Näherin. 20. D. L. 1198.

Brennhäuser, Pankr., Hornpresser. 27b. L. 121.

Brennhäuser, Frdr., Bleistiftarbeiter. 15. D. L. 776.

Brennhäuser, Paul, Metallschlager. 26. D. L. 60.

Brennhäuser, J., Maler. 26. D. L. 50a.

Brennhäuser, J. Gg., Papparbeiter. 25. D. L. 1574.

Brennhäuser, S. Carl, Ahlenschmiedmstr. 24. D. L. 1639.

Brettinger, Frdr., Instrumentenmacher. 17. D. L. 969a.

Breuning, R., Werkmeister. 5. D. L. 281.

Briegleb, Ottom. J. A., Tapetenfabrikbesitz. 19. D. S.1302.

Briegleb, Ed., Gallerie-Aufseher. 4. D. S. 288.

Brod, Joh., Schiffführer. 27a. D. L. 46.

Brochier, M., Sprachlehrer. 5. D. L. 282.

Bröhm, J. Phil., Wirtschaftspächter. 3. D. L. 150.

Brock, Jean, Eisenbahnkassier. 27b. D. L. 149.

Brooks, Miß, Privatierin. 9. D. S. 655.

Brom, Andr., Plättleinschlager. 15. D. L. 777.

Brom, Jak., Rothschmiedsdrechsler. 8. D. S. 591.

Brom, Carl, Drechslergeselle. 26. D. S. 45.

Brom, Leonh., Flitterschlager. 29. D. S. 213.

Bromig, J. Chrstph., Wildbadbesitzer. 25. D. S. 1700.

Bromig, J. M., Bildhauer u. Vereinsdiener. 12. D. L. 612.

Bromig, Carl, Schreinergeselle. 4. D. L. 181.

Brosel, Joh., Schlossergeselle. 28. D. S. 136.
Brößler, Mart., k. Oberstlieutenant. 3. D. L. 288.
Brügger, Marie, Inspektorswwe. 7. D. L. 350.
Bruch, J. Chrstn., Kammfabrikant. 12. D. L. 629.
Brühler, Wilh., Kaufmannswittwe. 30. D. S. 177a.
Brucker, Joh., Kammgarnspinner. 27. D. S. 114a.
Brucker, Jac., Webermeister 5. D. L. 260.
Brukmann, Andr., Fabrikarb. 23 D. S. 1531c.
Bruckner, Erh., Schachtelmacher. 23. D. L. 1435.
Brukner, J. Jac., Fabrikarbeiter. 27b. D. L. 121.
Bruckner, Gg. Barth., Kammmacher. 19. D. L. 1132.
Brückner, Conr., Bierführer. 23. D. L. 1423.
Brückner, Conr., Holzmesser. 23. D. L. 1428.
Brückner, Marie, Versatzkäuflin. 14. D. S. 995.
Brückner, J. Chr., Steinkohlenhändler. 5. D. S. 352.
Brückner, Conr, Wirthschaftsbesitzer. 25. D. L. 1522.
Brückner, J., Taglöhner. 18. D. S. 1268.
Bruner, Marie, Zugeherin. 17. D. L. 988.
Bruner, Joh., Ahlenschmiedmeister. 18. D. L. 1060.
Brunner, Chrstn., Drechslermeister. 17. D. S. 1187.
Frunner, Kunig., Schneiderswittwe. 5. D. L. 268.
Brunner, Phil., Schneidermeister. 24. D. L. 1461.
Brunner, J. Gg., Posamentier. 15. D. S. 1036.
Brunner, Frz., Fabrikarbeiter. 10. D. S. 670.
Brunner, Joh, Fabrikschmied. 26. D. S. 3.
Brunner, Frauenkleidermacher. 24. D. L. 1461.
Brunner, Lorenz, Obermaschinist. 28. D. Bahnhof.
Brunner, Reg., Kleidermacherin. 25. D. L 1545.
Brunner, Gg., Ausläufer. 4. D. L. 221.
Brunner, Leonh., Privatier. 22. D. L. 1365a.
Brunner, Ant., Schuhmachermeister. 12. D. S. 823.
Brunner, Joh., Schuhmachermeister. 19. D. L. 1161.
Brunner, Marg., Höckerin. 12 D. L. 823.
Brunner, R. B., Nudelfabrikantenwittwe. 3. D. S. 204.
Brunner, Carl Phil., Schreinermeister. 7. D. L. 370.
Brunner, Gg. Frdr., Kaufm. 17. D. L. 918b.
Brunner, Joh., Ahlenschmiedmstr. 1. D. L. 31.
Brunner, J. Gg., Oekonom. 26. D. L 49c.
Brunner, Marg., Zugeherin. 9. D. S. 651.
Brunner, J. Ad., Charcutier. 11. D. S. 777a.
Brunner, Gg. Matth., Büttnermstr. 3. D. S. 191.
Brunner, Gg., Schleifer. 16. D. L. 891.
Brunner, Frz. Xav., Papparb. 19. D. L. 1161.

Brunner. Jos., Schreinermstr. 3. D. L. 155.

Brunner, Conr., Goldschlagerges. 19. D. L. 1138.

Brunner, Hel., Wittwe. 10. D. L. 513.

Brünner, Barb., Fabrikarbwwe. 24. D. S. 1609.

Brünner, Reg., Gastwirthswwe. 25. D. S. 1650.

Brunner, Albr., Regenschirmfab. 25. D. S. 1692.

Brunner, Reg., Gastwirthswwe. 25. D. S. 1650.

Brünner, Chrst., Appellger.-Rath. 8. D. S. 569.

Brunnacker, J. F., Huf- u. Waffenschm. 20. D. S. 1381.

Brunnotte, Anna Marg., Wirthswwe. 14.. D. S. 978b.

Brunhübner, Joh., Lehrer. 5. D. L. 251b.

Brunstein, J. Aug., Mechaniker. 29. D. L. 16.

Brunko, Joh., Hypoth.-Amts-Actuar. 7. D. S. 529.

Brütting, J. Frdr., Rindmetzgermstrswwe. 5. D. S. 370.

Bscherer, Ad., Schneidermstr. 24. D. L. 1466.

Bscherer, Gg., Rothgießermstr. 13. D. S. 846.

Bscherer, Rath., Zimmermstrswwe. 10. D. S. 742.

Bub, J. Mich., Metzgermstr. 24. D. S. 1602.

Bub, Joh., Goldspinner. 23. D. S. 1573.

Bub, Joh. Leonh., Schneidermstr. 6. D. S. 466.

Bub, Joh. Chrst., Flaschnermstr. 15. D. S. 1040.

Bub, Wilh., Galanteriearb. 31. D. S. 142.

Bub, Joh., Victualienhdlr. 31. D. S. 122b.

Bub, Anna u. Babette, ledig. 18. D. L. 1002.

Bub, Mich., Ladergeh. 18. D. L. 1052.

Bub, Joh., Goldspinner. 24. D. S. 1582.

Bub, Paul, Flaschnermstr. 17. D. S. 1204a.

Bub, Lor., Steinmetzenges. 28. D. S. 178.

Bub, J. G., Gastw. z. König Otto. 1. D. S. 39a.

Bub, J. Chrst. Ad., Großkuttler. 3. D. L. 156a.

Bub, Suf., Zimmergeswwe. 29. D. L. 17.

Bub, Gg., Fabrikarb. 18. D. L. 1082.

Bub, Matth., Schreiner. 6. D. S. 445.

Bubenberger, Marg., Gärtnerswwe. 27a. D. L. 9.

Bügel, J. Gg., Holzhändler. 22. D. L. 1366.

Buchs, J., Fabrikarb. 26. D. L. 49.

Bucher, Heinr., Maschinenschlosser. 30. D. L. 37h.

Bucher, J., Schuhmachermstr. 15. D. S. 1077ab.

Bucher, Gg., Magazinier. 10. D. L. 502b.

Bucher, Lor., Schuhmachermstr. 12. D. L. 634.

Büchel, Phil., Bäcker. 18. D. L. 1037.

Büchel, Gg., Lackirer. 25. D. S. 1669c.

Büchele, Casp., Paternostermacher. 24. D. L. 1448.

Büchl, J. Gg., Metalldreher. 5. D. S. 397b.
Bühl, Gg., Marktdiener. 12. D. S. 823.
Buhl, J. Chrstn., Bürstenmachermstr. 15. D. L. 789.
Buhl, Gg., Schneidergef. 19. D. S. 1329.
Bühler, J. Ad., Kupferstecher. 14. D. L. 770a.
Bühler, Gg., Fabrikarbeiter. 32. D. S. 34.
Bühler, Bab., Näherin. 15. D. S. 1046a.
Bühler, Joh., Pinselmacher. 5. D. S. 371.
Bühler, Doris, Malerin. 7. D. S. 520c.
Bühler, Conr., Bedienter. 18. D. S. 1256a.
Bühler, Andr., Modellschreiner. 1. D. L. 56.
Bühler, Kath., Zugeherin. 5. D. L. 274.
Bühler, J., Taglöhner. 19. D. S. 1338b.
Bühler, Andr. Carl, Pinselfabrikant. 27b. D. L. 90.
Bühler, Anna Barb., Wittwe. 18. D. S. 1277a.
Büchler, Ulr., Drechslermstr. 24. D. S. 1505.
Buchner, Lucas, Schneidermstr. 13. D. S. 933.
Buchner, Fräulein, privatisirt. 8. D. L. 412b.
Buchner, G. Matth., Flaschnermstr. 16. D. L. 910.
Buchner, Conr., Schlossergef. 10. D. S. 741.
Buchner, Th., Gärtner. 27a. D. L. 21.
Buchner, Gg., Taglöhner. 30. D. L. 37m.
Buchner, J. Sigm., Lehrer. 13. D. S. 886a.
Buchner, J. Gg., 1. D. 17a b.
Buchner, Gg. Heinr., Flaschner. 13. D. S. 911.
Buchner, Mich., q. Offiziant. 25. D. S. 1704.
Buchner, Joh., Wittwe. 17. D. S. 1215.
Buchner, Lucas, Steinmetzengef. 26. D. S. 38.
Buchner, Joh., Bierwirth. 26. D. S. 49.
Buchner, Christ. Mich., lithogr. Anstalt. 1. D. S. 92.
Buchner, Marg., Steinmetzengeswwe. 26. D. S. 27.
Buchner, Wolfg., Portefeuilleur. 3. D. S. 182.
Buchner, Gg. Ad., Kunstmühlbesitzer. 32. D. S. 47.
Buchner, Lucas, Schneidermstrswwe. 30. D. L. 41.
Büchner, J. Ed., Flaschnermstr. 26. D. L. 86d.
Büchner, Conr. Heinr., Flaschnermstr. 18. D. L. 1096.
Büchner, Maria Barb., Flaschnermstrswwe. 21. D. L. 1261.
Büchner, Gg., Käsehandlg. 5. D. S. 427.
Büchner, Leonh., Holzhauer. 12. D. L. 640b.
Büchner, J. Thom., Glaser. 10. D. S. 680.
Büchner, Barb., Bleistiftarbwwe. 12. D. L. 622.
Büchner, Wilh., Steinhauer. 10. D. S. 711.
Büchner, Moritz, Chatoullenfabr. 15. D. S. 1029.

Buchmann, Ant., Großhdlr. 30. D. L. 84.

Buchstein, M., Hopfenhdlr. 6. D L. 327.

v. Buirette, Max, Privatier. 15. D. L. 846.

v. Buirette k. q. Landrichter. 1. D. L. 6a.

Buck, Joh. Gg., Relikten. 20. D. S. 1357a.

Buckelmüller, Kath., Fabrikarbeiterswwe. 29. D. S. 228.

Bull, Leonh., Spezerei= u. Tabakhdlg. 21. D. S. 1432.

Bümlein, J. Gg., Fabrikarb. 29. D. S. 211.

v. Bünau, J., penf. Hauptmann. 1. D. S. 33.

Bündele, Carl, Condukteur. 20. D. L. 1223.

Bunzel, Julie, Buchhalterswwe. 16. D. S. 1166.

Bunzel, Joh., Bader. 3. D. S. 213.

Bunzel, J. M., Privatier. 10. D. S. 622.

Bunzel, Dor. u. Jac., privatifirt. 2. D. S. 113.

Bürer, Justine, Doktorswittwe. 11 D. S. 797.

Burg, Chrstn., Lokomotivführer. 28. D. L. 106.

Burg, Joh., Wagenwärter. 17. D. L. 932.

Burger, Veronika, Näherin. 3. D. S. 235b.

Burger, Seb., Posthausmeister. 28. D. L. 103. (Poft.)

Burger, Gg., Pfragner. 10. D. L. 527.

Burger, Ed., Pinselfabrikant. 10. D. S. 722.

Burger, Joh. Gg., Schreinermeister. 7. D. S. 499.

Burger, Paul, Ausläufer. 10. D. S. 663.

Burger, Barb., Maurergesellenwittwe. 19. D. S. 1291.

Burger, Jac. Thom., Bäckermeister. 10. D. S. 662.

Burger, Carl, Eisen= u. Stahlhandlg. 12. D. S. 818.

Bürger, Chrstn., Metallschlagermeister. 21. D. L. 1290.

Bürger, Rosalie, Jngenieurswittwe. 19. D. L. 1119.

Burggraf, Richard, Sattlermeister. 4. D. S. 317.

Burgschmiet, A. M., Kunstgießerswwe. 14. D. L. 761.

Burgschmidt, Jac., Handlanger. 23. D. S. 1535.

Burgschmiet, Joh., Fabrikwächter. 27. D. S. 77.

Burgschmiet, Jean, Buchhalter. 4. D. S. 297.

Burgschmid, Kath., Obstlerin. 5. D. S. 387.

Burgschmied, L., Erzgießer. 12. D. S. 855c.

Burgschmied, Joh., Fabrikwächter. 27. D. S. 77.

Burgschmidt, Joh., Fabrikarbeiter. 29. D. S. 221.

Burgschmidt, Leonh., Fabrikarbeiter. 30. D. S. 5.

Burgschmidt, Christ., Maurergeselle. 22. D. S. 1450.

Burk, Casp., Pachtgärtner. 32. D. S. 60.

Burk, Frdr., Gärtner. 26. D. L. 79a.

Burkard, Herm., Schlossermeister. 24. D. L. 1473.

Burkart, J., vorm. Pfragner. 16. D. L. 867.
Burkert, Joh., Wagenwärter. 16. D. L. 903.
Burkhard, Joh., Sekretair. 22. D. L. 1322.
Burkhardt, J. Frdr., Feilenhauermstr. 26. D. L. 1271.
Burkhard, Leonh., Bleichanstalt. 30. D. L. 50.
Burkhard, J., Wirth z. gold. Hufeisen. 13. D. S. 932.
Burkhard, G. Fr., Gürtlermeister. 15. D. S. 1075.
Burkhard, Barb., Bleicherswittwe. 30. D. L. 50.
Burkhardt, Carl, Bleistiftarbeiter. 24. D. S. 1643.
Burkhard, Joh., Drechslermeister. 23. D. L. 1439.
Burkhard, Conr., k. pens. Revierförster. 13. D. S. 889.
Bürkel, Dr., Redakteur. 4. D. L. 186.
Bürklein, Eduard, k. Baubeamter. 30. D. L. 84.
Busch, Moritz, Bezirksgerichtsactuar. 2. D. L. 117.
Busch, Bab., Rauhpossirerstochter. 9. D. S. 613.
Busch, Gg. Ad., Fabrikarbeiter. 22. D. S. 1483.
Busch, J. G., Schreinermeister. 15. D. L. 813.
Busch, J., Fabrikarbeiter. 18. D. L. 1064.
Busch, J. Gg., Weißmacher. 25. D. S. 1698.
Buschmann, Gg., Wagenwärter. 26. D. S. 49.
Buschmann, Wilh., Spielwaarenmacher. 26. D. L. 55.
Butterhof, A. B., Wirths- u. Pfrag.-Wwe. 24. D. L. 1496.
Büttner, Conr., Victualienhändler. 30. D. L. 37d.
Büttner, J. Gg., Rothgießermeister. 24. D. S. 1592.
Büttner, J. Leonh., Fabrikschmied. 24. D. S. 1583.
Büttner, J. Gg., Schneidermeister. 24. D. L. 1484.
Büttner, Barb., Victualienhändlerin. 28. D. S. 139.
Büttner, Kunig., Wittwe. 26. D. S. 40.
Büttner, Joh., Rothgießergeselle. 30. D. S. 3.
Büttner, Heinr., Maler. 11. D. S. 782.
Büttner, Fr., Schneidergeselle. 25. L. 1546.
Büttner, Bab., Schrannenmeisterswwe. 10. D. L. 521.
Burucker, J. Conr., Kammmachermeister. 18. D. L. 1151.
Burucker, Heinr., Fabrikarbeiter. 22. D. L. 1321.
Burucker, Peter, Lackirer. 14. D. L. 760.
Burucker, J. Ad., Fabrikarbeiter. 22. D. S. 1456.
Burucker, J. Gottfr., Taglöhner. 14. D. L. 760.
Butz, Jos., Zinngießer. 23. D. S. 1532.

C.

Caillieuz, Achill., Werkmeister. 27b. D. L. 100.

Campe, Frdr., Relikten. 32. D. S. 86a.

Campe, Burkhd. H. Fr., Buchdruckereibes. 4. D. L. 175.

Campe, John, Kfm., Manufakturwaarenhdlg. 10. D. S. 675.

Campe, Jul., Besitzer der Kugel=Apotheke. 7. D. S. 548.

Campe, Emilie, Buchhändlerswittwe. 4. D. S. 266.

Canstädter, Carl, q. Stationsmeister. 30. D. L. 61.

Cantler, J. Bapt., k. Bezirksger.=Assess. 32. D. S. 134.

Cantor, Baptist, Redakteur. 7. D. S. 522.

Carl, C. J., Kanalbestätter. 19. D. L. 1120.

Carl, J. Gg., Gürtlermeister. 25. D. L. 1579.

Carl, Joh. Casp., Schneidermeister. 19. D. L. 1120.

Carl, Gg. Mich., Tischlermeister. 4. D. L. 219.

Carl, J. Leonh., Drechslermeister. 17. D. L. 985.

Carl, Friederike, Näherin. 25. D. S. 1662.

Carl, J. Gg., Rothschmiedsdrechsler. 25. D. S. 1692.

Caspar, J Gg., Peitschenmacher. 20. D. S. 1339a.

Caspar, Andr., Schneidermeister. 18. D. S. 1262a.

v. Caspers, Max, k. Obristlieutenant. 1. D. S. 15b.

Caspart, J. Marg., Kaufmannswittwe. 6. D. L. 318.

Cesinger, J. G., Büchsenmacher. 18. D. S. 1262.

Charlott, Ludw., Bereiter. 23. D. L. 1387.

Chenal, Carl, Literat. 12. D. L 600.

Chenal, Chrst. (F.: J. G. Holzberger sel. Erb.) 15. D. S. 1010.

v. Chlingensperg, Alois, k. Kanalingen. 28. D. L. 99.

Chorherr, Sigm., Musiker. 23. D. L. 1416.

Christ, Elis., Wirthswittwe. 18. D. L. 1043.

Christ, J. W., Bierwirthswittwe. 6. D. S. 469a.

Christel, Kath., ledig. 13. D. L. 676.

Christian, Albr. Frdr., Spielwaarenfabr. 12. D. L. 630.

Christoph, Frdr., Wagnermeister. 16. D. L. 922.

Christoph, Anna, Handlangerswittwe. 29. D. S. 224.

Christoph, Chrst., Fabrikarbeiter. 29. D. L. 13.

Cohn, Jos., Bankier u. Hopfenhandlung. 7. D. L. 368.

Die Colleg=Gesellschaft. 31. D. S. 105a.

Cnopf, C. C., Bankier (F.: J. C. Cnopf). 7. D. L. 351.

Cnopf, Gg. Carl, Kaufmann. 3. D. L. 119.

Cnopf, Theod., Kaufmann. 12. D. S. 808b.

Cnopf, Chr. Carl, Kaufmann. 32. D. S. 5.

Cnopf, Dr. med., Jul., prakt. Arzt. 2. D. L. 95.

Cnopf, J., Fabrikarbeiter. 9. D. S. 639.

Conrad, Frdr., Schlosser. 19. D. L. 1154.
Conrad, J. Bernh., Gürtlermeister. 27. D. L. 43.
Conrad, Marg., Kleidermacherin. 19. D. L. 1100.
Conrad, Matth., Bleistiftmacher. 27a. D. L. 33a.
Conrad, Gg. Steph., Bleistiftarbeiter. 27b. D. L. 127.
Conradty, Frdr., Fabrikbesitzer. 5. D. L. 268.
Conradty, C., Bronzefarb. u. Bleistiftfabr. 3. D. S. 246.
Clauß, Carl, Kaufmann, technische Artikel. 30. D. L. 83.
Clauß, Gg., Bader. 24. D. L. 1510.
Clauß, Frdr., Bleistiftarbeiter. 27a. D. L. 65.
Claus, Carl, Fabrikarbeiter. 27a. D. L. 51.
Clausfelder, Gg., Steinhauergeselle. 30. D. L. 19.
Clausfelder, Marie, Stecknadelarbeiterin. 3. D. L. 157.
Claußner, J. Paul, Metzgermeister. 15. D. S. 1045.
Claußner, Gg. Mich., Metzgermeister. 22. D. S. 1473.
Claußner, Casp., Kammmacher. 23. D. L. 1425a.
Claußner, J. Gg., Schweinschauer. 5. D. L. 231.
Clericus, Carl Christ. Wilh., Privatier. 6. D. L. 308.
Clericus, J., jun., Kaufmann. 6. D. L. 308.
v. Crailsheim, Freih., k. Forstmeister. 16. D. L. 854.
Crallopp, Chr., Ausläufer. 25. D. S. 1672.
Cramer, P. Sigm., Photograph. 30. D. L. 92.
Cramer, Oskar, Maler. 30. D. L. 92.
v. Cramer-Klett, Theod., Fabrikbesitzer. 30. D. S. 184.
Cramer, Heinr., k. Oberlieutenant. 4. D. S. 323.
Cramer, Kath., Privatierswittwe. 31. D. S. 130.
Crämer, F. C. (F.: Crämer, Vetter u. Co.) 3. D. S. 183.
Crämer, Kath., Kaufmannswittwe. 2. D. S. 87.
Crämer, Carl, Fabrikarbeiter. 30. D. L. 29b.
Cron, Christine, Kaufmannswittwe. 1. D. S. 44.
Curtius, Jos., k. Hauptmann. 3. D. S. 242.
Cyrus, Leonh. Nik., Schreinermeister. 5. D. S. 416.
Cyrus, J., Schreinermeister. 3. D. S. 197.

D.

Dachert, Ferd., Fabrikarbeiter. 19. D. S. 1334b.
Dachtler, Gg., Sprachlehrer. 1. D. S. 74.
Daigfuß, Kilian (Firma: J. B. Bader). 11. D. L. 542a.
Daigfuß, Gg., Kaufmann. 11. D. L. 542a.
Dallinger, A. L., Graveur u. Medailleur. 1. D. L. 58.
Dallinger, Kath., Werkführerswittwe. 7. D. S. 520a.

Dallmeier, J., Hafnergeselle. 24. D. S. 1518.
Dallmeier, A. Suf., Wittwe. 10. D. S. 752.
Damm, Joh., Eisendreher. 18. D. S. 1259.
Dambacher, J. A., Seiden= u. Brocatweber. 31. D. S. 122a.
Dambacher, Gg., leonische Seidenweberei 15. D. S. 1017a.
Dambacher, Paul, Bezirksger.=Actuar. 21. D. S. 1412.
Dambacher, Melch., Schuhmacher. 26. D. L. 85.
Dambacher, Dr. Carl, resig. Pfarrer. 32. D. S. 30.
Damler, J. Andr., Schriftschneider. 12. D. S. 815.
Dann, Joh., Schuhmachermeister. 3. D. S. 194.
Danhöfer, Carl Frdr., Schuhmacher. 27. D. L. 112.
Daniel, Frdr., Schreiner. 24. D. S. 1637.
Daniel, Andr., Schreinergeselle. 22. D. L. 1331.
Danner, Lif., Lehrerin. 24. D. L. 1509.
Danner, Valent., Fabrikschreiner. 10. D. S. 753.
Danler, P. A. (Firma: Danler u. Comp.) 15. D. L. 840.
Dannhorn, Conr., Glasschleifer. 25. D. S. 1653.
Dannhorn, Gg., Kammmachermeister. 23. D. L. 1433.
Danhorn, M., Glasschleifer. 5. D. L. 232.
Danhorn, Jac., Kammmachergeselle. 29. D. L. 11.
Danhorn, Dor., Polirermeister. 21. D. L. 1271.
Dänzel, Leonh., Metallschlager. 27b. D. L. 92.
Dauber, Schornsteinfeger. 16. D. S. 1103.
Dauberschmidt, J. G. M., Bäckermstr. 11. D. S. 802.
Dauer, Wolfg., Rothschmiedmeister. 13. D. L. 706.
Dauch, W., Eisenbahnbediensteter. 16. D. L. 891.
Daucher, Gg. N., Buchbinder u. Portef. 1. D. S. 23.
Daucher, Frdr., Fabrikarbeiter. 9. D. S. 617.
Daucherbeck, Mich., Fabrikarbeiter. 13. D. L. 702.
Daum, Elif., Zugeherin. 29. D. L. 31.
Daum, Joh., Drechslermeister. 1. D. S. 39a.
Daum, J. M., Großpfragner. 21. D. S. 1430.
Daumerlang, Christ., q. Lehrer. 17. D. S. 1185.
Daumerlang, Phil., Kaufmann. 13. D. L. 661.
Daumerlang, Carl, Buchbinder. 17. D. S. 1185.
Daumerlang, Suf., Kupferstecherswwe. 12. D. S. 849.
Danner, Andr., Gastwirth zum Falken. 20. D. S. 1390.
Dauner, J. G. L., Conditor. 5. D. L. 277.
Dauscher, J., Holzhauer. 7. D. S. 509.
Dauphin, Heinr., Heizer. 29. D. L. 28.
Dauffes, Steph., Dosenmaler. 21. D. S. 1273.
Dasch, Christ., Commis. 25. D. L. 1522.
Daßdorf, J. Andr., Bader. 28. D. L. 167.

Davison, N., Professor. 2. D. L. 136.

Dechant, Frz., Maler und Lackirer. 19. D. L. 1172.

Decker, Gg., Fabrikarbeiter. 30. D. S. 154.

Decker, Joh., Fabrikarbeiter. 22. D. S. 1489.

Deckelmann, M., Büttnermeisterswwe. 4. D. S. 302.

Deecke, Gg., Gastwirth zum Peter Vischer. 14. D. L. 748.

Defet, Franz, Hausmeister. 23. D. S. 1537.

Defet, Christ., Zirkelschmiedmeister. 23. D. L. 1408b.

Defet, J., Zirkelschmiedmeister. 22. D. S. 1450.

Defet, J., Kupferstecher. 21. D. S. 1433a.

Defet, Christ., Hausmeister. 30. D. S. 185.

Deffner, Joh., Ausläufer. 19. D. L. 490.

Deffner, J., Arbeiter. 25. D. L. 1552.

Deffner, Mich., Fabrikarbeiter. 21. D. L. 1264.

Degelbeck, Joh. Jac., Schreinermeister. 15. D. L. 833.

Deglmann, Jos., Wagenwärter. 30. D. L. 19.

Degen, Barb. Kath., Arbeiterswittwe. 26. D. L. 49c.

Degen, Michael, Schuhmachermeister. 25. D. L. 1567a.

Degenhardt, Alois, Holzhauer. 20. D. L. 1219.

Denis, Jul., Kaufmannswittwe. 12. D. S. 813b.

Dehler, Dor., Gerberswittwe. 11. D. L. 555.

Dehler, Elisab., Schreinerswittwe. 11. D. S. 802.

Dehm, Gg., Eisenbahnarbeiter. 12. D. L. 587.

Dehm, J. Andr., Bäckermeister. 4. D. S. 336.

Dehm, Leonh., Dominofabrikant. 19. D. L. 1138.

Deiber, Ant., Packmeister. 14. D. L. 762.

Deierl, Andr., Schmiedmeister. 25. D. S. 1679.

Deinert, J. Just. Frdr., Dachdeckergeselle. 29. D. L. 2.

Deinert, Gg. Matth., Dachdecker. 19. D. L. 1138.

Deinert, J. M., Rothgießergeselle. 12. D. L. 650.

Deininger, J. Gg., Privatier. 16. D. L. 925c.

Deininger, Gg., Kammmachermeister. 12. D. L. 630.

Deininger, Joh., Schneidermeisterswwe. 11. D. L. 549.

Deininger, Joh., Bierwirth. 9. D. S. 646.

Deinhard, Marg. W., Näherin. 18. D. S. 1253.

Deinhard, Marg., Wirthswittwe. 9. D. L. 473.

Deinhard, J. Seb., Wirth z. Predigtstühlein. 22. D. S. 1501.

Deinhard, J., Güterladergehülfe. 16. D. L. 906.

Deinhard, J. G., Großpfragner. 673.

Deinhard, J. Christ., Kramkäusel. 2. D. S. 138.

Deinhard, Gottfr., Wirthschaftsbesitzer. 25. D. L. 1549.

Deinhard, J. Christ., Kramkäusel. 2. D. S. 154.

Deinlein, Nicol, Metzgermeister. 3. D. S. 207.

Deinlein, Frdr., Oblatenbäcker. 10. D. S. 715.

Deinzer, Mich., Gärtner. 30. D. S. 182.

Deinzer, J. Gg., Steinhauergeselle. 18. D. L. 1082.

Deinzer, Pet., Polizeisoldat. 18. D. L. 1047.

Deinzer, Conr. 18. D. L. 1074.

Deinzer, Jac., Tünchergeselle. 17. D. S. 1213.

Deinzer, Gg., Maurergeselle. 17. D. S. 1213.

Deinzer, Andr., Polizeisoldat. 6. D. S. 459.

Deinzer, G. P., Kramkäufel. 2. D. S. 125.

Deinzer, J. Sam., Tünchermeister. 17. D. S. 1213.

Deinzer, Conr., Gärtner. 27a. D. L. 85b.

Deiritzbacher, Frdr., Fabrikarbeiter. 32. D. S. 45.

Deistel, Elis., Reg.-Quartiermstrswwe. 12. D. L. 1000b.

Dell, Joh. Frdr., Schreinermeister. 1. D. S. 50.

Dell, Gg. Wilh., Sattlermeister. 11. D. S. 787.

Dell, J. Mart., Flaschnermeister. 24. D. S. 1601.

Delvin, Madl., Kaufmannswittwe. 13. D. S. 875.

Delz, J. Chr., Buchhalter. 12. D. S. 813b.

Dembelein, F., Kunst= u. Schönfärber. 17. D. S. 1217.

Demmel, Frz., Modellschreiner. 25. D. S. 1650.

Demel, Casp., Galanterieschreiner. 22. D. S. 1449.

Demmel, Heinr., Fabrikschreiner. 31. D. S. 14Ck.

Demmert, K., Hopfenhändler. 6. D. L. 318a.

Demlein, Joh., Schlosser. 12. D. L. 622.

Demler, J. Gottl., Kaufmann. 1. D. S. 5.

Demler, Justine, Kaufmannswittwe. 27a. D. L. 58.

Demler, Phil., Ausläufer. 28. D. L. 1329.

Dempwolf, Aug., Buchhändler. 2. D. S. 155.

Dendtel, Gg. Paul, Einsammler. 7. D. S. 507.

Dennefeld, Bapt., k. Postoffizial. 5. D. L. 285.

Denecke, Heinr., opt. Waarenfabr. 31. D. S. 148.

Denecke, J. Carl, Dosenfabrik. 27. D. L. 13.

Denecke, J. Jac., Blechlackirer. 16. D. L. 870.

Denecke, J. Gg., Lackirgeschäft. 5. D. L. 228.

Denecke, Marie, Wittwe. 17. D. L. 876.

Deneke, Carl, Bleistiftzeichner. 19. D. L. 1175.

Dennerlein, Frdr., Nagelschmied. 13. D. L. 702.

Dennerlein, Gg., Postconducteur. 10. D. L. 518.

Dennerlein, J. G. K., Privatier. 10. D. L. 507.

Dennerlein, Conr., Pfragner. 14. D. L. 719.

Dennerlein, J. Thom., Bleistiftarbeiter. 30. D. L. 37.

Dennerlein, Anna, Näherin. 12. D. L. 651.

Dennerlöhr, Val., Büttnermeister. 16. D. L. 885.

Dengler, Frz. Ant., Schreinermeister.

Dengler, L., Lehrer d. k. Kreisgew.-Schule. 18. D. S. 1067.

Dengler, Galanterieschreiner. 3. D. L. 156.

Dengler, Jos., Schreinermeister. 3. D. S. 172.

Dennhöfer, Marie, Wwe. 15. D. L. 779.

Dennhöfer, J. Fr., Drechslermeister. 18. D. L. 1077.

Denninger, Bal., Taglöhner. 27. D. S. 115.

Denninger, Casp., Schneidermeister. 5. D. L. 258.

Denk, J., Goldspinner. 14. D. L. 758.

Denk, M., Bezirks-Geometers-Wwe. 7. D. L. 356.

Denker, Conr., Maurergeselle. 26. D. L. 45.

Dentler, Marg., Händlerin. 26. D. L. 52.

Dentler, Carl Aug., Kunstgärtner. 32. D. S. 73.

Dentsch, Fr., Schuhmachermeister. 17. D. L. 876.

Denzenberger, S. C., Beinarbeiter. 13. D. S. 957.

Denzler, M., Stadtgerichtsdienerswwe. 18. D. L. 1003.

Deuringer, Gg. Casp., Kammmachermstr. 24. D. S. 499.

Deuringer, Frz., Privatier. 7. D. S. 499.

Deuerlein, Jak., Wirthschaftsbesitzer. 11. D. L. 546.

Deuerlein, Chr., p. Polizei-Rottmstrswwe. 24. D. L. 1455.

Deuerlein, Lehrer. 1. D. S. 2.

Deuerlein, J. Gg., Weißmacher. 7. D. S. 511.

Deuerlein, Conr., Fabrikarbeiter. 29. D. S. 194.

Deuerlein, Joh., Goldarbeiter. 19. D. L. 1168.

Deuerlein, Jak., Gastw. z. König v. England. 11. D. L. 546.

Deuerlein, Conr., Wirthschaftsbesitzer. 10. D. L. 507.

Deuerlein, Anna, Zugeherin. 18. D. L. 1087.

Deuerlein, Joh., Flaschnermeister. 5. D. S. 347.

Deufel, Sophie, Aufschlägers-Wwe. 25. D. L. 1533.

Deunzer, J., Polizeisoldat. 8. D. S. 576.

Deutsch, Sigm., Missionsprediger. 23. D. L. 1385.

Derbfuß, Seb., Fabrikschlosser. 28. D. S. 160.

Derrer, J. Casp., Peitschenfabrikant. 1. D. L. 63.

Dörrer, J., Schreiner. 13. D. S. 926.

Dettinger, Gg., Sockenmacher. 18. D. L. 1031.

Dotzel, Sam., Lokomotivführer. 28. D. L. 66.

Dickhofer, J. Ant., Schneidermeister. 3. D. S. 176.

Diehl, Mathilde, Apothekers-Wwe. 30. D. S. 185.

Diehl, J., Elfenbeingraveur. 7. D. S. 545.

Dienert, Gg., Wirth. 17. D. S. 1170.

v. Dietfurth, Frz., Freiherr. 4. D. L. 206.

Diethorn, Balth., Tünchergeselle. 27. D. S. 87.

Diethorn, Ant., Werkzeughändler 6. D. S. 458.

Düthorn, Conr., Kleiderreiniger. 5. D. S. 371.

Diethorn, M., Papiermachéemalerswwe. 28. D. S. 154.

Dithorn, Anna, Wittwe. 26. D. S. 63.

Ditthorn, Gg., Stecknadelmacher. 16. D. S. 1143.

Dietel, penf. Oberfeuerwerker. 9. D. S. 638.

Dietel, W., Privatierswittwe. 32. D. S. 87.

Dietl, J. Sim., Kaminfegermeister. 7. D. L. 495.

Dietlein, J. Melch., Pfragner. 25. D. L. 1526.

Dietlein, Albr., Privatier. 32. D. S. 31.

Dietrich, Jac., Kunstgärtn. u. Samenhdlr. 30. D. S. 177a.

Dietrich, J. Ad., Privatier. 31. D. S. 126.

Dietrich, Sigm., Wagnermeister. 22. D. L. 1318.

Dietrich, Carl Wilh., Weißwaarenhandlung. 6. D. L. 319.

Dietrich, Carl Wilh., Weißwaarenhandlung. 3. D. L. 114.

Dietrich, Frdr., Schuhmachermeister. 14. D. S. 992.

Dietrich, Christ., Künstlerswwe., privatisirt. 8. D. S. 598.

Dietrich, Wolfg., Posamentier. 21. D. L. 1299b.

Dietrich, Gg., Wagnermstr. 17. D. L. 932.

Dietrich, Wilh., Kfm., Materialwhdlg. 15. D. L. 819.

Dietrich, Christ., Weißmacher. 16. D. S. 1115.

Dietrich, Gg., Steinhauergeselle. 12, D. S. 632.

Dietrich, J. Paul, Schneidermeister. 9. D. L. 444.

Dietrich, Andr., Obsthändlerin. 14. D. S. 999.

Dieß, J. Sim., k. Prof. u. Dr. med. 30. D. L. 87.

Dieß, Dr., Theod., prakt. Arzt. 21. D. L. 1255a.

v. Dieß, Freiherr, k. Obristlieutenant. 4. D. L. 297.

Dieß, k. Oberlieutenant. 1. D. S. 37.

Diez, Rosa, Fräulein. 13. D. S. 875.

v. Dieß, k. Hauptmann. 8. D. L. 407.

Dieß, J. P. W., Bieling'sche Buchdruckerei. 16. D. S. 1114.

Dieß, Carl Frdr., Colonialwaarenhdlg. 16. D. S. 1128.

Dieß, J. Ignatz, Bürstenfabrikant. 11. D. S. 764c.

Dieß, Mich., Spiegelfabrikant. 17. D. S. 1199.

Dieß, J. Ad., Bürstenmacher. 15. D. S. 1064.

Dieß, Chrstph., Bürstenfabrikant. 9. D. S. 658.

Dieß, Gottfr., Lackirer. 24. D. S. 1446,

Dieß, Wilh., Lehrerswittwe. 27a. D. L. 44.

Dieß, Joh., Conducteur. 17. D. L. 948b.

Dießfelbinger, W. H., k. Colleg.-Sekr. 32. D. S. 27.

Dießel, Chrstph., Posamentier. 5. D. S. 371.

Dießel, J. Jac., Pfarrer z. heil. Geist. 1. D. L. 20.

Dießel, Frdr., Schneidermeister. 11. D. L. 552.

Dietzel, Andr., Posamentier. 9. D. S. 657.
Dietzel, Marie, Putzmacherin. 4. D. S. 337.
Diezinger, P., Pachtgärtner. 31. D. S. 121.
Dietzinger, Kunig., Zugeherin. 32. D. S. 136.
Dillmann, Anna Marg., privatisirt. 4. D. S. 298.
Dingfelder, Frdr., Fabrikarbeiter. 21. D. S. 1429.
Dinkelmeyer, J. Frdr., Nagelschmiedmstr. 28. D. S. 173.
Dinkelmayer, G. H., Sieb= u. Drahtw. 1. D. S. 87.
Dinkler, Andr., Gärtner. 30. D. S. 170.
Dippold, Just., Mechaniker. 7. D. L. 397.
Dippold, J. G., Buchhalter. 9. D. L. 466a.
Dippold, J. Conr., Gastwirth. 18. D. L. 1047.
Dischner, Frz. Ant., Wirthschaftsbesitzer. 15. D. L. 815.
Dirsch, Phil., Zimmergeselle. 22. D. L. 1354.
Distel, C., Masch.=Haken und Oefenfabrik. 30. D. L. 90.
Distler, Pet, Kammmachermeister. 24. D. L. 1474.
Distler, Frz., Bezirksamtsdiener. 5. D. L. 304.
Distler, Joh., Schneidergeselle. 19. D. L. 1134.
Distler, Gg., städt. Werkmeisterswittwe. 28. D. S. 129.
Distler, Heinr., Maschinenheizer. 15. D. S. 1048.
Distler, Gg., Fabrikarbeiter. 21. D. S. 1391.
Distler, Marie, Steinhauerswittwe. 22. D. S. 1323.
Distelbarth, J., Wittwe. 9. D. L. 476.
Dittmann, M., Spezerei= und Tabakhdlg. 4. D. S. 311.
Dittmar, Aug., Kaufmann. 4. D. S. 311.
Dittmar, Aug., Schmiedgeselle. 26. D. S 39.
Dittmar, Melch., Schuhmachergeselle. 9. D. S. 635.
Dobel, Mich., Schneller. 15. D. L. 787a.
Doebler, M. S., Händlerswittwe. 22. D. L. 1336.
Döderlein, Fr., Kaufmannswittwe. 13. D. S. 917.
Döderlein, Marie, Wittwe, privatisirt. 17. D. L. 944.
Döhlemann, Anna, Wittwe. 23. D. L. 1417.
Döhlemann, Frd., Apotheker. 20. D. S. 1358.
Döhlemann, Heinr., Kaufmann. 3. D. S. 241.
Döhlemann, Fr., und Hennighausen. 30. D. S. 153.
Döller, Sim., Schreinergeselle. 15. D. S. 1017.
Dölfel, Carl, ehem. Bäckermeister. 17. D. L. 976c.
Dollhopf, Conr., Zimmergeselle. 28. D. L. 63.
Dollhopf, Gg., Fabrikarbeiter, 7. D. S. 519.
Dollinger, J. Gg., Nachtlichterfabr. 3. D. S. 191.
Dollinger, J., Briefträgerswittwe. 32. D. S. 31.
Döllius, Clara, Malerin. 24. D. L. 1472.
Dollmeyer, Simon, Weber. 11. D. S. 791.

Döllner, k. Controlleur. 12. D. S. 819.

Dombart, Magd., Cantors-Wwe. 16. D. S. 1095.

Dommel, Heinr., Ausläufer. 20. D. L. 1245.

Domeyer, Gg. Fr., Handelsgerichts-Assessor. 15. D. L. 823.

v. Donle, Eduard, k. Bezirksgerichts-Rath. 26. D. L. 63a.

Dopp, Jakob, Bleistiftarbeit. 26. D. L. 86c.

Dopp, Elis., Dosendrehers-Wwe. 27a. D. L. 46.

Dörr, J. Gg., Schieferdeckermeister. 7. D. S. 514.

Dörr, Christ., Schneidermeister. 27a. D. L. 67.

Dörr, J. Math., Administrator. 26. D. S. 43.

Dörr, Friedr., Rechnungs-Assistent. 19. D. S. 1336.

Dörr, N., Hebamme. 24. D. S. 1637.

Dörr, Bab., Wwe. 15. D. L. 825.

Dörr, Lisette, Näherin. 13. D. S. 942.

Dörr, Kath., Fabrikarbeiterin. 27. D. S. 94.

Dörr, Paul., Schlossergeselle. 21. D. S. 1433c.

Dörr, J. Ad., Maurermeister. 27. D. L. 165a.

Dörr, J. Pet., Dachdeckermeister. 26. D. S. 10.

Dörr, Gottl., Tüncher- u. Maurermstr. 23. D. S. 1527.

Dörr, Heinr., Bremsenwärter. 20. D. L. 1237.

Dörr, J. Leonh., Zimmergeselle. 26. D. S. 30.

Dörr, Marie, Näherin. 10. D. S. 689.

Dörrbaum, G. S., Hornpressermeister. 18. D. L. 1083.

Dörrbaum, J. Carl, Schneidermstr. 17. D. S. 1238.

Dörrbaum, Appol., Schellenmachers-Wwe. 25. D. L. 1519a.

Dörfl, Ant., Kaufmann. 10. D. L. 524.

Dörfler, Lorenz, Rentamtsbote. 6. D. S. 467.

Dörfler, J., Fabrikarbeiter. 32. D. S. 119.

Dörfler, Kath., Fräulein, privatisirt. 23. D. L. 1384.

Dörrfuß, Frdr. Wilh., Polizei-Actuar. 3. D. S 256.

Dörrfuß, Gg., Schuhmachermeister. 1. D. S. 70a.

Dörrfuß, Cornel., Privatier. 24. D. L. 1499.

Döring, Anna, Fabrikarbeiterin. 19. D. L. 1132.

Döring, Jak., Xylographen-Wwe. 25. D. L. 1551.

Döring, Gottl., Büttnermeister. 11. D. L. 537.

Dörrmann, Magd., Vergolders-Wwe. 16. D. S. 1090.

Dormich, Marie, Näherin. 15. D. S. 1068.

Dormitzer, Ph., Rauchwaarenhändler. 7. D. L. 367.

Dorrmüller, Chr. Sigm., Viktualienhdlg. 22. D. S. 1461.

Dorn, J., Landkramhändler. 23. D. L. 1432

Dorn, Anna, Wittwe. 26. D. S. 17.

Dorn, Frdr., Pflasterergeselle. 30. D. L. 37e.

Dorn, Conr., Wagenbauer. 30. D. L. 37h.

Dorn, Gg., Spezereihandlung. 21. D. S. 1392.
Dorn, Joh., Mechaniker. 29. D. S. 218.
Dorn, Gg., ehem. Bäcker. 21. D. S. 1435.
Dorn, Joh., Drahtschneider. 16. D. L. 903.
Dorn, Frdr., Sattlergeselle. 4. D. L. 217.
Dorn, Heinr., Bezirksgerichts-Actuar. 5. D. S. 397b.
Dorn, J., Fabrikarbeiter. 15. D. S. 1050.
Dorn, Andr., Maschinenführer. 17 D. L. 969a.
Dorn, Barbara, Polizeisoldaten-Wwe. 25. D. S. 1659b.
Dorn, Joh., Maschinenheizer. 16. D. S. 1087.
Dorn, Wilh., Stecknadelmacher. 7. D. S. 507.
Dorn, Elise Kath., Wäscherin. 28. D. L. 105.
Dorn, Conr., Gastwirthschaft z. blauen Pfau. 17. D. S. 1237.
Dorn, Joh., Schuhmachermeister. 30. D. L. 12.
Dorn, J. Mich., Steinmetzengeselle. 29. D. S. 203.
Dorn, Frdr., Bäckermstr. 25. D. L. 1536.
Dorn, C., Wirthschaftsbes. z. Maxbrücke. 25. D. L. 1552.
Dorn, Heinr., Sattlermeister. 21. D. S. 1391.
Dornauer, Mich., Rendant. 30. D. S. 185.
Dornberger, Alb., Wirthschaftspächter. 29. D. S. 225.
Dörnberger, J. Ad., Gartenbesitzer. 32. D. L. 141.
Dorner, Andr., Metzger. 15. D. S. 1062.
Dorner, C., Portefeuiller. 4. D. S. 302.
Dorner, Gottl., Gas-Installateur. 16. D. L. 913.
Dorner, J. Ad., Metzgermeister. 15. D. S. 1057.
Dorner, Aug., Gastw. z. rothen Oechslein. 9. D. L. 470.
Dorner, Joh., Garkoch. 17. D. L. 945b.
Dorner, J. Phil., Metzgermeister. 22. D. L. 1312.
Dorner, Eberh., Zimmergesellenwittwe. 16. D. L. 913.
Dorner, Joh., Büttnermeister. 15. D. L. 803.
Dorner, Gg. Chr., Lackirer. 21. D. L. 1273.
Dornhuber, Gg., Drahtziehermeister. 9. D. S. 629.
Dörntlein, J. G., Ausläufer. 27b. D. L. 115.
Dorsch, Claudius, approb. Bader. 20. D. S. 1361.
Dorsch, Franz, k. Reg.-Auditor. 3. D. L. 145.
Dorsch, Paul, Handlungsreisender. 3. D. S. 180.
Dorsch, C., Tünchergeselle. 20. D. L. 1238.
Dorsch, Mich., Tünchergeselle. 24. D. L. 1448.
Dorsch, Juliane, Musikmstrs.Wwe. 5. D. L. 281.
Dorsch, Joh., Fabrikschreiner. 24. D. S. 1632.
Dorsch, Ludw., Wirthschaftsbesitzer. 30. D. L. 77 a b.
Dorsch, Christ., Maurermeister. 29. D. L. 37.

Dorst, Friederike, Cantorswittwe. 26. D. L. 49b.

Dott, Joh., Wagnermeister. 29. D. L. 37.

Dotterweich, Mich., Briefträger. 11. D. L. 549.

Doetsch, Chr., Postpacker. 16. D. L. 903a.

Dötsch, Anna, Dor., Schneidermeisterswwe. 30. D. L. 7.

Dötsch, Anna Marg., Schneidermstrs.-Wwe. 30. D. L. 18.

Dötsch, Gg., Monteur. 28. D. S. 129a.

Dötsch, Marg., Borstensortirerin. 9. D. S. 616.

Doetschmann, Marie, Privatiers-Wwe. 14. D. S. 1001a.

Doublon, Sigm., Rothschmiedmstr. 22. D. S. 1502.

Doublon, Joh., Schuhmachermstr. 10. D. L. 522.

Doublon, J. G. Fr., Ausläufer. 10. D. S. 732.

Doublon, Joh., Peter, Rothschmiedmstr. 16. D. S. 1097.

Doublon, Gg. Mich., Schuhmachermstr. 10. D. L. 522.

Dozel, J., Mart, Großpfragner. 4. D. S. 315.

Drave, J., Alterthumshändler. 7. D. S. 507.

Drechsel, J., Zimmergeselle. 16. D. 1103.

Drechsel, Wilh. Ed., Buchhalter. 25. D. L. 1551.

Drechsel, Karl, k. Advokat. 8. D. S. 558.

Drechsler, Bernh., Rothschmiedmeister. 19. D. S. 1288.

Drechsler, M., Buntpapierfärber. 4. D. S. 302.

Drechsler, J. Gg., Gypsgießer. 26 D. L. 63b.

Drechsler, J. Dan., Verwalter. 30. D. L. 93.

Drechsler, Jos., Fabrikarbeiter. 11. D. L. 565b.

Drechsler, Hr., Landesprod. u. Agenturen. 1. D. L. 25.

Drechsler, M., Luder. 1. D. L. 2.

Drechsler, Conr., Thürmer. 24. D. L. 1465.

Drechsler, J. Adam, Schuhmachermstr. 25. D. L. 1562.

Drechsler, Friedr., Reisender. 4. D. L. 215a.

Drescher, Barbara, Bremsenwärters-Wwe. 30. D. L. 37b.

Drescher, Gg., Lithograph. 23. D. L. 1404.

Drescher, Lor., Beinknopfmacher. 18. D. L. 1041.

Drötsch, Frdr., Fabrikarbeiter. 22. D. S. 1450.

Dressel, Wilh., Kaufmann. 20. D. L. 1204b.

Dressel, Franz, Güterschaffer. 9. D. S. 647.

Dressel, Conr., Privatier. 22. D. L. 1321b.

Dressel, Mich., Spielwaarenmacher. 5. D. L 228.

Dreßlein, Mich., Fabrikarbeiter. 6. D. S. 472.

Drexel, Marie, Wwe. 18. D. S. 1246a.

Drexel, J. Wilh., H., Eisenhandlung. 13. D. S. 895.

Dreykorn, Helene, Kupferstechers-Wwe. 28. D. L. 90.

Dreykorn, Kunsthändler. 5. D. S 397a.

Drittler, k. Bankbuchhalter. 1. D. L. 3.

Droh, Wilh., Maschinenschlosser. 30. D. L. 28.

Drüßlein, Barbara, Näherin. 11. D. L. 565.

Dubois, J. Ph., Geistlicher. 27b. D. L. 150b.

Duca, J. Gg., Zeugschmiedmeister. 15. D. S. 1441.

Dumbeck, Carol., Wwe., Hebamme. 16. D. L. 911.

Dumbeck, Paul, Rothschmiedmeister. 25. D. S. 1687.

Dumbeck, Wolfgang, Eisenbahnarbeiter. 16. D. L. 886.

Dumbeck, Pet., Hafnermeister. 16. D. L. 911.

Dumbsky, Joh., Tischlermeister. 8. D. S. 574b.

Dümm, Marg., Schuhmachermstrswittwe. 15. D. S. 1067.

Dümm, Maria Marg., Schuhmachermstrwwe. 25. L. 1529b.

Dümm, Carl, Privatier. 8. D. L. 404.

Dümm, J. Gottl., Steinschneider. 25. D. 1. 1689.

Dummert, M., Bierbrauereibesitzer. 5. D. S. 369.

Dummert, Marg., Zugeherin. 3. D. L. 164.

Dümmler, Gg., Ultramarinarbeiter. 18. D. L. 1080.

Dümmler, J. Carl, Landesproduktenh. 14. D. S. 965.

Dümmler, Ant., Stabs-Auditor. 17. D. S. 1204b.

Dümmler, J. Christ., Schneidermeister. 4. D. S. 308.

Dümmler, Steph., Fabrikarbeiter. 26. D. S. 13.

Dümmler, Ernst, Landesprod. u. Südfrüchte. 14. D. S. 977.

Dümmling, Christ., Kräuterhändler. 19. D. L. 1126.

Dumser, Leonh., Braumeister. 18. D. L. 1001.

Dunker, Andr., Fabrikschlosser. 27. D. S. 100.

Dünkelsbühler, Sigm., Kfm. u. Garnhdlg. 8. D. L. 409.

Dünkelmeyer, Joh., Wundarzt. 13. D. L. 716.

Dünkler, Gg., Pflastergeselle. 18. D. S. 1279.

Dünkler, Christph., Tünchergeselle. 9. D. L. 444.

Dünkler, J., Zimmergeselle. 26. D. S. 12.

Dünkler, Balth., Gärtner. 30. D. S. 193.

Dunzinger, Carl Fr., Lithograph. 3. D. S. 241.

Dürr, Franz, q. k. Landrichter. 15. D. S. 681.

Durban, L., u. Mojean, Ed., Buntpap.-Fabr. 16. D. S. 241.

Durnister, Carol., Fabrikarbeiter. 19. D. L. 1165.

Durnhöfer, Jos., Illuministin. 20. D. S. 1349.

Dürsch, J. Fr., Wirthschaftsbesitzer. 22. D. L. 1346.

Dürsch, S. H., Gasthof zum roth. Hahn. 2. D. L. 1346.

Dursch, Adalb., Kammachergeselle. 22. D. S. 1455.

Dürsch, Conr., Schneidermeister. 22. D. S. 1455b.

Dürschner, J., Tünchergeselle. 20. D. L. 1251.

Dürschner, Lokomotivführer. 19. D. L. 1121.

Dürschner, Chr., Tünchergeselle. 19. D. L. 1180.

Dürschner, J. Gg., Lokomotivführ. 16. D. 930.

Dürschner, Thom., Schuhmachermstr. 18. D. L. 1064.

Dürschner, J. Gg., Schuhmachermstr. 8. D. L. 434.

Dürschner, J. Gg., Rothgießermstrs.-Wwe. 24. D. S. 1630.

Durst, J. Fr., Feilenhauermeister. 25. D. L. 1515.

Durst, J. Eman., Gastw. z. rothen Rößlein. 6. D. L. 295.

Dürst, Matth., Wirthschaftsbesitzer. 24. D. L. 1476a.

Durst, Fr., Fabrikarbeiter. 13. D. L. 668.

Durst, Bab., Lackirerswwe. 18. D. S. 1244b.

Durst, Joh., Weber. 9. D. L. 441.

Durst, M., Verwalters-Wwe. 7. D. S. 519.

Durst, Joh. Conr., Maler. 25. D. L. 1571d.

Durst, Christoph, Lackirer. 29. D. L. 18.

Durst, Carl, Lackirer. 21. D. S. 1435.

Durst, Frdr., Fabrikarbeiter. 13. D. L. 668.

Durst, Joh, Pächter. 22. D. L. 1366.

Durst, Frdr., Schneidermeister. 3. D S. 191.

Dürig, Doris, Generaldirektors-Wwe. 27b. D. L. 117.

Düschner, Mart., Rosolifabrikant. 26. D. S. 41.

E.

Earnshaw, James Edw., Maschinenfabrik. 30. D. S. 191.

Eben, J. Frdr., Markt-Inspektor. 30. D. L. 112.

Ebenback, Nic., Wirth u. Bäckermeister. 28. D. L. 61.

Ebenback, Gg., Lohnbedienter. 19. D. L. 1132.

Ebensberger, J. Chr., Schreinermstr. 6. D. S. 157.

Ebensberger, jun., J. Fr., Schreinermstr. 22. D. S. 1506.

Ebentheuer, J. Melch., Farbenfabrik. 17. D. S. 1214.

Eber, J., Güterlader. 15. D. L. 792c.

Ebersberger, J. Wolfg., Mehlwäger. 9. D. L. 481a.

Ebersberger, Joh., Ultramarinarbeiter. 26. D. S. 34.

Ebersberger, Walb., Schuhmachers-Wwe. 18. D. L.1067.

Ebersberger, J. Gg., Handelsmann. 9. D. L. 468.

Ebersberger, J. Gg., Großpfragner. 24. D. S. 1587.

Ebersberger, J. Sam. 25. D. S. 1659.

Ebersberger, Carl, Dr. med., prakt. Arzt. 1. D. L. 46.

Ebersberger, Joh., Schreiner. 22. D. L. 1325.

Eberhardt, Anna, Wittwe. 16. D. S. 1103.

Eberhard, Wilhelmine, Obsthändlerin. 9. D. S. 637.

Eberhard, Gottfr., Rothschmied. 18. D. S. 1272.

Eberhard, Maria, Wäscherin. 18. D. S. 1272.

Eberhard, Gg., Papiermachéearbeiter. 22. D. S. 1473.

Eberhardt, J. Jak., Inspektor u. Maler. 17. D. L. 977.

Eberhardt, J., Rothschmiedsformer. 25. D. S. 1686b.

Eberhardt, J. Sim., Schriftsetzer. 3. D. S. 237.

Eberhardt, Mich., Rothschmiedgeselle. 12. D. L. 636b.

Eberhard, J., Obstmarkt-Aufseher. 13. D. S. 906.

Eberle, Johanne, Näherin. 14. D. S. 958.

Eberlein, Wilh., Fabrikarbeiter. 6. D. S. 483.

Eberlein, Frdr., Buchdrucker. 24. D. L. 1465.

Eberlein, Joh., Privatier. 7. D. L. 385.

Eberlein, J. Gg., architekt. Lehrer an d. k. Kunstgewerbe-
    Schule. 19. D. S. 1300b.

Ebermayer, Gg. u. Rud., Kaufleute. 5. D. S. 404.

Ebermayer, Wilh., Kaufmann. 3. D. L. 117.

Ebermayer, Carl, Uhrmacher u. Fornituren. 5. D L. 378.

Ebermayer, Alex., Privatier. 15. D. S. 1010.

Eberstein, Anna, Messerschmiedmstrswwe. 18. D. L. 1034.

Ebert, J. Gg. 14. D. L. 730.

Ebert, J. Christ., Versatzkäufel. 1. D. L. 33,

Ebert, Bab., Regiments-Quartiermstrswwe. 12. D. S. 820.

Ebert, Joh. Christ., Werkmeister. 1. D. L. 33.

Ebert, Ad., k. Zollamts-Rev.-Beamt. 16. D. L. 857.

v. Ebner, Freiherr, Jak. Gottl. Wilh., Stifts-Administrator.
    9. D. S. 649.

v. Ebner, Marie, Frfr., Hauptmannswwe. 9. D. 612.

v. Ebner, Freiherr, Chr. Sigm. Frdr. Wilhelm, Wittwe.
    5. D. S. 403.

v. Ebner, Nanette, Frfr., Privatierin. 5. D. S. 403.

v. Ebner, Revierförsterswwe. 27b. D. L. 155.

v. Ebner'sche Buch- u. Kunsthandlung. 3. D. L. 111.

Ebner, Therese, Sprachlehrerswittwe. 16. D. L. 892.

Ebner, Gg., Todtengräber. 27b. D. L. 146.

Ebner, Frdr., Rechtsconcipient. 26. D. L. 46c.

Ebner, Mich., Schneidergeselle. 29. D. L. 11.

Ebner, Gg. Ernst, Webermstr. 15. D. S. 1043.

Echle's Wittwe, Lithographie u. Steindruckerei. 5. D. S. 395.

Echsle, J. Mich., Bader. 19. D. L. 1113.

Echsle, Jean, approb. Bader. 9. D. L. 1110.

Echsle, Christ., Rosolifabrikant. 13. D. L. 687.

Echt, Ferd., Flaschnermeister. 5. D. L. 280.

Eck, Kath., Metalleinlegerin. 18. D. L. 1059.

Eck, Gg., Handlungs-Reisender. 27a. D. L. 48.

Ekart, Marg., Revierförsterswwe. 17. D. S. 1233.

Ekart, C. L. E., Apothek. z. heiligen Geist. 12. D. S. 840.

Ekart, Clara, Lokomotivführers-Wwe. 16. D. L. 922.

Ekart, Gottfr., Schreinergeselle. 20. D. S. 1350.

Eckart, Paul, Schreinermeister. 2. D. L. 103.

Eckart, Nanette, Näherin. 23. D. L. 1396.

Eckart, C. Mich., Mahl- u. Farbholzmühle. 3. D. L. 145.

Eckart, G. P., (Firma: Eckart u. Comp.) 5. D. S. 410.

Eckart, J. Carl, Lohndiener. 2. D. S. 115a.

Eckart, Jos., Privatier. 1. D. S. 34.

Eckart, Casp., Käsehandlung. 8. D. S. 593.

Eckert, J. Gg., Zirkelschmied. 18. D. L. 1055.

Ekert, J. Gg.. Hopfenhändler. 7. D. L. 356.

Ekert, Leonh., Eisenbahnarbeiter. 28. D. (Bahnhof.)

Eckert, J. Matth., Kaufmann. 16. D. S. 1134.

Eckert, Kath. Carol., Privatierin. 32. D. S. 135.

Eckert, H. Chr., Strumpfwirkerswwe. 20. D. L. 1230.

Eckert, J. N., Zündholzfabrik. 26. D. L. 46.

Eckert, Pauline, Privatierin. 6. D. L. 296.

Eckert, Maria, Hafnermeisterswittwe. 15. D. L. 806.

Eckert, Gg. Chr., Gastw. z. Wolfsschlucht. 15. D. L. 797.

Eckert, J. Gg., Charcutier. 8. D. L. 410.

Eckert, Gg., Strumpfwirker. 20. D. L. 1252.

Eckert, M., Näherin. 20. D. L. 1246.

Eckert, J. Carl, Portefeuiller. 24. D. L. 1497.

Eckert, M. Magd., Zirkelschmiedmstrswwe. 23. D. S. 1558.

Eckert, Zirkelschmiedmeister. 24. D. S. 1598.

Eckert, Christ., Zirkelschmied. 24. D. S. 1612.

Eckert, J., Instrumentenmacherswwe. 23. D. S. 1538.

Eckert, Erh., Oberpacker. 30. D. L. 126.

Eckert, Sigm., Lehrer. 30. D. L. 168e.

Eckert, v. Schlüsselfelder-Stift.-Amtmann. 2. D. L. 100.

Eckelin, Christ., Schlossergeselle. 29. D. L. 4b.

Ekhardt, Kaufmann. 1. D. L. 13.

Eckhardt, Dav., Schneidermstr. (Magazin.) 4. D. L. 203.

Ekstein, Christoph, Tünchergeselle. 27. D. S. 124.

Ekstein, Gg., Musiker. 30. D. S. 147.

Ekstein, Christ., Schlossergeselle. 27b. D. L. 130.

Ekstein, Marg., Spielwaarenmacherswwe. 1. D. L. 67.

Ekstein, Casp., Maler. 5. D. L. 275.

Eckstein, Gg., Gastw. z. weißen Hahn. 2. D. L. 104.

Eckstein, Conr., Bäckermeister. 2. D. L. 82.

Eckstein, J. Ad., Rauhbosierer. 1. D. L. 67.

Eckstein, Auslaufers-Wwe. 5. D. S. 369.

Eckstein, Joh., Maler. 2. D. S. 110.

Eckstein, Christoph, Steinhauer. 27. D. S. 77.

Eder, H., Zimmermeisters=Wwe. 14. D. L. 718.

Eder, Jak., städt. Werkmeister. 13. D. L. 680.

Eder, Christ. Heinr., Webermeister. 18. D. S. 1265.

Eder, Kath., k. Affessors=Wwe. 10. D. S. 673.

Eder, Gg., Gastw. z. gold. Schwan. 29. D. S. 213.

Eder, Gg., Schmiedmeister. 5. D. L. 258.

Ederer, Gg., Polizeisoldat. 23. D. L. 1439.

Edel, Frdr, Rosoligeschäft. 17. D. L. 946.

Edlbacher, Ad., Kaufmann. 4. D. S. 293.

Edlbacher, Thom., Fabrikarbeiter. 20. D. L. 1226.

Edelfurtner, Amb., Fabrikschreiner. 17. D. L. 961.

Edelhofer, Lisette, Kleidermacherin. 3. D. S. 198.

Effert, Nicol., Auslaufer. 13. D. L. 669.

Effert, M., Schreiberswittwe. 7. D. S. 500.

Effert, J., Maschinenschmied. 30. D. L. 47.

Egenhofer, Caroline, Post=Off.=Frau. 10. D. L. 503.

Eger, Kath., Näherin. 10. D. S. 718.

Eggersberg, Robert, Portefeuiller. 5. D. L. 274.

Egerer, Walburga, ledig. 10. D. S. 728b.

Egerer, J. Zimmergeselle. 26. D. L. 52.

Egerer, J. Gottfr., Wirthschaftsbesitzer. 26. D. L. 50a.

Egersdörfer, Steph., Güterlader. 17. D. L. 991.

Egersdörffer, Joh. Gg., Schneidermstr. 17. D. S. 1170.

Egersdörfer, Expeditor der Ostbahn. 18. D. L. 1077.

Egersdörfer, Leonh. 5. D. S. 382.

Egersdörfer, Joh., Privatier. 13. D. S. 926.

Egert, Heinr., Landesproduktenhandlung. 27a. D. L. 67.

Egkert, J. Aug., Messerschmiedmeister. 10. D. S. 679.

Egelseer, Gg., Handschuhmacher. 29. D. S. 205.

St. Eglise v. Marie, L., Frhr, Direkt. d. Blinden=Anstalt. 30. D. L. 118.

Egloffstein, Frhr., penf. Revierförster. 2. D. S. 105.

Ehe, J. Lor., Wittwe, Zinngießermeister. 7. D. S. 538.

Ehmann, Conr., Bäckermeister. 8. D. S. 580b.

Ehemann, Frdr., Rothgerbermstr. 27. D. S. 126.

Ehemann, Michael, Nagelschmiedmeister. 19. D. L. 1122.

Ehmann, J. Mich., Großpfragner. 17. D. L. 964.

Ehmann, J. Frdr., Buchbindermeister. 3. D. L. 144.

Ehmann, J. Gottl., Bäckermeister. 10. D. S. 737.

Ehmann, Gottl., Bäckermeister. 10. D. S. 740b.

Ehmann, Jak., Geschmeidemacher. 27b. D. L. 121.

Ehrbar, Joh., Fabrikarbeiter. 17. D. S. 1237.

Ehrbar, Gertraud, Kutscherswwe. 6. D. S. 474.

Ehret, Elise, Hautboisten=Wwe. 22. D. L. 1330.

Ehrenbacher, Levi, Hopfenhändler. 5. D. L. 227.

Ehrhard, Frdr., Schlossermstr. 27. D. L. 57c.

Ehrhard, J. Gg., Kramkäusel. 2. D. S. 148.

Ehrhard, Dav., Maurer= u. Tünchermstr. 30. D. L. 83.

Ehrhardt, J., Mag.=Offiziant. 2. D. L. 85.

Ehrlein, Marg., Büttnermstrswwe. 23. D. L. 1414a.

Ehrlein, J. Wolfg. Fr., Büttnermstr. 23. D. L. 1408c.

Ehrlein, Paul, Mechaniker. 27b. D. L. 177.

Ehrlicher, Aug., Kaufmann. 8. D. S. 571.

Ehrlicher, Gg., Fabrikarbeiter. 15. D. S. 1051.

Ehrmann, Michael, Schreinergeselle. 18. D. S. 1233.

Ehrmann, Nik., Fabrikarbeiter. 25. D. S. 1670.

Ehrngruber, Joh., Wirth u. Pfragner. 19. D. S. 1294.

Ehrngruber, Gg., Wirthschaft z. Rose. 18. D. S. 1242a.

Ehrngruber, Tob., Pfragner. 9. D. S. 643.

Ehwald, M., Fabrikwerkmeister. 27. D. L. 742.

Eibert, Gg., Steinhauergeselle. 31. D. S. 141i.

Eibert, Elise, Taglöhnerswittwe. 31. D. S. 123.

Eibert, Joh., Maurergeselle. 31. D. S. 123.

Eich, Joh., Lohnkutscher. 5. D. S. 351.

Eidam, J. Mich., Privatier. 21. D. S. 1408.

Eichel, Joh., Fabrikarbeiter. 31. D. S. 127.

Eichel, Anna, Portefeuillerswwe. 4. D. L. 173.

Eichel, Franz, Taglöhner. 6. D. S. 438.

Eichelein, Mich., Tünchergeselle. 29. D. L. 5.

Eichelein, G. N., Fabrikarbeiter. 16. D. S. 1113.

Eichelein, Gg., Fabrikarbeiter. 3. D. L. 155a.

Eichenmüller, J., Schlossermstr. 5. D. S. 383.

Eichhorn, Gg., Bierwirth. 29. D. S. 211.

Eichhorn, Heinr., Feinbäckerei. 19. D. L. 1169.

Eichhorn, Jac., Büttnermeister. 15. D. L. 831.

Eichhorn, Leonh., Papiermachéearbeiter. 22. D. S. 1494.

Eichhorn, J., Lehrer. 4. D. S. 208.

Eichhorn, Gg. Wolfg., Kaufmannswittwe. 4. D. S. 265.

Eichhorn, Susette, Bez.=Ger.=Arzts=Wwe. 1. D. S. 72.

Eichhorn, Gg. Wolfg., Privatier. 7. D. S. 547.

Eichinger, Gg. Sim. 3. D. S. 256.

Eichmüller, Marg., Wirths=Wwe. 12. D. L. 599.

Eichler, J. L., Auslaufer. 8. D. L. 433.

Eichner, Gg. Leonh., Blechspielwaarenfabrik. 11. D. S. 765.

Eichner, Jean, Fabrikbesitzer. 11. D. S. 765.

Eichner, Frdr., Feilenhauer. 10. D. L. 1049.

Eichner, Franz, Fabrikschreiner. 25. D. S. 1655.

Eichner, Marg., ledig. 16. D. S. 1139.

Eichner, Gg. Mich., Schlossergeselle. 18. D. L. 1083.

Eichner, Joh., Feilenhauers-Wwe. 20. D. L. 1226.

Eigner, E. Frd., Hopfenhändler. 10. D. L. 506.

Eichner, Chr. Frd., Hopfenmäkler. 10. D. L. 495.

Eichner, Marg, Näherin. 19. D. S. 1338a.

Eichner, Joh., Metallschlagergeselle. 27a. D. L. 85a.

Eidenbühler, Sophie, Drahtglätterin. 17. D. L. 982a.

Eigenmann, Carl, Uhrmacher. 12. D. L. 820.

Eisen, Theod., k. Revierförster. 13. D. S. 926.

Eisen, J. Gg., Schuhm. u. Wirthschaftsbes. 17. D. S. 1170.

Eisen, Marie, Lehrerin d. Töchterschule. 12. D. L. 600.

Eisenbach, Albertin, Kaufm.-Wwe. 30. D. S. 197.

Eisenbach, Gg., Kaufmann. 9. D. S. 655.

Eisenberger, Marg., Wwe. 11. D. S. 792.

Eisenbeiß, J. C., Conditorei. 3. D. L. 111.

Eisenbeiß, M., Lehrerswwe. 11. D. S. 765.

Eisenfether, Joh., Fabrikarbeiter. 26. D. S. 64.

Eisenhart, Marg., Holzhauerswwe. 32. D. S. 136.

Eisenhart, Peter, Fabrikarbeiter. 10. D. S. 749a.

Eiser, August, Fabrikarbeiter. 29. D. L. 3.

Eisinger, Marie, Zugeherin. 22. D. L. 1355a.

Eißler, Paul, Fabrikarbeiter. 26. D. L. 56.

Eißler, Sixtus, Flaschner u. Metalldrucker am Paradies.

Eisner, J. G., Ausläufer. 13. D. S. 947.

Eitel, J. Frdr., Pfragner. 6. D. S. 455.

Elbert, J. P., Taglöhner. 21. D. S. 1405.

Elbl, Gg. Mich., Kurzwaarenhändler. 14. D. S. 973.

Elser, Conr., Dachdecker. 30. D. L. 37b.

Eller, Carl Ed., Buchbinder u. Portefeuill. 1. D. S. 66.

Ellert, Jak., Ballenbinder. 12. D. S. 854.

Elle, Gg., Pappwarenverfertiger. 22. D. L. 1366.

Ellenberger, J. H. (F.: Ellenberger u. Ziener.) 1. D. S. 36.

Ellinger, Christ., Pfragner. 30. D. S. 4.

Ellinger, J. Mich., Schreinermeister. 15. D. S. 1059.

Elterich, Otto, Büchsenmacher und Schäfter. S. 1345.

Eltschinger, J. Fr., Schuhmachermeister. 6. D. L. 340a.

Eltschinger, Fr., Schuhmachermeister. 23. D. L 1403.

Eltschinger, J. Mich., Schuhmachermeister. 7. D. S. 520c.

Elsaßer, S., Privatier. 5. D. L. 260.

Elsasser, Joh., Lackirer. 23. D. S 1568.

Elßer, Joh. Conr., Lohnkutscher. 16. D. S. 1118.

Elsinger, Jos., Landesproduktenhändler. 7. D. L. 376.

Elsmann, Ferd., Apotheker. 27a. D. L. 17b.

Emmerling, Gg. Fr., Privatier. 5. D. L. 293a.

Emmerling, J. Gg., Cant. u. Gymn.-Gesangl. 12. D. L. 601.

Emmerling, Gg. Dan., Privatier. 1. D. L. 8.

Emmerling, Käthe, Gastwirthstochter. 13. D. S. 929.

Emmerling, Frdr., Wirthschaftsbesitzer. 21. D. L. 1260.

Emmerling, Heinr., Auslaufer. 30. D. L. 28.

Emilius, J., Musiker. 12. D. L. 651.

Emilius, Elis., Putzmacherin. 17. D. S. 1223.

Emtmann, Marg., Bleicherstochter. 20. D. L. 1251.

Endenthum, Traugott, Frauensch. 7. D. S. 514.

Endler, Dr., k. Professor am Gymnasium. 10. D. S. 702.

Endler, Louise, Lehrerin. 11. D. S. 786.

Endner, Joh., Etuisfabrikant. 18. D. L. 1063.

Endner, Joh. Marg., Wittwe. 15. D. S. 1038.

Entreß, Lor., Pergamentpapierfbrkt. 19. D. L. 1138.

Endres, Mich., Bäckermeister. 18. D. S. 1252.

Endreß, Joh., Schreinermeister. 1. D. S. 70a.

Endres, Joh., Fabrikarbeiter. 5. D. S. 416.

Endres, Steph., Güterlader. 12. D. L. 651.

Endres, Friedr., Braumeister. 23. D. S. 1537.

Endres, Mich., Holzhauer. 21. D. S. 1445.

Endreß, Joh. 6. D. S. 455.

Endres, Joh., Pinselmacher. 4. D. S. 301.

Engel, Conr., Colporteur. 11. D. S. 782.

Engel, Kasp., Federhändler. 18. D. L. 1033.

Engel, Gg. Andr., Händler. 18. D. L. 1087.

Engel, Frdr., Büchsenmachermeister. 25. D. L. 1524.

Engelbrecht, J. Casp., Grünfischer. 15. D. S. 1076.

v. Engelbrecht, Dr., Herm., Professor. 3. D. L. 112.

Engelbrecht, G., Packträger. 9. D. L. 452.

Engelbrecht, Bleistiftfabrikant. 18. D. S. 1241c.

Engelbrecht, Wolfg., Wächter. 30. D. S. 168a.

Engelbrecht, J. Andr., Todtengräbergehilfe. 3. D. L. 152.

Engelhard, Dor., Gartenbesitzerswwe. 31. D. S. 127.

Engelhard, Paul, Gärtner. 32. D. S. 136.

Engelhard, J. Heinr., Feingoldschlager. 2. D. S. 212.

Engelhard, M., Malerswwe. 5. D. S. 346.

Engelhard, J., jun., Spezereihandlung. 13. D. S. 875.

Engelhard, Aug., Privatier. 2. D. S. 112.

Engelhard, David, Maler. 23. D. L. 1437.

Engelhard, Gg., Krankenhausgärtner. 28. D. L. 69.

Engelhard, Joh., Steindruckereibesitzer. 26. D. L. 53.
Engelhard, Leonh., Rothschmiedmeister. 20. D. L. 1201a.
Engelhard, G. Phil., Bierwirth. 3. D. L. 122.
Engelhard, Veit, Seilermeister. 16. D. S. 1168.
Engelhard, J., Fabrikarbeiter. 24. D. S. 1634.
Engelhard, Conr., Factor. 27a. D. L. 15.
Engelhard, W., Steindrucker. 27a. D. L. 32.
Engelhard, Gg., Gärtner. 28. D. L. 67.
Engelhard, Albr., Fabrikarbeiter. 29. D. L. 1d.
Engelhard, Kunig., Fabrikarbeiterin. 13. D. L. 703.
Engelhard, Joh. Frdr. 11. D. S. 781a.
Engelhardt, Heinr., Schlosser. 16. D. S. 1103.
Engelhardt, J. Gg., Spezereihändler. 29. D. L. 33.
Engelhardt, J. Chrstn., Sattlermeister. 18. D. L. 1049.
Engelhardt, J. L., Büchsenmachermstr. 16. D. L. 864.
Engelhardt, Jul., Conditor. 23. D. L. 1377.
Engelhardt, J. Matth., Schlossermstr. 17. D. L. 952.
Engelhardt, J., Magazinier. 24. D. S. 1628.
Engelhardt, q. Rechtsrath. 19. D. L. 1146.
Engelhardt, Kunig., led. Zugeherin. 21. D. L. 1255b.
Engelhardt, Marg., privatisirt. 12. D. L. 620.
Engelhart, Hel., Kammmacherswwe. 10. D. L. 529.
Engelhardt, J. Gg., Rendant. 22. D. L. 1315.
Engelhardt, J. G., Polizeisoldat. 29. D. S. 211.
Engelhardt, J. Ad., Rothgießermstr. 16. D. S. 1144.
Engelhardt, J. J. R., Schneidermeister. 1. D. S. 89.
Engelhardt, Paul, Lokomotivführer. 28. D. L. 86.
Engelmann, J. Gg., Rauchwaarenhdlr. 32. D. S. 74.
Engelmann, Sam. Jul., Lackirer. 7. D. S. 533.
Engerer, J. Mart., Goldpapierfabr. 18. D. L. 1090.
Engert, Käthe, privatisirt. 14. D. S. 968.
Enslin, Heinr., Kaufmann. 9. D. S. 606.
Enßner, Jac., Wirth z. br. Hirschen. Lottergasse.
Enzelberger, Chr., Fabrikarbeiter. 27b. D. L. 103.
Eppelin, Marg., Privatierswwe. 5. D. S. 362.
Eppelein, Leonh., Fabrikarbeiter. 10. D. S. 753.
Erdel, J. A., Gastwirth z. bl. Traube. 10. D. L. 525.
Erdl, J. Gg., Schuhmachermeister. 9. D. S. 610.
Erdmann, J. M., Relikten, Bildhauer. 14. D. S. 974.
Erdmann, Mart., Webermeister. 10. D. S. 720.
Erdmannsdörffer, J. R., Wirth. 27. D. L. 85b.
Erdmannsdörffer, M., Großpfr. u. Wirth. 15. D. L. 842.
Erdmannsdörfer, J. L., Zinngießermstr. 4. D. S. 276.

Erdmannsdörfer, Dan., Privatier. 27. D. S. 84.
Erdmannsdörfer, Marg., Kleidermacherin. 20. D. S. 1342.
Erdmannsdörfer, Max, Kaufmann. 1. D. S. 32b.
Erdmannsdörfer, Carl, Musiklehrer. 12. D. S. 867.
Erdmannsdörfer, Chrst., Broncefabrikant. 25. D. L. 1549.
Erhardt, Daniel, Bürstenfabrikant. 12. D. S. 835.
Erhardt, Kath., Illuministin. 25. D. L. 1544.
Erhardt, Kath., Blumenmacherin. 26. D. L. 52.
Erhard, Schriftsetzerswittwe. 18. D. L. 1081.
Erhard, Joh., Maschinenschmied. 30. D. L. 35.
Erhard, Barb., Condukteurswittwe. 5. D. L. 288.
Erhardt, Jul., Blumenmacher. 6. D. S. 445.
Erhard, Jos., Großpfragner. 13. D. L. 662.
Erhardt, Reg., Maurergesellenwwe. 12. D. L. 647.
Erhardt, C. C., k. Postconducteur. 20. D. L. 1213.
Erhardt, J. Chrst., Cigarrenfabrikant. 23. D. S. 1567b.
Erhardt, Carl, Kammmachermeister. 18. D. L. 1079.
Erhardt, Henriette, Zuspringerin. 15. D. L. 806.
Erich, J. Phil., Kaufmann. 7. D. S. 513.
Erker, Carl, Kaufmann. 19. D. L. 1183.
Erler, Eva, Holzhauerswittwe. 26. D. L. 75.
Erlbacher, J., Kaufmann. 6. D. L. 291a.
Erlbacher, A. W., Hopfenhandlung. 1. D. L. 39.
Erlbacher, Salomon L., Hopfenhdlg. 6. D. L. 333.
Erlmeyer, Albert, Telegraphist. 23. D. L. 1419.
Erlwein, Chrst., Wwe., Wirthsch.-Pächt. 30. D. L. 55.
Ermann, Conr., Fabrikarb. 14. D. S. 966.
Ermann, Gg. Mich., Fabrikarbeiter. 16. D. S. 1087.
Errmann, Joh., Büttner. 11. D. L. 571.
Errmann, Sus., Tuchbereiterswittwe. 12. D. L. 620.
Ermann, J. Gg., Wirthschaftsbesitzer. 13. D. S. 884.
Ernst, Hel. Frz., Arbeitersfrau. 14. D. S. 978b.
Ernst, Ludw., Auslaufer. 10. D. S. 694.
Ernst, Joh., Fabrikarbeiter. 18. D. L. 1064.
Ernst, C., Schreiner. 19. D. L. 1176.
Ernst, Chr., Spielwaarenmacher. 21. D. L. 1293.
Ernst, Frdr., Blumenmacher. 13. D. L. 664.
Ernst, J., kathol. Lehrer. 1. D. S. 34.
Ernst, Kunig., Malerin. 23. D. S. 1534.
Ernst, J., Fabrikarb. 21. D. S. 1439.
Errenst, Wilh., Ziegeleibesitzer. 19. D. L. 1100.
Ertel, Joh., Eisenbahnconducteur. 17. D. L. 951b.
Eschbaum, J. Dan., Instrumentenfabr. 10. D. S. 707.

Eschbaum, J. Mich., Zimmergeselle. 26. D. S. 66.

Eschbaum, J. Gg., Taglöhner. 30. D. L. 76.

Eßkuchen, Gg. Frdr., Kaufmann. 3. D. S. 198b.

Esper, Aug., Bezirksamtmann. 6. D. L. 304.

Essig, Marie, Wäscherin. 22. D. S. 1483.

Esten, Marg., Tünchergesellenwwe. 29. D. L. 16.

Ester, Gg., Fabrikarbeiter. 17. D. L. 962.

Etard, P., Lehrer d. franz. Sprache a. d. Hndlssch. 14. D. S. 996.

Ettinger, Jakob, Getraidmesser. 19. D. L. 1151.

Ettinger, Heinr., Blechspielwaaren. 13. D. S. 937.

Ettinger, Ludw., Bahnwärter. 28. D. (Bahnhof.)

Ettenhardt, Jak., Paternostermacher. 27a. D. L. 64.

Etli, Jos., Stärke-, Sago- u. Pappdeckelfabr. 16. D. L. 931.

v. Euler-Chelpin, k. Oberpostmeister. 28. D. (Post 103.)

Eurich, J., Hopfenhändler. 10. D. L. 495.

Eurich, Joh., Hopfenhändler. 17. D. L. 976a.

Evensländer, Jac., Tuchber. u. Decateur. 12. D. S. 845b.

Ewald, Carl, Werkmeister. 27b D. L. 166.

v. Eye, Dr., Vorstand im germ. Museum. 26. D. L. 62.

Eyberger, k. Bezirks-Ger.-Expeditor. 5. D. L. 257.

Eyffert, Adam, Damenkleidermacher. 4. D. L. 190.

Eyrich, Kunig., Stecknadelm.-Wwe. 20. D. L. 1251.

Eyrich, J. Conr., Wirthschaftsbesitzer. 22. D. S. 1475.

Eyrich, Leonh., Hafnermeister. 22. D. S. 1511.

F.

Faber, J., Kaufmann. 21. D. S. 1394.

Faber, Christiane, Kaufmannswwe. 11. D. S. 757.

Faber, Regierungsrathswwe. 7. D. S. 526.

Faber, J. A., Sprachlehrer. 7. D. S. 530.

Faber, J. A., Privatier. 27b. D. L. 162c.

Faber, Gg., Lithograph. 5. D. S. 390.

Faber, Jean, Lithograph. 25. D. L. 1531.

Faber, Mich., Regenschirmfabrikant. 4. D. L. 220.

Faber-Ruff, J. M., Schirmfabrik. 22. D. L. 151.

Faber, Wilh., Regenschirmfabrikant. 20. D. L. 1214.

Faber, Gg., Drechslergeselle. 9. D. S. 626.

v. Fabris, Helene, k. Majorswwe. 32. D. S. 77.

Fahrner, J., Maschinenschlosser. 13. D. L. 703.

Falkner, M., Pedellswwe. 13. D. L. 692a.

Falkner, Joh., Metzgermeister. 10. D. L. 529.

Falkner, Marg., Cigarrenmacherin. 27. D. S. 115.

Falkner, J. Gg., Kassier der städt. Sparkasse. 7. D. S. 537.

Falkner, J. Mich., Schneidermeister. 16. D. S. 1106.

Falkner, Leonh., Fabrikarbeiter. 7. D. S. 504.

Falkner, Christ., Maschinenarbeiter. 18. D. S. 1243b.

Falkner, Peter, Schuhmacher. 16. D. L. 918.

Falkner, Andr., Drechsler. 13. D. L. 693.

Falkner, J. Paul, Drechslermeister. 15. D. L. 787a.

Falk, Wilh., Fabrikarbeiter. 22. D. S. 1450a.

Falk, Joh. Wilh., Wirth zum gold. Pfau. 1. D. L. 38.

Falke, Pfarrerswittwe. 5. D. S. 407.

Falke, Christine, Kaufmannswittwe. 32. D. S. 121.

Falke, Nik., Papier= u. Lumpenhandlg. 18. D. L. 1066.

Falkeisen, J. C., Seifen= u. Lichterfabr. 22. D. L. 1321b.

Falkenstörfer, Carl, Fabrikarbeiter. 24. D. S. 1594.

Falkersdörfer, J. F., Wirth u. Garkoch. 12. D. S. 828.

Fangauer, Marie, Näherin. 26. D. L. 37.

Faus, Jac., Kutscher. 27a. D. L. 40a.

Farrnbacher, Matth., Lorgnettenfabr. 17. D. S. 1199.

Farnbacher, M. J., Bierbrauereibesitzer. 7. D. L. 387.

Farnbacher, Frdr. Wilh., Brauereibesitzer. 18. D. L. 1056.

Farnbacher, Frdr. Ludw., Kramkäufel. 2. D. S. 132a.

Faulstich, Joh., Nagelschmied. 16. D. S. 1078.

Faust, Joh., Mechaniker. 30. D. S. 188.

Fäßer, J., Tischlergeselle. 28. D. S. 140.

Fechheimer, Mart., Eisenhdlg. 2. D. S. 101.

Fechheimer u. Guldmann, Kfl., Eisenhdlg. 15. D. L. 820.

Feder, J., Tabakfabr. (F.: G. Rupprecht.) 7. D. L. 363.

Feder, Gg., Privatier. 2. D. L. 96.

Federer, Wilib., Schneider. 12. D. L. 630.

Federlein, Gg., Schuhmacher. 15. D. L. 810.

Federlein, Joh. Heinr., Oekonom. 29. D. L. 29.

Fehn, J. Gg., Bäckermeister. 23. D. L. 1387.

Fehn, Gg. Sim., Bäckermeister. 5. D. L. 282.

Fehn, J. Casp., Nadlermeister. 19. D. L. 1132.

Fehner, J., Drechslergeselle. 28. D. S. 140.

Feicht, Ant., Bierbrauereibesitzer. 10. D. L. 494.

Feierabend, J., Rothgießermeister. 22. D. L. 1327.

Feierabend, Pet., Paternostermacher. 18. D. L. 1059.

Feierabend, J. Ad., Holzgalantwfbkt. 17. D. S. 1177b.

Feierabend, J. M., Paternostermacher. 23. D. L. 1422.

Feierabend, Mich., Fabrikarbeiter. 10. D. L. 502a.

Feigele, Clem., Bezirks=Ingenieur. 4. D. L. 204.

Fein, Aug., Schneidergeselle. 18. D. S. 1258.

Fein, Conr., Bäckermeister. 15. D. L. 836.

Fein, J. Sim., Bäckermeister. 15. D. L. 846.

Fein, Gg. Mich., Bäckermeister. 22. D. L. 1374.

Feilner, Joh., Privatier. 14. D. S. 973.

Feilner, Jac., Bäckermeister. 16. D. L. 925c.

Feilner, Ernst Joh. Conr., Diurnist. 12. D. S. 842.

Feilner, Marg., Wittwe. 22. D. L. 1328.

Feilner, Joh., Auslaufer 22. D. L. 1328.

Feix, Peter, Thorschreiber. 16. D. L. 850b.

Fels, Marg. Louise, Particulierswittwe. 16. D. S. 1103.

Felbinger, Christ., Buchbinder. 18 D. L. 1016.

Feldmann, A., Gastwirth. 12. D. S. 823.

Feldheimer, F., Büttner u. Essigfabr. 19. D. S. 1322.

Feldkirchner, A. S., k. Pfarrer zu St. Peter.

Feldkirchner, Susette. 9. D. S. 615.

Feldkirchner, K., Loy'sches Stickereigesch. 5. D. L. 231.

Feldkirchner, J. Chrst., Käsehändler. 8. D. S. 569.

Fellhorn, Marg., Handschuhnäherin. 28. D. S. 163.

Fellhorn, Leonh., Spielwaarenmacher. 24. D. L. 1497.

Felsecker, Marg., privatisirt. 19. D. L. 1164.

Felsenstein, Aug., Kaufmann. 13. D. S. 922.

Felsenstein, O. G. H., Buchbinder. 3. D. S. 228.

Felsner, Gg., Lackirer. 30. D. L. 45.

Fembo, Christ. Melch., Privatier. 7. D. S. 535.

Fenk, Frdr., q. Stadtgerichts-Direktor. 26. D. L. 90.

Fenk, Chrstn., Sägmeister. 26. D S. 20.

Ferner, Joh., Werkmeister. 29. D. S. 191.

Feß, Chrst., Fabrikarbeiter. 19. D. S. 1296.

Fees, J. Casp., Wirth zum Schühlein. 16. D. S. 1113.

Fesca, Adolph, Kupferstecher. 30. D. S. 163b c.

Feser, Joh., Fabrikschreiner. 26. D. S. 17.

Feßler, Agnes, Kleidermacherin. 5. D. S. 394.

Feuerbach, Dr., Privatier. 32. D. S. 16.

v. Feuerbach, Fräul., k. Präsidententochter. 1. D. S. 16.

Feuerer, Frdr., Lehrer. 13. D. S. 939.

Feurer, Gg., Webermeister. 1. D. S. 39a.

Feuerlein, Marie, Näherin. 16. D. L. 921.

Feuerlein, J., Kaufmann. 3. D. L. 118.

Feuerlein, Frdr., Kaufmann. 13. D. S. 875.

Feuerlein, Carl, Kaufmann. 3. D. L. 118.

Feuerlein, Andr., Schuhmachermeister. 32. D. S. 130.

Feust, Heinr., Oberlehrer. 14. D. S. 985.

Feust, Dr. Phil., Redakteur. 1. D. S. 77.

Feuerstein, Regina, Lackirerswittwe. 3. D. L. 158.

Fett, Regina, Malerswittwe. 19. D. L. 1107.

Feyerabend, J. Frdr., Rothschmiedmstr. 23. D. L. 1418.

Feyerabend, Joh., Nagelschmied. 14. D. L. 722.

Fichtbauer, J. Mart., Rothgießer. 10. D. S. 705a.

Fichtbauer, Conr., Schlosser. 12. D. S. 630.

Fichtelberger, Gg., Telegraphist. 13. D. S. 885.

Fichtelberger, Gg., k. Telegraphenbeamter. 32. D. S. 28a.

Fick, Gg. Leonh., Kaufmann. 8. D. S. 549.

Fick, J. Gg., Bäckermeister. 21. D. S. 1423.

Fick, J., Mechaniker. 11. D. L. 565b.

Fick, Andr., Steinhauer. 27a. D. L. 70.

Fick, Frdr., Feingoldschlagerges. 25. D. L. 1545.

Fick, Wilh., Bleistiftarbeiter. 32. D. S. 36.

Fick, Marg., Zuspringerin. 14. D. L. 720.

Fickel, L., Huf= u. Waffenschmiedmstr. 23. D. L. 1397.

Fickel, J. Nep., Schmiedgeselle. 28. D. L. 62.

Fickel, Leonh., Buchbindermstr. 15. D. S. 1003.

Fickel, Conr., Eisenbahnarb. 29. D. L. 17.

Fickel, Bab., Cigarrenmacherin. 27. D. S. 118.

Fideri, Hornpressergeselle. 24. D. L. 1506.

Fiedler, Martin, Schneidermstr. 3. D. S. 215.

Fiedler, J. W. S., Ring= u. Kettenschmied. 18. D. L. 1537.

Fiedler, G. D., Fournirschneider. 18. D. L. 974.

Fiedler, Marie, Flitterschlägerin. 22. D. S. 1498.

Fiedler, Jac., Musiker. 24. D. L. 1498.

Fiedler, Nannette, privatisirt. 5. D. S. 346.

Fiegel, Gg., Fabrikarbeiter. 24. D. L. 1450.

Fiegel, C., Beutler u. Kappenmacher. Karlsbrücke.

Fieselmann, J. M., Hafnermeister. 6. D. S. 437.

Fikenscher, Carl, Lehrer. 1. D. S. 92.

Fikenscher, Rosalie, Kirchenrathswittwe. 14 D. S. 983.

Fillweber, Gg., Wagnermeister. 4. D. S. 394.

Fink, J. Chrstph., Drechslermstr. 1. D. S. 42.

Fink, Chrstn., Spezereihandlung. 3. D. L. 117.

Fink, J. Thom., Privatier. 21. D. S. 1405a.

Fink, Joh., Wirthschaftsbesitzer. 20. D. S. 1367.

Fink, Frz., Wagnergeselle. 17. D. L. 990.

Fink, G. P., Gärtner. 22. D. S. 1520.

Fink, J. Frdr., Unterhändler. 19. D. L. 1101.

Fink, Barb. Kath., Wittwe. 21. D. L. 1255b.

Fink, Bab., Näherin. 10. D. L. 743.

Fink, Jul., Flaschner. 8. D. S. 576.
Fink, Jos., Fabrikarbeiter. 5. D. L. 241.
Fink, J. Chrst., Weißmacher. 23. D. L. 1439.
Fink, Sam., Photograph. 26. D. L. 87a
Fink, Joh., Einkassier. 5. D. L. 262.
Finster, Nic., Harmonikastimmer. 22. D. L. 1309.
Firnhaber, Kaufmannswittwe. 1. D. S. 25.
Fiserius, C. Chr., Wittwe. 5. D. S. 399.
Fischer, Emil, Gymnasialprofessorswwe. 22. D. S. 1522.
Fischer, J. Balth., Conditor. 13. D. L. 674.
Fischer, L., Huf- u. Waffenschmiedmstr. 16. D. L. 868.
Fischer, Frdr., Kammmachermstr. 24. D. L. 1487a.
Fischer, Wilh., Buchhalter. 1. D. L. 28.
Fischer, Carl, Buchhalter. 8. D. S. 554.
Fischer, Jos., pens. Landgerichtsassessor. 20. D. L. 1212.
Fischer, J. Veit, Spezereiwaarenhandlg. 4. D. L. 207.
v. Fischer, Magd., k. Oberlieutenantswwe. 2. D. S. 116a.
Fischer, J Ph., Uhrmacher. 11. D. S. 777a.
Fischer, J. M., Porzellanhandlung. 14. D. S. 977.
Fischer, Christ., Modellschreiner. 15. D. L. 790.
Fischer, Jac., Schuhmacher. 5. D. L. 267.
Fischer, Gg., Patentstiftfabrikant. 22. D. S. 1462.
Fischer, Carl, Hornpresser. 17. D. L. 969a.
Fischer, Marg., Drechslerswwe. 4. D. S. 312.
Fischer, Ros., Schneiderswwe. 27. D. S. 81.
Fischer, Sophie, Wittwe. 17. D. L. 960.
Fischer, M., Bremsenwärter. 16. D. L. 914.
Fischer, Gg., Maschinenheizer. 25. D. S. 1697b.
Fischer, Jul., Fabrikschlosser. 24. D. S. 1604.
Fischer, Urs., Näherin. 11. D. L. 535.
Fischer, Marie und Louise. 5. D. S. 346.
Fischer, Marie, Wittwe. 23. D. S. 1568.
Fischer, Joh., Fabrikarbeiter. 2. D. S. 133.
Fischer, Chrst., Blumenmacherin. 14. D. L. 756.
Fischer, Marie Marg., Fabrikarbeiterin. 20. D. S. 1349.
Fischer, Anna, Näherin. 20. D. S. 1371.
Fischer, Amalie, Näherin. 26. D. L. 49a.
Fischer, J., Fabrikarbeiterin. 23. D. S. 1538.
Fischer, Friederike, Bötin. 15. D. L. 785.
Fischer, Kath., Illuministin. 1. D. S. 90.
Fischer, J. Peter, Schlossermeister. 15. D. S. 1011.
Fischer, Frz, Rindmetzgermstr. 20. D. S. 1354.
Fischer, Chrstph., Schlossermstr. 16. D. S. 1142.
Fischer, J. Ant., Bäckermstr. 27. D. L. 106.

Fischer, Gg., Wirth. 29. D. L. 18.

Fischer, J. Mich., Schneidermeister. 13. D. S. 950.

Fischer, J. Leonh., Bäckermeister. 4. D. S. 318.

Fischer, Fabrikschreiner u. Cons. 31. D. S. 141f.

Fischer, Joh., Tabakeinkäufer. 26. D. S. 68.

Fischer, Gg., Fr., Manufacturschreiner. 12. D. L. 589c.

Fischer, Gg., Fabrikarbeiter. 23. D. S. 1574.

Fischer, J. Gg., Bäckermeister. 1. D. S. 34.

Fischer, J. Gg., Bäckermeister. 3. D. S. 257.

Fischer, Benedict, Fabrikarbeiter. 27a. D. L. 22.

Fischer, Matth., Musiklehrer. 10. D. L. 493.

Fischer, Marg., Wirthswwe. 12. D. S. 850.

Fischer, J., Käsehändler. 12. D. L. 639.

Fischler, Karl, Schreinergeselle. 21. D. L. 1285.

Fischöder, Marg. u. Kath., Zugeherin. 6. D. S. 469a.

Fischöder, Conr., Fabrikschreiner. 3. D. L. 161.

Fischöder, J. G., Wagnermeister. 5. D. L. 275a.

Fischöder, Phil., Eisenbahnstationsdiener. 28. D. L. 106.

Fitzmaier, J. M., Auslaufer. 18. D. L. 1008.

Fix, Marg., Aufschlägerswwe. 19 D. L. 1155.

Flach, Albert, Weißbleicherei. 12. D. L. 607b.

Flach, Gg. Wolfg., Relikten, Spezereihdlg. 27. D. L. 36.

Flachs, J., Maurergeselle. 28. D. L. 96.

Flamme, J., Fabrikschmied. 17. D. L. 982.

Flamersberger, J., Spielwaarenfabrik. 25. D. S. 1699.

Fleischer, Aug., Bronzefarbenfabrik. 5. D. L. 263.

Fleischauer, Barb., Knopfnäherin. 22. D. L. 1325.

Fleischhauer, Frdr., Zinngießergeselle. 17. D. S. 1210.

Fleischhauer, Mich., Taglöhner. 26. D. L. 57a.

Fleischmann, Carol., Doctorswwe. 23. D. S. 1533.

Fleischmann, C. W., Papiermacheefabrik. 19. D. S. 1304.

Fleischmann, Alb. Frdr., Kaufmann. 15. D. S. 1074a.

Fleischmann, C. J., Gold= u. Silberarb. 17. D. S. 1197.

Fleischmann, Leonh., Rauchfleischfabrik. 12. D. S. 885.

Fleischmann, J. J., Nadel= u. Drahtstiftfbr. 12. D. S. 870.

Fleischmann, Paul, Essig= u. Rosolifabrik. 21. D. S. 1413a.

Fleischmann, J. Gg., Rothgießermstr. 22. D. S. 1476.

Fleischmann, Paul Sigm., Büttnermstr. 15. D. S 1027.

Fleischmann, J. Ad., Gastwirth. 13. D. S. 929.

Fleischmann, J. Mich., Metzgermstr. 5. D. S. 374b.

Fleischmann, Jobst Conr., Viehhändler. 26. D. S. 47.

Fleischmann, Benedict, Metzgermeister. 29. D. S. 182.

Fleischmann, J. G., Viehhändler. 28. D. S. 147.

Fleischmann, Gg. Paul, Metzgermstr. 24. D. L. 1461.
Fleischmann, Gg., Oekonom. 27. D. L. 71.
Fleischmann, J. G., Metzgermstr. 23. D. L 1415.
Fleischmann, Chrstph., Seifen- u. Lichterfabr. 5. D. L. 262.
Fleischmann, J. Chr., Privatier. 10. D. L. 527.
Fleischmann, Frdr., Portefeuillefabr. 3. D. L. 115.
Fleischmann, Andr., Wirth z. Elephant. 14. D. L. 764b.
Fleischmann, J. Gg., Bleistiftfabrikant. 15. D. L. 773.
Fleischmann, J. Frdr., Nadlermeister. 12. D. L. 627.
Fleischmann, Gg., Musiker. 24. D. L. 1474.
Fleischmann, J. Fl., Musiker. 14. D. L. 722.
Fleischmann, Jac., Hopfenhdlr. 5. D. L. 290.
Fleischmann, Marg., Weißwaarenhdlr. 22. D. S. 1476.
Fleischmann, Conr., Nagelschmiedmstr. 6. D. S. 472.
Fleischmann, Frdr., Schneidermstr. 15. D. S. 1016.
Fleischmann, Mart., Schuhmachermstr. 2. D. S. 161.
Fleischmann, Carl, Rothgießer. 22. D. S. 1453b.
Fleischmann, Kath., Kammmacherswwe. 18. D. L. 1003.
Fleischmann, J.C., Rothschm., Caffemattwcht. 25.D. S.1696.
Fleischmann, Kath., Hefenhändlerin. 23. D. S. 1542.
Fleischmann, Joh., Almoseneinkassier. 13. D. S. 906.
Fleischmann, Gg., Schellenmacherswwe. 16. D. L. 917.
Fleischmann, Elis., Näherin. 2. D. S. 167.
Fleischmann, Sus., privatisirt. 9. D. S. 645.
Fleischmann, Sus., Wirthswittwe. 22. D. L. 1374.
Fleischmann, Kath., Wittwe. 22. D. L. 1325.
Fleischmann, Amalie, Wittwe. 12. D. L. 647.
Fleischmann, Rothschmiedswittwe. 8. D. S. 566a.
Fleischmann, Marg., Wittwe. 21. D. S. 1415.
Fleischmann, Marg., Metallschlagerswwe. 26. D. L. 54.
Fleischmann, Gg., Fabrikarbeiter. 25. D. L. 1548.
Fleischmann, Jac., Fabrikarbeiter. 10. D. S. 751.
Fleischmann, J., Fabrikarbeiter. 22. D. S. 1456.
Fleischmann, Chrst., Getreidmesser. 17. D. S. 1238.
Fleischmann, Joh., Fabrikarbeiter. 5. D. S. 350.
Fleißner, Benedikt, Musiker. 27a. D. L. 33c.
Fleißner, Chrstn., Stadtmusiker. 5. D. L. 275a.
Fleißner, Andr., Musiker. 27a. D. L. 33a.
Fleißner, Carl, Musiker. 9. D. L. 476.
Fleißner, Marg., Zugeherin. 7. D. S. 502.
Fleißner, Dan., Holzhauer. 24. D. L. 1497.
Fleißner, Leonh., Dosenpolirer. 27a. D. L. 52.
Fleißner, Marg., Dosenmacherswittwe. 27a. D. L. 46c.

Fleißner, Blandine, Taglöhnerswittwe. 12. D. L. 638.
Fleißner, Chrstph., Kammmachergeselle. 21. D. L. 1389.
Fleck, Wilh., Schneidermeisterswittwe. 28. D. S. 139.
Flegler, Alex., Professor. 14. D. S. 992.
Flessa, Marg., Rentbeamtenwittwe. 20. D. S. 1339.
Flessa, Frdr., Schuhmacher. 10. D. L. 528.
Fliehr, J., Lohnkutscher. 10. D. S. 689.
Flier, Mart., Feingoldschlager. 28. D. L. 95.
Flintsch, Johann, Privatier. 5. D. S. 393.
Flintsch, Carl, Sattlermstr. 24. D. S. 1586.
Flintschner, Carl, q. Stallmeister. 18. D. L. 1081.
Flor, J. L., Kupferschmiedmstr. 23. D. L. 1389.
Flory, J., Victualienhändler. 15. D. S. 1049.
Flory, Clara, Wittwe, privatisirt. 3. D. S. 206.
Flösch, Sophie, Wittwe. 16. D. L. 867.
Fluhrer, J. Ad., Zimmergeselle. 23. D. L. 1410.
Flügge, Heinr., Privatier. 15. D. L. 825.
Föderreuther, G. N., Privatier. 15. D. L. 1562.
Föderreuther, J. G., Wirthschaftsbes. 10. D. L. 523.
Föderreuther, J. G. u. Cons., Güterbes. 17. D. L. 952.
Förderreuther, J., Gold= u. Silberarb. 1. D. L. 7b.
Förderreuther, Kath., Seilermstrswwe. 19. D. L. 1149.
Förderreuther, P., Seilermstr. 2. D. L. 80.
Förderreuther, J. Andr. 28. D. L. 71.
Förderreuther, Joh., Privatier. 3. D. S. 170.
Förderreuther, Wilh., Conditor. 13. D. S. 900.
Förderreuther, Wilh., Kaufmann. 6. D. L. 334.
Förg, Therese, Doktorstochter. 25. D. L. 1571c.
Förch, J. Leonh., Paternostermacher. 22. D. L. 1334.
Forchheimer, Sim., Hopfenhdlg. 4. D. L. 212.
Forchheimer, Mor. Hopfenhdlg. 8. D. L. 415.
Fölkel, Marg., Holzhauerswittwe. 23 D. L. 1430.
Fornung, Ludw., Heizer. 29. D. L. 35.
Forst, Elis., Güterladerswwe. 17. D. L. 935.
v. Forster, C. (F.: Volkamer's Wwe. u. Forster.) 1. D. S. 19.
Forster, J. Casp., Kaufmann. 8. D. L. 409.
v. Forster, Wittwe, privatisirt. 30. D. S. 128.
Forster, W. C. A., Privatier. 11. D. S. 895.
Forster, J. Heinr., Schuhmacher. 22. D. L. 1328.
Forster, Jos., Kammmachermstr. 12. D. L. 631.
Forster, Joh., Kupferdrucker. 8. D. S. 575b.
Forster, J., Eisenbahnarbeiter. 9. D. L. 449.
Forster, J. F., Teppichmacher. 16. D. L. 906.

Forster, Susanna, Melberswwe. 20. D. S. 1387.

Forster, Ch. W., Firmenmaler, Schablonenfabr. 7. D. S. 532.

Forster, J. Matth., q. Oberlehrer. 21. D. L. 1279.

Forster, J. Gg., Federkielfabrikant. 17. D. L. 980.

Forster, Christ. Wilh. 7. D. S. 532b.

Forster, J., Packträger. 15. D. S. 1064.

Forster, Paul, Wasch- u. Bleichanstalt. 30. D. L. 81.

Förster, Casp., Bierwirth. 9. D. S. 629.

Förster, Leonh. Jul. Ad., Manufacturwaaren. 6. D. L. 317.

Förster, Paul, Privatier. 4. D. S. 279.

Förster, J. Gg., Privatier. 20. D. L. 1212.

Förster, Joh. Frdr., Landesproduktenhandl. 5. D. L. 251.

Förster, Gg., Fabrikarbeiter. 31. D. S. 141d.

Förster, J., Schneidermeister. 1. D. S. 80.

Förster, J. Leonh., Buchbinder u. Portef. 4. D. L. 337.

Förster, L. C. H., Maschinenbauer. 21. D. S. 1410.

Förster, Joh., Fabrikarbeiter. 21. D. S. 1440.

Förster, Helene, Korbmacherin. 6. D. S. 470.

Förster, Andr., Wirth. 6. D. L. 318.

Förster, J. Conr., ehem. Pfragner. 16. D. S. 1103.

Förster, Gg., Holzhauer. 32. D. S. 130.

Förster, G., Bleistiftarbeiter. 30. D. L. 37m.

Förster, Lor., Taglöhner. 26. D. L. 49.

Förster, Carl Aug., Privatier. 6. D. L. 329.

Förtsch, Carl Jul., Stadtkämmerei-Offiz. 10. D. S. 684.

Förtsch, Hieronimus, Auslaufer. 15. D. L. 814.

Förtsch, Marg., Pürschnerswwe. 17. D. S. 1235.

Förtsch, J. Gg., Portefeuiller. 15. D. S. 1046b.

Förtsch, Joh., Gärtner. 11. D. L. 565b.

Förtsch, Joh., Wolfg., Tünchergeselle. 27. D. L. 33a.

Förtsch, Joh., Kramkäufel. 1. D. S. 52.

Förtsch, Barb., Wittwe. 27. D. L. 20.

Förtsch, J. Gg., Privatier. 27a. D. L. 68.

Förtsch, Louise, privatisirt. 15. D. S. 1011.

Förtsch, Gg., Hadern-Aufkäufer. 8. D. S. 593.

Förtsch, Herm., Agent. 6. D. S. 457.

Förtsch, J., Viktualienhändler. 10. D. L. 502a.

Förtsch, J. Christ., Ahlenschmied. (Thurm.) 22. D. L. 1335.

Förstel, Franz, Kleiderreiniger. 12. D. L. 621.

Förtner, Christ., Frauenkleidermacher. 25. D. L. 1556.

Föttinger, P. S., Friederike, Rentbeamt.-Wwe. 10. D. S. 707.

Föttinger, Gg. Leonh., Mehlwäger. 22. D. S. 1453.

Fraas, J., Fabrikarbeiter. 13. D. 692a.

Frank, Jul., Affist. am germ. Museum. 19. D. L. 1113.
Frank, Privatier. 24. D. S. 1635.
Frank, Carl, Lehrer. 6. D. S. 446.
Frank, Conr., Schuhmachermeister. 19. D. L. 1150.
Frank, Gg., Sim., Kammmachermeister. 25. D. L. 1547.
Frank, J. Frdr., Buchbindermeister. 8. D. L. 432.
Frank, J. Heinr., Buchbindermeister. 4. D. S. 330.
Frank, J. Seb., Gürtlermeister. 25. D. L. 1564b.
Frank, Gottl., Zimmermeister. 29. D. L. 19.
Frank, Frdr., Firmenmaler. 2. D. S. 120.
Frank, Marg., Wwe. 26. D. S. 35.
Frank, Joh., Blechinstrumentenfabrik. 16. D. S. 1123a.
Frank, J. Christoph. 23. D. S. 1544.
Frank, J. Gg., Wirth zum Rosenthal. 24. D. S. 1621.
Frank, Joh., Ausläufer. 9. D. S. 481b.
Frank, Matth., Tünchergeselle. 31. D. S. 123.
Frank, Joh., Fabrikarbeiter. 28. D. S. 169.
Frank, J., Fabrikarbeiter. 32. D. S. 144b.
Frank, Christ., Fabrikarbeiter. 29. D. S. 225½.
Frank, Heinr., Fabrikarbeiter. 30. D. L. 47a.
Frank, Wilh., Eisengießer. 26. D. S. 62.
Frank, Anna Marie, Näherin. 17. D. S. 1113.
Frank, Barb., Gastwirthswwe. 13. D. L. 702.
Frank, Auguste, Zugeherin. 24. D. L. 1459.
Frank, M. L., Spielwaarenfbrkt.-Wwe. 2. D. L. 90.
Frank, M., Buchbinderswwe. 9. D. L. 461.
Frank, Carl, Landgerichts-Actuar. 6. D. S. 469a.
Frank, Peter, Folienschläger. 6. D. S. 441.
Franke, Robert, Decorationsmaler. 24. D. S. 1631.
Fränkel, Frdr., Kupferstecher. 13. D. S. 954.
Frankenburger, k. Advokat. 1. D. S. 25.
Frankenberger, Gg., Privatier. 7. D. L. 382.
Frankenthal u. Menningen, Plüsch= u. Möbelst.16.D.L.917.
Frankenschwerd, Wwe., Privatier. 2. D. L. 100.
Frankenschwerd, L., Hopfenhandlung. 5. D. L. 283.
Frankenschwerd, M., Großhändler. 10. D. L. 533.
Franz, Jak. Thom., Maler. 5. D. L. 233.
Franz, J. Andr., Vergolder. 20. D. L. 1197.
Franz, Marg., Wirthschaftsbesitzerin. 28. D. S. 139.
Franz, Mart., Frauenkleidermacher. 15. D. S. 1052.
Franz, Elis., Wwe. 1. D. S. 33.
Franz, J. Leonh., Schneidermstr. u. Lohndiener. 12. D. S.838.
Franz, J. Gg., Privatier. 4. D. L. 181.

Frauenberger, Conr., Flaschnermeister. 24. D. S. 1617
Frauenfeld, C., Privatier. 27b. D. L. 104.
Frauenfeld, Seckel Moses, Privatier. 2. D. L. 105.
Frauenfeld, Emanuel, Privatier. 5. D. L. 303.
Frauenhofer, J. Bapt., Schuhmachermstr. 22. D. L. 1342.
Frauenholz, Frdr., Fabrikarbeiter. 28. D. L. 67.
Frauenknecht, Elisa, Gürtlerstochter. 19. D. S. 1309.
Frauenknecht, Ulr., Fabrikarbeiter. 26. D. L. 55.
Frauenknecht, Joh., Wirthschaftsbesitzer. 24. D. L. 1487a.
Franzen, Ernestine, ledig. 6. D. S. 466.
Fratz, Joh., Schneidermeister. 17. D. L. 947.
Frebert, Nic., Schreinermeister. 3. D. S. 196.
Frech, Gg., Dr., k. Gerichtsarzt. 8. D. S. 567.
Freier, Aug., Lithograph. 21. D. S. 1412.
Freier, Frdr., Paternostermacher. 172.
Freihofer, Frz., Güterlader. 13. D. S. 946.
Freihofer, Matth. Ed., Schreinermeister. 13. D. S. 945.
Freihofer, Frdr., Schlossermeister. 22. D. S. 1453a.
Freisleben, Pet., Kurzwaarenhändler. 27. D. L. 94.
Freitag, Frdr. Nic., Seifen- u. Lichterfabrik. 25. D. L. 1525.
Freitag, Frdr. Gottfr., Seifen- u. Lichterfabr. 26. D. S. 71.
Frenz, J. Mich., Beinknopfmacher. 18. D. L. 1082.
Frenz, Albertine, Drechslerswwe. 24. D. L. 1487a.
Frenz, Elisab., Musiklehrerswwe. 25. D. L. 1525.
Fremsdorfer, J. L., Buchhalter. 2. D. L. 94.
Frenzel, Conr. Gg., Siegellackfabrik. 16. D. L. 889a.
Freudenberger, J. M., Gastwirth. 25. D. S. 1691.
Freuer, Joh., Eisenbahnarbeiter. 20. D. L. 1240.
Frey, Konr., Maler. 20. D. L. 1253.
Frey, Joh. Dav., Drechslermeister. 8. D. S. 588.
Frey, J. Gg., Webermeister. 18. D. S. 1250c.
Freyberger, F. Max, Auslaufer. 6. D. L. 327.
Freyberger, Conr., Rothgießermeister. 16. D. S. 1080.
Freyberger, M., Schneidermstrswwe. 9. D. L. 443.
Freyberger, Kath., Fabrikarbeiterin. 13. D. S. 909.
Freyer, Gg., Feilenhauermeister. 20. D. L. 1242.
Freyer, J. Frdr., Farbholzschneider. 20. D. L. 1246.
Freyer, J. Lor., Feilenhauermeister. 20. D. L. 1246.
Freyhalter, Jos. Bernh., Schreinermstr. 7. D. S. 508.
Freymann, M., Strohhutgeschäft. 4. D. L. 213.
Freymann, Oskar, Lehrer. 22. D. L. 1369.
Freymann, Andr., Instrumentenmacher. 13. D. S. 918.
Freimüller, Conr., Privatier. 20. D. L. 1234.

Freymüller, Andr. Tob., Nagelschmiedmstr. 21. D. L. 1265.

Freymüller, Gg., Nagelschmied. 21. D. L. 1261.

Freudel, Phil., k. Hauptmann. 2. D. S. 112.

Freund, Frdr., k. Revisionsbeamter. 32. D. S. 10.

Fried, Sim., Hopfenhändler. 10. D. L. 513.

Fried, Gumpert, israel. Lehrer. 4. D. S. 328.

Friedel, Joh., Kupferschmiedmeister. 9. D. L. 456.

Friedenberger, Joh., Fabrikarbeiter. 14. D. S. 960.

Friedlein, Louise, Hauptmannswwe. 13. D. L. 676.

Friedlein, Marie, Wittwe. 12. D. L. 577.

Friedmann, Wilhelm, Condukteur. 5. D. L. 261.

Friedmann, Carl, Parfümeur. 6. D. S. 442.

Friedrich, Frdr. Joh., Apotheker. 32. D. S. 109a.

Friedrich, Jac, Gutsbesitzer. 32. D. S. 59.

Friedrich, Gottfr., Handels-Assessor. 15. D. S. 1006.

Friedrich, J. Mich., Wagenwärter. 17. D. L. 941.

Friedrich, Gg., Reißzeugfabrikant. 3. D. S. 255.

Friedrich, Heinr., Büttnermeister. 1. D. L. 35.

Friedrich, Carl, Cigarrenmacher. 20. D. L. 1185.

Friedrich, Gg., Rothschmiedmeister. 19. D. S. 1320.

Friedrich, Konr., Gärtner. 31. D. S. 126.

Friedrich, Gg., Metzgermeister. 23. D. S. 1562.

Friedrich, J. Jobst, Wirthschaftsbesitzer. 17. D. S. 1233.

Friedrich, Christ., Wagnermeister. 16. D. L. 922.

Friedrich, Heinr., Wirth u. Metzgermstr. 28. D. S. 149.

Friedrich, Conr., Schachtelmacher. 9. D. S. 625.

Friedrich, J. Gg., Rothschmiedmeister. 16. D. S. 1153.

Friedrich, J., Rothschmiedmeister. 13. D. L. 695.

Friedrich, Marg., Zugeherin. 10. D. S. 678.

Frick, D., Fabrikarbeiter. 13. D. L. 707.

Frisch, Tabakeinkäufer. 7. D. S. 521.

Frisch, Leonh. Carl, Schreinergeselle. 25. D. S. 1681.

Frischholz, Gg. Mart., Schmiedmstr. 27. D. L. 103.

Fries, J. Sim., Bildhauer. 17. D. L. 940.

Fries, Wilh. Ernst, Handlungsbuchhalter 11. D. L. 540.

Frieß, M., Wirthschaft z. Pelikan. 10. D. S. 719.

Frieß, Ad., Postkonducteur. 27a. D. L. 6c.

Frieß, Joh., Steinhauer. 14. D. L. 740.

Frieß, Mich., Bildhauer. 3. D. L. 156a.

Frieß, Joh., Zirkelschmiedmeister. 17. D. L. 961.

Fritz, G. Wilh., Bezirks-Ger.-Sekr. 19. D. L. 1148.

Fritz, Andr., Schreinermeister. 17. D. L. 941.

Fritzmann, Gg., Glasschleifer. 15. D. S. 1057.

Fritzmann, Barb., Gemüsehändlerin. 7. D. S. 520a.
Fritzmann, J., Fabrikarbeiter. 22. D. L. 1317.
Frör, J., Lackirer. 1. D. S. 33.
Frör, J. Gottl., Posamentier, hinterl. Töchter. 12. D. L. 581.
v. Froideville, Clem., Majorstochter. 8. D. L. 425.
Fröblich, Gust., Kaufmann. 30. D. L. 85.
Fröblich, Joh., Schuhmacher. 22. D. S. 1496.
Fröblich, Jos., Schuhmachermeister. 16. D. S. 1163.
Fröblich, Leonh., Fabrikarbeiter. 27. D. S. 83.
Frommann, Dr., Carl, Vorst. d. germ. Museums. 12. D. L. 592.
Fromberger, J. Gg., Hopfenhändler. 7. D. L. 399.
Frosch, Conr., Steinhauergeselle. 5. D. L. 229a.
Frosch, J. Leonh., Wirth. 27. D. L. 73a.
Frosch, J. Gg., Büttnermeister. 5. D. L. 244.
Frosch, J. Gg., Privatier. 1. D. L. 32.
Fröschauer, Leonh., Bleistiftarbeiter. 21. D. L. 1267b.
Fröscheis, Gg., Andr., Bleistiftfabrik. 32. D. S. 38.
Fröschlein, Conr., Rothschmied. 19. D. S. 1318.
Fröschmann, Wolfg., Cantor u. Musiklehr. 25. D. L. 1525.
Frühinsfeld, Andr. Phil., Metallgießer. 18. D. L. 1046.
Frühinsfeld, Hier. Nic., Privatier. 20. D. L. 1216.
Frühinsfeld, M., Rothgießermstrswwe. 15. D. S. 1048.
Frühinsfeld, Chrstph., Ziegeleibesitzer. 8. D. L. 406.
Frühinsfeld, Carl, Controlleur. 15. D. L. 792a.
Frühinsfeld, Jak., Wagenwärtergehilfe. 18. D. L. 1064.
Frühinsfeld, G. Jak., Fabrikarbeiter. 18. D. S. 1274.
Frühinsfeld, Joh., Privatier. 18. D. L. 1046.
Frühwald, Lorenz, Bäckermeister. 25. D. L. 1551.
Frühwald, Marie, Bäckermeisterswittwe. 32. D. S. 79.
Fruth, J. M., Arbeiter. 21. D. S. 1443b.
Fuchs, Carl (F.: Carl Fuchs u. Co.) 15. D. S. 1002.
Fuchs, Joh., (F.: Wilh. Fuchs.) 11. D. S. 763.
Fuchs, Christ., Kaufm. 16. D. S. 1158.
Fuchs, Paul Christn., Drahtfabrikbesitzer. 24. D. S. 1585.
Fuchs, J. Wilh., Drahtfabrikant. 6. D. S. 466.
Fuchs, Dr., Wilhelm. 1. D. S. 92.
Fuchs, Ignat. Gallus, Kaufmann. 13. D. S. 903.
Fuchs, G. C., Kaufmann. 15. D. S. 1002.
Fuchs, J. Gg., Privatier. 4. D. S. 298.
Fuchs, Phil., homöop. Apotheker. 4. D. S. 331.
Fuchs, Joh., Lehrer. 24. D. L. 1482.
Fuchs, Eva, Fräulein. 20. D. S. 1364.
Fuchs, J. Leonh., Landesproduktenhändler. 30. D. L. 15.

Fuchs, J. Gg., ehem. Pfragner. 16. D. S. 1093.

Fuchs, Babette, Drahtfabrikantenwittwe. 24. D. L. 1450.

Fuchs, C. G. R., Zeugschmied. 16. D. L. 890.

Fuchs, Joh., Maler. 27b. D. L. 119.

Fuchs, Kath., Wirthswittwe. 9. D. S. 617.

Fuchs, Leonh., Zeugschmiedmeister. 4. D. S. 268.

Fuchs, Wittwe, Gasth. z. Sächs. Hof. 4. D. S. 298.

Fuchs, J. Gg., Spielwaarenfabrikant. 3. D. L. 158.

Fuchs, Mart., Buchdrucker. 25. D. L. 1559.

Fuchs, Friedr., Hopfenhandlung. 2. D. L. 81.

Fuchs, Barbara, Wirthswwe. 17. D. S. 1203.

Fuchs, Leonh., Maurergeselle. 13. D. L. 705.

Fuchs, Barb., Papparbeiterswwe. 20. D. L. 1209.

Fuchs, Joh., Schuhmacher. 23. D. L. 1436.

Fuchs, Babette, Papparbeiterswwe. 20. D. L. 1250.

Fuchs, J. C., Relikten. 12. D. S. 809.

Fuchs, J. Mich., Eisenbahnarbeiter. 29. D. L. 38.

Fuchs, Phil., Gasarbeiter. 27b. D. L. 139.

Fuchs, Stephan, Kutscher. 30. D. S. 193.

Fuchs, Kath., Handlangerswwe. 29. D. S. 205.

Fuchs, Frdr., Kramkäufel. 2. D. S. 121.

Fuchs, Nic., Kramhändler. 22. D. S. 1509.

Fuchs, Heinrich, Polirer. 4. D. S. 300.

Fuchs, J. Konr., Fabrikarbeiter. 22. D. S. 1447.

v. Fugger, Oskar, Graf, Privatier. 3. D. L. 319.

Führer, Wilh., Privatier. 3. D. L. 135.

Führlein, Conr., Holzmesser. 27a. D. L. 77.

Füllweber, Jak., Spielwaarenfabrikant. 27a. D. L. 62.

Funk, Mich. Joh., Lager v. Solenhofer Steinen. 16. D. L. 860bc.

Funk, L. Ernst, Spezerei- u. Tabakhandl. 20. D. S. 1368.

Funk's Söhne, Strumpfwaarenfbr. u. Hndlg. 16. D. S. 1131.

Funk, Mich., Lebküchner. 7. D. S. 515.

Funk, Lisette, ledig. 32. D. S. 103.

Funk, Reg. Barb., Schullehrerswwe. 1. D. L. 52.

Funk, Frdr., Heizer a. d. Ostbahn. 30. D. L. 17.

Funke, Louise, Kaufmannsgattin. 32. D. S. 26.

v. Fürer, Sigm., Freiherr, Partikulier.

v. Fürer, Carl Sigm., Frhr., Partikulier. 10. D. S. 728c.

v. Fürer, Fanni u. Louise, Freifräulein. 32. D. S. 106.

v. Fürer, Carol., k. Hauptmanns-Wwe. 10. D. S. 672.

Fürsattel, Joh., Schneidermeister. 16. D. S. 1108.

Fürst, Carl, Lohndiener. 14. D. S. 980.

Fürst, Jakobine, Controlleurswwe. 20. D. S. 1353.

Fürst, Anna Barbara, Büttnerswwe. 11. D. L. 571.

Fürst, J. Pet., Essigfabrikant. 15. D. S. 1038.

Fürst, Joh., Gasarbeiter. 18. D. L. 1015.

Fürst, Marg., led., privatisirt. 10. D. S. 738.

Fürst, Joh., Wirthschaftsbesitzer. 24. D. L. 1467.

Fürstenhofer, Gg., Cigarrenmacher. 10. D. L. 531.

v. Furtenbach, Wilh., Bank-Assistent. 11. D. S. 793.

Fuß, Lisette, privatisirt. 2. D. S. 106.

G.

Gaab, M., Taglöhnerin. 5. D. S. 416.

Gäbelein, Conr., Fabrikschreiner. 5. D. L. 245.

Gabler, Adam, Scheibenziehermeister. 8. D. S. 584.

Gabler, Nanette, Conditorswwe. 20. D. S. 1367.

Gabsteiger, Heinr., Zimmergeselle. 29. D. L. 6.

Gagstetter, Gg. Jak., Privatierswwe. 16. D. L. 853.

Gagstetter, Gebr., Materialwaaren. 6. D. L. 316.

Gagstätter, C. G., Privatier. 5. D. S. 243.

Gagstetter, Gg. Jak., Kaufmann. 13. D. S. 880 a b.

Ganghofer, Marie, Cigarrenmacherin. 18. D. L. 1053.

Gahn, Paul, Gottlieb., Bäckermeister. 21. D. S. 1412.

Gahn, Joh., Gg., Bäckermeister. 15. D. L. 788.

Gahn, N., Bäckermeister. 28. D. S. 170.

Galimberti, Paul, Gasth. z. rothen Roß. 4. D. S. 313.

Galster, J. Ernst, Zimmergeselle. 28. D. S. 139.

Galster, Gg., Bleistiftarbeiter. 30. D. S. 190.

Galsterer, Karl, Polizei-Off. u. Inspekt. 1. D. S. 70b.

Galsterer, Gg, Fabrikarbeiter. 27a. D. L. 30.

Galsterer, J. G., Mehlhandel. 12. D. S. 823.

Galsterer, Conr., Fabrikschreiner. 14. D. L. 743.

Galsterer, Eberhard, Güterlader. 14. D. L. 743.

Gambel, Andr. Frdr. 23. D. L. 1396.

Gambert, Gg., Korbwaarenhändler. 32. D. S. 88.

Ganz, Heinr., Gürtler. 3. D. S. 177b.

Ganz, Christ., Zirkelschmiedmeister. 29. D. L. 730.

Ganz, Kath. Barb., Leichenfrau. 14. D. L. 730.

Ganz, Joh. Sam., Zirkelschmiedmeister. 18. D. L. 1084.

Ganz, Dav. Ludw., Feilenhauer. 15. D. L. 781.

Ganz, Andr., Ausläufer. 9. D. S. 636.

Gansmann, Frdr., Postsekr.-Wwe. 4. D. S. 297.

Gansmann, Fr. J., Gastwirthswwe. 1. D. S. 92.

Ganzmann, Adam, Lokomotivputzer. 29. D. L. 24.

Gänzbauer, Johanne, Wirthswwe. 16. D. L. 889.

Gänsbauer, J. Chrstn., Schlossermeister. 10. D. L. 510.

Garr, Anna, Conducteurswwe. 21. D. S. 1394.

Gärtner, J., Leonh., Kammmacher. 17. D. L. 988.

Gärtner, Gg., Werkzeugmacher. 19. D. L. 1069.

Gärtner, Dor., Wittwe, Kramhandel. 198.

Gärtner, Jos., Schneidermeister. 14. D. S. 1001b

Gärtner, Doroth., Wittwe. 30. D. S. 188.

Gaswerk Nürnberg (Spreng, Sonntag u. Meier.) 27. D. L. 165.

Gas-Installations-Werkstätte. 10. D. L. 533.

Gäselein, Gg., Fabrikwagner. 28. D. S. 144.

Gaßner, J.. Fabrikarbeiter. 16. D. S. 1099.

Gaßner, Katharine. 12. D. L. 611.

Gaßner, Schlossermeisterswittwe. 5. D. L. 269b.

Gast, Julie, Lehrerswwe. 25. D. S. 1693b.

Gastner, J. A., Gastw. z. Herzog Max. 15. D. L. 835.

Gatterer, Lor., Huf- u. Waffenschmdmstr. 8. D. L. 422.

Gatterer, Mich., Zimmergeselle. 26. D. S. 23.

Gattinger, Gg. Paul, Schuhmacher. 19. D. L. 1159.

Gattinger, Helene, Nachtlichtermacherin. 24. D. L. 1471.

Gattinger, Barb., Wagnermstrs.-Wwe. 27b. D. L. 113.

Galitzdorfer, Jos., Fabrikarbeiter. 26. D. S. 31.

Gattner, Gg., Schreinergeselle. 29. D. S. 202b.

Gatter, Kath., Drahtzieherin. 29. D. S. 202b.

Gattner, Kath., ledig. 26. D. S. 26b.

Gauger, J. Frdr., pens. Expeditor. 32. D. S. 103.

v. Gaugreben, Baron, Privatier. 16. D. L. 852.

Gaukler, Ant., Schneidermeister. 15. D. S. 1007.

Gaupp, Wundarzt u. Geburtshelfer. 5. D. S. 397a.

Gebert, Gg. Mich., Steinmetzengeselle. 27. D. S. 118a.

Gebert, Gg. Frdr., Bäckermeister. 7. D. L. 380.

Gebert, Gg., Fabrikarbeiter. 18. D. S. 1241b.

Gebert, Leonh., Fabrikarbeiter. 32. D. S. 151.

Gebert, Marie, Nudelbäckerin. 16. D. S. 1091.

Gebert, Kath., Wittwe. 8. D. L. 434.

Gebhard u. Comp., Großhändler. 30. D. L. 89.

Gebhard, Heinr., Kfm. u. Fabrikbesitzer. 25. D. S. 1666.

Gebhard, k. Hauptmann. 4. D. L. 198.

Gebhard, Jul. Wilh., Manufacturhdlg. 4. D. L. 186.

Gebhard, L., Gummi- u. Kautschukwaaren. 4. D. L. 186.

Gebhardt, Frdr., Privatier. 27. D. L. 149.

Gebhardt, J. Jeremias, Schneidermstr. 24. D. L. 1488b.

Gebhard, J., Drechslermeister. 5. D. L. 259.

Gebhard, J. Leonh., Flaschnermeister. 17. D. L. 944.

Gebhard, Joachim, Paternostermacher. 18. D. L. 1012.

Gebhard, Andr., Dominomacher. 1. D. S. 52.

Gebhardt, Gg., Büttnermeister. 7. D. S. 506.

Gebhardt, Joh., Corsettenfabrikantentochter. 3. D. S. 171.

Gebhardt, Joh., Lithograph. 17. D. L. 980.

Gebhardt, J., Fabrikarbeiter. 26. D. S. 68.

Gebhardt, Pet., Fabrikarbeiter. 27. D. S. 87.

Gebhardt, Kilian, Ausläufer. 26. D. L. 52.

Gebhardt, J. Gottfr., Schneidergeselle. 25. D. L. 1534.

Gebhard, Gottfr., Schneidergeselle. 1. D. S. 79b.

Gebhard, J. Gottfr., Schmiedgeselle. 22. D. S. 1458.

Gebhard, Chrstph., Ausläufer. 1. D. L. 24.

Gebhard, Leonh., Museumsdiener. 6. D. S. 476.

Gebhard, Fr., Lohndiener. 1. D. L. 60.

Gebhardt, Jak., Schreinergeselle. 21. D. S. 1437.

Gechter, Heinr., Kaufmann. 12. D. S. 809.

Gechter, Jakobine, ledig. 11. D. S. 793.

Gechter, Jak., Tabakfabrikant. 16. D. S. 1104.

Gehring, Chrstph., Wirthschaftsbesitzer. 27. D. S. 82.

Gehringer, J., Bezirksger.-Bote. 4. D. S. 284.

Geier, Bernh., Webermeister. 7. D. S. 520c.

Geier, Doroth., Näherin. 24. D. L. 1456.

Geier, Elis., Fabrikarbeiterin. 30. D. S. 8.

Geier, Frdr., Postconducteur. 10. D. S. 704.

Geier, Christn., Badergehülfe. 29. D. L. 38.

Geier, Friedr., Tünchergeselle. 29. D. L. 3.

Geier, Gg., Fabrikarbeiter. 27a. D. L. 51.

Geier, Gg., Kaufmann. 1. D. S 16.

Geyer, Clarissa, Fräulein. 4. D. L. 214.

Geyer, Ed., Kaufmann. 5. D. L. 251a.

Geyer, Heinr., Commissionär. 16. D. L. 875a.

Geyer, Joh., Wirthschbs. z. geharnischt. Mann. 25. D. S 1670.

Geyer, Leonh., Kaufmann u. Fabrikant. 11. D. S. 781.

Geyer, Joh., Schreinermeister. 5. D. L. 237.

Geyer, J. Gg., Büttnermeister. 4. D. S. 326.

Geyer, J. Ad., Orgelmacher. 15. D. S. 1057.

Geyer, J. Melch., Webermeister. 12. D. L. 588.

Geyer, Jak., Werkführer. 24. D. L. 1468.

Geyer, Kath., Wittwe. 18. D. S. 1262a.

Geyer, Nan., Illuministin. 25. D. S. 1654.

Geyer, J. Christ., Oblatenfabrikant. 20. D. S. 1378.

Geyer, J. Gg., Flaschnergeselle. 10. D. S. 737.

Geyer, J., Fabrikarbeiter. 22. D. L. 1305.

Geyer, Dor., Näherin. 26. D. L. 86.

Geyer, Frdr., Wachszieher. 1. D. S. 39a.

Geiersberger, Jos., Tünchergeselle. 27a. D. L. 61.

Geiershöfer, Sim., Alterthumshändler. 6. D. S. 477.

Geiershöfer, K., Privatier. 27b. D. L. 106.

Geiershöfer, Jac., Kaufmann. 8. D. L. 416.

Geyrhalter, Marie, Näherin. 5. D. S. 383.

Geiger, Gg., Rothschmiedmeister. 32. D. S. 45.

Geiger, Frdr., Feingoldschläger. 16. D. S. 1166.

Geiger, Joh., Kammmachermstr. 18. D. S. 1247c.

Geiger, Gg., Bäckermstr. 12. D. L. 589b.

Geiger, Doris, Privatier. 5. D. S. 403.

Geiger, J. Jac., Maurermstr. 26. D. L. 91.

Geiger, Mich., Fuhrwerkbesitzer. 26. D. S. 31.

Geiger, Wittwe, Barbierstube. 13. D. S. 889.

Geiger, Conr., Rothschmiedsformer. 12. D. L. 614.

Geiger, Kath., Revierförsterswwe. 8. D. S. 598.

Geiger, J. N., Fabrikarbeiter. 22 D. S. 1455.

Geiger, Christ, Kammmachermstr. 18. D. L. 1062.

Geiger, J., Zeugschmied d. Staats-Bahn. 30. D. L. 37h.

Geiger, Phil., Maler. 27a. D. L 42.

Geiger, J. Ant., Dosenmaler. 27b. D. L. 93.

Geiger, Mich., Handelsmann. 1. D. S. 33.

Geiger, Gg., Fuhrmann. 26. D. S. 32.

Geiger, Gg., Lehrer. 2. D. S. 167.

Geiger, Christ., Goldschlager. 32. D. S. 28a.

Geiger, Conr., Fabrikschlosser. 21. D. S. 1409.

Geiger, J. Paul, Taglöhner. 30. D. L. 371.

Geiger, J. Gg., Spielwaarenfabrik. 16. D. L. 906.

Geigenmüller, G., Flaschnermstr. 7. D. S. 512a.

Geimann, Lor., Maurer. 18. D. S. 1245.

Geuppert, Jos., Steinmetzengeselle. 27b. D. L. 111.

Geipert, Val., Steinmetz. 27b. D. L. 114.

Geiß, Ulrich, Uhrmacher. 2. D. S. 156.

Geiße, Phil., Kaufmann. 30. D. L. 126.

Geißer, Marie, Holzwaarenverfertwwe. 19. D. L. 1159.

Geisinger, Joh., Hausmeister. 1. D. S. 1d.

Geiselbrecht, Anna, Zuspringerin. 13. D. S. 913.

Geiselbrecht, Mart., Zimmergeselle. 28. D. S. 137.

Geiselbrecht, Carl, Eisengießer. 27. D. S. 124.

Geiselbrecht, Melch., Kleidermacher. 10. D. L. 534.

Geisselbrecht, Chrst., Privatier. 27a. D. L. 57.

Geiſelſöder, Kath., Näherin. 26. D. L. 49a.
Geißler, P. C., Maler u. Kupferſtecher. 7. D. S. 523a b.
Geißler, Julius, Maler und Lithograph. 5. D. L. 246
Geißler, Rudolph, Maler. 3. D. S. 225.
Geißler, J. Paul, Rothgießermſtr. 22. D. S. 1486.
Geißler, Gg., Reißzeugfabrikant. 17. D. L. 969a.
Geißler, J. Gg., Zirkelſchmied. 12. D. L. 632.
Geißler, Gg., Zirkelſchmied. 18. D. L. 969.
Geißler, D., Beutlermeiſter. 8. D. L. 410.
Geißler, J. Gg., Schuhmacher. 16. D. S. 1112.
Geißler, Anna, Schuhmachermeiſterswwe. 13. D. L. 657.
Geißler, Marg., Flaſchnerswwe. 22. D. L. 1341.
Geißler, Mich., Korbmacher. 5. D. S. 524.
Geißler, Thom., Korbmacher. 12. D. S. 823.
Geißler, J. Gg., Korbmacher. 30. D. L. 45.
Geißler, Barb., Korbmacherswwe. 1. D. L. 68.
Geißler, Steph., Polirermeiſter. 3. D. S. 218.
Geißler, G. B., Flaſchnermeiſter. 5. D. S. 412.
Geißler, Franz, Kammmachermſtr. 15. D. S. 1033.
Geißler, Jac. J., Feingoldſchlagermſtr. 32. D. S. 11.
Geißler, Chrſtn. Wilh., Rothgießer. 23. D. S. 1542.
Geißlinger, Marie, Fabrikarbeiterswwe. 10. D. S. 689.
Geiſt, J. Flor., Cartonagefabrikant. 3. D. L. 164.
Geiſt, Dr. med., prakt. Arzt. 1. D. L. 60.
Geiſt, Marie, Drechslerswwe. 12. D. L. 623.
Geiſt, Joh., Schreinergeſelle. 29. D. S. 206.
Geith, Frz., Kaufmann. 22. D. S. 1512.
Geith, Carl, Hutfabrikant. 4. D. L. 188.
Geller, G. H., Spielwaarenſchreiner. 12. D. S. 843.
v. Gemming, Carl, Obriſtlieutenant und Platzſtabsoffizier.
    1. D. L. 2.
Gemmerli, Ther., Pfarrerswittwe. 13. D. S. 933.
Gemeiner, H. P., Eiſenhandlung. 12. D. S. 812.
Gende, Aug., Kunſtgärtner. 27a. D. L. 12.
Generalcommando Nürnberg. 7. D. S. 514.
Geng, Carl Fr., Großpfragner. 10. D. L. 497b.
Geng, Carl Heinr., Großpfragner. 10. D. L. 513.
Geng, Joh., Roſolifabrikant. 10. D. L. 518.
Georg, Theod. Wilh., Malzfabrik. 15. D. S. 1031.
Geer, Marg., Zugeherin. 24. D. L. 1459.
Geer, Joh. Gg., Metallſchlagermeiſter. 22. D. L. 1305.
Geer, J. Sebaſt., Metallſchlager. 21. D. L. 1259.
Gerhäuſer, Frdr., Taxbeamter. 29. D. S. 225b.

Gerhäußer, J. P., Portefeuilleur. 26. D. S. 3.

Gerhäußer, Walburga, Getreidmesserswwe. 28. D. S. 176.

Gerhäuser, Gg. Andr., Auslaufer. 13. D S. 937.

Gering, Anna M., Wittwe. 28. D. S. 139.

Gering, Nik., Dosenmacher. 21. D. L 1281b.

Geringer, Pet., Dosenmacher. 18. D. L 1067.

Gernert, Suf., ledig. 25. D. L. 1571a.

Gerngroß, Joach., kath. Meßner. 16. D. L. 879.

Gerold, Franz, Maurergeselle. 15. D. S 1054.

Gerstel, Joh., Einsammler. 18. D. S. 1265.

Gerstel, Ros, Wittwe. 18. D. S. 1247a.

Gerstendörfer, J. Gg., Gastwirth. 13. D. S 896.

Gesell, Jak., Lokomotivführer. 17. D. L. 963.

Gessert, Bab., Wwe. (F.: Ruffer u. Heller). 1. D. S. 40a.

Geßner, Phil., Droguenhandlung. 1. D. L. 465.

Geßner, J., Lokomotivführer 1. D. S. 58.

Geuder, Gg., Privatier. 8. D. S. 558.

Geuder, Alterthumshändler. 9. D. S. 631a.

v. Geuder, Freih. Christ., Gutsbesitzer. 1. D. S. 75.

v. Geuder, Alex., Oberlieutenant. 10. D. S. 688.

v. Geuder, Sophie, Gutsbesitzerswwe. 3. D. S. 230.

Geudenberger, Joh., Wirthschaftsbef. 18. D. S. 1267b.

Geudenberger, Gg., Wirth. 27. D. L. 6c.

Geymeier, J., Herrschaftskutscher. 18. D. S. 1257b.

Gibson, Alex., Privatier. 30. D. S. 168a.

Giebler, Chr. Heinr., Steinbauer. 6. D. S. 459.

Giech, Frz. Frdr. Carl, Graf und Herr von, Standesherr, erblicher Reichsrath der Krone Bayern, Herr der Herrschaft Thurnau, Herr zu Buchau, Wiesentfels 2c. 2c. 30. D. S. 175.

v. Giech, Gräfin, Louise. 2. D. S. 175.

Gillitzer, k. Regierungsrath. 5 D. L. 279.

Gießberger, Marg, Papparbeiterswwe. 16. D. S 1103.

Gießing, J. Christn., Metalldruckwaarenfabr. 8. D. L. 428.

Gießing, Carl, Weinhdlg. u. Weinsch. 13. D. S. 886b.

Gietel, Sigm. Tapezier. 5. D. L. 259.

Gittenberger, Christ., Obsthändlerin. 29. D. L. 3.

Giulini, Baptist, Privatier. 32. D. S. 99.

Glafey, C. A. u. G. A., Nachtlichterfabr. 4. D. L. 192.

Glaß, D. Frdr. W., Privatier. 18. D. L. 1050a.

Glaß, Daniel, Privatier. 7. D. S. 490.

Glas, J. M., Taglöhner. 20. D. L. 1231.

Glaß, Andr., Schuhmachermstr. 20. D. S. 1350.

Glas, Kath., Zugeherin. 12. D. L. 638.
Glaß, J. Wolfg., Rechtsconcipient. 7. D. S. 495.
Glaß, Bab., Händlerin. 32. D. S. 143.
Glaser, Sophie, Decanswwe. 11. D. S. 760.
Glaser, J. Ad., Glasermeister. 5 D. L. 260.
Glässel, Sigm., Kaufmann. 15. D. S. 1062a.
Gläser, Mich., Fabrikarbeiter. 15. D. S. 1009a.
Gläser, Marg., Puppenmacherin. 1. D. S. 33.
Glenk, Barb., Zuspringerin. 12. D. L. 585.
Glenk, Theodor, Kaufmann. 7. D. S. 513.
Glimmer, Albrecht, Hafnergeselle. 11. D. L. 566.
Glimmer, Heinr., Eisenbahnarbeiter. 12. D. L. 624.
Glock, Carl, Fabrikingenieur. 21. D. S. 1414.
Glöckel, Matth., Gewürzmüller. 29. D. S. 218.
Glöckel, Lisette, privatisirt. 15. D. S. 1073.
Gloßner, Joh., Schneidermeister. 3. D. L. 161.
Gloßner, Chrst., Bremsenwärter. 7. D. L 371.
Gloßner, Frdr. Paul, Fabrikschreiner. 21. D. S. 1437.
Glück, P. C., Schuhmachermeister. 9. D. L. 461.
Glück, Gg. Leonh., Holzhauer. 21. D. S. 1444b.
Gmehling, J. Gg., Steindrucker. 23. D. L. 1387.
Gmehling, Leop., Flaschnermeister. 20. D. L. 1224.
Goeb, Otto, Buchbinder und Portefeuilleur. 1. D. S. 44.
Göbel, Daniel Friedrich, Kaufmann. 14. D. S. 964.
Göbel, Gg., Reisender. 8. D. S. 569.
Göbel, J. J., Kammfabrikant. 14. D. S. 964.
Göbel, Sab., Musikerswwe. 10. D. L. 511.
Goebel, Christ. Bab., Wittwe. 18. D. L. 1061b.
Goebel, M., Kammmacherswittwe. 23. D. L. 1425a.
Göbel, J., Kamm- u. Hornwaarenfabr. 27. D. L. 166.
Göbel, Mich., Kammmacher. 21. D. L. 1293.
Göbel, Elisab., Kammmacherswittwe. 15. D. S. 1062b.
Göbel, J. Albrecht, Kammmachermeister. 24. D. S. 1591.
Göbel, J. Paul, Bürstenmachermeister. 18. D. L. 1061b.
Göbel, Leonh., Schachtelmacher. 25. D. S. 1672.
Goebel, Lorenz, Schuhmachermeister. 17. D. L 969.
Göbel, Frdr., Schreiner. 6. D. S. 483.
Göbel, Carl, Eisenbahnschreiner. 30. D. L. 37g.
Göbel, J. Mich., Fabrikarbeiter. 29. D. L. 22.
Goder, Jos., Herrschaftskutscher. 14. D. S. 1001b.
Gödel, J., Schuhmachermeister. 22. D. L. 1330.
Gugel, Jac., Almosensammler. 16. D. S. 1081.
Goegelein, Ernst, Chatoullenmacher. 10. D. S. 751.

Göhring, Casp., Zimmergeselle. 28. D. L. 63.
Goeckel, J. Aug., Maschinenführer. 17. D. L. 969a.
Goll, Christ., Tünchergeselle. 29. D. L. 9.
Goll, Frdr., Maler 4. D. S. 290.
Goll, Erh., Zimmergeselle. 29. D. L. 21.
Goll, Heinr., Zimmergeselle. 29. D. L. 9.
Goll, Konr., Zimmergeselle. 28. D. L. 64.
Goll, Kath., Wäscherin. 28. D. L. 105.
Goll, Fr., Zimmergeselle. 28. D. L. 95.
Goll, Lucian, Tüncher= u. Maurermstr. 9. D. L. 449.
Goll, J. Mich., Tüncher= u. Maurermstr. 8. D. L. 431.
Goller, Frdr., Schreinergeselle. 29. D. L. 8.
Goller, Marg., Näherin. 25. D. L. 1517.
Göller, J. Gg., Wirthschaftsbes. 8. D. L. 430.
Göller, Andr., Fabrikschreiner. 28. D. S. 139.
Golling, Frdr., Portefeuilleur. 25. D. L. 1571a.
Goß, Anna, Zugeherin. 15. D. L. 811.
Goldbeck, Gottfr., Privatier. 31. D. S. 143a.
Goldbeck, M. B., Kaufmannswittwe. 7. D. L. 352.
Goldberg, Seligmann, Kaufmann. 13. D. S. 902.
Goldberg, Aug. sen., Maler. 19. D. L. 1181.
Goldberg, Daniel jun., Schriftsetzer. 19. D. L. 1181.
Goldberg, Gg., Kupferstecher. 14. D. S. 998.
Goldschatz, J. Frdr., Taglöhner. 11. D. L. 565.
Gollwitzer, Nic., Zimmermeister. 29. D. L. 34.
Gollwitzer, Nic., Schuhmachermstr. 12. D. L. 585.
Gollwitzer, J. L., Garl. z. Schnepfen. 24. D. S. 1608.
Gollwitzer, Elis., Cravattenmacherin. 17. D. L. 962.
Gollwitzer, Eustach., Zimmergeselle. 29. D. L. 1b.
Gollwitzer, J., Zimmergeselle. 10. D. S. 725.
Gollwitzer, Anna, Zimmergesellenwittwe. 29. D. L. 1a.
Gömmel, Pet., Tapezier. 2. D. S. 95.
Gömmel, Sigm., Schneidermeister. 29. D. S. 200.
Gömmel, Thom., Pfragner. 30. D. L. 75.
Gömmel, J., Lokomotivführer. 13. D. S. 948.
Gömmel, Thom., Herrschaftskutscher. 16. D. L. 916.
Gömmel, Mart., Auslaufer. 15. D. S. 1055.
v. Gömmerler, Sus., Hauptmannsgattin. 30 D. S. 147.
Gonnermann, G. F., Tapetenfabr. 2. D. S. 99 u. 100.
Goppelt, Gg. Matth., Privatier. 12. D. L. 590b.
Göppner, J. Carl Frdr., Manufacturwaaren. 8. D. L. 404.
Göppner, Leonh., Drechslermeister. 25. D. L. 1556.
Göpner, Conr. Pet., Knopfmacher. 8. D. L. 423.

Göppner, M., Feilenhauermſtr. 25. D. L. 1554.
Göppner, Anna, Wittwe. 4. D. S. 331a.
Gorhan, Joh., Schuhmacher. 10. D. S. 740a.
Görner, Ed., Kaufmann. 16. D. L. 851.
Görner, Ed. u. Holzhauſen, H., Hopfenhdlg. 7. D. L. 360.
Gorth, Joſ. Ant., Lokomotivführer. 28. D. L. 90.
Gorter, Albert, Kaufmann. 13. D. S. 922.
Goos, J. Chrſtn., Bäckermeiſter. 10. D. L. 531.
Göß, J. G., Conditor u. Antiquitätenhdlr. 11. D. S. 788.
Göß, Jac., Lebküchner u. Wachszieher. 22. D. L. 1359.
Göß, J. G., Flaſchnermeiſter. 11. D. S. 798.
Göſchel, J. Ph. F., Dr. med., prakt. Arzt. 12. D. L. 592.
Göſchel, J. H., Relikt. Apoth. z. gold. Kanne. 4. D. L. 184.
Göſchel, J. Gg., Schreinermſtr. 12. D. L. 625.
Göſchel, M., Feingoldſchlager. 22. D. L. 1328.
Göſchel, J. Pius, Dachdeckermſtr. 18. D. S. 1258.
Göſchel, Suſ., Dachdeckermſtrswwe. 17. D. S. 1177b.
Göſchel, Anna Chriſt., Dachdeckerswwe. 21. D. S. 1427.
Göſchel, Joh., Ladergehülfe. 17. D. L. 976h.
Göſchel, J., Fabrikarbeiter. 25. D. L. 1543.
Goſſinger, J. Nep., k. Oberpoſt-Offizial. 3. D. L. 145.
Goeßwein, Jak., Bronzirer. 19. D. S. 1294.
Gößwein, J., Fabrikarbeiter. 22. D. S. 1510.
Gottlieb, E. J. Th., Drechslermſtr. 24. D. L. 1484.
Gottlieb, Joh., Drechslermeiſter. 22. D. L. 1314.
Gottlieb, J. Chrſtn., Drechsler. 23. D. L. 1380.
Gottlieb, Frdr., Drechsler. 1. D. S. 36.
Gottlieb, Gg., Webermeiſter. 17. D. L. 941.
Gottlieb, Joh., Zinnfigurenmacher. 15. D. L. 797.
Gottschalk, Chrſtph. Andr., Spielwaarenfabr. 6. D. S. 473.
Gottschalk, Andr. Chr. 22. D. S. 1455.
Göttling, Caſp., Leichenwächter. 28. D. S. 171.
Goetſch, Barv., Stecknadelmacherin. 23. D. S. 1557.
Göß, J. Gg., Feilenhauermeiſter. 18. D. L. 1063b.
Göß, Conr. Hyron., Drechslermeiſter. 16. D. L. 888.
Göß, Conr., Gaſthof zum Sebald. 5. D. S. 422.
Göß, J. E., Conditor. 2. D. S. 116a.
Göß, Julie, Regiſtratorswittwe. 23. D. S. 1525.
Göß, Anna Sybilla, Wittwe. 20. D. S. 1228.
Göß, Pauline, Fräul., privatiſirt. 3. D. L. 119.
Göß, Leonh., Schuhmachermeiſterswwe. 13. D. L. 694b.
Göß, Joh. Mich., Drechslermeiſter. 16. D. L. 888.
Göß, Herm., Drechslermeiſter. 8. D. S. 592a.

Götz, Gg., Drechslermeister. 20. D. S. 1362.

Götz, Conr. Wolfg., Feilenhauermstr. 19. D. L. 1110.

Götz, Phil., Schneidermeister. 8. D. S. 580a.

Goetz, J Lor., Flaschnermeister. 21. D. L. 1261.

Goetz, J. Jac., Kupferdrucker. 4. D. S. 324b.

Götz, Jos., Weißgerber. 26. D. S. 11.

Goetz, Goldspinner. 21. D. L. 1292.

Goetz, Nic., Holzhauer. 22. D. L. 1325.

Götz, J. Wolfg., Holzmesser. 27a. D. L. 15.

Goetz, J. Andr., Lackirer. 21. D. L. 1293.

Götz, Sim. Ernst, Kammmachergeselle. 20. D. L. 1251.

Goetz, Jac., Schlossergeselle. 23. D. S. 1556.

Götz, Marie, led. Fabrikarbeiterin. 3. D. S. 243.

Götz, Marie, Papparbeiterin. 17. D. S. 1180.

Götz, Anna, Polirerin. 11. D. L. 564.

Götz, Frz., Schreinergeselle. 9. D. S. 612a.

Götz, Barb., Wittwe. 32. D. S. 81.

Götz, J. Gg., Fabrikarbeiter. 28. D. L. 96.

Goetze, A. Barb., Kaufmannswwe. 1. D. S. 21.

Gouilhomme, M., Cassier. 5. D. L. 298.

Gräbner, Frdr., Privatier. 3. D. L. 133.

Graebner, Marie, Schneidermeisterswwe. 29. D. L. 8a.

Gräbner, Gg., Garkoch. 14. D. S. 969.

Graebner, J., Fabrikarbeiter. 22. D. S. 1450.

Gräbner, J., Fabrikarbeiter. 18. D. S. 1280b.

Grabenstein, Carl, Portefeuilleur. 13. D. S. 954.

Gradl, J., Kaufm., Cigarrenfabr., Agent. 1. D. L. 7a.

v. Gradl, J. Fr., Kaufmann. 1. D. S. 75.

v. Gradl, F. J., Kaufmann. 1. D. S. 11.

Gradl, J., Blutsieder. 30. D. L. 52.

Gradel, Joh., Wurzelschneider. 27b. D. L. 108.

Graf, G. W. (F.: Schönauer'sche Handlung). 2. D. S. 153.

Graf, Wilh., Kaufmann. 4. D. S. 292.

Graf, Gastheer=Produkten=Fabrik. 27. D. L. 170a b.

Graf, Joh., Verwalter. 12. D. L. 603.

Graf, Crescenz, Bankierswittwe. 25. D. S. 1695.

Graf, Mich., Auslaufer. 26. D. S. 73.

Graf, G. Mich., Auslaufer. 19. D. S. 1323.

Graf, J., Fabrikarbeiter. 18. D. S. 1254.

Graf, Paul, Fabrikarbeiter. 25. D. L. 1561b.

Graf, Elis., Wittwe. 18. D. S. 1243c.

Gräf, Frdr., k. Rentamtsbote. 6. D. L. 345.

v. Grafenstein, Amal., Oberlieut.=Wwe. 15. D. L. 847.

Gräfenhein, Paul, Maschinenheizer. 30. D. L. 37c.

Gragler, Bab., Fabrikarbeiterin. 21. D. S. 1411.

Grammer, Gebr., Joh. u. Alb., Decorationsmaler. 9. D. S. 630.

Gramming, J. Conr., Schweinmetzger. 22. D. S. 1465.

Gramming, J. Alb., Charcutier. 10. D. L. 492.

Gramming, Hier. Pius, Metzger n. Charcut. 20. D. L. 1186.

Grau, Osk., Goldarbeiter. 15. D. S. 1007.

Grasbinder, Joh., Canalarbeiter. 22. D. L. 1350.

Grässel, Gg. Mart., Privatier. 1. D. L. 62.

Graßl, Fr. Xav., Lithograph. 30. D. S. 185.

Graßer, Joh. Jac., Privatier. 14. D. S. 963.

Graßer, Carl, jun., Kaufmann. 13. D. S. 880.

Grasser, Kath., Modistin. 1. D. L. 13.

Grasser, Conr., Tabakschneider. 10. D. S. 740b.

Grassel, Frz., Lithograph. 22. D. S. 1506.

Graßler, Hel. Kath., Fabrikarbeiterswwe. 15. D. L. 792c.

Graßler, Conr., Ausläufer. 20. D. L. 1239.

Grassinger, Gg., Schneidermeister. 27b. D. L. 127.

Grasruck, Gg., Taglöhner. 26. D. S. 57.

Grötner, J. Jac., Commis. 21. D. L. 1295.

Grau, C., Commis. 11. D. S. 550.

Grau, Lor., Drahtw.- u. Spiegelgeschäft. 16. D. L. 926.

Grau, Gg. Christph., Bäckermeister. 20. D. S. 1344.

v. Grauvogl, Dr., k. Reg.-Arzt. 25. D. L. 1579.

Greif, Babette, Näherin. 25. D. S. 1653.

Greif, Marie, led. Zugeherin. 18. D. L. 1042.

Greifenstein, Anna, Schneidermeisterswwe. 1. D. L. 54.

Greim, Rosine, Postconducteurswwe. 21. D. S. 1410.

Greiner, J. Jac., Hornpresser. 14. D. L. 740.

Grell, Jos., Fabrikschlosser. 29. D. L. 16.

Greindel, Metallschlagergeselle. 20. D. L. 1551.

Greppner, Marg., Taglöhnerin. 26. D. L. 55.

Greiß, Joh., Rothschmiedmeister. 18. D. S. 1262a.

Grétien, Joh., Handelsmann. 24. D. L. 1461.

Greul, J. Gottl., Webermeister. 12. D. S. 822b.

Greulein, J. Mich., Büttnermeister. 14. D. S. 990.

Greulein, Gg., Schneidermeister. 30. D. L. 84.

Grey, Nicolaus, Büttnermeister. 26. D. S. 50.

Grill, Pet., Briefträger. 16. D. L. 876.

Grillenberger, Assist. d. germ. Museums. 18. D. L. 1007.

Grillenberger, Joh., Gastw. z. Stadt Wien. 7. D. L. 376.

Grillenberger, J. Matth., Fremdenführer. 17. D. L. 977.

Grillenberger, Marg. 20. D. L. 1189.

Grillenberger, Conr., Hefenhändler. 22. D. L. 1366.
Grimm, Ferd., Handlungsreisender. 22. D. S. 1512.
Grimm, Aug., Schreinermeister. 10. D. S. 692.
Griesbacher, Joh, Bürstenmacher. 23. D. L. 1413.
Griesbauer, Franz, Polizei-Offiziant. 1. D. S. 90.
Grießbauer, Joh. Mich., Citronenhändler. 1. D. S. 90.
Grießhammer, J. Conr., Lehrer. 10. D. S. 737.
Griesinger, J, Fabrikarbeiter. 18. D. S. 1271.
Grießmeier, Albert, Pächter im Krippelein. 3. D. L. 150.
Grießmeyer, J., Fabrikarbeiter. 16. D. S. 1113.
Grießmeyer, Gg., Kaufmann. 30. D. S. 166.
Gritsch, Alois, Eisendreher. 27. D. S. 92.
Grobe, Julius, Musikdirector. 3. D. S. 182.
Grobel, Bernh., Eisengießer. 27. D. S. 117.
Grohner, Mich., Schreiner. 22. D. S. 1456a.
Grohmann, J. M. Chr., Nagelschmiedmstr. 14. D. L. 739.
Grohmann, Mart., Wagnermstr. 21. D. S. 1417.
Gromer, J. Pet., Ausläufer. 28. D. S. 140.
Grön, Mich., Schuhmachermeister. 16. D. S. 1084.
v. Gropper, Jos., k. Hauptmann. 27a. D. L. 17a.
Groß, Babette, Kurzwaarenhandlung. 16. D. S. 1109.
Groß, Frdr. Wilh., k. Landgerichts-Assessor. 17. D. S. 1204a.
Groß, Friederike. 1. D. L. 61.
Groß, Gg., Steindrucker. 9. D. S. 636.
Groß, Phil. Matth., Mechaniker. 21. D. S. 1403.
Groß, Bernh., Maschinendreher. 26. D. L. 50b.
Groß, Mart., Stecknadelmacher. 10. D. S. 668.
Groß, Daniel, Steindrucker. 27a. D. L. 52.
Groß, Felix, Gießmeister. 28. D. S. 175.
Groß, Babette, Polirerin. 20. D. L. 1235.
Groß, Flor., Fabrikarbeiter. 18. D. L. 1029.
Groß, Joh. Albr., Bleistiftarbeiter. 18. D. L. 1020.
Groß, Leonh., Fabrikarbeiter. 19. D. S. 1334b.
Groß, J., Fabrikarbeiter. 19. D. S. 1308.
Groß, J., Wagenwärter. 29. D. L. 18.
Groß, Heinr., Eißengießer. 29. D. L. 3.
Großberger u. Kurz, Bleistiftfabrik. 31. D. S. 146.
Großberger, J., Nadelmacher. 16. D. L. 920.
Großberger, Helene, Wittwe. 6. D. S. 470.
Großberger, Anna, Wittwe. 21. D. L. 1267b.
Großberger, Marie, Wäscherin. 15. D. S. 1046a.
Großberger, Herm., Fabrikarbeiter. 27. D. S. 119.
Großberger, Val., Todtengräber. 30. D. S. 1.

Grosberger, Nicolaus. 14. D. S. 963.
Großer, Gg. Thom., Buchbinder u. Portef. 4. D. L. 201.
Grosch, Joh., Spezereiwaarenhandlung. 13. D. S. 914.
Grosch, Gg., Maler. 7. D. S. 511.
Gröschel, Auguste, Kaufmannswwe. 13. D. S. 908.
Gröschel, J. Bened., Kramkäufel. 2. D. S. 144.
Großhäußer, P., Zimmergeselle. 24. D. L. 1479.
Großhäußer, Elis., Taglöhnerin. 31. D. S. 122b.
Großhäußer, Heinr., Taglöhner. 30. D. L. 37e.
Großhäußer, Joh., Fabrikarbeiter. 21. D. S. 1396.
Großmüller, Hebamme. 29. D. S. 227.
Grosschopp, Heinr., Nagelschmiedmeister. 1. D. L. 37.
Grosschopp, Wittwe. 18. D. L. 1063lm.
Großkopf, Carol., Privatierswwe. 1. D. L. 13.
Grott, Edmund, Schneidermeister. 20. D. L. 1208.
Grötsch, Ludwig, Schneidermeister. 12. D. L 607a.
Grötschmann, Marg., Wittwe. 5. D. S. 416.
Gruber, Joh., Pflasterermeister. 29. D. S. 209.
Gruber, Stephan, Feilenhauer. 20. D. L. 1244.
Gruber, Eva M., Bäckermeisterswwe. 6. D. L. 323.
Gruber, Gg. Casp., Hafnermeister. 14. D. L. 757.
Gruber, J. Chr., Wirth z. silbern. Helm. 18. D. S. 1249.
Gruber, Gg., Leimsieder 27. D. S. 90.
Gruber, J. Sim., Briefträger. 29. D. S. 199.
Gruber, Andr., Postkondukteur. 17. D. L. 986.
Gruber, L. Jak., Lehrer d. höh. Töchtersch. 25. D. S. 1700.
Gruber, Sim., Eisengießer. 26. D. S. 46a.
Gruber, Sam., Eisenbahnarbeiter. 14. D. S. 962.
Gruber, J., Sattlergeselle. 22. D. L. 1331.
Gruber, Joh., Fabrikarbeiter. 6. D. S. 534.
Gruber, Nic., Peuntwächter. 13. D. L. 682.
Gruber, Marg., Wittwe. 27. D. S. 87.
Gruber, Marg., Wittwe. 26. D. S. 58.
Grün, Leonh., Schuhmachermeister. 14. D. S. 989.
Grünbauer, Eduard, Schuhmachermeister 1. D. S. 30.
v. Grundherr, C. Chrstph., q. Forstcontrol. 30. D. L. 1.
v. Grundherr, J. C. A. (F.: Grundherr u. Hertel). 7. D. L. 74.
v. Grundherr, Chr. (F.: Grundherr u. Schmidt). 3. D. S. 201.
v. Grundherr, Johanne, Controleurswwe. 13. D. S. 916.
v. Grundherr, Sophie, Freifrau. 20. D. S. 1375.
v. Grundherr, Karoline, Fräulein 7. D. S. 533.
v. Grundherr, Wilh., Freiin. 3. D. L. 129.
v. Grundherr, Nanette, Fräulein. 6. D. S. 446.

v. Grundherr, Privatier. 7. D. S. 486.

Grundlach, Walburga, Zugeherin. 23. D. L. 1434.

Grundler, J., Kleidermacher. 8. D. L. 406.

Gruner, Christ., Eisengießer. 28. D. S. 154.

Gruner, Marg., Bettfedernhändlerin. 1. D. S. 91.

Grünert, J. Christph., Drechslermeister. 5. D. L. 245.

Grünthaler, Gg., q. Lottocollecteur. 15. D. L. 821.

Grünwedel, Christ., Buchbindermstr.

Grünwedel, Fr., Güterlader. 12. D. L. 575.

Grünewald, Frdr., Zeichnenlehrer. 9. D. S. 617.

Grünewald, Benedikt, Mechaniker. 15. D. S. 1061.

Grünewald, Mart., Mechaniker. 16. D. S. 1111.

Grünewald, A. M., Nachtlichterfbrwwe. 21. D. S. 1444a.

Grünewald, J. C., Fabrikarbeiter. 25. D. S. 1672.

Grünewald, Joh., Fabrikarbeiter. 22. D. S. 1475.

Grünewald, Marg., Fabrikarbeiterin. 25. D. S. 1672.

Grünwald, Leonh, Fabrikarbeiter. 29. D. L. 30.

Grünwald, Chr., Rothschmiedsgeselle. 25. D. L. 1543.

Gsänger, Joh., Flaschnermeister. 4. D L. 173.

Gsell, Andr., Kaufm. u. Schuhfabrikant. 4. D. S. 310.

Gsell, J. Chr. Gottl., Magistrats=Expedit. 15. D. S. 1072a.

Gsundbrunn, Gg., Maurermeister. 30. D. L. 133.

Gsundbrunn, Mich., Steinhauergeselle. 28. D. S. 158.

Gsundbrunn, Kath. Elis., Tünchergesellenwwe. 28.D.S.158.

Gsundbrunn, Gg., Maurermeister. 28. D. L. 90.

Guber, Marg., Wwe., Händlerin. 15. D. S. 1065.

Gubitz, Gg., Bremser. 16. D. L. 900.

Guck, J. Jac., Großpfragner. 21. D. S. 1425.

Guckenheimer, Louis, Kaufmann. 9. D. L. 440.

Gugel, Conr., Bleistiftarbeiter. 26. D. L. 49.

Gugel, Gg. Heinr., Privatier. 23. D. L. 1391.

Gugler, Gg. Wilh., Handschuhfabrikant. 3. D. L. 141.

Gugler, J. Eberh., Privatierswwe. 26. D. L. 49.

Gugler, J. Ferd., Glasermeister. 24. D. L. 1508c.

Gugler, Gg. Wilh, Mechaniker. 25. D. L. 1568a.

Gugler, J. Ferd., Mechaniker u. Optiker. 24. D. L. 1479.

Gugler, Andr., (F.: Gugler u. Comp.) 7. D. S. 517.

Gugler, Babette, Privatierswwe. 3. D. L. 141.

Gugler, J., Schneidermeister. 22. D. S. 1502.

Guhl, Casp., Schneidermeister. 30. D. S. 3ab.

Gnillon, Conr., Reißzeugfabrikant. 22. D. S. 1464.

Gulden, Jak., Caffeeschenke. 14. D. S. 962.

Gulden, Jak., Fabrikarbeiter. 14. D. S. 962.

Güllich, Carl, k. Wechselnotar u. Rent.-Verw. 9. D. S. 611.
Güllich, Carl, Schuhmacher. 15. D. S. 1011.
Güllich, Gg., Handlungsreisender. 7. D. S. 489.
Güllich, Marie, Buchhalterswwe. 10. D. L. 486.
Güllich, J. Gg., Wirth z. Grübel. 24. D. S. 1631.
Gundel, Gg. Mich., Hopfenhandlung. 8. D. L. 411.
Gundel, Hel., Cigarrenfabrikantenwwe. 7. D. L. 372.
Gundel, Steph., Maurermeister. 10. D. L. 488.
Gundel, Frdr., Wirthschaftsbesitzer. 19 D. L. 1154.
Gundel, Gg. Leonh., Metzgermeister. 23. D. S. 1532.
Gundel, Marie, Wwe., Rindmetzger. 20. D. S. 1376.
Gundel, G. M, Zimmermeister. 26 D. L. 51a.
Gundel, Jos., Kupferstecher. 5. D. S. 871.
Gundel, Lor., Kammachermeister. 21. D. L. 1276b.
Gundel, Gg. Mich., Bauführer. 29. D. L. 4c.
Gundel, Ulrich, Tünchergeselle. 29. D. L. 32.
Gundel, Gg., Fabrikarbeiter. 30. D. L. 86.
Gundel, J. L., Hafnermeister. 4. D. S. 387.
Gundel, Barbara, Taglöhnerswwe. 27a. D. L. 40a.
Gundel, Sigm., Zimmergeselle. 29. D. L. 32.
Gundel, Steph., Tünchergeselle. 29. D. L. 4b.
Gundel, Christ., Steinhauergeselle. 29. D. L. 16.
Gundel, Wilh., Steinhauergeselle. 29. D. L. 4c.
Gundel, J., Zimmergeselle 28. D. L. 70.
Gundel, Babette, Taglöhnerswwe. 5. D. S. 362.
Gundermann, J. Kath., Privatierswwe. 3. D. L. 123.
Gundermann, Frdr., Zinngießermeister. 3. D. L. 123.
Gundlach, Konr., Kammmacher 18. D. 1099.
Gundler, J., Ausläufer. 14. D. S. 1001b.
Günther, J. Leonh. Ludw., Kaufmann. 5. D. S. 361.
Günther, Marg., Amtmannswittwe. 14. D. S. 999.
Günther, Casp., Bürstenfabrikant. 3. D. S. 243.
Günther, Kastulus, Kammachermeister. 4. D. S. 272.
Günther, M., Victualienhändler. 4. D. S. 30.
Günther, Carl, Spielwaarenmacher. 13. D. S. 951.
Günther, Joh., Brillenmacher. 27a. D. L. 75b.
Günther, Frz., k. Lieutenant im 14. Reg. 3. D. L. 140.
Günther, Heinr., Tapezier. 1. D. L. 62.
Günther, Max, Kammmachermeister. 1. D. L. 37.
Günther, J. Jac., Tapezier. 17. D. S. 1193.
Günther, jun., Gg., Tapezier. 12. D. S. 858.
Günther, Adolph, Gärtner. 27b. D. L. 136.

Gunzelmann, Frz. Adam, Pianofortefbrk. 15. D. S. 1032b.

Gunzelmann, Gg.; Maurergeselle. 20. D. L. 1214.

Gunzelmann, J. Gottfr., Instrumentenm. 16. D. S. 1134.

Gumbrecht, Marg., ledig. 19. D. L. 1338.

Gürster, Frz. Mich., Kaufmann. 27. D. L. 26.

Gürtler, Sebast., Postconducteur. 20. D. L. 1234.

Gußner, Friedrich, Maschinenheizer. 18. D. S. 1260d.

Gußner, Frdr., Portefeuiller. 5. D. S. 367.

Gußner, Babette, Bäckermstrswwe. 31. D. S. 124.

Gußner, Chrstph., Mechaniker. 28. D. L. 92.

Gußner, J. Gg., Gärtner. 26. D. S. 34.

Gußner, Paul, Gartenbesitzer. 30. D. S. 165.

Guth, Conr., Buchhalter. 17. D. S. 1177b.

Guth, Gg. Friedr., Wittwe. 16. D. S. 1136.

v. Guttenberg, Friederike, Freiin. 12. D. L. 604b.

Guttenberg, Babette, Secretärswwe. 24. D. S. 1591.

Guttenberg, J. Gg., Kaminkehrermstr. 20. D. S. 1356a.

Guttenberger, J. Gg., Fabrikarbeiter. 26. D. S. 10.

Gutermuth, J. K., Schuhmachermstr. 17. D. S. 1212.

Gutheil, Gg., Broncefabrikant. 11. D. S. 799.

Gutjahr, Phil., Auslauferswwe. 25. D. L. 1547.

Gutjahr, Portefeuiller. 16. D. S. 1109.

Gutknecht, Privatier. 9. D. S. 656.

Gutknecht, Babette, Fabrikarbeiter. 7. D. S. 488.

Gutknecht, Gg. Sebast., Kaufmann. 19. D. L. 1104.

Gütle, Joh., Goldstickerin. 29. D. S. 213.

Gütle, K. Gg. Frd., Auslaufer. 12. D. L. 639.

Güttler, Heinr., Buchhalter. 17. D. S. 1204b.

Gutmann, Gg., Lehrer. 23. D. L. 1381.

Gutmann, J. Matth., Lehrer. 22. D. L. 1306.

Gutmann, G. J., Banquier. 6. D. L. 327.

Gutmann, Carl, Schuhmachermeister. 20. D. L. 1251.

Gutmann, Jac., Kaufmann. 30. D. L. 20c.

Gutmann, Isaac, Banquier. 2. D. L. 99.

Guthmann, Jean, Factor. 8. D. S. 597.

Guthmann, Rosalie, Privatierin. 5. D. L. 297.

Guthmann, J., Ultramarinarbeiter. 24. D. L. 1450.

Guthmann, J. Wolfg., Factor. 23. D. S. 1570.

Guthmann, J. M., Huf- u. Waffenschmmstr. 5. D. S. 358.

Guthmann u. Freundlich, Tuchhandlung. 6. D. L. 328.

Guthmann, Louise, Fräulein. 23. D. S. 1570.

Güthner, Joh., Kunsttöpfermeister. 4. D. S. 337.

Güthner, Marie, Privatierswwe. 10. D. S. 730.

H.

Habeck, Frdr., Wirthschaft u. Pfragnerei. 24. D. L. 1473.

Habeck, Gg. Carl Mich., Büttnermstr. 20. D. L. 1192.

Habelt, J. Jac., Drechslermeister. 27. D. L. 104.

Habelt, Cresc., Tabakschneiderswwe. 23. D. L. 1433.

Habelt, Gg. Fr., Einkassier. 15. D. S. 1017b.

Häberl, Doroth., Wwe. 23. D. L. 1414a.

Häberlein, Andr. Gust. Heinr., Lebküchner. 1. D. S. 76.

Häberlein, Gg., Juwelier. 17. D. S. 1169.

Häberlein, Gg., Juwelier. 17. D. S. 1173.

Häberlein, J. Andr., Weinhändler. 11. D. L. 574.

Häberlein, Chr. Wilh., Büttnermstrswwe. 16. D. L. 884.

Häberlein, Heinr., Händlerswwe. 5. D. S. 425.

Häberlein, Joh., Schuhmachermstr. 4. D. S. 208.

Häberlein, Schuhmachermstrswwe. 19. D. S. 1314.

Häberlein, Conr., Pfragner. 24. D. L. 1486.

Häberlein, Chr., Büttnermstr. 32. D. S. 65a.

Häberlein, Mich., Fabrikschreiner. 26. D. S. 65.

Häberlein, Carl, Bremser. 30. D. L. 11.

Häberlein, Agnes, Nachtlichtersteckerin. 16. D. S. 1085.

Häberlein, Osk., Ultramarinarbeiter. 22. D. L. 1322.

Haeberlein, J., Zimmergeselle. 23. D. L. 1437.

Habicht, Joh., Kammmachermeister. 24. D. L. 1503.

Habicht, J., Kammmachergeselle. 24. D. L. 1504.

Haberkorn, Joh., Fabrikarbeiter. 1. D. L. 69c.

Habermana, Frz., Weißmacher. 26. D. L. 45.

Habermeier, M., Revierförsterswwe. 4. D. S. 286.

Haberstock, Joh., Handlungscommis. 24. D. S. 1591.

Haberstumpf, J., Mehlhändler. 18. D. L. 1041.

Haberstumpf, J. Chr., Mühlenbesitzer. 5. D. L. 236.

Haberstumpf, Heinr., Mühlenbesitzer. 32. D. S. 41.

Hablitschek, M. Barb., Wwe., Leichenfrau. 27. D. L. 54a.

Hablitschek, k. Oberlieutenant. 5. D. L. 277.

Hablitschek, Frz., Kupferstecher. 10. D. S. 681.

Hack, M., Schreiner. 18. D. S. 1277aa.

Hack, Leonh., Privatier. 4. D. S. 293.

Hack, J. Gg., Glasermeister u. Bierwirth. 4. D. S. 319.

Hack, Andr., Bäckermeister. 13. D. L. 715.

Hack, Privatierswittwe. 21. D. S. 1425.

Hack, Jos. Phil., Schreiner. 12. D. L. 630.

Hack, Schreinergeselle. 30. D. L. 46.

Hack, J., Schneider. 4. D. S. 324.

Hacker u. Eckstein, Kaufleute. 6. D. L. 319.

Hacker, Thom., Lehrer. 4. D. S. 306.

Hacker, Christ., Spielwaarenfabrikant. 8. D. S. 575a.

Hacker, Gerichtsschreiber. 19. D. L. 1147.

Hacker, Conr., Gastwirth z. rothen Glocke. 29. D. S. 208.

Hacker, Gg., Büttner. 12. D. L. 639.

Hacker, Joh., Fabrikschlosser. 28. D. S. 165.

Häcker, Privatier.

Häcker, Anton, Lackirer. 15. D. S. 1070.

v. Häckel, Käthe, Fräulein. 12. D. L. 575.

Häckel, Anna Mar., Bierwirthswittwe. 22. D. S. 1484.

Häckel, J. Gg., Bankdiener. 1. D. L. 31.

Häckel, J., Lohnkutscher. 22. D. L. 1368.

Häckel, Andreas, Beinlöffelmacher. 18. D. L. 1008.

Hackmann, Erich, Holzgalanteriewaarenfbrkt. 25. D. S.1693a.

Häselein, Mich., Sattler. 14. D. L. 756.

Hafner, Karoline, Privatierswwe. 12. D. S. 858.

Hafner, Gg., Steinmetzengeselle. 12. D. L. 631.

Hafner, J. Chrstn., Schneidermeister. 26. D. S. 64.

Hafner, J. Ludw., Schreinermeister. 23. D. S. 1530.

Hafner, Bab., Zugeherin. 22. D. L. 1320.

Haffner, Casp., Kaufmann. 27a. D. L. 1.

Haffner, Joh., Lohndiener. 24. D. L. 1456.

Haffner, Louise, Privatierswwe. 19. D. L. 1153.

Haffner, Anna, Porzellanmalerswwe. 22. D. S. 1450.

Haffner, Kath., Zugeherin. 10. D. S. 716.

Haffner, Kunig., Sandträgerin. 15. D. S. 1067.

Haag, Matth., Gartenpächter. 27a. D. L. 66.

Haag, J. Gg., Wirthsch. z. grünen Markt. 14. D. S. 980.

Haag, Mart., Schreinergeselle. 20. D. S. 1345.

v. Hagen, L., Wwe., privatisirt. 10. D. S. 729.

Hagen, M., Handlungsbuchhalter. 2. D. L. 96.

Hagen, Barb., Wittwe. 19. D. L. 1186.

Hagen, J. Wolfg., Nachtlichterfabrikant. 15. D. S. 1065.

Hagen, Nik., Postconducteur. 20. D. L. 1252.

Hagen, Johann, Kammmachergeselle. 24. D. L. 1488b.

Haagen, Joh. Gg., Decateur. 12. D. S. 845a.

Haagen, J. Casp., Bäckermeister. 28. D. S. 151.

Haagen, Joh., Balth., Strumpfwirkermstr. 25. D. L. 1530.

Haagen, Frdr., Fabrikschreiner. 10. D. S. 698.

Haagen, J. Conr., Privatier. 27a. D. L. 15.

Hagenauer, J., Feilenhauer. 20. D. L. 1240.

Hagenauer, Kath., Wittwe. 32. D. S. 14.

Hagenauer, G. H. T., Wirthschaftsbes. 32. D. S. 73.

Hagenbauer, Frdr., Maler. 10. D. S. 696a.

Hagenbauer, Jac., Fabrikarbeiter. 24. D. S. 1625.

Hager, Jac., Kaufmann, Manufakturhdlg. 5. D. L. 276.

Hager, J. Fr., Schuhmachermstr. 7. D. S. 506.

Häger, Lor., Bleistiftarbeiter. 27. D. L. 174.

Häger, Gg., Bleistiftpolirer. 27b. D. L. 107.

Hagerer, Carl, Privatier. 5. D. L. 283.

Hägerich, Thom., Maschinist. 15. D. S. 1037.

Hägerich, Heinr., Fabrikschreiner. 25. D. S. 1679.

Hägerich, Dav., Drechslermstr. 24. D. S. 1635.

Hagmaier, Charl., Modistin. 9. D. L. 442.

Hahn, J. A. u. H. L., Dosen= u. Lackirwfabr. 27. D. L. 52.

Hahn, Heinr., Fabrikbesitzer. 27. D. L. 94b.

Hahn, Jac. Frdr., Kunstmaler. 32. D. S. 113.

Hahn, Gg., Portraitmaler. 4. D. L. 197a.

Hahn, Frdr., Kunstmaler. 32. D. S. 115.

Hahn, J. Gg., Privatier. 32. D. S. 103.

Hahn, J. Ad., photogr. Atelier. 31. D. S. 130.

Hahn, Carl, Kaufmann. 3. D. S. 114.

Hahn, Chrstn. 13. D. S. 875.

Hahn, Joh., Letküchner. 19. D. S. 1336.

Hahn, Mart., Schreinermeister. 8. D. L. 424.

Hahn, J. Conr., Hornpresser. 23. D. L. 1431.

Hahn, Andr., Uhrmacher. 8. D. S. 551b.

Hahn, Frdr., Seilermeister. 13. D. S. 910.

Hahn, J., Hornpressermeister. 23. D. L. 1435.

Hahn, J. Chr. C., Schuhmacher. 24. D. L. 1462.

Hahn, Conr., Schneidermeister. 24. D. S. 1588.

Hahn, Carl, Schuhmacher. 12. D. S. 623.

Hahn, J. Heinr., Posamentier. 20. D. L. 1183.

Hahn, Nannette, privatisirt. 6. D. S. 447.

Hahn, M., Uhrmacherswwe. 8. D. S. 596.

Hahn, Marie, Modistin. 8. D. L. 406.

Hahn, Kathe, Condukteurswwe. 12. D. S. 827.

Hahn, Marie, Posamentierswwe. 4. D. S. 325.

Hahn, Anna, Hebamme. 23. D. L. 1434.

Hahn, Friederike, Wittwe. 24. D. L. 1478a.

Hahn, Hel., Privatierswwe. 8. D. S. 551b.

Hahn, J., Fabrikarbeiter. 30. D. L. 53.

Hahn, Joh., Lokomotivführer. 30. D. L. 10.

Hahn, Gg., Zimmergeselle. 29. D. L. 18.

Hahn, Mich., Holzhauer. 26. D. L. 57a.

Hahn, Conr., Fabrikschlosser. 29. D. S. 224.

Hahn, Ad., Zimmergeselle. 27. D. S. 100.

Hahn, Kath., Metalleinlegerin. 15. D. S. 1009.

Hahn, Paul, Fabrikarbeiter. 20. D. S. 1357a.

Hahn, J. Sim., Zimmergeselle. 27. D. L. 40a.

Hahn, Joh., Zimmergeselle. 26. D. L. 40a.

Hahnemann, Marg., Kramkäuflin. 14. D. S. 961.

Hähnlein, Hel., Postoffizialswittwe. 23. D. S. 1549a.

Hähnlein, Gg. Xav., Ceremonienmeister. 30. D. L. 125.

Hähnlein, J., k. Bezirksgerichtsbote. 5. D. L. 242.

Haid, Carl, Postconducteur. 29. D. L. 34.

Haid, Peter, Gartenbesitzer. 31. D. S. 137.

Haiger, Conr., Gastw. z. großen Waage. 16. D. L. 872.

Hailmann, J. Frdr., Bäckermeister. 27. D. S. 123.

Haimer, M. Kath., Malerswittwe. 26. D. S. 46b.

Haindel, Johanna, Güterbestätterstochter. 3. D. S. 230.

Haller, Gg. Frdr., Commis. 3. D. S. 214.

Haller, Susette, Verwalterswittwe. 10. D. S. 715.

Haller v. Hallerstein, Freiin, Kath. Fr. Jac. 8. D. S. 553.

Haller v. Hallerstein, Sigm., Freiherr. 5. D. S. 405.

v. Haller, Sigm., Freiherr, Rechtsrath. 32. D. S. 104.

Halbbauer, Gg., Maschinenschlosser. 18. D. S. 1280b.

Hallbauer, Joh., Schuhmachermeister. 10. D. L. 491.

Hallbauer, J. Mich., Bäckermeister. 15. D. L. 824.

Hallbauer, Zach., Fabrikarbeiter. 22. D. S. 1519.

Hallbauer, Jac., Drechsler. 25. D. S. 1697e.

Halper, Hedw. Lokomotivführerswittwe. 32. D. S. 83.

Halbritter, Gottl., Zinngießer. 17. D. L. 969a.

Halbritter, Leonh., Ultramarinarb. 18. D. L. 1092.

Halbritter, Carol., Kleidermacherin. 21. D. L. 1286.

Hamberger, J., Eisenbahnarbeiter. 30. D. L. 17.

Hammer, Wilh., Schullehrer. 25. D. L. 1571b.

Hammer, J. M., Kammmacherswwe. 3. D. S. 238.

Hammer, Charlotte, privatisirt. 1. D. S. 74.

Hammer, Gg., Drechslermeister. 30. D. S. 193.

Hammer, Kammmacher. 16. D. L. 920.

Hammer, Marie, Wittwe. 18. D. L. 1010.

Hammer, Walb., Näherin. 24. D. L. 1484.

Hammer, M., Näherin. 25. D. L. 1532.

Hammer, Barb., Leichenfrau. 13. D. S. 955.

Hammer, Andr., Leichenwächter. 32. D. S. 57.

Hammer, J. Thom., Bureaudiener. 1. D. S. 7.
Hammer, Ad., Fabrikarbeiter. 32. D. S. 49b.
Hammer, Conr., Bleistiftarbeiter. 18. D. L 1088a.
Hammer, J. Ad., Zimmergeselle. 25. D. L. 1542.
Hammer, J., Bremser. 29. D. L. 2.
Hamerand, Joh., Tabakschneider. 6. D. S. 470.
Hammerbacher, W., Kaufmann. 11. D. S. 768.
Hammerbacher, G., Verl. d. Beobachters. 6. D. S. 471.
Hammerbacher, Steph., Privatier. 24. D. S. 1591.
Hammerbacher, J. L., Nagelschmied. 17. D. S. 1238.
Hammerlein, J., Privatier. 5. D. L. 268.
Hammon, G. Ch., chir. Instrumentenfabrwwe. 7. D. S. 491.
Hann, Henr., Reg.-Arztswwe. 11. D. S. 805.
Hanauer, C., k. Oberpostamts-Cassier. 5. D. L. 257.
Handbaum, Pfänderverwahrer. 16. D. L. 858.
Händel, Conr. Wolfg., Schuhmacher. 18. D. L. 1003.
Händler, Conr., Bildhauer. 21. D. L. 1293.
Händler, Ulr., Spielwaarenverf.-Wwe. 21. D. L. 1258.
Händler, J. Gg., Privatier. 12. D. S. 872.
Handschiegel, M., Schneidermeister. 13. D. S. 932.
Handschuh, Christ., Archivassistent. 5. D. L. 251b.
Hanf, Jos., Schlosser. 18. D. L. 1072.
Hanfbauer, J. Mich., Schreinermeister. 28. D. S. 177.
Hanfbauer, Thom., Fabrikarbeiter. 26. D. L. 1a.
Hanfbauer, Gg., Taglöhner. 30. D. L. 40.
Hanfbauer, J., Schneller. 18. D. S. 1277a.
Hanfstengl, Jos., Privatier. 10. D. L. 501.
Hannamann, L. F., Bäckermeisterswwe. 14. D. S. 962.
Hannenberg, J. L., k. Poststallmeister. 5. D. L. 287.
Hannenberg, Frdr., Flaschnermeister. 21. D. S. 1396.
Hännel, K., Examinator. 3. D. S. 239.
Hannes, Albr., Polirermeister. 24. D. S. 1645.
Härdel, Joh., Steinmetzengeselle. 13. D. S. 925b.
Harras, Aug., Optiker. 23. D. L. 1445.
Harrer, Chr. Ad. (F.: Moser's, G. H., Erbe.) 9. D. L. 446.
Harrer, Ursula, Malerin. 26. D. L. 86.
Harrer, J., Steinhauergeselle. 29. D. L. 17.
Harrer, M., Polizeisoldatenwwe. 5. D. S. 379.
Harrer, J., Thorschreiber (Thorwohnung). 22. D. L. 1355b.
v. Harl, Charlotte, Stiftsdame. 17. D. S. 1171.
Harl, Louise, Landrichterswwe. 14. D. S. 958.
Harländer, Gg., Schlosser. 24. D. S. 1614.

Harleß, Carl Andr., Hornpresserswittwe. 18. D. L. 1083.
Harleß, Carl, Handelsagent. 32. D. S. 106.
Haas, Reg. Barb., Wittwe, privatisirt. 25. D. L. 1545.
Haas, M., Schuhmachermstr. 14. D. L. 728.
Haas, Paul, Landesproduktenhdlr. 10. D. L. 486.
Haas, J., Sattlermstr. 9. D. L. 441.
Haas, Herm., Sensal. 8. D. L. 410.
Haas, Conr., Handelsreisender. 11. D. L. 561b.
Haas, J. Gg., Cigarrenmacher. 23. D. L. 1402.
Haas, Conr., Bierwirth. 16. D. S. 1138.
Haas, J. Gg., Lebküchner. 5. D. S. 384.
Haas, Heinr., Buchbinder. 6. D. S. 447.
Haas, Minna, privatisirt. 5. D. S. 398.
Haas, Sophie, Hauptmannswwe. 8. D. S. 599.
Haas, Domainenrath. 2. D. S. 105.
Haas, Alex., Kaufmannswwe. 13. D. S. 897.
Haas, Gg., Hopfenhändler. 4. D. S. 285.
Haas, Johanna, privatisirt. 5. D. S. 398.
Haas, Gg., Drechslermeister. 10. D. S. 1308.
Haas, Pet., Zimmergeselle. 29. D. L. 7.
Haas, A. M., Wittwe, Kupferhandlg. 3. D. S. 185.
Haas, Linus, Comptoirist. 12. D. S. 834.
Haas, Sebast., Gürtlermstr. 25. D. L. 1545.
Haas, J., Fabrikarbeiter. 25. D. S. 1697d.
Haas, Andr., Tünchergeselle. 18. D. L. 1088.
Haas, Wilh., Fabrikarbeiter. 26. D. S. 15.
Haas, Gg., Korbmacher. 29. D. L. 27.
Haas, Casp., Fabrikarbeiter. 13. D. L. 656.
Haas, J., Zimmergeselle. 28. D. L. 70.
Haas, Frdr., Schweinhdlr. 30. D. L. 28.
Haas, Hel., Schneiderswittwe. 28. D. S. 97.
Haas, Johanna, Putzmacherin. 17. D. L. 990.
Haas, Max, k. Spezialcassier. 28. D. L. 73.
Haas, Marg., Privatierswwe. 16. D. S. 1158.
Haas, Paul, Fabrikschreiner. 22. D. S. 1479.
Haas, J. Gg., Eisendreher. 29. D. L. 28.
Haas, Christ., Zimmergeselle. 29. D. L. 15.
Haas, Elis., Kartenmalerin. 3. D. S. 239.
Haas, Reg. Elis., Wäscherin. 5. D. S. 384.
Hasenstab, J., Conducteur. 17. D. L. 969a.
Hassel, G. L. C., Buchdruckereifaktor. 2. D. S. 164.
Hassel, A., Gastw. z. beit. Himmel. 9. D. L. 464.

Haffel, Joh., Fabrikarbeiter. 18. D. L. 1081.

Haffelbacher, Gg., Weißgerbergef. 27. D. S. 124.

Haffelbacher, Gg., Arbeiter. 32. D. S. 101.

Haffelbacher, Pet., Zimmermaler. 23. D. L. 1431.

Haffelt, Aug., Weber. 9. D. L. 438.

Haßfurter, J., Expeditor. 15. D. S. 1049.

Haßgall, Adam, Etiquettendrucker. 25. D. L. 1521.

Hasenknopf, Marg., Goldstickerin. 7. D. L. 390.

Haßmann, Joh. Gg., Spezereihandlung. 12. D. S. 864.

Haßmann, J. J., Wundarzt u. Geburtsh. 12. D. S. 864.

Haffold, Gg., Fabrikarbeiter. 19. D. L. 1131.

Haffold, Aug., Webermstr. 17. D. L. 936.

Hartl, J. Paul, Kofferträger. 14. D. L. 753.

Harthan, Pet., Polizeisoldat. 27b. D. L. 116a.

Härtel, Aug., Getreidehdlr. 4. D. S. 287.

Härtel, Mich., Steinmetzengeselle. 27a. D. L. 6a.

Härting, Marg., Holzhdlrswwe. 27a. D. L. 67.

Härtlein, J., Fabrikarbeiter. 4. D. S. 333.

v. Hartmann, Frdr., Reg.-Rathswwe. 5. D. L. 283.

Hartmann, Marie, Malerswwe. 4. D. S. 330.

Hartmann, J. Chrstph., Lehrer. 32. D. S. 49a.

Hartmann, Wilh., Kaufmann. 30. D. S. 162.

Hartmann, Wilh., Holzgalanteriewfabr. 15. D. S. 1077a.

Hartmann, J. Dan., Wirthschaftsbesitzer. 15. D. L. 872b.

Hartmann, Jos., Spielwaarenfabr. 12. D. L. 651.

Hartmann, Dachdeckerswwe. 26. D. S. 16.

Hartmann, Leonh., Zimmergesellenwwe. 26. D. S. 26a.

Hartmann, Conr., Fabrikarbeiter. 28. D. S. 139.

Hartmann, J., Tünchergeselle. 26. D. S. 16.

Hartmann, Barb., Wittwe. 28. D. S. 153.

Hartmann, Matth., Eisengießer. 26. D. S. 66.

Hartmann, Marg., Leichenfrau. 4. D. S. 321.

Hartmann, Carl, Goldarbeiter. 1. D. L. 51.

Hartmann, Joh. Ad., Wirthschaftsbes. 4. D. S. 635.

Hartmann, A., Käsehdlg. u. Rosolifabr. 21. D. S. 1409.

Hartmann, Joh. Ant., Fabrikschreiner. 9. D. S. 612a.

Hartmann, J. Gg., Metallschlager. 9. D. S. 637.

Hartmann, Ed., Kaufmann. 30. D. S. 183a.

Hartmann, M., Fräulein, privatisirt. 27a. D. L. 6.

Hartlöhner, Frdr., Dosenmacher. 27. D. L. 47.

Hardtlöbner, W., Direktionsdiener. 1. D. L. 19b.

Hartländer, J. Andr., Schlossermstr. 22. D. S. 1474.

Hartländer, J., Fabrikarbeiter. 26. D. S. 33.

Hartner, A. Barb., Lokomotivführerswwe. 27b. D. L. 121.

Hartner, J. Titus, Metalldreher. 11. D. L. 557.

v. Harsdorf, k. Landrichter. 1. D. S. 25.

v. Harsdorf, Freifrau, A. Mar. Friedr. 9. D. S. 607.

Harscher, Wilh., Kupferschmiedmstr. 22. D. S. 1512.

Harscher, Gg. Frdr., Kupferschmied. 23. D. S. 1552.

Harscher, G. W., Kupferschmiedmstr. 21. D. S. 1414.

Hartung, J. J., Firmen= u. Chabl.=Fabr. 17. D. S. 1204b.

Hartung, A. M., Stadtmusikuswwe. 10. D. S. 667.

Hartung, J. L., Gold= u. Silberspinner. 11. D. S. 771.

Hartung, Jos., Hafnermstr. 21. D. S. 1431.

Hartung, M., Auslauferswwe. 8. D. S. 575b.

Hartwig, A. H., k. Studienlehrer. 16. D. S. 1123a.

Haubenstricker, Mag.=Rechtsrath. 12. D. S. 806.

Haubold, Fr., Kaufmann. 5. D. L. 286.

Häublein, J. Gg., Zirkelschmiedmstr. 17. D. S. 1231.

Hauck, Heinr., Fischhändler. 3. D. S. 204.

Hauck, Geschwister, Privatiers. 28. D. L. 99.

Hauck, H., Lehrer der Handelsschule. 12. D. L. 600.

Hauenstein, Conr., Stecknadelfabrikant. 1. D. L. 57.

Hauenstein, Paul, Schuhmacher. 17. D. S. 1214.

Hauenstein, Carl, Holzhauer. 26. D. L. 57a.

Hauenstein, Kunig., Wäscherin. 29. D. L. 10.

Hauenstein, J. Gg., Wirthschaftsbesitzer. 8. D. S. 554.

Hauenstein, Sim., Kutscher. 6. D. S. 438.

Hauenstein, Gg., Polizeisoldat. 9. D. S. 638.

Hauer, J., Dosenmacher. 27b. D. L. 92.

Hauer, Barb., Tüncherswwe. 20. D. L. 1251.

Hauff, Kath., Käsehändlerin. 18. D. L. 1088.

Hauf, Elis., Kärnerswwe. 20. D. L. 1237.

Haug, Wilh., Fabrikarbeiter. 18. D. S. 1254.

Häupler, J. Gottl., Lehrer. 7. D. S. 501.

Haupeltshofer, Jos., ehem. Gensdarm. 17. D. S. 976b.

Haus, Seb., Gürtlermstr. 25. D. L. 1567a.

Haußel, Mich., Wirthschaftsbesitzer. 13. D. L. 711.

Haussel, J. W., Gastw. z. d. 3 gold. Eicheln. 7. D. L. 391.

Haußel, J., Wirth. Kühnertsgasse.

Haussfelt, Nadler. 16. D. L. 920.

Haußelt, J. Leonh., Brauereibesitzer. 22. D. L. 1365a.

Haussen, J. Albr., Dachdeckermstr. 29. D. L. 12.

Haussen, Jobst, Schieferdeckermstr. 27. D. L. 94a.

Haussen, J. Frdr., Mehlschauer. 27a. D. L. 10.

Haussen, Conr., Dachdeckergeselle. 29. D. L. 17.

Hauser, Andr., Tünchergeselle. 12. D. S. 848.

Haußer, J. Loth., Drahtfabrikant. 15. D. S. 1071.

Haußer, Joh., k. Baubeamter. 30. D. L 83.

Häuser, Frdr., Oberzollamtsassistent. 16. D. L. 857.

Hausknecht, L. Chr. E. H., Eisen- u. Stahlhdlg. 1. D. L. 3.

Häußlein, Frdr., Wittwe, privatisirt. 26. D. L. 84.

Häußlein, Reg., Kaufmannswwe. 1. D. S. 33.

Hausleiter, J. Frdr., Hafnermstrswwe. 19. D. L. 1147.

Häußler, Dr. Joh., k. Reg.-Arzt. 2. D. S. 99.

Häußler, Carol., Näherin. 23. D. S. 1570.

Häußler, Ernst, Eisengießer. 21. D. S. 1438.

Häußler, Frz., Lokomotivführer. 20. D. L. 1212.

Häußler, J. Dan., Büttnermstr. 20. D. L. 1223.

Häußler, Matth., Gießmstrswwe. 26. D. S. 54.

Haußmann, J. E., Paternostermacher. 19. D. L. 1180.

Haußmann, C. F., Stadt-Commiss.-Act. 7. D. S. 529.

Haußner, Anna, Obsthändlerin. 32. D. S. 32.

Haußner, Gg., Fabrikarbeiter. 25. D. S. 1682.

Haußner, Pet., Fabrikarbeiter. 24. D. S. 1584.

Haußner, Marg., Näherin. 19. D. S. 1318.

Haußner, J. G. C., Zahnbürstenfabr. 10. D. S. 684.

Haußner, J. P., Schneidermstr. 17. D. L. 969a.

Haußner, Gg., Taglöhner. 31. D. S. 123.

Haußner, M. S., Feinbäckerin, Relikt. 14. D. L. 752.

Hautsch, Chr., Zirkelschmiedmstrswwe. 13. D. L. 693.

Hautsch, Joh., Wittwe, Bierwirthschaft. 7. D. S. 504.

Hautsch, Thom., Fabrikarbeiter. 27. D. S. 88.

Hautsch, Pet., Kleidermacher. 7. D. L. 351.

Hatzel, Joh., Pfarrerswwe. 17. D. S. 1222.

Hebart, J. G., Siegellack u. Nachtlichterfabr. 20. D. S. 1375.

Hebart, C. Chr., Seifen- u. Lichterfabr. 13. D. L. 655.

Hebel, Phil., Wirthschaftsbesitzer. 17. D. L. 986.

Hebenstreit, Carl, Privatier. 8. D. L. 404.

Hebenstreit, Carol., Oberlieutenantstocht. 13. D. L. 673.

Hefner, Gg., Maurergeselle. 10. D. L. 491.

Hegewald, Elis., Weißnäherin. 7. D. S. 545.

Hegewald, J., Flaschnermstr. 26. D. S. 40.

Hegewein, J. Gg., Mechaniker. 18. D. L. 1005.

Hegelheimer, J. A., Privatier. 7. D. L. 398a.

Hechtel, G. C., Gastw. z. wild. Mann. 27. D. L. 127.

Hechtel, Joh., Bäckereipächter. 17. D. L. 947.

Heck, Joh., Polizeisoldat. 7. D. S. 499.

Heckel, Gabr., Spielwaarenmacher. 27. D. L. 101.

Heckel, Franz, Schneidermstr. 11. D. L. 546.

Heckel, Gg., Fabrikarbeiter. 30. D. L. 38d.

Heckel, Wolfg., Goldschmied. 27a. D. L. 33a.

Heckel, Fr., Hafnermstr. 17. D. L. 955.

Heckel, Carol., Wittwe. 14. D. S. 1000.

Heckel, Wolfg., k. Bezirksgerichtsbote. 10. D. S. 672.

Heckel, Conr., Zahnbürstenarbeiter. 18. D. L. 1084.

Heckel, Fr., Hafnergeselle. 17. D. L. 955.

Heckel, Barb., Zugeherin. 19. D. S. 1319.

Heckel, J. Gg., Gastw. z. Stadt Ansbach. 22. D. L. 1361.

Heckel, J. Wolfg., Müller. 27. D. L. 34.

Hecker, Christ., Musiker. 27b. D. L. 167.

Heckmann, J., Drechslermstr. 24. D. L. 1487a.

Heckmann, Gg., Drechslermstr. 19. D. L. 1167.

Heid, Christ., Fräulein. 9. D. S. 606.

Heid, Baptist, Spielwaarenfabr. 24. D. L. 1448.

Heid, Joh. Matth., Packer. 12. D. L. 636.

Heid, Joh., Schuhmacher. 20. D. L. 1241.

Heid, J. G., Schuhmachermstr. 21. D. L. 1292.

Heid, Gg., Wirthschaftsbesitzer. 9. D. L. 458.

Heid, Christ., Taglöhner. 28. D. S. 165.

Heid, Marg., Näherin. 32. D. S. 131.

Heid, Marg., Zugeherin. 23. D. S. 1557.

Heid, Marie, Gärtnerswwe. 32. D. S. 5.

Heid, Gg., Pappdeckelmacher. 29. D. S. 215.

Heid, J. Mich., Magazinier. 15. D. S. 1074b.

Heid, Dor., Condukteurswwe. 30. D. L. 29b.

Heidecker, Frdr., Bäckermstr. 6. D. S. 448.

Heidel, Frz., Reisender. 4. D. S. 315.

Heiden, Dr., q. Landgerichtsarzt. 16. D. S. 1132.

Heiden, Sophie u. Susette, privatisiren. 10. D. S. 710.

Heidenberger, Ad., Fabrikarbeiter. 27a. D. L. 50.

Heidenreich, G., Stecknadelmacher. 12. D. L. 628.

Heider, Andr., Schuhmachermstr. 16. D. L. 909.

Heider, Kath., Zugeherin. 2. D. S. 109.

Heiderscheid, Gg., Friseur. 2. D. L. 78.

Heidinger, Otto, Gürtler. 6. D. S. 483.

Heidner, Ulr. Frdr., Schriftsetzer. 22. D. L. 1304.

Heidner, J., Rosolifabrwwe. 4. D. S. 335.

Heidner, Christ., Kuttler. 25. D. L. 1564c.

Heidner, Leonh., Metzgermstr. 26. D. S. 38.

Heidner, Conr., Mühlarzt. 28. D. S. 135.

Heidner, Gg., Chirurg. 14. D. S. 972.

Heidner, J. Christn., Rindmetzgermeister. 26. D. S. 5.
Heidner, Sibille, Illuministin. 4. D. S. 331c.
Heidolph, Reg. Hel., Wittwe. 5. D. S. 392.
Heidolph, Margar., Privatierswwe. 27b. D. L. 163.
Heidolph, Andr., Pürschner. 29. D. S. 213b.
Heidolph, Jer., Bürstenmachermeister. 28. D. S. 175.
Heidolph, Heinrich, Viehhändler. 30. D. L. 49a.
Heigel, Mich., Schneidermeister. 28. D. S. 152.
Heichel, Benedict, Feilenhauermeister. 13. D. L. 699.
Heichel, J. Benedict, Feilenhauermstr. 16. D. S. 1102.
Heichel, Joach. Phil., Kammmachermstr. 15. D. S. 1068.
Heichel, J. A., Stecknadelmachermstr. 11. D. L. 562.
Heicher, Chrstph., Schneidermstr. 27. D. L. 120.
Heil, Dominikus, Schneidermeister. 26. D. S. 62.
Heil, Aug., k. b. Major. 5. D. L. 290.
Heil, Gg., Schreinermeister. 20. D. S. 1376.
Heil, G. Conr., Schreinermeister. 5. D. L. 233.
Heil, Hel., Schreinerswwe. 1. D. L. 7a.
Heil, J. Gg., Fabrikschmied. 22. D. S. 1503.
Heil, Joh. Clara, Blechlackirerin. 21. D. L. 1272.
Heilbronner, Isaak, Hopfenhandlung. 6. D. L. 343b.
Heiling, Wilh. Bened., Fabrikarbeiter. 22. D. L. 1325.
Heiling, Elise, ehem. Federhändlerin. 10. D. S. 679.
Heiling, J. Wolfg., Käufeleibesitzer. 18. D. L. 1045.
Heilinger, Paul, Schuhmacher. 7. D. L. 358.
Heilingloh, Ulr., Hafnergeselle. 22. D. L. 1327.
Heilmeyer, Egid., Colorist. 18. D. S. 1259.
Heilmeyer, Carl Theod., pens. Pol.-Soldat. 18.D. S.1277d.
Heim, J. Andr., Glaser u. Glashändler. 6. D. L. 297.
Heim, J. Seb., Glaser u. Glashändler. 9. D. L. 459.
Heim, sen., J. Andr., Glaser u. Glashändler. 14.D. S. 971.
Heim, Moritz, Glaser-Geschäftsführer. 5. D. L. 238.
Heim, Max, Großhändler. 6. D. L. 334.
Heim, Alexander, Privatier. 10. D. L. 533.
Heim, Ad., Landgerichts-Assessor. 25. D. L. 1551.
Heim, J., Gastwirth. 30. D. L. 37i.
Heim, Otilie, Assessorswwe. 32. D. S. 128.
Heim, Chr., Schneidermeister. 8. D. L. 423.
Heim, Marg., Kleidermacherin. 23. D. L. 1384.
Heim, Martin, Wirthschaftspächter. 4. D. S. 284.
Heim, Marg., Kammmacherswwe. 17. D. S. 1208.
Heimbrecht, Wilh. Katharine, privatisirt. 3. D. S. 255.
Heimeran, Chrst., Eisenhandlung. 2. D. S. 102.

7

Heimerl, Gottl., Schmiedgeselle. 28. D. S. 177.
Heimerl, Pet., Fabrikarbeiter. 23. D. S. 1531d.
Heimstädt, Gg., Kaufmann. 14. D. S. 977.
Heindel, J. Gg., Büttnermeister. 20. D. S. 1365.
Heine, Gg., Cigarrenfabrikant. 19. D. S. 1308.
Heinemann, J. Alb., Beinknopfmacher. 20. D. L. 1200.
Heinkelein, Frdr., Fabrikarbeiter. 23. D. S. 1563.
Heinlein, M., Mechaniker. 10. D. S. 741.
Heinlein, Andr., Essigfabrikant. 2. D. L. 107.
Heinlein, J., Wwe., Spezereiwaarenhdlg. 4. D. L. 200a.
Heinlein, J. Gg., Feingoldschlager. 27. D. L. 54b.
Heinlein, Gg. Andr., Schreinermeister. 19. D. L. 1135.
Heinlein, Gg., Schuhmachermstrswwe. 3. D. L. 157.
Heinlein, Gottfr., Kunstgärtner. 32. D. S. 30.
Heinlein, Joh., Dienstkutscher. 24. D. L. 1502.
Heinlein, Gottfr., Eisendreher. 9. D. S. 650.
Heinlein, J. Gg., Fabrikarbeiter. 26. D. S. 60.
Heinrich, Paul Ludw., Lackirer. 11. D. L. 563.
Heinrich, J. Frd., Schuhmachermstr. 25. D. L. 1530.
Heinrich, Gg., Schuhmachermstr. 18. D. S. 1258.
Heinrichmeier, M. Barb., Doktorswwe. 8. D. L. 406.
Heinrichmeyer, Theod., Hafen= u. Oefensbr. 27.D.L.145.
Heinrichmeyer, Marg., Wittwe. 27. D. S. 95.
Heinrichsen, Ernst, Zinnfigurenfabrikant. 30. D. L. 20e.
Heinsius, Reg., Wittwe, Kramkäufel. 2. D. S. 120.
Heinz, Mich., Tuchmacher. 18. D. S. 1270.
Heinze, Karl, Kaufmann. 26. D. L 88.
Heis, Marg., Gärtnerswwe. 27a. D. L. 40.
Heisen, Th., Kaufmann. 7. D. L. 356.
Heisinger, G., Bezirksgerichtsbote. 10. D S. 688.
Heißinger, Chrstn., Gärtner. 32. D. S. 7c.
Hirschmann, Joh., Näherin. 15. D. S. 1062a.
Heiter, Mich., Lackirer. 25. D. S. 1651.
Heiter, Leonh., Schreinermeister. 10. D. S. 748b.
Helbig, Joh., Modellschreiner. 25. D. S. 1672.
Helbig, Pet., Polizei=Soldat. 26. D. L. 74.
Helbling, J. Gg., Tanzlehrer. 11. D. S. 857.
Held, Andr., Kupferschmiedmeister. 18. D. L. 1039.
Held, J. Jac., Huf= u. Waffenschmiedmstr. 10. D. L. 534.
Held, Gebrüder. 30. D. L. 80.
Held, Phil., Bretter= u. Holzhandlung. 7. D. S. 534.
Held, Frdr., Gottl., Drechslermeister. 1. D. S. 88.
Held, J. Gottl. (F.: Steurer u. Held.) 16. D. S. 1126.

Held, Leopold, Kaufmann. 4. D. L. 202.

Held, Anna, Kaufmannswwe. 13. D. L. 662.

Held, Aug., Kammmacher. 16. D. L. 920.

Held, J., Schuhmacher. 16. D. S. 1087.

Held, Jos., Farbholzmüller. 11. D. L. 542c.

Held, Joh. Jak., Pferdemetzger. 1. D. S. 39b.

Held, Eva, Wittwe, Zugeherin. 11. D. L. 533.

Held, Frdr., Fabrikarbeiter. 27b. D. L. 128.

Held, Gg., Fabrikarbeiter. 30. D. L. 37b.

Held, Heinr., Hafnergeselle. 1. D. L. 183.

Held, Christian, Hafnergeselle. 20. D. S. 131.

Heldwein, Joh. Jak., Schreiner. 18. D. L. 1031.

Heller, J. Conr., Bäckermeister. 8. D. L. 421.

Heller, Carl, k. Professor der Plastik. 26. D. L. 88.

Heller, Frdr., Mechaniker u. Optiker. 16. D. L. 883.

Heller, Phil., Lehrerswwe. 32. D. S. 35c.

Heller, Wilh., Buchhalter. 5. D. S. 365.

Heller, Heinr., Kaufmann. 4. D. L. 213.

Heller, Carol., Wittwe. 28. D. L. 95.

Heller, Leonh., approb. Bader. (Rennweg bei Müller.)

Heller, Joh., Gastw. z. gold. Anker. 5. D. S. 419.

Heller, Gg., Ausläufer. 1. D. S. 70a.

Hellinger, Gg. Zach., Kammmacher. 24. D. L. 1466a.

Hellinger, Josepha, Thürmerswwe. 6. D. S. 465.

Hellinger, Marie, Schuhmacherswwe. 23. D. S. 1550.

Helm, Frz. Jos., Beutlermeister. 3. D. L. 140.

Helm, Joh. Matth., Landesproduktenhändler. 27b. D. L.116.

Helmbrecht, Gg., Peitschenfabrikant. 16. D. S. 1123a.

Helmeier, Anton, Kaufmann. 10. D. S. 746.

Helmling, Andr., Postconducteur. 18. D. L. 1065.

Helmreich, Joh., Musiker u. Cigarrenmacher. 28. D. S. 155.

Helmreich, J. Ad., Gastwirth u. Bäckermstr. 27. D. S. 99.

Helmreich, Frdr., Großpfragner. 23. D. L. 1394.

Helmreich, Conr., Spezerei- u. Colonialw. 5. D. L. 288.

Helmreich, Phil., Drechslermeister. 25. D. L. 1531.

Helmreich, J. Gg., Tapezier. 21. D. S. 1395.

Helmreich, R., Färbermstrswwe. 21. D. L. 1292.

Helmreich, Marie, privatisirt. 19. D. L. 1126.

Helmreich, Frdr., Fabrikarbeiter. 15. D. L. 780.

Helmstreit, J., Taglöhner. 26. D. L. 67.

Hellmundt, Anna, Lohnkutscherswwe. 9. D. L. 443.

Hellmuth, Pfänderverwahrer. 16. D. L. 858.

Hellmuth, Marg., Steindruckerswwe. 17. D. S. 1238.

Hellmuth, Paul, Uhrenfabrik. 8. D. L. 420e.

Hellmuth, Heinr., Hopfenhändler. 9. D. L. 440.

Hellmuth, Sim. Andr., Metallschlager. 20. D. L. 1232.

Helwig, Ludw., k. Hauptmann. 11. D. S. 803.

Helwig, Franz Xaver, jun., Schneidermstr. 3. D. S. 222

Helwig, J. Gg., Schneidermeister. 15. D. S. 1005.

Hemmeter, Barb., Strickerin. 19. D. S. 1318.

Hemeter, Magd., Schreinerswittwe. 2. D. S. 101.

Hempel, Ernst, Procurist. 4. D. L. 182.

Hemm, Andr., Maurergeselle. 20. D. L. 1209.

Hengelein, Gg., Fabrikarbeiter. 26. D. S. 18.

Hengstler, J. M., Modellschreiner. 15. D. L. 782.

Henning, Karl, Expeditors-Wwe. 18. D. L. 1047.

Henning, Kath., Weberswwe. 18. D. S. 1280b.

Henninger, Heinr., Dampfbierbrauereibes. 30. D. S. 159.

Henninger, J. L., Bierbrauerei. 8. D. L. 400.

Henninger, J. Leonh., Privatier. 2. D. L. 93.

Henninger, Osk., Privatier. 10. D. L. 535.

Henninghausen, Wilh., Kaufmann. 30. D. S. 153.

Henkel, Ludw., Gürtlermeister. 30. D. L. 29.

Henschel Adolph, Commis. 3. D. S. 256.

Hensolt, Marie, Rothgerberswwe. 29. D. S. 179.

Henzel, J., Näherin. 25. D. S. 1653.

Hepp, Eugen, Schlossergeselle. 11. D. L. 565a.

Heppert, Chocoladefabrikantenwwe. 20. D. S. 1357a.

Heppner, Leihhaus-Cassier. 16. D. L. 858.

Herr, J. Carl, Webermeister. 18. D. S. 1247a.

Herr, J. Frdr., Steindruckerei u. Lithogr. 18. D. S. 1246b.

Herrenleben, Pankr., Schuhmacher. 13. D. L. 666.

Herbig, Albr., Fabrikarbeiter. 29. D. L. 1c.

Herbig, Jak., Zimmergeselle. 7. D. S. 520c.

Herbeck, Joh., Wirthschaftsbesitzer. 18. D. S. 1269.

Herbst, Christ. Adam, Zinngießer. 16. D. L. 907.

Herbst, Mich., Lohnkutschereibesitzer. 16. D. L. 907.

Herbst, Conr. Matth., Drechslermstr. 20. D. S. 1384.

Herbst, Marg., Privatierswwe. 4. D. L. 191.

Herbst, J. W., ehemal. Schneidermeister. 25. D. L. 1530.

Herbst, J. Lor., Lehrer. 12. D. S. 855b.

Herbst, M. B. 5. D. L. 257.

Herbst, Marg., Nachtlichtermacherin. 18. D. L. 1075.

Herdegen, Ernst Paul, Gürtlermeister. 23. D. L. 1431.

Herdegen, F. A., u. C. E., Kaufleute. 6. D. L. 364a.

Herdegen, Heinr., Drechsler. 22. D. L. 1343.

Herdegen, J. B., Flaschnermeister. (Wöhrd.)

Heerdegen, Fr., Antiquar. 1. D. S. 35.

Herdegen, Balth., Flaschner. 26. D. S. 71.

Herdegen, Conr., Flaschner. 28. D. S. 127.

Herdegen, J Nic., Rothgießer. 1. D. L. 55.

Herder, Ferd., Bank-Copist. 13. D. S. 954.

Herl, J. Gg., Lederhändler. 25. D. S. 1671.

v. Herel, Johanna, Privatierin. 8. D. S. 596.

v. Herel, Carl, Privatier. 1. D. S. 1c.

Herforth, Gg., Kaufmann. 1. D. L. 6a.

Hering, J. J. C., Landesprodukt., Agent. 7. D. S. 489.

Hering, J. Heinr., Geschmeidmacher. 20. D. L. 1201a.

Herlacher, Dr., 10. D. S. 713.

Herrlein, Marie, Borsteneinlegerin. 4. D. S. 331.

Herrling, J. M., Lehrer d. Handelsschule. 1. D. L. 32.

Herrmann, J. Leonh., Wirthsch. z. Gärtlein. 20. D. L. 1196.

Herrmann, J. Sim., Wirthschaftsbesitzer. 1. D. L. 1132.

Herrmann, J. Louis, Manufacturwhdlg. 8. D. L. 433.

Herrmann, Joh., Horndrechslermeister. 25. D. L. 1564a.

Herrmann, Clara, Schneidermstrswwe. 19. D. S. 1284.

Herrmann, Conr., Wirthsch. z. weiß. Thurm. 8. D. L. 419.

Herrmann, Joh., Werkmeister. 10. D. S. 682.

Herrmann, Paul, Schneidermeister. 5. D. S. 434.

Herrmann, Andreas, Kärner. 4. D. L. 220.

Herrmann, J., Locomotivführer. 7. D. L. 374.

Herrmann, Babette, Nachtlichtermacherin. 25. D. L 1564a.

Herrmann, Babette, Kaufmannswwe. 8. D. L. 433.

Herrmann, Ludw, Privatier. 8. D. L. 433.

Herrmann, Casp., k. Professor. 4. D. L. 174.

Herrmann, Gg. P. Großhändler. 25. D. L. 1576.

v. Herrmann, k. Generalmaj. u. Brigadier. 1. D. S 38.

Herrmann, Jeanette, Wittwe. 24. D. S. 1628.

Herrmann, Carl, Pappdeckelfabrikant. 25. D. L. 1573.

Herrmann, Theod., Schreinermeister. 4. D. S. 268.

Herrmann, Soph., Kleidermacherin. 24. D. L. 1484.

Herrmann, Marg., Polirerin. 6. D. S. 483.

Herrmann, Philippine, ledig. 16 D. S. 1091.

Herrmann, Friederike, Goldeinlegerin. 24. D. S. 1580.

Herrmann, Marg., Kammacherswittwe. 17. D. L. 969.

Herrmann, J., Fabrikarbeiter. 25. D S. 1668.

Hermannsberger, Frz., Schneidermstr. 25. D. L. 1550.

Hermannsdörfer, Mart., Farbenfabrikant. 1. D. S. 74.

Hernsdörffer, Barb., Zugeherin   26. D. L. 36.

Herold, J. Ulr., Drechslermeister. 32. D. S. 77.

Herold, Joach. Ernst, Rothgießermstr. 32. D. S. 95

Herold, Ernst, Bürstenmacher. 9. D. S. 648.

Herold, Andr., Optikus. 3. D. L. 139.

Herold, k. Professor. 8. D. S. 559.

Herold, Chrstph., k. Professor. 15. D. S. 1013.

Herold, M., Professorswwe. 11. D. S. 791a.

Herold, J. Andr., Drechslermstr. 10 D. S. 711.

Herold, J. Chrst., Drechslermstr. 11. D. S. 805a.

Herold, Andr., Handelsmann. 20. D. S. 1357c.

Herold, Andr., Gold= u. Silberarbeiter. 20. D. L. 1208.

Herold, Leonh., Schuhmachermstr. 13. D. L. 706.

Herold, Paul. Franz., Professorsgattin. 22. D. S. 1471.

Herold, Kath., Schneidermeisterswwe. 1. D. L. 55.

Herold, Ernst, Bürstenbinder. 24. D. L. 1478b.

Herold, Leonh., Schuhmacher. 13. D. L. 607.

Herold, Phil., Bureaudiener. 29. D. S. 209.

Herold, Wilh., Fabrikarbeiter. 21. D. S. 1433a.

Herold, Joh., Ausläufer. 24. D. S. 1495.

Herold, Eug., Fabrikaufseher. 32. D. S. 62a.

Herold, J. Wolfg., Fabrikarbeiter. 12. D. S. 823.

Herold, Marg., Näherin. 17. D. S. 1238.

Herold, Bab., Näherin. 26. D. L. 36.

Herppich, J. M., Drechsler u. Metalldreher. 24. D. L. 1471.

Herschel, Adolph, Cassier. 3. D. S. 204.

Herschmann, Gg., Maschinenheizer. 30. D. L. 37m.

Hertel, Joh., Hutmachermstr. 20. D. L. 1205.

Hertel, Joh, Spielwaarenmacher. 18. D. L. 1026.

Hertel, J. H., Paternostermacher. 5. D. L. 230.

Hertel, Christ., Rothschmiedmstr. 15. D. S. 1022a.

Hertel, J. J., Rel. (F.: G. G. Fendler u. Co.) 22. D. S.1518.

Hertel, Marianne, Appell.=Ger.=Ass.=Wwe. 3. D. S. 169.

Hertel, Gg., Wirthschaftspächter. 5. D. L. 270.

Hertel, Gg., Zirkelschmied. 12. D. L. 640a.

Hertel, Gg., Paternostermacher. 23. D. L. 1395.

Hertel, Carl, Zimmergeselle. 29. D. S. 224.

Hertel, Barb., Taglöhnerswwe. 29. D. S. 198a.

Hertel, Frdr., Zimmergeselle. 29. D. L. 9.

Hertel, Gg., Pflasterergeselle. 21. D. L. 1270.

Hertel, Gg., Pflasterergeselle. 28. D. S. 142.

Hertel, Frz., Lackirer. 17. D. L. 996b.

Hertel, Joh., Hutmachergeselle. 18. D. L. 1026.

Hertel, Mart., Eisenbahnschlosser. 22. D. S. 1483.

Hertlein, Babette, Kaufmannswittwe. 1. D. L. 9.

Hertlein, J., Buchbinder. 15. D. S. 1037.

Hertlein, Anna, Polirerin. 18. D. L. 1077.

Hertlein, J., Schneidergeselle. 25. D. L. 1529a.

Hertlein, Salome, Pfarrerswwe. 3. D. S. 197.

Hertlein, Heinr., Tünchergeselle. 29. D. L. 19.

Hertlein, Ludw., Fabrikarbeiter. 15, D. L. 800.

Hertlein, G. Thom., Bleistiftarbeiter. 15. D. L. 773.

Hertlein, Joh., Portefeuillefabrikant. 22. D. S. 1509.

Heerwagen, H., k. Studienprof. u. Rekt. 11. D. S. 805b.

Heerwagen, Gottl., Privatier. 15. D. S. 1039.

Herz, J. Mich., Schuhmacher. 3. D. S. 206.

Herz, Bab., Posamentierarbeiterin. 14. D. S. 975.

Herzing, Frdr., Telegraphen-Offizial. 4. D. L. 222.

Herzing, Bab., Baubeamtenwittwe. 30. D. L. 112.

Herzer, Aug., Cassier. 16. D. S. 1130.

Herzle, Frz. Clem., Privatier. 4. D. L. 191.

Herzle, Jos., Privatier. 20. D. L. 1193.

Herzog, Adolph, Spezereihdlg. 13. D. S. 921.

Herzog, Frdr., pens. Landrichter. 26. D. L. 51a.

Herzog, J. M., Rechnungsführer. 15. D. L. 792a.

Herzog, Gg. Jac., Wirth z. gold. Hahn. 3. D. L. 159.

Herzog, Marie, Wittwe. 18. D. L. 1000b.

Herzog, Bab., Zuspringerin. 13. D. S. 942.

Herzog, Barb., led. Näherin. 5. D. S. 429.

Herzog, Marg., Näherin. 26. D. L. 87b.

Herzogenrath, Joh., Kaufmannswwe. 16. D. S. 1105.

Heß, J. M., Gasth. z. Witteldb. Hof. 4. D. L. 210.

Heß, J. Gg., Kupferstecher. 19. D. S. 1334a.

Heß, Matth., Blechwaarenfabr. 17. D. S. 1204b.

Heß, C., Reisender. 4. D. L. 192.

Heß, Conr., Monteur. 26. D. S. 54.

Heß, Gust., Spielwaarenmacher. 19. D. L. 1180.

Heß, Christ., Maschinenmeister. 10. D. S. 699.

Heß, Gg., Bedienter. 3. D. S. 195.

Heße, J. Ad., Drechsler b. Eisenb. 11. D. L. 543.

Hessel, k. Pfarrer. 8. D. L. 421.

Hessel, Jac., Theatermeister. 13. D. L. 662.

Hessel, J. Jac., Kammmachermeister. 3. D. S. 203.

Hessel, J. Frdr., Flaschnermeister. 17. D. L. 960.

Hessel, J. Conr., Bäckermeister. 27. D. L. 40.

Hessel, Marie, Bäckerswittwe. 20. D. L. 1222.

Hessel, Sigm., Kaufmann. 4. D. S. 307.

Heſſel, Putzmacherin. 7. D. S. 486.

Heſſel, J., Wagenwärter. 29. D. L. 38.

Heſſel, Carol., ledig. 4. D. S. 260.

Heßlein, Gg., Schneidermeiſter. 3. D. L. 155.

Heßlein, Leonh., Schreinermeiſter. 1. D. L. 54.

Heßlein, M. Louiſe, Näherin. 25. D. L. 1533.

Heßler, M. L., Seifen- u. Lichtersbrktwwe. 11. D. L. 550.

Heßler, J. Mich., Flaschnermſtr. 21. D. L. 1288.

Heßler, Gg., Bleiſtiftarbeiter. 24. D. S. 1579.

Heßler, Joh., Flaschner. 21. D. L. 1288.

Heſſelbacher, J., Taglöbner. 22. D. L. 1325.

Heſſelbacher, Frdr., Büttnergeſelle. 23. D. L. 1426.

Heſſelsberger, Frdr., Tünchergeſelle. 18. D. L. 1015.

Heſſenauer, M., Bierbrauerswwe. 27b. D. L. 116b.

Heſſenauer, Leonh., Apotheke z. Paradies. 1. D. S. 77.

Hettig, Lor., k. Obermaſchiniſt. 28. D. (Bahnhof.)

Hettich, J., Beutlermeiſter. 17. D. S. 1231.

Hettinger, Ernſt, Eiſenbahnschreiner. 17. D. L. 961.

Hettinger, Heinr., Conduktcur. 27b. D. L. 130.

Hetz, Georg, Schurmeiſter. 8. D. S. 604.

Hetzel, Joh., Gärtner. 142.

Hetzel, Gg., Fabrikarbeiter. 30. D. L. 53.

Hetzer, J., Fabrikarbeiter. 20. D. S. 1360.

Hetzelein, J. P., Bäckermeiſter. 22. D. L. 1360.

Hetzler, J. Mich., Webermeiſter. 20. D. S. 1383.

Hetzler, J. Jak., Hafnermeiſter. 24. D. S. 1628.

Hetzler, A. M., Weber. 23 D. S. 1564b.

Hetzler, Barb., Bierbrauerswwe. 13. D. S. 910.

Hetzner, Wilh., Metalldrucker. 9. D. S. 630.

Hetzner, J., Kupferſtecher. 9. D. S. 619.

Hetzner, J. Gg., Privatier. 5. D. S. 374b.

Hetzner, J., Auslaufer. 7. D. L. 394.

Hetzner, Conr., Schweinemetzger. 7. D. S. 503.

Hetzner, J. Paul, Kramkäuſel. 2. D S. 151.

Heubach, Gg., Maler. 18. D. L. 1101.

Heubach, Chr. Frdr., Schreinermſtr. 25. D. L. 1571d.

Heubach, Sebaſt., Tuchmachergeſelle. 20. D. L. 1243.

Heubeck, Oskar, Drechſler. 12. D. L. 534.

Heubeck, Fortepianofabrikant. 7. D. S. 526.

Heubeck, Chrſtph., Drechſlermeiſter. 9. D. L. 455.

Heubeck, Sim., Lehrer. 19. D. S. 1298.

Heun, penſ. Oldenburg'ſcher Oberſt. 1. D. S. 25.

Heumann, Emilie, Pfarrerswwe. 7. D. S. 544.

Heumann, Chr., Eiſenbahnschmied. 21. D. L. 1300.

Heumann, Reg., Dosenmacherswwe. 19. D. L. 1176.
Heunisch, J. Chrst., Flaschnermstr. 3. D. S. 182.
Heuschmann, Chrstph., Kaufmann. 6. D. S. 449.
Heuschmann, Buchhalter. 7. D. S. 519.
Heuschmann, J. A., Kaufmann. 2. D. L. 84.
Heyd, Gg. Wirthschaftsbesitzer. 8. D. L. 416.
Heyde, Madlon, Rentbeamtenwwe. 3. D. L. 108.
Heydenreich, Joh., Handelsmann. 25. D. L. 1562.
Heyder, J. Frdr., Flaschnermstr. 10. D. S. 666.
Heydt, J., Fabrikarbeiter. 1. D. S. 33b.
Heydt, J., Jac., Dachdeckergeselle. 11. D. S. 567.
Heyer, Marg., Ahlenschmiedswwe. 29 D. L. 21.
Heyer, Chrst., Steinmetzengeselle. 29. D. L. 3.
Heydolph, Joh., Schlossermstr. 17. D. S. 1198.
Heydolph, J. Gg., Rindmetzger. 7. D. S. 505.
Heydolph, Gg. Jac., Metzgermstr. 25. D. L. 1548.
Heydolph, C. Chrst, Metzgermstr. 5. D. L. 227.
Heydolph, J. G., Großkuttler. 5. D. S. 392.
Heydolph, Gottfr., Schneidermstr. 3. D. L. 114.
Heym, Kath., privatisirt. 13. D. S. 950.
Heynicke, Ludw., Tapezier. 6. D. L. 309.
Hiepe, Bab., Landkartenmalerin. 24. D. L. 1450.
Hierl, Xav., Taglöhner. 26. D. L. 61.
Hieronymus, J. Gg., Mechaniker. 16. D. S. 1103.
Hysel, Fr. Ed., Schauspieler. 15. D. L. 773.
Hiesinger, Gg. Matth., Werkzeugfabr. 3. D. S. 208.
Hiesläuter, J Leorh., Flaschnermstr. 23. D. L. 1399.
Hildebrand, Herm., Privatier. 7. D. S. 534.
Hildenbrand, Joh., Mechaniker. 13. D. S. 943.
Hildel, Wilh., Paternostermachermstr. 22. D. L. 1303.
Hildel, J. Ant., Barbier. 28. D. L 71.
Hiller, Gg. Cont., Mechaniker. 17. D. L. 965a.
Hiller, J., Fabrikschlosser. 26. D. S 59.
Hiller, Paul, Fabrikschreiner. 12. D. S. 845a.
Hiller, W., Kaufmannswwe. 20. D. S. 1361.
Hiller, Gg. Wilh., Fabrikarbeiter. 20. D. L. 1221.
Hilger, Pet., Dosenfabrik-Werkführer. 27a. D. L. 52.
Hillmeyer, Ottilie, Wittwe. 27a. D. L. 22.
Hilpert, J. Jac., Bandhandlung. 6. D. L. 302.
Hilpert, Andr, Rothgießermstr. 1. D. L. 60.
Hilpert, Gg., Kaufmann. 5. D. L. 278.
Hilpert, J. Wolfg., vorm. Bürgermeister. 13. D. S. 897.
Hiltel, Joh., Paternostermachermstr. 21. D. L. 1267.
Hiltner, Joh., Ladergehülfe. 16. D. L. 917.

Hiltner, Marg., Wittwe. 22. D. S. 1475.
Himmel, Gg., Buchbindermstr. 19. D. L. 1128.
Himsolt, Wilh., Eisenbahnarbeiter. 30. D. L. 37b.
Himsold, Marie, Näherin. 17. D. S. 1214.
Hindelang, Joh., Fabrikarbeiterin. 27. D. S. 78.
Hindinger, Heinr., Kaufmann. 11. D. S. 764.
Hinkel, Ludw., Kaufmann. 28. D. L. 68.
Hinkel, Jac., Privatier. 28. D. L. 67.
Hinkel, Mar. Ev., Wachtmeisterswwe. 3. D. S. 259a.
Hinkeldey, R., Kaufmann. 3. D. L. 162.
Hirner, J., Bahnwärter. 28. D. (Bahnhof.)
Hirsch, Christ. Ernst, Gürtlermstr. 22 D. L. 1311.
Hirsch, Kath., Haushälterin. 10. D. S. 682.
Hirsch, Conr., Holzbauer. 15. D. L. 778.
Hirschauer, Kath., led. 16. D. S. 1092.
v. Hirschberg, Freiherr. 6. D. L. 336.
Hirscheider, Magd., Näherin. 13. D. S. 944.
Hirscheider, Jos., Kunstgärtner. 24. D. L. 1480.
Hirschmann, E., Privatier. 5. D. L. 306.
Hirschmann, J. Pet, Büttnermstr. 22. D. L. 1308.
Hirschmann, J. Mart., Privatier. 23. D. L. 1403.
Hirschmann, J. Veit, Güterbestätter. 24. D. S. 1591.
Hirschmann, M., Gastw. z. gold. Krone. 13. D. S. 949.
Hirschmann, Moritz, Buchhalter. 5. D. L. 278.
Hirschmann, Mor., Buchhalterswwe. 11. D. S. 803.
Hirschmann, Phil., Schneidermeister. 7. D. S. 488.
Hirschmann, J. G., Büttnermstr. 23. D. S. 1569.
Hirschmann, Andr., Formstecher. 21. D. S. 1405b.
Hirschmann, P., Schneidermstr. 18. D. S. 1256b.
Hirschmann, Conr., Dosenmacher. 27a. D. L. 52.
Hirschmann, Magd., Pfragnerswwe. 6. D. S. 466.
Hirschmann, Joh., Kunstgärtner. 27a. D. L. 5¼.
Hirschmann, J., Pachtgärtner. 32. D. S. 89.
Hirschmann, Ulr., Pachtgärtner. 30. D. S. 162.
Hirschmann, J., Gärtner. 12. D. L. 590b.
Hirschmann, Marg., Wwe., Wäscherin. 26 D. L. 72.
Hirschmann, Julie, Wäscherin. 19. D. L. 1069.
Hirschmann, J., Eisenbahnschmied. 32. D. S. 34.
Hirschmann, Anna, Fabrikarbeiterin. 20. D. S. 1354.
Hirschmann, Joh., Steinmetzenwwe. 27a. D. L. 11.
Hirschmann, J. P., Schlossergeselle. 10. D. S. 740b.
Hitzel, Jos., Uhrmachermstr. 21. D. S. 1396.
Hitzler, Frz. Xav., Buchbindermstr. 9. D. S. 642.

Hirzel, Ingenieur. 5. D. S. 395.
Hoch, Aug., Ultramarinarbeiter. 20. D. L. 1238.
Hoch, Marg., Wittwe. 15. D. L. 814.
Hoch, J. Casp., Bierwirth. 10 D. S. 608.
Hochmuth, Barb., privatisirt. 29. D. L. 19.
Hochmuth, J. Jobst, Zimmermeister. 30. D. L. 11d.
Hochmuth, J. Casp., Stecknadelmacher. 6. D. S. 469c.
Hochmuth, Chrstn., Privatier. 20. D. S. 1357b.
Hochreuther, Andr., Schneidermstr. 10. D. L. 488.
Höchstädter, Ros., Pfarrerswwe. 9. D. L. 457.
Hochstein, Gg., Lebküchner. 21. D. S. 1397.
Hoderlein, Casp., pens. Oberbeamter. 20. D. L. 1188.
Höderlein, El., Zinnmalerin. 27b. D. L. 108.
Hofbauer, Jos., Fabrikschreiner. 28. D. S. 140.
Hofer, J. Dav., Flaschnermstr. 20. D. S. 1387.
Hofer, J. Jac., Käusel. 13. D. L. 700.
Hofer, Marg., Wittwe. 16. D. S. 1091.
Hofer, Gg., Bremsenwärter. 18. D. S. 1051.
Hoffer, Gg., Schellenmacher. 12. D. S. 848b.
Hofknecht, Joh., Wagenwärter. 29. D. L. 23a.
Hofknecht, Frz., Flaschnermstr. 9. D. S. 660.
Höflich, Conr., Flaschnermstr. 22. D. S. 1521.
Höflich, Conr., Drechslermstr. 16. D. L. 923.
Höfler, Andr., Schuhmchr. Rel 19. D. S. 1321.
Höfler, J. Conr., Rothgießermstr. 25. D. S. 1703a.
Höfler, Conr., Samenhändler. 6. D. S. 435.
Höfler, J. Conr., Maurermstr. 28. D. S. 130.
Höfler, Ad. Rud., Steinmetzengeselle. 29. D. S. 193.
Höfler, Marie, Schuhmacherswwe. 20. D. L. 1196.
Höfler, M. B., Wirths= u. Pfragnwwe. 23. D. L. 1403.
Höfler, Andr., Rothschmiedmstr. 16. D. S. 1103.
Höfler, J. Jac., Maurergeselle. 27b. D. L. 113.
Höfler, J. Gg., Pflastereraufseher. 26. D. S. 10.
Höfler, J., Gärtner. 26. D. L. 62a.
Höfler, Kunig., Wwe. 30. D. S. 155.
Höfler, Gg., Fabrikarbeiter. 28. D. S. 129.
Hofmann, H., Kaufmann. 16. D. S. 1135.
Hofmann, Just. Frdr., Privatier. 32. D. S. 100.
Hofmann, Nic. jun., Messer= u. chirurg. Instrumentenfabr.
  u. Handlung. 12. D. S. 836.
Hofmann, J. Gg., Mechaniker. 1. D. S. 15b.
Hofmann, J. Wilh., Spezereihdlg. 11. D. S. 790.
Hofmann, J. G. L., Kammachermstr. 11. D. S. 796.
Hofmann, H. Th., Tüncher= u. Maurermstr. 13. D. L. 66i.

Hofmann, J. C., Hopfenhdlg. 7. D. L. 359.

Hofmann, J. Chr., Maurer- u. Steinmetzmstr. 16. D. L. 880.

Hoffmann, G. U., Tünch.- u. Maurermstr. 5. D. L. 239.

Hoffmann, Frz., Flaschner. 10. D. S 673.

Hoffmann, Leop., Drechslermstr. 4. D. L. 173.

Hofmann, Joh., Metzgermstr. 27. D. L. 42.

Hofmann, Gg., Gartenbesitzer. 32. D. S. 134.

Hofmann, L. P., Gartenbesitzer. 32. D. S. 78.

Hoffmann, J. M., Gartenbesitzer. 32. D. S. 145.

Hofmann, N., Messerschmied. 25. D. L. 1574.

Hofmann, J. J. C., Rothgießermstr. 25. D. L. 1553.

Hofmann, Joh., Kammmachermstr. 13. D. L. 707.

Hofmann, J. P., Bierbrauereibes. 19. D. L. 1174.

Hofmann, J. L., Großpfragner. 1. D. L. 28.

Hofmann, Conr, Victualienhdlr. 30. D. L. 37b.

Hofmann, Ad., Messerschmied. 14. D. L. 755.

Hofmann, J. U., Steinmetzenmstr. 8. D. S. 551a.

Hofmann, J. Gg., Posamentier. 12. D. L. 632.

Hofmann, J. Th., Horn- u. Metalldrechsler. 11. D. S. 789.

Hofmann, Joh., Schuhmachermstr. 4. D. S. 270.

Hofmann, Fndr., Flaschnermstr. 10. D. S. 673.

Hofmann, Wilh., Schneidermstr. 8. D. S. 593.

Hofmann, Andr, Lehrer. 15. D. S. 1037.

Hofmann, J. Gg., Privatier. 4. D. S. 308.

Hofmann, Emil, Kaufmann. 3. D. S. 174.

Hofmann, Jul., Privatier. 1. D. S. 92.

Hofmann, Ludw., Parfümeriewaarenfabr. 13. D. L. 716.

Hofmann, Anna, Fräulein. 1. D. L. 5.

Hofmann, Gg. Dav., Färbermstr. 3. D. L. 133.

Hofmann, Gg., Wirth. 5. D. L. 274.

Hofmann, Seb., Korbmacher. 18. D. L. 1063k.

Hofmann, Joh., Schleifer. 24. D. S. 1604.

Hofmann, Joh., Nagelschmied. 12. D. S. 822.

Hofmann, Steindrucker. 24. D. S. 1599.

Hofmann, Wolfg., Tünchergeselle. 32. D. S. 135.

Hofmann, J. M., Steinmetzengeselle. 26. D. S. 36.

Hofmann, C. Frdr., Fabrikarbeiter. 15. D. L. 955.

Hofmann, Chrstph., Tünchergeselle. 17. D. L. 955.

Hofmann, G. S., Polirergeselle. 22. D. S. 1455.

Hofmann, Gg. P., Steinmetzengeselle. 30. D. L. 18.

Hofmann, Paul, Steinmetzengeselle. 27. D. S. 98.

Hofmann, Wilh., Zimmergeselle. 27b. D. L. 34.

Hofmann, Kath., Zimmergesellenwwe. 29. D. L. 8a.

Hofmann, Chrst., Taglöhner. 17. D. S. 1218.
Hofmann, G. M., Fabrikarbeiter. 1. D. S. 33.
Hofmann, Pancr, Ausläufer, 25. D. L. 1526.
Hofmann, J. Albr., Eisendreher. 21. D. S. 1420.
Hofmann, Joh., Schneller. 13. D. L. 668.
Hofmann, Anna Mar., Wittwe. 17. D. L. 983c.
Hofmann, Magd., Heftleinmacherin. 27a. D. L. 33a.
Hofmann, Mar. Magd., Wwe. 22. D. L. 1321b.
Hofmann, Anna, Näherin. 2. D. S. 154.
Hofmann, Magd., Bortenmacherin. 30. D. S. 177b.
Hofmann, M., ehem. Köchin. 16. D. S. 1096.
Hofmann, Andr., Fabrikarbeiter. 5. D. S. 365.
Hofmann, Lor., Fabrikarbeiter. 19. D. S. 1323.
Hofmann, Gg., Schlossergeselle. 16. D. L. 886.
Hofmann, Matth., Magistratsbote. 10. D. S. 726.
Hofmann, Carol., Wittwe, privatisirt. 3. D. L. 163.
Hoffmann, C., Kaufmann. 1. D. S. 15b.
Hoffmann, H. J., Hopfenhdlr. 12. D. L. 600.
Hoffmann, J. Ph., Samenhdlg. 8. D. S. 875c.
Hoffmann, Orthopäd. 3. D. L. 113.
Hoffmann, Wilh., Färbermeister. 3. D. L. 133.
Hoffmann, J. L., Prof. am Gymnasium. 21. D. S. 1436.
Hoffmann, Conr., Geschäftsführer. 18. D. L. 1018.
Hoffmann, J. Chr., Optiker. 20. D. L. 1209.
Hoffmann, Jac., Hutmacher. 20. D. L. 1189.
Hoffmann, J. A., Handlungscommis. 15. D. L. 793.
Hoffmann, Leonh., Seiler. 18. D. L. 1004.
Hoffmann, Carl, ehem. Büttnermstr. 32. D. S. 140.
Hoffmann, Adolph, Dekorationsmaler. 3. D. L. 174.
Hoffmann, Kunig., privatisirt. 5. D. L. 228.
Hoffmann, Gg., Metallschläger. 12. D. L. 613.
Hoffmann, M., Schuhmacherswwe. 5. D. S. 419.
Hoffmann, Schneider. 10. D. L. 533.
Hoffmann, J. G. M., Conditor. 2. D. S. 107.
Hoffmann, Schuhmachermstr. 16. D. S. 1098.
Hoffmann, Casp., Goldspinner. 5. D. L. 240.
Hoffmann, Gg., Privatier. 10. D. S. 733.
Hoffmann, Gg., Metallschlager. 18. D. L. 1049.
Hoffmann, Jak., Waagmacher. 29. D. L. 3.
Hoffmann, städt. Wegmacher. 27a. D. L. 85b.
Hoffmann, Marg., Briefträgerswwe. 13. D. S. 940.
Hoffmann, Heinr., Postconducteur. 9. D. L. 458.
Hoffmann, Wolfg., Zirkelschmied. 4. D. L. 220.

Hoffmann, Pankratius, Privatier. 10. D. S. 720.

Hoffmann, K. Wilh., Einsammler f. Krankenh. 4. D. S. 323.

Hoffmann, Gust., Kaufmann. 8. D. S. 602.

Hoffmann, J., Schneidermeister. 23. D. L. 1429.

Hoffmann, Heinr., Gärtner. 19. D. S. 1283a.

Hoffmann, J., Schuhmacher. 21. D. L. 1272.

Hoffmann, Polirermstrswwe. 32. D. S. 30.

Hoffmann, Elise, Büglerin. 25. D. S. 1651.

Hoffmann, Anna Marg., Näherin. 5. D. S. 383.

Hoffmann, Elise, Scheibenzieherswwe. 9. D. S. 443.

Hoffmann, Barb., Auslauferswittwe. 16. D. S. 1141.

Hoffmann, Barb., Schneiderswwe. 2. D. S. 157.

Hoffmann, Kath., Zinnmalerin. 9. D. S. 636.

Hoffmann, Marg., Malerin. 18. D. L. 1092.

Hoffmann, Marie u. Christine, Zinnmal. 4. D. S. 208.

Hoffmann, Gg. Christ., Gärtner. 30. D. S. 197.

Hoffmann, M. Magd., Wittwe, Büttnermstr. 13. D. S. 927.

Hoffmann, J., Taglöhner. 19. D. S. 1309.

Hoffmann, J. L., Taglöhner. 31. D. S. 104.

Hoffmann, Joh., Gebr., Stecknadelmachwwe. 17. D. S. 1229b.

Hoffmann, Mich., Tünchergeselle. 28. D. L. 96.

Hoffmann, Elise, Zuspringerin. 18. D. S. 1257b..

Hoffmann, Gg., Holzhauer. 17. D. L. 974.

Hoffmann, Steph., Fabrikarbeiter. 17. D. L. 988.

Hoffmann, Abrah., Fabrikarbeiter. 22. D. S. 1193.

Hoffmann, Gg., Schlossergeselle. 10. D. L. 521.

Hoffmann, Joh., Eisenbahnschmied. 17. D. L. 959.

Hoffmann, Conr., Eisenbahnarbeiter. 24. D. S. 1581.

Hoffmann, Ferd., Schlosser. 28. D. L. 106.

Hoffmann, Gg., Schneidergeselle. 10. D. L. 533b.

Hoffmann, Gg., Fabrikarbeiter. 11. D. S. 791.

Hoffmann, Kunig., Weberswittwe. 32. D. S. 94.

Hoffmann, Lorenz, Tabakarbeiter. 32. D. S. 37.

Hoffmann, Carl, Getraidmesser. 15. D. L. 813.

Hoffmann, Andr., Eisenbahnschreiner. 26. D. S. 13.

Hoffmann, Jos., Polizeisoldat. 26. D. L. 52.

Hoffmeier, J. Sam., Büttnermeister. 14. D. S. 968.

Hoffmeier, Joh., Wirthschaftspächter. 27a. D. L. 17b.

Hofmeier, Joh., Steinhauergeselle. 27. D. L. 98.

Hofmeier, J. Ulr., Maurergeselle. 18. D. S. 1272.

Hofmeister, Joh., Pfragner. 30. D. L. 37f.

Hofmockel, Christ., Mühl-Arzt. 26. D. L. 72.

Hofmockel, Pauline, Kanzleirathswwe. 1. D. S. 89.

Hofmogel, Kunig., Händlerin. 29. D. L. 3.

Hofmogel, Joh. G., Pflasterergeselle. 29. D. L. 3.

Hofnagel, Leonh., Zimmergeselle. 18. D. S. 1277b.

Höffner, Marg., Taglöhnerin. 26. D. L. 66.

Höger, Jac., Schlossergeselle. 27a. D. L. 30.

Höger, Lor., Fabrikschreiner. 27b. D. L. 174.

Högendörfer, Steph., Taglöhner. 31. D. S. 103.

Högner, Anna Marie, Weberswwe. 17. D. S. 1238.

Höh, Gg., Tapezier. 6. D. S. 483.

Hohbach, Louise, Pfarrerstochter. 25. D. L. 1575.

Hohe, Frdr., Schuhmachermeister. 26. D. L. 87b.

Hohener, J. Albr., Privatier. 16. D. L. 873a.

Hoheneder, J., Fabrikarbeiter. 22. D. S. 1484.

Hohendonner, Ludw., Privatier. 18. D. L. 1102.

Hohenacker, Gg., Fabrikschreiner. 29. D. S. 187.

Hohenester, J. Bapt., Fabrikschmied. 21. D. S. 1391.

Hohloch, P., Messerschmiedmeister. 3. D. L. 148.

Hohlreißer, Mich., Güterlader. 17. D. L. 969a.

Hohlweg, Thom., Groß-Uhrmacher. 20. D. L. 1209.

Hohlweg, Gg., Wirth z. blauen Stern. 6. D. S. 438.

Hohlweg, Bernh., Großpfragner. 5. D. S. 429.

Hohlweg, J. Ad., Frauenkleidermacher. 17. D. L. 989.

Hohmann, J. W., Sattlermeister. 4. D. S. 294.

Hohmann, Marg., Wittwe. 16. D. L. 886.

Hohmann, Frz. Heinr., Spielwaarenm. 12. D. L. 610a.

Höhn, J. D., Schlossermeister. 6. D. L. 343aa.

Höhn, Chrstph., Conditor. 1. D. S. 24.

Höhne, Christ., Hauptzollamtsassistent. 10. D. L. 526.

Hohnbaum, Ernst, Bleistiftfabrikant. 30. D. S. 168c.

Hohnhausen, J. Andr., Wirthschaftsbes. 32. D. S. 144b.

Hohwald, Aug., Tapezier. 26. D. L. 90.

Hohwald, Tapezier. 6. D. L. 320a.

Hoell, J. Gg., Privatier. 5. D. L. 289.

Holler, Joh., Schmiedmeister. 19. D. L. 1100.

Hollederer, Marg., Schreinerswwe. 20. D. S. 1341.

Hollederer, M., Zugeherin. 7. D. S. 520b.

Hollederer, J. Gg., Fabrikarbeiter. 22. D. L. 1329.

Hollederer, Reg., Fabrikarbeiterswwe. 23. D. L. 1423.

Holderer, Jak., Taglöhner. 22. D. L. 1328.

Hollfelder, Gg., Gärtner. 31. D. S. 100.

Holfelder, A., Schneidermeister. 14. D. S. 100.

Höllfritsch, Elise, Wittwe. 26. D. S. 66.

Höllfritsch, Heinr., Büchsenmacher. 7. D. S. 502.

Höllfritsch, Ludw., Spielwaarenfabr. 21. D. S. 1410.

Höllfritsch, Heinr., Spielwaarenmacher. 12. D. S. 835.

Hollenbach, Friedr., Wittwe. 13. D. L. 704.

Höllriegel, Mar., Citronen u. Südfrüchte. 17. D. L. 954

Holzapfel, J., Musiker. 7. D. S. 498.

Holzapfel, Marie, Näherin. 4. D. L. 183.

Hölzel, Heinr., Portefeuilleur. 13. D. L. 896.

Holzer, J. J., Gastw. z. Lindwurm. 15. D. L. 839.

Holzhaußen, Kaufmann. 16. D. L. 877.

Holzhaußen, Ros., Wittwe, privatisirt. 7. D. L. 398a.

Holzheimer, Fridr., Dachdecker. 9. D. S. 620.

Holzheimer, Frdr., Dachdecker. 16. D. S. 1082.

Holzheimer, Casp., Blumenmacher. 16. D. S. 1137.

Holzheimer, Marg., Blumenmacherin. 6. D. S. 469c.

Holzheimer, Mart., Fabrikarbeiter. 28. D. L. 70.

Holzinger, Frdr., Fabrikschreiner. 17. D. S. 1209.

Holzinger, Gottfr., k. Aufschläger. 4. D. L. 197a.

Holzinger, Carl, Maschinenschlosser. 30. D. L. 26.

Holzinger, Gg., Zimmergeselle. 30. D. L. 25.

Holzinger, Gg., Eisenhammerwerksbes. 30. D. L. 24.

Holzmann, S., Spiel= u. Cartonagefabr. 19. D. S. 1300.

Holzmann, Joh., Hopfenarbeiter. 10. D. S. 691.

Holzmann, J. Gg., Fabrikarbeiter. 20. D. S. 1369.

v. Holzschuher, H., Freih., k. Rentbeamt. 1. D. L. 6b.

v. Holzschuher, Freib., k. Rittmeister. 4. D. S. 306.

v. Holzschuher, pens. Hauptmann. 8. D. S. 549.

v. Holzschuher, Freifrau, Carol. 7. D. S. 485.

v. Holzschuher, Freifrau. 8. D. S. 549.

v. Holzschuher, Reg., Freiin. 32. D. S. 116.

v. Holzschuher, Mar. Anna, Freiin. 15. D. S. 1032a.

Holzschuher, Frz., Conducteur. 30. D. L. 37c.

Hönig, Carl, k. Lieut. d. Sanit.=Comp. 1. D. L. 59.

Hönig, J. Christ., Maler 14. D. L. 760.

Hönig, Carl, Bankcommis. 4. D. L. 184.

Hönig, Andr., Posamentier. 4. D. L. 188.

Honika, J. P., Glaser u. Glasbeleger. 27. D. L. 55.

Hopp, J. Gg., Schneller. 12. D. L. 650.

Hopp, Frdr., Kleidermacher. 8. D. S. 585.

Hoppe, Gg., k. Regim.=Quartiermeister. 6. D. L. 325b.

Höppel, J., Gartenbesitzer. 30. D. S. 171.

Hoppert, Magd., Rothschmiedswwe. 18. D. S. 1279.

Hopf, Rektor der Handelsschule. 12. D. L. 596b.

Hopf, J., Hopfenhdlg. (F.: Hopf u. Söhne.) 30. D. L. 20b

Hopf, Steph., Kaufmann. 30. D. L. 20b.

Hopf, Sigm., Kaufmann. 30. D. L. 20b.

Hopf, Ig., Cantor b. St. Aegydien. 20. D. S. 1384.

Hopf, Wolfg., Ultramarin-Arbeiter. 18. D. L. 1064.

Hopf, Joh., Schreinermeister. 18. D. L. 1091.

Hopf, Conr., Schneidermstr. 7. D. S. 539.

Hopf, Leonh., Schneidermeister. 28. D. S. 151.

Hopf, Wilh., ledig. 9. D. S. 661.

Höpfel, M., Kaufmannswwe. 15. D. S 1020.

Hopfengart, J. Mich., Uhrmacher. 24. D. S. 1618.

Höpfner, Gg., Schriftsetzer. 29. D. S. 225.

Hopfner, Jos., Kammmacher. 22. D. L. 1364.

Hoppichler, Ant., Schreiner. 10. D. S. 689.

Hopfensitz, Joh., Hopfenhändler. 27b. D. L. 168.

Hörauf, J. Andr., Kammmachermeister. 18. D. L. 1091b.

Hörauf, Marg., W.berswwe. 17. D. S. 1213.

Hörauf, J. Gg., Buchdrucker. 20. D. L. 1224.

Horbach, J., k. Stadtgerichts-Assessor. 19. D. S. 1308.

Horcher, Ignatz, Schlosser. 16. D. S. 1134.

Hörig, Johanne, Wittwe. 24. D. L. 1460.

Hörl, Magd., Landesproduktenhändlerswwe. 12. D. L. 644.

Hörl, J. Ludw., Wirthschaftspächter. 28. D. S. 163.

Hörl, Marie, Fabrikarbeiterin. 23. D. S. 1530.

Horlamus, Conr., k. Oberlieutenant. 15. D. L. 788.

Hormes, Joh., Postconducteur. 11. D. L. 541.

v. Hörmann'sche Reliften. 23. D. S. 1563.

Hörrmann, Wolfg., Kaufmann. 28. D. L. 99.

v. Hörrmann, k. Bezirksgerichtsrath. 2. D. L. 88.

Hörrmann, Marg., Wirthswittwe. 1. D. L. 65.

Hörrmann, Ed., Bahnwärter. 28. D. (Bahnhof.)

Hörmann, Friederike, Leichenfrau. 5. D. L. 256.

Horn, Mich., Rosoli- u. Liqueurfabrikant. 14. D. S. 983.

Horn, Gg., Rosolifabrikantenwittwe. 15. D. S. 1012.

Horn, Frdr., Rosolifabrikant. 12. D. S. 856.

Horn, Conr. Theod., Rosolifabrikant. 1. D. S. 13.

Horn, Wilh., pens. Hauptmann. 27b. D. L. 106.

Horn, Lor. Chrstn., Rosolifabrikant. 23. D. L. 1391.

Horn, Conr. August, Rosolifabrikant. 15. D. L. 847.

Horn, Matth. Gg., Gastw. z. goldnen Bären. 15. D. L. 844.

Horn, Mich., Schneidermeister. 24. D. S. 1597.

Horn, Karl, Rechnungs-Assistent. 13. D. S. 929.

Horn, Anna, Rosolifabrikantenwwe. 15. D. L. 847.

Horn, J. Leonh., Eisenbahnbedienst. 26. D. L. 50b.

Hornauer, Joh., Rendant. 20. D. L. 1210.

Hornauer, Kath., Fabrikarbeiterswwe. 25. D. S. 1656.

Hornberger, Frdr., Sattlergeselle. 28. D. S. 164.

Hörner, Gg., Tabakarbeiter. 22. D. L. 1330.

Hörner, Carl, Spezereihandlung. 5. D. L. 269a.

Hörner, J., Garkoch. 26. D. L. 86c.

Hörnlein, Frdr., Drechslermstr. 27b. D. L. 117.

v. Hornstein, Ath., k. Oberl. im 1. Chev.-Reg. 26. D. L. 51.

Horntasch, J., Fuhrwerksbesitzer. 23. D. L. 1416c.

Hornung, J. Andr., Geflügelhändler. 14. D. S. 966.

Hornung, Heinr., Fabrikarbeiter. 12. D. L. 579b.

Hornung, J., Fuhrmannswittwe. 5. D. S. 416.

Hoseneder, Gg., Zimmergeselle. 28. D. L. 94.

Hoseneder, Conr., Dosendreher. 27b. D. L. 130.

Hösch, Joh., Uhrmacher. 5. D. S. 524.

Hösch, Marcus, Drechsler. 13. D. S. 937.

Hösch, Carl, Maler. 4. D. S. 300.

Hösch, M., Wittwe. 22. D. L. 1302.

Hösch, Fr., Schriftsetzer. 1. D. L. 69a.

Hösch, J. M., Unterhändler. 23. D. L. 1423.

Hösch, Anna, Tünchergesellenwwe. 27a. D. L. 51.

Hösch, Conr., Zimmergeselle. 27a. D. L. 51.

Hösch, Jak. Pet., Zimmergeselle. 24. D. L. 1450.

Hösch, Marie, Maurermeisterswwe. 24. D. L. 1489.

Hösch, Dor., Tünchermeisterswwe. 17. D. S. 1203.

Hösch, Kath., Tünchergesellenwwe. 27a. D. L. 52.

Hösch, Moritz, Tünchergeselle. 17. D. L. 998.

Hösch, Lor., Knopfmacher. 1. D. S. 70b.

Hösch, Marie, Knopfmacherswwe. 2. D. S. 107.

Hösch, Elise, Blumenmacherin. 29. D. S. 205.

Hösch, Carl, Bremser. 30. D. L. 11a.

Hösch, Gg., Steinmetzengeselle. 30. D. L. 18.

Höschel, Gabr., Schnittwaarenhandlung. 15. D. L. 819.

Hotz, Jos., Polizeisoldat. 8. D. S. 592b.

Hoye, J., Instrumentenmacher. 9. D. S. 628.

Huber, Marie, Professorswwe. 3. D. S. 235a.

Huber, J., (F.: J. Huber u. Co.) Manufacthdlg. 9. D. L. 470.

Huber, Jean, Kaufmann. 8. D. L. 434.

Huber, R., Kaufmannswwe. 1. D. L. 43.

Huber, A. M., Weinhändlerswwe. 30. D. L. 127.

Huber, Heinr., Weißwaarenhandlung. 12. D. S. 870.

Huber. jun., Frdr., Schneidermeister. 12. D. S. 855a.

Huber, Gg. Frdr., Kleiderm. u. Magazin. 12. D. S. 822a.

Huber, J. Gg., Kleidermacher. 16. D. L. 873.

Huber, Constantin, Beutlermeister. 17. D. S. 1190.

Huber, Mich., Tuchbereiter. 10. D. L. 505.

Huber, Frdr., Schuhmacher. 24. D. L. 1458.

Huber, Conr., Musiker. 24. D. L. 1506.

Huber, J., Musiker. 29. D. L. 15.

Huber, J., Lackirer. 2. D. S. 152.

Huber, Joh. Bapt., Bader. 20. D. L. 1208.

Huber, Gabriel, Zimmermaler. 3. D. S. 170.

Huber, Jac., Wwe., Versatzkäuflin. 11. D. L. 536b.

Huber, Marg., Wittwe. 27a. D. L. 64.

Huber, Elise, Cantorswittwe. 4. D. L. 209.

Huber, Dorothea M., Wittwe. 23. D. S. 1550.

Huber, Kath., Näherin. 24. D. L. 1488c.

Huber, J., Viktualienhändler. 25. D. L. 1552.

Huber, Regine, Cigarrenmacherin. 18. D. L. 1053.

Huber, M., Eisengießer. 27. D. S. 116.

Huber, Joh., Zimmergeselle. 26. D. L. 37.

Huber, Mich., Fabrikarbeiter. 27b. D. L. 93.

Huber, Nic., Gesinde-Verdinger. 27a. D. L. 56.

Huber, Sim., Kammmachergeselle. 2. D. S. 107.

Huber, J. Mart., Fabrikarbeiter. 28. D. L. 85.

Huber, Mich., Herrschaftskutscher. 15. D. S. 1009b.

Huber, Albr., Tünchergeselle. 22. D. L. 1330.

Huber, J. Gg., Wagenwärter. 16. D. L. 890.

Huber, J. Mart., Ultramarinarbeiter. 16. D. L. 925.

Huber, J. Phil., Privatier. 15. D. L. 824.

Hubmann, Andr., Kunstgärtner. 32. D. S. 93.

Hubmann, Gg., Bleistiftmacher. 27a. D. L. 34.

Hubmann, Paul, Bleistiftarbeiter. 18. D. L. 1075.

Hubener, Joh., Güterbestätter. 19. D. L. 1114.

Hubner, Anna, Güterbestätterswwe. 18. D. L. 1004.

Hübner, J. Gg., Hornpressermstr. 17. D. L. 969.

Hübner, Conr., Magazinier. 30. D. S. 8.

Hübner, Anna, Rothschmiedswwe. 25. D. S. 1671.

Hübner, Christ., Müllergeselle. 2. D. L. 78.

Hübner, Thom., Lumpensammler. 21. D. L. 1264.

Hübner, Gg., Fabrikarbeiter. 7. D. S. 519.

Hübner, Christine, Näherin. 27a. D. L. 57a.

Hübschmann, Chrst., Wirthsch. z. Mohrenkeller. 2. D. L. 96.

Hüftlein, J. Dan., Broncefabrikant. 24. D. L. 1480.

Huck, Joh., Lackirer. 23. D. L. 1416c.

Huck, A., Dosenmacherswwe. 5. D. S. 433.

Huck, Marie, Bremsenwärterswwe. 28. D. L. 97.

Huck, Steph., Steinmetzenmeisterswwe. 1. D. L. 53.

Huck, Joh., Dosenmacher. 18. D. L. 1063a.

Huck, J. G., Mechaniker. 21. D. L. 1266.

Huck, Joh., Dosenfabrikant. 18. D. L. 1093a.

Hüller, Kunig., Kaufmannswittwe. 20. D. S. 1388b.

Hüller, Gg., Lohndiener. 4. D. L. 172.

Hüller, Christ., Zimmergeselle. 18. D. L. 1032.

Hüller, Elis., Zugeherin. 4. D. S. 276.

Hummel, J. Gg., Metzgermeister. 1. D. L. 22.

Hummel, Heinr., Barbier. 3. D. L. 140.

Hummelmann, Mich. Pet., Gastwirth. 21. D. S. 1434.

Hummelmann, M. E., Pfragnerswwe. 9. D. L. 469.

Hummer, Lor., Sattler. 18. D. L. 1045.

Hummer, Gg., Thorschreiber. 18. D. L. 1076.

Hümmer, J. Gg., Brauereibesitzer. 19. D. L. 1006.

Hümmer, Regine, Privatierswwe. 4. D. L. 214.

Humbser, Frdr., Farbmacher. 26. D. L. 49b.

Hundsdörfer, Emeran, Kammmacher. 29. D. S. 225.

Hunger, J. Ant. Jos., Metalldrechsler. 24. D. S. 1627.

Hunger, Gg., Fabrikarbeiter. 28. D. S. 166.

Hunner, Ferd., Fabrikschreiner. 22. D. S. 1446.

Hünerkopf, Frd., Drechslermstr. 24. D. S. 1628.

Huppel, Frz., Fabrikarbeiter. 24. D. S. 1614.

Hupfer, J. Ulr., Schweinmetzger. 10. D. S. 749.

Hupfer, Gg., Tünchergeselle. 29. D. S. 203b.

Hupfer, Paul, Fruchtträger. 28. D. S. 147.

Hupfer, Joh., Dachdeckergeselle. 27. D. S. 91.

Hupfer, Barb., Zugeherin. 29. D. S. 205.

Hupfer, Kath., Zugeherin. 29. D. S. 183.

Huppmann, Stadtgerichtsbote. 22. D. S. 1506.

Hursach, Wilh., Spielwaarenmacher. 24. D. L. 1456.

Hurst, Anna Marg., Maurermstrswwe. 26. D. S. 15.

Hurst, Marg., Wittwe. 30. D. L. 37g.

Hurst, Marg., Cigarrenmacherin. 24. D. S. 1628.

Huseneder, Joh., Fabrikarbeiter. 8. D. S. 561b.

Hußeneder, Steph., Drechslergeselle. 27a. D. L. 51.

Hussendörfer, Conr., Tuchbereiter u. Decat.. 4. D. S. 267b.

v. Huschberg, Kath., Baudirectorstochter. 14. D. L. 769.

Huter, Wilh., Kassierswwe. 5. D. S. 398.

Hutter, Jos., Fabrikarbeiter. 21. D. L. 1300.

Hütter, J. Adam, Fabrikarbeiter. 18. D. L. 1004.

Hüttensteinacher Eisenniederlage. 1. D. L. 43.

Hütter, Gg. Frdr., Wirthsch. z. Jammerthal. 10. D. S. 668.
Hütter, Joh., Rendant. 9. D. S. 614.
Hütter, J. Fr., Weinhdlr. z. schwarz. Adler. 8. D. L. 434.
Hütter, Chrstn., Vergolder. 4. D. L. 215a.
Hütter, J. Gg., Vergolder. 19. D. L. 1143b.
Hütter, Conr., Kupferdrucker. 18. D. L. 1027.
Hütter, Anna, Verdingerin. 12. D. S. 823.
Huth, J. J., Leistenschneider u. Sattelbaumm. 24. D. L. 1459.
Huth, W., Spielw.-Gesch., Verpack-Anst. 8. D. S. 563.
Hüttinger, Ludw., Materialverwalter. 25. D. S. 1695.
Hüttlinger, Ludovika u. Josepha, privat. 25. D. S. 1709.
Hüttlinger, J. Jac., (F.: E. Held seel. Erben.) 20. D. L. 1206.
Hüttner, Ant., Wagenwärter. 17. D. L. 941.
Hüttner, Kunig., Wwe., Tabakfabrik. 2. D. S. 101.
Hüttner, Joh., Brauereibesitzer. 19. D. L. 1137.
Huttner, Joh. Nep., Feilenhauer. 12. D. L. 646.
Huttula, Ant., Kupferstecher. 6. D. S. 469a.
Huttula, Wilhelm, Feingoldschlager. 27. D. L. 57.
Huttula, Marie, Kupferstecherswwe. 5. D. S. 365.
Hutzelmeier, Joh., Cassier. 7. D. L. 369.
Hutzelmeier, J. Ad., Posamentier. 9. D. L. 478.
Hutzelmeier, J. A., Posamentier. 1. D. S. 63b.
Hutzelmeier, J. Jak., Rothschmiedmeister. 1. D. L. 59.
Hutzelmeier, J. Paul, Rothschmiedmeister. 15. D. S. 1025.
Hutzelmeyer, Rothschmdrchslrmstr., Relikt. 25. D. S. 1649.
Hutzler, Babette, Fräulein. 2. D. L. 87.
Hutzler, Jak., Eisengießer. 16. D. S. 1103.
Hutzler, J., Gasfabrikarbeiter. 21. D. L. 1259.
Hutzler, Joh., Gärtner. 32. D. S. 64b.

J.

Jacob, Melch., Schneidermeister. 17. D. S. 1182.
Jacobi, Friederike, Privatierswwe. 6. D. L. 293b.
Jacobi, Babette, Fräulein. 19. D. L. 1157.
Jökel, Polizei-Actuar. 14. D. S. 982.
Joekel, Reg., Leichenfrau. 22. D. S. 1499.
Jaffe, Phil., Missionsprediger. 30. D. L. 85.
Jäger, Joh., Dr. jur., k. Advokat. 24. D. L. 1452.
Jäger, Joh. S. Gottfr., Pappw.-Verf. 21. D. L. 1268.
Jäger, Joh., Portefeuiller. 18. D. L. 1092.
Jäger, Heinr., Spielwaarenfabrikant. 4. D. L. 221.

Jaeger, Gg., Kammmachermeister. 24. D. L. 1515.

Jaeger, Gg., Tapezier. 5. D. L. 247.

Jäger, Phil., Strumpfwirker. 15. D. L. 784.

Jäger, Paul, Siebmacher. 4. D. S. 261.

Jäger, J. Kammmacher. 25. D. L. 1515.

Jaeger, Ant. Jak., Assistent. 12. D. S. 856.

Jäger, C., Kunstmaler. 13. D. S. 921.

Jäger, Marg., Buchdruckerswwe. 15. D. S. 1018.

Jaeger, Marg., Lumpenhändlerin. 29. D. S. 210.

Jahn, J., Kürschner u. Magistratsrath. 1. D. S. 69.

Jahn, Christ. Andr., Buchbindermeister. 8. D. S. 565a.

Jahn, Gg. Nic., Conditor. 1. D. S. 67.

Jakob, Walb., Kammarbeiterin. 22. D. L. 1344.

Jakob, Kath., Nachtlichtermacherin. 27b. D. L. 174.

Jaksch, Wenzel, Webermeister. 6. D. S. 459.

v. Jan, Dr., Frbr. 14. D. S. 1001b.

Jänicke, Magd., Näherin. 18. D. L. 1067.

Jaud, Casp., Wagenwärter. 30. D. L. 29b.

Iberl, k. q. Bezirksgerichtsrath. 2. D. S. 166.

Iberl, Gg., Wagenwärter. 29. D. L. 35.

Ichenhäußer, Sal., Banquier. 6. D. L. 334.

Jegel, Marg., Posamentierswwe. 26. D. L. 84.

Jegel, J. Dav. (F.: Ernst Jegel) Posamentier. 13.D.S. 897.

Jegel, Wilh., Kartätschenmachermeister. 17. D. L. 961.

Jegel, Andr., Mechaniker. 17. D. L. 961.

Jemüller, Phil., Zugeherin. 12. D. L. 643.

Igl, J. Bapt., Schuhmachermeister. 24. D. L. 1485.

Ihle, J. S., Commissionär. 8. D. L. 326a.

Ilgen, Ludw., Rechtsconcipient. 5. D. L. 261.

Ilgenfritz, J. Ad., Bäcker. 13. D. S. 942.

Ilgenfritz, Marie, Privatierin. 14. D. S. 961.

v. Imhof, Sigm., k. Bahn-Expeditor. 28. D. L. 90.

v. Imhof, k. pens. Hauptmann. 3. D. L. 136.

v. Imhof, Gustav, Kaufmann. 5. D. S. 389.

Insam u. Prinoth, Manufacturwaarenhdlg. 9. D. L. 445.

Insam, Eduard, Gas-Installateur. 15. D. S. 1019.

Inßenhofer, Johann. 12. D. L. 590d.

Insenhofer, Barb., Näherin. 28. D. L. 58.

Inselberger, J. Gg., Zimmergeselle. 26. D. S. 21.

Institut d. Correspond. v. u. f. Deutschland. 12. D. S. 807.

Interwies, Reg.-Quartiermeister. 25. D. S. 1692.

Joch, Frbr., Maler. 24. D. L. 1471.

John, Carl Ferd., Wagenwärter. 22. D. L. 1320a.

Jokisch, Barb., Kaufmannswittwe. 20. D. L. 1249.
Jordan, Gg. Mart., Maler. 11. D. L. 553.
Jordan, Th., Fräulein. 23. D. S. 1570.
Jordan, Gg. Christ., Kammmachermstr. 12. D. L. 587.
Jordan, A. Barb., Schuhmachermstrswwe. 28. D. S. 165.
Jordan, Ulr., Lackirer. 19. D. S. 1323.
Jordan, Leonh., Holzhauer. 14. D. L. 722.
Jordan, Babette, Fabrikarbeiterin. 22. D. L. 1328.
Jordan, J., Fabrikarbeiter. 30. D. S. 154.
Jordan, Jak., Zimmergeselle. 29. D. L. 25.
Jörg, Heinr., Güterschaffner. 19. D. L. 1126.
Jost, Zach., Arbeiter. 23. D. L. 1436.
Irmisch, Gust., Prof. a. d. polyt. Schule. 25. D. S. 1692.
v. Ista, Sophie, privatisirt. 25. D. S. 1701b.
Ißler, Emanuel, Graveur. 6. D. S. 469c.
Ißmayer, J. Andr., Flaschnermeister. 4. D. S. 286.
Ißmayer, J. Mich., Flaschnermeister. 25. D. S. 1685.
Ißmaier, Phil., Metallgraveur. 24. D. L. 1448.
Ittner, Pet., Gartenbesitzer. 30. D. S. 193.
Ittner, Joh., Gärtner. 32. D. S. 65a.
Ittner, Gg., Holzhauer. 30. D. L. 9.
Itzel, Gg., Maler. 13. D. S. 931.
Jubitz, Ros. Barb., Portef.-Arbeiterin. 12. D. S. 855a.
Jung, Frdr., Maschinenwärter. 16. D. S. 1083.
Jung, Pächter d. Caffé Noris. 1. D. L. 7a.
Jung, Val., Maler. 1. D. L. 55.
Jung, Caroline, Kleidermacherin. 20. D. L. 1210.
Jung, Marie, Näherin. 8. D. S. 575b.
Jung, J. Andr., Wirthschaftsbesitzer. 5. D. L. 243.
Jung, Gg., Schuhmachermstr. 17. D. S. 1235.
Jung, Carl, Fabrikarbeiter. 27b. D. L. 114.
Junge, Max, Holzgalanteriewaarenfabrik. 8. D. S. 593.
Jungert, Peter, Bleistiftarbeiter. 24. D. L. 7.
Jungert, J. Christph., Maurergeselle. 28. D. L. 71.
Jungert, Gg., Privatier. 9. D. S. 633.
Jungert, Leonh., Steinhauergeselle. 21. D. L. 1273.
Jünginger, Gg. Wilh., Privatier. 26. D. L. 62a.
Jünginger, Christ. Gottfr., Tuchhandlung. 1. D. S. 6.
Junghauns, Joh. Gottfr., Schreinermeister. 10. D. S. 405b.
Jüngling, Fr., pens. Actuar. 19. D. L. 1151.
Jungkunz, Joh., Schneidergeselle. 4. D. S. 304.
Jungmann, Phil., Lehrer. 23. D. L. 1378.
Jungmann, Herm., Kunsthandlung. 12. D. L. 601.

Junker, Fräulein, Privatlehrerin. 9. D. L. 457.
Junkert, J. Mich., Polizei-Offiz. 3. D. S. 210b.
Junkert, J. Gg, Hafnermeister. 25. D. L. 1532.
Jürgens, J., Gärtner u. Wirth. 32. D. S. 105.
Jürgens, Franz, Gärtner. 32. D. S. 29.

K.

Kabel, Marie, Kammmacherswwe. 6. D. L. 343aa.
Kachelmeier, Lisette, Kleidermacherin. 9. D. S. 616.
Kachelrieß, Melch., Kramkäufel. 14. D. S. 967.
Kachelrieß, Carl, Fabrikarbeiter. 12. D. L. 636b.
Käffer, Anna, Fabrikarbeiterswwe. 10. D. L. 528.
Käferlein, Friedr., Schuhmachermstr. 3. D. L. 154.
Käferlein, J. Gg., Commis. 6. D. L. 311.
Käferlein, Conr., Metzgermeister. 27. D. L. 57a.
Käferlein, Leonh. Pet., Wasserwerksaufseher. 16. D. L. 895.
Käferlein, Nicol., Zinngießer. 1. D. S. 37.
Käferlein, J. Fr., Fabrikarbeiter. 15. D. L. 811.
Käferstein, Joh., Privatmann. 25. D. L. 1519.
Käferstein, Joh., Gärtner. 21. D. L. 1273.
Käferstein, Conr., Bierwirth 24. D. S. 1580.
Kägelein, J., Drechslermeister. 9. D. L. 462.
Kaiser, J. Gg., Mechaniker. 13. D. L. 694a.
Kaiser, J., Kunstgärtner. 6. D. S. 484.
Kaiser, Joh., Rothgießermeister. 16. D. S. 1109.
Kaiser, Mart., Rothschmied. 4. D. S. 304.
Kaiser, Erh., Kräuterhändlerin. 23. D. L. 1410.
Kaiser, Gottl., Schneidergeselle. 20. D. L. 1219.
Kalb, Gg. Mart., Banquier. 1. D. L. 40.
Kalb, Pet. Conr., Optikus. 7. D. S. 545.
Kalb, Elias, Optiker. 24. D. L. 1509.
Kalb, Gg. Christ., Zinngießermeister. 12. D. S. 868.
Kalb, Joh., Goldschläger u. Kramkäufel. 1. D. S. 61.
Kalb, Conr., Bäckermeister. 20. D. L. 1252.
Kalb, Konr., Optikus. 5. D. S. 379.
Kalb, Babette, Maurermeisterswwe. 23. D. S. 1530.
Kalb, Conr. Math., Gastwirth. 21. D. S. 1445.
Kalb, Peter, Tünchermeisterswwe. 24. D. S. 1604.
Kalb, J. Paul, Schneidermstrswwe. 1. D. L. 68.
Kalb, Susette, Privatierswwe. 23. D. L. 1383.
Kalb, Marie, Kleidermacherin. 19. D. S. 1329.

Kalb, Phil., Arbeiter. 22. D. L. 1328.

Kalb, Marg., Oblatenbäckerin. 1. D. L. 69b.

Kalb, Nic. Mich., Auslaufer. 5. D. S. 416.

Kalb, Andr., Bleiftiftarbeiter. 22. D. L. 1329.

Kalb, Gg., Nagelschmiedmeister. 14. D. L. 760.

Kalb, J. L., Zirkelschmied. 13. D. L. 699.

Kalb, Christ., Auslaufer. 25. D. L. 1557.

Kalb, Frdr., Fabrikarbeiter. 10. D. S. 740b.

Kalb, Marie, Zugeherin. 32. D. S. 134.

Kälker, Lor. Gottl., Schlossermeister. 19. D. L. 1163.

Kalkovsky, Joh., Fabrikarbeiter. 27. D. S. 124.

Kallert, Kath., Näherin. 17. D. S. 1180.

Kamm, J., Schuhmacher. 23. D. L. 1439.

Kamm, Adam, Fabrikarbeiter. 19. D. L. 1113.

Kammerer, J. E. P., k. Bezirks-Cassier. 20. D. L. 1183.

Kammerer, Jak., Kärner. 18. D. L. 1077.

Kämmerer, Erh., Gastw. z. weißen Lilie. 20. D. S. 1362.

Kampensis, J., Schuhmachermeister. 20. D. S. 1339a.

Kämpf, Gustav, Schellenmacher. 13. D. L. 709.

Kämpf, Gottlieb, Schellenmacher. 17. D. L. 996b.

Kann, Carl, Hopfenhändler. 8. D. L. 413.

Kann, Sam., Kaufmann. 5. D. L. 288.

Kann, Jak., Hopfenhändler. 13. D. S. 917.

Kannbäußer, Frdr, Zimmergeselle. 27. D. S. 124.

Kantelieder, J., Schreinermeister. 5. D. S. 371.

Kantensieder, Martin, Galanterieschreiner. 10. D. S.677.

Kanzler, Leonh., Hafnergeselle. 22. D. L. 1324.

Kapp, Leonh., Bäckermeister. 4. D. S. 316.

Kapp, Lisette, Dosenfabrikantenwwe. 32. D. S. 57.

Kappelmeyer, Ludw., Spezereihandlung. 8. D. L. 407.

Kapfenberger, Gg., Packträger. 25. D. L. 1543.

Kapfenberger, Gg., Steinhauer. 27a. D. L. 51.

Kapfer, Heinr., Privatier. 20. D. S. 1356.

Kapfer, Hofrathswittwe. 20. D. S. 1356.

Karg, Gg., Adam, Rotbschmiedsdrechsler. 16. D. S. 1113.

Karg, Jos., Lackirer. 6. D. S. 464.

Karg, Jos., Wegmacher. 27a. D. L. 85a.

Karg, Max, Schreinergeselle. 26. D. S. 37.

Kargel, Conr., Steinmetz 23. D. L. 1437.

Kargel, Anna, Sandträgerin. 15. D. S. 1067.

Kargel, J. Leonh, Holzhauer. 17. D. S. 1238.

Kargel, J., Maurergeselle. 18. D. L. 1082.

Kargel, Carl, Steinmetzengeselle. 27. D. L. 116.

Karl, Anna, Papparbeiterin. 16. D. S. 1134.

Karl, Joh., Maurergeselle. 26. D. L. 87b.

Karl, Clara, Näherin. 222.

Kärnlein, J. Ad., Messinggußwaaren. 16. D. L. 851.

Käser, J. Dav., Metzgermstr. 17. D. L. 987a b.

Käser, Leonh., Kuttler. 20. D. L. 1249.

Käser, Gg. Leonh., Rottmeister. 18. D. S. 1245c.

Käser, Leonh., Färbergeselle. 25. D. S. 1697c.

Karsmann, Chr. Frdr., Todtenwärter. 22. D. L 1322.

Kassenreuther, Veron., Forstmstrswwe. 1. D. S. 39a.

Käßler, J. Pet., Lehrer. 2. D. L. 97.

Käßler, Elis., Zugeherin. 19. D. L. 1118.

Käßler, Bab., Zugeherin. 19. D. S. 1296.

Kaspar, Frz., Dachdecker. 22. D. L. 1309.

Kaspar, Frz., Fabrikschmied. 19. D. S. 1329.

Kaspar, Barb., Wittwe. 19. D. S. 1318.

Kaspar, Conr., Fabrikschreiner. 15. D. S. 1018.

Kaspar, J. G., Schneidermstr. 26. D. S. 72.

Kaspar, J. K., Taglöhner. 29. D. S. 194.

Käsperlein, A. Kath., Gärtnerswwe. 27b. D. L. 121.

Käsperlein, Gg., Commis. 4. D. S. 267b.

Kast, Beata, ehem. Instituts-Vorsteherin. 32. D. S. 120.

Kästel, Conr., Chocoladearbeiter. 3. D. L. 167.

Kastor, Mart., Stiftungssekretair. 8. D. S. 560.

Kastenhuber, Joh., Pferdemetzger. 12. D. S. 851.

Kastenhuber, J., Aufseher. 30. D. L. 47.

Kastner, Mich., Lohnkutscher. 4. D. S. 302.

Kastner, Gg. Heinr., pens. Lehrer. 26. D. S. 12.

Kästner, Sophie, privatisirt. 30. D. S. 183a.

Kästner, Joh., Fabrikschmied. 25. D. S. 1649.

Kästner, Ludw., k. Stadtger.-Assess. 3. D. L. 150b.

Kauer, J. G., Rothschmiedmstr. 24. D. S. 1609.

Kauer, Joh., Kammmachermstr. 27. D. L. 111.

Kauer, Marg., Wittwe. 27. D. S. 87.

Kauer, J., Fabrikarbeiter. 17. D. S. 1237.

Kauer, M., Flaschner. 5. D. S. 388.

Kauer, J. Jac., Harmonikamacher. 23. D. L. 1426.

Kauer, J. Ad., Käufel. 22. D. L. 1339.

Kauer, Marg., Drechslersmstrswwe. 21. D. L. 1276b.

Kauer, Dav., Kartenmacher. 15. D. S. 1075.

Kauer, J. Albr., Flaschnermstr. 18. D. S. 1256b.

Käuffer, Christ., Cassierswwe. 10. D. S. 726.

Käuffer, Louise, Cassierstochter. 8. D. L. 432.

Kaufmann, F. Frdr., Drahtfabr. 8. D. S. 596.
Kaufmann, M. Chr., Magistratscanzlist. 4. D. S. 292.
Kaufmann, Käthe, privatisirt. 11. D. S. 792.
Kaufmann, J. Gg., Schneidermstr. 5. D. L. 221.
Kaufmann, M., Bezirksgerichtsbote. 25. D. L. 1556.
Kaufmann, Ros., Registratorsgattin. 20. D. S. 1383.
Kaufmann, J. Andr., Bäckermstr. 26. D. S. 42.
Kaufmann, M. L., Hopfen- u. Rauchwhdlg. 10. D. L. 517b.
Kaul, Barb., Wirthswwe. 5. D. L. 238.
Kaul, M., Rentbeamtenwwe. 5. D. S. 429.
Kaul, Frdr., Landesproduktenhdlr. 4. D. L. 221.
Kaupert, J. M., Kaufweber. 21. D. S. 1412.
Kaupert, Andr., Büttnermstr. 19. D. L. 1173.
Kaupert, Jac., Auslaufer. 9. D. S. 625.
Kaupert, Gottfr., Fabrikarbeiter. 18. D. S. 1277a.
Kaußler, Edm., Ingenieur. 27b. D. L. 165a.
Kautz, Ernst, Steinhauer. 20. D. L. 1211.
Kautz, Marianne, Wittwe. 16. D. L. 897.
Kattan, Marg., Rev.-Beamt.-Wwe. 13. D. S. 921.
Kattan, Sim., Hauptzollamtsdiener. 10. D. L. 526.
Katter, Gg., Kammmachermstr. 23. D. L. 1425a.
Katheder, J. R., Rosoli- u. Liqueurfabr. 28. D. S. 142.
Katheder, Gg., Schreinermstr. 9. D. S. 645.
Katheder, A., Rosolifabr. 28. D. S 142.
Kaatz, Peter, Schneidermstr. 2. D. L. 97.
Katzmeier, Gg. P., Schmiedmstr. 4. D. S. 303.
Katzmeier, J. Christn., Schmiedgeselle. 28. D. L. 60.
Katzmeier, Wilh., Sattlermstr. 29. D. S. 227.
Keck, Mich., Mechaniker. 30. D. L. 11d.
Keck, Adolph, Magazinier. 10. D. L. 519.
Keck, Gg., Fabrikarbeiter. 25. D. S. 1650.
Keck, Elise, Zimmergesellenwwe. 29. D. L. 13.
Keck, Casp., Bleistiftarbeiter 29. D. L. 14.
Keck, Frdr., Zimmergeselle. 29. D. L. 14.
Keck, Mar., Dachdeckerswwe. 29. D. L. 22.
Kegel, Jos., Zahnbürstenmacher. 29. D. L. 27.
Kegel, J. Paul, Zeichner. 9. D. S. 636.
Kegel, Lor., Modellschreiner. 30. D. L. 37k.
Kegel, J. Gg., Auslaufer. 28. D. S. 136.
Kegel, Gg., Fabrikarbeiter. 26. D. S. 39.
Kegel, Phil., Maurergeselle. 27. D. S. 123.
Kehr, J. Dan., Zirkelschmiedmstr. 19. D. S. 1299.
Kehr, J. L., Feilenhauermstr. 30. D. L. 5b.

Kehr, J. Heinr., Schneidermstr. 12. D. L. 621.
Kehr, A., Schneidermstr. 17. D. L. 948c.
Kehr, Walb., Näherin. 5. D. S. 353.
Kehr, Gg., Zirkelschmiedgeselle. 24. D. L. 1500.
Keil, Ther., Wittwe. 19. D. L. 1163.
Keil, Chrst., Handelsmann. 22. D. L. 1358.
Keil, Adam, Fabrikarbeiter. 25. D. S. 1650.
Keim, Joh., Steindrucker. 18. D. S. 1247b.
Keim, Leonh., Tünchergeselle. 26. D. L. 49a.
Keim, Erh., Tünchergeselle. 29. D. L. 24.
Keilback, Gg., Feilenhauer. 18. D. L. 1063c.
Keith, Christ, Maler. 2. D. S. 165.
Kelber, Gg., Garkoch. 23. D. L. 1433.
Keller, J. Gg., Mühlbesitzer. 30. D. S. 128.
Keller, Heinr., k. Unterquartiermeister. 22. D. L. 1368.
Keller, Carl Frdr., Schuhmacher. 25. D. S. 1658.
Keller, Pet., Wittwe, Großpfragner 13. D. S. 879.
Keller, P., Schneidermstr. 16. D. S. 1145.
Keller, Sab. Reg., Lehrerswwe. 20. D. L. 1253.
Keller, Kupferstecher.
Keller, Dan., Auslaufer. 22. D. L. 1330.
Keller, Thom., Bleistiftarbeiter. 11. D. L. 542c.
Keller, Gg., Telegraphendiener. 20. D. L. 1201a.
Keller, Joh., Eisenbahnconducteur. 16. D. L. 883.
Keller, Marg., Collecteurswwe. 10. D. S. 739.
Keller, Sus., Fabrikarbeiterswwe. 28. D. L. 65.
Keller, Jerem., Taglöhner. 27a. D. L. 50.
Kellermann, Buchbinder u. Portefeuill. 5. D. L. 231.
Kellermann, J. Gg., Büttnermstr. 6. D. L. 311.
Kellermann, C. H., Kunstmühlbesitzer. 1. D. S. 46.
Kellermann, M. Th., Wirthschaftsbes. 20. D. S. 1357b.
Kellermann, Oskar, Lithograph. 12. D. L. 630.
Kellermann, Sim., Schneidergeselle. 22. D. L. 1328.
Kellermann, Cath., Wittwe. 22. D. L. 1302.
Kellermann, Eva, Zugeherin. 22. D. L. 1328.
Kellermann, J. Mich., Monteur. 20. D. S. 1357b.
Kellermann, J., Schuhmachermstr. 18. D. L. 1091a.
Kellermann, Sigm., Schuhmchrmstr. 21. D. L. 1292.
Kellermann, Clara, Kleidermacherin. 18. D. L. 1063c.
Kellermann, A. M., Wwe., Verdingerin. 2. D. S. 165.
Kellner, J. G. H., Glasmaler u. Photogr. 31. D. S. 97.
Kellner, Gg., Schloßverw. u. Glasmaler. 7. D. S. 512b.
Kellner, J. Jac., Glasmaler. 32. D. S. 112.

Kellner, Steph., Glasmaler. 32. D. S. 119.

Kellner, Jos., Eisenbahnassistent. 4. D. L. 215a.

Kemeth, Kunig., Wwe., Zugeherin. 2. D. S. 165

Kemether, Kath., Pfragnerswwe. 18. D. L. 1043.

Kempf, Gg., Schreiner. 17. D. S. 1219.

Kenner, Joh., Drechslermstr. 22. D. L. 1329.

Kenner, Joh., Drechslermstr. 21. D. L. 1267a.

Kenner, Heinr., Schreiner. 11. D. L. 551.

Kenner, Conr., Privatier. 21. D. L. 1283.

Kenner, Maria, Drechslermeiterswwe. 21. D. L. 1272.

Kenner, Andr., Eisenbahnschlosser. 21. D. L. 1283.

Kelz, Schneidermeister.

Kelz, Gg. Mich., Bäckermeister. 10. D. L. 493.

Keppeldörfer, Felicit., Wwe. 29. D. S. 224.

Keerl, A., Kaufmann. 30. D. L. 83.

Keerl, Albert. Commis. 3. D. S. 180.

Kergel, J., Maschinenschmied. 30. D. L. 22.

Kergler, Paul, Maurergeselle. 26. D. S. 65.

Kerker, Peter, Rothschmiedmeister. 23. D. S. 1531c.

Kern, Heinr., Magistratscassier. 11. D. S. 756

Kern, Gg., Röhrenmeister. 8. D. L. 420d.

Kern, Marg., Wittwe. 10. D. S. 749.

Kern, J. Melch., Frauenkleidermacher. 1. D. L. 62.

Kern, Conr., Packträger. 24. D. L. 1456.

Kern, Marie, Zugeherin. 18. D. L. 1027.

Kern, Gg., Oekonom. 26. D. L. 86.

Kern, Peter, Spiegelglasbeleger. 30. D. L. 3.

Kern, Wilhelmine, Papparbeiterin. 25. D. L 1543.

Kern, Ferd., Bahnwärter. 28. D. (Bahnhof.)

Kern, Nic., Wagenwärter. 29. D. L. 35.

Kern, Gg., Steinhauergeselle. 26. D. S. 35.

Kern, J., Zimmermann. 26. D. S. 68.

Kern, Clara, Zugeherin. 26. D. S. 35.

Kern, Ferd., Musiker. 26. D. S. 47.

Kern, Leonh., Tünchergeselle. 29. D. S. 182.

Kern, Conr., Schneidergeselle. 6. D. S. 440.

Kern, Marg, Weißnäherin. 12. D. L. 587.

Kerner, J., Maschinenschlosser. 13. D. L. 690.

Kernstock, Thom., Holzhauer. 27a. D. L. 62.

Kerschbaum, Anna, Polirerin. 22. D. L. 1325.

Kerschbaum, Joh., Großpfragner. 23. D. S. 1529.

Kerschbaum, J. M., Kramkäusel. 3. D. L. 156a.

Kerschbaum, Nannette, Modistin. 19. D. L. 1118.

Kerschbaum, Joh., Drechsler. 18. D. L. 1078.
Kerschbaum, J., Gärtner. 31. D. S. 147.
Kerschbaum, Kunig., Gastwirthswwe. 17. D. S. 1180.
Kerschbaum, J. Mich., Kramkäufel. 2. D. S. 131a.
Kerschbaum, J. Adam, Kramkäufel. 2. D. S. 121.
Kerst, Frd., Maschinenschlosser. 19. D. S. 1335.
Kerz, Gg., Fabrikarbeiter. 27b. D. S. 171.
Keßler, Marie, Schriftsetzerswwe. 11. D. S. 776a.
Keßler, Andr., Ausläufer. 27a. D. L. 63.
Kestel, Conr., Chokoladefabr. 3. D. L. 167.
Kett, J. A., Metallschlagermstr. 5. D. S. 341.
Kett, Chr., Metallschlagermstr. 27a. D. S. 31.
Kettendörfer, Louise, Musikmeisterswwe. 25. D. S. 1667a.
Kettler, J. G., Sattlermstr. 6. D. L. 340aa.
Kettler, Conr., Bierwirth. 7. D. S. 543.
Kettler, Elis., Näherin. 3. D. S. 195.
Kick, Barb., Cigarrenmacherin. 26. D. S. 66.
Kiderlin, Dor., privatisirt. 2. D. L. 106
Kieffer, P. C., Tischlermstr. 6. D. L. 327.
Kiefer, Christn., Schreinermstr. 6. D. L. 291a b.
Kiefer, Lor., Schreinermstr. 4. D. S. 302.
Kieffer, Aug., Schreiner. 22. D. L. 1330.
Kiefhaber, Aug., Zeichnenlehrer. 5. D. S. 416.
Kienast, Anna Marg., Apothekerswwe. 19. D. L. 1103.
Kiener, Fr., Buchbinder. 5. D. S. 366.
Kiener, G. M., Schuhmchrmstr. u. Thürmer. 11. D. S. 777b.
Kiener, Conr., Stecknadelmacher. 19. D. S. 1319.
Kiener, Ludw., Vereinsdiener. 19. D. S. 1318.
Kiesel, J. Frdr., Metzgermstr. 27. D. S. 76.
Kieser, q. Bergmeister. 6. D. S. 439.
Kieser, J., Röhrenmachergeselle. 29. D. L. 17a.
Kiesewetter, Andr., Wirthschaftsbesitzer. 1. D. S. 4.
Kiesewetter, J. M., Goldschlagergeselle. 23. D. S. 1380.
Kießling, Joh., Schneidermstr. in Wöhrd. 19. D. S. 1338b.
Kießling, Frd., Mechaniker. 23. D. S. 1543.
Kießling, Joh., Schneidermstr. 28. D. S. 138.
Kießling, Nannette, privatisirt. 32. D. S. 96.
Kießling, Aug., Kaufmann. 4. D. S. 324a.
Kießling, Frdr., (F.: Heinr. Schanz.) 27b. D. L. 99.
Kießling, J. Gg., Vorarbeiter. 17. D. S. 1237.
Kilchsperger, Rud., Gießmeister. 21. D. S. 1411.
Kilian, Joh., Fabrikarbeiter. 9. D. S. 637.
Kilian, Erh., Mechaniker. 22. D. L. 1360.

Kilian, J., Bader. 8. D. L. 423.

Kilian, Nannette, Papparbeiterin. 23. D. L. 1411.

Kilian, Anna B., Cigarrenmacherin. 24. D. S. 1605.

Kilian, Doroth., Wäscherin. 12. D. S. 830.

Kilian, Carol., Zugeherin. 4. D. S. 288.

Killinger, Conr., k. Bez.-Ger.-Rath. 12. D. S. 813a.

Kimmel, J. Gg., Buntpap.- u. Goldbordfabr. 8. D. L. 414.

Kimmel, Chrst., Pfannenschmied. 16. D. S. 1143.

Kimmel, Gg. Pet., Kammmachermstr. 16. D. S. 1103.

Kimmel, Kath., Administratorswwe. 23. D. S. 1533.

Kimmel, Clara, Näherin. 22. D. L. 1322.

Kinderbewahranstalt Gostenhof. 27b. D. L. 127.

Kindlimann, Melch., Werkmeister. 24. D. S. 1578.

Kindsecker, Gg., Spielwaarenmacher. 24. D. S. 1578.

Kinkelin, Jos., Kürschnermstr. 1. D. S. 63b.

Kipp, J. Mich., Kunstgärtner. 27. D. L. 171.

Kipp, Mart., Spielwaarenfabr. 18. D. L. 1024.

Kirchdörffer, Gg Frdr., Schneidermstr. 23. D. L. 1412.

Kirchgeßner, M. B., Kaufmannswwe. 4. D. L. 224.

Kirchhoff, Mar., Kapellmeisterswwe. 13. D. S. 669.

Kirchhof, Andr. Chrst., Weißgerber. 3. D. S. 243.

Kirchner, Jac., Gastw. z. roth. Glocke. 20. D. S. 1374.

Kirchner, Christ., led. Näherin. 20. D. S. 1357a.

Kirchner, Ludw., Schneidermstr. 19. D. L. 1097.

Kirchner, Athanasius, Zimmergeselle. 26. D. L. 61c.

Kirchner, Ph., Drechslergeselle. 19. D. L. 1131.

Kirchner, Barb., Näherin. 22. D. L. 1325.

Kirsch, Gg. Frdr., Privatier. 30. D. L. 47.

Kirsch, Privatierswwe. 7. D. S. 510.

Kirsch, Gg., Ausläufer. 16. D. S. 1147.

v. Kirschbaum, k. 2. Stadtrichter. 5. D. L 286.

Kirschner, Hugo, Kaufmann. 22. D. L. 1358.

Kirschner, J. Gg., Conditor. 16. D. S. 1156.

Kirschner, Mich., Bäckermstr. 32. D. S. 98.

Kirschner, Rob., Spezialcassierswwe. 31. D. S. 117a.

Kißkalt, J. F., Lebküchner u. Chocoladefabr. 2. D. L. 88.

Kißkalt, J. Gg., Wirthschaftsbesitzer. 13. D. L. 663.

Kißkalt, Christ, Privatier. 12. D. S. 823.

Kißkalt, Bab., Flaschnermeisterswwe. 1. D. L. 5.

Kißkalt, Sim., Schreinermstr. 4. D. S. 328.

Kißkalt, Joh. Fr., pens. Revierförster. 3. D. S. 231.

Kißkalt, Paul, Schneidermstr. 28. D. S. 146.

Kißkalt, Gg., Handelsmann. 28. D. S. 146.

Kißkalt, Jak., Viehhändler. 28. D. S. 146.

Kißkalt, J. Frdr., Gartenbesitzer. 32. D. S. 131.

Kißkalt, Jac., Gärtner. 32. D. S. 123.

Kißkalt, Marg., Gärtnerswwe. 32. D. S. 17.

Kißkalt, J., Tünchergeselle. 28. D. S. 140.

Kißkalt, Joh., Zimmergeselle. 30. D. S. 5.

Kißkalt, Ad., Zimmergeselle. 29. D. L. 5.

Kißkalt, J., Zimmergeselle. 29. D. L. 3.

Kißkalt, Christ., Wagenwärter. 29. D. L. 5.

Kißkalt, Jos., Zimmergeselle. 28. D. L. 64.

Kißkalt, Heinr., Flaschnermeister. 24. D. L. 1461.

Kißkalt, Joh., Viehhändler. 27. D. S. 76.

Kißkalt, Joh., Fabrikarbeiter. 17. D. S. 1190.

Kißkalt, Joh., Eisenbahnschmied. 25 D. S. 1648.

Kißkalt, Mich., Tünchergeselle. 23. D. S. 1537.

Kißkalt, Joh. Matth., Zimmergeselle. 29. D. S. 199.

Kistner, Phil., Fabrikarbeiter. 11. D. L. 542d.

Kittler, Jeremias, Rothschmiedmeister. 18. D. S. 1245a.

Kittel, Gg., polyt. Lehranst.-Assist. 14. D. S. 991.

Kiß, Karl, Kaufmann. 5. D. S. 399.

Klarmann, Gg., Kutscher. 15. D. L. 816.

Klaßkopf, J. Sim., Kammmachermeister. 22. D. L.1370.

Klaßkopf, S. Marg., Kammmachermstrswwe. 24.D.L.1495.

Klaßkopf, Marie, Wwe., Kammpolirerin. 19. D. L. 1126.

Klaßkopf, Helene, Blumenmacherin. 24. D. S. 1640.

Klaßkopf, M., Wwe. 25. D. L. 1559.

Klauer, Joh., Oberschreiber. 5. D. L. 242.

Klaus, k. Landwehr-Oberst. 3. D. S. 246.

Klaus, Casp., Schneidermeister. 15. D. S. 1200.

Klauß, Elis., Zündholzfabrikantenwwe. 26. D. L. 49.

Klausfelder, Ant., Eisendreher. 29. D. S. 218.

Klaußner, Gg. Albr., Polirer. 27. D. S. 113.

Klaußner, L., Rindmetzger. 16. D. S. 1151.

Klaußner, J. Gg., Peitschenfabrikant. 12. D. L. 634.

Klebes, Joh., Hafnermeister. 23. D. L. 1406.

Klebes, Magd., ledig. 13. D. L. 655.

Klebr, Metallschlägergeselle. 9. D. S. 609.

Kleeflegel, J. Ad., Rosolifabrikant. 27b. D. L. 101.

Kleeflegel, Bartholomäus, Oekonom. 27. D. L. 77.

Kleekamm, H., Nürnberger Manufacturw. 23. D. L.1416a.

Klemm, J. Gg. Gastwirthschaftspächter. 2. D. L. 78.

Klemm, J. M., Fabrikarbeiter. 21. D. L. 1292.

Kleemann, Kaufmann.

Kleemann, Dr., Heinr., Apotheker. 2. D. S. 103.

Kleemann, J. Gg., Bäckermeister. 19. D. L. 1097.

Kleemann, J., Dosenmaler. 27a. D. L. 33c.

Kleilein, Wilh., Drechsler. 22. D. S. 1470.

Klein, Kath. Ros., Kaufmannswwe. 7. D. L. 365.

Klein, Aug., Spiegelfabrik u. Handlung. 6. D. L. 306.

Klein, Frdr., Buchbindermeister. 7. D. S. 502.

Klein, Frdr., Spezereihandlung. 13. D. L. 716.

Klein, Conr., Musiker. 17. D. L. 993.

Klein, J. Gg., Pfragner. 28. D. S. 152.

Klein, J. Gg., Großpfragner, Relikten. 29. D. S. 223.

Klein, Theod., Samenhandlung. 32. D. L. 108.

Klein, J. Ad., Schleifer. 14. D. L. 727.

Klein, M., Schullehrerswwe. 30. D. L. 83.

Klein, Mich., Musiker. 28. D. L. 105.

Klein, Heinr., Privatier. 26. D. L. 88.

Klein, Andr., Glanzpapiermacher. 27a. D. L. 73.

Klein, Reg., Privatierswwe. 1. D. S. 20.

Klein, Frdr., Fabrikschreiner. 26. D S. 71.

Klein, Marie, Wittwe. 4. D. L. 200b.

Klein, Jos., Holzbauer. 10. D. S 726.

Klein, J. Frdr., Musiker. 19. D L. 1097.

Klein, Marg. 9. D. S. 631b.

Klein, Juliane, Wäscherin. 32. D. S. 94.

Kleindinst, Kath. Barb., Pfarrwwe. 7. D. S. 522.

Kleindinst, Frdr. August, Spezereiwaarenhandlung. 13. D. S. 878.

Kleindinst, Louise, Revierförsterstochter. 1. D. S. 4.

Kleining, J. Adam, Privatier. 22. D. L. 1377.

Kleining, Ant., Tanzlehrer. 17. D. S. 1169.

Kleining, Beindrechsler. 17. D. S. 1226.

Kleining, Lisette, Goldeinlegerin. 4. D. S. 331a.

Kleining, Wilh., Rosolifabrikant. 8 D. S. 591.

Kleinkinderschule Lorenz. 17. D. L. 988.

Kleinkinderbewahranstalt Wöhrd. 26. D. S. 46b.

Kleinkinderbewahranstalt St. Johannis. 32. D. S. 148.

Kleinknecht, Spezerei= u. Tabakfabrik. 2. D. L. 87.

Kleinlein, Mathilde, Lehrerswwe. 8. D S. 576.

Kleinlein, Andr., Flaschnermeister. 23. D. L. 1431.

Kleinlein, M., Fabrikschreiner. 16. D. S. 1100.

Kleinlein, Anna Maria, Wittwe. 11. D. L. 565.

Kleinlein, Marie, Rothschmiedswwe. 9. D. S. 627.

Kleinlein, Joh. Gg., Großpfragner u. Wirth. 29.D. S.216.

Kleinlein, Erb., Fruchtträger. 27b. D. L. 124.

Kleinlein, Babette, Fabrikarbeiterswwe. 23. D. S. 1537.

Kleinlein, Joh., Eisengießer. 22. D. S. 1511.

Kleinöder, Barbara, Obsthändlerin. 10. D. S. 706.

Klett, Frdr., Privatier. 30. D. L. 128.

Klinger, C. H., Kaufmann u. Fabrikbesitzer. 9. D. S. 606.

Klinger, Joh. Mich., Wirth z. Jakobsaal. 11. D. L. 539.

Klinger, k. Oberpostamts-Secretair. 19. D. L. 1153.

Klier, J. Gg., Handlungs-Commis. 2. D. S. 107.

Klienksieck, Elis., Apothekerswwe. 16. D. S. 1159.

Klimmer, Anna, Güterladers-Wwe. 27b. D. L. 121.

Kling, J. R., Ausläufer. 13. D. S. 947.

Klingenfeldt, Frdr. Aug., Professor. 21. D. S. 1408.

Klingenstein, Julie, Modistin. 25. D. S. 1693b.

Klingsohr, Regine, k. Advokatenwwe. 23. D. L. 1385.

Klocker, J., Tapezier. 11. D. L. 548b.

Klockhardt, Franziska, Wittwe. 12. D. L. 606a.

Klöpfel, J. Leonh., Kaufmann. 16. D. S. 1127.

Klöpfel, Carl Aug., Privatier. 4. D. L. 218.

Klöpfel, Chr. Wilh., Zirkelschmiedmeister. 18. D. L. 1048.

Klöpfel, Marg., Zirkelschmiedswittwe. 19. D. L. 1109.

Kloß, J. Andr., Schuhmachermeister. 20. D. S. 1350.

Kloß, Sus., Näherin. 10. D. S. 711.

Klug, Gg., Privatier. 1. D. L. 9.

Klüppel, Balth., Großhändler. (Tabak.) 3. D. S. 233.

Kluß, Wolfg., Fabrikschreiner. 17. D. L. 932.

Knab, Johanna, Bürgermeisterswwe. 3. D. S. 242.

Knab, Charlotte, Privatierin. 11. D. S. 769.

Knab, Jos. Heinr., Privatier. 12. D. S. 825.

Knab, M., Bauarbeiter. 11. D. S. 564.

Knab, Anna, Wittwe. 22. D. S. 1450.

Knab, Joh. Heinr., Reliften. 25. D. S. 1650.

Knab, Gg., Lackirer. 4. D. S. 303.

Knab, Frdr., Schlossergeselle. 13. D. L. 690.

Knapp, Frdr., Kaufmann. 13. D. S. 874.

Knapp, Nic. Moritz, Drechslermstr. 23. D. L. 1427.

Knapp, Nicol., Goldpapierfabrikant. 48. D. L. 1035.

Knapp, Gg. Frdr., Teppichmacherswwe. 14. D. L. 741

Knapp, Gg. Mich., Schneidermeister. 16. D. S. 1093.

Knapp, Frdr., Drechslermstr. 9. D. S. 464.

Knauer, Conr., Kammmachermeister. 9. D. S. 616.

Knauer, Joh., Kammmachermſtr. 12. D. L. 591.

Knauer, M., Zugeherin. 9. D. S. 653.

Knauer, Wolfg., Fabrikarbeiter. 15. D. L. 805.

Knauf, Marg., Peitſchenmachersfrau. 32. D. S. 40.

Knaupp, H., Relikt., Gaſtw. z. gold. Kranz. 16. D. L. 860.

Knaus, Chriſt., Gaſtwirth z. Rieſenſchritt. 32. D. S. 36.

Knatz, Frz., Kutſcher. 2. D. S. 158.

Kneidel, Ernſt, Kunſtmühlbeſitzer. 26. D. L. 66.

Kneidel, Anna Sybille, Wwe. 32. D. S. 118.

Knell, J. Gg. Fr., Schuhmachermſtr. 7. D. S. 498.

Kneuſel, Anna Marie, Maurergeſellenwwe. 30. D. S. 192.

Kneuſel, Magd., Zugeherin. 26. D. S. 55.

Knie, Chriſt., Uhrſchlüſſelfabrikant. 10. D. S. 723.

Knie, J., Zirkelſchmied. 5. D. S. 382.

Knie, Kath., Lumpenhändlerswwe. 12. D. L. 622.

Knie, Kunigunde, Zugeherin. 22. D. S. 1491b.

Knittel, Aug., Kaufmann. Gärten b. Wöhrd. 127.

Knittel, Babette, Kleidermacherin. 9. D. S. 626.

Knittelmeyer, J., Friſeur. 14. D. S. 981.

Knoblach, Soph., Stecknadelmacherswwe. 24. D. L. 1450.

Knödel, Lorenz, Wirthſchaftsbeſitzer. 13. D. L. 701.

Knoch, J. Jak., Tuchbereiter. 16. D. L. 865.

Knoch, H., Tuchbereiterswwe. 10. D. L. 495.

Knoll, Ferdinanda, Decanswwe. 11. D. S. 804.

Knoll, J. S. J., Kſm. (F.: Ad. Engelhard). 17. D. L. 934.

Knolt, Joh., Güterlader. 19. D. L. 1117.

Knöllinger, Joh., Auslaufer. 1. D. L. 3.

Knöpfel, Heinr., penſ. Rittmeiſter. 27b. D. L. 149.

Knorr, Wilh., Spritt- u. Eſſigfabrik. 21. D. L. 1277.

Knorr, Barb., Privatierswwe. 7. D. S. 511.

Knorr, J., Wirthſchaftspächter. 16. D. S. 1125.

Knorr, J. E., Kaufmann. 21. D. L. 1277.

Knorr, Mich., Fabrikarbeiter. 12. D. L. 637.

Knorr, Leonh., Auslaufer. 26. D. L. 49f.

Knörr, L., Schriftſetzer. 25. D. L. 1536.

Knörr, Marg., Metzgerswwe. 22. D. S. 1477.

Knöſel, Gg., Commis. 3. D. S. 171.

Knott, penſ. Major. 8. D. S. 568a.

Kob, Webermeiſterswwe. 18. D. S. 1259.

Kob, J. Tob., Webermſtr. 18. D. S. 1259.

Kob, Gg., k. Poſt-Offizial. 10. D. S. 728b.

Kobel, Susanna, Zugeherin. 22. D. S. 1324.

9*

Kobel, Joh. Chrstph., Lackirer. 22. D. L. 1324.

Kobell, Jac. Heinr., Lumpenhandlung. 21. D. L. 1295.

Kobler, Kath., Wittwe. 24. D. L. 1505.

Kobler, Mich., Handelsmann. 24. D. S. 1634.

Kobler, Mich., Maschinenheizer. 30. D. L. 14.

Köbler, Gg. Leonh., Gastwirth. 5. D. S. 345.

Koch, Christ., Privatier. 15. D. L. 814.

Koch, Mich. Eduard, Gypsmüller. 30. D. L. 21.

Koch, Ludw., Dr. med, prakt. Arzt. 30. D. S. 185a.

Koch, J. Steph, Pfragner. 25. D. L. 1528.

Koch, Babette, Schneidermeisterswwe. 25. D. S. 1674.

Koch, J. Leonh., Tünchergeselle. 26. D. S. 26a.

Koch. J. Gg., Schuhmacher. 22. D. L. 1305.

Koch, Conr., Steindrucker. 22. D. L. 1309.

Koch, Al., Colporteur. 18. D. L. 1062.

Koch, Friederike, Wittwe. 19. D. S. 1283b.

Koch, J. Sim., Fabrikarbeiter. 22. D. L. 1364.

Koch, Matth., Holzhauer. 18. D. L. 1072.

Koch, Joh., Fabrikarbeiter. 13. D. S. 908.

Koch, Soph., Näherin. 23. D. L. 1418.

Koch, Meta, Nachtlichterfabrik. 11. D. L. 541.

Kochberger, J., Fabrikarbeiter. 19. D. L. 1126a.

Kocher, Christ., Fabrikarbeiter. 24. D. S. 1581.

Köchert, Chrstph., Steinmetzengeselle. 27a. D. L. 22.

Köchert, Heinr., Mechaniker. 25. D. S. 1688.

Köchert, Jette, Hebamme, 25. D. S. 1688.

Köchert, Heinr., Schreinermeister. 3. D. L. 156.

Köchert, Joh. Dav., Privatier. 27. D. L. 10.

Kofer, Gg., Schuhmachermstr. 22. D. L. 1343.

Kögel, J., Tünchergeselle. 26. D. S. 46a.

Kögel, Jof., Beindrechsler. 20. D. L. 1251.

Köget, Gg. M., Dosenmaler. 24. D. L. 1506.

Kögler, G., Färbermeister. Schütt. 607.

Kohl, Mich., Windenmacher. 17. D. L. 943.

Kohl, Clemens, Schreinermeister. 21. D. L. 1296.

Köhl, Pet., Eisengießer. 23. D. S. 1567.

Kohlbauer, Elis., Privatierswwe. 15. D. S. 1015.

Kohlbeck, Joh., Privatier. 30. D. S. 168c.

Kohlbeck, Marie, Stecknadelmacherin. 27b. D. L. 98.

Kohle, Barb., Baderswwe. 30. D. S. 168b.

Köhlein, Gg., Peitschenfabrikant. 16. D. S. 1162.

Kohlenberger, Anna, Louise, Wittwe. 18. D. L. 1071.

Kohlenberger, J. Leonh., Gartenbesitzer. 32. D. S. 16.

Kohlenberger, Dav., Tünchergeselle. 25. D. L. 1522.

Kohlenberger, J., Fabrikarbeiter. 23. D. L. 1406.

Kohlenberger, Andr., Fabrikarbeiter. 27a. D. L. 85b.

Kohler, G. Andr., Privatier. 10. D. L. 502a.

Kohler, J. Tob., Drechslermeister. 16. D. S. 1136.

Köhler, Frdr., Büttnermeister. 26. D. L. 63b.

Kohler, Gg., Bäckermeister. 19. D. L. 1161.

Kohler, Wolfg., Elfenbeinschneider. 12. D. L. 580.

Kohler, Christiane, ledig. 6. D. S. 473.

Kohler, Steph., Kaminkehrer. 12. D. S. 843.

Kohler, Thom., Geschäftsführer. 27b. D. L. 101.

Kohler, J. Andr., Fabrikarbeiter. 27b. D. L. 146.

Kohler, J., Maurergeselle. 29. D. L. 35.

Kohler, Gg., Steinhauergeselle. 29. D. L. 20.

Kohler, J. Ad., Schreinergeselle. 17. D. L. 969.

Kohler, J., Fabrikarbeiter. 16. D. S. 1167.

Kohler, Therese, Näherin. 31. D. S. 130.

Köhler, Karl, Privatier. 23. D. S. 1540.

Köhler, Carl, Cantor, Musiklehrer. 1. D. L. 51.

Köhler, J. M., Bader. 3. D. S. 258.

Köhler, Gg., Maler. 27a. D. L. 1.

Köhler, Gg., Wagnermeister. 4. D. S. 272.

Köhler, Frdr., Wagner. 17. D. L. 969a.

Köhler, Gg., Drechsler. 15. D. S. 1064.

Köhler, Gg., Dosenmaler. 24. D. L. 1458.

Köhler, Casp., Gasth. z. gold. Löwen. 10. D. S. 682.

Köhler, Andr., Zimmergeselle. 20. D. L. 1251.

Köhler, Ign., Fabrikarbeiter. 22. D. S. 1509.

v. Kohlhagen, Blandine, Fräulein. 12. D. L. 602.

Kohlmann, J. Gg., Schreinermeister. 26. D. L. 46b.

Kohlmann, Erhard, Posamentier. 17. D. L. 961.

Kohlmann, Frdr., Mechaniker. 26. D. L. 49.

Kohn, Elias, Rothgerbereibesitzerswwe. 5. D. L. 265.

Köhnlein, Joh. Mich., Bäckermeister. 21. D. S. 1415.

Köhnlein, Anna, Wittwe. 4. D. S. 329.

Köhnlein, Leonh., Rentamtsoberschreiber. 4. D. S. 333

Köhnlein, J. Gg., Bäckermeister. 21. D. S. 1400.

Köhnlein, J. Adam, Dominomacher. 25. D. L. 1559.

v. Kolb, Carl, k. Gerichtsvorstand. 5. D. S. 366.

Kolbe, Leonh., Stadtcommiss.-Assist. 12. D. S. 837.

Kolb, Aug., Lithograph. 17. D. L. 976g.

Kolb, J. Paul, Seilermeister. 22. D. L. 1376.

Kolb, Ulr., Goldarbeiter. 4. D. S. 320.

Kolb, Ulr., Wagnermeister. 22. D. L. 1355a.

Kolb, Ludw., Commis. 4. D. L. 215b.

Kolb, Joh., Schneller. 11. D. L. 563.

Kolb, M., Lumpenhändlerin. 29. D. S. 194.

Kölbel, J. Leonh., Restaurant. 28. D. L. 99.

Kölbel, Kath., Näherin. 15. D. S. 1009b.

Kölbel, J. Paul, Eisenbahnschmied. 24. D. S. 1628.

Kolbenstädter, J. Matth., Bierwirth. 12. D. S. 854.

Kölblinger, Andr., Lohnkutscher. 20. D. 1360.

Köllenberger, k. b. Hauptmann. 19. D. L. 1143a.

Kollischan, Mart., Spielwaarenmacher. 24. D. L. 1455.

Kollmann, Heinr., Kaufmann. 30. D. L. 84.

Köllmer, Conr., Etiquettendrucker. 22. D. S. 1459.

Kolter, Marie, Wwe. 9. D. L. 472.

Könecke, M. Rob., Buch- u. Kunsthandlung. 3. D. L. 124.

König, Dr., Adam Rud., Lehr. d. Handelssch. 17. D. L. 136.

König, Christ., Photograph. 16. D. L. 1127.

König, Arth, Drahtfabrikant. 22. D. S. 1517.

König, J. Christ., Holzgalanteriewfabrik. 19. D. S. 1308a.

König, Mart., Webermeister. 18. D. S. 1246c.

König, Roderich, Drechslermstr. 15. D. S. 1028.

König, Bernh., Wirth z. schwarz. Rößlein. 12. D. S. 865.

König, Carl Sigm., Lumpenhandlung. 18. D. L. 1063 lm.

König, Wolfg., Schweinemetzger. 19. D. L. 1140.

König, Joh., Schweinemetzger. 22. D. S. 1477.

König, Marg., Schneiderswwe. 24. D. L. 1450.

König, Joh., Bierführer. 21. D. S. 1413a.

König, Gg., Steinhauergeselle. 13. D. L. 708.

König, Gg., Eisenbahnarbeiter. 18. D. L. 1035.

v. Königsthal, Dr., Sprachlehrer. 7. D. S. 530.

Königsreuther, J., Drechslermeister. 18. D. L. 1088.

Konrad, Jacob, Obsthändler. 21. D. L. 1291.

Konrad, Mich., Hutmann. 27b. D. L. 138.

Konrad, Conr., Fabrikarbeiter. 29. D. L. 6.

Kopp, Emil, Goldarbeiter. 1. D. L. 29.

Kopp, J. Casp., Wollenzeugfabrikant. 10. D. L. 502a.

Kopp, Leonh., Flaschnermeister. 16. D. S. 1113.

Kopp, Mich., Rotschmiedsformer. 25. D. S. 1981.

Kopp, Bernh., Zimmergeselle. 30. D. L. 18a.

Kopp, Erh., Zimmergeselle. 29. D. L. 3.

Kopp, Andr., Zimmergeselle. 29. D. L. 1a.

Kopp, Conr., Zimmergeselle. 29. D. L. 9.

Kopp, Marg. B., Zimmergesellenwwe. 28. D. L. 63.

Roppen, Joh., Heinr., Webermeister. 13. D. L. 686.
Röppel, Clara, Rechtsrathswwe. 3. D. L. 129.
Röppel, R., k. Brandversicherungs-Inspect. 1. D. S. 89.
Röppel, Peter, Dr., prakt. Arzt. 8. D. S. 599.
Röppel, Wittwe. 9. D. L. 438.
Kopfmüller, J. Gg., Fabrikarbeiter. 13. D. S. 944.
Röppeldorfer, J., Zimmergeselle. 27. D. S. 100.
Röpplinger, Mich., Bäckermeister. 11. D. S. 793.
Korb, Marie, Wittwe, Zwirnerin. 1. D. S. 39a.
Körbitz, Gg. Thom., Schneidermeister. 16. D. S. 1085.
Körber, Gg., Privatier. 15. D. S. 1070.
Körber, J. Gg., Wirthschaftsbesitzer. 17. D S. 1196.
Körber, Nic. Frdr., Gold- u. Silberarb. 17. D. S. 1192.
Körber, Frdr. Aug., Rothgießermeister. 24. D. S. 1632.
Körber, Leonh., Manufacturschreiner. 30. D. L. 37k.
Körber, Mart. Fr., Polizei-Offiz. 1. D. S. 70a.
Körber, G., pens. Güterlader. 7. D. L. 370.
Körber, Anna, Kammmacherswwe. 20. D. L. 1214.
Körber, Egyd., Auslaufer. 13. D. S. 908.
Körber, Conr., k. Wegmacher. 30. D. S. 156b.
Körber, J. Mart., Gärtner. 25. D. S. 1700.
Körber, Andr., Fabrikarbeiter. 1. D. L. 56.
Korbert, Georg, Güterladerswwe. 10. D. L. 501.
Korhammer, Marie, Zugeherin. 19. D. S. 1318.
Kornhammer, J. Frdr., Thürmer. 16. D. L. 898.
Korrmaier, Anna, Näherin. 5. D. S. 361a.
Kormann, Frdr., Vorarbeiter. 16. D. S. 1100.
Korn, Christ. (F.: Korn'sche Buch- u. Kunsthdlg.) 1. D. S. 20.
Korn, Christ., Kaufmann. 4. D. L. 198.
Korn, Frdr., Kaufm. (F.: C. Prinoth.) 13. D. S. 917.
Korn, J. Ad., Webermeister. 6. D. S. 483.
Körner, J. Gabriel, Nagelschmiedmeister. 2. D. L. 77.
Körner, Conr., Gypsmüller. 30. D. L. 49b.
Körner, J. Jac., Pergamenter. 3. D. S. 242.
Körner, J. Sigm., Büttnermeister. 27a. D. L. 67.
Körner, Frdr., Fabrikarbeiter. 26. D. L. 36.
Körnlein, Heinr., Drahtzieher. 9. D. S. 735.
Körnlein, J. Sam., Scheibenzieher. 18. D. S. 1254.
Körnlein, Paul, Scheibenzieher. 23. D. S. 1566.
Körnlein, J. Jac., Drahtfabrikant. 21. D. S. 1445.
Körnlein, Wolfg., Waagmacher. 16. D. S. 1157.
Körnlein, J. N., Drahtziehermeister. 23. D. S. 1527.
Körnlein, J. W. M., Scheibenziehermstr. 25. D. S. 1669c.

Körnlein, Chrstph., Drahtzieher. 1. D. S. 70a.

Körnlein, Conr., Hopfenhandlung. 11. D. S. 782.

Körper, J. Veit, Zimmermeister. 30. D. S. 177b.

Körper, Johann, Drechslermeister. 27b. D. L. 172.

Körper, Frdr. 1. D. S. 87.

Körper, Paul, Werkmeister. 25. D. S. 1695.

Körper, Andr., Zeugschmied. 1. D. L. 56.

Körper, Carl, Drechsler. 7. D. L. 396.

Körper, Joh. Aug., Fabrikschreiner. 12. D. L. 640.

Körper, Gg., Fabrikarbeiter. 8. D. S. 574b.

Körper, Gg., Holzhauer. 7. D. L. 396.

Korte, Fanny, Advokatenwwe. 11. D. S. 796.

Korte, Wilh., k. Advokat. 9. D. S. 612.

Korte, Chr., penf. k. Hauptmann. 7. D. S. 537.

Kötzler, Joh., Drechslermeister. 23. D. S. 1528.

Kragler, Wilh., Fabrikarbeiter. 25. D. S. 1670.

Kräh, J. Bapt., Wirthschaftsbesitzer. 23. D. L. 1437.

Krailsheimer, S., Gastw. z. Reichskrone. 2. D. L. 81.

Krafft, Theod., k. Professor. 10. D. S. 713.

Krafft, Wilh. Frdr., Dr. jur., k. Notar. 10. D. S. 748a.

Krafft, Phil. C., Kaufmann. 8. D. S. 573.

Krafft, Caroline, geb. Platner. 8. D. S. 573.

Krafft u. Co., Phil. Cas., Tabakfabrik. 8. D. S. 573.

Krafft, J. Paul, Weinhändler. 7. D. S. 525.

Krafft, Babette, Privatierswwe. 6. D. L 293b.

Krafft, Carl Ludw., Tabakfabrik. 16. D. S. 1160.

Krafft, Tabakfabrikant. 17. D. S. 1184.

Krafft, Ed., Privatier. 25. D. L. 1579.

Kraft, J. Gg., Schneidermeister. 3. D. S. 237.

Kraft, Joh., Kramkäusel. 2. D. S. 149.

Kraft, Heinr., Charcutier. 9. D. L. 460.

Kraft, Anna Elif., Wwe., Waizenstüblein. 13. D. S. 888.

Krafft, G., Zahnbürstenmacher. 22. D. L. 1339.

Krafft, Caroline, Arbeiter. 10. D. S. 718.

Krafft, Anna Elif., Wäscherin. 27. D. S. 115.

Kracker, Andr. Ludw., Drechslermstr. 16. D. L. 876a.

Kracker, J. L., Wirthschaftsbesitzer. 4. D. S. 300.

Kracker, Marie, Näherin. 4. D. S. 300.

Krakhardt, Carl, Kaufmann. 14. D. S. 1000.

Kram, Gg., Drechslermstr. 5. D. S. 350.

Kramer, Gg., Pinselfabrikant. 7. D. S. 520a.

Kramer, Gg., Briefträger. 7. D. L. 360.

Kramer, Ernst, Paternostermacher. 17. D. L. 969.

Kramer, Gg., Schuhmachermeister. 21. D. S. 1445.
Kramer, Gottfr., Magistratsbote. 16. D. L. 899.
Kramer, Joh., Wirthsch. z. Schwänlein. 16. D. L. 914.
Krammer, Heinr., Kanalwächter. 26. D. L. 85.
Kramer, Nannette, Näherin. 32. D. S. 29.
Kramer, J. Mich., Wirthschaftsbes. 4. D. S. 295.
Kramer, Christ., Rindmetzgermstr. 2. D. S. 167.
Kramer, Paul, Fabrikarbeiter. 26. D. L. 69.
Kramer, Lor., Schuhmachermstr. 13. D. S. 940.
Krämer, Isab. Kath., Kaufmannswwe. 32. D. S. 138.
Krämer, Wilh., Kaufmannswwe. 7. D. S. 513.
Krämer, Joh., Liniranstalt. 10. D. S. 681.
Krampfl, Mich., Wirthschaftsbes. 27. D. S. 114b.
Krantz, J., Fabrikarbeiter. 13. D. L. 707.
Krapfenbauer, Gg., Wirth u. Rosoligesch. 8. D. L. 414.
Krapfenbauer, Gg. Mich., Gärtner. 26. D. S. 61.
Krapfenbauer, Andr., Drechsler. 6. D. S. 781c.
Kratzer, Joh., Hafnermstr. 5. D. S. 408.
Kratzer, Lor., Bleistiftmacher. 5. D. L. 241.
Kratzer, Gg., Schuhmachermstr. 23. D. S. 1568.
Kraubitz, Fr., Buchdrucker. 9. D. S. 617.
Kraubitz, J., Portefeuilleur. 16. D. S. 1149.
Krauer, A., Maurer- u. Tünchermstrswwe. 25. D. S. 1701a.
Kräutlein, J. Gg., Rothschmiedmstr. 21. D. S. 1444aa.
Krauß, J. Mich., Privatier. 20. D. L. 1207.
Krauß, Lisette, Kaufmannswwe. 2. D. L. 87.
Krauß, J. Chrst., Rentenverwalter. 8. D. S. 583.
Krauß, Mart., Agent. 26. D. L. 92.
Krauß, Sigm., k. Stadtschreiber. 27a. D. L. 1.
Krauß, J. F. C, Gold- u. Silberarbeiter. 25. D. L 1570.
Kraus, Barb., Gastwirthswwe. 25. D. L. 1517.
Krauß, Frdr. Wilh., Feingoldschlager. 24. D. L. 1460.
Krauß, J. Frdr., Spezereiwaaren. 13. D. L. 659.
Krauß, J. Gottfr., Posamentier. 25. D. L. 1555.
Krauß, Gg. Jac., Holzhändler. 17. D. L. 976.
Krauß, Joh., Schreinermstr. 22. D. L. 1313.
Krauß, Gg. Jac., Schreinermstr. 5 D. S. 408.
Krauß, M., Schreinermstr. 7. D. S. 542.
Krauß, G. J., Schreinermstr. 17. D. L. 976.
Krauß, Dav., Schreinermstr. 14. D. S. 1000.
Krauß, Aug., Kammmacher. 21. D. L. 1287.
Kraus, Jac. Mich., Rothschmiedmstr. 17. D. S. 1235.
Krauß, J. C., Kammmachermstr. 22. D. S. 1501.

Krauß, S. L., Commissionsgesch., Agent. 8. D. S. 577.

Krauß, J., Rindmetzgermstr. 9. D. S. 656.

Krauß, Andr., Nagelschmied. 20. D. S. 1366.

Krauß, Joh., Schellenmacher. 22. D. L. 1328.

Kraus, Chrstph., Metzgermstr. 6. D. S. 467.

Krauß, Friedr., Modistin. 11. D. S. 789.

Krauß, J. Jac., Zirkelschmied. 22. D. S. 1466.

Krauß, Frdr., Schlotfeger. 8. D. S. 582.

Krauß, J. M., Schuhmachermstr. 12. D. L. 584.

Krauß, Leonh., Kammmacher. 5. D. S. 524.

Krauß, Kath., Spielmarkenverf. 1. D. L. 71.

Krauß, M., Galanterieschreiner. 5. D. L. 229a.

Krauß, Aug., Lebküchnergeschäftsführer. 10. D. S. 741.

Krauß, Joh., Fabrikschmied. 30. D. L. 17.

Krauß, Joh., Flaschnergeselle. 22. D. S. 1521.

Krauß, J. Jak., Fabrikarbeiter. 24. D. S. 1605.

Krauß, Anna, ledig. 14. D. L. 733.

Krauß, Ant., Ausläufer. 25. D. S. 1674.

Krauß, Gg., Bremsenwärter. 28. D. L. 73.

Krauß, J., Fabrikarbeiter. 26. D. S. 66.

Krauß, Joh., Fabrikarbeiter. 29. D. S. 194.

Kräußel, J. Gg., Pfragner. 28. D. S. 159.

Kraußer, G. C., Spritfabrik. 30. D. L. 132.

Kraußer, Chrstph., Privatier. 27a. D. L. 67.

Kraußer, Gg. Ferd., Rosolifabrikant. 14. D. S. 972.

Kraußer, Conr., Bildhauer. 26. D. L. 75.

Kraußer, Lor., Antiquar. 17. D. S. 1171.

Kraußer, K. B, Wittwe, Kräuterhdlg. 23. D. S. 1564a.

Kraußer, M., Nachtlichterfabr. 17. D. L. 952.

Kraußer, M. Marg., Wirthswwe. 29. D. L. 22.

Kraußer, Pet., Pflasterer. 26. D. L. 40.

Kraußer, J., Zimmergeselle. 29. D. L. 17.

Kraußer, Mich., Zimmergeselle. 30. D. L. 5b.

Kraußer, Marg., Holzhauerswwe. 27a. D. L. 86.

Kraußer, J. Bertr., Tünchergeselle. 28. D. L. 69.

Kraußer, Heinr., Schreinergeselle. 9. D. S. 630.

Krebs, Conr., Rothgießer. 26. D. S. 43.

Krebs, Frdr., Fabrikarbeiter. 22. D. S. 1462.

Kreichauf, Frdr., Käufel. 24. D. S. 1449.

Kreichauf, Magd., Fabrikarbeiter. 20. D. L. 1185.

Kreichauf, Anna, Fabrikarbeiterin. 25. D. L. 1543.

Kreit, Elis, Rothschmiedswwe. 21. D. S. 1405a.

Kreitmair, Aug., Dr. med., prakt. Arzt. 17. D. L. 951.

Kreiß, Frdr., Schuhmachermstr. 3 D. L. 156.

Kreiß, Sophie, Obsthändlerin. 17. D. S. 1229a.

Kreisel, Hieron., Schuhmachermstr. 22. D. L. 1316.

Kreisel, Heinr., Hornpressermstr. 21. D. L. 1299.

Kreisel, Gg., Fabrikarbeiter. 27. D. L. 139.

Kreisel, J. Gg., Büttnermstr. 5. D. S. 378.

Kreiselmeier, C., Gark. z. blau Glöckl. 7. D. S. 527.

Kreiselmeier, J., Bäckereipächter. 25. D. L. 1551.

Kreiselmeier, Barb., Cigarrenmacherin. 25. D. L. 1552.

Kreithner, Ludw., Bezirksger.-Sekr. 5. D. L. 259.

Kreller, C., Parfümeriewaarenfabr. 2. D. S. 106.

Kreling, Aug., Direkt. d. Kunstschule. 11. D. S. 776b.

v. Kreß, G., Freifräulein. 7. D. S. 485.

v. Kreß, Fanny, Freifräulein. 31. D. S. 109.

v. Kreß, Carol., Freifrau. 17. D. L. 934.

v. Kreß, H., Freiherr, k. Bezirksgerichtsrath. 12. D. S. 808b.

Kreß, Wilh., Buchhalter. 27a. D. L. 6a.

Kreß, J. Sim., Modellschreiner. 13. D. S. 938.

Kreß, Elis., Wittwe, Kramkäufel. 2. D. S. 142.

Kreß, Christ., Bildhauer. 18. D. L. 1015.

Kreß, Sim., Rindmetzger. 5. D. L. 271.

Kreß, J. Mich., Zimmergeselle. 26. D. L. 55.

Kreß, Leonh., Holzhauer. 26. D. L. 66

Kretter, Gg., Lehrer. 3. D. S. 223.

Kretschmann, Sab., Fabrikantenwwe. 23. D. S. 1550.

Kretschmann, Gottfr., Gärtner. 32. D. S 61.

Kretschmann, Leonh., Eisendreher. 28. D. S. 139.

Kreul, Ad., Hopfenhdlr.

Kreul, Frdr., Fabrikarbeiter. 19. D. S. 1314.

Kreul, J. Aegid., Röhrenmacher. 26. D. S. 22.

Kreul, Matth., Schweintreiber. 28. D. S. 147.

Kreußel, Conr., Schreinergeselle. 12. D. L. 732.

Kreußel, J. Frdr., Drechslermeisterswwe. 12. D. L. 584.

Kreußel, Carl, Instrumentenmacher. 3. D. S. 222.

Kreußer, C., Gastw. z. gold. Schwan. 13. D. S. 924.

Kreußer, Ed., Rosoli= u. Essigfabr. 9. D. L. 438.

Kreußer, Pet., Schneidermeister. 7. D. L. 379b.

Kreußer, Mich., Schneidergeselle. 22. D. L. 1324.

Kreußer, Christ., Güterlader. 16. D. L. 929.

Kreußer, Frd., Fabrikarbeiter. 27. D. S. 124.

Krieg, Jos., Kaufmannswwe. 9. D. S. 639.

Kriegbaum, J. Frdr., Kaufmann. 17. D. L. 938.

Krieger, G., Wirth z. weiß. Lamm. 6. D. L. 340b.

Krieger, J. Chr., Tuchmachermſtr. 17. D. S. 1214.

Kriſtfeld, Joh., Schwarzwälderuhrenf. 14. D. S. 982.

Kritzler, A. E., Weber. 18. D. S. 1261.

Kroder, Gg., Oſtbahnexpedit.-Geh. 2. D. S. 120.

Kroher, Sim., Conducteur 30. D. L. 35.

Kroiß, Martin, Spielkartenfabrik. 7. D. S. 520a.

Kroiß, Babette, Näherin. 4. D. S. 291.

Krom, Gg. Gottl. Paul, Schuhmacher. 23. D. S. 1559.

Krom, J., Drechslermſtr. 16. D. S. 1135.

Kromwell, M., Lederhandlung. 2. D. L. 99.

Kron, J., Schachtelmacher. 17. D. L. 988.

Kronauer, Jac., Pfragner. 7. D. S. 532b.

Kronauer, J. Frdr., Tünchergeſelle. 32. D. S. 78.

Kronberger, J. Ad., Kirchendiener. 11. D. S. 781b.

Kronberger, Marg., Fuhrmannsfrau. 12. D. L. 620.

Kronberger, M., Sackträger. 28. D. L. 63.

Kronberger, Taglöhner. 30. D. L. 43.

Kronberger, Bab., Näherin. 28. D. S. 169.

Kroner, Aug., Kammmachergeſelle. 3. D. S. 237.

Krönlein, Casp., Kaufmann. 3. D. S. 197.

Krönlein, Anna, Gerbermeiſterswwe. 22. D. L. 1367.

Kropf, Gg. Conr., Galanterieſchreiner. 10. D. S. 723.

Kroth, Edm., Schneidermeiſter. 20. D. L. 1208.

Krug, Gg., Mehlwäger. 11. D. L. 565b.

Krug, Anna, Fabrikarbeiterin. 18. D. L. 1080.

Krumbacher, Bab., Lehrerswwe. 15. D. S. 1005.

Kuck, M., Schuhmacherswwe. 22. D. L. 1307.

Küffner, Chriſt., Magiſtr.-Sekr.-Wwe. 5. D. S. 408.

Kugelmann, Gg. Val, Kofferträger. 29. D. L. 26.

Kugelmann, Valentin, Bremſer. 12. D. L. 642.

Kugler, J. Gg., Porteffabr. u. Buchbind. 1. D. L 11.

Kugler, Gabr., Alabaſterwaarenfabr 14. D. L. 770c.

Kugler, Mar., Polizeioffiziantenwwe. 7. D. L. 355.

Kugler, Mich., Schloſſermſtr. 26. D. S. 11.

Kugler, J. Heinr., Schweinemetzger. 28. D. S. 148.

Kugler, Gg., Tüncher. 18. D. S. 1279.

Kugler, J. Andr., Güterlader. 18. D. L 1052.

Kugler, J. Conr., Schloſſermeiſter. 18. D. L. 1009.

Kugler, Andr., Gärtner. 30. D. S. 169c.

Kugler, J. Gg., Polizeiſoldat. 12. D. S. 849.

Kugler, J. Gabr., Mehlwäger. 22. D. L. 1355a.

Kugler, Carl, Zimmergeſelle. 27a. D. L. 75b.

Kugler, J., Steinhauergeſelle. 29. D. S. 228½.

Kugler, Frdr., Steinhauergeselle. 26. D. S. 4.

Kugler, Chr., Steinmetzengeselle. 26. D. S. 20.

Kugler, Mar., Zugeherin. 28. D. S. 137.

Kühhorn, J. Chrstn., Dosenmacher. 27b. D. L. 92.

Kühl, J. Leonh., Kaufmann. 12. D. S. 871.

Kühl, Anna Mar., Wittwe. 23. D. L. 1390.

Kühlmeier, J., Portefeuilleur. 22. D. L. 1325.

Kühlwein, Joh., Portefeuillefabr. 15. D. S. 1030.

Kuhn, L., Schuhmachermstr. 4. D. S. 302.

Kuhn, Ludw., Schuhmachermstr. 22. D. S. 1455.

Kuhn, Joh. Balth., Schneidermstr. 22. D. L. 1302.

Kuhn, J. Dav., Schreinermstr. 10. D. S. 692.

Kuhn, C. Aug., Lithographenwwe. 10. D. S. 730.

Kuhn, J. Gg., Pfragner. 19. D. S. 1305.

Kuhn, Ros., Lehrerswwe. 10. D. S. 730.

Kuhn, J., Golddrahtzieher. 8. D. L. 431.

Kühn, Chr., Gießmeister. 26. D. S. 13.

Kühn, J., Schreiner. 13. D. S. 942.

Kühn, Ludw. 25. D. S. 1659.

Kühn, Gg. Leonh., Schuhmachermstr. 24. D. S. 1602.

Kühn, Conr. (Firma: J. G. Flinzner). 9. D. L. 454.

Kühn, Leonh., Lehrer. 3. D. L. 132.

Kühn, Ant., Buchhalter. 31. D. S. 1394.

Kühnle, J., Rothschmied. 17. D. S. 1188.

Kühnlein, Gg. Matth., Garkoch. 27. D. L. 108.

Kühnlein, Gg. Matth., Wirthschaftsbes. 27. D. L. 167.

Kühnlein, Gg. Matth, Wirthschaftsbes. 27. D. L. 24.

Kühnlein, Ad., Spielwaarenmacher. 24. D. S. 1605.

Kühnlein, Bezirksgerichtsbote. 5. D. L. 254.

Kühnlein, Matth., Fabrikarbeiter. 10. D. S. 666.

Kühnlein, C., Ausläufer. 4. D. L. 225.

Kühnlein, Gg., Maschinenheizer. 28. D. L. 60.

Kuhmhäußer, Marg., Papparbeiterin. 20. D. L. 1246.

Kühlhöfer, Gg. Ad., Schuhmachermstr. 15. D. L. 784.

Kummel, Chr. Heinr., Kupferstecherswwe. 19. D. L. 1144.

Kummer, J. G. H., Kaufm. u. Nachtlichterf. 1. D. L. 50.

Kümmelmann, C. G., Schuhmachermstr. 2. D. L. 78.

Kümpflein, Joh., Steinkohlendlr. 4. D. S. 208.

Kunel, J. Ch. R., k. Pfarrer zu St. Jakob. 8. D. L. 405ab.

Kunel, J. Marg., Bürstenmacherswwe. 25. D. S. 1684.

Küneth, J., Schneider. 16. D. S. 1132.

Kündinger, Phil., Spezereiwaarenhandlg. 22. D. S. 1524.

Kündinger, Joh., Metzgermstr. 11. D. L. 541.

Kündinger, J., Eisenbahnarbeiter. 15. D. L. 785.

Kunstmann, Heinr., Cigarrenmacher. 12. D. S. 853.

Kunstmann, Chr., Wagnermstr. 23. D. S. 1568.

Kunter, H., Huf= u. Waffenschmied. 22. D. L. 1306a.

Kunz, Joh. Mart., Metzgermstr. 10. D. S. 685.

Kunz, Marg., Schneidermstrswwe. 17. D. S. 1237.

Kunze, Heinr., Bader. 4. D. S. 267.

Kunze, C. B. St., Handlungscommis. 27. D. L. 42a.

Künzel, Fräulein. 9. D. S. 661.

Künzel, Nik., Knopfmachergehilfe 21. D. L. 1267b.

Kuntzmann, M., Wagenwärter. 5. D. L. 281.

Kupper, Andr., Kammmachermstr. 2. D. L. 152.

Kupfer, Joh., Strohschneider. 11. D. L. 543.

Kupfer, Bab., privatisirt. 24. D. S. 1632.

Kuppler, Mar., Professorswwe. 3. D. S. 191.

Kupplich, J., Wirth zur Stadt Lauf. 19. D. S. 1335.

Kurs, Ferd., Kaufmann. 13. D. S. 898.

Kürschner, Ther., ledig. 16. D. L. 928.

Kurz, Frdr., Hutfabrikant. 1. D. S. 86.

Kurz, Frdr., Drahtziehermstr. 32. D. S. 101.

Kurz, Marie, Wittwe. 18. D. L. 1061a.

Kurz, Matth., Fabrikarbeiter. 18. D. L. 1035.

Kurz, Conr., Blumenmacher. 16. D. S. 1082.

Kurz, Chrstph., Brandvers.=Insp.-Funktionär. 15. D. S. 1077ab.

Kurz, Marg., Schneiderswwe. 20. D. S. 1251.

Kurz, Joh., Bierwirth. 20. D. S. 1341.

Kurz, Nannette, Näherin. 22. D. L. 1346.

Kurz, Gg., Tünchergeselle. 11. D. L. 557.

Kurzmann, Conr., Schmiedgeselle. 29. D. L. 11.

Küttlinger, Dr., k. Polizeiarzt. 13. D. S. 875.

L.

Laber, Heinr., Fabrikarbeiter. 25. D. S. 1670.

Lades, J. Gg., Privatier. 1. D. L. 36.

Lades, Mich., Taglöhner. 14. D. L. 744

Lacher, Frdr., Schuhmacher. 27a. D. L. 81.

Lahner, Chr., Polizeiactuar. 7. D. S. 493.

L'Allemand, Inspectorswwe. 27b. D. L. 150.

Lamblin, Anna, Gärtnerswwe. 1. D. L. 30.

Lambrecht, W., Kaufmann u. Fabrikbes. 6. D. L. 305.

Lambrecht, Herm., Kaufmann. 4. D. L. 193.

Lambrecht, Carl, Handlungscommis. 2. D. L. 88.
Lambrecht, Alex., Schneidermstr. 3. D. L. 165.
Lammers, Theod., Tabakfabrik. 5. D. S. 393.
Lammert, Marg., Apothekerswwe. 4. D. L. 203.
Lämmert, Chrst., Knopffabrikant. 1. D. L. 72.
Lämmermann, J., Mechaniker. 2. D. S. 160.
Lämmermann, Frz., Maler u. Dominof. 7. D. S. 524.
Lämmermann, J. M., Flaschnermstr. 8. D. S. 562b.
Lämmermann, Frdr., Nadler. 16. D. L. 903.
Lämmermann, J. C., Schneidermstr. 10. D. S. 705a.
Lämmermann, J. G., Kammmacher. 17. D. L. 937.
Lämmermann, J. Gg., Kammnchrmstr. 13. D. L. 703.
Lämmermann, J. S., Flaschnermstr. 25. D. L. 1557.
Lämmermann, Andr., Gastwirth. 27. D. L. 132.
Lämmermann, Joh., Holzhauer. 21. D. S. 1413b.
Lämmermann, Mich., Holzhauer. 9. D. S. 653.
Lämmermann, J., Spielwaarenschreiner. 22. D. L. 1306.
Lämmermann, Aug., Güterlader. 15. D. L. 777.
Lämmermann, Kath., Wittwe. 17. D. L. 961.
Lämmermann, Marie, Wittwe. 20. D. L. 1238.
Lämmermann, Kath., Näherin 20. D. L. 1219.
Laminit, Louise, Zahlmeisterswwe 7. D. S. 733.
Lamotte, Seb., Schuhmachermstr. 24. D. S. 1604.
Lampert, Frdr., Gürtlermstr. 5. D. L. 228.
Lampert, Val., Kramkäusel. 1. D. S. 54.
Landmann, M., Wittwe, Manufacturw. 16. D. S. 1133.
v. Landgraf, Carl, k. Handelsgerichtsdirektor und Bezirks-
    gerichtsrath. 1. D. L. 6a.
Landgraf, J. Gg., Lorgnettenfabrikant. 18. D. L. 1002.
Landwehr, Conr., Schreiner. 2. D. S. 110.
k. Landwehr-Reg.-Commando. 21. D. L. 1284.
Lang, Jac., Kaufmann. 3. D. S. 201.
Lang, J. Chrst., Privatmann. 2. D. S. 116a.
Lang, Conr. Eberh., Privatier. 17. D. L. 982.
Lang, J. Leonh. Heinr., Glaser. 1. D. S. 82.
Lang, Ludw. Chrstph., Lohnkutscher. 23. D. L. 1416b.
Lang, Leonh., Schuhmachermstr. 25. D. S. 1670.
Lang, Gg., Bleistiftmacher. 17. D. L. 969a.
Lang, Joh., Schuhmachermstr. 6 D. S. 474.
Lang, Gustav, Schleifermstr. 1. D. S. 47.
Lang, Christ., Zirkelschmiedmstr. 21. D. S. 1405a.
Lang, Frdr., Schuhmachermstr. 6. D. S. 459.
Lang, J. Gg., Paternostermachermeister. 22. D. L. 1329.

Lang, Gg., Hornpresser. 23. D. L. 1416c.

Lang, Marg., Wittwe. 32. D. S. 144b.

Lang, Magd., Dachdeckerswwe. 26. D. S. 59.

Lang, L., Schleifermstrswwe. 26. D. L. 82.

Lang, Marg., Wittwe. 27. D. S. 87.

Lang, Kunig., Zugeherin. 2. D. S. 107.

Lang, J., Cichorienmacher. 2. D. S. 165.

Lang, Casp., Schmiedgeselle. 15. D. L. 784.

Lang, Thom., Fabrikarbeiter. 21. D. L. 1299b.

Lang, J., Pflasterer. 30. D. S. 5.

Lang, Casp., Dachdecker. 26. D. S. 57.

Lang, Conr., Dachdeckergeselle. 29. D. S. 228.

Lang, J., Steinhauergeselle. 27. D. S. 124.

Lang, Jos., Pflasterer. 29. D. S. 184.

Lang, Conr., Tünchergeselle. 22. D. L. 1307.

Lange, J., Taglöhner. 26. D. L. 51.

Langenbach, F. W., Zinnfigurenfabrikant. 6. D. S. 444.

Langenbrunner, k. Postoffizial. 6. D. L. 293b.

Längenfelder, Ernst, Schreiner. 17. D. S. 1209.

Langfritz, Leonh., Garküche zum Schwänlein. 6. D. S. 454.

Langfritz, Joh., Privatier. 3. D. S. 232.

Langfritz, J. Gg., Privatier. 15. D. S. 1027.

Langfritz, Marg., Spielwaarenmacherswwe. 5. D. S. 426.

Langfritz, Joh., Wirthschaftsbesitzer. 30. D. L. 10.

Langguth, G., sen., Kunstgärtner. 29. D. S. 162.

Langguth, Wilh., Pachtgärtner. 32. D. S. 85.

Langguth, Gottl., Fabrikwagner. 22. D. S. 1475.

Langhanns, J. Wolfg, Stadtmusiker. 16. D. S. 884.

Langhanß, Gg. Chr. L., Webermstr. 15. D. S. 1054.

Langhans, J. A, Seiden= u. Damastweber. 11. D. S. 770.

Langhanß, Heinr., Webermstr. 8. D. S. 563.

Langhans, Mich., Weber. 10. D. S. 726.

Langhans, Waisenvater. 1. D. L. 19a.

Langhans, J., Buchbindergeselle. 16. D. S. 1148.

Langhans, Babette, Flaschnerswwe. 25. D. S. 1656.

Langheinrich, Christ., Faktor. 25. D. S. 1692.

La Roche dü Jarrys, Max Caspar Freiherr v., Rentier.
   1 D. S. 97.

Lay, Gottfr., Drechslermstr. 22. D. S. 1454.

Lastgardt, Frdr., Goldspinner. 10. D. S. 679.

Laßner, Conr., Auslaufer. 25. D. L. 1531.

Lastgard, Heinr., Goldspinnerswwe. 15. D. L. 808.

Laftgardt, Anton, Taglöhner. 6. D. S. 410.

Laubender, J. F., Schneidermeister. 10. D. S. 738.

Lauber, Christ., Mühlbauer, 29. D. S. 181.

Lauböck, Karol, Banquierswwe. 20. D. S. 1358.

Lauer, J. Leonh., Spez.= u. Landesprodhdlg. 7. D. L. 382.

Lauer, Ernst Ludw., Kammfabrikant. 25. D. L. 1571b.

Lauer, Ludw. Chrst., Medailleur. 24. D. L. 1468.

Lauer, J. Jac., Privatier. 24. D. L. 1468.

Lauer, S. F., Hopfenhändler. 17. D. L. 932.

Lauer, Pet., Hornpreffermeister. 20. D. L. 1231.

Lauer, J. Mich., Spiegelbeleger. 29. D. S. 203a.

Lauer, Conr., Spiegelglasbeleger. 29. D. S. 195.

Lauerer, J. Mich., Schneidermeister. 4. D. L. 201.

Laufer, Casp., Fabrikschloffer. 21. D. S. 1433c.

Laun, J. Jac., Mechaniker. 20. D. L. 1236.

Laun, Hedw., Wäscherin. 8. D. S. 582.

Laun, M., Mechanikuswwe. 5. D. S. 369.

Lauterbach, k. Lieutenant. 2. D. S. 158.

Lauterkorn, J. Gg., Fabrikarbeiter. 18. D. L. 1108.

Lebegern, Gg., Gärtner. 32. D. S. 138.

Lebender, Kunig., Handelsfrau. 16. D. S. 1108.

Lebender, Carl, Mufiker. 21. D. L. 1253b.

Lebender, Anna, Zugeherin. 22. D. S. 1516b.

Lebold, J. Gg., Schuhmachermeister. 24. D. L. 1495.

Lechner, Leonh., Broncefabrikant. 3. D. L. 139.

Lechner, Gg., Garkoch z. Eichhörnchen. 21. D. S. 1437.

Lechner, Joh., Drechslermeister. 22. D. L. 1318.

Lechner, Aug. Frdr., Broncefabrikant. 5. D. L. 256a.

Lechner, Gg., Steindrucker. 18. D. L. 1087.

Lechner, Gg., Braumeister. 18. D. L. 1056.

Lechner, J., Fuhrmann. 17. D. L. 1237.

Lechner, Joh., Pappwaarenverfertiger. 3. D. S. 222.

Lechner, Marie, Wäscherin. 26. D. L. 786.

Lechner, M., Meßgehilfe. 4. D. S. 302.

Lechner, J., Patentstiftarbeiter. 22. D. L. 1313.

Lechleithner, Anna Kath., Hauptm.=Wwe. 23. D. S.1565.

Lechler, J., Schmiedgeselle. 29. D. L. 3.

Lederer, Pauline, Wwe, Brauereibefitzerin. 24 D. L. 1510.

Lederer, Frdr., Wirth. 20. D. S. 1350.

Lederer, S. Casp., Comptoirist. 18. D. S. 1260c.

Lederer, K. M., Rosoli= u. Liqueur=Gesch. 15. D. L. 792ac.

Lederer, Christ., Gastwirth. 18. D. L. 1018.

Lederer, Barb., Galanteriewaarenhdl. 8. D. S. 576.

Lederer, M., Borstengeschäft. 18. D. L. 1078.

Lederer, Juliane Kath., Wwe. 2. D. L. 83.

Lederer, Conr., Locomotivheizer. 27. D. L. 45.

Lederer, Christ., Kofferträger. 29. D. L. 16a.

Lederer, Wolfg., Tünchergeselle. 29. D. L. 19.

Lederer, Christ., Handlanger. 11. D. L. 567.

Lederer, Karoline, ledig. 13. D. L. 656.

Lefebre, Marg., Stecknadelarbeiterin. 12. D. L. 631.

Leger, Carl, Manufacturwaarenhdlg. 3. D. L. 125.

Leger, Max, Privatier. 25. D. L. 1556.

Leger, Eva M., Zugeherin. 10. D. S. 740a.

Legler, Anna, Buchdruckerswwe. 18. D. S. 1257.

Lebenbauer, Wilh., Tapetenfabrikant. 24. D. L. 1454.

Lehmann, Nanette, Kaufmannswittwe. 13. D. S. 917.

Lehmann, Sigm., Privatier. 16. D. L. 873b.

Lehmann, Joh., Zinngießermeister. 14. D. L. 758.

Lehmann, Christ., Drechslermeister. 18. D. L. 1041.

Lehmann, Heinr., Privatier. 32. D. S. 13.

Lehmann, Frdr., Rentenverwalter. 10. D. S. 690.

Lehmann, Sim., Musiker. 18. D. L. 1064.

Lehmeier, Zach., Porzellanmaler. 4. D. L. 213.

Lehmeyer, J. Gg., Garküche z. weiß. Engel. 12.D.S.826.

Lehmeyer, Ant., Eisenbahnarbeiter. 10. D. L. 491.

Lehmeier, Sim., Musiker. 10. D. L. 506.

Lehner, J. M. Gg., Kaufm. u. Kupferhandlg. 17.D.L.995.

Lehner, K., jun., Kaufmann. 17. D. L. 995.

Lehner, Chrstph., Zirkelschmiedmeister. 20. D. L. 1241.

Lehner, J. Ad., Metallschlager. 21. D. L. 1267.

Lehner, Frdr., Bäckermeister. 17. D. L. 947.

Lehner, Lorenz, Schmiedmstr. u. Wagenfabrik. 4. D. S. 301.

Lehner, J., Schellenmachermstr. 20. D. L. 1232.

Lehner, Konr., Schellenmacher. 20. D. L. 1241.

Lehner, Kunig., Tünchergesellenwwe. 23. D. L. 1423.

Lehner, Conr., Fabrikarbeiter. 26. D. L. 72.

Lehnert, Mich., Taglöhner. 26. D. L. 56.

Lehnert, Gg., Tabakarbeiter. 19. D. L. 1171.

Lehnhard, Gg., Einkassier. 25. D. L. 1564c.

Lehnhoff, Eugen, Privatier. 9. D. L. 438.

v. Lehrs, Marie, Hauptmannswwe. 11. D. S. 791.

Lehr, Gg., Bezirksger.-Secretär. 8. D. L. 430.

Lehr, Casp., Schneidermeister. 19. D. L. 1136.

Lehr, Christ. Wilh., Tuchmacher. 19. D. L. 1165.

Lehr, Apoll., Tuchmachermeisterswwe. 19. D. L. 1165.

Lehr, Marg., Wittwe. 26. D. S. 20.

Lehr, Anna, Bleistiftpolirerin. 9. D. S. 616.

Lehrmann, Frdr., Kramkäufel. 1. D. S. 55.

Lehrmann, J. Casp., Schuhmachermeister. 25. D. S. 1697f.

Lehrhardt, Gg., Flaschnermeister. 18. D. L. 1045.

Lemarié, J. Jak., Offiziant. 12. D. L. 621.

Lemmert, Magd., Kaufmannswwe. 30. D. L. 11e.

Lendle, Jos., Gold- u. Silberarbeiter. 3. D. L. 148.

Lengenfelder, Gg., Handlungsreisender. 2. D. L. 100.

Lengenfelder, J., Photograph. 4. D. S. 332.

Lengenfelder, J., Peitschenmacher. 27b. D. L. 162a.

Lengenfelder, J. Peter, Gartenbesitzer. 31. D. S. 129.

Lengenfelder, J., Scheibenzieher. 25. D. S. 1670.

Lengenfelder, Paul, Peitschenfabrikant. 8. D. S. 561a.

Lengenfelder, Joh., Lokomotivführer. 13. D. L. 686.

Lengenfelder, Jos., Peitschenmacher. 5. D. S. 433.

Lengenfelder, Felix, Citronenhändler. 5. D. L. 240.

Lengenfelder, J. A., Feilenhauermstr. 14. D. L. 725.

Lenz, Chr., u. Herold, Gg. (F.: Burgschmiet). 32. D. S. 95.

Lenz, Joh., Rothschmiedmeister. 15. D. L. 782.

Lenz, Christph., Schellenmachermstr. 18. D. L. 1011.

Lenz, J. Sam., Schellenmachermstr. 23. D. S. 1530.

Lenz, Jos., Conducteur. 27a. D. L. 38.

Lenz, Barb., Wittwe. 18. D. L. 1011.

Lenz, Heinr., Zimmermaler u. Lackirer. 14. D. L. 723.

Lenz, Lisette, Näherin. 24. D. S. 1637.

Leibinger, Kunig., Fabrikarbeiterin. 27a. D. L. 42a.

Leibinger, Soph., Fabrikarbeiterin. 31. D. S. 127.

Leibold, J. Andr., Büttnermeister. 22. D. L. 1322.

Leibold, Rosine, Zugeherin. 19. D. S. 1318.

Leicht, K., Notariats-Act. 15. D. S. 1017b.

Leidig, Carl Frdr., Gürtler. 3. D. L. 169.

Leidel, Carl, Ingenieur. 16. D. L. 878.

Leidinger, Wilh., Blätterbinder. 26. D. S. 62.

Leidner, Marg., Näherin. 6. D. S. 441.

Leidtner, Leonh., Modelschreiner. 28. D. S. 137.

Leidner, Apoll., Gemüsehändlerin. 26. D. S. 62.

Leidenbauer, J., Drahtarbeiter. 17. D. L. 982a.

Leidenberger, Wilh., Ausläufer. 24. D. L. 1448.

Leierer, Christ., Roßhaarspinner. 24. D. L. 1466a.

Leikam, Kunig., Taglöhnerin. 27. D. S. 125.

Leikauf, Marie, Cantorswwe. 1. D. L. 68.

Leikauf, Conr., Ausläufer. 14. D. L. 734.

Leikauf, Wolfg., Steinhauergeselle. 30. D. L. 19a.
Leimann, Julie, Pfarrwittwe. 11. D. S. 779.
Leinberger, Gg., Bierwirth z. Höhle. 1. D. S. 45.
Leinberger, Ludw., Polizeisoldat. 1. D. S. 1d.
Leinberger, Kunig.. Näherin. 10. D. L. 507.
Leinberger, Heinr., Großpfragner. 19. D. L. 1124.
Leinberger, Joh., Oekonom. 26. D. L. 58.
Leiner, Frdr., Eisenbahn=Conducteur. 9. D. L. 458.
Leipert, Erhard, Metallschlagermstr. 5. D. L. 249.
Leipold, Frdr., Kleidermacher. 9. D. S. 650.
Leipolt, Tapezier. 4. D. L. 181.
Leipold, Carl, Tapezier (Möbel=Magazin). 2. D. L. 101.
Leipold, Carl Ed., Kammmachermstr. 25. D. L. 1540.
Leipold, Georg, Büttnermeister. 29. D. L. 24.
Leipold, Sybilla, Näherin. 16. D. S. 1108.
Leipold, Peter, Schuhmachermeister. 7. D. S. 542.
Leist, Joh. Steph., Handelsmann. 13. D. L. 707.
Leister, Friederike, Wittwe. 4. D. S. 260.
Leistner, Joh., Kramkäufel. 2. D. S. 136.
Leistner, Elias, Holzhauer. 19. D. S. 1283b.
Leithner, Oberlehrer. 14. D. S. 978.
Leithner, Joh., Auslaufer. 17. D. L. 1170.
Leitzel, Aug. Benj., Nachtlichterfabrikant. 19. D. L. 1170.
Leitzel, Marg., Stecknadelmacherswwe. 16. D. S. 1107.
Leitzel, Marg., Wäscherin. 28. D. L. 96.
Leitzel, J. Clara, Kammmacherswwe. 10. D. L. 531.
Leitzmann, Dor., Wäscherin. 28. D. L. 91.
Leitzmann, Frdr., Holzhauer. 28. D. L. 71.
Leitzmann, J. Conr., Papparbeiter. 6. D. S. 448.
Leitzmann, Gg. Albr., Metzgermeister. 20. D. L. 1248.
Leitzmann, Pet. Paul, Einkassier. 15. D. S. 1056.
Leitzmann, Heinr., Buchbindermeister. 17. D. S. 1200.
Leonhard, Gg., Buchhalter. 8. D. L. 433.
Leonhard, Gg., Schneidermeister. 3. D. S. 194.
Lerch, Albr., Holzdrechsler. 27b. D. L. 103.
Lerchenthal, Seeligmann, Hopfenhdlr. 2. D. S. 96.
Leßky, Anna, Auslauferswwe. 5. D. S. 364.
Leßner, J., Kramkäufel. 2. D. S. 135.
Letsch, Elis., Kammmacherswittwe. 13. D. L. 691.
Letsch, Gg., Kammmacher. 12. D. S. 627.
Lettenmeyer, J., Lebküchnergeselle. 16. D. S. 1137.
Leudenberger, J., Auslaufer. 6. D. S. 445.
Leuchs, J. C. (F.: C. Leuchs u. Comp.) 13. D. S. 904.

Leuchs, Herrmann, Kaufmann. 28. D. S. 178.

Leuchs, Frdr., Kaufmann. 19. D. S. 1333.

Leuchs, Eduard, Kaufmann. 7. D. S. 297.

Leuchs, Ferd., Weinhandlung. 8. D. S. 559.

Leuchs, Carl, k. Deposital-Secretär. 11. D. S. 783.

Leuchs, Kassierswwe. 17. D. L. 932.

Leutzinger, C., Tapetenfabrikant. 12. D. L. 607a.

Leybold, Carl, Ingenieur. 4. D. L. 191.

Leybold, J., Güterlader. 12. D. L. 651.

Leybold, J. M., Taglöhner. 26. D. S. 38.

Leybold, Kunig., Tabakeinkäuferswwe. 13. D. S. 911.

Leybold, Dr. med., prakt. Arzt. 3. D. L. 124.

Leybold, Heinr., Wirthschaftspächter. 16. D. L. 852.

Leypold, J. Heinr., Wirthschaftsbesitzer. 15. D. S. 1039.

Leypoldt, J. W., Kaufmann. 10. D. S. 690.

Leykauf, Kath., Wwe. 30. D. S. 3 a b.

Leykauf, Thom., k. Professor. 30. D. L. 42.

Leykauf, Andr., Drahtzieher. 10. D. S. 678.

Leykauf, Christ., Eisendreher. 25. D. S. 1675b.

Leykauf, J., Peuntarbeiter. 31. D. S. 123.

Leykam, Joh., Spezerei-, Material- u. Farbw. 8. D. L. 417.

Leykam, A. K., Wirthswwe z. gold. Anker. 27. D. S. 98.

Leykam, Gg. Heinr., Steinmetzengeselle. 26. D. S. 33.

Leikam, Auguste, Wirthswwe. 5. D. S. 360.

Leyrer, Leonh., Fabrikarbeiter. 15. D. S. 1017.

Lieb, Jakob, Kürschner. 12. D. S. 838.

Liebel, Georg, Schachtelmachermstr. 18. D. S. 1247b.

Liebel, Joh., Brauereibesitzer. 22. D. S. 1461.

Liebel, Gg., Schneidermeister. 16. D. S. 1103.

Liebel, Wilh., Lohnkutscher. 17. D. L. 999.

Lichteneber, Anna M., Spielwaarenm.-Wwe. 22.D.L.1338.

Liebeck, Carl, Kammmachermeister. 27. D. S. 92.

Liebeck, Ludw., Kammmachermstr. 27. D. S. 94.

Lieber, Conr., Farbholzmüller. 28. D. S. 140.

Liebermann, J. Conr., Garkoch. 23. D. L. 1418.

Liebermann, Joh., Handelsgärtner. 26. D. L. 75.

Liebermann, J. Mart., Gärtner. 32. D. S. 123a.

Liebermann, Heinr., Gartenbesitzer. 31. D. S. 131.

Liebermann, Anna Marg. 31. D. S. 132.

Liebermann, Leonh., Pachtgärtner. 30. D. S. 192.

Liedl, J. Jos., Friseur. 1. D. S. 22.

Liedl, A., Friseur. 18. D. S. 1250a.

Liedl, Frbr. Carl, Friseur. 7. D. L. 411.

Liedl, Max, Friseur. 2. D. S. 166.

Liesmann, Christine, Feinwäscherin. 22. D. L. 1341.

Lill, Carl, Posamentier. 22. D. L. 1304.

Liller, Susanne, Wwe., Zugeherin. 19. D. S. 1317.

Lindel, Magd., Cigarrenmacherin. 23. D. S. 1557.

Lindenmayer, Max, Dr., Bat.-Arzt. 5. D. L. 254.

Graf v. Linden-Weickmann-Frauenberg, k. württembergischer Hauptmann, Rittergutsbesitzer. 32.D. S.90.

v. Lindenfels, Freih. Carl, Generalmaj. u. Stadtcommandant. 3. D. S. 173.

Linder, Val., Fabrikschreiner. 14. D L. 740.

Lindörfer, J. Mich., Fabrikarbeiter. 16. D. S. 1156.

Lindmann, J., Photograph. Vor d. Vestnerthor. 118.

Lindemann, Julie, Kleidermacherin. 32. D. S. 26.

Lindner, Christ. Aug., Beutlermeister. 27a. D. L. 43.

Lindner, Wilh., Schachtelmacher. 3. D. S. 235b.

Lindner, Kath. F. 32. D. S. 5.

Lindner, G. L., Tuchbereit. u. Decat. 17. D. S. 1211.

Lindner, J. Ernst, Kaminkehrermeister. 22. D. S. 1507.

Lindner, Heinr., k. Notar. 10. D. S. 675.

Lindner, Christ., Wundarzt. 16. D. S. 1106.

Lindner, Anna Felic. Güterbestätterswwe. 8. D. L. 412a.

Lindner, Gg., Maler. 17. D. L. 976f.

Lindner, Dav., Briefträger. 18. D. L. 1063c.

Lindner, Frz., Flaschnergeselle. 18. D. L. 1004.

Lindner, Karl, Schneidergeselle. 3. D. S. 187.

Lindner, Gg., Fabrikarbeiter. 15. D. S. 1074b.

Lindner, Gg., Wagenwärter. 30. D. L. 126.

Lindstadt, Ad., Goldschlagermstr. 29. D. L. 17.

Lindstatt, J. Gabr., Privatier. 8. D. L. 403.

Lindstatt, J. Mich., Zimmermeister. 23. D. L. 1429.

Lindtstadt, Ulr., Zimmergeselle. 29. D. L. 17.

Lingmann, J. Thom., Großpfragner. 23. D. S. 1561.

Lingmann, Lor., Bäckermeister. 19. D. L. 1136.

Linhard, J. Leonh., Rothschmiedmstr. 9. D. S. 626.

Link, Seb., q. Appellger.-Registr. 26. D. L. 81.

Link, J. Jac. Wilh., Hopfenhandlung. 6. D. L. 322.

Link, Marie, Expeditors-Wwe. 12. D. S. 842.

Link, Gg. Leonh., Drechslermeister. 5. D. S. 416.

Link, Conr., Graveur. 12. D. S. 824.

Link, Wolfg., Auctionator. 14. D. S. 994.

Link, Chr., Auslaufer. 18. D. S. 1246a.

Link, Sus. u. Marie, Papparbeiterinnen. 15. D. S. 1054.

Link, Nanette, Portef.-Arbeiterin. 26. D. S. 66.

Link, Conr., Elfenbeingraveur. 15. D. S. 1037.

Link, J. Conr., Portefeuiller. 1. D. L. 60.

Link, J Math., Schuhmachermeister. 25. D. L. 1561b.

Link, Wilh., Eisendreher. 18. D. L. 1041.

Link, Conr., Fabrikschmied. 26. D. S. 21.

Link, Anna, Goldspinnerswwe. 20. D. S. 1350.

Linckmann, Christoph, Bierwirth. 3. D. L. 126.

Linz, Marie, Metallschlagerswwe. 18. D. L. 1038.

Linz, Carl Theod., Gastwirth. 18. D. L. 1006.

Linz, Sus., Fabrikarbeiterswwe. 29. D. S. 203b.

Linds, Katharine, Wittwe. 18. D. L. 1078.

Linzeneier, Frz., Lackirer. 15. D. S. 1075.

Linzmeyer, Gottfr., Käsehändler. 27a. D. L. 6c.

Linzmeier, Kath., Wwe. 27a. D. L. 67.

Linzenwäger, J., Schneidermstr. 3. D. S. 178.

Linzer, Frdr., Maurergeselle. 12. D. L. 601.

Lippert, Joh., Wirthsch. z. Näpplein. 7. D. L. 390.

Lippert, Marianna, Hebamme. 14. D. L. 770b.

Lippert, Magdalene, Stabstromp.-Wwe. 25. D. S. 1704.

Lippert, H., Musiker. 17. D. L. 958.

List, Herm., Schuhmachermeister. 15. D. L. 785.

List, Joh., Handlungsreisender. 27a. D. L. 5.

List, J., Eisenbahnarbeiter. 12. D. L. 653.

List, J., Fabrikarbeiter. 23. D. S. 1531c.

List, J. Andr., Steinmetzengeselle. 18. D. L. 1066.

Lizius, Herm., k. Offizial. 18. D. L. 1000a.

Löb, Heinr., Gastw. z. goldenen Krone. 13. D. S. 902.

Lober, J. Jac., Kärnerswwe. 4. D. L. 220.

Lober, Thom., Bote. 25. D. S. 1682.

Lobenhofer, J. W. u. Heinr. Ph. Tuchhdlg. 1. D. S. 27.

Lobenhofer, Wilh. Phil., Kaufmann. 12. D. S. 815.

Lobenhofer, S. Magd., Kaufm.-Wwe. 1. D. S. 27.

Lobenwein, J. Gg., Spielwaarenmacher. 10. D. S. 684.

Lobenwein, Esther, Näherin. 3. D. L. 153.

Lobig, Conr., Drechsler. 17. D. L. 621.

Lobinger, Babette, Ladnerin. 7. D. S. 512b.

Loch, Gg. Adam, Blumen- u. Federschmuckhandl. 12. D. S. 869.

Locher, Sigm., Lackirer. 16. D. S. 1087ab.

Locherer, Steph., Mechaniker. 12. D. L. 627.

Löchler, Joh., Holzhauer. 18. D. S. 1267b.

v. Lochner, Christ. Frhr., v. Hüttenbach. 25. D. S. 1702.

Lochner, Friederike, Doctorswwe. 10. D. S. 681.

Lochner, M., Doctorswwe. 8. D. S. 551a.

Lochner, Dr., q. Rector. 8. D. S. 577.

Lochner, J. Wolfg., Drahtfabrikant. 10. D. S. 712.

Lochner, Sabine, privatisirt. 13. D. S. 890.

Lochner, Anna, Messerschmiedswwe. 19. D. L. 1126a.

Lochner, J., Postpacker. 16. D. L. 889.

Lochner, J. Pet., Briefträger. 18. D. S. 1243a.

Lochner, Gg., Packmeistergehilfe. 17. D. L. 999a.

Lochner, Gg., Canzlist. 23. D. L. 1424.

Lochner, Nanette, Stecknadelmacherswwe. 17. D. S. 1238.

Löckler, Gg., Suppenanstaltsbesitzer. 12. D. L. 635.

Lödel, J. Mart., Kaufmann. 5. D. S. 413.

Loe, Carl, Photograph. 2. D. S. 168a.

Löfflat, Joh. Mich., Schuhmachermeister. 13. D. S. 912.

Löffler, Christ. Carl, Privatier. 19. D. L. 1157.

Löffler, Julie, Wwe., Schreibfedern u. Siegellack. 3. D. S. 226.

v. Löffelholz, Wilh., Freifräulein, Privat. 20. D. S. 1385.

Lögler, Carl, Reißzeugfabrikant. 20. D. L. 1245.

Lögler, J. Wolfg., Taglöhner. 28. D. L. 69.

Loh, Kathar., Nachtlichtermacherin. 12. D. S. 854.

Lohbauer, Gg. Heinr., Goldsticker. 12. D. L. 607a.

Lohbauer, J. Jak., Fabrikarbeiter. 26. D. S. 69.

Lohbauer, J., Fabrikarbeiter. 24. D. L. 1457.

Lohbauer, J Jak., Taglöhner. 16. D. L. 905.

Lohbauer, Carl, Tünchergeselle. 19. D. S. 1292.

Lohe, Aug., Posamentier. 20. D. L. 1236.

Lohe, Gebrüder, Hopfenhandlung. 10. D. L. 487.

Loehe, J. Frdr., Handlungsreisender. 19. D. L. 1155.

Löhr, Kathar. 17. D. L. 950.

Loffeier, Kath., Näherin. 23. D. L. 1414a.

Löhner, J. Jak., Steindruckereibes. 14. D. L. 1466.

Löhner, J. Carl, Kammfabrikant. 3. D. S. 211.

Löhner, Frdr., Musikinstrumentenfabr. 14. D. S. 998.

Löhner, Christ., Registrator. 5. D. L. 236.

Löhner, M., Kaufmannswittwe. 8. D. S. 594.

Löhner, Carl, Photograph. 3. D. L. 169.

Löhner, Nic. Adam, Magistrats-Canzlist. 20. D. L. 1216.

Löhner, J. Gottl., Wirthschaftsbesitzer. 26. D. L. 78.

Löhner, Güterbestätterswwe. 17. D. S. 1169.

Löhner, Babette, Fräulein. 5. D. L. 277.

Löhner, Joh., Maschinenmeister. 24. D. S. 1615.

Löhner, Burkhard, Kartenmacher. 4. D. S. 290.

Löhner, Just., Wirthschaftspächter. 26. D. L. 39.

Löhner, A. H., Drechslermeister. 32. D. S. 101.
Löhner, J., Schneidermstr. 24. D. L. 1488a.
Löhner, Gg., Spielwaarenmacher. 32. D. S. 61.
Löhner, Joh., Spielwaarenmacher. 24. D. L. 1474.
Löhner, Jak., Flaschnermeister. 24. D. S. 1606.
Löhner, Babette, Metallschlagersfrau. 21. D. L. 1273.
Löhner, Mart., Zimmergeselle. 30. D. L. 43.
Löhner, Adam, Fabrikarbeiter. 15. D. S. 1040.
Lohner, J. Gg., Fabrikschlosser. 10. D. S. 1240.
Löhner, Elise, Erdenkäuflin. 22. D. L. 1358.
Löhnerer, Joh. Thom., Käsehändler. 18. D. L. 1004.
Löhnerer, Gg, Kammmachermeister. 13. D. L. 657.
Löhnert, K. H., Fabrikschlosser. 29. D. S. 209.
Lohnert, Marie, Kleidermacherin. 12. D. L. 639.
Löhnes, Jakob, Steindruckereibesitzer. 24. D. L. 1466.
Lohmüller, J., Eisenbahn-Conducteur. 30. D. L. 60.
Lohmüller, J., Charcutier. 1. D. S. 12.
Lochmüller, Gg., Auslaufer. 5. D. S. 400.
Lohrmann, J. D. Aug., Schuhmachermeister. 3. D. L. 168.
Löhr, Gg. Ernst, k. q. Revis.-Beamt. 3. D. L. 165.
Löhr, Jul., k. Oberlieutenant. 4. D. S. 331a.
Löhr, J. Friedr., Bierwirth. 4. D. S. 284.
Lohrer, Christ. Jak., Lehrerswwe. 30. D. L. 112.
Lorbeer, Eleonore, Landrichterswwe. 8. D. S. 551b.
Lorenz, J. Carl, Rothschmiedmeister. 18. D. S. 1274.
Lorenz, J. M., Metalldrucker. 23. D. S. 1531a.
Lorenz, Jul., Conditor. 18. D. L. 822.
Lorenz, Joh., Maler. 32. D. S. 134.
Lorenz, Joh., Drechsler. 23. D. S. 1531a.
Lorenz, Ferd., Spinner. 27. D. S. 94.
Lorenz, Albert, Kleidermacher. 19. D. S. 1314.
Lorenz, Susanne, Dachdeckermeisterswwe. 16. D. S. 879.
Lorenz, J. Wolfg., Metzgermeister. 22. D. L 1329.
Lorenz, Joh., Stecknadelmachermstr. 25. D. L. 1560.
Lorenz, Andr., Flaschner. 7. D. S. 543.
Lorenz, Christ., Schlossergeschäftsführer. 24. D. S. 1610.
Lorenz, Paul, Mechaniker. 30. D. S. 8.
Lorenz, Mich., Heubinder. 26. D. L. 54.
Lorenz, Conr. Loth., Oekonom. 27. D. L. 134.
Lorenz, Aug., Leichenfrau. 1. D. S. 93.
Lorenz, Wolfg., Fruchtträger. 15. D. L. 838.
Lorsch, Joh., städt. Stallmeister. 12. D. L. 594.

Lorsch, Friederike, Fräulein. 12. D. L. 604b.

Lorsch, C. u. Zöpfl, L., Tabakfabrik. 5. D. S. 372.

Lortzsch, A. C., Zirkelschmied. 6. D. S. 435.

Lorz, J. Chr. Gg., Wirthschaftsbesitzer. 3. D. S. 197.

Lorz, Gg., Webermstr. 13. D. S. 940.

Loos, J. Erh., Schweinemetzgermstr. 23. D. L. 1405.

Loos, J. Gg., Wirthsch. z. Stadt Venedig. 22. D. L. 1344.

Loos, Frdr., Zinngießermstr. 9. D. L. 462.

Loos, Gg., Spielwaarenmacher. 12. D. L. 656.

Loos, Joh., Tagarbeiter. 30. D. L. 25.

Loos, J. C., Kaminkehrermstrswwe. 4. D. S. 273.

Loos, M. Magd., Buchdruckerswwe. 6. D. S. 458.

Loos, Chrstn., Steinmetz. 27b. D. L. 101.

Loos, Elis., Zugeherin. 15. D. S. 1032.

Loos, Marie, Leichenfrau. 29. D. S. 218.

Loos, J., Fabrikarbeiter. 13. D. S. 935.

Loos, Joh., Portefeuilleur. 13. D. S. 935.

Loos, Gg., Eisenbahnarbeiter. 29. D. L. 15.

Loos, J., Steinhauergeselle. 29. D. L. 7.

Loeßel, J., Verdinger männl. Dienstboten. 14. D. S. 981.

Löffel, Gg., Hornpressermstr. 23. D. L. 1412.

Lösel, Paul, Schneidermstrswwe. 17. D. L. 993.

Lößel, Frdr., Hornpresser. 21. D. L. 1300.

Lößel, J. Wolfg., Kammacherswwe. 18. D. L. 1080.

Lößel, Matth., Hornpressermstr. 23. D. L. 1421.

Lößel, Cath., Wittwe. 27. D. S. 117.

Löffel, Sim., Schreinergeselle. 3. D. S. 205.

Lösel, J. Frdr., Hammerschmied. 20. D. S. 1357c.

Lößel, Cath., Wittwe. 32. D. S. 65a.

Löser, J. Conr., Schriftsetzer. 5. D. L. 244.

Löser, Marg. 31. D. S. 140a.

Lösch, J. Heinr. Ferd., k. Pfarrer. 26. D. S. 44.

Lösch, Dr., I. Pfarrer bei St. Aegydien. 11. D. S. 779.

Lösch, Aug., k. Pfarrer. 5. D. L. 272.

Lösch, L. C., Eisengußwaaren. 15. D. S. 1005.

Lösch, J. M., Schneidermstr. 16. D. S. 1096.

Löscher, J. Mich., Schneidermstr. 31. D. S. 118.

Löscher, J. Chrst., Schuhmachermstr. 3. D. S. 179.

Löscher, Phil., Handlanger. 32. D. S. 58.

Loschge, J. Jac., Privatier. 32. D. S. 111.

Loschge, J. Jac., Kaufm., Papierhdlg. 8. D. S. 568.

Loschge, J. Carl, Kaufmann. 9. D. S. 611.

Lößlein, J. Gg., Magistrats-Registrator. 15. D. S. 1075.

Lößlein, Jak., Fabrikarbeiter. 9. D. L. 444.

Lößlein, Wilh., Schreinergeselle. 19. D. L. 1138.

Lotter, J., Blechlackirer. 17. D. L. 988.

Loestein, Frdr., Auslaufer. 4. D. L. 221.

Lotter, J. Gg., Kupferschmiedmstr. 15. D. L. 825.

Lotter, J. Frdr., Kupferschmied. 6. D. L. 294.

Lotter, Gg., Café u. Restauration. 4. D. L. 196.

Lotter, Marg., Webermstrswwe. 18. D. S. 1241b.

Lotter, Carl Frdr., Stadtgerichtsbote. 9. D. S 647.

Lotter, Gg. Leonh., Optiker. 3. D. S. 200.

Lotter, F. A., Gastwirth z. Schranke. 5. D. S. 430.

Lotter, Joh., Schmiedmstr. 13. D. S. 921.

Lotter, Marg., Kupferschmiedswwe. 19. D. L. 1178.

Lottes, Anna, Wittwe, Wäscherin. 1. D. L. 71.

Lottes, J. Barth., Zirkelschmied. 25. D. S. 1697d.

Lottes, Barb., Erdenkäuflin. 3. D. L. 154.

Lottner, J. Mich., Kammmachermstr. 5. D. S. 345.

Löwenstein, J. u. Held, L., Weberfabr. 7. D. L. 367.

Loy, J. Gg., Maurer- u. Tünchermstr. 30. D. L. 126.

Loy, Frdr., Zimmergeselle. 28. D. L. 64.

Loy, Frdr., Bäckermstr. 10. D. S. 724.

Loy, Andr. Fabrikarbeiter. 15. D. S. 1074a.

Loy, J. Jak., Fabrikarbeiter. 27a. D. L. 46.

Lotzbeck, Julie, Pfarrerswwe. 9. D. L. 449.

Lotzbeck, J. L., Verlagsbuchhdlg. 3. D. L. 124.

Luber, J. Paul, Handschuhmachermstr. 17. D. S. 1180.

Luber, J. Leonh., Wirthschaftsbesitzer. 17. D. L. 957.

Luber, Cath., Büglerin. 24. D. L. 1492.

Luber, Elis., ledig. 24. D. L. 1492.

Lubinger, G., Drechslermstr. 3. D. L. 156a.

v. Lucas, Frz., Kaufmann. 6. D. L. 308.

Lucas, Lor., Zimmergeselle. 24. D. L. 1448.

Ludhardt, Nic., Hauptzollamts-Verw. 10. D. L. 526b.

Ludwig, Frdr., Kammmacher. 32. D. S. 51.

Ludwig, J., Schneidermeister. 32. D. S. 139a.

Ludwig, Ed., Papiermachéearbeiter. 19. D. S. 1295.

Ludwig, J. P. M., ehem. Lehrer. 15. D. S. 1029.

Ludwig, N., Schuhmachermstr. 27a. D. L. 56.

Ludwig, Ulr., Schlossergeselle. 29. D. S. 225.

Luff, J. Gg., Kutscher. 1. D. S. 70a.

Luger, Gottl. Wilh., Wirth. 14. D. L. 754.

Luger, Chr. Fr., Lebküchner. 6. D. S. 452a.

Luibl, Felix, Spielwaarenmacher. 20. D. S. 1366.

Lukas, J., Paternostermacher. 23. D. L. 1398.

Luckmeier, Marie, Kleidermacherin. 9. D. S. 614.

Lunz, Mich., Hafnermeister. 19. D. L. 1176.

Lunz, Theodor, Hafnermeister. 17. D. L. 998.

Lunz, Wolfg., Maurer- u. Tünchermstr. 19. D. S. 1285.

Lunz, Friedr., Restaurateur. 26. D. L. 61.

Lunz, Andr., Tünchergeselle. 2. D. S. 107.

Lunz, Steph. Joh., Eisenbahnschlosser. 12. D. L. 642.

Lunz, Marg., Wwe., Zugeherin. 4. D. S. 284.

Lunz, Marie, Wittwe. 22. D. L. 1323.

Lunz, J. Gg., Zimmergeselle. 28. D. L. 98.

Lunz, Chr., Sackträger. 14. D. L. 718.

Lunz, Joh., Schneidergeschäftsführer. 17. D. L. 976g.

Lunz, Joh., Tünchergeselle. 14. D. L. 741.

Lusch, Carl, Privatier. 5. D. L. 269a.

Lust, Salomon, Landesprodukte. 18. D. L. 1036.

Luttenberger, Marg., k. Revierförsterswwe. 21.D.S.1423.

Luther, Lorenz, Zimmergeselle. 21. D. S. 1422.

Lutli, Juliane, Wittwe. 15. D. L. 785.

Lux, Wolfg., Bahnwärter. 28. D. L. (Bahnhof.)

Lux, Fedor, k. Staats-Anwalt. 6. D. L. 320.

Lux, Anna, Fabrikarbeiterin. 11. D. L. 554.

Lux, Carl, Monteur. 28. D. S. 142.

Lux, Ant., Wagenwärter. 24. D. L. 1464.

Lutz, Babette, Post-Expeditorswwe. 23. D. L. 1395.

Lutz, Thom., Citronenhändler. 7. D. S. 509.

Lutz, Joh. Gg., Handelsmann. 15. D. L. 792c.

Lutz, Joh., Eisenbahnarbeiter. 30. D. L. 19.

Lutz, J Gg., Beutler. 29. D. S. 220.

Lützelberger, Archivar.

Lützelberger, Gg., Lackirer. 4. D. S. 302.

Lützelberger, Gg. Chr., Hornpresser. 17. D. L. 975.

Lutzner, J., Gartenbes. u. Wirthschaft. 32. D. S. 126.

Lutzner, Marg., Näherin. 21. D. S. 1424.

Lutzner, J., Obsthändler. 14. D. S. 1001c.

M.

Macco, Soph., Beamtentochter. 30. D. S. 190.

Mader, Joh. Gg., Drechslermeister. 22. D. S. 1499.

Mader, Frz., Fabrikarbeiter. 27a. D. L. 54.

Macher, Peter, Gastwirth. 6. D. L. 293b.

Macher, Gg., Uhrmacher. 13. D. S. 955.

Macher, Gg., Drechslermstr. 4. D. S. 262.

Macher, Mart., Drechslermstr. 19. D. L. 1069.

Macher, Gg. Wolfg., Friseur. 14. D. S. 970.

Macher, Marg., Zuspringerin. 8. D. S. 582.

Mack, Jak., Bildhauer. 1. D. S. 44.

Mack, Joh., Fabrikschreiner. 18. D. L. 1003.

Mader, Mart., Eisenbahn-Assistent. 6. D. L. 336.

Maderholz. Joh. Matth., Kammmacher. 12. D. L. 628.

Maderholz, J. Gg., Wirthschaftsbesitzer. 21. D. S. 1390.

Maderholz, Phil., Fabrikarbeiter. 22. D. S. 1450.

Maderholz, Marg., Fabrikarbeiterin. 28. D. S. 152.

Mäderer, Nanette, Kaufmannswittwe. 2. D. L. 107.

Mäderer, J., Flaschnermeister. 21. D. S. 1435.

Mäderer, Paul, Hafnergeselle. 23. D. S 1530.

Mager, J., Schuhmachergeselle. 24. D. L. 1459.

Magnus, Conr., Webermeister. 27. D. S. 95.

Magnus, Gg., Webermeister. 12. D. S. 833.

Magnus, Christ., Fabrikarbeiter. 23. D. S. 1544.

Mahl, Gg. Frdr., Steinmetz. 18. D. S. 1260c.

Mahla, Eugen, Werkmeister a. d. Ostbahn. 30. D. L. 102.

Mahlmeister, Gg., Zimmergeselle. 23. D. S. 1576.

Mai, Joh., Galanterieschreiner. 15. D. S. 1037.

Maier, J. Gg., Kaufmann. 30. D. L. 91.

Maier, Conr., Kaufmann. 6. D. L. 294.

Maier, Joh., Schneidermeister. 5. D. S. 341.

Maier, G. Heinr., Rothgießermeister. 15. D. S. 1066.

Maier, Christ., Drechslermstr. 15. D. S. 1074.

Maier, Wolfg., Bäckermstr. 23. D. S. 1535.

Maier, Ludw., Tapezier. 8. D. S. 576.

Maier, Joh., Wirthschaftsbesitzer. 3. D. S. 203.

Maier, Joh., Pächter. 30. D. L. 38.

Maier, Apollonia, Kleidermacherin. 12. D. L. 578.

Maier, Fr., Schneidermeister. 4. D. S. 325.

Maier, Marie, ledig. 13. D. L. 697.

Maier, Magd., Wittwe. 27. D. S. 118.

Maier, St., Fabrikarbeiter. 21. D. L. 1286.

Maier, Joh., Bahnwärter. 30. D. L. 11f.

Maier, Konr. Gg., Fabrikarbeiter. 29. D. L. 22.

Maier, Mart., Fabrikarbeiter. 26. D. S. 17.

Maiberger, Joh., Eisenbahn-Magazinier. 24. D. L. 1478b.

Mailein, Ad., Lackirer. 21. D. L. 1286.

Mainberger, C., Wwe., Verlagsbuchhdlg. 13. D. S. 873.

Mainberger, Joh., Lackirer. 29. D. L. 38.

Mainer, Albertine, Malerswwe. 3. D. S. 202.

Maingast, Louise, Privatierswwe. 22. D. S. 1483.

Mais, Joh., ehem. Wirth. 13. D. S. 929.

Maisch, Fr., Metallschlagermstr. 6. D. L. 314.

Maisch, J. H., Strohhutfabrik u. Bleiche. 6. D. L. 293a.

Maisch, Frd., Fabrikarbeiter. 5. D. L. 244.

Maisch, Wilh., Zimmergeselle. 24. D. S. 1599.

Maison, M., Schneidermstr. 5. D. L. 232.

Malzer, Joh., Fournirsägebesitzer. 3. D. L. 139.

Malter, Pet., Schreinergeselle. 12. D. L. 639.

Mamolo, Joh., Schlossermstr. 16. D. L. 892.

v. Mann-Tiechler, Ritter, k. Postoffiz. 2. D. L. 100.

Mann, Gottl., Liniranstaltsbesitzer. 14. D. S. 960.

Mannal, Josepha, Weißnäherin. 24. D. S. 1595.

Mannert, Ferd., Handlungsreisender. 9. D. S. 659.

Mannert, Andr., Vergolder. 17. D. L. 948a.

Mandel, C., Siegellack, Papier u. Schreibmat. 10. D. L. 516.

Mandel, Lor., Goldschlagermstr. 15. D. L. 796.

Mandel, Heinr., Bürschner. 3. D. L. 156.

Mandel, Mich., Güterladergehülfe. 25. D. L. 1517.

Mänder, J. Frdr., Lackirer. 23. D. L. 1437.

Manger, Wilh., Schreiner. 17. D. L. 969a.

Mangold, Herm., k. Lieutenant. 7. D. L. 382.

Mangold, Steinhauergeselle. 30. D. L. 37k.

Manhardt, Ostbahn-Oberkondukteur. 12. D. L. 586.

Männlein, Frdr., Taxamtsassessor. 1. D. L. 55.

Mantel, Jos., Listenführer. 27a. D. L. 39.

Mannweiler, Wilh. Ludw., Kramkäufel. 2. D. S. 127.

Mannweiler, C. S., Gerichtstax., Käufel. 1. D. S. 59.

v. Manz, A., Finanzrath. 13. D. S. 874.

Maar, Joh., Künstler. 17. D. S. 1169.

Maar, Wittwe, Kunsthandlung. 1. D. S. 91.

Maar, J. Gg., Grünfischer. 3. D. L. 152.

Maar, Joh., Bleistiftfabr.-Relikten. 12. D. L. 586.

Marr, Gg. Frdr., Wirthschaftsbesitzer. 30. D. L. 43.

Maar, J. Gg., Schneidermeister. 25. D. S. 1646.

Maar, J. Ernst, Bleistiftmacher. 25. D. S. 1697c.

Maar, J., Kammmacher. 25. D. S. 1648.

Maar, Adam, Steindrucker. 23. D. S. 1568.

Maar, Wilh., Fabrikaufseher. 25. D. S. 1672.

Maar, Bab., Zugeherin. 10. D. S. 669b.

Maar, J., Bleiftiftarbeiter. 1. D. S. 30.
Maar, Susanne, Zimmergesellenwwe. 29. D. L. 1a.
Maar, J. Zach., Tüncherhandlanger. 16. D. L. 1139.
Maar, Mich., Tünchergeselle. 22. D. L. 1328.
Maar, Gg., Fabrikschlosser. 17. D. S. 1204b.
Maar, Sigm., Dachdeckergeselle. 29. D. L. 18.
Maar, Joh., Tünchergeselle. 18. D. L. 1087.
Maar, J. Chr., Steinhauergeselle. 32. D. L. 79.
Maar, Frdr., Steinhauergeselle. 27a. D. L. 33c.
Maar, Ferd., Fabrikarbeiter. 17. D. S. 1187.
Maar, Joh., Fabrikarbeiter. 19. D. S. 1323.
Maar, Andr., Fabrikarbeiter. 19. D. S. 1323.
Maar, Marg., Fabrikarbeiterin. 21. D. L. 1271.
Marchowitz, J. Mich., Taglöhner. 12. D. S. 816.
Mark, Alois, Schneidermstr. 10. D. S. 698.
Markert, Kasp., Holzhauer. 21. D. S. 1421.
Markorn, Joh., Glasergeschäftsführer. 13. D. S. 932.
Markt, J., Zimmergeselle. 29. D. L. 5.
Marmor, Ant., Mechaniker. 13. D. L. 662.
Marquard, Gg., Privatier. 3. D. L. 109.
Marquard, J. Andr., Charcutier. 16. D. S. 1122.
Marsching's Relikten. 24. D. L. 1483a b.
Marsching, Frdr., Zimmergeselle. 29. D. L. 27.
Martin, Frz., Kaufm. 13. D. L. 674.
Martin, Leonh., Lehrer. 10. D. L. 517a.
Martin, J., Bader. 8. D. S. 567.
Martin, Gg., Buchbinder. 22. D. L. 1336a.
Martin, J., Flaschnermstr. 22. D. S. 1453b.
Martin, Matth., Uhrmacher u. Kramkäusel. 2. D. S. 146.
Martin, Fr. Carl, Drechslermstr. 7. D. S. 539.
Martin, Joh., Drechslermstr. 3. D. S. 216.
Martin, J Mich., Buchbindermstr. 4. D. S. 337.
Martin, Ros., Rathsdienerswwe. 22. D. L. 1319.
Martin, Gg., Pappwaarenverfertiger. 5. D. L. 271.
Martin, Wolfg., Fabrikarbeiter. 17. D. S. 1238.
Martin, Peter, Zimmergeselle. 6. D. S. 474.
Martini, G. C., Kaufmann. 26. D. L. 82.
Martini, Gg. Ludw., Schlossermstr. 24. D. S. 1600.
Martius, Carl, Dr. med., prakt. Arzt. 10. D. L. 518.
Marschütz, Max, Kaufmann. 1. D. L. 7a.
Marz, städt. Rechtsrath. 4. D. L. 189.
Marz, Leonh., Lehrer der Mathematik. 16. D. S. 1155.
Marz, Joh., Hutmacher. 17. D. S. 1220.

Marx, J. Jac., Bierwirth. 19. D. S. 1324.

Marx, Apoll. Chrst., Metzgermstrswwe. 19. D. L. 1117.

Marx, Heinr., Gärtner. 22. D. L. 1320.

Marx, Bernh. Wilh., Buchbindermstr. 16. D. S. 1155.

Marx, Gg., Gärtner. 24. D. L. 1456.

Marx, J. Gg., Metallschlagergeselle. 24. D. S. 1589.

Marx, Kunig., Gärtnerswwe. 27a. D. L. 5.

März, Gg., Handlungs=Cassier. 24. D. S. 1615.

März, J. Gg., Schuhmachermstr. 8. D. S. 578.

März, Heinr., Holzhauer. 32. D. S. 93.

Maaß, M., Dr. med., prakt. Arzt. 6. D. L. 401.

Maaß, Wilh., Spielwaarenfabrikant. 5. D. L. 235.

Maas, Conr., Wirthschaft z. Gärtlein. 11. D. L. 547b.

Maas, Heinr., Polizei=Rottmeister. 28. D. L. 67.

Mäsch, Sabine, Buchdruckereibesitzerswwe. 1. D. S. 70a.

Mässel, J., Gärtner. 32. D. S. 107.

v. Massenbach, Privatier. 13. D. S. 900.

Maaser, Frdr., Kaufmann. 2. D. S. 98.

Maser, Andr., Branntweinbrenner. 26. D. S. 48.

v. Masson, Alex., Privatier. 4. D. S. 279.

Maestrani, Joh. B., Café Mailand. 3. D. L. 113.

Matbees, Karl, Großhändler. 8. D. S. 563.

Mattenheimer, Albin, k. Oberlieut. 4. D. L. 215a.

Materner, Conr., Büttnermstr. 15. D. L. 791.

Matschiedler, J. Jac., Schuhmachermstr. 13. D. S. 908.

Mäßner, Jos. 14. D. S. 977.

Maukner, Frdr., Tüchergeselle. 17. D. L. 955.

Maul, Gg., Wirth. z. Weichselbaum. 15. D. S. 1009a.

Maul, Joh. Leonh., Wirth z. gold. Herz. 20. D. S. 1339.

Maul, J., Bremsenwärter. 30. D. L. 29.

Mäuler, J., Polizeisoldat. 17. D. S. 1238.

Maulwurf, Therese, Wwe. 17. D. S. 1211.

Maulwurf, Joh., Schuhmachermstr. 4. D. L. 176.

Maurer, Joh., Zimmermstr. 24. D. L. 1489.

Maurer, Ant., Eugen (F.: Renner u. Co.) 27. D. L. 4.

Maurer, Conr. Alb., Webermstr. 18. D. S. 1239a.

Maurer, Jac., Beutlermstr. 20 D. S. 1388b.

Maurer, Ad., Pinselmacher. 25. D. L. 1517.

Maurer, Christ., Spielwaarenmacher. 5. D. S. 377.

Maurer, J., Bau=Assistent. 26. D. L. 46c.

Maurer, J. W., Zimmermaler. 11. D. S. 767.

Maurer, Soph., Wwe. 24. D. L. 1471.

Maurer, Babette, Wwe., Zugeherin. 14. D. L. 735.

Maurer, Andr., Conducteur. 16. D. L. 883.

Maurer, Bernh., Musiker. 9. D. S. 628.

Maurer, Kunig., Wäscherin. 26. D. L. 61.

Mäuslein, Conr., Gartenbesitzer. 32. D. S. 71.

Maußner, Gg., Magistrats-Cassier. 9. D. L. 470.

Maußner, G. A., Wwe., Spiegelglasfabrikbes. 13. D. S 941.

Maußner, Leonh., Zeugschmiedmstr. 20. D. L. 120 1a.

Maußner, Joh., Feilenhauermstr. 13. D. L. 713.

Maußner, Barb., Näherin. 28. D. L. 70.

Maußner, Madl. 4. D. L. 211.

Maximilians-Heil Anst. f. arme Augenkranke. 21. D. S. 1436.

May, J. Lor., Drechslermeister. 13. D. L. 702.

May, Frdr, Pinselmacher. 25. D. S. 1659.

Mayer, Elias, Dr. med., prakt. Arzt. 4. D. L. 196.

Mayer, Frdr. Carl, k. Professor. 11. D. S. 771.

Mayer, Marie, Kaufmannswwe 9. D. L. 448.

Mayer, Andr, Pinsel- u. Borstengeschäft. 21. D. L. 1282.

Mayer, J., Kaufm. u. Papierfabrikant. 32. D. S. 79.

Mayer, Joh., königl. Staatsschulden-Tilgungs-Buchhalter.
    7. D. S. 542.

Mayer, C. F., Kupferstecher. 9. D. S. 640.

Mayer, Carl, Secret. a. d. Ludwigsbahn. 23. D. L. 1397.

Mayer, J. Gg., Schreinermeister. 7. D. S. 500.

Mayer, Frdr. Ludw., Conditor. 12. D. S. 814.

Mayer, J. Gg., Lohnkutscher. 3. D. S. 192.

Mayer, Carl, Laborant. 5. D. S. 374a.

Mayer, Gg. Fr., Großpfragner. 11. D. L. 568.

v. Mayer, Friederike, Privatierin. 10. D. S. 686.

v. Mayer, Kunig., Privatierswwe. 6. D. L. 319.

Mayer, Louise, Archiv-Sekretärswwe. 26. D. L. 49.

Mayer, Ant, Korbmacher. 15. D. S. 1064.

Mayer, Christ., Wwe. 17. D. S. 1204b.

Mayer, Gg., Postconducteur. 17. D. L. 992.

Mayer, Christ., Militairarztstochter. 9. D. L. 460.

Mayer, Marie, Goldarbeiterswwe. 22. D. S. 1484.

Mayer, Gg. Christ., Rotbschmiedmstr. 25. D. S. 1669c.

Mayer, Jos., Tünchergeselle. 22. D. L. 1319.

Mayer, Gottl., Zimmergeselle. 27. D. S. 97.

Mayer, Jos., Schneidermstr. 19. D. L. 1124.

Mayer, Johanne, Zinnmalerin. 3. D. S. 239.

Mayer, Bernh., Auslaufer. 18. D. L. 1096.

Mebald, Jul., Maler. 4. D. S. 278.

Meck, Ernst, Schlossermeister. 27. D. L. 133.

Meck, J., Fabrikarbeiter. 27. D. S. 100.

Meder, M., Privatier. 15. D. S. 1050.

Meder, Joh., Schneidermstr. (Magazin.) 15. D. S. 1004.

Meder, M., Thorschreiberswittwe. 4. D. S. 302.

Mederer, Ullr., Privatier. 1. D. S. 18.

Mederer, Kath., Zugeherin. 26. D. S. 27.

Mehl, J. Wolfg., Strohhut-Appretteur. 26. D. L. 52.

Mehl, Joh., Fabrikarbeiter. 21. D. L. 1268.

Mehmel, Dr., k. Merkantil-Gerichts-Secret. 30. D. S. 194.

Mehring, Carl, Spezereihandlung. 19. D. L. 1181.

Mehring, J., Metallschlager. 4. D. S. 333.

Meidinger, Leonh., Handschuhmacher. 26. D. S. 3.

Meidinger, Leonh., Werkmeister. 19. D. S. 1338a.

Meidlein, Babette, Näherin. 18. D. L. 1035.

Meier, Gg., Maurermeister. 30. D. S. 127.

Meier, Eduard, Mechaniker. 29. D. S. 220.

Meier, J. Gg., Ziegeleibes. in Mögeldorf. 30. D. L. 91.

Meier, Johanne, Doctorswwe. 8. D. L. 433.

Meier, Andr., Rothschmiedmstr. 16. D. S. 1110.

Meier, Joh., Galanteriearbeiter. 5. D. L. 260.

Meier, Gg., Schuhmachermstr. 24. D. L. 1456.

Meier, Gg., Hornpressermstr. 23. D. L. 1432.

Meier, B., Rothschmiedsmstrswwe. 30. D. L. 44.

Meier, J. Paul, Nadlermstr. 27b. D. L. 121.

Meier, Pet., Hornpressermeister. 23. D. L. 1432.

Meier, G., Schuhmachermstr. 22. D. L. 1351.

Meier, Louise, Modistin. 1. D. S. 70a.

Meier, Elis., Gesinde-Verdingerin. 1. D. S. 33.

Meier, Susette, Friseurswwe. 17. D. S. 1219.

Meier, Barb., Schuhmachermstrswwe. 18. D. L. 1018.

Meier, Marg., Drechslerswwe. 17. D. L. 982a.

Meier, Marie, Wwe. 19. D. S. 1323.

Meier, Marg., Auslauferswwe. 7. D. S. 520b.

Meier, Marg., Zuspringerin. 16. D. S. 1117.

Meier, Barb., Zugeherin. 27a. D. L. 31.

Meier, M. Barb., Zugeherin. 22. D. L. 1320.

Meier, Joh., Aufseher. 27a. D. L. 6c.

Meier, Maler. 15. D. L. 785.

Meier, Fr., Spielwaarenfabrikant. 12. D. L. 654.

Meier, J., Maurerpalier. 23. D. L. 1446.

Meier, Gg., Maurergeschäftsführer. 26. D. S. 15.

Meier, Joh. Andr., Kartenglätter. 22. D. L. 1328.

Meier, Gg., Bedienter. 27b. D. L. 121.

Meier, Conr., Auslaufer. 6. D. S. 443.

Meier, Conr., Henbinder. 26. D. L. 60.

Meier, Paul, Taglöhner. 10. D. S. 743.

Meier, Jak., Dachdeckergeselle. 24. D. L. 1468.

Meier, Andr., Auslaufer 9. D. S. 616.

Meier, Frdr., Fabrikarbeiter. 18. D. S. 1269.

Meier, Andr., Schneidergeselle. 12. D. S. 851.

Meier, J. Casp., Tünchergeselle. 26. D. S. 24.

Meier, Carl, Zimmergeselle. 28. D. S 159.

Meier, Christ., Fabrikarbeiter. 15. D. S. 1027.

Meier, Gg., Fabrikarbeiter. 15. D. L. 814.

Meier, Andr., Eisenbahnschmied. 14. D. L. 741.

Meier, Gottl. J., Vorarbeiter. 24. D. S. 1642.

Meier, J., Stationsdiener. 19. D. L. 1130.

Meier, Jak., Bahnwärter. 30. D. L. 11f.

Meier, J., Wagenwärter. 30. D. L. 25.

Meier, Christ., Wagenwärter. 30. D. L. 22.

Meier, Wolfg., Lokomotivführer. 30. D. L. 24.

Meichelt, Barb., Mehlfigurenfabrikantin. 20. D. S. 1359.

Meißler, Leonh., Polizeisoldat. 21. D. S. 1436.

Meinecke, D. Christ., Drechslermstr. 3. D. L. 108.

Meinecke, J. Mich., Goldschlagermstr. 11. D. S. 797.

Meinecke, Gg., Goldschlager. 5. D. S. 367.

Meinecke, Marie, Näherin. 24. D. L. 1513.

Meinecke, Christ., Goldschlagerformmacher. 18. D. L. 1058.

Meinecke, Christ., Comptoirist. 3. D. S. 182.

Meinel, Sigm., Kaufmann. 16. D. S. 1123b.

Meinel, Joh., Fremdenführer. 17. D. L. 977.

Meinel, C., k. Staats-Anwalt. 1. D. S. 84.

Meinetsberger, J. Gg., Flaschnermstr. 10. D. L. 489.

Meinetsberger, Karoline, Ehefrau. 20. D. L. 1202.

Meinetsberger, Fr., Lohndiener. 20. D. L. 1251.

Meinetsberger, J. Gg., Bleistiftfabrikant. 23. D. L. 1430.

Meinetsberger, Gg., Bleistiftmacher. 21. D. S. 1421.

Meinetsberger, J. Gg., Bleistiftfabr. 22. D. S. 1486.

Meinetsberger, J. Gottl., Bleistiftarb. 22. D. S. 1494.

Meinetsberger, Babette. 3. D. S. 210a.

Meinetsberger, Heinr., Kleidermacher. 4. D. S. 324c.

Meisel, Gg., Goldschlager. 19. D. L 1149.

Meisel, Gg., Auslaufer. 19. D. L. 1112.

Meisel, Joh., Gürtler. 19. D. L. 1149.

Meisel, J. Phil., Büttnermstr. 3. D. S. 199.

Meisel, Gg., Drechslergeselle. 28. D. L. 106.

Meisel, Gg. Ad., Wirthsch. z. gold. Baum. 5. D. S. 339.

Meisel, A., Kaufmann. 11. D. S. 785.

Meißenbach, Christ., Kammmachermstr. 11. D. L. 554.

Meißenbach, Marie Barb., Wwe., Wäscherin. 28. D. L.91.

Meißenbach, P., Zimmergeselle. 29. D. L. 17a.

Meisenbach, Chrstph, Flaschnermstr. 19. D. L. 1172.

Meisenbach, J. A., Kaufmann. 3. D. L. 165.

Meisenbach, J. A., Bronzefabrikant. 3. D. L. 191.

Meisenbach, J Pet., Steinmetzengeselle. 27. D. L. 142a.

Meisenbach, J., Bronzefabrikant. 4. D. L. 199.

Meisenbach, Lisette, Wirthswwe. 17. D. S. 1171.

Meisenbach, Kath., Händlerin. 25. D. S. 1682.

Meisenbach, Ros. Barb., Wwe. 28. D. L. 64.

Meisenbach, Gg., Zimmergeselle. 29. D. L. 9.

Meisenbach, J. Jak., Tünchergeselle. 29. D. L. 15.

Meisenbach, Mich., Tünchergeselle. 29. D. L. 4.

Meisenbach; Marg., Tünchergesellenwwe. 29. D. L. 4.

Meisenbach, Joh., Zimmergeselle. 29. D. L. 27.

Meisenbach, J., Zimmergeselle. 29. D. L. 25.

Meißer, Dav., Bezirks-Geometer. 13. D. S. 904.

Meißer, Aug., Fabrikarbeiter. 15. D. S. 1018.

Meißner, J. W., Weber. 5. D. S. 382.

Meißner, Marianne, Sensalswwe. 2. D. S. 116a.

Meißner, Gg., Kaufmann. 3. D. S. 223.

Meister, Conr. Gottfr., Borstenverleger. 21. D. L. 1255a.

Meister, Lorenz, Ahlenschmied. 27a. D. L. 61.

Meister, Leonh., Fuhrwerksbesitzer. 13. D. S. 939.

Meister, Goldarbeiterstochter. 2. D. S. 148.

Meister, Helene, Wwe., Zugeherin. 28. D. L. 61.

Meizner, Goldarbeiterswwe. 5. D. S. 365.

Melhorn, Carl, Holzgalanteriegeschäft. 5. D. L. 246.

Memmert, J. Fr., Gastwirth. 2. D. S. 158.

Memmert, Thom., Porzellanmaler. 26. D. S. 43.

Memmert, Gg., Goldschlagergeselle. 16. D. L. 878.

Memminger, Dav. H., Relikt., Spezereihdlg. 17.D.S.1236.

Memminger, Ludw., Kaufmann. 18. D. L. 1050a.

v. Mennel, Ingenieur d. Ostbahn. 30. D. L. 37cc.

Menningen, Oskar, Kaufmann. 6. D. L. 397.

Mendtl, J. Ph., Schneidermeister. 16. D. L. 872a.

Mendel, Balth. Chrstoph, Tünchergeselle. 29. D. L. 11.

Mendl, Ant., Handelsmann. 3. D. L. 152.

Mendel, Gottfr., Tünchergeselle. 29. D. L. 11b.

Mendel, Helene, Tünchergesellenwwe. 29. D. L. 36.

Mendel, Anna, Tünchergesellenwwe. 29. D. L. 4.

Menges, k. k. Oberlieut. 4. D. L. 184.

Menter, Barb., Handelsmannswwe. 27. D. L. 53.

v. Menth, W., k. Hauptmannswwe. 12. D. L. 606a.

Menzel, Sim., Schlossergeselle. 4. D. S. 205.

Merk, Wilh., Kaufmann. 7. D. L. 362.

Merk, J. Christ., Großhändler. 7. D. L. 362.

Merk, Dr. jur., k. Advokat. 3. D. S. 173.

Merk, Pet., Spielwaarenmacher. 25. D. L. 1516.

Merkel, Ludw., Großhändler. 2. D. S. 97.

Merkel, Fr., Papierfabrik u. Hndlg. 2. D. S. 116b.

Merkel, Gottl., Dr. med., prakt. Arzt. S. 181a.

Merkel, H., Handels-Appell.-Gerichtsrath. 1. D. L. 62.

Merkel, Conr. Sigm., Apotheke z. Mohren. 2. D. L. 95.

Merkel, Fräulein, privatisirt. 8. D. S. 566b.

Merkel, Doctorswwe. 1. D. S. 18.

Merkel, Fr., Kaufmann u. Drahtfabr. 32. D. S. 15.

Merkel, J. Chr. W., Gürtlermstr. 21. D. L. 1299a.

Merkel, Joh., Holzhändler 27b. D. L. 121.

Merkel, Wolfg., Drechsler. 18. D. L. 1049.

Merkel, J., dessen Frau Apoll. Merkel, Leichenfrau. 19. D. L. 1130.

Merkel, Gg., Maurergeselle. 10. D. S. 691.

Merkenthaler, J. Gg., Auslaufer. 22. D. L. 1307.

Merkenthaler, Gg., Rothschmiedmeister. 17. D. S. 1233.

Merkenschlager, J. A., Wirthsch. z. Amsel. 18. D. L. 1014.

Merker, Andr., Eisenbahnconducteur. 16. D. L. 922.

Merklein, Ludw., k. Advokat. 8. D. S. 568a.

Merklein, Achatius Ludw., Lebküchner. 11. D. S. 785.

Merklein, Jos. Sigm., Juwelier. 3. D. L. 142.

Merklein, Mich., Schuhmacher. 14. D. S. 1000.

Merklein, Fr., Eisenbahn-Assistent. 13. D. L. 662.

Merklein, Conr., Gürtler. 2. D. S. 101.

Merklein, Aug., Dosenmacher. 22. D. L. 1327.

Merlich, Mich., Eisenbahnarbeiter. 21. D. L. 1274.

v. Merz, Elise, Fräulein, privatisirt. 1. D. L. 17.

v. Merz, Caroline, Fräulein. 4. D. L. 224.

Merz, Aug. Gg., Bez.-Gerichtsrath. 30. D. S. 163a.

Merz, J. W., Buchhandlung. (Bauer u. Raspe.) 1. D. S. 71.

Merz, Helene, Lehrerin. 24. D. S. 1615.

Merz, Wilh., Maler. 10. D. S. 711.

Merz, Hutmacher. 5. D. L. 270.

Merz, Gg., Kleidermacher. 19. D. S. 1292.

Merz, Marg., Wäscherin. 16. D. S. 1161.

Merz, Wilhelmine, Büglerin. 7. D. S. 512a.

Merz, Clara, Polizeisoldatenwwe. 19. D. L. 1167.

Merz, Joh., Fabrikarbeiter. 22. D. L. 1328.

Merzbacher, Marc., Rauhwaarenhdlg. 5. D. S. 342.

Merzbacher, Joh., Schuhmacher. 20. D. S. 1388b.

Merzbacher, Andr., Schuhmachermstr. 21. D. S. 1438.

Messerer, Christ., Maler. 5. D. S. 425.

Messerer, H. S. W., Spediteur. 2. D. L. 94.

Messerer, Wilh., Illuminist. 10. D. S. 693.

Messerer, Therese, Künstlersfrau. 25. D. S. 1697.

Messerer, A., Schellenmacherswwe. 5. D. S. 360.

Messelhäuser, C., Wirthschaftsbesitzer. 16. D. S. 1150.

Meßner, Gg., Materialverwalter. 17. D. L. 960.

Meßner, Joh., Kalikant. 12. D. L. 633a.

Messov, Frdr. Carl, Buchhalter. 117.

Meth, Steph., Galanterieschreiner. 7. D. S. 497.

Methsieder, Lehrer am Port'schen Institut. 7. D. S. 494.

v. Metting, Freiherr, Privatier. 23. D. S. 1533.

Metzger, Frdr. Gotth., Privatierswwe. 12. D. L. 606.

Metzger, J. M., Spezerei-, Mat.- u. Farbw. 22.D.L.1362.

Metzger, J. G. C., Lebküchner. (F.: Fr. Gottfr. Metzger).
    13. D. S. 887.

Metzger, J. Michael, Hafnermeister. 12. D. L. 653.

Metzger, Gg. Aug., Rothgerbermeisterswwe. 5. D. L. 253.

Metzger, Frdr. Gust. u. Pauline. 5. D. L. 253.

Metzger, Marie, Blumengeschäft. 15. D. L. 835.

Metzger, Anna, Kutscherswwe. 29. D. L. 18.

Metzger, Friedr., Steinhauer. 6. D. S. 470.

Metzler, Christ., Lithograph. 15. D. S. 1030.

Metzler, Hauptzollamts-Controleur. 16. D. L. 857.

Metzner, Friedr. Wilhelm, Goldarbeiter. 27a. D. L. 55.

Metzner, J. Gg., Beutelverfertiger. 24. D. S. 1600.

Meusel, Joh., Wirthsch. z. gold. Baum. 5. D. S. 339.

Meusel, Frdr., Pfragner. 24. D. L. 1466.

Meusel, Ludw. Heinr., Gürtler. 16. D. S. 1157.

Meuschel, Matth., Geheimrathswwe. 11. D. S. 787.

Meyer, Dr., Joachim, q. Professor. 15. D. S. 1039.

Meyer, Frdr., k. Professor. 6. D. S. 461.

Meyer, Georg Carl, k. niederländischer Consul (Firma:
    J. C. Lotzbeck). 7. D. L. 353.

Meyer, A. M., Privatier. 3. D. L. 319.

Meyer, pens. Bankdirector. 1. D. S. 25.

Meyer, Kath., k. Regierungs-Sekretärswwe. 2. D. L. 94.

Meyer, Clara, Privatierin. 23. D. L. 1375.

Meyer, J. Lor., Kaufmann. 22. D. L. 1358.

Meyer, Marg, Privatierswwe. 5. D. L. 278.

Meyer, Sim., Landesproduktenhändler. 27. D. L. 100.

Meyer, Gg. Conr., Landesproduktenhdlr. 30. D. L. 371.

Meyer, Jos., Victualienhändler. 29. D. S. 184.

Meyer, Conr., Victualienhändler. 27. D. L. 70.

Meyer, Gg. Frdr., Großpfragner. 6. D. S. 453.

Meyer, Frdr., Gastwirth z. Albrecht Dürer. 5. D. S. 398.

Meyer, J. Mich., Wirthschaftsbesitzer. 10. D. S. 663.

Meyer, Pet. Mich., Wirthschaftsbesitzer. 12. D. S. 817.

Meyer, J. Frdr., Bierwirth. 4. D. S. 325.

Meyer, Gg., Mechaniker. 4. D. L. 177.

Meyer, Heinr. u. Söhne, Metallgießerei. 27. D. L. 175.

Meyer, Joh., Webermeister. 3. D. L. 155.

Meyer, Leonh., Conditor u. Lebküchner. 14. D. S. 991.

Meyer, Gg. Heinr., Rothgießermstr. 16. D. S. 1086.

Meyer, Sigm. Jac., Rothgießermstr. 16. D. S. 1140.

Meyer, Andr., Herrenkleidermacher. 17. D. S. 1208.

Meyer, J. G. Christ., Schreiner. 19. D. S. 1334b.

Meyer, Steph., Nagelschmiedmeister. 22. D. S. 1448.

Meyer, Gg., Schneider. 8. D. L. 434.

Meyer, J. Wolfg. Webermeister. 9. D. S. 660.

Meyer, Christ. Gottl., Schuhmacher. 24. D. L. 1456.

Meyer, Eduard, Conditor 15. D. L. 780.

Meyer, Wilh., Zirkelschmied. 22 D. S. 1462.

Meyer, J. L. W., Kammmacher. 17. D. L. 988.

Meyer, Tobias, Kleidermacher. 20. D. L. 1184.

Meyer, Gg., Schneidermeister. 19 D. L. 1182.

Meyer, Carl Frdr., Nagelschmiedmeister. 6. D. S. 472.

Meyer, Christ. Phil., Schreinermeister. 27a. D. L. 44c.

Meyer, J. S., Wundarztswwe. 26. D. L 57.

Meyer, Magd, Wwe. 29. D. L. 5.

Meyer, Barb., Oekonomenwwe. 26. D. L. 57.

Meyer, Marg., Steinmetzengesellenwwe. 27. D. L. 33c.

Meyer, Helene, Wagnerswwe. 10. D. L. 488.

Meyer, J. Fr., Porzellanmaler. 2. D. S. 119b.

Meyer, J. G., Büttnermeister. 6. D. S. 445.

Meyer, Redakteur. 16. D. L. 925a.

Meyer, Gottfr., Redakteur u. Verleger. 11. D. L. 568.

Meyer, Christ., Briefträger. 11. D. L. 550.

Meyer, Heinr., Portefeuiller. 18. D. S. 1267a.

Meyer, Leonh., Steindrucker. 18. D. S. 1245b.
Meyer, Frdr., Unterhändler. 10. D. L. 493.
Meyer, Joh., Eisenbahnarbeiter. 18. D. L. 1000b.
Meyer, Gg. Pet., Steinmetzengeselle. 27. D. S. 115.
Meyer, Joh., Auslaufer. 15. D. S. 1060.
Meyer, Joh., Holzmesser. 17. D. S. 1229a.
Meyer, J. Leonh., Fabrikarbeiter. 19. D. S. 1316.
Meyer, Conr., Kutscher. 9. D. L. 437.
Meyer, Marg., Fabrikarbeiterin. 10. D. L. 495.
Meyer, J. Casp., Schriftsetzer. 7. D. L. 396.
Meyer, Jac., Büttnergeselle. 24. D. L. 1484.
Meyer, Wolfg., Holzhauer. 10. D. S. 743.
Meyer, J. Heinr., Fabrikschreiner. 17. D. L. 956.
Meyer, Gg., Zimmergeselle. 30. D. L. 54a.
Meyer, J., Fabrikarbeiter. 30. D. L. 22.
Meyer, Mich., Zimmergeselle. 29. D. L. 13.
Meyer, Mich., Fabrikarbeiter. 27b. D. L. 130.
Meyer, Mich., Fabrikarbeiter. 29. D. S. 225.
Meyer, Andr., Fabrikarbeiter. 22. D. S. 1446.
Meyer, J. Gg., Fabrikarbeiter. 10. D. L. 521.
Meyer, Carl, Vorarbeiter. 12. D. L. 620.
Meyer, J., Postconducteur. 15. D. L. 828.
Meyer, Nic., Gärtner. 27b. D. L. 136.
Meyer, Vereinsdiener. 14. D. S. 978a.
Meyer, Ferd. Polizeisoldat. 14. D. S. 999.
Mühl, Hedw., Zugeherin. 23. D. S. 1568.
Michel, Leonh., Maurer- u. Tünchermstr. 22. D. S. 1309.
Michel, Joh., Gartenbesitzer. 31. D. S. 103.
Michel, Joh., Gärtner. 32. D. S. 24.
Michel, Leonh., Büttnermeister. 16. D. S. 1083.
Michel, Joh., Gärtner. 32. D. S. 44.
Michel, J. Gg., Gärtner. 21. D. S. 1433a.
Michel, Barb., Inspektorswwe. 16. D. S. 1166.
Michel, Nic., Thürmer-Vikar. 24. D. L. 1493.
Michel, Kath., Wwe., Obstlerin. 24. D. L. 1465.
Michl, Joh., Lithograph. 9. D. S. 615.
Michahelles, Sophie, Pfarrerswwe. 3. D. S. 224.
Michels, Joh. Ad., Privatier. 27. D. L. 12.
v. Michels, k. b. Oberstenwwe. 27. D. L. 155.
Michle, Jos., Werkzeugschreiner. 25. D. S. 1676a.
Midas, Joseph, Hopfenhandlung. 6. D. L. 338.
Mietsam, Wolfg., Schuhmacher. 1. D. L. 22.
Migault, Dr., Henry Gabr., Lehr. d. engl. Spr. 10. D. S. 729.

Milbradt, Rosine, Flaschnermstrswwe. 4. D. L. 179.
Milbradt, J. Mich., Kammmacher. 14. D. L 733.
Miltenberger, M. J., Spielwaarenfabr. 13. D. S. 940.
Mildenberger, Gg., Tabakhdlr. 21. D. L. 1280.
v. Miller, Ritter, k. Generalmajor. 6. D. L. 299.
Miltner, Marg., Schuhmacherswwe. 18. D. L. 1008.
Minameier, J. Ad., Lohnkutscher. 7. D. S. 514.
Minderlein, J. Frd. Gg., Arbeiter. 22. D. L. 1331.
Minderlein, J. Gg., Schneidermstr. 16. D. L. 871.
Minderlein, Albr., Drechslermstr. 16. D. L. 928.
Misbach, Mich., Fabrikarbeiter. 29. D. S. 221.
Mitterer, Gg., Bleistiftarbeiter. 10. D. S. 726.
Mitterer, J., Heizer. 22. D. L. 1344.
Mitzky, Aug., Buchhalter. 27b. D. L. 144.
Mitzler, Hausmeister im Sebastianspital. 32. D. S. 50.
Mizam, J. Mich., Auslaufer. 18. D. S. 1273.
Möbus, Gg., Dachdecker. 27b. D. L. 121.
Möbus, J. Gg., Bäckermstr. 27. D. L. 38.
Model, Sophie, Privatierswwe. 6. D. L. 318.
Mögerlein, J. Thom., Fabrikvorarbeiter. 24. D. S. 1645.
Möhler, Marie, Postoffizialswwe. 4. D. S. 335.
Mohr, Casimir Wilh., Schreinermstr. 23. D. L. 1408a.
Mohr, Jos., Regimentsarzt. 27a. D. L. 10.
Mohr, Frdr. Gg., Tapetendrucker. 9. D. S. 627.
Mohr, Wilmar, Buchhalter. 17. D. L. 998.
Mohr, J. Ad., Schreiner. 17. D. S. 1209.
Mohr, Carol., Näherin. 14. D. L. 753.
Möhring, J. Pet., Zinngießer, Rel. 22. D. S. 1451.
Molzberger, Frdr., Privatier. 26. D. L. 41.
Monath, Thom., Fabrikschreiner. 13. D. S. 929.
Monath, Bertha, Zugeherin. 24. D. L. 1450.
Morgenroth, Bab., Bildhauerswwe. 25. D. S. 1676b.
Möring, Sophie, Schlotfegerswwe. 16. D. S. 1139.
Möring, J. Christ., Rothgießermstr. 10. D. S. 700.
Möring, Heinr., Porzellanmalerei. 5. D. S. 397a.
Moritz, Lisette, Pfarrerswwe. 1. D. L. 5.
Moritz, Jos., Pfarrerswwe. 1. D. L. 5.
Moritz, Barb., Wittwe. 19. D. S. 1309.
Moritz, Kath., Cigarrenmacherin. 19. D. L. 1176.
Mörl, Ludw., Schuhmachermstr. 13. D. S. 942.
Mörl, Conr., Schreinermstr. 13. D. L. 692b.
Mörl, Ad., Portefeuilleur. 16. D. S. 1150.
Moetl, Friederike, ledig. 3. D. S. 200.

Mörl, Marg., Fabrikarbeiterin. 23. D. S. 1538.

Mörsberger, Gg., Kaufmann. 20. D. L. 1187.

Mörsberger, Christ., Schuhmachermstr. 26. D. S. 4.

Mörsberger, J., Schneidermstr. 21. D. S. 1390.

Mörsberger, Rosa, Putzmacherin. 3. D. S. 227.

Mörsberger, Gg., Schuhmachermstr. 16. D. S. 1148.

Morill, F. A., Sieb= u. Drahtgewebemchr. 9. D. L. 444.

Morill, Gg., Lohnkutscher. 10. D. L. 528.

Mörtel, Gg., Rechenpfennigmacher. 23. D. L. 1406.

Möttel, J. G., Fabrikarbeiter. 25. D. L. 1530.

Moos, Wilh., Kaufmann. 4. D. S. 311.

Moos, Joh. Phil., Pfragner. 22. D. L. 1358.

Moesel, Ev. Marg., Wäscherin. 19. D. S. 1294.

Moser, Joh., Theatermaschinist. 15. D. L. 778.

Moser, Frdr., Locomotivführer. 17. D. L. 954.

Moßer, Elis., Dosenpoliererin. 11. D. L. 564.

Moosböck, J. M., k. q. Platzhauptmann. 12. D. L. 606a.

Mosbeck, Jos., Fabrikschreiner. 21. D. S. 1442.

Moosböck, Jos., Schreinergeselle. 18. D. L. 1084.

Moosburger, Jos., Canal=Aufseher. 26. D. L. 51.

Moshammer, J., Ausläufer. 1. D. L. 63.

Moßhammer, Jos., Ausläufer. 1. D. L. 70.

Moßner, G. W., Sattlermstr. u. Wagenbauer. 7. D. L. 350.

Moßner, J., Schreinergeselle. 20. D. S. 1344.

Mößner, J. Eberh., Rindmetzgermstr. 11. D. L. 572.

Mößner, Conr., Handlanger. 22. D. L. 1330.

Mottes, J., Lehrer. 3. D. S. 198.

Motschiedler, Joh., Cigarrenfabr. 21. D. S. 1401.

Moß, Leonh., Stallmeister. 23. D. L. 1431.

Moß, St., Kanzlist im germ. Museum. 21. D. L. 1281b.

Muckel, Balth., Beutler u. Kappenmacher. 2. D. S. 159.

Mühlberg, Gg., Drechslermstr. 3. D. S. 196.

Mühlberg, Jak., Schuhmachermstr. 13. D. L. 703.

Mühlberg, Balth., Nagelschmied. 12. D. L. 644.

Mühlberg, Fr., Drechsler u. Metalldrucker. 3. D. S. 196.

Mühlberger, J. Mart., Vorarbeiter. 13. D. L. 708.

Mühlberger, L. J., Großpfragner. 11. D. S. 799.

Mühleder, Steph., Wirth u. Pfragner. 21. D. L. 1294.

Mühleder, Urban, Schuhmachermstr. 18. D. L. 1028.

Mühlhäußer, Kath., Näherin. 18. D. L. 1092.

Mühlhofer, Bernh., Maurermstr. 5. D. L. 257.

Mühlschläger, Herm., Schreinermstr. 5. D. L. 229.

Mühlenschläger, J. Gg., Schreiner. 12. D. L. 592.

Mühlenschläger, J. G. W., Fabrikschreiner. 12 D. L. 650.

Mühlenschläger, Jac., Schreinermstr. 29. D. L. 36.

Mühling, Emil, Schreiner. 12. D. L. 624.

Mühling, Kaufmannswittwe. 7. D. S. 513.

Mühling, Marie, Federhandlung. 5. D. S. 362.

Müller, C., Oberpost- u. Bahnamts-Controleur. 8. D. S.557.

Müller, Frdr., Agent. 5. D. L. 298.

Müller, Joh., Funktionär. 23. D. L. 1399.

Müller, Frdr., q. Sekretär. 19. D. S. 1325.

Müller, Gust., Kaufmann. 13. D. S. 882.

Müller, Chr. A., k. Bezirksger.-Kanzlist. 19. D. L. 1152.

Müller, Conr., Spezerei- u. Papierhdlg. 1. D. S. 18.

Müller, Eduard, Privatier. 11. D. S. 796.

Müller, Adolph, Kaufmann. 12. D. S. 821.

Müller, A. F., Weißwaarenhdlg. 3. D. L. 116.

Müller, Aug. Frdr., Privatier. 18. D. S. 1240.

Müller u. Grieninger (F.: Bauereis u. Müller). 30. D. L. 20d.

Müller, Carl Otto, Tabak- u. Cigarrenfabr. 8. D. L. 408.

Müller, Heinr., Privatier. 27. D. L. 133a.

Müller, Max, q. Bezirksgerichtsrath. 2. D. S. 102.

Müller, Andr., k. Bankbuchhalter. 3. D. S. 181b.

Müller, J. Chr., Magaziner. 14. D. S. 962.

Müller, Dav., Telegraphen-Assistent. 4. D. L. 199.

Müller, Ernst, Kaufmann. 11. D. S. 762.

Müller, Chrst., Photograph. 8. D. S. 591.

Müller, Andr., Hopfenhdlr. 7. D. S. 499.

Müller, J. Ludw., Sprachlehrer. 19. D. S. 544.

Müller, Gg. Ad., Broncefabrikant. 25. D. L. 1559.

Müller, Quartiermeister. 13. D. L. 663.

Müller, Carol., Landrichterswwe. 6. D. S. 326b.

Müller, Adelhaid, k. Landrichterswwe. 1. D. S. 36.

Müller, Henriette, Landrichterwwe. 17. D. S. 1189.

Müller, Wilhelmine, Quartiermstrswwe. 17. D. S. 1169.

Müller, Wilhelmine, Lehrerswittwe. 30. D. L. 118.

Müller, Alois, Gypsformer. 3. D. L. 169.

Müller, Jak., Maler. 24. D. L. 1459.

Müller, Albert, Uhrmacher. 1. D. L. 23.

Müller, Frdr., Kupferstecher. 13. D. L. 687.

Müller, Adolph, Portefeuilleur. 4. D. L. 191.

Müller, Conr., Schneidermstr. 23. D. S. 1571.

Müller, Gg., Hafnermstr. 10. D. S. 697.

Müller, Carl Christ., Rosolifabrikant. 24. D. S. 1637.

Müller, J. J., Rothgießermftr. 24. D. S. 1644.
Müller, Conr., Lithogr. u. Steindrucker. 20. D. S. 1388a.
Müller, Großpfragner u. Bierwirth. 2. D. S. 110.
Müller, Joh., Seilermftr. 6. D. S. 408.
Müller, C. J., Schloffermftr. 2. D. S. 165.
Müller, Mich., Reißzeugverfertiger. 5. D. S. 354.
Müller, J., Schneidermftr. 2. D. S. 109.
Müller, Gg., Schuhmachermftr. 5. D. S. 387.
Müller, Gg., Messerschmiedmftr. 18. D. L. 1011.
Müller, Conr. Gartenbefitzer. 31. D. S. 138.
Müller, Aug. Frdr., Spielwaarenfabr. 10. D. S. 728b.
Müller, Sebaft., Wirthschaftsbefitzer. 27. D. S. 94.
Müller, J. Leonh., Lohnrößler. 7. D. L. 377.
Müller, C. D., Maurermftr. 28. D. L. 75.
Müller, Benj., Wirth z. Mohrenkopf. 24. D. L. 1488a.
Müller, Thom., Spielwaarenfabr. 25. D. L. 1534.
Müller, J. Conr., Wirth z. deutsch. Flotte. 22. D. L.1342.
Müller, Aug. Jul., Buchbindermftr. 12. D. L. 598.
Müller, Gg., Cichorienfabr. 11. D. L 542 c d e.
Müller, J. Mart., Drechslermftr. 11. D. L. 555.
Müller, Ad. Joh., Kürschner. 12. D. S. 823.
Müller, Jac., Schreinermftr. 20. D. S. 1377.
Müller, Dan., Lithograph. 20. D. S. 1388a.
Müller, J., Kammmachermftr. 3. D. S. 257.
Müller, J., Schuhmachermftr. 2. D. S. 165.
Müller, Gg., Lohnkutscher. 4. D. S. 317.
Müller, J. A., Wagnermftr. 21. D. S. 1404.
Müller, Peter, Schneidermftr. 5. D. L. 266.
Müller, J. Gg., Rindmetzgermftr. 19. D. S. 1290.
Müller, Frdr., Großpfragner. 21. D. S. 1398.
Müller, Adolph, Portefenilleur. 15. D. S. 1075.
Müller, Joh., Bader. 3. D. S. 187.
Müller, Wolfg., Lohndiener. 6. D. L. 340.
Müller, Joh., Gartenbefitzer. 28. D. S. 129 a b.
Müller, Kath., Dosenmacherswwe. 27b. D. L. 89.
Müller, Marg., Papiermach. 27b. D. L. 171.
Müller, Chrftph., Wirthschaftspächter. 19. D. L 1154.
Müller, J. Ad., Wachsfabrikant. 1. D. L. 23.
Müller, Bürftenbinder. 11. D. L. 544.
Müller, Ant. Albr., Färber. 12. D. L. 623.
Müller, Phil., Maler. 32. D. S. 136.
Müller, J. Mart., Steindrucker. 6. D. S. 466.
Müller, J., Steindrucker. 31. D. S. 124.

Müller, Gg., Kramkäufel. 2. D. S. 122.
Müller, Paulus, Schuhmacher. 9. D. S. 638.
Müller, Joh., Gärtner. 32. D. S. 19.
Müller, Andr., Eisenbahnconducteur. 13. D. L. 691.
Müller, Jac., Eisenbahnschreiner. 3. D. L. 115.
Müller, J. Leonh., Fabrikschreiner. 22. D. S. 1474.
Müller, J. Mich., Polizeisoldat. 17. D. L. 983b.
Müller, Phil., Güterlader. 8. D. S. 581,
Müller, Marie, Wirthswwe. 4. D. S. 272.
Müller, Fr., Zimmergeselle. 18. D. L. 1022.
Müller, Chrstph., Schiffer. 26. D. L. 87a.
Müller, Marg., Wittwe. 11. D. L. 542d.
Müller, Gg., Steinhauer. 22. D. L. 1328.
Müller, Gg., Cigarrenfabrikant. 11. D. L. 542b.
Müller, Leberecht, Schneidergeselle. 20. D. S. 1388b.
Müller, J. G., Schneidergeselle. 21. D. L. 1295.
Müller, J., Cigarrenmacher. 22. D. L. 1317.
Müller, J. Mart., Dachdecker. 22. D. L. 1325.
Müller, Paul, Fabrikarbeiter. 24. D. L. 1446.
Müller, J. Leonh., Fabrikarbeiter. 23. D. S. 1329.
Müller, J., Fabrikarbeiter. 5. D. L. 288.
Müller, M., Fabrikarbeiter. 4. D. S. 302.
Müller, Carl, Schlossergeselle. 29. D. S. 228.
Müller, Mich., Schlossergeselle. 22. D. L. 1327.
Müller, J. Wolfg., Maurergeselle. 18. D. S. 1262a.
Müller, Xav., Schreinergeselle. 24. D. S. 1609.
Müller, J. Mart., Bleistiftarbeiter. 32. D. S. 31.
Müller, Ant. Val., Hasenbinder. 23. D. L. 1408b.
Müller, Mich., Taglöhner. 28. D. L. 97.
Müller, Heinr., Fabrikarbeiter. 32. D. S. 143.
Müller, J., Senftenträger. 10. D. S. 726.
Müller, Conr., Handlanger. 4. D. L. 220.
Müller, Gg., Fabrikschmied. 30. D. L. 29.
Müller, Gg., Fabrikarbeiter. 18. D. S. 1276.
Müller, Hedw., Papparbeiterswwe. 19. D. L. 1139.
Müller, Marg., Maurerswwe. 21. D. S. 1433a.
Müller, Marie, Spinnerin. 27. D. S. 98.
Müller, Frdr., Papparbeiterswwe. 27a. D. L. 81.
Müller, Friederike, Schneiderswwe. 10. D. S. 689.
Müller, Elis., Kleidermacherin. 16. D. S. 1125.
Müller, Sophie, Zinnmalerin. 15. D. L. 808.
Müller, Johanna, Putzarbeiterin. 17. D. S. 1183.
Müller, Bab., Putzmacherin. 7. D. S. 510.

Müller, Helene, Strickerin. 5. D. S. 384.

Müller, Anna, Näherin. 25. D. L. 1560.

Müller, Clara, Wittwe, Zugeherin. 11. D. L. 542c.

Müller, Nik., Taglöhner. 29. D. L. 18.

Müller, Conr., Zimmergeselle. 29. D. L. 20.

Müller, Sigm., Pürschner. 2. D. S. 156.

Multer, Joh., Schreinermstr. 22. D. S. 1485.

Multer, Carl, Lokomotivführer. 29. D. L 34.

Mulzer, Heinr., Bleistiftarbeiter. 11. D. L. 542c.

Mulzer, J., Schreinergeselle. 9. D. S. 621.

Mulzer, Jak., Bleistiftfabrikant. 11. D. L. 543.

Mulzer, J., Wirthschaftsbes. u. Sattlermstr. 29. D. S. 219.

Mulzer Mathilde, Schreinerswwe. 5. D. S. 375.

Mumesohn, Chrstph., Drechsler. 20. D. L. 1229.

Mümmler, Joh., Güterlader. 18. D. L. 1055.

Mümler, Gg., Hafnermstr. 15 D. S. 1040.

Mümmler, Flaschnermstr. 27. D. L. 162.

Münch, Pet., Bleistiftarbeiter. 32. D. S. 49b.

Münch, Julie, Kleidermacherin. 24. D. L. 1453.

Münch, Gg., Bleistiftarbeiter. 32. D. S. 34.

Münchenmeier, J. C., Drechslerswwe. 18. D. S. 1239.

Münck, Sus., Weißwaarenhandlung. 2. D. S. 107.

Munk, J., Photograph. 17. D. L. 964.

Munker, Nik., Gasinspektor. 1. D. S. 87.

Munker, Gg. Heinr., Schuhmachermstr. 24. D. L. 1455.

Munker, J., Manufacturhdlg. 5. D. L. 261.

Munker, Anna, Kurzwaarenhdlg. 24. D. L. 1495.

Munker, Joh. 5. D. L. 288.

Munkert, Jean, Großpfraguer. 12. D. L. 595.

Munkert, Frdr., Commis. 3. D. S. 225.

Munkert, Barb., Cichorienmacherin. 29. D. S. 205.

Munkert, C. Ludw., Schuhmachermstr. 26. D. S. 50.

Munkert, Casp., Steinmetzengeselle. 29. D. S. 193.

Munkert, Marie, Goldstickerin. 10. D. S. 719.

Munkert, J., Gasbediensteter. 7. D. S. 514.

Munkert, J. Mart., Postbote. 18. D. L. 1061a.

Munkert, Anna, Polirerin. 22. D. L. 1307.

Munkert, Ambros., Bleistiftarbeiter. 18. D. L. 1075.

Munkert, Ambros., Bleistiftmacher. 16. D. S. 1139.

Munz, Marie, Näherin. 11. D. L. 559a.

Münzel, Th., Sonn- u. Regenschirmfabrwwe. 1. D. S. 9.

Murr, J. Wolfg., Peitschenfabrikant. 7. D. S. 520b.

Murhardt, J., Fabrikschlosser. 19. D. S. 1284.

Murrer, Bab., Arbeiterin. 18. D. L. 1023.
Murschhauser, Jos., Spezereihdlg. 15. D. S. 1016.
Muß, Gg., Schuhmachermstr. 14. D. L. 730.
Muß, Chr., Schuhmachermstr. 18. D. L. 1012.
Muß, Gg., Schuhmachermstr. 22. D. S 1419.
Muscat, Joh., Fabrikschlosser. 22. D. S. 1489.
Muskat, Peter, Hammerschmied. 30. D. L. 27.
Muskat, Gg., Kaufmann. 12. D. S. 818.
Muskat, Carl, Galanterieschreiner. 5. D. S. 398.
Muschweck, Leonh., Kammmachermstr. 13. D. L. 703.
Muschler, Chrstn., Schneidermstr. 4. D. L. 208.
Muschweck, Joh., Nagelschmiedmstr. 12. D. L. 638.
Mutschmann, J. Wilh., Fabrikarbeiter. 29. D. L. 16.

N.

Näber, Anna, Wittwe. 30. D. L. 11.
Nagel, M. P., Schneidermstrswwe. 26. D. S. 6.
Nagel, J. Chrst., Stecknadelmacher. 5. D. S. 363.
Nagel, J. Cour., Schachtelmacher. 17. D. L. 969a.
Nagel, Jac., Kammmachermstr. 6. D. S. 433.
Nagel, Joh., Fabrikarbeiter. 29. D. S. 197.
Nagel, J. Gg., Drechslermstr. 10. D. L. 484.
Nagel, Wilh., Spielwaarenmacher. 25. D. L. 1543.
Nägerl, J. Gg., Tapezier. 11. D. S. 804.
Nägelein, Jeanette, privatisirt. 6. D. L. 320.
Nägelein, Monteur bei der Eisenbahn. 16. D. L. 907.
Nägelsbach, Madlon, k. Landrichterswwe. 13. D. S. 925a.
Nagengast, Joh., Eisenbahnassistent. 15. D. L. 835.
Näher, Jakobine, privatisirt. 16. D. L. 909.
Nahm, Aug., Betriebsinspektor d. Obstbahn. 30. D. L. 102.
Nachtigall, J. Fr., Gürtler. 31. D. S. 130.
Nachtigall, J., Schneidermstr. 16. D. S. 1137.
Näpflein, Mich., Bäckermstr. 16. D. S. 1146.
Näpflein, Andr., Güterlader. 4. D. S. 331c.
Nast, Frdr., Buchhalter. 4. D. L. 213.
Nauth, Casp., Polizeisoldat. 2. D. S. 189.
Nathan, Carl Wilh., Werkmeister. 28. D. L. 55.
Neckemann, Frz., 28. D. L. (Bahnhof.)
Neder, Andr., Fabrikarbeiter. 25. D. S. 1668.
Zur Nedden, Zahnarzt. 23. D. L. 1416.
Negelein, Frd., Compaßfabrikant. 22. D. L. 1341.

Neger, A. F. G., chemische Fabrik. 30. D. S. 7.

Negges, Joh., Buchdrucker. 24. D. L. 1446

Rehmann, Paul, Unterquartiermeister. 4. D. S. 320.

Rehmeier, Frd., Fabrikschmied. 24. D. S. 1583.

Rehmeyer, J. Jac., Bäckermeister. 5. D. S. 391.

Reidhardt, Gottl., Privatier. 7. D. S. 493

Reidhardt, Jul., Commission u. Spedition. 8. D. L. 112a.

Reidhard, J. Frdr., leon. Waarenfabr. 5. D. L. 290.

Reidhardt, Gust., Kaufmann. 6. D. L. 296.

Reidhardt, Todtengräber. 32. D. S. 64a.

Reidinger, Kath., Auslauferswwe. 17. D. L. 998.

Reiff, Gust., Spielwaarenfabr. 9. D. S. 661.

Reißer, Leonh., Golddrahtzieher. 18. D. L. 1074.

Reller, Joh., Maschinenarbeiter. 7. D. S. 520a.

Remmert, Chr., Korbfabrikant. L. 72.

Renneng, Heinr., gen. Kahlhofer, Produkthdlr. 3. D. S. 236.

Repf, Elis., Wäscherin. 11. D. L. 555.

Reppenbacher, J., Glaser= u. Glashdlr. 20. D. S. 1385.

Reppenbacher, J. Andr., Glasermstr. 29. D. S. 221.

Rerret, M., Fabrikarbeiterin. 24. D. L. 1484.

Rerreter, Anna, Rothgießerswwe. 16. D. S. 1153

Rees, Aug., Privatier. 2. D. S. 159.

Ressel, Jac., Schreinergeselle. 25. D. S. 1651.

Reeser, Joh., Hopfenhdlr 22. D. L. 1302.

Resser, Chrstn., Gastwirthswwe. 27. D. L. 160.

Restler, Carl, Verwalt.=Assistent. 16. D. L. 873.

Restler, Pankrat., Portefeuilleur. 4. D. S. 331a.

Restler, Elis., Wirthswwe. 16. D. S. 1125.

Reu, Raphael, Privatier. 5. D. L. 255.

Reubauer, Gg., Schuhmachergeselle. 32. D. S. 133.

Reubauer, J. Gg., Glasermstr. 23. D. L. 1412.

Reubauer, J., Bierw. z. Aug. 13. D. S. 946.

Reubauer, Leonh., Drechslermstr. 16. D. S. 1168.

Reubauer, Chrstn., Kramkäufel. 1. D. S. 55.

Reubauer, Paulus, Gartenbes. 30. D. S. 190.

Reubauer, Fr., Gärtner. 32. D. S. 65b.

Reubauer, J., Gärtner. 30. D. L. 190.

Reubauer, Dan., Steinbauer. 29. D. L. 1a.

Reubauer, Joh., Steinhauergeselle. 29. D. L. 13.

Reubauer, Chr., Tünchergeselle. 28. D. L. 64.

Reubauer, Kath., Fabrikarbeiterin. 25. D. L. 1543.

Reubauer, Gg., Holzhauer. 24. D. S. 1607.

Reubauer, Frdr., Taglöhner. 18. D. L. 971.

Neubauer, Marg., Zuspringerin. 17. D. S. 1230.
Neubauer, Walburga, Zugeherin. 12. D. L. 631.
Neubauer, Walburga, Zugeherin. 25. D. L. 1554.
Neuberger, Andr., Privatier. 30. D. L. 35.
Neuberger, J. Gg., Privatier. 12. D. S. 863.
Neuberger, Leonh., Privatier. 31. D. S. 123.
Neuberger, Joh., Hefenhändler. 18. D. L. 1015.
Neubert, Conr., Lackirerswwe. 25. D. L. 1514.
Neubert, St., Fabrikarbeiter. 28. D. S. 170.
Neubig, Michael, Unterhändler. 30. D. L. 945a.
Neuburger, A., Weinhändler. 7. D. S. 529d.
Neuhahn, Elif., Versatzkäuflin. 10. D. L. 531.
Neuhahn, Ludw., Versatzkäufel. 17. D. L. 36.
Neuhof, Thom., Eisenbahnschreiner. 18. D. S. 1250d.
Neuhuber, Seb., Fabrikarbeiter. 20. D. S. 1347.
Neuhüttel, Carl, Hausmeister. 27b. D. L. 116.
v. Neumanns, penf. Offizier. 27b. D. L. 150.
Neumann, J. Paul, Buchhalter. 19. D. L. 1102.
Neumann, k. Lieutenant. 7. D. L. 382.
Neumann, Paul, Kammmacher. 25. D. L. 1525a.
Neumann, J. Mich., Kammmachermeister. 12. D. L. 621.
Neumann, Albert, Bürstenfabrikant. 2. D. S. 155.
Neumann, Conr., Agent. 2. D. S. 100.
Neumann, Conr., Drechslermstr. 3. D. S. 228.
Neumann, Kath., Wwe., Kramkäufel. 2. D. S. 140.
Neumann, Frz. Mich., Kammmachermstr. 1. D. L. 21.
Neumaier, Alois, Fabrikarbeiter. 28. D. S. 139.
Neumark, Gebrüder, Glas- u. Porzellanhdlg. 2. D. L. 79.
Neumark, Jonas, Privatier. 14. D. S. 991.
Neumarker, Carl, Eisenbahn-Expeditor. 16. D. L. 871.
Neumeier, Andr., Tapetendrucker. 9. D. S. 612.
Neumüller, Andr., Privatier. 15. D. S. 1039.
Neumüller, Emma, Fräulein. 15. D. L. 824.
Neumüller, Kunigunde, Privatierin. 15. D. L. 824.
Neukamm, J. Gg., Großpfragner. 2. D. L. 105.
Neubert, Joh. Eberh., Einkaffier. 29. D. S. 205.
Neupert, Sim., Bleistiftmacher. 22. D. L. 1307.
Neupert, Lisette, Putzarbeiterin. 22. D. L. 1322.
Neupert, Marg., Gärtnerswwe. 17. D. L. 951a.
Neupert, Conr., Metallschlager. 20. D. L. 1222.
Neußner, Lorenz, Optikus. 24. D. L. 1459.
Neußner, Messerschmied. 23. D. S. 1549b.
Neusinger, Mich., Schuhmachermstr. 30. D. L. 43.

Neuwirth, J. Frdr., Spiegel- u. Goldleisten-Handlung. 14. D. S. 982.

Neuwirth, Joh. Peter, Schuhmachermeister. Relikten. 12. D. S. 862.

Neuwirth, Dan., Schuhmachermstr. 2. D. S. 115a.

Neuwirth, Dan., Schuhmachermstr. 4. D. L. 208.

Neuwirth, J. Mart., Schuhmachermstr. 18. D. S. 1257a.

Neuwirth, Adam, Fabrikarbeiter. 9. D. S. 616.

Netzsch, M., Bank-Commis. 12. D. L. 590b.

Nibelein, Locomotivführer. 30. D. L. 37g.

Nickel, Frdr. Wilh., Goldleistenfabrik. 16. D. S. 1164.

Nickel, Adam, Fuhrwerkbesitzer. 21. D. S. 1438.

Nicolasch, Carl Wilh., Posamentierwaaren. 3. D. L. 146.

Nicolasch, J. Casp., Büttnermstr. 25. D. L. 1561a.

Niederholz, Nic., Bleistiftarbeiter. 18. D. L. 1072.

Niederholz, Joh., Dosenmacher. 27a. D. L. 61.

Niederländer, Wolfg., Tünchergeselle. 26. D. L. 56.

Niederlöhner, Gg., Peitschenmacher. 24. D. L. 1507.

Niedermann, Barb., Fabrikarbeiterswwe. 22. D. L. 1308.

Niedermaier, J. L., Schuhmachermeister. 16. D. L. 886.

Niedermaier, k. Advokat. 8. D. S. 558.

Niedermaier, J., Gold- u. Silberdrahtzieher. 21.D.S.1391.

Niederreuther, Joh., Lohndiener. 2. D. S. 162.

Niemann, Aug., Drechsler. 9. D. S. 614.

Niessel, Wilh., Brillenmacher. 20. D. L. 1238.

Nießer, Wilh., Schneidermstr. 8. D. S. 561b.

Nieser, J., Bierführer. 21. D. L. 1292.

Nieser, Dor., Braumeisterswwe. 23. D. L. 1425a.

Nigl, J. A., Packträger-Institut. 1. D. S. 37.

Niklas, J., Eisenbahnbediensteter. 20. D. L. 1187.

Niklas, Chr. Wilh., Kammmachermstr. 22. D. S. 1462.

Nill, Ernst Jul., Portefeuilleur. 15. D. L. 832.

Nimmer, Magd., Schellenmacherswwe. 23. D. L. 1423.

Nißler, Jos., Wirth u. Garkoch. 21. D. L. 1275.

Nitschky, Jos., Eisendreher. 28. D. S. 176.

Noderer, M., Portefeuill.-Wwe. 6. D. S. 441.

Nölp, J. N., Gastwirth z. gold. Krone. 26. D. S. 3.

Nölp, J. Melch., Großpfragner. 29. D. S. 226.

Nölp, Joh., Wirth z. weißen Taube. 27. D. S. 119.

Nopitsch, Moritz, Kaufmann. 4. D. L. 190.

Nopitsch, Caroline, Pfarrerswwe. 30. D. S. 162.

Nörr, Sophie, Privatierin. 6. D. L. 293b.

Normann, J. Gg., Zinnfigurrenfabr. 1. D. S. 17.

Rothhelfer, J. Pet., Wirthschaftsbesitzer. 29. D. S. 187.
Rothhelfer, Conr., Schuhmachermstr. 32. D. S. 35b.
Rothhelfer, M. Kunig., Schuhmchrswwe. 19. D. L. 1175.
Roeth, Casp., Buchdrucker. 22. D. S. 1346b.
Rowak, Andr. Fabrikschlosser. 22. D. S. 1453b.
Rübler, Casp., Lohnkutscher. 19. D. S. 1308.
Rübling, Ferd., Schlossermstr. 24. D. L. 1455.
Rudinger, Paul, Drechslermstr. 26. D. L. 81.
Rudinger, J. Gg., Drechslermstr. 25. D. S. 1673.
Rudinger, Wwe. 8. D. L. 402.
Rugel, Gg., Feilenhauermeister. 19. D. L. 1121.
Ruka, Joh., Tapetendrucker. 17. D. S. 1195.
Runer, J. Mich, Musiker. 13. D. L. 658.
Runhöfer, Elis., Güterladerswwe. 7. D. L. 384.
Rürmeier, Joh., Schmiedmeister. 26. D. L. 42.
Rürminger, Joh., Privatier. 27. D. L. 99.
Rürminger, Marie, Wwe. 19. D. L 1006.
Nürnberger Rettungshaus. 31. D. S. 106a.
Rürtz, Jof., Galanterieschreiner. 19. D. L. 1007.
Rußbeck, M., Hausmeisterswwe. 27b. D. L. 177.
Rußbiegel, Joh. Phil., Musiklehrer. 3. D. S. 227.
Rusel,, Erh., Ausläufer. 22. D. L. 1350.
Russelt, Anna Magd., Priv.-Wwe, 1. D. S. 8.
Russelt, Ernst, Privatier. 1. D. S. 8.
Russelt, J. Wilh., Privatier. 3. D. L. 127.
Russelt, J. Dav., Kaufmann. 30. D. S. 167.
Russelt, Joh., Eichwagenführerswwe. 15. D. L. 787.
Russer, J. Mart., Fabrikarbeiter. 16. D. L 886.
Russer, Th., Fabrikarbeiter. 17. D. L. 982a.
Rußler, Kath., Verwalterswwe. 27a. D. L. 51.
Rußler, Viktor, Rothschmied. 16. D. L. 891.
Rüßlein, Andr., Lackirer. 13. D. L. 691.
Ruß, Joh., Galanterieschreiner. 18. D. L. 1063lm.
Rüßel, Marg., Holzhauerswwe. 12. D. S. 823.

O.

Obel, Carl, Stadtmusiker. 16. D. S. 1119.
Ober, Jak., Fabrikarbeiter. 27. D. S. 123.
v. Obercamp, Caroline, Majorswwe. 9. D. L. 449.
Oberländer, Franz, Paternostermacher. 22. D. L. 1355a.
Obermeyer, C., Dr., k. Advokat. 4. D. L. 204.

Obermeyer, J. Mich., Drahtzieher. 16. D. L. 891.
Obermeyer, J. M., Fabrikarbeiter. 12. D. L. 644.
Obermeyer, Phil., Schmiedgeselle. 22. D. L. 1325.
Obermüller, J., Fabrikarbeiter. 30. D. L. 28.
Oberndörfer, Wolfg. Frdr., Flaschnermstr. 15. D. S. 1017b.
Oberreuther, Joh., Bahnassistent. 30. D. L. 19a.
Oberst, J., Schreiner. 16. D. S. 1100.
Oberst, Babetta. 3. D. S. 218.
Obitsch, M., Flaschnermeister. 19. D. S. 1310.
Obitsch, Gg. Mich., Bürstenfabrikant. 10. D. L. 519.
Obstfelder, Carl, Fabrikarbeiter. 10. D. S. 677.
Ochlich, Barb., Kupferstecherswwe. 4. D. S. 335.
Ochlich, Conr., Castellan. 5. D. S. 376.
Ochs, Barb., Buchhalterswwe. 11. D. S 789.
Ochs, Christoph, Rothschmiedmstr. 32. D. S. 46.
Ochs, Magd., Näherin. 5. D. S. 380.
Oechsle, Sim., Bader. 10. D. L. 520.
Odörfer, Eduard, Großhändler. 2. D. S. 95.
Odörfer, J. Gg., Kaufmann. 10. D. S. 733.
Odörfer, Frdr., Drechslermstr. 14. D. L. 745.
Odörfer, Joh., Wirthschaftspächter. 14. D. S. 988.
Odörfer, Kath., Drahtzieherswwe. 19. D. L. 1115.
Odörfer, Joh., Gärtnerswwe. 32. D. S. 146.
Odörfer, Kunig., Näherin. 19. D. L. 1119.
Odörfer, Gg., Holzhauer. 12. D. S. 848a.
Oed, Gg., Metzgermeister. 12. D. L. 633b.
Oed, Gg., Schneider. 10. D. S. 749b.
v. Oelhafen, Frdr., q. Rentbeamter. 13. D. S. 873.
v. Oelhafen, Carl, k. Hauptmann. 30. D. S. 188a.
v. Oelhafen, Gg Chr., pens. Hauptm. 31. D. S. 117b.
v. Oelhafen, Louise, Oberlieut.-Wwe. 1. D. S. 17.
v Oelhafen, Freiin. Gutsbesitzerswwe. 30. D. L. 80.
v. Oelhafen, Eleonore, Freiin. 10. D. S. 740.
v. Oelhafen, Freiin, Wittwe. 8. D. S. 553.
Ohmann, Frdr., Kramkäufel. 2. D. S. 132b.
Ohr, Theod., Graveur. 23. D. L. 1408.
Ohr, J. Leonh., Stärkmacher. 25. D. L. 1529a.
Oehling, Andr., Packträger. 19. D. S. 1286.
Oehringer, Joh., pens. k. k. öster. Rittmeister. 27b. D. L 149.
Olinger, Carl, Bezirksger.-Diurnist. 16. D. L. 871.
Omeis, Christoph, Magazinier. 4. D. L. 200b.
Oppel, Nanette, privatisirt. 23. D. L. 1391.
Oppelt, J. Gg., Schuhmachermeister. 19. D. L. 1112.

Oppelt, J., Bürstenfabrikant. 27b. D. L. 150.

Oppelt, Anna, Blumenmacherswwe. 19. D. L. 1130.

Oppelt, J. Leonh., Schreinergeselle. 4. D. L. 183.

Oppelt, Marg., Taglöhnerin. 15. D. L. 807.

Oppenrieder, Eugen, Kaufmann. 31. D. S. 130.

Orelli, J. Albr. Carl, Flaschnermeister. 1. D. S. 10.

Ort, Sigm., Fabrikarbeiter. 21. D. L. 1269.

Oertel, Carl Frdr., Weißbleicher. 30. D. L. 11a.

Oertel, J. Paul, Wirthschaftsbesitzer. 6. D. S. 465.

Oertel, Erhardt, Uhrmacher. 27. D. L. 85a.

Oertel, Kath., Lehrerswwe. 11. D. S. 771.

Oertel, Fr., Lithograph. 20. D. S. 1360.

Oertel, C., Glasermeister. 1. D. L. 72.

Oertel, Marg, Malerswwe. 22. D. L. 1308.

Oertel, Paul, Stecknadelmachermstr. 22. D. L. 1370.

Oertel, Aug., Getreidehändler. 16. D. S. 1142.

Oertel, J., Hopfeneinkäufer. 6. D. L. 340b.

Oertel, Carl, Ostbahnconducteur. 11. D. L. 561a.

Oertel, J., Fabrikarbeiter. 30. D. L. 53.

Oertel, Friedr., Arbeiter. 24. D. L. 1484.

Oerter, Kath., Näherin. 1. D. L. 66.

Orth, Abdias Christ. (F.: J. L. Orth.) 15. D. S. 1008.

Ortenstein, Heinr., Hopfenhändler. 10. D. L. 524.

Oertle, J. Jak., Mechaniker. 27b. D. L. 162a.

Ortlopf, Clara, Lehrersfrau. 1. D. S. 73.

Ortom, Sus., Zollbeamtenwwe. 24. D. L. 1508c.

Oßmann, Joh., Drechsler. 15. D. S. 1059.

Oßmann, Heinr., Schuhmacher. 18. D. L. 1067.

Oßmann, J. Frdr., Auslaufer. 14. D. S. 958.

Oßmann, J., Fabrikarbeiter. 26. D. L. 49.

Osterchrist, Anton, Bauarbeiter. 20. D. S. 1339.

Osterhausen, Carl, (F.: Hutzler's Erben.). 8. D. L. 441.

Ostermayer, J. Nep., Glaser u. Glashändler. 1. D. L. 45.

Ostermeier, Wilh., Kaufmann. (F.: Zimmermann u. Co.) 6. D. L. 302.

Ostermeier, Pet., Lackirer. 2. D. S. 164.

Ostermeyer, Joh., Wirthschaftsbesitzer. 12. D. L. 599.

Oesterlein, Joh., Pfragner. 13. D. L. 665.

Oesterlein, Fr., Tuchbereiter. 25. D. S. 1694.

Oesterlein, J. Paul, Dekateur. 20. D. S. 1377.

Oesterreicher, Joh., Schuhmachermeister. 12. D. L. 642.

Oesterreicher, Joh., Schneidermstr. 19. D. L. 1115.

Ostertag, J., Lehrer u. Cantor. 32. D. S. 62b.

Ostertag, Marg., Wwe. 24. D. L. 1496.

Ostertag, Joh., Schreinergeselle. 19. D. L. 1133.

Osterwald, Babette, Näherin. 5. D. S. 343.

Oswald, Babette, Fabrikarbeiterin. 24. D. S. 1624.

Ott, Gg. Ad., Sonn= u. Regenschirmfabr. 1. D. L. 1.

Ott, J. Paul, Portefeuiller. 27. D. L. 15.

Ott, J. Mich., Wirthswwe. 17. D. L. 948.

Ott, Andr., Schnittwaarenhandlung. 2. D. S. 108.

Ott, Frdr., Metzgermstr. 3. D. S. 210a.

Ott, J. Matth., Stadtmusikus. 4. D. S. 267a.

Ott, Mart., penf. Manthbeamter. 27b. D. L. 104.

Ott, Heinr., Bezirksgerichts=Diurnist. 23. D. S. 1560.

Ott, Frdr., Kammmacher. 2. D. L. 78.

Ott, G., Taglöhner. 26. D. L. 55.

Ott, J., Vorarbeiter. 19. D. L. 1139.

Ott, Conr., Fabrikarbeiter. 26. D. S. 69.

Ott, J. Paul, Packträger. 25. D. S. 1647.

Ottenberger, Heinr., Schuhmachermstr. 5. D. L. 281.

Ottenberger, Carl, Lebküchner. 8. D. L. 413.

Ottenberger, Gg., Weißgergergeselle. 17. D. S. 1208.

Ottendorfer, Marg., Polirerin. 25. D. L. 1514.

Ottensoofer, Adelheid, Kaufmannswwe. 2. D. L. 97.

Oetter, Kath., Taglöhnerin. 27b. D. L. 94a.

Oetterich, Kath., Gärtnerswwe. 31. D. S. 121.

Oetterich, Anna Walb., Obsthänderin. 29. D. S. 222.

Oetterich, Frdr., Schuhmachergeschäftsführer. 24. D. S. 1582.

Oettrich, Joh., Fabrikvorarbeiter. 24. D. S. 1643.

Otterich, J. Andr., Spielwaarenmacher. 21. D. S. 1411.

Otterich, Gg., Steinhauergeselle. 26. D. S. 24.

Oetterich, Gg., Schreinermeister. 1. D. S. 39b.

Oetterich, Friedr., Fabrikarbeiter. 17. D. L. 957.

Ottenstein, N., Kaufmann. 6. D. L. 296.

Otto, Albert, k. Bezirksgerichtsrath. 8. D. S. 569.

Otto, Elif., Kaufmannswwe. 21. D. S. 1433b.

Otto, J., Gürtler. 11. D. S. 793.

Ottmann, Handlungsreisender. 30. D. L. 40.

Otzmann, M., Stadtger.=Actuar. 10. D. S. 617.

Otzmann, Mich., Wirthschaftsbesitzer. 18. D. L. 1062.

₰.

Pabst u. Lambrecht, Farbenfabrik. 6. D. L. 305.

Pabst, Robert, Kaufmann. 26. D. L. 62.

Pabst, Gg. J., Spielwaarenfabrikant. 6. D. S. 431.

Pabst, J. Jac., Rothgießermstr. 13. D. L. 690.

Pabst, Heinr., Oekonom. 26. D. L. 39.

Pabst, Joh., Papparbeiter. 16. D. S. 1146.

Pabst, J. Joch., Stahlarbeiter. 23. D. L. 1431.¡

de la Paux, J., Examinator. 25. D. L. 1551.

Palm, Carl Chrstph., Wirthschaftsbesitzer. 16. D. L. 889.

Panzer, Charlotte, Pfarrtochter. 10. D. S. 749b.

Panzer, Bab., Wwe, Näherin. 18. D. L. 1001.

Panzer, Bab., Spielwaarenmacherswwe. 32. D. S. 29.

Panzer, J. Ferd., Weber. 1. D. S. 70b.

Panzer, Marg., Pfarrerswwe. 14. D. S. 982.

Pappler, J. Jac., Privatier. 2. D. L. 85.

Paraviso, Carl, Manufact., Kommission. 6. D. L. 300.

Passing, Christ., Schuhmachermstr. 10. D. S. 750.

Passing, Mich., Privat. 12. D. L. 607b.

Passing, Privatier. 17. D. S. 1204a.

Pattberg, Revierförsterswwe. 10. D. S. 746.

Pattberg, Lina, Revierförsterswwe. 10. D. 728b.

Pattberg, Carl, Handlungsreisender. 26. D. S. 46a.

Pattberg, Chr., k. Post-Offizial.

Patutschnik, Gg., Fabrikarbeiter. 18. D. L. 1059.

Paul, G Ad., Drechsler. 21. D. S. 1395.

Paul, Abraham, Handelsmann. 19. D. S. 1284.

Paul, J. Ad., Patentstiftdrechsler. 21. D. S. 1396.

Paul, Andr., Ingenieur. 26. D. L. 61b.

Paul, Joh., Essig- u. Rosoli-Verkauf. 7. D. S. 519.

Paul, Marg., Zugeherin. 22. D. L. 1344.

Pauli, Leonh., Feingoldschlagermstr. 23. D. L. 1407.

Pauli, Abrah., Fabrikarbeiter. 22. D. S. 1493.

Pauli, Sophie, Professorswwe. 10. D. S. 732.

Pauli, Osk., Geschäftsführer. 22. D. L. 1343.

Pauly, Hieron., Bauholzschneider. 19. D. S. 1295.

Pauli, Heinr., Lohndiener. 4. D. S. 331a.

Paulus, Gg. Conr., Privatier. 17. D. L. 965.

Paulus, Gg. Conr., Privatier. 17. D. S. 1204a.

Paulus, Marg., Gemüsehändlerin. 5. D. S. 416.

Paulus, Adam, Maschinenheizer. 30. D. L. 19.

Paulus, Gg. Salamon, Großpfragner. 15. D. S. 1022b.

Paulus, Gg., Pfragner. 14. D. S. 987.

Paulus, Elisabeth, Kleidermacherin. 1. D. S. 21.

De Pasquier, L., Maler. 13. D. S. 953.

Pauschinger, J. Mich., Gürtler u. Platirer. 19. D. L. 1116.

Pauschinger, Heinr. Marcus, Gürtlermstr. 19. D. L. 1105.

Pauschinger, J. Frdr., Hornpressermeister. 19. D. L. 1105.

Pauschinger, J., Posamentiermstr. 19. D. L. 1005.

Pauschinger, J. Dan., Borstenverleger. 22. D. L. 1341.

Pauschinger, Heinr. Magnus, Gürtler. 19. D. S. 1292.

Pauschinger, Ad., Fabrikarbeiter. 28. D. S. 165.

Pauschinger, Elis., Kammmacherswwe. 18. D. L. 1094.

Pech, Sabine, Zugeherin. 26. D. L. 61b.

v. Pechmann, Dr. med., prakt. Arzt. 12. D. L. 604.

v. Pechmann, Majorswwe. 32. D. S. 72.

v Pechmann, Frhr., k. Hauptmann. 5. D. L. 279.

Pechtner, Joh., Goldschlagergeselle. 27a. D. L. 58.

Pechstein, Christ., Archivsekretär. 32. D. S. 134.

Beintinger, J. Paul, Metzgermeister. 25. D. L. 1543.

Pellikan, Julius, Schneidermstr. 10. D. S. 721.

Pellicot, Marg., Kaufmannswwe. 12. D. L. 581.

Pelloth, Joh., Kaufmann. 2. D. L. 98.

Pelloth, Joh., Braugehilfe. 21. D. L. 1291.

Pemsel, Joh., Wirthschaftsbesitzer. 17. D. L. 984.

Pemsel, Gg., Weinhdlg. u. Weinwirthsch. 13. D. S. 936.

Pemsel, Conr., Conducteur 20. D. S. 1383.

Pemsel, Heinr., Secretär am Museum. 1. D. S. 46.

Pemsel, Andr., Bremser. 29. D. L. 8.

Peppel, Gg., Fabrikarbeiter. 30. D. L. 37b.

Perge, Susanna Clara, Kürschnerswwe. 15. D. S. 1076.

Perl, Bened., Bierbrauerei u. Malzfabrik. 2. D. L. 106.

Perl, Joh., Bahnwagen-Aufseher. 27a. D. L. 51.

Perlberg, Gg. Chrstn., Maler. 6. D. S. 478b.

Peßel, Joh., Käse= u. Kräuterhändler. 6. D. S. 446.

Peter, Joh., Malzaufseher. 3. D. L. 165.

Peter, J. Gg., Maurermstr. 30. D. L. 37b.

Peter, J. Frdr., Schachtelmacher. 29. D. S. 203a.

Peter, Franz Xaver, Lehrer. 1. D. L. 14.

Peter, Ant., Schneidermeister. 24. D. L. 1484.

Peter, Marg., Lohnkutscherswwe. 6. D. L. 314.

Peter, Ernest., Schneiderswwe. 4. D. L. 219.

Peter, Blumenmacherin. 9. D. S. 609.

Peter, Gg., Maurergeselle. 30. D. L. 37k.

Peter, Anton, Schneller. 13. D. L. 670.

Peter, Jak., Zimmergeselle. 27. D. S. 81.

Petter, Gg., Zimmergeselle. 26. D. S. 30.

Petersen, Heinr., Kupferstecher. 9. D. S. 631a.

Petrazzi, k. Bez.-Ger.-Registr. 16. D. S. 1165.

Petri, Wilh., Handlanger. 11. D. L. 542c.

Petri, Chrst., Tapetendrucker. 30. D. L. 81.

Petritsch, G. F., Tyroler Glockengießer. 22. D. S. 1478.

Petritsch, J., Schneidermstr. 25. D. L. 1525.

r. Petz, Freifrau, Rechtsrathswwe. 8. D. S. 571.

Petzold, A. M., Weberswwe. 14. D. S. 973.

Peuntinger, Gg., Ultramarinarbeiter. 18. D. L. 1051.

Peuppus, Heinr., Spielwaarenmacher. 18. D. L 1090b.

Peuppus, Ulr., Galanterieschreiner. 18. D. L. 10631m.

Peuppus, Joh., Spielwaarenmacher. 25. D. S. 1697c.

Pfahler, J. Ad., Huf- u. Waffenschmied. 20. D. S. 1369.

Pfahler, J. Gg., Großpfragner. 22. D. L. 1375.

Pfahler, Canzlistenwwe. 10. D. S. 733.

Pfahler, J., Kutscher. 27. D. S. 93.

Pfann, C., Hôtelbes. z. Würtemb. Hof. 28. D. L. 74ab.

Pfann, Joh. Chrst., Spezereihdlg. 9. D. L. 457.

Pfann, Marie, Fräul., privatisirt. 20. D. L. 1191.

Pfann, Mart. Gg., Lehrer. 22. D. L. 1358.

Pfann, J. Gg., Privatier. 10. D. S. 739.

Pfann, Anna Marg., Wittwe. 27. D. S. 91.

Pfann, J., Bader. 11. D. L. 543.

Pfann, Mich., Rothschmiedmstr. 18. D. S. 1241a.

Pfann, Gg. Frdr., Kammmacher. 14. D. L. 722.

Pfann, Paul, Beutlermstrswwe. 13. D. L. 710.

Pfann, Thom, Ballenbinder. 13. D. L. 710.

Pfann, Gg. Frdr., Assistent. 10. D. L 492.

Pfann, Conr., Gartenbesitzer. 31. D. S. 141bc.

Pfann, J. Gg., Pachtgärtner. 30. D. S. 161.

Pfann, N., Taglöhner. 26. D. L 49b.

Pfann, J., Holzhauer. 26. D. S. 65.

Pfälzner, J. Gg., Wirthschaftsbes. 29. D. S. 180.

Pfannenmüller, Bäckermstr. u. Rosolif. 21. D. S. 1393.

Pfeffer, J. Gg., Portefeuillefabr. 6. D. L. 296.

Pfeffer, Joh. Frdr., Drechslermstr. 15. D. L. 802.

Pfeffer, Ev. Marg., Schneidermstrswwe. 14. D. S. 997.

Pfeffer, Magd., Fabrikarbeiterswwe. 5. D. S. 356.

Pfeiffenberger, Friedr., Lehrerswwe. 26. D. L. 49b.

Pfeiffer, Chrst., k. Bankdirektor. 1. D. L. 19b.

Pfeiffer, Gg., Agent. 17. D. L. 947.

Pfeiffer, Theod., Landesproduktenhandel. 5. D. S. 368.

Pfeiffer, J. R., Commissionär. 25. D. L. 1523.

Pfeiffer, Kath., Privatier. 23. D. L. 1375.

Pfeiffer, J. Gg., Großpfragner. 22. D. L. 1370.

Pfeifer, J. Gottl., Drechslermstr. 5. D. S. 353.

Pfeiffer, Marquard, Zahnbürstenfabrikant. 6. D. L. 320a.

Pfeiffer, Paul, Paternostermacher. 20. D. L. 1238.

Pfeiffer, Kath., Gärtnerswwe. 22. D. L. 1375.

Pfeiffer, Magd., Briefträgerswwe. 17. D. S. 1176.

Pfeiffer, Kunig., Hausmeisterswwe. 28. D. L. 85.

Pfeiffer, Carl, Lokomotivführer. 27a. D. L. 43.

Pfeuffer, k. Hauptmann. 3. D. S. 175.

Pfeiflen, J. Chr., Huf- u. Waffenschmied. 6. D. L. 342.

Pfeiflen, J. Gg., Hopfenhdlg. 30. D. L. 125.

Pfeiffenberger, J. Conr., Vorarbeiter. 22. D. S. 1513.

Pfister, Heinr., Privatierswwe. 1. D. S. 1c.

Pfister, Joh., Charcutier. 22. D. S. 1371.

Pfister, J., Damenschneider. 3. D. S. 189.

Pfister, Augustin, Schreinermeister. 18. D. S. 1245b.

Pfister, Mich., Bahnwärter. 28. D. L. (Bahnhof).

Pfirsch, J. Mich., Privatier. 23. D. S. 1550.

Pfitschler, Gg. Heinr., Oblatenbäcker. 17. D. S. 1210.

Pfitschler, J. Andr., Tünchergeselle. 27a. D. L. 29.

Pfitschler, Heinr., Steinhauer. 29. D. L. 22.

Pfitzinger, Joh. Gg., Cichorienfabrikwwe. 18. D. L. 1087.

Pflaum, Conr., Wirthschaftsbesitzer. 28. D. S. 133.

Pflaum, Gg., Privatier. 1. D. L. 59.

Pflaum, Heinr., Farbenfabr. 9. D. S. 657.

Pflaum, Mart., Mechanikus. 24. D. S. 1629.

Pflaumer, Frdr. Aug., Schreinermstr. 21. D. S. 1396.

Pflaumer, Ludw., Fabrikarbeiter. 28. D. S. 171.

Pfauntsch, J. Pet., Rothschmiedsdrechsler. 25. D. S. 1670.

Pfleger, M., Wittwe, privatisirt. 1. D. L. 10.

Pflier, Conr., Maurerpalier. 30. D. L. 17.

Block, Jos., Schuhmachermstr. 24. D. S. 1625.

Pflug, Chr., Kaufmann. 12. D. L. 590b.

Pflügl, Charl., Wittwe. 3. D. S. 219.

Pflügel, M., Pfarrerswwe. 19. D. S. 1308.

Pflüger, H. Chr., Kaufmannswwe. 23. D. S. 1551.

Pförtsch, Gg. B., Handlanger. 24. D. S. 1593.

Pfundner, Pius, Schneidermeister. 11. D. S. 774.

Pickel, Doktorswwe. 8. D. S. 576.

Pickel, Joh. Heinr., Lehrer. 1. D. L. 26.

Pickel, Chrstph., Wirthschaftsbesitzer. 22. D. L. 1331.

Pickel, Dan., Zirkelschmiedgeselle. 29. D. S. 209.

Pickel, Aug., Siegellackfabr. 1. D. L. 26.

Pickel, Carl, Schlossermstr. 15. D. L. 799.

Pickel, Joh., Kleidermchr. 17. D. S. 1204a.

Pickel, Conr., Schuhmachermstr. 24. D. S. 1624.

Pickel, J., Eisenbahnconducteur. 25. D. S. 1705a.

Pickel, Bab., Gärtnerswwe. 27a. D. L. 51.

Pickel, Heinr., Gärtner. 18. D. S. 1278.

Pickel, Wilh., Fabrikschreiner. 28. D. S. 171.

Pickel, Frdr., Fabrikarbeiter. 3. D. S. 206.

Pickel, Mich., Fabrikarbeiter. 5. D. S. 353b.

Pickel, Andr., Fabrikarbeiter. 22. D. L. 1450.

Pickel, Joh., Getreideaufseherswwe. 27. D. S. 92.

Pickelmann, J. Th., Mechaniker. 27b. D. L. 94a.

Pickelmann, Joh., Kramkäufel. 2. D. S. 150.

Pickelmann, Frdr., Schlossergeselle. 29. D. S. 205.

Pickelmann, J. Gg., Fabrikarbeiter. 21. D. S. 1411.

Pickerich, Jak., Spielwaarenfabr. 9. D. S. 615.

Pickert, A., Hofantiquar. 7. D. S. 516.

Pierre, Heinr., Eisendreher. 28. D. L. 90.

v. Pierron, Julie, Oberlieutenantswwe. 32. D. S. 132

Pierzel, Mich., Galanteriechreiner. 5. D. S. 363.

v. Pilati, Ignaz, k. Kriegscommissär. 3. D. S. 184.

Piller, Kath., Näherin. 19. D. S. 1320.

Pillhofer, Adam, Großpfragner. 16. D. L. 852.

Pillhofer, J. Gg., Kaufmann. 23. D. S. 1533.

Pillhofer, Bab., Glasmalerin. 26. D. L. 86c.

Pillmann, Chrst. Wilh., Juwelier. 12. D. S. 819.

Pillot, Andr. Chrstph., Zirkelschmied. 20. D. L. 1203.

Pillot, Gg. Mart., Zirkelschmied. 18. D. L. 1023.

Pillot, Gg. Mart., Zirkelschmied. 14. D. L. 738.

Pilott, Heinr., Zirkelschmied. 14. D. L. 738.

Pimmersdorfer, J. G., Polizeisoldat. 25. D. L. 1540.

Pippig, Chrstn., Fabrikarbeiter. 19. D. S. 1323.

Pirner, J. Gg, Privatier. 6. D. L. 313b.

Pitteroff, Joh., Postconducteur. 22. D. L. 1306.

Plener, Jos., Maschinenschlosser. 27b. D. L. 116.

v. Planitz, Julius, Privatier. 19. D. S. 1331.

Plank, J. Gg., Mechaniker. 26. D. S. 62.

Plank, J. Gg., Privatier. 9. D. L. 464.

Platner, Gg., Königl. Belg. Consul (F.: Gg. Platner). 13. D. S. 922.

Platner, Albert, Kaufmann 11. D. S. 764a.

Plaßöder, J. Melch., Fabrikschmied. 27. D. S. 118.

Pocher, Carl Ant., Kunstanstalt. 25. D. S. 1705.

Pöferlein, M., Schneiderswwe. 8. D. S. 600.

Pöferlein, Marg., Wirthswwe. 3. D. S. 258.

Pohl, Joh., Privatier. 31. D. S. 149.

Pohl, Heinr., Lackirer. 12. D. L. 616.

Pohl, Jof., Gärtner. 30. D. L. 151.

Pohl, Heinr., Gärtner. 32. D. S. 82.

Pohl, Vikt., Maschinenschlosser. 17. D. S. 1181.

Pohl, Marie, Näherin. 12. D. L. 616.

Poehlmann, Mor, Kaufmann. 16. D. S. 1123b.

Pöhlmann, Gg. Leonh., 3. D. S. 216.

Poither, Gg., Kunstgärtner. 27b. D. L. 149.

Polet, Gottfr. Frdr., Leimfabrikant. 32. D. S. 56.

Pollich, Oskar. 23. D. L. 1421.

Pollmann, Ant., Schreiner. 9. D. S. 654.

Pöllmann, Joh., Schweinstecher. 23. D. L. 1440.

Poltschick, Joh., Maler. 21. D. L. 1299b.

Poltschick, Käthe, Wittwe. 13 D. L. 688.

Polster, Wolfg., Ausläufer. 11. D. L. 544.

Polster, Wolfg., Taglöhner. 32. D. S. 135.

Polster, Dor., Fabrikarbeiterin. 2. D. S. 149.

Polster, J., Fabrikarbeiter. 26. D. S. 28.

Polster, Therese, Näherin. 29. D. L. 24.

Pommer, Leonh., Privatier. 5. D. S. 344.

Pommer, M., jun., Schlossermstr. 14. D. L. 723.

Pommer, Dav., Schlossermstr. 14. D. L. 762.

Pommer, J. Conr., Hafnermstr. 15. D. L. 800.

Pommer, Hel., Bleistiftpolirerin 18. D. L. 1033.

Pommer, J., Zimmergeselle. 29. D. L. 3.

Pommer, Dav., Zimmergeselle. 28. D. S. 136.

Pommer, Gg., Tabakeinkäufer. 28. D. S. 141.

Pommer, J., Eisenbahnschlosser 28. D. S. 171.

Pommer, Jac., Fabrikarbeiter. 27. D. S. 125.

Pommer, Carl Heinr., Unterhdlr. 18. D. S. 1253c.

Pommer, M, Gärtnerswwe. 32. D. S. 35a.

Pommer, Barb, Gärtnerswwe. 32. D. S. 35c.

Pommer, Conr., Gärtner. 32. D. S. 57.

Pommer, Joh., Gärtner. 32. D. S. 74.

Popp, Carl Ernst, Kaufmann. 1. D. S. 35.

Popp, Frdr., Kaufmann. 3. D. L. 145.

Popp, Joh., Agent. 2. D. L. 78.

Popp, Mich., Buntpapierf., früher J. Zopfy. 27. D. S. 81.

Popp, J. Gg., Gastwirthschaftsbes. 5. D. S. 424.

Popp, Joh., Uhrmacher. 17. D. L. 963.

Popp, Conr., Kammmachermstr. 13. D. S. 943.

Popp, Joh., Kammmachermstr. 10. D. L. 490.

Popp, Casp., Schreinermstr. 17. D. S. 1235.

Popp, Christ., Aufseher. 18. D. L. 1041.

Popp, S. E., Magistratsbotenwwe. 13. D. L. 683.

Popp, Baptist, Fabrikarbeiter. 29. D. S. 183.

Popp, Marg., Steinhauergesellenwwe. 28. D. S. 168.

Popp, Casp., Schreinergeselle. 16. D. S. 1139.

Popp, Johanna, ledig. 16. D. L. 880.

Popp, Marg., Zugeherin. 26. D. L. 86.

Popp, Marg., Näherin. 2. D. S. 132a.

Poppel, J. G., Rothgießer. 23. D. S. 1531c.

Poppel, Gg. Jos., Fabrikarbeiter. 25. D. L. 1554.

Pöppinger, Gg., Leimfabrik. 30. D. L. 54a.

Pöppinger, Joh. Conr., Fabrikarbeiter. 28. D. S. 134.

Porsch, Friedr., Drechslergeselle. 27. D. L. 30.

Porsinger, Frdr., Ausläufer. 12. D. S 817b.

Port, J. Chr. Gg., k. Pfarrer. Lorenzer Pfarrhof.

Port, Mathilde, Wittwe. 24. D. L. 1453.

Port, J. Gg., Kammmachermeisterswwe. 12. D. L. 617.

Port, Joh., Porzellanmaler. 24. D. L. 1453.

Porte, Jul., Gasinspektor. 2. D. S. 164.

Portner, Gg., Schneidermstr. 15. D. L. 794.

Portner, J. Seb., Schreinermstr. 9. D. S. 615.

Portner, Clara, Schneidermstrswwe. 3. D. S. 228.

Portner, J. Ad., Schreinermstr. 9. D. S. 615.

Portner, Gg. Conr., Schreinermstr. 1. D. L. 60.

Porzler, J. Casp., Paternostermchrmstr. 22. D. L. 1336.

Porzler, Kunig., Wittwe. 22. D. L. 1333.

Pößl, Anna, Pappwaarenmacherswwe. 27. D. L. 45.

Posch, Jul., Fuhrmannswwe. 29. D. L. 16.

Pöschel, Carol., Pfarrerswwe. 25. D. S. 1705.

Präg, Joh., Hafnermstr. 20. D. L. 1214.

Präg, Ev. Marie, Brodträgerin. 15. D. L. 814.

Präg, Kath., Waschfrau. 30. D. L. 35.

Pracher, k. Reg.-Rath. 1. D. S. 25.

Prankel, Chrstph. Heinr., Ausläufer. 17. D. S. 1192.

Prassel, L., Wirth z. gold. Pfau. 16. D. S. 1112.

Prassel, M., Zimmergesellenwwe. 29. D. L. 1c.

Prassel, Gottl., Zimmergeselle. 29. D. L. 17.

Praſſel, Conr., Zimmergeſelle. 29. D. L. 17.

v. Praun, S. Chr. F., k. Advokat. 4. D. S. 308.

v. Praun, Carl, penſ. Rittmeiſter. 1. D. S. 33.

v. Praun, Landrichterswwe. 5. D. S. 401.

v. Praun, Hel. Clara, Freiin. 20. D. S. 1386.

v. Praun, Fräulein. 7. D. S. 485.

Precht, Nik., Steinmetz. 25. D. L. 1554.

Prechtel, Heinr., Sekretair. 16. D. S. 1162.

Prechtel, Conr., Seilermſtr. 21. D. S. 1412.

Prechtel, Ed., Theatercaſſier. 15. D. L. 820.

Prechtel, Frdr., Schreinermſtr. 4. D. S. 278.

Prechtel, Carl, Spielwaarenmacher. 20. D. L. 1232.

Prechtel, Joh. Tob., Hausmeiſter. 3. D. L. 139.

Prechtel, Balthaſ., Peuntarbeiter. 15. D. L. 811.

Prechtel, J. Lor., Ausläufer. 16. D. S. 1081.

Prechtel, Johanna, Feinwäscherin. 17. D. S. 1205b.

Prechtel, Am., Tünchergeſellenwwe. 29. D. S. 225.

Prechtel, Käthe, Drahtzieherin. 23. D. S. 1571.

Prechtelbauer, Leonh., Pachtgärtner. 31. D. S. 123.

Prechtelbauer, Wolfg., Goldrahtzieher. 22. D. S. 1450.

Prell, Casp., Beutler u. Kappenmacher. 17. D. L. 969a.

Prell, J., Telegraphendiener. 28. D. L. 67.

Preill, Joseph, Condukteur. 17. D. L. 969a.

Preller, J., Fruchtträger. 18. D. L. 1070.

Preiß, J. Leonh., Drechslermſtrswwe. 7. D. S. 533.

Preiß, Chrſtph. Conr., Mechaniker. 6. D. S. 442a.

Preiß, Matth., Schreiner. 11. D. L. 551.

Preiß, Joh. Mich., Werkmeiſter. 16. D. L. 889a.

Preiß, Conr., Schneidermſtr. 1. D. S. 34.

Preißel, Joh., Schreinergeſelle. 19. D. L. 1119.

Preißel, Magd., Gärtnerswwe. 30. D. S. 169b.

Preß, Alois, Schneidermſtr. 8. D. S. 580a.

Preßel, J. N., Holzschuhmacher. 1. D. S. 33.

Preßel, Kilian, Portier. 30. D. L. 102.

Preßlein, J. Dan., Drechslermſtr. 15. D. S. 1018.

Preßlein, Gg., Maler. 14. D. S. 981.

Pretſcher, Gg., Optiker. 24. D. L. 1481.

Preu, Chriſt., Rektorswwe. 17. D. S. 1175.

Preu, Theod., Kaufmann. 12. D. L. 607b.

Preu, Joſ., Kammmacher. 15. D. L 805.

Preu, J. Mart., ſtädt. Bauverwalter. 13. D. L. 679a.

Preu, Sophie, privatiſirt. 5. D. L. 262a.

Preu, Fabrikinſpektor. 13. D. L. 680.

Priem, J. Paul, Literat. 15. D. S. 1030.

Prinzner, Marie, Taglöhnerswwe. 27b. D. S. 128.

Prinzner, Ludw., Fabrikschlosser. 28. D. S. 139.

Pröbes, Sigm., Kupferstecher. 15. D. S. 1032.

Pröbes, Sim., Rothschmiedmstr. 13. D. L. 696.

Pröbes, Andr. Phil., Rothschmied u. Ciseleur. 16.D. L.908.

Pröbes, J. Kath., Wittwe. 18. D. S. 1253.

Probst, Conr., Photograph. 27b. D. L. 160.

Probst, Gottfr., Kammfabrikant. 24. D. L. 1491b.

Probst, Ludw., Kammmachermstr. 10. D. L 509.

Probst, Kammmacherswwe. 9. D. S. 636.

Probst, Chrst., Unterhändler. 1. D. L. 66.

Probst, J. Pet., Federnhändler. 16. D. S. 1136.

Probst, J. Nic., Salzfischer. 12. D. S 855a.

Probst, Pet., Salzfischer. 16. D. S. 1103.

Probst, Gg., Frauenkleidermacher. 19. D. S. 1308a.

Pröbster, Ludw., Materialist. 23. D. L. 1379.

Pröbster, J. L., Zirkelschmiedmstr. 22. D. S. 1499.

Pröbster, Joh., Reißzeugfabrikant. 24. D. S. 1595.

Pröbster, Sigm., Zirkelschmiedmstr. 24. D. S. 1611.

Proff, Joh., Schuhmachermstr. 7. D. S. 521.

Prögner, J., Flaschnergeselle. 18. D. S. 1256a.

Pröhl, N. F., Kaufmann. 15. D. S. 1132.

Pröll, J. Mich., Hafnermstr. 22. D. L. 1347.

Pröll, Nic., pens. Lottocollecteur 14. D. S. 981.

Pröll, Ludw., Fabrikwerkmeister. 5. D. S. 390.

Pröll, Conr., Tünchergeselle. 29. D. L. 18.

Pröls, J., Schuhmachermstr. 24. D. L. 1472.

Prollius, W. Theod., Kaufmann. 8. D. S. 564a.

Prossel, J., Zimmergeselle. 29. D. L. 23a.

Pröschel, Joh., Rothschmied. 16. D. S. 1103.

Pröschel, Lisette, Zugeherin. 22. D. L. 1309.

Pröschel, J. Frd., Eisenbahnarbeiter. 12. D. L. 577.

Prottengeier, J., Fabrikarbeiter. 19. D. L. 1176.

Brückner, G. C., Wwe., Colonialwaaren. 3. D. L. 109.

Brückner, J. Heinr., Rothgießer. 16. D. L. 909.

Brückner, W. F. C., tyroler Glockengießer. 22.D. S.1470.

Brückner, Marg., Näherin. 7. D. S. 519.

Puchta, Chrst., Geheimerathswwe. 27a. D. L. 4.

Puchta, Agnes, Expeditorswwe. 13. D. S. 888.

Puff, Conr., Hafnergeselle. 10. D. S. 667.

Pürkhauer, M., Pfarrerswwe. 32. D. S. 67.

Puscher, Wilh., Privatier. 4. D. S. 310.

Puscher, Carl, Privatier. 7. D. S. 487.
Putzin, J. Ad., Lorgnettenfabr. 27. D. L. 119.
Putzin, Gertr., Hornbrillenmchrswwe. 24. D. L. 1498.

Q.

Quehl, Gg. Chr., Magistratssekr. 13. D. S. 883a.
Quehl, Max, Spezereihdlg. u. Tabakfabr. 2. D. L. 84.
Quehl, Carl, Buchbinder u. Portefeuilleur. 1. D. S. 8.
Quehl, Ludw. Theod., Drechslermstr. 9. D. L. 475.
Quenzel, F., Buchh. u. Lehr. d. kfm. Rechn. 27b. D. L. 144a.
Quenzler, Eva, Wittwe. 26. D. S. 12.
Quenzler, Frdr., Zimmergeselle. 27. D. S. 81.
Quenzler, Clara, Modistin. 3. D. L. 122.
Quitzmann, Dr., k. Bataillonsarzt. 4. D. L. 190.

R.

Raab, J. G. F. C. (F.: J. W. Raab jun.) 7. D. S. 518.
Raab, J. B., Lehrer. 14. D. L. 772.
Raab, Leonh., Kupferstecher. 9. D. S. 602.
Raab, Pet., Metallschläger. 17. D. L. 987.
Raab, J., Schuhmacher. 18. D. S. 1258.
Raab, Gg. Adam, Pfragner. 19. D. L. 1156.
Raab, Heinr., Rosolifabr. 19. D. S. 1289.
Raab, Frz., Schuhmachermstr. 14. D. S. 958.
Raab, Joh., Rindmetzger. 21. D. S. 1399.
Raab, Heinr., Metzgermstr. 26. D. S. 17.
Raab, Gg., Kammmacher. 16. D. S. 1135.
Raab, Heinr., Steinmetzengeselle. 16. D. S. 1090.
Raab, J., Fabrikarbeiter. 27. D. S. 115.
Raab, J. Sigm., Zimmergeselle. 26. D. S. 38.
Rabe, Ed., Kaufmann. 21. D. S. 1414.
Rabe, Mor., Feingoldschlager. 25. D. L. 1539b.
Raabe, Carl, Kleidermacher. 19. D. L. 1136.
Räbel, J. Thom., Tuchbereiter. 19. D. L. 1127.
Räbel, Phil., Gutsbesitzer. 26. D. L. 44b.
Räbel, Gg., Gärtner. 32. D. S. 58.
Räbel, Phil., Gärtner. 27. D. L. 44c.
Räbel, J. Leonh., Gärtner. 28. D. L. 169.
Räbel, Mart., Tagarbeiter. 26. D. S. 35.

Räbel, J. Fr., Privatierswwe. 8. D. S. 601.

Rabenstein, Conr., Wagenwärter. 18. D. L. 1064.

Rabenstein, Frdr., Bremser. 18. D. L. 1064.

Raaber, J., Gartenbesitzer. 31. D. S. 100.

Raaber, Matth., Gartenbesitzer. 31. D. S. 136.

Raaber, J. Gg., Wirthsch. u. Gartenbesitzer. 31.D. S.125.

Rabbow, Jul., Buchhalter. 30. D. S. 182.

Rabus, Gg. Mich., Landesprod. u. Hopfenhdlg. 7.D.L. 393.

Rabus, Joh., Pfragner. 26. D. S. 73.

Rackel, Aug., Schreiner. 27. D. L. 58.

Rasen, Wwe, Feinbäckerin. 8. D. S. 576.

Rährl, Joh., Wagenwärter. 25. D. S. 1701.

Raier, Theod., Kaufmann. 4. D. L. 202.

Raithel, Heinr., Kaufmann. 13. D. S. 925a.

Rall, Joh., Privatier. 23. D. S. 1549b.

Rall, Joh., Büttnermstr. 29. D. S. 218.

Ramelmeyer, Max, Schlosser u. Mech. .23. D. S. 1556.

Rammelsteiner, Heinr., Eisenbahnschlosser. 15.D.L.809.

Rammelsteiner, Joh., Nadler. 16. D. L. 920.

Rammes, Thomas, Bierwirth. 21. D. S. 1434.

Ramler, Caroline, led. 16. D. S. 1112.

Ramler, Marg., Messingbrennerswwe. 23. D. S. 1576.

Ramler, J. Leonh., Schreiner. 17. D. L. 959a.

Ramp, J. Bapt., Schneidermstr. (Magazin). 19.D.L.1153.

Ramser, Christine, Schnellerswwe. 30. D. L. 11.

Ramser, Conr., Gürtlermstr. 16. D. S. 1103.

Ramspeck, Mich., Fabrikarbeiter. 26. D. S. 58.

Ramspeck, Ch., Fabrikarbeiter. 26. D. S. 51.

Ramspeck, Conr., Fabrikarbeiter. 28. D. S. 142.

Ramspeck, Marg., Schreinerswwe. 28. D. S. 151.

Ramspeck, Marg., Webersfrau. 28. D. S. 147.

Ramsteck, Gg., Wirthschaftsbesitzer. 17. D. L. 980.

Randolph, Andr., Schuhmachermstr. 15. D. S. 1075.

Randon, Ludw., Handschuhmacher. 26. D. S. 68.

Rang, ehem. Offiziant. 4. D. S. 284.

Rank, Gg., Großpfragner. 15. D. L. 837.

Rank, Dr., Jos., Redacteur. 23. D. S. 1540.

Rank, Gg., Fabrikarbeiter. 18. D. L. 1028.

Raenz, Bab., Hauptmannswwe. 11. D. S. 760.

Ranzenberger, Matth., Peitschenfabrik. 9. D. L. 437.

Rappel, Mart., Fabrikarbeiter. 25. D. L. 1535a.

Rappold, Phil., Privatier. 17. D. L. 948b.

Rappold, Carl Frdr., Bez.-Ger.-Diurn. 5. D. L. 264a.

Rapps, Kilian, Bahnhof-Inspector. 30. D. L. 102.

Rasch, Ulrich, Instrumentenmacher. 5. D. S. 359.

Raschbacher, Gg. Matth., Lohnkutscher. 9. D. L. 443.

Rascher, Hauptzollamts-Revisionsbeamt. 16. D. L. 857.

Raschka, Andr. Dan., Goldarbeiter. 25. D. S. 1693.

Raschka, Jakobine, Zugeherin. 27. D. S. 76.

Rattel, Anna Marie, Taglöhnerin. 12. D. L. 632.

Rath, Carl, Flaschnermstr. 14. D. S. 976.

Rathgeber, Marie, k. Postmstrswwe. 3. D. S. 181b.

Rau, C. Fr., jun., (F.: Roth u. Rau.) 14. D. S. 984.

Rau, Carl (F.: Rau-Benedict.) 15. D. S. 1011.

Rau, S., Kaufmann. 7. D. L. 354.

Rau, Joh., Privatier. 9. D. L. 447.

Rau, Louise, Kaufmannsgattin. 25. D. S. 1705.

Rau, Andr., k. pens. Revierförster. 22. D. S. 1497.

Rau, Salomon, Hopfenhandlung. 4. D. S. 327.

Rau, Gg., Bildhauer. 30. D. s. 3.

Rau, Leonh., Peitschenfabrik. 24. D. L. 1473.

Rau, J. Frdr., Instrumentenmacher. 21. D. L. 1297.

Rau, Joh., Steinhauer. 27a. D. L. 73.

Rau, J. Gg., pens. Aufseher. 18. D. S. 1258.

Rauenbusch, Ludw. Gg., Reisender. 13. D. S. 921.

Raub, Joh., Kürschnermeister. 14. D. S. 993.

Raub, J. Gg., Gärtner. 19. D. S. 1333.

Raub, Thom., Wasch-Anstalt. 17. D. S. 1199.

Raub, Joh., Kramkäufel. 1. D. S. 51.

Raub, Marie, Wwe. 2. D. S. 154.

Raub, Thom., Strohwaarenarbeiter. 16. D. S. 1152.

Raub, Joh., Rosolifabrikant. 23. D. S. 1554.

Raub, J., Bremsenwärter. 30. D. L. 14.

Raub, Frdr., Fabrikarbeiter. 22. D. S. 1489.

Raub, Steph., Holzhauer. 25. D. S. 1663.

Raub, Babette, Näherin. 20. D. L. 1201b.

Raub, J. C., Kfm., Tabakblätter en gros. 19. D. S. 1326.

Raub, Felix, Vergolder. 14. D. S. 993.

Raub, Felix, Lackirer. 5. D. L. 231.

Rauchbar, Dan., Schlossermeister. 7. D. L. 372.

Rauchenberger, N., k. Schuldentilg.-Cassa-Contr. 6.D.L.312.

Rauhenzahner, Dr., Gg. 4. D. S. 311.

Raul, J., Goldschlager. 23. D. L. 1416c.

Raum u. Zirngibl, Kaufleute. 8. D. S. 558.

Raum, L., Hopfenhandlg. u. Schmelztieglfabr. 7. D. L. 386.

Raum, Moritz, Hopfenhändler. 15. D. S. 1061.

Raum, Gg., Hopfenhändler. 6. D. L. 313b.

Raum, Anna Louise, Wwe. 27. D. L. 8.
Raum, Gg., Hopfenhändler. 2. D. S. 98.
Raum, Louise, Hopfenhändlerswwe. 9. D. L. 439.
Raum, Albert, Hopfenhandlung. 6. D. L. 328.
Raum, Bened, Hopfenhandlung. 7. D. L. 385.
Raum, Andr., Spezereihandlung. 2. D. L. 100.
Raum, Andr., Buchhalter. 9. D. L. 439.
Raum, J. Gg., Seilermeister. 23. D. L. 1384.
Raum, Andr., Tapetendrucker. 5. D. L. 230.
Raum, M., Eisenbahnarbeiter. 10. D. L. 501.
Raum, J. Jer., Fabrikarbeiter. 29. D. L. 23a.
Raum, J., Fabrikarbeiter. 29. D. L. 18.
Raum, Marie, Wwe., Obsthändlerin. 29. D. S. 208.
Raum, Barb., Zuspringerin. 18. D. S. 1032b.
Rauner, Mart., penf. Sergeant. 25. D. L. 1537.
v. Rausch, Mich., Privatier. 6. D. L. 321b.
Rausch, J. Ed., Privatier. 21. D. S. 1411.
Rausch, Mich., Polizeisoldat. 8. D. S. 588.
Rauscher, Mich., Zimmergeselle. 18. D. L. 1063e.
Raw, J. Phil., Privatier. 25. D. S. 1692.
Rebele, Jos., Ausläufer. 10. D. S. 665.
Reber, Joseph, Patentstiftfabrikant. 2. D. S. 111.
Reck, K., Lehrer. 18. D. S. 1278.
Reck, Frdr., Weber. 18. D. S. 1267a.
Reck, Babette, Kaufmannswwe. 10. D. S. 742.
Reck, Friederike, Kaufmannswwe. 7. D. S. 536.
Reck, J. Gg., Gasth. z. Essigbrätlein. 1. D. S. 94.
Reck, Marg., Büttnermstrswwe. 3. D. L. 166.
Reck, Kath., Geflügelhändlerin 3. D. L. 166.
Reck, Gg., Theaterdirector. 14. D. L. 764a.
Reckel, Gg., Tünchergeselle. 1. D. S. 70a.
Recknagel, Aug. Frdr. Dan., Buchhändler. 2. D. S. 166.
Recknagel, Adalb., Prof. am Gymnasium. 31. D. S. 149.
Recknagel, Dr. Heinr, Gymnasial-Professor. 21.D.L.1284.
Recknagel, Marg., Pfarrerswwe. 14. D. S. 963.
Redelsheimer, Laz., Kaufmann. 2. D. S. 103.
Redlich, F. W., k. Oberpostsecretär. 10. D. L. 497.
Redt, Conr., Goldschlager. 21. D. L. 1258.
Regelein, J. Andr, Privatier. 6. D. S. 456.
Regelsberger, Carl, k. Forstamts-Act. 30. D. S. 177b.
Regenfuß, Gustav., Kaufmann. 18. D. L. 1000a.
Regenfuß, Joh., Vergolder. 23. D. L. 1421.
Regenfuß, Gg. P. Frdr., Stecknadelfabr. 19. D. L. 1145.

Regenfuß, M. B., Wirthswwe. 26. D. L. 49b.

Regenfuß, Heinr., Taglöhner. 21. D. L. 1288.

Regenfuß, Wolfg., Spielwaarenmacher. 21. D. L. 1258.

Regensburger, Marie, Wwe. 24. D. L. 1513.

Regner, Conr., Redacteur d. Abendzeitung. 2. D. S. 157.

Reh, Sophie, Händlerin. 17. D. S. 1187.

Rehm, R., Drechslermstr. 12. D. L. 599.

Reibel, P. Aug., Vorarbeiter. 12. D. L. 652.

Reibel, Aug., Vorarbeiter. 18. D. S. 1277h.

Reidl, Mart., Schuhmachermstrswwe. 14 D. L. 727.

Reidner, J. Gg., Postconducteur. 28. D. L. 85.

Reidner, Marie, Wittwe. 9. D. L. 441.

Reiff, J. Gg., Bierbrauereibesitzer. 14. D. L. 765.

Reif, Gg. Ad., Ballenbinder. 22. D. L. 1304.

Reif, Frdr., Güterlader. 22. D. L. 1304.

Reif, Conr., Fabrikarbeiter. 20. D. L. 1250.

Reif, Kath., ledig. 23. D. S. 1537.

Reich, J. Matth., Goldschlager. 3. D. L. 156.

Reich, Heinr. u. Christ., Metallfabrik. 30. D. S. 146.

Reich, E. Christ., Kunstgärtner. 12. D. S. 848.

Reich, Christ., Kunstgärtner. 26. D. L. 76.

Reichart, Carl, Rechnungsführer. 10. D. L. 519.

Reichart, Gottl., Metallschlager. 21. D. L. 1299b.

Reichel, Jos., Essigfabrik. 27. D. L. 146.

Reichel, J. Gg., Oekonom. 27. D. L. 72.

Reichel, Gg., Werkführer. 30. D. L. 31.

Reichel, Leonh., Mühlarzt u. Wirthsch.-Pächt. 27a. D. L. 41.

Reichel, Jac., Schuhmachergeselle. 19. D. S. 1295.

Reichel, Gg., Fabrikarbeiter. 11. D. L. 559b.

Reichel, Joh., Fabrikarbeiter. 9. D. S. 614.

Reichel, Christ., Dachdecker. 22. D. L. 1322.

Reichel, J., Eisendreher. 25. D. S. 1673.

Reichel, Christ., Eisenbahnschreiner. 18. D. L. 1001.

Reichel, Heinrich, Steinmetz. 17. D. L. 955.

Reichel, Joh., Fabrikarbeiter. 3. D. S. 195.

Reichel, Bab., Näherin. 29. D. L. 2.

Reichel, Bab., Kleidermacherin. 23. D. L. 1431.

Reichel, Marg., Fabrikarbeiterin. 22. D. S. 1500.

Reichel, Barb., Wwe. 13. D. S. 925b.

Reichelt, Jac. Peter, Wirthschaftsbesitzer. 28. D. L. 85.

Reichenbach, Carol., Revierförsterswwe. 32. D. S. 65a.

Reichenbach, Kath., Kleidermacherin. 24. D. L. 1508c.

Reichenbach, Conr. Hieron., Schuhm. Relikt. 16. D. S. 1098.

Reichenbacher, Marg, Wwe. 12. D. L. 1336a.

Reichenberger, Jos., Fabrikschmied. 22. D. S. 1513.

Reicher, Gg., Fabrikarbeiter. 25. D. S. 1650.

v. Reichert, Majorswwe. 32. D. S. 110.

v. Reichert, Ritter, k. pens. Oberlieut. 19. D. L. 1128.

Reichert, Gg., Bäckermstr. 9. D. S. 633.

Reichert, J. G., Wirth z. Büttnerstanz. 12. D. S. 847.

Reichert, Andr., Werkmeister. 4. D. S. 332.

Reichert, Thomas, Vergolder 18. D. S. 1248.

Reichert, Jos., Holzhändler. 22. D. L. 1324.

Reichert, Marg., Händlerswwe. 20. D. S. 1387.

Reichert, Marg., Malerswwe. 27b. D. L. 116a.

Reichert, Heinr., Lackirer. 17. D. S. 1204b.

Reichert, Gg., Fabrikarbeiter. 25. D. S. 1650.

Reichert, Seraphin, Fabrikarbeiter. 27a. D. L. 46.

Reichlen, Marg., Gerbermstrswwe. 3. D. S. 198a.

Reichmann, Frdr. Aug., Kaufmann.

Reichold, Dr., k. Notar. 1. D. L. 1.

Reichold, Conr., k. Banksecret. 15. D. S. 1013.

Reichold, Louis, Pächter des Café Panorama.

Reichold, Marie, Feinbäckerin. 22. D. L. 1368.

Reichold, J., Fabrikarbeiter. 27b. D. L. 112.

Reil, Elis., Zimmergesellenwwe. 22. D. L. 1324.

Reil, Kath., Bleistiftarbeiterin. 22. D. L. 1307.

Reil, Magd., Fruchtträgerswwe. 27a. D. L. 62.

Reil, Anna Paul., Wwe. 18. D. L. 1059.

Reindel, Joh., Büttnermeister. 30. D. L. 6.

Reindel, Steph., Flaschnermstr. u. Gasinstall. 15 D. L. 793.

Reindel, Joh., Bierwirth. 14. D. L. 720.

Reindel, S., Flaschnermeister. 4. D. S. 302.

Reindel, Christ., Drechslermstr. 18. D. L. 1035.

Reindel, Flaschnermstrswwe. 18. D. S. 1244b.

Reindel, Cath., Flaschnermstrswwe. 24. D. L. 1464.

Reindel, W., Wittwe. 9. D. S. 620.

Reindel, Bab., Papparbeiterswwe. 27b. D. L. 162a.

Reindel, Karoline, Putzarbeiterin. 1. D. S. 50.

Reindel, Kath., Näherin. 9. D. S. 638.

Reindl, Frdr., Papparbeiter. 3. D. S. 236.

Reinert, Joh. Paul, Harmonikafabrikant. 3. D. S. 184.

Reinert, J., Schreinergeselle. 9. D. S. 618.

Reinfrank, Albert, Rothgießermeister. 21. D. S. 1405a.

Reinfrank, Albert, Rothgießermstr. 22. D. S. 1456a.

Reinfrank, Gust., Fabrikarbeiter. 22. D. S. 1489.

Reinfrank, Karl, Fabrikarbeiter. 12. D. L. 626.

Reinfrank, J. Ad., Fabrikarbeiter. 18. D. L. 1083.

Reingruber, Casp., Bierwirth. 27. D. L. 102.

Reingruber, Gg., Fabrikarbeiter. 21. D. S. 1416.

Reinhard, Ludw., k. Advokat. 10. D. S. 732.

Reinhard, Dr., Ludw., q. k. Landgerichtsassess. 10. D. S.732.

Reinhard, Frdr., Dr., Chemiker. 26. D. L. 675.

Reinhard, Jeannette u. Minna, Kaufmstöcht. 5. D. L. 269b.

Reinhard, Dan., Pfraguer. 3. D. S 188.

Reinhardt, Wolfg. Andr., Schreinermstr. 5. D. S. 386.

Reinhardt, Gg., Bierwirth. 15. D. L. 783.

Reinhard, Marg. u. Sabine, Dosenmacherstöcht. 27.D.L.33b.

Reinhard, Magd., Wäscherin. 26. D. L. 66.

Reinhard, Mar., Wäscherin. 28. D. L. 96.

Reinhard, Conr., Tünchergeselle. 29. D. L. 24.

Reinhardt, Mich., Steinmetzengeselle. 30. D. S. 3 a b.

Reinhardt, J. Gg., Nagler. 16. D. L. 920.

Reinhold, Kath., Gastwirthswwe. 13. D. S. 949.

Reinhold, Magd., Wwe. 28. D. S. 166.

Reinshagen, Carl Ferd., Gastw. z. Bären. 29. D. S. 215.

Reinlaßöder, Joh., Oeconom. 30. D. L. 37a.

Reinlaßöder, J., Papierglätter. 15. D. S. 1025.

Reinlaßöder, Joach., Gärtner. 32. D. S. 56.

Reinmann, Chr., Papierglätter. 22. D. S. 1455.

Reiß, J., k. Professor. 3. D. S. 184.

Reiß, Joh., Kaminkehrermeister. 19. D. L. 1146.

Reiß, Christian, Schleifermeister. 1. D. S. 49.

Reiß, Heinr., Büttnermeister. 10. D. S. 707.

Reiß, Joh., Maler. 17. D. L. 969.

Reiß, Gg., Lader. 18. D. L. 1016.

Reiß, Dominikus, Taglöhner. 26. D. L. 49b.

Reiß, Marg., Lumpensammlerin. 17. D. L. 969.

Reiß, Carl, Fabrikarbeiter. 18. D. L. 1025.

Reiser, Gottl., Schuhmachermstr. 25. D. L. 1539b.

Reiser, Joh., Schuhmachermstr. 19. D. L. 1143a.

Reiser, Gottl., Pianofortearbeiter. 7. D. S. 495.

Reißer, J. Vitus, Schreinergeselle. 22. D. S. 1447.

Reischl, Otto, Fabrikschlosser. 18. D. L. 1008.

Reißig, Isidor, Großhändler. 2. D. S. 105.

Reißinger, J., k. Bezirks-Ingenieur. 28.D. (Postgeb. 103.)

Reißmann, J., Pianofortefabr. 8. D. S. 593.

Reißner, Gg., Fabrikarbeiter. 27. D. S. 123.

Reitelshöfer, J., Schneller. 14. D. L. 718.

Reither, Kunig. Ros., Rothgießerswwe. 20. D. L. 1232.
Reitinger, J., Bahnwärter. 28. D. (Bahnhof.)
Reitmaier, Joh. 2. D. L. 126.
Reißammer, J. Conr. Mart., Drechsler. 22. D. S. 1516a.
Reißammer, J. Ph., Rothschmiedmstr. 25. D. S. 1697b.
Reißammer, J. Gg., Rothschmiedmstr. 22. D. S. 1472.
Reißammer, J. Thom., Schachtelmacher. 8. D. S. 575a.
Reißammer, Gg., Feingoldschlagergeselle. 25. D. L. 1532.
Reißammer, Gust., Taglöhner. 27b. D. L. 120.
Reißammer, Elis., Pfarrerswwe. 12. D. L. 590b.
v. Reitzenstein, Kämmerer u. k. b. Hauptm. 13.D.S.180ab.
Reitzer, Carl, k. Hauptmann. 17. D. L. 935.
v. Remich, Otto, k. Hauptmann. 23. D. L. 1389.
Reminy, Daniel, Techniker. 30. D. L. 132.
Rempel, J., Flaschnermeister. 10. D. S. 696a.
Remshard, G. Mich., Lehrer. 10. D. S. 707.
Renner, J. Gg., Gasth. z. Strauß. 7. D. L. 388.
Renner, Joh., Privatier. 6. D. L. 291c.
Renner, Conr. Ludw., Privatier. 25. D. L. 1550.
Renner, Frdr., Metallwaarenfabrik. 25. D. L. 1550.
Renner, Gg., Rothschmiedmstr. 27b. D. L. 146.
Renner, Gottfr., Spinnmeister. 29. D. S. 206.
Renner, Gg., Holzhändler. 27b. D. L. 180.
Renner, Matth., Schreinermeister. 26. D. L. 86.
Renner, J. Dav., Decateur. 16. D. S. 1103.
Renner, Gg., Nadlermstr. 24. D. S. 1581.
Renner, Joh., Metzgermeister. 15. D. S. 1070.
Renner, Jac., Beinknopfmacher. 18. D. L. 1088a.
Renner, M., Gärtnerswwe. 11. D. L. 565c.
Renner, Kath., Wwe. 11. D. L. 565c.
Renner, Phil., Wagenwärter. 16. D. L. 923.
Renner, Heinr., Fabrikarbeiter. 26. D. S. 59.
Rennebaum, Carl, Kaufm. u. Weinhandlg. 13.D.S.880.
Renninger, Kunig., Schuhmachermstrswwe. 20.D.L.1192.
Rentsch, Wilh., Buchhandlungs-Commis. 4. D. S. 291.
Renz, Steph., Geschmeidemacher. 13. D. S. 925c.
Repening, Heinr., Spielwaarenschreiner. 10. D. S. 724.
Repening, Joh., Weißmacher. 1. D. S. 39b.
Resener u. Co., Briefpapier 2c. 17. D. L. 999a.
Reeß, Marg. Barb., Schreinermstrswwe. 16. D. L. 912.
Rett, J. Sam., Gürtlermeister. 25. D. S. 1648.
Retzar, Conr., Lohnkutscher. 10. D. L. 532.
Reul, Georg, approb. Bader. 1. D. L. 78.

Reulein, Gg., Flaschner, Manuf.-Artikel. 1. D. L. 72.
Reulein, J. Carl, Schweinemetzger. 21. D. S. 1413b.
Reulein, Daniel, Flaschnermeister. 20. D. L. 1238.
Reuß, Marg., Verwalterswwe. 24. D. S. 1637.
Reuß, Mart., Drechslermstr. 23. D. L. 1437.
Reusch, J. Conr., Feingoldschlagermstr. 26. D. L 73
Reusch, Sebast., Schuhmachermstr. 16. D. S. 1113.
Reusch, J. Mich., Steindrucker. 6. D. S. 444.
Reusch, Gottl., Wirthschaftsbesitzer. 7. D S. 497.
Reusch, Gottl., Hausmeister. 11. D. S. 757.
Reusch, Gg., Taglöhner. 30. D. L. 43
Reusch, Marie, Feldwebelswwe. 24. D. L. 1488c.
Reuschel, Marg., Näherin. 22. D. S. 1458.
Reuter, Dr. med., J., pr. hom. Arzt. 1. D. S. 79.
Reuter, Dr. med., Herm., Bezirksgerichtsarzt. 25.D.S.1705.
Reuter, C., k. Pfarrer z. St. Sebald. 1. D. S. 85.
Reuter, Chrstph. Heinr., Spielkartenfabr. 9. D. S. 649.
Reuter, Suffette, Privatierin. 9. D. S. 639.
Reuter, Aug., Leinwandhandlung. 3. D. L. 121.
Reuter, Anna, Wwe., Betthändlerin. 5. D. L. 230.
Reuter, Frdr., Bretterhändler. 2. D. S. 110.
Reuter, Elis., Näherin. 28. D. S. 137.
Reuter, Joh., Fabrikarbeiter. 22. D. S. 1478.i
Reuter, Mich., Fabrikschmied. 24. D. S. 1595.
Reuther, Joh., Rothgießerswwe. 13. D. L. 714.
Reuther, Gg. u. Frdr. Bälz, Goldarb. 17. D S. 1232.
Reuthlingshöfer, Andr., Schweinemetzg. 20.D.L.1705a.
Reymund, Nic. Erh., Privatier. 3. D. S. 220.
Richter, J. Mart., Privatier. 25. D. S. 1705a.
Richter, J. C. A, Privatier. 25. D. S. 1705g.
Richter, Ign., Garnhandlung. 1. D. S. 40b.
Richter, Heinr., Kaufmann. 21. D. S. 1413.
Richter, J. M., Bau- u. Möbelschreiner. 10. D. S. 708.
Richter, Vitus, Schuhmachermstr. 19. D. S. 1320.
Richter, J. Gg., Schuhmachermstr. 14. D. S. 989.
Richter, Franz, Weißdosenmacher. 12. D. L. 624.
Richter, J. Gg., Lumpenhändler. 24. D. S. 1605.
Richter, Aug., Mechaniker. 27. D. S. 114a.
Richter, Carl, Spielwaarenmacher. 18. D. L. 1024.
Richter, J., Maler. 22. D. L. 1360.
Richter, Jak., Zirkelschmiedmstr. 18. D. L. 1025.
Richter, J. Gottfr., Schreinermstr. 18. D. L. 1077.
Richter, Andr., Webermstr. 20. D. S. 1361.

Richter, Chrst. Carl, Zirkelschmiedmstr. 29. D. L. 20.

Richter, Carl, Polirer. 25. D. L. 1516.

Richter, Frz., Schieferdeckergehülfe. 7. D. S. 514.

Richter, Carol, Assessorswwe. 5. D. L. 279.

Richter, Anna Sibilla, Kaufmannswwe. 27a. D. L. 4.

Richter, Helene, Commissairswwe. 4. D. S. 311.

Richter, Mar. Magd., Fräulein, privatisirt. 23. D. L. 1384.

Richter, Magd., Drechslerswwe. 23. D. S. 136.

Richtstein, Frdr., quiesc. Revierförster. 30. D. L. 37cc.

Ried, Christ., Kupferstecher. 3. D. L. 204.

Ried, Mich., Scheibenziehermstr. 8. D. S. 584.

Riedt, J. G. C., Glaser u. Glashdlr. 21. D. S. 1394.

Riedt, Ed., Kupferstecher. 10. D. S. 682.

Riedt, Elis., Leihhaustaxatorswwe. 23. D. S. 1526.

Riedel, J. M., Gold= u. Silberarbeiter. 24. D. S. 1638.

Riedel, Conr. Carl, Gürtlermstr. 10. D. S. 734.

Riedel, Frd., Gürtlermstr. 15. D. S. 1074b.

Riedel, G. Leonh., Schuhmachermstr. 24. D. L. 1483c.

Riedel, J. Leonh., Schuhmachermstr. 25. D. L. 1558.

Riedel, Gg., Hornpressermstr. 24. D. L. 1446.

Riedel, J., Kammmacher. 8. D. L. 434.

Riedel, Chrstph., Goldschlager 20. D. L. 1222.

Riedel, Gg. Magnus, Wirthschaftsbes. 27. D. L. 6.

Riedel, Magd., Dachdeckerswwe. 7. D. S. 521.

Riedel, Sibilla. 3. D. S. 230.

Riedel, Elis., ledig. 22. D. L. 1318.

Riedel, Elis., Papparbeiterin. 5. D. S. 425.

Riedel, Gg., Auslaufer. 10. D. S. 696a.

Riedel, Mich., Fabrikarbeiter. 23. D. S. 1557.

Riedel, Joh., Eisenbahnarbeiter. 29. D. L. 28.

Riedner, Mich., Cantor u. Oberlehrer. 30. D. L. 11bb.

Riedner, Bab., Tapezierswwe. 13. D. S. 940.

Riedner, Leonh., Fabrikarbeiter. 31. D. S. 142.

Riedner, Leonh., Taglöhner. 28. D. S. 175.

Riedner, Phil., Fabrikarbeiter. 29. D. S. 206.

Riedner, Gg., Fabrikarbeiter. 13. D. S. 951.

Riedner, Marg., Zugeherin. 18. D. L. 1026.

Riedner, Anna, Pappwaarenmacherin. 20. D. L. 1241.

Riefle, J. Frdr., Zirkelschmiedmstr. 12. D. L. 648.

Riefenstahl, Fr. Wilh., Handelsmann. 16. D. L. 893.

Riegel, Steph., Zeitungs=Expedient. 32. D. S. 30.

Riegel, J. Phil., Drechslermstr. 19. D. L. 1111.

Riegel, J. Steph., Bäckermstr. 23. D. L. 1383.

Riegel, J. Gg., Büttnermstr. 3. D. S. 192.
Riegel, J. Phil., Wirthschaftsbesitzer. 10. D. L. 508.
Riegel, Conr., Lokomotivführer. 17. D. L. 964.
Riegel, Sim., Gerichtskäufel. 5. D. S. 390.
Rieger, J. Thom., Gürtler. 26. D. L. 52.
Rieger, Frz. Paul, Schuhmacher. 3. D. L. 147.
Rieger, Elis., Materialverwalterswwe. 3. D. S. 197.
Rieger, Kath. Reg., Büttnerswwe. 10. D. S. 720.
Rieges, J. Mich., Flaschnermstr. 19. D. L. 1118.
Rieges, Mich., Messerschmied. 18. D. L. 1032.
Rieges, Heinr., Eisenbahnschlosser. 18. D. L. 1057.
Rieges, Mich., Güterlader. 23. D. L. 1400.
Rieges, Kunig., Taglöhnerin. 31. D. S. 122b.
Riegler, Barb. Ros., Zugeherin. 30. D. S. 3ab.
Riehl, Joh., Pfragnerswwe. 4. D. S. 263.
Riemann, Gg. Frdr., Großhdlr. 1. D. L. 6a.
Riemann, Aug., k. Hauptmann. 4. D. L. 185.
Riemlein, Marg., ledig. 25. D. S. 1704.
Rieth, J., Fabrikschmied. 20. D. S. 1357a.
Rierl, Gg., Wirthsch. z. d. 2 Engeln. 10. D. L. 483.
Rieß, J. Herm., Rothschmiedmstr. 23. D. S. 1575.
Rieß, J. Sigm., Rothgießer. 23. D. S. 1546.
Rieß, J. Albr., Rothgießermstr. 22. D. S. 1470.
Rieß, J. Jac., Schuhmachermstr. 1. D. L. 71.
Rieß, Mich., Schuhmachermstr. 25. D. L. 1529b.
Rieß, Joh., Schuhmachermstr. 24. D. L. 1472.
Rieß, Joh., Schuhmachermstr. 19. D. L. 1131.
Rieß, J. Christ., Webermstr. 12. D. L. 578.
Rieß, J. Paul, Webermstr. 23. D. L. 1331.
Rieß, J., Wirth z. Weintraube. 19. D. L. 1131.
Rieß, Gg., Wirthschaftspächter. 1. D. S. 13.
Rieß, J., Vergolder. 5. D. S. 370.
Rieß, Mich., Metallschlager. 19. D. L. 1126.
Rieß, Joach., Maschinist. 1. D. S. 33.
Rieß, Frdr., Schreinergeselle. 29. D. S. 217.
Ries, J., Fabrikarbeiter. 27a. D. L. 72.
Ries, Andr., Fabrikarbeiter. 12. D. L. 624.
Rießbeck, J., Bäckermstr. 31. D. S. 140c.
Rießbeck, J. Conr., Gärtner. 30. D. S. 169a.
Rießbeck, Jak., Leistenschneider. 18. D. L. 1066.
Riesen, Kaufmann. 24. D. S. 1617.
Rißmann. Kunig., Kleidermacherin. 12. D. L. 633a.
Rießmann, Casp., Oekonom. 32. D. S. 140.

Rießner, J. Heinr., Hafner. 17. D. L. 940.
Rießner, Gg., Holzhauer. 28. D. S. 144.
Riexinger, Kath., Fabrikarbeiterin. 11. D. L. 567.
Rimpelein, J. Gg., Dachdeckergeselle. 30. D. L. 5.
Ring, J. Gg. Jul., Flaschnermstr. 3. D. S. 215.
Ring, Marg. Elis., Flaschnermstrswwe. 3. D. S. 215.
Ring, Ad. Jak., Bleiweißschneider. 20. D. L. 1222.
Ringel, Marg., ledig. 5. D. L. 228.
Ringler, Beamtenwwe. 20. D. L. 1251.
Ringler, Erh., Hofmeister. 12. D. S. 808b.
Ringler, Gg., Lehrer. 25. D. L. 1578.
Ringler, Conr., Taglöhner. 3. D. L. 156a.
Rittelbauer, Joh. Sigm., Maler. 27a. D. L 52.
Rittelbauer, Pet., Zimmergeselle. 27a. D. L. 20.
Ritter, Carl, Apotheke z. Engel. 27. D. L. 17a.
Ritter, J. Lor., Kupferstecher. 30. D. L. 128.
Ritter, J. Jac., Relikten. 13. D. L. 688.
Ritter, Joh., Schleifer u. Polirer. 25. D. S. 1673.
Ritter, Erh., Nagelschmiedmstr. 11. D. L. 558.
Ritter, J. Frdr., Rothschmiedmstr. 21. D. L. 1263.
Ritter, Joh., Rothschmiedmstr. 18. D. L. 1063c.
Ritter, Carol., Rentbeamtenwwe. 11. D. S. 805.
Ritter, Dor., Schlosserswwe. 9 D. S. 630.
Ritter, Kath., Schachtelmchrswwe. 25. D. L. 1541.
Ritter, J., Zimmergeselle. 29. D. L. 24.
Rittler, Gg., Büttnermstr. 22. D. S. 1472.
Rittner, Theod., Kaufmann. 13. D. S. 898.
Rittner, Gg. Heinr., Kaufmann. 16. D. S. 1126.
Ritzer, Joh. Jac., Schwertfegermstr. 18. D. L. 1001.
Ritzer, Ros., Harmonikamchrswwe. 18. D. L. 1095.
Ritzinger, Steph., Schuhmacher. 12. D. S. 862.
Rixner, Walb., Näherin. 26. D. S. 32.
Rixner, Matth., Commissionär. 1. D. S. 39b.
Robock, Frdr., Xylograph. 4. D. S. 330.
Roch, Gg., Fabrikarbeiter. 26. D. L. 37.
Rochholz, Math., Landgerichtsassessorstochter. 31. D. S. 127.
Rocoscum, Joh., Taglöhner. 26. D. L. 86.
Rodel, Gg. Leonh., Weißmacher. 16. D. L. 919.
Roedel, Veit, Chirurg. 27b. D. L. 108.
Rödel, Gg., Röhrenmacher. 18. D. L. 1008.
Rödel, J., Güterlader. 16. D. L 930.
Rödel, Christ. Carl, Fabrikarbeiter. 23. D. S. 1560.
Roder, Marg., privatisirt. 14. D. S. 959.

Roder, Frdr., Cichorienfabr. 2. D. S. 107.

Roeder, Schranneninspektor. 17. D. L. 999e.

Röder, Frdr., Pfarrverweser. 30. D. L. 20e.

Röder, Heinr., Canaleinnehmer. 27a. D. L. 63.

Roeder, Carl Frdr., Rechnungsgehilfe. 31. D. S. 103.

Röder, J. Val., Schuhmachermstr. 10. D. S. 718.

Röder, J. Ernst, Zirkelschmied. 11. D. S. 775.

Röder, Chrst., Conducteur. 2. D. L. 89.

Roeger, Andr., Zimmergeselle. 27a. D. L. 30.

Roeger, Frdr., Zimmergeselle. 29. D. S. 202a.

Röger, Conr., Goldschlagergeselle. 28. D. L. 65.

Rögner, J. Reg., Malerswwe. 17. D. L. 985.

Rögner, Heinr., Spielwaarenmacher. 20. D. L. 1251.

Rögner, Gg., Schreinermstr. 21. D. L. 1269.

Roegner, Rupr., Schneidermstr. 17. D. S. 1198.

Rögner, Gg. Fr., Gark. z. gold. Arm. 3. D. S. 249.

Rögner, Joh., Holzhauer. 27a. D. L. 85b.

Rögner, Gg., Bahnwärter. 30. D. L. 11f.

Rohlederer, Wirth z. Bischöflein. 15. D. S. 1050.

Rohmer, Gg., Weißmacher. 23. D. L. 1445.

Röhnert, Balth., Fabrikschlosser. 27. D. S. 84.

Rohrbach, Joh., Schuhmachermstr. 18. D. S. 1253.

Rohreis, Chrst. G., Schuhmchrmstrswwe. 16. D. L. 924.

Rohrer, Jac., Schriftgießer. 14. D. S. 958.

Rohrer, J. Gg., Taglöhner. 27b. D. L 142a.

Rohrig, Carl, Kunstmaler. 11. D. S. 771.

Röhring, Carl Frdr., Schneidermstr. 17. D. S. 1204b.

Rohrmann, Frz., Goldetiquettendrucker. 22. D. L. 1321b.

Rohrwäger, J. C. B., Schreinermstr. 23. D. L. 1424.

Rohrwäger, J. Jac., Schreinermstr. 5. D. S. 390.

Rohs, Mich., Fuhrmann. 28. D. S. 95.

Röhser, J. L., Manufacturw. en gros. 8. D. L. 401.

Röhser, Dav., Kaufm., Hüttenwerksbes. 28. D. L. 101.

Rohweiß, J., Fabrikarbeiter. 16. D. S. 1111.

Roeckel, J., Wagenwärter. 7. D. L. 370.

Rohland, Ther., Schneidersfrau. 10. D. L. 497b.

Römer, Privatieswwe. 6. D. L. 315.

v. Römer, Privatier. 30. D. L. 37c.

Römhild, Chrstn., Tuchhdlg. 1. D. S. 16.

Romig, Rektor der polytechn. Schule. 15. D. L. 830.

Roming, J. Matth., Reißzeugfabr. 22. D. S. 1495.

Rörl, Gg., Rudenschreiner. 25. D. S. 1681.

Roos, Max, Wagenwärter. 15. D. L. 815.

Röß, J. Gg., Privatier. 27. D. L. 150b.
Röß, Val., Rothschmiedmstr. 27. D. S. 125.
Röß, Lor., Schreinermstr. 15. D. S. 1047.
Röß, Lor., Fabrikschreiner. 15. D. S. 1049.
Röß, J. Mart., Käsehdlg. 15. D. S. 1549a.
Roeß, J. Ulr., Mechaniker. 15 D. L. 804.
Roeß, J., Strumpfwirkermstr. 20. D. S. 1376.
Roeß, Matth., Schreinergeschäftsführer. 26. D. S. 34.
Röß, Frdr., Hafnermstr. 29. D. S. 209.
Röß, Lor., Wagnermstr. 22. D. L. 1365a.
Röß, Hieron., Tünchergeselle. 27. D. S. 125.
Röß, Anna, Wagnermstrswwe. 32. D. S. 5.
Rosée, Christ., Kupferstecher. 1. D. S. 21.
Rosée, J. Christ., Agent. 16. D. S. 1165.
Rosée, Kath., Näherin. 4. D. S. 270.
Rose, Dr., Rektor der k. Gewerbschule.
Rösel, Ludwig, Kaufmann. 30. D. S. 156b.
Rösel, Carl Alex., Privatier. 30. D. S. 177c.
Rösel, Ludw., Metallgießerei. 30. D. S. 156a.
Rösel, C. L., Essigfabr. 7. D. S. 399.
Rösel, Gg. Chrst., Magazinier. 23. D. S. 1552.
Rösel, Andr., Fabrikarbeiter. 29. D. S. 212.
Rosenbauer, J. Casp., Flaschnermstr. 7. D. S. 493.
Rosenbauer, Kath., Schneidermstrswwe. 13. D. S. 916.
Rosenberg, Ad., Hanf- u. Flachsgesch. 8. D. S. 571.
Rosenberger, Marg., Eisengießerswwe. 29. D. S. 186.
Rosenfeld, Kallmann, Privatier. 1. D. S. 32a.
Rosenfeld, Dav., Kaufmann. 5. D. L. 297.
Rosenfeld, Kaufmann. 19 D. L. 1146.
Rosenbauer, Ad., Apotheke z. Löwen. 27. D. S. 75.
Rosenmerkel, Wilh., Kaufmann. 15. D. S. 1012.
Rosenschon, M., Professor. 15. D. L. 837.
Rosenthaler, Louis, Privatier. 30. D. L. 91.
Rosenzweig, Herm., Hopfenhdlg. 9. D. L. 447.
Rosenzweig, Herm., Hopfenhdlg. 6. D. L. 321.
Röser, Carol., Kaufmannswwe. 5. D. L. 287.
Röser, Soph., k. Oberbeamtenwwe. 1. D. S. 75.
Rösch, Frdr., Privatier. 23. D. S. 1554.
Rösch, Frdr., Kaufmann. 25. D. S. 1709.
Rösch, Conr., Spezereihdlg. 16. D. S. 1162.
Rösch, J. Gg., Drechslermstr. 18. D. L. 1064.
Rösch, Marg., Kleidermacherin. 9. D. S. 643.
Rösch, Marie, Malerswwe. 6. D. S. 474.

Rösch, Barb., Zugeherin. 26. D. S. 13.

Rösch, J. Baptist, Taglöhner. 20. D. L. 1219.

Roscher, Adolph, Kaufmann. 4. D. L. 201.

Roschlaub, Soph., Wwe., Nachtlichterfabr. 5. D. L. 275.

Roschlaub, Lina, Näherin. 3. D. S. 227.

Röschlein, Wilh., Gold= u. Silberarbeiter. 20.D. L.1188.

Röschlein, J. Gg., Strumpfwirkermstr. 12. D. L. 816.

Roßkopf, Mart., Schuhmachermstr. 24. D. L. 1455.

Rößler, A. F. (F.: Rößler u. Comp.) 4. D. S. 330.

Rößler, Paul Christ., Kürschner. 1. D. S. 14.

Rößler, Soph., Advokatenwwe. 4. D. S. 330.

Rößler, Louise, Buchhalterswwe. 9. D. L. 449.

Rößner, Jos., Lohndiener. 13. D. L. 701.

Rößner, Lina, Kaufmannswwe. 2. D. S. 158.

Rößner, Joh., Tünchergeselle. 5. D. S. 354.

Roeßner, Jac., Holzhauer. 32. D. S. 144b.

Rosomm, J., Hutmachermstr. 15. D. S. 1025.

Rost, Elis., Cigarrenmacherin. 29. D. S. 199.

Rost, Joh., Tünchergeselle. 29. D. S. 205.

Rost, Joh., Tünchergeselle. 29. D. L. 19.

Rost, Adam, Zimmergeselle. 29. D. S. 188.

Rost, Conr., Zimmergeselle. 28. D. S. 60.

Rost, Conr., Zimmergeselle. 16. D. S. 1089.

Rost, Leonh., Zimmergeselle. 12. D. S. 823.

Roth, Gg., pens. k. Major. 14. D. L. 717.

Roth, J. C., Kaufmann. 7. D. L 354.

Roth, Frdr., Associé von C. Distel. 30. D. L. 90.

Roth, Joh., Buchhalter. 7. D. L. 354.

Roth, Marie, Archivarsgattin. 11. D. L. 571.

Roth, Soph., Fräul., privatisirt. 1. D. L. 17.

Roth, Kath., Fräulein. 6. D. L. 299.

Roth, J. Ludw., Buchbindermstr. 17. D. S. 1216.

Roth, Ant., Bildhauer. 32. D. S. 128.

Roth, Jos. Heinr., Glaser. 17. D. S. 1200.

Roth, Gg., Feingoldschlagermstr. 24. D. L. 1488b.

Roth, J. Feingoldschlagermstr. 25. D. L. 1544.

Roth, Paul, Friseur. 1. D. L. 7a.

Roth, Gg. Frdr., Kammmacher. 12. D. L. 630.

Roth, Eberh., Schneider. 12. D. S. 855b.

Roth, Paulus, Schneidermstr. 20. D. L. 1236.

Roth, Jos., Kleiderreiniger. 20. D. L. 1197.

Roth, Frz., Dosenmaler. 22. D. L. 1339.

Roth, Paul, Spinner. 27. D. S. 77.

Roth, J., Drechslergeselle. 18. D. L. 1088.

Roth, J., Steinmetzengeselle. 26. D. L. 55a.

Roth, Gg., Maurergeselle. 29. D. S. 192.

Roth, Anna Barb., Nadlerswwe. 18. D. S. 1253c.

Roth, Marg., Steinhauerswwe. 26. D. S. 55.

Roth, Anna, Wittwe. 20. D. S. 1375.

Roth, Kunig. 27b. D. L. 90.

Roth, Kath., Näherin. 22. D. L. 1324.

Roth, Friedr., Papparbeiterin. 6. D. S. 460.

Rothbart, Theod., Lithograph. 7. D. S. 357.

Rothe, Burkh. Christ., Zinngießermstr. 7. D. S. 613.

Röthel, Hel., Pfarrerswwe. 32. D. S. 136.

Röthenbacher, Wasserwerksaufseher. 3. D. S. 245.

Rothenberger, A. Marg., Goldeinlegerin. 4. D. S. 269.

Rothenberger, Vereinsökonom. 27. D. L. 2.

Röthlingshöfer, J. Chrstn., Schneidermstr. 9. D. S. 659.

Röthlingshöfer, J. Fr., Maurermstr. 4. D. S. 285a.

Röttenbacher, J., Mehlversteller. 13. D. S. 925c.

Rotter, Chrst., Wwe., Wirthsch. z. d. 3 Rosen. 13. D. S. 602.

Rötter, Gg., Spielwaarenfabr. 8. D. S. 602.

Rötter, Sabine, Buchdruckerswwe. 15. D. S. 1037.

Rotermund, Lor., Bildhauer. 18 D. S. 1139c.

Rotermundt, Gg., Bildhauer. 6. D. S. 443.

Rotermundt, Mich., Hausmeister. 11. D. S. 776b.

Rotermundt, Frz., Buchdrucker. 15. D. S. 1066.

Rotermundt, J. Gottfr., Schriftsetzer. 10. D. S. 747.

Rotermundt, J., Beutlergeselle. 20. D. L. 1249.

Rotermundt, Marg., Zugeherin. 22. D. S. 1470.

Rothgängel, M. B., Wagenhüterswwe. 19. D. L. 1134.

Rottler, J. L., Schweinemetzger. 5. D. S. 379.

Rottler, J. Th., Herrschaftskutscher. 9. D. L. 647.

Rottner, Gg. Frdr., Bierbrauer. 6. D. S. 470.

Rottner, Gg. Gottfr., Spiegelbeleger. 26. D. S. 45.

Rottner, J. Wlfg., Blechspielwaarenverf. 26. D. S. 19.

Rottner, Gg., Spielwaarenmacher. 20. D. L. 1211.

Rottner, Leonh., Spiegelbeleger. 26. D. S. 45.

Rottner, J. Nic., Rechnungsführer. 4. D. L. 195.

Rottner, Kath., Wittwe 23. D. L. 1395.

Rottner, Amal., Spiegelbelegerswwe. 18. D. L. 1080.

Rubein, Joh. 17. D. L. 1188.

Rüblein, Joh., Wirthschaftspächter. 14. D. L. 770.

Rück, Aug., Sekr. im germ. Museum. 21. D. S. 1401.

Rück, Heinr., Gasinstallateur. 1. D. S. 81.

Rück, Anna, Hebamme. 21. D. S. 1402.

Rückauer, Joh., Maurergeselle. 15. D. S 1046b.

Ruckert, Conr., Dr. med., prakt. Arzt. 9. D. L. 470.

v. Rückert, Carl, Bezirksger.=Access. 19. D. L. 1191.

Rückert, J. Frdr., Bäckermeister. 19. D. L. 1125.

Rückert, J. Joh., Mechaniker. 18. D. S. 1277c.

Rückmüller, Fräulein, privatisirt. 3. D. S. 219.

Rückner, Marie, Näherin. 13. D. S. 916.

Rudahl, Chrst., Maler. 18. D. L. 10631m.

Rudel, J. Leonh., Schneidermstr. 13. D. L. 700.

Rudel, Jac., Bahnwärter. 28. D. (Bahnh.)

Rudel, C. G., Auslaufer. 3. D. L. 156.

Rüdel, Conr., III. Pfarrer a. St. Lorenz. 2. D. L. 92.

Ruder, Joh., Lehrer. 15. D. S. 1011.

Rudolph, J. W., Metzgermstr. 8. D. S. 582.

Ruff, Marie, privatisirt. 5. D. S. 375.

Ruff, J. Gg., Holzhändler. 23. D. L. 1388.

Ruff, Chrst. Heinr., Schneidermstr. 24. D. L. 1482.

Ruff, J., Schuhmachermstr. 25. D. L. 1544.

Ruff, Marie, Wwe., Wäscherin. 3. D. S. 170.

Ruff, J. Frdr., Fabrikarbeiter. 29. D. S. 229.

Ruffershöfer, Jac., Auslaufer. 25. D. S. 1648.

Rüger, Frdr., Gastwirth. 28. D. L. 58.

Rüger, J., Eisenbahn=Mater.=Verwalt.=Wwe. 16.D. L.892.

Rüger, Mich., Fabrikarbeiter. 26. D. S. 20.

Rüger, Conr., Heizer. 28. D. L. 58.

Rühl, Frdr., Drechslermstr. 25. D. L. 1542.

Rühl, Gg. Dav., Bäckermstr. 24. D. S. 1597.

Rühl, Wilhelmine, Wwe. 17. D. S. 1184.

Rühl, Joh., Pächter. 23. D. L. 1438a.

Ruhmann, J. Gg., Schuhmachermstr. 5. D. L. 229a.

Ruhmann, Joh., Schuhmachermstr. 9. D. L. 468b.

Ruhrauf, Paul, Händler. 9. D. S. 652.

Ruhrauf, Wilh., Illuministin. 20. D. L. 1202.

Rührauf, W. Frd., Schellenmacher. 23. D. L. 1416c.

Ruhrauf, G. P., Schellenmacherswwe. 22. D. L. 1323.

Rührenschopf, Nanette, Controll.=Wwe. 21. D. S. 1410.

Rüll, Gg., Rendant. 5. D. L. 256a.

Rüll, J. Gg., Privatsecretair. 28. D. S. 166.

Rüll, Gottf. L., Secret. am germ. Museum. 27. D. S. 74.

Rüll, J. Leonh., Großpfragner. 5. D. S. 423.

Rüll, Joh. Wolfg., Bäckermeister. 2. D. S. 160.

Rüll, J. Thom., Schuhmacher. 15. D. L. 816.

Rüll, Casp., Getraidehändler. 17. D. L. 961.

Rüll, Mich., Postconducteur. 5. D. L. 273.

Rüll, Chrst., Bahnwärter. 28. D. L. (Bahnhof.)

Rüll, Sophie, Grenz-Aufseherswwe. 17. D. S. 1237.

Rüll, Marie, Wirthswwe. 8. D. S. 587.

Rüll, Kath., Wagenwärterswwe. 29. D. L. 4c.

Rüll, Gg., Tünchergeselle. 27b. D. L. 120.

Rüll, Marg., Zugeherin. 12. D. L. 657.

Rummel, Conr. Frdr., Metzgermstr. 11. D. L. 569.

Rummel, J. Casp., Portefeuiller. 11. D. L. 568.

Rumpf, Marg., Spinnerin. 12. D. L. 647.

v. Rumpler, Wilh., städt. Stallmeister. 12. D. L. 596.

Rumpler, J. Gg., Fruchtträger. 25. D. L. 1526.

Runenberg u. Raithel, Hopfenhandlung. 13. D. S. 925a.

Rupp, Paul, Metzger. 30. D. L. 51.

Rupp, Gg. Paul, Pfragner. 7. D. S. 524.

Rupp, Andr., Pfragner. 5. D. L. 269a.

Rupp, Gg, Eisengießer. 30. D. L. 37e.

Rupp, J., Maurergeselle. 29. D. L. 18.

Rupp, Anna, Zimmergesellenwwe. 29. D. L. 24.

Ruppert, Joh., Schlossergeselle. 12. D. L. 617.

Ruppert, Gg., Obsthändler. 30. D. L. 47a.

Rupprecht, J. Paul, Privatier. 26. D. L. 61.

Rupprecht, G., Ingenieur. 15. D. S. 1077b.

Rupprecht, Friedr. (Firma: J. J. Rupprecht Sohn.)
16. D. L. 853.

Rupprecht, C. A., Gummiwaarenfabr. 19. D. S. 1308b.

Rupprecht, J., Kupferschmiedmeister. 4. D. S. 335.

Rupprecht, Mart., Drechslermstr. 24. D. S. 1587.

Rupprecht, Leonh., Zirkelschmied. 20. D. L. 1236.

Rupprecht, Conr., Portefeuiller. 31. D. S. 122b.

Rupprecht, Just., Galanterieschreiner. 16. D. L. 1063lm.

Rupprecht, J., Schneidermstr. 5. D. L. 230.

Rupprecht, Heinr., Schneidergeselle. 26. D. S. 66.

Rupprecht, Joh., Wirthsch. z. Kranich. 7. D. L. 558.

Rupprecht, Conr., Kellermstr. 5. D. L. 266.

Rupprecht, Joh., Feinbäcker. 8. D. L. 406.

Rupprecht, Gg., Weißmacher. 26. D. L. 66.

Rupprecht, J. Conr., Eichwagenführer. 16. D. L. 914.

Rupprecht, Matth., Güterlader. 16. D. L. 915.

Rupprecht, J. Frdr., Oekonom. 12. D. L. 626.

Rupprecht, Ferd., Mauthdiener. 30. D. L. 37g.

Rupprecht, J. Fr., Oekonom. 13. D. L. 702.

Rupprecht, J., Thorschreiber. 26. D. L. 37.

Rupprecht, Gg., Taglöhner. 26. D. L. 56.

Rupprecht, Julie, Assessorswwe. 25. D. S. 1696.

Rupprecht, Jeannette, Amtmannswwe. 3. D. L. 145.

Rupprecht, Marie, Postverw.-Wwe. 27a. D. L. 9.

Rupprecht, Friederike, Wwe. 22. D. L. 1363.

Rupprecht, Reg. Dor., Kaufmwwe. 16. D. L. 853.

Rupprecht, Christ., Gärtnerswwe. 31. D. S. 122b.

Rupprecht, Kath., Näherin. 17. D. S. 1180.

Rupprecht, M., Näherin. 18. D. L. 1032.

Rupprecht, Lisotte, Fabrikarbeiterin. 16. D. L. 866.

Rupprecht, Kath., Suppenanstalt. 1. D. S. 70.

Ruß, Frdr., Schreiner. 18. D. S. 1256a.

Ruß, Gg., Schiffinhaber. 27b. D. L. 180.

Rußhardt, J. Fr., Brauereibesitzer. 23. D. L. 1395.

Rußler, Gg., Auslaufer. 16. D. L. 872.

Ruttmann, Gottfr., Pfragner. 10. D. S. 751.

Ruttmann, Anna Barb., Mechanikerswwe. 26. D. L. 51.

Ruttmann, G. Frdr., Zimmermstrswwe. 30. D. S. 3.

S.

Sachs, Carl, Oberpostpacker. 13. D. L. 674.

Sachs, C., Agent der k. k. priv. Dampfmühlen-Actiengesellschaft in Wien. 2. D. L. 83.

Sacelot, Elis., Secretärswwe. 25. D. L. 1560.

Sack, G. J., Commissionär. 11. D. S. 789.

Sack, J., Privatier. 15. D. L. 819.

Sack, Marg., Näherin. 21. D. S. 1391.

Sack, J. Gg., Schuhmacher. 5. D. S. 354.

Sack, Magd., Spezereihändlerswwe. 23. D. L. 1379.

Sackenreuther, P., Wirthschaftsbesitzer. 22. D. L. 1326.

Saffri, Jos., Uhrmacher. 11. D. S. 756.

Saffran, Marg., Näherin. 18. D. L. 1062.

Sahler, Jac., Hornpresser. 18. D. L. 1079.

Sahs, J. Wilh., Kartenfbrk. (F.: J. C. Jegel.) 3. D. L. 143.

Salomon, Anna M., Zirkelschmiedswwe. 14. D. L. 769.

Saalwirth, Andr., Stadtkämmereikassier. 5. D. S. 401.

Saalwirth, G. Paul. 18. D. S. 1271.

Saalwirth, J. P. W., Weberinstr. 10. D. S. 724.

Sälz, Conr., Schlossermstr. 6. D. S. 469b.

Sälz, Barb., Schlosserswwe. 23. D. S. 1532.

Salziger, Leonh. Ferd., Spielwaarenfbrkt. 6. D. S. 478.

Salziger, J. Con., Mechaniker. 6. D. S. 479.

Salziger, Soph., Modistin. 13. D. L. 713.

Sametinger, Marie, Revierförsterswwe. 22. D. S. 1488.

Samhammer, Carl Frdr., Kunstfärber. 25. D. S. 1704.

Samhammer, Ludw., Händler. 14. D. L. 771.

Sämann, M. Rath, privatisirt. 13. D. S. 957.

Saemann, Mich. Phil., Rothschmiedmstr. 12. D. L. 624.

Saemann, Joh., Maurergeselle. 26. D. S. 28.

Sämann, Heinr., Tünchergeselle. 28. D. S. 139.

Sand, J. Leonh., Bleistiftarbeiter. 27a. D. L. 53.

Sand, Leonh., Steinhauergeselle. 22. D. L. 1324.

Sandberger, Barbara, Wwe. 9. D. L. 472.

Sandmann, Joh. Dav., Schuhmachermstr. 24. D. L. 1497.

Sandmann, Chrstph., Leimfabrikant. 30. D. L. 46.

Sandner, Adolph, Maler. 20. D. L. 1235.

Sandner, Mich., Schuhmacher. 5. D. S. 382.

Sandner, Gg., Ausläufer. 7. D. L. 390.

Sandner, Wilh. Bernh., Ausläufer. 11. D. L. 565.

Sandner, Soph., Zuspringerin. 18. D. S. 1256a.

Sandner, Anna, Nadlerarbeiterin. 12. D. L. 634.

Sandzenther, Jac., Kammmachermstr. 20. D. L. 1191.

Sarembe, J. Chr., Schuhmacher. 1. D. S. 63.

Satt, J. Ignaz, Schellen-Verleger. 10. D. S. 729.

Satt, Mich., Conditor. 13. D. S. 880a b.

Satzinger, J. Gg., Privatier. 25. D. S. 1705a.

Satzinger, J. Conr., Großpfragner. 19. D. L. 1177.

Satzinger, Andr., Schneidermstr. u. Lohndien. 3. D. S. 240.

Satzinger, J. Paul, Büttnermstr. 20. D. L. 1233.

Satzinger, Heinr., Schuhmachermstr. 22. D. S. 1453b.

Satzinger, Abr., Gold- u. Silberarbeiter. 22. D. L. 1367.

Satzinger, Joh. Sebastian, Drechslermstr. 17. D. L. 969a.

Satzinger, Magd. Wwe., Hefenhdlg. 13. D. L. 706.

Satzinger, J. Conr., Fabrikarbeiter. 21. D. S. 1441.

Satzinger, J. Gottl., Beinschneider. 21. D. L. 1300.

Satzinger, Gottfr., Vorarbeiter. 18. D. L. 1042.

Sattmann, Zach., Privatier. 7. D. S. 486.

Saubert, Casp., Fabrikarbeiter. 29. D. S. 205.

Sauer, Wilh., Kammmachermstr. 22. D. L. 1303.

Sauer, Aug., Fabrikarbeiter. 27. D. S. 87.

Sauer, Frdr., Schneidermstr. 12. D. S. 837.

Sauer, Helene, Pfarrerswwe. 21. D. S. 1412.

Sauer, Peter Frdr., Dominospielfabr. 24. D. L. 1490.

Sauer, Gg., Dominomacher. 20. D. S. 1372.

Sauer, J. Sigm., Dominomacher. 19. D. L. 1132.

Sauer, Sam., Kammmachermstr. 22. D. L. 1303.

Sauer, J., Zimmermaler. 21. D. L. 1294.

Sauer, Conr. Gg., Tünchergeselle. 20. D. L. 1224.

Sauer, Heinr., Polizeisoldat. 5. D. S. 351.

Saueracker jun. J. Mich., Kleidermacher. 24. D. S. 1641.

Saueracker, Joh., Privatier. 24. D. S. 1641.

Sauerbeck, Wilh., Seilermstr. 8. D. L. 418.

Sauerbeck, J. Wilh., Seiler. 3. D. S. 235d.

Sauerbeck, J. Heinr., Zirkelschmiedmstr. 22. D. S. 1491.

Sauerbeck, J., Zirkelschmiedmstr. 22. D. S. 1490.

Sauerbeck, J. Adam, Schweinemetzger. 22. D. L. 1373.

Sauerbeck, Simon, Maurer. 15. D. S. 1064.

Sauerbier, Wilh., Zahnarzt. 4. D. L. 203.

Sauerbier, Conr., Unterhändler. 30. D. S. 185a.

Sauerland, Wilh., Beutler u. Kappenm. 11. D. S. 777a.

Sauernheimer, J. Seb., Pfragner. 5. D. L. 229a.

Sauerteig, Ed. Wilh., Kaufmann. 25. D. L. 1579.

Sausenthaler, Gg., Rothgießer. 23. D. L. 1431.

Saußenthaler, J. Egyd., Rothgießermstr. 16. D. S. 1135.

Saußenthaler, Ludw., Schuhmachermstr. 23. D. S. 1419.

Scior, Leonh., Fabrikarbeiter. 16. D. S. 1101.

Schabenstiel, A. Chrst., Galanterieschrein. 8. D. S. 579.

Schabersberger, J. Ad., Zimmergeselle. 32. D. S. 132.

Schabdach, J., Taglöhner. 30. D. S. 193.

Schabdach, Chrstph., Goldschlagermstr. 9. D. S. 609.

Schabdach, C. Pankr., Maurermstr. 17. D. S. 1201.

Schabtag, Joh., Zimmermeister. 19. D. S. 1300b.

Schabtag, Chrstph., Tünchergeselle. 27a. D. L. 81.

Schacher, Heinr., Schnittwaarenhandlg. 17. D. L. 992.

Schachtel, Joh., Maler. 32. D. S. 16.

v. Schadelok, Carl, pens. Oberst. 28. D. L. 90.

v. Schaden, Fried. Oberappell.-Ger.-Rathswwe. 12. D. L. 807.

Schädlich, Herm. Jac., Flaschnermstr. 13. D. L. 678.

Schäff, Conr., Polizeirottmeister. 6. D. S. 446.

Schäfenecker, W., Hutmachergeschäft. 24. D. S. 1627.

Schäfer, Carl, Privatier. 3. D. S. 216.

Schäfer, Georg, Privatier. 20. D. S. 1353.

Schäfer, J. Frdr., Privatier. 26. D. L. 66.

Schäfer, Gg. Wilh., Agent. 20. D. S. 1353.

Schäfer, Dan., Landesproduktenhdlg. 3. D. S. 174.

Schäfer, Barb., Kaufmannswwe. 2. D. L. 98.

Schäfer, Heinr., Bierwirth z. Kettenbrücke. 3. D. S. 235.

Schäfer, Agnes, ledig. 7. D. S. 540.

Schäfer, Gg., Schneidermstr. 7. D. S. 540.

Schäfer, Joh. Carl, Schneidermstr. 1. D. L. 27.

Schäfer, Joh., Schreinermstr. 11. D. L. 548.

Schäfer, J. Christ., Pappdeckelfabrik. 4. D. S. 281.

Schäfer, Oscar, Maler. 27b. D. L. 121.

Schäfer, Chr. Fr., Gold- u. Silberarbeiter. 4. D. S. 291.

Schäfer, Privatier. 27b. D. L. 178.

Schäfer, Dav., Polizeisoldat. 10. D. S. 726.

Schäfer, Castan, Reißzeugfabrikant. 14. D. L. 763.

Schäffer, Gg. Wilh. Carl, Kaufmann. 24. D. L. 1508b.

Schäffer, Frdr., Handlungs-Commis. 27a. D. L. 39.

Schäffer, Leonh., Lehrer. 12. D. L. 595.

Schäffer, Jos., Etuis- u. Portef.-Fabr. 4. D. S. 329.

Schäffer, Gg., Schuhmachermstr. 8. D. S. 584.

Schäffer, Jak., Schneidermstr. 5. D. L. 245.

Schäffer, J. A., Agent. 13. D. S. 900.

Schäffer, Christ., Bürstenfabrikant. 4. D. S. 329.

Schäffer, Frdr., Büttnermstr. 3. D. S. 169.

Schäffler, Dan., Tischlermstr. 2. D. S. 115.

Schäfler, Franziska, Gesindeverdingerin. 24. D. L. 1467.

Schaffner, Gg., Schreinergeselle. 27b. D. L. 101.

Schafft, J. D., Charcutier. 2. D. L. 83.

Schaittberger, Joh., Galanteriedrechsler. 1. D. L. 4.

Schalber, Helene, Näherin. 6. D. S. 446.

Schalkhäuser, Gg., Gürtler. 23. D. S. 1562.

Schaller, Carol., Fräulein. 22. D. L. 1365a.

Schaller, Heinr., Maler. 5. D. L. 229.

Schaller, J. Bapt., Relikten. 4. D. S. 302.

Schaller, Gg. Conr., Stecknadelfabr. 17. D. S. 1215.

Schaller, Joh., Webermstr. u. Kofferträger. 18. D. S. 1251.

Schaller, J. Conr., Schweinemetzgermstr. 16. D. S. 1124.

Schaller, Anna Marg., Privatierswwe. 6. D. L. 321a.

Schaller, Anna Kath., Gartenbesitzerswwe. 30. D. S. 5.

Schaller, Joh., Rentenverwalterswwe. 11. D. S. 761.

Schaller, G. W., Garkoch u. Knackwurstbrk. 18. D. S. 1280b.

Schaller, Joh. Heinr., Schuhmachermstr. 14. D. L. 771.

Schaller, Wwe., Wirth u. Garkoch z. Täublein. 19. D. S. 1286.

Schaller, J., Rothschmiedmstr. 9. D. L. 469a.

Schaller, J. Ad., Spielwaarenmacher. 6. D. S. 434.

Schaller, J., Kammmacher. 24. D. S. 1626.

Schaller, J., Gärtner. 30. D. S. 5.

Schaller, Jak., Metallschlagermstr. 27a. D. L. 6.

Schaller, Andr., Rothschmiedmstr. 24. D. S. 1597.

Schaller, Mich. Bertr., Auslaufer. 25. D. S. 1552.

Schaller, J., Auslaufer. 11. D. S. 769.

Schallern, Dr., Ludw., Priv. 22. D. L. 1374.

Schamberger, Carl, Regiments-Auditor. 3. D. L. 114.

Schamberger, Heinr., Fabrikant. 7. D. L. 394.

Schamberger, Bab., Wwe. 18. D. L. 1065.

Schanz, Tob., Maurerpalier. 30. D. L. 18.

Schaptag, J. Cont., Goldschlagermstr. 11. D. L. 547.

Schaaf, Kath. Eleonore, privatisirt. 22. D. L. 1327.

Scharf, Joh., Wirthschaftsbesitzer. 32. D. S. 61.

Scharf, Barb., Fabrikarbeiterin. 22. D. L. 1327.

Scharf, Marg., Maurergesellenwittwe. 32. D. S. 17.

Scharnberger, Pet., Werkführer d. Ostb. 30. D. L. 102.

Scharrer, Aug. u. Eduard (F.: Gebr. Scharrer.) 2. D. L. 75.

Scharrer, H., Manufact. u. Glasperlen. 7. D. S. 530.

Scharrer, P., Commiss. u. Sped., Agent. 7. D. L. 383.

Scharrer, Erh. C., Kfm. Commiss. u. Spedit. 3. D. S. 220.

Scharrer, J., Kaufmann. 4. D. L. 198.

Scharrer, Casp. Frdr., Privatier. 7. D. S. 490.

Scharrer, C. S., Gold- u. Silberarbeiter. 11. D. S. 792.

Scharrer, Heinr., Schmiedmstr. 26. D. S. 13.

Scharrer, Carl jun., Seilermstr. Landesprod. 1. D. S. 1c.

Scharrer, J. Gg. C., Seilermstr., 5. D. S. 420.

Scharrer, J. Ph., Zirkelschmiedmstr. 23. D. S. 1531d.

Scharrer, Chr., Spezereihandlung. 16. D. L. 877.

Scharrer, Sophie, Malerin. 20. D. L. 1253.

Scharrer, Unterhändler. 30. D. L. 37k.

Scharrer, C., Lohndiener. 5. D. S. 388.

Scharrer, Barb., led. Zugeherin. 25. D. S. 1697f.

Scharrer, Leonh., Wagnergeselle. 23. D. S. 1556.

Scharrer, J. Gg., Fabrikarbeiter. 27b. D. L. 177.

Schärtel, Pet., Buchdruckereibesitzer. 3. D. L. 161.

Schatt, J. Sam., Rothgießermstr. 24. D. S. 1591.

Schatt, Paul, Postconducteur. 19. D. L. 1143.

Schatt, Leonh., Bürstenfabrikant. 24. D. S. 1599a b.

Schattner, J. Leonh., Bäckermstr. 4. D. L. 225.

Schatz, Bernh., Schlosser. 6. D. S. 473.

Schätz, Ant., Drechsler. 13. D. L. 658.

Schätz, J. M., Maurer- u. Tünchermstr. 4. D. S. 297.

Schätzel, J. Mich., Kammmacher. 17. D. L. 967.

Schatzenbach, Andr., Schreinermstr. 5. D. S. 364.

Schätzler, Aug., k. Betriebs-Inspekt. 28. D. (Bahnh.)

Schätzler, Ernst, Feingoldschläger. 18. D. S. 1242b.

Schätzler, Gg., Kammmacher. 5. D. L. 366.

Schaetzler, Bab., Uhrmacherswwe. 5. D. L. 404.

Schauer, Anna, Bierwirthswwe. 10. D. S. 746.

Schauer, Carl, Tapezier. 4. D. S. 317.

Schauer, Dor., Tapezierswwe. 10. D. L. 492.

Schauer, Joh., Optiker. 24. D. S. 1591.

Schauer, J. Mich., Schneidergeselle. 17. D. L. 982a.

Schaum, Barb., Drahtzieherswwe. 25. D. S. 1792.

v. Schaumberg, Freifrl., Stiftsdame. 5. D. S. 395.

Schaupp, Gg., Vorarbeiter. 27. D. S. 89.

Schaußmaier, Joh., Wagnermstr. 5. D. S. 377.

Schaupmeier, Joh. Frdr., Goldschläger. 2. D. S. 115a.

Schaupmeier, Marg. Reg., Fräulein. 4. D. S. 299.

Schaupmeier, Susanne. 5. D. S. 343.

Schauppner, Gg., Zimmergeselle. 29. D. L. 18.

Schauppner, Anna, Zimmergesellenwwe. 29. D. L. 16.

Scheck, C. W., Maurermstr. 17. D. S. 1201.

Scheck, Jerem., Maurerpalier. 30. D. L. 11c.

Scheck, Joh. Thom., Tünchergeselle. 29. D. L. 4a.

Scheck, Casp., Fabrikarbeiter. 29. D. L. 16.

Schefenecker, Joh., Landesproduktenhdlr. 11. D. L. 542b.

Schegk, Carl Frdr., Lebküchner. 22. D. L. 1368.

Scheibe, Erh., Büchsenmacher. 18. D. S. 1262b.

Scheibe, Kath., privatisirt. 23. D. L. 1381.

Scheidig, Madlon, Goldeinlegerin. 3. D. S. 239.

Scheidemantel, Frdr., Schneidermstr. 21. D. S. 1431.

Scheidemantel, Alex., Eisenbahn-Inspekt. 26. D. L. 46e.

Scheidling, Joh., Hopfenhändler. 22. D. L. 1369.

Scheindl, Joh., Handelsmann. 15. D. S. 1046.

Scheindel, Kunig., Bleistiftarbeiterin. 27a. D. L. 62.

Scheindel, Mich., Schuhmacher. 16. D. L. 888.

Scheindel, Moritz, Maurergeselle. 29. D. L. 35.

Scheindel, J. G., Steinmetzengeselle. 22. D. L. 1323.

Scheingraber, J. G., Steinmetzengeselle. 17. D. L. 957.

Scheiring, Andr., Sattlermstr. 21. D. S. 1399.

Scheiterer, J., Spielwaarenmacher. 20. D. S. 1344.

Schell, Lorenz, Nagelschmied. 20. D. L. 1233.

Schelle, Jak., Kürschnermstr. 12. D. L. 807.

Scheller, Marg., Privatierswwe. 32. D. S. 48b.

Scheller, J. Gg. Chrstph., Lederhändler. 24. D. L. 1507.

Scheller, Ferd., Post-Offizial. 30. D. L. 112.

Scheller, Gg., Eisenbahnconducteur. 31. D. S. 133.

Scheller, J., Eisenbahnschlosser. 13. D. L. 708.

Scheller, Leonh., Kammmachermstr. 26. D. S. 36.

Scheller, J, Webermstr. 24. D. L. 1471.

Scheller, Marie Barb., Näherin. 26. D. L. 36.

Schellemann, J. Jac., Webermeister. 20. D. S. 1357b.

Schellmann, Joh., Wirthschaftsbesitzer. 12. D. L. 644.

Schellborn, Gg., Schuhmachermstr. 25. D. S. 1704.

Schellhorn, Carl, Schreinermstr. 19. D. L. 1138.

v. Schellhorn, E., k. Oberlieut. u. Brig.-Adj. 4. D. S. 292.

Schellhorn, J., Zimmermstr. 30. D. L. 112.

Schellhorn, J. Leonh., Zimmermstr. 12. D. L. 590d.

Schellhorn, J. Andr. Frdr., Sectionsschreib. 30. D. L. 11d.

Schellhorn, J. Leonh., Kammmacher. 22. D. L. 1323.

Schellborn, Carl, Dosenarbeiter. 26. D. L. 36.

Schelter, Gg., Schreinermstr. 9. D. S. 654.

Schelter, J. Carl, Modellschreiner. 18. D. S. 1256b.

Schelter, J., Glasarbeiter. 32. D. S. 93.

Scheltle, Eduard, Apotheker. 1. D. S. 71.

Schemm, Andr., Mühlarzt. 14. D. S. 963.

v. Schenk, Frhr. auf Geyern, Rittergutsbes. 5. D. L. 299.

Schenk, J. D., Kürschn. u. Rauhwaarenhdlr. 4. D. L. 197a.

Schenk, J. Mich., Kramkäusel. 2. D. S. 145.

Scherber, Matth., Locomotivführer. 30. D. L. 37k.

Scherber, J. Steph., Lehrer. 19. D. S. 1303.

Scherbauer, Franz, Tischler. 13. D. S. 915.

Scherbauer, Jul., Portefeuiller. 4. D. S. 297.

Scherer, Hirsch, Kfm., Rohhäute u. Felle. 17. D. L. 933.

Scherer, Sigm., Kaufmann. 19. D. L. 1110b.

Scherer, Frdr. Wilh., Kaufmann. 8. D. S. 563.

Scherer, Jos., Kaufmann. 17. D. L. 933.

Scherer, Ludw., Klass. u. Stenographielehrer 1. D. S. 70b.

Scherer, Carl Frdr., Lehrer. 3. D. L. 171.

Scherer, Frdr., Lehrer. 32. D. S. 26.

Scherer, Lehrer. 16. D. S. 1.

Scherer, S., Lackirer. 27. D. S. 97.

Scherer, Erh., Lackirer. 21. D. S. 1443a.

Scherible, J., Polizeisoldat. 28. D. S. 143.

Scherger, Christ., Mechaniker. 13. D. L. 714.

Scherm, Jos., Schneidermstr. (Magazin.) 12. D. S. 837.

Scherm, Gottfr., Gürtler. 19. D. L. 1100.

Schermeyr, M., Wwe., privatisirt. 3. D. L. 151.

Scherneck, J. Mart., Viktualienhndlr. 20. D. L. 1215.

Scherndänner's Relikten. 12. D. S. 817a.

Schertel, Marg., Kartenhauerin. 27b. D. L. 139.

Scherzer, Babette, Blumengeschäft. 13. D. S. 880a b.

Scherzer, J. Zach., Zahnbürstenfabrikant. 5. D. S. 388.

Scherzer, Joh., Oekonomiebesitzer. 32. D. S. 27.

Scherzer, Marie, ledig. 16. D. S. 1162.

Scherzer, J. M., Wirthschaftsbesitzer. 13. D. S. 907.

Scherzer, Leonh., Schneidermstr. 8. D. L. 424.

Scherzer, Carl, Scribent. 1. D. S. 70a.

Scheu, Administr. d. k. prot. Pfarrunterstütz.-Anst. 8. D. S. 594.

Scheuer, Thérese, Näherin. 13. D. S. 943.

Scheuber, J., Schlossergeselle. 8. D. S. 566.

v. Scheuerl, Wittwe. 4. D. S. 307.

v. Scheuerl, Freifrau. 9. D. S. 606.

v. Scheuerl, J. Freifrau, Wwe. 3. D. L. 118.

Scheuerl, Casp., Maschinenschlosser. 30. D. L. 37m.

Scheuerlein, Mich., Fabrikschreiner. 29. D. S. 190.

Scheurich, Gerh., Kaufmann. 1. D. S. 28.

Scheuerpflug, J., Fabrikarbeiter. 29. D. L. 1d.

Scheuerpflug, Christ., Näherin. 24. D. L. 1504.

Scheuerpflug, Chr., Pappwaarenverf. 24. D. L. 1459.

Scheuerpflug, Frdr., Fabrikarbeiter. 15. D. S. 1062b.

Scheuerpflug, Eduard, Drechsler. 10. D. S. 705a.

Scheuerpflug, Conr., Rosolifabrikant. 12. D. S. 855a.

Scheyer, Joh., Schuhmachermstr. 3. D. L. 110.

Schicht, Carl, Portefeuiller. 31. D. S. 123.

Schick, Gg. Ferd., Essigfabrikant. 2. D. S. 168a.

Schick, Joh., Verwalter. 3. D. S. 190.

Schick, Frdr., Zinngießer. 10. D. S. 1240.

Schick, Paul, Tünchergeselle. 19. D. S. 1337a.

Schickedanz, Gg., Bronzefabrikant. 5. D. L. 269b.

Schickendanz, Pankr., Lader. 10. D. L. 507.

Schicketanz, Nic., Spielwaarenmacher. 26. D. L. 82.

Schickert, J., Hornbrillenmacher. 27b. D. L. 108.

Schickert, Christ., Wirthschaftspächter. 27b. D. L. 160.

Schieder, Thom., Wwe., Wirthsch.-Bes. 17. D. L. 950.

Schiefer, Joh., Gottl. 28. D. S. 140.

Schiefer, Gg., Sattlermstr. 5. D. S. 346.

Schienhammer, Paul, Obsthändler. 13. D. S. 913.

Schiffer, Conr., Fabrikarbeiter. 14. D. L. 735.

Schifflin, Dav. Christ. 17. D. S. 1189.

Schiller, J. Sam., Bronzefabrikant. 6. D. S. 462.

Schiller, J. Gg., Lehrer. 1. D. S. 35.

Schiller, J., Borstenverleger. 12. D. S. 817a.

Schiller, Chrstph., Maschinenwärter. 30. D. L. 37h.

Schiller, Joh., Schuhmachermstr. 32. D. S. 29.

Schiller, J. Gg., Schneidermstr. 9. D. S. 660.

Schiller, J. P., Schuhmachermstrswwe. 14. D. S. 959.

Schiller, Bernh., Schuhmachermstr. 5. D. L. 281.

Schiller, Marie, Wittwe. 30. D. S. 185a.

Schiller, Frdr., Fabriksattler. 28. D. S. 139.

Schildknecht, J. P., penf. Feldwebel. 23. D. L. 1432.

Schillak, Mich., Cigarrenfabr. 22. D. L. 1358.

Schillak, Magd., Näherin. 23. D. L. 1423.

Schilling, Jul., Kaufmann. 1. D. L. 40.

Schilling, Mich., Drechsler. 8. D. S. 580b.

Schillinger, Louise, Sekretairswwe. 15. D. L. 840.

Schildmann, Andr., Pferdehdlr. 27. D. L. 118a.

Schindelbek, Joh., Fabrikschmied. 29. D. L. 189.

Schindelbeck, J., Schlossergeselle. 25. D. L. 1525.

Schindhelm, Wildprethdlr. 18. D. S. 1241a.

Schindler, Chrst., Leon. u. Posamentierw. 1. D. L. 5.

Schindler, Bab., Bureaudienerswwe. 1. D. L. 5.

Schindler, Joh., Fabrikarbeiterswwe. 17. D. S. 1229b.

Schipferling, Nic., Kutscher. 7. D. L. 376.

Schirgniß, Ernst, Handlungscommis. 2. D. S. 157.

Schirlein, Leonh., Fabrikarbeiter. 19. D. L. 1160.

v. Schirnding, Ulr., k. Lieutenant. 5. D. S. 343.

Schirmer, J. Barth., Bäckermstr. 24. D. S. 1619.

Schirmer, Carl, Kammmacher. 4. D. L. 177.

Schirmer, Ad., Schneidermstr. 3. D. S. 176.

Schlagintweit, Eduard, Oberlieutenant und Divistons-
adjutant. 2. D. S. 103.

Schläger, Marg., Maurermstrswwe. 3. D. L. 155a.

Schlaug, Andr., Musiker. 20. D. L. 1245.

Schlauersbach, Lor., Drechslermstr. 17. D. L. 961.

Schlauersbach, Maria, Wäscherin. 29. D. L. 7.

Schlauersbach, Jer., Zimmergeselle. 28. D. S. 137.

Schlauersbach, Casp., Fabrikarbeiter. 22. D. L. 1324.

Schlauersbach, Barb., Wittwe. 18. D. S. 1258.

Schlerauf, J. F., Nadler. 16. D. L. 920.

Schlegel, Carl, Hafnermstr. 21. D. L. 1270.

Schlegel, L. B., Hutmachermeisterswwe. 21. D. L. 1280.

Schlegel, Andr., Hutfabrikant. 12. D. S. 810.

Schlegel, Joh., Privatier. 20. D. S. 1383.

Schlegel, Gg., Schneidermstr. 15. D. - S. 1009a.
Schlegel, Fridolin, Müller. 1. D. S. 92.
Schlegel, J. Carl, Schieferdeckermstr. 30. D. L. 91.
Schlegel, Ludw., Hasenhaarschneider. 21. D. L. 1276a
Schlegel, Gottl., Schreinermstr. 16. D. S. 1085.
Schlecht, Conr., Privatier. 30. D. S. 3.
Schlechtriem, K., Schreinermstr. 16. D. S 1118.
Schleicher, Gg. Ant., Colonialwaaren. 12. D. L. 600.
Schleicher, W., Spielwaarenfabr. 16. D. S. 1115.
Schleicher, Ernst, Privatier. 27a. D. L. 15.
Schleicher, Fräulein, Lehrerin. 12. D. L. 600.
Schleizer, Bab., privatisirt. 5. D. L. 367.
Schlemme, H., Schneidermstr. 12. D. S. 859.
Schlemmer, J. Pet., Kramkäufel. 2. D. S. 131b.
Schlemmer, Frdr., Schuhmachermstr. 3. D. S. 259a.
Schlenk, Leonh., Gasthofbes. z. gold. Adler. 6. D. L. 310a b.
Schlenk, Steph., Funktionär. 6. D. S. 446.
Schlenk, Leonh., Auslaufer. 9. D. S. 651.
Schlerf, Joh., Portier. 2. D. S. 159.
Schleuß, Marie, Privatier. 1. D. L. 3.
Schleusinger, J. Stm., Magazinier. 25. D. S. 1667b.
Schleusinger, J. Mich., Schullehrer. 3. D. S. 214.
Schleusinger, Jul., Buchhalter. 11. D. S. 791.
Schleusinger, Dan., Taglöhner. 13. D. L. 702.
Schlicht, Heinr., Militairpensionist. 22. D. S. 1453b.
Schlichting, Jul., Privatier. 12. D. S. 844.
Schlichting, Julie, Pfarrwittwe. 12. D. S. 819.
Schlier, Lis., Zugeherin. 15. D. L. 774.
Schlimbach, Jos., Materialverw. 30. D. L. 37k.
Schlirf, Leonh., Webermstr. 27b. D. L. 97.
Schlirf, J. Gg., Zimmergeselle. 27a. D. L. 76.
Schlöt, Lisette. 16. D. S. 1082.
Schlosser, J. Nik., Privatier. 32. D. S. 72.
Schlosser, J. Carl, Schneidermstr. 21. D. S. 1435.
Schlosser's, C. Wwe., Spielwaarenfabr. 22. D. S. 1505.
Schlosser, Mart., Schuhmachermstr. 29. D. S. 206.
Schlosser, Anna, led. Näherin. 24. D. S. 1631.
Schlosser, J., Eisenbahnarbeiter. 29. D. L. 8a.
Schlosser, Jos., Galanterieschreiner. 20 D. S. 1371.
Schlözer, Emanuel, Buchhalter. 15. D. S. 1017a.
Schlözer, Eman., Faktor. 11. D. S. 760.
Schlözer, Cont., Tapezier. 12. D. L. 583.
Schlözer, Wolfg., Gastw. z. Eule. 21. D. S. 1424.

Schlözer, Elif , Putzwaarenhändlerin. 24. D. S. 1613.

Schlund, Joh., Nagelschmied. 11. D. S. 786.

Schlupper, J. Gg., Buchhalter. 19. D. L. 1127.

Schlürf, Gg., Schleifer. 12. D. S. 830.

Schlürf, J. Leonh., Fabrikarbeiter. 27a. D. L. 6a.

Schlüß, J. Bapt., Faktor. 10. D. S. 723.

Schmalz, Gg., Schuhmachermstr. 15. D. S. 1033.

Schmälzlein, F., Essig- u. Rosolifabr. 8. D. S. 599.

Schmätzlein, J. L., Spielwaarenfabr. 10. D. L. 535.

Schmälzlein, J. Ad., Spielwaarenfabr. 2. D. L. 93.

Schmaunz, Ferd., Nürnberg. Kurzw. 10. D. L. 530b.

Schmaußer, A. S., Schreinermstrswwe. 19. D. L. 1130.

Schmaußer, J. Mich., Brauereibef. 24. D. S. 1603.

Schmausser, Gottfr. Chrst., Buchhalter. 3. D. S. 192.

Schmaußer, Leonh., Fabrikarbeiter. 21. D. S. 1390.

Schmelz, Wilh., Wagenwärter. 30. D. L. 23.

Schmerber, Mich., Schuhmacher. 3. D. S. 244.

Schmezer, Gg. Sam., Bierwirth. 5. D. L. 266.

Schmid, Wilh., Buchhändler. 1. D. L. 7a.

Schmid, Mich., Schuhmacher. 20. D. L. 1210.

Schmid, Joh., Tünchergeselle. 29. D. L. 18.

Schmid, Ant., Mechaniker. 21. D. S. 1443b.

Schmied, Gg. Fr., Brauereibef. 19. D. S. 1323.

Schmied, Quirinus, Mechaniker. 21. D. S. 1443b.

Schmid, Mich., Waagmacher. 19. D. L. 1099.

Schmid, Dr., Wittwe. 10. D. L. 516.

Schmieg, Gg. Thom., Bäckermstr. 22. D. L. 1356.

Schmidt, Andr. Frdr., Kaufmann. 16. D. L. 878.

Schmidt, J. D. (F.: Engelhardt u. Schmidt.) 20. D. L.1199.

Schmidt, Frdr., Kaufmann. 16. D. S. 1132.

Schmidt, Frdr., Wechselsensal. 3. D. L. 135.

Schmidt, Conr., Landesproduktenhdlg. 30. D. L. 104.

Schmidt, J. Gg. Jul., Kaufmann. 23. D. L. 1385.

Schmidt, Fr., Spezereihdlg. 17. D. S. 1172.

Schmidt, Leop., Bankcommis. 4. D. L. 186.

Schmidt, Wilh., Commis. 6. D. L. 313b.

Schmidt, J. G., Mag. chir., prakt. Zahnarzt. 5. D. L. 285.

Schmidt, J. Gg., Privatier. 27. D. L. 37.

Schmidt, J. Andr., Privatier. 32. D. S. 26.

Schmidt, Carl Frdr., Privatier. 13. D. S. 954.

Schmidt, J. Gg., Privatier. 3. D. S. 169.

Schmiedt, J. M., Privatier. 3. D. L. 142.

Schmidt, Andr., Privatier. 26. D. L. 83a.
Schmidt, Max, Privatier. 10. D. S. 672.
Schmidt, Wilh., Dr. jur. 5. D. L. 259.
Schmidt, Eduard, Thierarzt. 24. D. L. 1511.
Schmidt, Oberapotheker. 15. D. S. 1015.
Schmidt, J., Lehrer. 18. D. S. 1263.
Schmidt, Zach., v. Tucher'scher Amtmann. 6. D. S. 480.
Schmidt, Steph., Commissionär. 2. D. S. 104.
Schmidt, Fr., Packmstr. d. Staatsbahn. 30. D. L. 37g.
Schmidt, Conr., Wirthschaftspächter. 5. D. S. 416.
Schmidt, Gast- u. Kaffeehaus. 8. D. S. 600.
Schmidt, J., Wirthsch. z. Schmausengart. 31. D. S. 141a.
Schmidt, Conr., Gastw. z. Türken. 24. D. L. 1453.
Schmidt, Mor., Gastw. z. Himmelsleiter. 7. D. L. 384.
Schmidt, J., Wirth z. d. 2 Zwergen. 16. D. S. 1119.
Schmidt, Jac., Wirthschaftsbesitzer. 19. D. L. 1138.
Schmidt, J. G., Gastw. z. d. 2 bl. Schlüsseln. 5. D. L. 289.
Schmidt, Carl A., Wirth. 6. D. L. 324.
Schmidt, J. Gg., Wirth z. Luftsprung. 1. D. L. 61.
Schmidt, Paul, Bäckermstr. 5. D. S. 421.
Schmidt, Egydius, Bäckermstr. 4. D. L. 223.
Schmidt, Joh., Rindmetzgermstr. 15. D. S. 1034.
Schmidt, J. Gg., Metzgermstr. 13. D. L. 704.
Schmidt, Joh. Andr. 20. D. S. 1353.
Schmidt, Nic. Ad., Hafnermstr. 20. D. S. 1342.
Schmidt, M., Maurer- u. Tünchermstr. 16. D. S. 1107.
Schmidt, Ad., Schuhmachermstr. 27. D. L. 94.
Schmidt, Mich., Schuhmachermstr. 30. D. S. 187.
Schmidt, J. Chrstn., Steindruckereibes. 19. D. S. 1301.
Schmidt, Gg, Zimmermeister. 28. D. S. 129a.
Schmidt, Pet., Rothgießer. 25. D. S. 1670.
Schmidt, Leonh., Büttnermstr. 21. D. S. 1411.
Schmidt, Andr. Hieron., Beutlermstr. 21. D. S. 1390.
Schmidt, Jos., Schneidermstr. 15. D. S. 1040.
Schmidt, Ad., Schuhmachermstr. 27b. D. L. 94a.
Schmidt, Joh., Schuhmacher. 5. D. S. 355.
Schmidt, Chr. Phil., Beutlermstr. 21. D. L. 1299.
Schmidt, Leonh. Mich., Kramkäusel. 2. D. S. 137.
Schmidt, J. Jac., Mehlschauer. 2. D. S. 163.
Schmidt, J. Kofferträger u. Kramkäusel. 2. D. S. 130.
Schmidt, Joh., Fabrikwerkmeister. 9. D. S. 638.
Schmidt, J. Balth., Glasermstr. 8. D. S. 560.
Schmidt, Gg., Büttnermstrswwe. 8. D. S. 586.

Schmidt, Gg., Maler u. Photograph. 9. D. S. 614.
Schmidt, Chrstph., Lithograph. 6. D. S. 484.
Schmidt, Mich., Feilenhauermstr. 3. D. S. 214.
Schmidt, Chr. Wilh., Spielwaarenmacher. 15. D. S. 1037.
Schmidt, J. Leonh., Weißmacher. 21. D. L. 1287.
Schmidt, Jac., Pappwaarenverf. 20. D. L. 1214.
Schmidt, Ulr., Portefeuilleur. 21. D. L. 1276a.
Schmidt, Gg. Steph., Portefeuilleur. 2. D. S. 164.
Schmidt, Gg., Waagmacher. 24. D. L. 1443.
Schmidt, Jos., Schneidermstr. 19. D. L. 1118.
Schmidt, Joh., Hutmachermstr. 19. D. L. 1138.
Schmidt, Carl Wilh., Bader. 15. D. L. 798.
Schmidt, Frdr., Maler. 32. D. S. 49b.
Schmidt, Andr., Viktualienhdlr. 24. D. L. 1465.
Schmidt, Andr., Pfragner. 20. D. S. 1346.
Schmidt, J., Lackirer u. Maler. 5. D. L. 270.
Schmidt, Jos., Frauenkleidermacher. 24. D. S. 1588.
Schmidt, Conr., Kupferstecher. 24. D. S. 1637.
Schmidt, J. Heinr., Schneidermstr. 24. D. S. 1620.
Schmidt, Franz, Maler. 18. D. L. 1063l m.
Schmidt, Heinr., Holzgalanteriearbeiter. 19. D. L. 1137.
Schmidt, J. Oblaten- u. Eiernudelfabr. 23. D. S. 1540.
Schmidt, J. W., Leblüchner, Reliften. 24. D. S. 1614.
Schmidt, Pet., Stärkfabrikant. 24. D. S. 1625.
Schmidt, J. Chr. Frdr., Großpfragner. 24. D. S. 1616.
Schmidt, Chr., Hafnermstr. 21. D. S. 1427.
Schmidt, Jac., Farbenfabr. 12. D. L. 588.
Schmidt, Theod., Schreinermstr. 10. D. S. 704.
Schmidt, J. Mich., Schreinermstr. 13. D. S. 951.
Schmidt, J. Gg., Schneidermstr. 10. D. L. 509.
Schmidt, J. Gottl., Feilenhauermstr. 12. D. L. 648.
Schmidt, Wilh., Kammmacher. 5. D. S. 365.
Schmidt, J. Eman., Spielwaarenfabr. 28. D. L. 85.
Schmidt, J. J., Feingoldschlagermstr. 24. D. L. 1474.
Schmidt, J. Gg., Goldschlager. 23. D. L. 1392.
Schmidt, Erh., Kammmachermstr. 25. D. L. 1445.
Schmidt, J., Strohhutfabr. 1. D. S. 33.
Schmidt, J. Gotthardt, Metallschlagermstr. 26. D. L. 78b.
Schmidt, J. E., Brillenmacher. 16. D. S. 1110.
Schmidt, Gg., Portefeuilleur. 16. D. S. 1117.
Schmidt, Porzellanhdlr. 17. D. S. 1191.
Schmidt, Joh., Lackirer. 15. D. L. 782.
Schmidt, J. M., Maurer- u. Tünchermstr. 16. D. S. 1107.

Schmidt, W. Chrst., Portefeuilleur. 5. D. S. 363.
Schmidt, J. T. Th., Feilenhauermstr. 18. D. L. 1063g.
Schmidt, Conr. Heinr., Lokomotivführer. 14. D. L. 742.
Schmidt, J., Lokomotivführer. 28. D. S. 171.
Schmidt, Erdmann, Fabrikschreiner. 18. D. S. 1279.
Schmidt, J. Mart., Flaschnermstr. 12. D. L. 580.
Schmidt, Joh., Huf= u. Waffenschmied. 17. D. L. 939.
Schmidt, L. D., Huf= u. Waffenschmied. 23. D. L. 1393.
Schmidt, F., Cichorienfabr. u. Fabrikarb. 27. D. L. 120.
Schmidt, J., Todtengräber. 30. D. L. 5a.
Schmidt, Gottfr., Schuhmachermstr. 20. D. L. 1253.
Schmidt, J. H., Seifen= u. Lichterfabr. 20. D. L. 1236.
Schmidt, J. Wolfg., Goldarbeiter. 19. D. L. 1123.
Schmidt, Joh., Brillenfabrikant. 10. D. L. 515.
Schmidt, J. E., Brillen= u. opt. Waarenf. 10. D. L. 482.
Schmidt, Gg. Chrstn., Conditor. 4. D. L. 185.
Schmidt, Mart., Schlossermstr. 12. D. L. 643.
Schmidt, Frdr., Hopfenhdlr. 6. D. L. 313b.
Schmidt, Matth., Güterschaffer. 15. D. L. 796.
Schmidt, G. Th., Lithogr. u. Steindr. 26. D. S. 51.
Schmidt, J. Conr., Peitschenmacher. 31. D. S. 102.
Schmidt, S., Milchhändler. 3. D. L. 114.
Schmidt, Wilh., Milchhdlr. 3. D. L. 319.
Schmidt, Mart., Schiffer. 27b. D. L. 168.
Schmidt, Pet., Pachtgärtner. 31. D. S. 109.
Schmidt, Steph., Tünchergeselle. 23. D. L 1445.
Schmidt, Thom., Meßgehülfe. 1. D. S. 55.
Schmidt, Veit, Zimmergeselle. 29. D. L. 25.
Schmidt, J. L., Schmiedgeselle. 6. D. L. 343a.
Schmidt, Mich., Wagenwärter. 28. D. L. 99.
Schmidt, J., Maurergeselle. 29. D. L. 17.
Schmidt, Chr., Fabrikarbeiter. 29. D. S. 221.
Schmidt, Nik., Fabrikarbeiter. 27. D. S. 77.
Schmidt, Sim., Fabrikarbeiter. 27. D. S. 121.
Schmidt, Mart., Fabrikschlosser. 27. D. S. 84.
Schmidt, Lor., Auslaufer. 3. D. L. 126.
Schmidt, J., Zimmergeselle. 22. D. S. 1474.
Schmidt, Gg., Händler. 22. D. S. 1484.
Schmidt, Sim., Fabrikarbeiter. 23. D. S. 1572.
Schmidt, Heinr., Fabrikarbeiter. 24. D. S. 1587.
Schmidt, Carl, Schachtelmachergeselle. 19. D. S. 1288.
Schmidt, J. Dan., Fabrikschmied. 19. D. S. 1335.
Schmidt, Jak., Steindrucker. 19. D. S. 1292.

Schmidt, Conr., Steindrucker. 21. D. S. 1410.
Schmidt, Paul, Fabrikarbeiter. 26. D. L. 67.
Schmidt, Ant., Wachstucharbeiter. 21. D. S. 1424.
Schmidt, Joh., Fabrikarbeiter. 25. D. L. 1566.
Schmidt, Joh., Taglöhner. 27a. D. L. 86.
Schmidt, J. M., Fabrikarbeiter. 31. D. S. 141e.
Schmidt, Gg. Frdr., Herrschaftskutscher. 8. D. S. 580a.
Schmidt, Gg., Schneller, Relikten. 4. D. S. 282.
Schmidt, Gg., Zimmergeselle. 29. D. S. 196.
Schmidt, Conr., Bureaudiener. 18. D. L. 1054.
Schmidt, Frdr., Lokomotivführer. 28. D. S. 164.
Schmidt, Joh., Vorarbeiter. 20. D. L. 1244.
Schmidt, Joh., Kofferträger. 17. D. L. 949.
Schmidt, Wilh., Tünchergeselle. 30. D. S. 2.
Schmidt, Ludw., Privatier. 7. D. S. 488.
Schmidt, J., Feingoldschlagergehülfe. 7. D. L. 396.
Schmidt, Mart., Fabrikarbeiter. 18. D. S. 1257a.
Schmidt, Jos., Schlossergeselle. 17. D. S. 1238.
Schmidt, Gg., Vergolder. 4. D. L. 199.
Schmidt, Gg., Bleistiftmacher. 6. D. S. 469a.
Schmidt, Aug., Landgerichtsdiener. 22. D. L. 1328.
Schmidt, J. Gg., Eisenbahnarbeiter. 10. D. L. 491.
Schmidt, Marg., privatisirt. 9. D. L. 468a.
Schmidt, Barb., Kaufmannswwe. 1. D. L. 7b.
Schmidt, J. Marg., Buchhalterswwe. 25. D. S. 1693.
Schmidt, Sus., Pfarrwwe. 25. D. S. 1667.
Schmidt, Marg. Frdr., Stricklehrerin. 7. D. S. 520a.
Schmidt, Joh., Kassiersgattin. 3. D. S. 182.
Schmidt, Marg., Kaufmannswwe. 2. D. L. 86.
Schmidt, Bab., Pfarrwwe. 23. D. L. 1391.
Schmidt, Kath., Forstrathswwe. 26. D. L. 61e.
Schmidt, Bab., Privatierswwe. 10. D. S. 729.
Schmidt, Nanette, Lehrerswwe. 31. D. S. 102.
Schmidt, Elis., Heftleinmacherswwe. 20. D. L. 1219.
Schmidt, Syb., Goldarbeiterswwe. 9. D. L. 478.
Schmidt, Kunig., Goldschlagermstrswwe. 1. D. L. 10.
Schmidt, Magd., Wwe. 18. D. S. 1241b.
Schmidt, Marg., Tabakhändlerswwe. 13. D. L. 713.
Schmidt, Marg., Beutlerswwe. 15. D. S. 1047.
Schmidt, Christ., Wirthswwe. 27a. D. L. 34.
Schmidt, A. M., Schlotfegerswwe. 12. D. S. 823.
Schmidt, Marg., Wittwe. 19. D. S. 1295.
Schmidt, Barb., Musikerswwe. 15. D. S. 1033.

Schmidt, Kath., Pfänder-Verwahrerswwe. 20. D. S. 1382.
Schmidt, Marg., Spiegelbelegerswwe. 20. D. L. 1347.
Schmidt, Marg., Taglöhnerswwe. 28. D. S. 171.
Schmidt, Magd., Kurzwaarenhändlerin. 17. D. S. 1211.
Schmidt, Marg., Hefenhändlerin. 17. D. S. 1213.
Schmidt, Marg., Oedstlerin. 18. D. L. 1010.
Schmidt, Sabine, Drahtarbeiterin. 15. D. S. 1033.
Schmidt, Barb., Köchin. 15. D. S. 1009b.
Schmidt, Marg., Zugeherin. 24. D. S. 1604.
Schmidt, Marg., Zugeherin. 23. D. S. 1544.
Schmidt, Marianne, Zugeherin. 16. D. L. 912.
Schmidt, Kath., Näherin. 8. D. S. 575b.
Schmidt, Bab., Putzmacherin. 7. D. S. 512.
Schmidt, Sab., Verdingerin. 14. D. S. 987.
Schmidt, Regina, Kleidermacherin. 1. D. S. 90.
Schmidt, Clara Sus., Brillenmachers-Relikt. 16. D. S. 1110.
Schmidt, A. Marie, Näherin. 10. D. L. 500.
Schmidt, Barb., Zugeherin. 16. D. S. 1091.
Schmidt, Anna Marie, Taglöhnerin. 16. D. S. 1103.
Schmidt, Marie, Näherin. 23. D. L. 1404.
Schmidt, Elis., Goldeinlegerin. 10. D. S. 719.
Schmidt, Anna, Silberpolirerin. 14. D. L. 744.
Schmidt, Julie, ledig. 6. D. S. 434.
Schmidt, Marg., Zugeherin. 19. D. L. 1150.
Schmidt, M., Fabrikarbeiterin. 6. D. S. 473.
Schmidt, Marg., Dosenarbeiterin. 12. D. L. 635.
Schmidt, Heinr., Apotheker. 7. D. S. 492.
Schmidt, Ernst, Graveur. 1. D. L. 57.
Schmitt, Aug., Privatier. 4. D. S. 292.
Schmitt, Jos., Frauenkleidermacher. 23. D. S. 1566.
Schmitt, Paul, Kleidermacher. 24. D. L. 1501.
Schmitt, Gg., Lithograph. 21. D. S. 1409.
Schmitt, Joh., Modellschreiner. 25. D. S. 1649.
Schmitt, Carl, Fabrikarbeiter. 24. D. S. 1581.
Schmitt, Joh., Kärner. 4. D. S. 302.
Schmitt, Andr., Zimmergeselle. 12. D. L. 643.
Schmidtbauer, Frz, Schneidermstr. 3. D. S. 215.
Schmidtbauer, Juliane, Wwe, Näherin. 27b. D. L. 180.
Schmidutz, Jos., Modellschreiner. 29. D. S. 218.
Schmidtkonz, Mich., Spielwaarenfbrk. 19. D. S. 1298.
Schmidtkonz, Gg., Steinkohlenhändler. 14. D. S. 1000.
Schmidtmer, Ludw., Kaufmann. 11. D. S. 767.
Schmidtmer, Ernst J. Gg. Chrstph. 11. D. S. 766.

Schmidtmer, Heinr., Flaschner. 17. D. L. 944.

Schmidtmer, J. Gg. Andr., Oekonom. 26. D. L. 43.

Schmidtmeyer, Frz., Tünchergeselle. 29. D. L. 17.

Schmidtmeyer, Matth. A., Schuhmachermstr. 17. D. S. 1234.

Schmidtner, Dav., Scheibenzieher. 19. D. S. 1334.

Schmidtschneider, K. G. A., Bleistiftfabr. 27. D L 84.

Schmidtschneider, J., Bleistiftarbeiter. 24. D. S. 1579.

Schmidtschneider, J., Wirthsch. z. Bärleinhuter. 4 D. L. 172.

Schmidtill, Tünchermstr. Relikten. 13. D. S. 940.

Schmidtill, Barb., Wirthswwe. z. roth. Roß. 27. D. L. 74.

Schmitz, Jak., Schlosser. 18. D. S. 1248.

Schmitz, Carl, Schlosser. 30. D. L. 23.

Schmitz, J. Jak., ehem. Schlossermstr. 27. D. S. 78.

Schmitz, Jul., Fabrikarbeiter. 27a. D. L. 62.

Schmitzer, J., Güterlader. 27b. D. L. 116b.

Schnapp, Kath., Näherin. 26. D. L. 46c.

Schnappauf, Mich, Fabrikarbeiter. 28. D. S. 136.

Schnebel, Adolph, Kaufmann. 30. D. L. 86.

Schneider, Christ, Privatier. 11. D. S. 772.

Schneider, Gg., Tapezier u. Möbelmagazin. 5. D. L. 283.

Schneider, Gg., Uhrmacher. 1. D. L. 7a.

Schneider, Gg. Paul, Schreinermstr. 13. D. S. 928.

Schneider, J. Gg., Mechaniker. 16. D. S. 1115.

Schneider, Gg. Ferd., Spielwaarenfabrik. 22. D. L. 1317.

Schneider, Gg. Paul, Gürtler. 7. D. S. 502.

Schneider u. Wagner, Stohhutgeschäft. 8. D. S. 558.

Schneider, J. Seb., Bleistiftfabrikant. 16. D. S. 1082.

Schneider, Steph., Schneidermstr. 21. D. L. 1258.

Schneider, Steph., Schneidermstr. 10. D. S. 733.

Schneider, Leonh., Bäckermstr. 17. D. L. 968.

Schneider, Wilh., Bäckermstr. 16. D. S. 1094.

Schneider, J. Casp., Wirth. 8. D. S. 566a.

Schneider, Steph., Kramkäusel. 2. D. S. 128.

Schneider, Fr. X., Schlossermstr. 16. D. S. 1152.

Schneider, J., Schlossermstr. 9. D. S. 644.

Schneider, J. Ad., Flaschnermstr. 18. D. L. 1049.

Schneider, A. M., Rothschmiedmstrswwe. 1. D. L. 29.

Schneider, Heinr., Cigarrenhändler. 8. D. L. 418.

Schneider, Heinr., Bader. 26. D. S. 5.

Schneider, Joh., Kuttler. 17. D. S. 1207.

Schneider, Sebast., Bureaudiener. 12. D. L. 626

Schneider, J., pens. Feldwebel. 9. D. S. 647.

Schneider, J., k. Commandantsch.-Profoß. 24. D. L. 1442.

Schneider, Suf. M., Pfarrerswwe. 32. D. S. 137.
Schneider, Walburga, Zinngießerswwe. 11. D. S. 781b.
Schneider, Bab., Näherin. 3. D. L. 157.
Schneider, Magd., Schmiedgesellenwwe. 28. D. S. 174.
Schneider, Andr., Fabrikschlosser. 18. D. L. 1075.
Schneider, Xav., Fabrikschreiner. 26. D. S. 72.
Schneider, Frdr., Fabrikarbeiter. 27. D. S. 83.
Schneider, Mich., Fabrikarbeiter. 29. D. S. 214.
Schneider, Elias, Fabrikarbeiter. 29. D. S. 214.
Schneider, Joh., Fuhrmann. 27a. D. L. 80.
Schneider, Urban, Auslaufer. 31. D. S. 142.
Schneider, Pet., Gärtner u. Pflasterergeselle. 32. D. S. 97.
Schneider, Marg., Wwe., Taglöhnerin. 32. D. S. 57.
Schneider, J. Paul, Gasarbeiter. 26. D. L. 37.
Schnepf, Joh., Polizeicommissärswwe. 23. D. S. 1576.
Schnerr, J. Fr., Buchbinder, Schreibmaterial. 1. D. L. 12.
Schnerr, Phil., Wwe., privatisirt. 1. D. L. 12.
Schnetter, Heinr., Mechaniker. 21. D. S. 1407.
Schneyer, Magd., Wwe. 26. D. S. 61.
Schnitzelbaum, J. Rep., Zirkelschmiedmstr. 15. D. S. 1063.
Schnitzelbaum, Casp., Fabrikarbeiter. 7. D. L. 376.
Schnitzlein, Carl, Bez.-Ger.-Assessor. 30. D. L. 127.
Schnitzlein, Andr. Wilh., Schuhmachermstr. 16. D. S. 1124.
Schnitzer, Matth., Bleistiftarbeiter. 18. D. L. 1075.
Schnorr, J. Gg., Rothschmiedmstr. 24. D. S. 1621.
Schnorr, C. C., Reißzeugfabr. Kieselberg 86d.
Schnorr, Barb., Zirkelschmiedmstrswwe. 15. D. S. 1068.
Schnürlein, Sam. Ferd., Landesprodhndlg. 3. D. S. 243.
Schobig, J. L., Dr. med., prakt. Arzt. 6. D. L. 334.
Schober, Val., Kramkäusel. 2. D. S. 129.
Schöberlein, Elis., Secretärswwe. 12. D. L. 576.
Schoberer, k. Post-Offizial. 30. D. L. 11d.
Schoch, Carl, k. b. Major. 30. D. L. 85.
Schoch, k. Oberlieut. u. Adjutant. 3. D. L. 162.
Schock, Jos., Eisengießer. 18. D. S. 1266.
Schoder, Barb., Kammmacherswwe. 14. D. L. 734.
Schodt, J. Christ., Maurerpalier. 30. D. S. 147.
Scholl, Casp., Portefeuiller. 7. D. S. 540.
Scholler, Aug., Commiss. u. Agent. 1. D. L. 13.
Scholler, Chr., k. Bank-Hauptkassier. 9. D. S. 612.
Scholler, Heinr., Lederhändler. 11. D. S. 776a.
Scholler, Jos., Tapezier. 4. D. S. 310.
Schön, Mart., Geschäftsreisender. 28. D. S. 164.

Schön, Jak., Zirkelschmied. 13. D. L. 684.

Schön, Chrstph. Frdr., Wwe. 9. D. S. 631b.

Schönamsgruber, Joh., Rutenschreiner. 22. D. L.1337b.

Schönamsgruber, Gg. C., Büchsenmacher. 15. D. L. 780.

Schönamsgruber, Feinbäcker. 12. D. S. 846b.

Schönamsgruber, Chrst., Schreinermstr. 6. D. S. 481.

Schönamsgruber, Chr. Wilh., Fabrikarbeit. 27. D. L.6a.

Schönamsgruber, J., Eisenbahnarbeiter. 28. D. L. 64.

Schönamsgruber, Marie, Zuspringerin. 11. D. L. 566.

Schönauer, Alex., Zeugschmied. 20 D. L. 1189.

Schönbeck, Gg., Messerschmiedmstr. 22. D. S. 1487.

Schönberg, Frdr., Lehrer d. Handelsgewschule. 15.D.L.845.

Schönberg, Bernh., Hopfenhändler. 5. D. L. 227.

Schönberger, Barb., Wwe. 8. D. S. 588.

Schönchen, Buchhalter d. Staatssch.-Tilg.-Casse. 1.D.L.7b.

Schönner, Gg., Reißzeugfabrikant. 24. D. S. 1633.

Schöner, Anton, Schneidermstr. 3. D. S. 255.

Schoenl, Joh., Kramkäufel. 2. D. S. 143.

Schönecker, Frdr., Fabrikarbeiter. 27. D. S. 117.

Schönfeld, Heinr., penf. Hauptmann. 12. D. L. 604b.

Schönhofer, Gg. Conr., Zimmergeselle. 28. D. S. 171.

Schönhöfer, J., Wirthschaftsbesitzer. 3. D. S. 187.

Schönhöfer, J., Taglöhner. 6. D. S. 431.

Schönhofer, Conr., Schuhmachermstr. 25. D. S. 1671.

Schönleben, Anna, Buntpapierfabriktwwe. 19.D.L.1167.

Schönleben, J. Ph., Wirthschaftsbesitzer. 25. D. L. 1546.

Schönmann, Gg., Fabrikarbeiter. 5. D. S. 377.

Schönniger, Jos., k. quiesc. Assessor. 6. D. L. 299.

Schöpf, M. J. B, Wittwe, Eisenhandlung. 4. D. S. 306.

Schöpf, Marg., Näherin. 16. D. L. 928.

Schöppel, J. Jak., Canzlist. 23. D. L. 1379.

Schöppel, Doroth., Zimmergesellenwwe. 29. D. L. 1a.

Schopper, Ludw., Fabrikarbeiter. 2. D. S. 161.

Schorr, Ad. Herm., Buchhalter. 30. D. S. 177c.

Schorr, Heinr., Spezial-Cassier. 28. D. (Bahnhof.)

Schorr, J. C., Schreinermstr. 14. D. L. 718.

Schorr, J. Leonh., Gastw. z. gold. Hirschen. 30.D.S.168.

Schorr, Gg. Leonh., Wirthsch. z. weiß. Lamm. 12. D. L. 585.

Schorr, Gg., Fabrikarbeiter. 20. D. L. 1252.

Schorbon, Joh., Fabrikarbeiter. 27. D. S. 117.

Schorbon, Heinr., Modellschreiner. 16. D. S. 1141.

Schores, Alb. Soph., Chocoladefabrikwwe. 12. D. L. 594.

Schorg, Christ., Drechslermstr. 16. D. S. 1103.

v. Schorn, Jos., Kaufmannswwe. 3. D. L. 162.

v. Schorn, Eman. Ant., Privatier. 5. D. S. 415.

v. Schorn, Carl, k. Lieutenant. 16. D. S. 1150.

Schott, Soph. Canzlei-Rathswwe. 16. D. L. 876.

Schott, Marg., Glockengießerswwe. 4. D. S. 288.

Schott, Christ., Drechsler. 27a. D. L. 51.

Schott, Fr. Xav., Lohndiener. 3. D. S. 177a.

Schott, Ad., Briefträger. 18. D. L. 1095.

Schöß, Conr., Drechslermstr. 16. D. L. 921.

Schoyerer, Theres., Kleidermacherin. 16. D. S. 1142.

Schöz, Ant., Drechsler. 13. D. L. 658.

Schrader, J., Lehrer. 17. D. L. 932.

Schrag, Heinr., Buch- u. Kunsthändler. 12. D. S. 818.

Schrag, Eduard, Privatier. 2. D. S. 106.

Schramm, Emil, Kaufmann. 10. D. L. 497b.

Schramm, Henriette, Pfarrerswwe. 3. D. S. 202.

Schramm, Gg., Schreinermstr. 25. D. L. 1571aa.

Schramm, Doris, privatisirt. 4. D. S. 324b.

Schramm, J., Uhrmacher. 20. D. S. 1361.

Schramm, M., Schreinergesellenwwe. 16. D. S. 1135.

Schramm, Anna, Gemüsehändlerin. 15. D. S. 1020.

Schramm, Erh., Eisenbahnarbeiter. 17. D. L. 959.

Schreiber, Conr., Zeichnenlehrer. 32. D. S. 29.

Schreiber, Joh., Liqueurfabrikant. 27. D. L. 95.

Schreiber, J., Schriftsetzer. 3. D. L. 141.

Schreiber, Agnes, Hautboistenwwe. 21. D. L. 1260.

Schreiber, Joh., Ladergehülfe. 16. D. L. 901.

Schreiber, J., Eisenbahnarbeiter. 18. D. L. 1031.

Schreiber, Joh., Fabrikschreiner. 26. D. S. 38.

Schreiber, J., Vergolder. 16. D. S. 1131.

Schreiber, Gg., Metallschlagermstr. 24. D. L. 1504.

Schreiber, Frdr., Fabrikarbeiter. 16. D. S. 1135.

Schreiber, Frdr., Schneller. 24. D. L. 1456.

Schreiber, Ulrich, Auslaufer. 26. D. S. 49.

Schreibmüller, Sophie, Schreinerswwe. 32. D. S. 137.

Schreier, J. Wilh., Flaschnergeselle. 24. D. S. 1644.

Schreier, Sigm., Rothschmied. 22. D. L. 1323.

Schreier, C., Werkmeister. 13. D. L. 706.

Schreier, Frz., Eisenbahn-Assistent. 9. D. L. 456.

Schreimel, Gg., Fabrikarbeiter. 28. D. S. 169.

Schreiner, Dav., Schuhmachermstr. 23. D. L. 1414b.

Schreiner, J., Tünchergeselle. 26. D. L. 49c.

Schreiner, Marg., Schuhmachermstrswwe. 22. D. L. 1302.

Schreiner, Lor. Pet., Gürtler. 20. D. L. 1211.

Schreiner, Joh., Illuminist. 21. D. L. 1293.

Schreck, Peter, Landgerichtsdienersgeh. 6. D. S. 483.

Dr. Roth v. Schreckenstein, Frhr., großherz. bad. Kammerherr, 2. Vorstand d. germ. Museum. 10. D. S. 702.

Schrengauer, Conr., Maler. 32. D. S. 93.

Schrengauer, Korbmacher. 15. D. S. 1068.

Schrengauer, Marg., Wwe. 21. D. S. 1440.

Schrenk, Marg., Fabrikarbeiterin. 28. D. S. 158.

Schrepfer, Mich., Handels-Appell.-Gerichtssecr. 5. D. S. 367.

Schrepfer, Christ., Privatier. 27a. D. L. 58.

Schrepfer, Gg., Kammmacher. 21. D. L. 1287.

Schrepfer, J. Mart., Kammmacher. 22. D. L. 1306.

Schrepfer, Joh., Kammmacher. 18. D. L. 1042.

Schrepfer, J. G., Kammmachermstr. 18. D. L. 1019.

Schrepfer, Carl, Kammmachermstr. 24. D. L. 1497a.

Schrepfer, Ernst, Kammmachermstr. 19. D. L. 1126.

Schrepfer, J., Kammmachergeselle. 18. D. L. 1008.

Schrepfer, Steph., Kammmachergeselle. 21. D. L. 1292.

Schrepfer, Marie, Wwe. 11. D. S. 792.

Schreyer, Paul Thom., Rothgießermstr. 13. D. L. 689.

Schreyer, Mich., Feilenhauermstr. 12. D. L. 628.

Schreyer, J. Magnus, Rothschmiedmstr. 12. D. L. 620.

Schreyer, Wolfg. Nic., Rothschmiedmstr. 24. D. S. 1590.

Schriefer, Christ., Gürtler. 20. D. L. 1251.

Schröck, J. Gg., Gold- u. Silberdrahtfabr. 20. D. S. 1348.

Schröck, M., Pappwaarenverfert. 22. D. S. 1502.

Schröck, Wolfg., Drahtzieher. 20. D. S. 1346.

Schröck, Gg., Gold- u. Silberdrahtzieher. 24. D. S. 1601.

Schröck, Pankr., Fabrikarbeiter. 10. D. S. 677.

Schröck, E., Güterlader. 14. D. L. 718.

v. Schrodt, Frz., k. Regierungs-Rath und Stadt-Commissär, Kämmerer. 2. D. S. 95.

Schrödel, Conr., Chemiker. 27. D. S. 86.

Schrödel, Anna Reg., Fabrikarbeiterswwe. 28. D. S. 153.

Schrödel, J. Gg., Wirthschaftsbesitzer. 5. D. S. 409.

Schrödel, Wilh., Fabrikarbeiter. 29. D. L. 28.

Schröder, Paul, Kaufmann. 12. D. L. 592.

Schröder, M. Hedwig, Drechslermeisterswittwe. 18. D. L. 1065.

Schröder, Conr., Fabrik. opt. Gläser, Brillen. 5. D. L. 284.

Schröder, Conr., Kupferstecher. 18. D. L. 1018.

Schröder, Leonh. Theod., Hafnermstr. 23. D. L. 1432.

Schröder, Aug., Kürschner. 3. D. L. 145.

Schröder, J. Aug., Feingoldschlagergeselle. 24. D. L. 1449.

Schröder, J., Auslaufer. 12. D. L. 652.

Schröder, Anna, Wwe. 10. D. S. 668

Schrögler, Doroth., Gesellschaftsdienerin. 1. D. L. 3.

Schrögler, Severin, Tünchergeselle. 18. D. S. 1260aa.

Schrögler, Barb., Maurergesellenwwe. 27a. D. L. 62.

Schrögler, J. Zach., Bürstenmacher. 26. D. L. 49f.

Schroll, Wilh., Privatier. 27. D. L. 35.

Schroll, Wilh., Kupferstecher. 19. D. S. 1329.

Schroll, G. Heinr., Kaufmann. 20. D. L. 1217.

Schroll, Peter, Verwaltungsactuar. 10. D. S. 754.

Schroll, Frdr., Compositionsarbeiter. 17. D. L. 967.

Schroll, Bernh., städt. Heuwäger. 12. D. L. 605.

Schroll, Andr., Werkmstrswwe. 9. D. L. 480.

Schroll, J. Casp., Fabrikarbeiter. 18. D. L. 1053.

Schroll, Joh., Fabrikarbeiter. 18. D. L. 1053.

Schröppel, Gg., Feinbäcker. 23. D. L. 1390.

Schröppel, Marg., Gartenbesitzerin. 31. D. S. 134.

Schröttel, J. Mich., Schneidermstr. 15. D. S. 1774.

Schröter, M., Putzarbeiterin. 31. D. S. 102.

Schrottenberg, Anna, Canzlistenwwe. 15. D. L. 840.

Schruff, Conr., Wirthschaftspächter. 25. D. S. 1689.

Schrüffer, Joh., Schneidergeselle. 17. D. L. 997.

Schubarth, J. Ant., Drechslermstr. 21. D. L. 1262.

Schübel, Wilh., Hopfen- u. Fettwaarenhdlg. 7. D. L. 361.

Schübel, Gg., q. Polizeisoldat. 16. D. L. 901.

Schubert, J. Thom., Privatier. 26. D. L. 62.

Schubert, Jos. Erb., Photograph. 26. D. L. 63a.

Schubert, Aug., Techniker. 22. D. S. 1517.

Schubert, Joh., Ingenieur. 22. D. S. 1481.

Schubert, Joh., Geometer. 13. D. S. 911.

Schubert, Gg. Mart., Forstamtsdiener. 16. D. S. 1092.

Schubert, Ant., Ostbahnpacker. 19. D. S. 1292.

Schubert, Marg., Kleidermacherin. 23. D. S. 1561.

Schubert, Marg., Dachdeckergesellenwwe. 25. D. S. 1670.

Schubert, Frdr., Wwe. 26. D. S. 54.

Schubert, Barb., Illuministin. 19. D. S. 1318.

Schubert, Marg., Näherin. 27. D. L. 97.

Schubert, Gg., Fabrikarbeiter. 29. D. L. 35.

Schubert, J., Fabrikschreiner. 29. D. S. 219.

Schubert, Gg., Fabrikschmied. 12. D. L. 579b.

Schubert, Melch., Schuhmachergeselle. 17. D. S. 1213.

Schügens, Amalie, Lederhändlerswwe. 9. D. L. 466 a b.

Schuh, Gg. Jak., Kfm. (F.: Ammon u. Caspart.) 6. D. L 318.

Schuh, Gg., Wirth u. Pfragner. 21. D. L. 1285.

Schuh, Carl, Fabrikarbeiter. 15. D. S. 1074b.

Schuh, Phil., Tünchergeselle. 27a. D. L. 34.

Schuh, Joh., Tünchergeselle. 28. D. L 64

Schuh, Babette, Kleidermacherin. 22. D. S. 1467.

Schuh, J. Andr. Christ., Schreinergeselle. 27b. D. L. 124.

Schuh, J., Schmiedgeselle. 15. D. L. 790.

Schuh, Gg., Fabrikarbeiter. 22. D. L. 1328.

Schuh, Jac., Tüncher u. Zimmermaler. 19. D. S. 1289.

Schuh, Anna, Kleidermacherin. 22. D. S. 1467.

Schuh, Anna Franz., Gemeindedienerswwe. 27b. D. L.124.

Schuh, Anna, Tünchergesellenfrau. 29. D. S. 197.

Schuhmacher, k Oberst. 5. D. L. 285.

Schuhmacher, Wolfg., Kaufmann. 25. D. L. 1567b.

Schuhmacher, Elis., Lehrerin weibl. Arbeit. 16. D. S. 1105.

Schuhmacher, J. J., Zimmermstr. 30. D. S. 152.

Schuhmacher, Marie, Feinwäscherin. 3. D. L. 153.

Schuhmann, Joh., Zirkelschmiedmstr. 22. D. S. 1504.

Schuhmann, Ch. Gottl., Feingoldschlager. 9. D. L. 437.

Schuhmann, Andr. Claud., Spielwaarenmchr. 29. D. S. 210.

Schuhmann, J. Gottl., Büttnermstr. 25. D. L. 1531.

Schuhmann, J., Schuhmachermstr. 6. D. S. 472.

Schuhmann, Chrst., Spielwaarenmacher. 17. D. S. 1203.

Schuhmann, Heinr., Lehrer. 2. D. S. 100.

Schuhmann, Ant., Fabrikarbeiter. 13. D. L. 684.

Schuhmann, Albr., Steinmetzengeselle. 18. D. S. 1279.

Schuhmann, Gg., Fabrikarbeiter. 30. D. L. 83.

Schumann, Theod., k. pens. Landrichter. 19. D. S. 1331.

Schumann, Louise, Kaufmannswwe. 7. D. S. 513.

Schuckert, G., Schuhmacher. 18. D. L. 1056.

Schuckert, Kath., Schuhmacherswwe. 23. D. S. 1544.

Schuckert, Sabine, Wwe. 12. D. L. 640a.

Schuckert, J. Barthol., Büttnermstr. 15. D. L. 814.

Schükher, Frd. Valentin, Kaufmann. 5. D. L. 254.

Schuler, Ad., Schreinermstr. 1. D. L. 54.

Schuler, Max, Mechaniker. 11. D. L. 561a.

Schülein, Gg., Hutfabrikant. 12. D. S. 838.

Schülein, J., Tünchergeselle. 29. D. S. 197.

Schulitz, Mag.-Offiziant. 10. D. S. 735.

Schultes, August, Kaufmann. 30. D. L. 85.

Schultes, Bruno, Kaufmann. 29. D. L. 33.

Schultheiß, Commissionsbureau. 4. D. S. 317.
Schultheiß, Carl, Rübenfabrik. 6. D. S. 446.
Schultheiß, L. E., Drechsler. 17. D. S. 1238.
Schultheiß, J. Fr., Gasthofbesitzer. 10. D. L. 526a.
Schultheiß, J. Chrstph., Ziegeleibesitzer. 30. D. L. 11e.
Schultheiß, Wolfg. Conr., Lehrer. 9. D. S. 645.
Schultheiß, J. Dan., Privatier. 27b. D. L. 133a.
Schultheiß, Gg., Maurergeselle. 11. D. S. 783.
Schultheiß, Ludw., Maschinenheizer. 24. D. S. 1627.
Schulz, Privatier. 9. D. S. 608.
Schulz, Jac., Cigarrenmach. 18. D. S. 1257a.
Schulz, Carl, Nagelschmiedgeselle. 24. D. L. 1478b.
Schulze, Marg., Auslauferswwe. 20. D. L. 1244.
Schumm, Frz. Andr., q. Landrichter. 26. D. S. 7.
Schunk, Osc., k. Lieutenant. 4. D. L. 207.
Schüpferling, Kath., Wirthswwe. 31. D. S. 122b.
Schürer, J. Mich., Bäckermstr. 24. D. S. 1469.
Schürlein, J. Gg., Bäckermstr. 14 D. L. 761.
Schürrlein, Ullr., Flaschnermstr. 27b. D. L. 136.
Schürmer, Jac., Schuhmachermstr. 22. D. S. 1459.
Schürmer, J. Pet., Kammmachermstr. 12. D. L. 622.
Schürmer, Mich., Briefträger. 7. D. S. 498.
Schürmer, M., Commis. 19. D. L. 1148.
Schüßler, Gg. H., Kammfabr. 23. D. L. 1423.
Schüßler, C., Silber= u. Goldplattirer. 2. D. L. 90.
Schüßler, Joh. Dan., Wirthschaftsbes. 28. D. L. 65.
Schüßler, M., Musikus. 3. D. L. 151.
Schüßler, B., Kammmachermstrswwe. 27. D. L. 981.
Schuster, J. Conr., Privatier. 16. D. L. 880.
Schuster, Frd., Inspektor. 20. D. S. 1339.
Schuster, J., Bürsten = u. Pinselgesch. 15. D. L. 792b.
Schuster, J. C., Oblatenfabr. 20. D. S. 1349.
Schuster, Christ., Pinselfabr. 22. D. S. 1522.
Schuster, J. Phil., Webermstr. 18. D. S. 1254.
Schuster, Joh., Schuhmachermeister. 7. D. S. 540.
Schuster, Joh., Dosenmacher. 19. D. L. 1126a.
Schuster, J. Peitschenmacher. 16. D. S. 1139.
Schuster, Gg., Galanterieschreiner u. Mehlhdl. 14. D. S. 970.
Schuster, Frdr., Portefeuilleur. 2. D. S. 168a.
Schuster, J. Sigm., Dosenmaler. 27a. D. L. 20.
Schuster, J. Val., Fabrikarbeiter. 24. D. S. 1584.
Schuster, J. Gg., Holzhauer. 32. D. S. 48b.
Schuster, J. Gg., Röhrenleger. 27a. D. L. 75b.

Schuster, J. Gg., Thorschreiber. 3. D. S. 235b.

Schuster, J., Schneider. 2. D. S. 111.

Schuster, H. P., Ausläufer. 2. D. S. 119a.

Schuster, Chrst., Privatierswwe. 17. D. S. 1190.

Schuster, Marg., Wittwe. 9. D. L. 451.

Schuster, Anna Marg., Bäckerswwe. 19 D. L. 1179.

Schuster, Anna, Dosenmacherswwe. 19. D. L. 1126a.

Schuster, Barb., Zuspringerin. 21. D. L. 1300.

Schüttler, J. Andr., Bäckermstr. 5. D. S. 428.

Schütz, J. Pet., Metzgermstr. 27. D. L. 93.

v. Schütz, Heinr., Handlungsreisender. 4. D. L. 209.

Schütz, Jeanette, Fräul. 30. D. S. 162.

Schütz, J., Nagelschmied. 18. D. L. 1016.

Schütz, Bab., Gichttaffentfabrikantenwwe. 27a. D. L. 6a.

Schütz, Marg., Schneiderswwe. 14. D. S. 990.

Schütz, Lor., Conducteur. 14. D. L. 758.

Schütz, Bab. Anna, Wittwe. 2. D. S. 154.

Schutzmarlin, J., Gastwirth. 27. D. L. 16.

Schwab, J. J., Stadt- u. Landkutscher. 8. D. S. 575a.

Schwab, Ludw., Zugführer d. Ostbahn. 30. D. L. 35.

Schwab, Barb., Bahnwärterswwe. 18. D. S. 1276.

Schwabe, Gg., Privatier. 26. D. L. 62.

Schwabl, Max, k. Genie-Oberlieutenant. 26. D. L. 84.

Schwager, Alois, Tabakschneider. 18. D. L. 1066.

Schweigländer, Frz., Steinmetzengeselle. 28. D. S. 131.

Schwambach, J. Pet., Rothschmiedmstr. 21. D. S. 1443a.

Schwamberger, J. Andr., Rothschmied. 22. D. S. 1464.

Schwameis, Nic., Privatier 9. D. L. 463.

Schwäulein, Gg. 5. D. L. 288.

Schwandner, Wolfg., Büttnermstr. 24. D. L. 1480.

v. Schwarz, B., Rittergutsbesitzer. 1. D. L. 43.

v. Schwarz, H. B., Kaufmann. 1. D. L. 43.

v. Schwarz, J. Chr. D. (F.: Gebr. Schwarz.) 1. D. L. 43.

Schwarz, J. G., Registrator. 3. D. S. 171.

Schwarz, Eva M., Wittwe. 9. D. S. 654.

Schwarz, J. Conr., Magazinier. 17. D. S. 1212.

Schwarz, Frdr., Privatier. 27b. D. L. 160.

Schwarz, Gg., Privatier. 5. D. L. 259.

Schwarz, Dr. med., M. H., prakt. Arzt. 11. D. S. 801.

Schwarz, Phil., Quartiermstr. 16. D. S. 1110.

Schwarz, Nanette, Fräulein. 6. D. L. 326a.

Schwarz, Nanette, Putzhändlerin. 12. D. S. 832.

Schwarz, Joh., Großkuttler. 15. D. S. 1053.

Schwarz, Sixtus, Hafner. 27. D. S. 100.

Schwarz, J. C., Schuhmachermstr. 10. D. S. 678.

Schwarz, J. Frdr., Rindmetzger. 18. D. L. 1017.

Schwarz, J. Heinr., Glasermstr. 19. D. L. 1148.

Schwarz, Paul, Metallgoldschlägerei. 25. D. S. 1702.

Schwarz, Theod., Zeugmachermstr. 12. D. S. 857.

Schwarz, Joh., Paternostermchr. 16. D. L. 905.

Schwarz, G. Frdr., Schuhmacher. 16. D. L. 921.

Schwartz, J. Gottl., Feingoldschlagermstr. 11. D. L. 538.

Schwarz, J Ph., Huf= u. Waffenschmied. 4. D. S. 332.

Schwarz, C., Glasermstrswwe. 4. D. S. 288.

Schwarz, Gg. Mich., Schlossermstr. 17. D. S. 1180.

Schwarz, J. M., Feilenhauermstr. 19. D. S. 1305.

Schwarz, J. Chr., Wirthschaftsbesitzerswwe. 22. D. L.1311.

Schwartz, J. Ad., Fuhrwerksbesitzer. 30. D. L. 54b.

Schwarz, J., Botengehülfe. 22. D. S. 1516b.

Schwarz, J., Stärkemacher. 19. D. L. 1139.

Schwarz, Carl, Galanteriearbeiter. 25. D. L. 1574.

Schwarz, Sixtus, Hafnergeselle. 28. D. S. 156.

Schwarz, Jac., Metalldreher. 24. D. L. 1448.

Schwarz, Lisette, Näherin. 7. D S. 523e.

Schwarz, Conr., Holzhauer. 32. D. S. 81.

Schwarz, Joh., Fabrikarbeiter. 19. D. S. 1308a.

Schwarz, J., Polirer. 14. D. S. 331c.

Schwarz, Bab., Zugeherin. 12. D. L. 632.

Schwarz, Ed., Eisenbahnexpeditionsgeh. 22. D. S. 1523.

Schwarz, Wwe., Cigarrenhdlg. 3. D. L. 163.

Schwarz, Louise, Näherin. 26. D. S. 72.

Schwarz, Gg., Lackirer. 25. D. S. 1650.

Schwarz, Jac., Fabrikarbeiter. 25. D. S. 1650.

Schwartz, Frdr. Ad., Ziegeleibes. 8. D. S. 572.

Schwartz, Conr., Bez.=Thierarzt. 5. D. L. 278.

Schwartz, Marie, Kleidermacherin. 23. D. L. 1400.

Schwartz, Wolfg., Gärtner. 22. D. S. 1512.

Schwartz, M. D., Wwe., Flitterschlägerin. 14. D. L. 747.

Schwartz, Dor. Marg., Wittwe. 11. D. S. 773.

Schwartz, Wilh., Tünchergeselle. 18. D. L. 1088.

Schwartz, Leonh., Taglöhner. 19. D. L. 1176.

Schwarzfischer, J., Wirth z. gold. Pfau. 3. D. L. 150.

Schwarzkopf, Barb. 17. D. L. 992.

Schwarzkopf, M., Fabrikarbeiterin. 24. D. L. 1506.

Schwarzkopf, Wilh., Ausläufer. 4. D. L. 220.

Schwarzländer, Wilh., Privatier. 10. D. S. 738.

Schwarzländer, M., Lebküchnerswwe. 24. D. S. 1618.
Schwarzländer, J. Fr., Chocoladefabr. 12. D. S. 817b.
Schwed, Reg., Näherin. 13. D. L. 693.
Schweiger, Heinr., Schuhmachermstr. 13. D. S. 940.
Schweiger, J., Paternostermchrmstr. 22. D. L. 1332a.
Schweiger, J. Gg., Wagenwärter. 14. D. L. 721.
Schweiger, J., Vorarbeiter. 30. D. S. 123.
Schweigger, Frdr., Wechselsensal. 2. D. L. 93.
Schweigger, F. S. L., Zinngießermstr. 12. D. S. 821.
Schweigert, Gottl. Jac., Drechslermstr. 9. D. l. 444.
Schweigert, Joh., Schreinermstr. 6. D. S. 438.
Schweigert, J. Andr., Schreiner. 27. D. L. 126.
Schweigert, J., Schellenmacher. 12. D. L. 589a.
Schweigert, Marie, Privatiersgattin. 27b. D. L. 180.
Schweigert, Joh., Schellenmachermstr. 12. D. L. 589.
Schweigert, J. Lor., Schreiner. 22. D. L. 1370.
Schweigert, Mich., Lackirer. 24. D. L. 1500.
Schweiggert, Gg., Eisenbahnarbeiter. 9. D. L. 445.
Schweikert, Friederike. Gostenhof.
Schweitzer, F., Privatier. 5. D. S. 389.
Schwenk, Chrstph., Privatier. 30. D. S. 177c.
Schwenk, Carl, Nagelschmiedmstr. 24. D. L. 1457.
Schwenk, Anna, Arbeiterin. 12. D. L. 638.
Schweingl, Fr. Aug., Nadler. 18. D. L. 1029.
Schweinzer, Gg. Fr., Fabrikarbeiter. 23. D. L. 1423.
Schwemmer, Gottf. F., Kartätschenfabr. 5. D. L. 252.
Schwemmer, J. Frdr., Kleidermacher. 2. D. S. 157.
Schwemmer, Joh., Gartenbes. 30. D. S. 150.
Schwemmer, J. J., Spielwaarenfabr. 19. D. S. 1303a.
Schwemmer, Gg., Graveur. 14. D. S. 973.
Schwemmer, Madlon, Knopfmacherswwe. 12. D. S. 817a.
Schweinshaupt, W. M., Lackirer. 10. D. L. 482.
Schwenold, Leonh., Bäckermstr. 13. D. L. 654b.
Schweyer, Carol., privatisirt. 13. D. S. 904.
Schwerdt, Leonh. Frd., Fabrikschreiner. 24. D. S. 1636.
Schwind, Wenzel, Schlossergeselle. 28. D. S. 172.
Schwindel, J., Spielwaarenmacher. 15. D. S. 1038.
Schwindel, Dan., Weißmacher. 16. D. S. 1119.
Schwindel, Bab., Fabrikarbeiterin. 7. D. S. 500.
Schwindel, Thom., Fabrikarbeiter. 20. D. S. 1361.
Schwer, Carl, Harmonikamacher. 9. D. S. 660.
Schwerdt, Gg., Schreinermstr. 20. D. L. 1220.
Schwert, J. N., Schneidermstr. 21. D. L. 1281b.

Schwertberger, J. Casp., Güterlader. 16. D. L. 903a.

Sebald, U. E., Buchdruckereibesitzer. 9. D. S. 649.

Sebald, Carl Wilh., Lehrer. 10. D. S. 707.

Sebald, M. B., Privatierswwe. 30. D. S. 166.

Sebald, C., Kalk- u. Kohlenhdlg. 22. D. S. 1483.

Sebald, Marie, privatisirt. 8. D. S. 574b.

Seebauer, M, Wittwe. 24. D. S. 1578.

Seebauer, A. Wirthsch. u. Pfragnerei. 27. D. L. 17b.

Sebiger, G. P., Posamentier. 10. D. S. 682.

Seebiger, J. L., Harmonikamacher. 4. D. L. 178.

Sebiger, Ludw., Dachdecker. 10. D. S. 728b.

Sebiger, Marg., Näherin. 25. D. L. 1525.

v. Seckendorf, Freiherr, Gutsbesitzer. 11. D. S. 765.

v. Seckendorf, Carl, k. Postoffizial. 28. D. L. 75.

v. Seckendorf, Freifrau. 15. D. S. 1012.

Seckendorf, Leopold, und le Bino, Sigmund, Groß=
   händler (Hopfen). (Firma: Seckendorf und Comp.)
   30. D. L. 103.

Seilmayr, Doris, Wittwe. 1. D. L. 34.

Seger, J. Sigm., Kaufmann. 23. D. S. 1543.

Seger, Carl, Goldarbeiter. 23. D. S. 1541.

Seger, Frdr., Weber. 16. D. S. 1145.

Seger, Gg., Nagelschmiedgeselle. 17. D. L. 988.

Seger, J. Jac., Fabrikarbeiter. 30. D. L. 51.

Seger, Chrst., Bankdiener. 1. D. L. 19b.

Seger, Hel., Näherin. 1. D. L. 54.

Segerer, Eug., k. Stadtgerichtsdiurnist. 26. D. L. 68.

Seegiß, Leonh., Pfragner. 25. D. S. 1652.

Seegiß, M., Wwe., Caffee= u. Weinschenke. 6. D. L. 329.

Seegruber, Conr., Bureaudiener im Korrespondent v. u. f.
   Deutschland. 15. D. S. 1003.

Sehnlein, Andr., Arbeiter. 22. D. L. 1328.

Seibert, J., Regenschirmfabr. 13. D. S. 911.

Seibert, J. Bapt., Drechslermstr. 3. D. L. 155a.

Seibert, C. Conr., Firmenschreiber. 6. D. S. 440.

Seibert, J., Firmenschreiber. 6. D. L. 291a.

Seibold, Joh. Mich., Metzger. 11. D. S. 791.

Seibold, R. Marg., Putzmacherin. 17. D. S. 1232.

Seibold, Anna, Oekonomenwwe. 30. D. L. 5b.

Seidel, M. D. Carol., Kirchenrathswwe. 11. D. S. 769.

Seidel, Kath., privatisirt. 2. D. S. 156.

Seidel, J., Pflasterermstr. 13. D. S. 896.

Seidel, J. M., Rindmetzgermstr. 9. D. L. 463.

Seidel, J. Pet., Wirth u Pfragner. 22. D. L. 1364.

Seidel, Dav., Kammmachermstr. 21. D. S. 1402.

Seidel, J. C., Metallschlagermstr. u. Bronzef. 5. D. L. 247.

Seidel, Carl, Feingoldschlager. 5. D. S. 524.

Seidel, Jac., Siebmacher. 16. D. S. 1156.

Seidel, Soph., Zugeherin. 14. D. S. 997.

Seidel, M. L., Wittwe. 6 D. S. 448.

Seidenthal, Andr., Lader. 12. D. L. 623.

Seidlein, Ad., Schiffer. 27b. D. L. 92

Seifert, Erh., Schmiedgeselle. 15. D. S. 1040.

Seifferlein, J. C., Schlossermstr. 5. D. L. 251a.

Seihm, Heinr., Papierhdlg. 12. D. S. 871.

Seihm, Fräul., Nanette, privatisirt. 8. D. S. 576.

Seiler, G. C. H., k. Pfarrer. 4. D. S. 305.

Seiler, Chrstph., 2. Bürgermeister. 1. D. S. 38.

Seiler, J. G., Metzgermstr. 18. D. L. 1013.

Seischab, Conr., Spielwaarenfabr. 8. D. S. 575a.

Seischab, Frdr., Gärtner. 27a. D. L. 81.

Seischab, Joh., Tünchergeselle. 27b. D. L. 105.

Seitz, Gg., Kaufmann. 30. D. L. 20e.

Seitz, Ferd., Kaufmann. 3. D. S. 185.

Seitz, Emil, Kaufmann. 1. D. S. 6.

Seitz, Antonietta, Fräul., privatisirt. 17. D. S. 1172.

Seitz, Chrst., Drechslermstr. 24. D. S. 1591.

Seitz, J. Pet., Drechslermstr. 23. D. L. 1426.

Seitz, Conr., Pfragner. 18. D. L. 1051.

Seitz, Joh., Wirth z. scharf. Eck. 9. D. L. 471.

Seitz, Anna Elis., Schuhmacherswwe. 23. D. S. 1537.

Seitz, Mart., Kammachermstr. 11. D. L. 559b.

Seitz, Tob., Schellenmacher. 22. D. L. 1325.

Seitz, J. Gottl., Schellenmacher. 15. D. S. 1063.

Seitz, Soph., Schellenmacherswwe. 10. D. S. 667.

Seitz, Carl, Cichorienfabr. 4 D. L. 221.

Seitz, J. Gg., Portier. 27. D. S. 124.

Seitz, Nik., Schleifer. 22. D. L. 1320.

Seitz, Leonh., Fuhrmann. 28. D. L. 95.

Seitz, J. Conr., Schlossergeselle. 27b. D. L. 144.

Seitz, J., Eisenbahnschmied. 22. D. L. 1308.

Seitz, Dan., Schreinergeselle. 25. D. S. 1689.

Seitz, Joh., Versatzkäuflin. 23. D. L. 1432.

Seitz, Anna, Gärtnerswwe. 32. D. S. 135.

Seidel, C. Frdr., Nagelschmiedmstr. 18. D. L. 1023.

Seelig, J., Fabrikarbeiter. 30. D. S. 2.

Selling, Gabr., Weißwaarenhdlg. 4. D. L. 212.

Seeling, J., Illuminist. 16. D. S. 1162.

Sellner, M. Barb., Nachtlichtermacherin. 17. D. S. 1200.

Selzner, Ros., Wäscherin. 27b. D. L. 142a.

Seemann, Carl Aug., Kaufmann. 14. D. S. 978b.

Seemann, Erh., Badaufseher. 17. D. L. 1203.

Seemann, Frdr., Conducteur. 12. D. L. 630.

Seemann, Gg., Rothschmied. 20. D. L. 1220.

Seemann, Marie, Rothschmiedswwe. 25. D. S. 1682.

Semmelmann, C. J., Mühlarzt. 23. D. S. 1545.

Semmelmann, Frz., Schiffer. 27a. D. L. 81.

Semmelmann, Jac., Schleifer. 20. D. S. 1357c.

Semmelmann, Carol., Nagelschmiedswwe. 12. D. L. 635.

Semmelroth, Anna, Brillenmacherswwe. 15. D. S. 1063.

Semmler, Frdr., Landesprodukte. 30. D. S. 185.

Semmler, Marg., Magistratsbotenwwe. 6. D. S. 464.

Sendel, J. G. J., Zimmermeister. 22. D. S. 1508.

Sendel, Max, Fabrikarbeiter. 18. D. S. 1279.

Sendner, Pet., Zimmergeselle. 29. D. S 203b.

Senger, Matth., Bureaudiener. 15. D. L. 799.

Sengenberger, Joh. Gg., Bäckermstr. 22. D. L. 1315.

Sengenberger, Joh., Schuhmachermstr. 18. D. S. 1253c.

Sengfeldt, C., Zimmergeselle. 30. D. L. 38b.

Sening, Carl, Pächter des Mondschein. 27a. D. L. 19.

Servi, Mich., Uhrmacher. 25. D. L. 1551.

v. Sertz, Heinr., Edler, q. Forstwart. 8. D. S. 574.

v. Sertz, Albert, Kaufmann. 27a. D. L. 15.

Sertz, C. M., Wwe. (F.: Sertz u. Co.) 5. D. S. 373.

Seßner, Andr., Frauenkleidermacher. 14. D. L. 770b.

Seßner, Ed., Photograph. 13. D. L. 633b.

Scubelt, Jac. Phil., Zimmermaler. 6. D. S. 471.

v. Seuffert, Dr., k. Handels-Appellationsgerichts-Präsident. 26. D. L. 92.

Seuffert, Frdr., Brauereiverwalter. 6. D. S. 452b.

Seuffert, Hel., Zugeherin. 22. D. S. 1521.

Seuffert, Marie, Näherin. 20. D. S. 1365.

Seufferfeld, J., Commis. 2. D. S. 120.

Seuter, J. Andr., Drechsler. 20. D. L. 1222.

Seybold, J. M., Commis. 19. D. S. 1303b.

Seybold, Joh., Kräuterhdlr. 6. D. S. 456.

Seybold, J. Ad., Ausläufer. 13. D. S. 927.

Seybold, Ludw., Weinhdlg. 16. D. L. 861.

Seybold, Barb., Maurergesellenwwe. 30. D. L. 5b.

Seyschab, Jer, Dachdeckermſtr. 28. D. L. 93.

Seyschab, J. Bapt., Beinknopfmacher. 22. D. L. 1355b.

Seyschab, Anna, Dachdeckerswwe. 29. D. L. 11b.

Seyppel, Chrſt., Reiſender. 5. D. L. 243.

Sichart, Chrſtph., Fabrikarbeiter. 22. D. S. 1450.

Sichart, J., Schriftſeßer. 6. D. S. 443.

Sichel, L., Buchhalter. 3. D. L. 115.

Sichelſtiel, Conr., Kartenfabrikant. 20. D. L. 1236.

Sichelſtiel, A. Barb., Wittwe. 4. D. S. 283.

Sichelſtiel, Heinr., Tüncherhandlanger 21. D. S. 1422.

v. Sicherer, Dr. Caſ., q. Appellger.=Rath. 30. D. S.163b.

Sichermann, Pet., Wirthſchaftsbeſ. 26. D. L. 52.

Sichling, Joh., Borſtenverlegerswwe. 12. D. S. 867.

Sichling, J. P., Borſtengeſch. 7. D. S. 531.

Sichling, J. P., Bürſtenfabr. 12. D. S. 867.

Sichling, Kunig., Borſtenverlegerswwe. 10. D. S. 754.

Sichling, Anna, Bürſtenmacherswwe. 17. D. S. 1238.

Sichling, H. P. P., Bürſtenmacher. 31. D. S. 133.

Sichler, Gg. Heinr., Waagenfabr. 16. D. L. 881.

Sichler, Conr., Waagmacher. 16. D. L. 881.

Sichtel, Herm., Privatier. 12. D. L. 572.

Sieber, Mich., Fabrikarbeiter. 22. D. S. 1515.

Sieber, J., Taglöhner. 23. D. L. 1433.

Siebenhaar, Jul., Rendant. 12. D. S. 852.

Siebenhaar, Anna, Polizeiſoldatenwwe. 16. D. S. 1146.

Siebenhaar, Max, Ausläufer. 8. D. L. 434.

Siebenkäs, J. Jac., Rindmeßgerswwe. 13. D. L. 672.

Siebenkees, Ph. Frdr., Gürtlermſtr. 3. D. S. 186.

Siebenkees, J. Gg., Privatier. 4. D. S. 323.

Siebenkees, J. Lor., Meßgermſtr. 27. D. S. 101a.

Siebentritt, Gg. Leonh., Wurzelſchneider. 10. D. L. 511.

Siebentritt, J. Gg., Bremſer. 28. D. L. 105.

Siebenwurſt, Gg., Wurzelbürſtenmchr. 17. D. L. 956.

Siebenwurſt, Chrſtn., Kupferſchmied. 5. D. S. 359.

Siebenwurſt, Conr., Fabrikarbeiter. 5. D. L. 240.

Siebenwurſt, Barb., Handlangerswwe. 29. D. L. 17.

Siebenwurſt, Jac., Steinbauer. 29. D. L. 12.

Sieder, Mich., Steinmeßengeſelle. 26. D. L. 45.

Sieder, Conr., Magiſtratsregiſtrator. 22. D. L. 1360.

Sieder, M. Barb., Näherin. 28. D. L. 85.

Sieder, Kath., Zimmergeſellenwwe. 27b. D. L. 142a.

Siegling, Clara u. Jeanette, privatiſiren. 7. D. S. 544.

Siegelin, Leonh., Privatier. 4. D. L. 190.

Siegler, Fr., Gewichtfabrikant. 16. D. S. 1154.

Siemader, Amalie, Leichenfrau. 12. D. S. 823.

Siffert, Heinr., Buchbinder. 8. D. S. 592b.

Sigel, Babette. 16. D. S. 1142.

Sigmund, J. Albr., Lehrer. 16. D. L. 878.

Sigmund, Dominikus, Postpacker. 5. D. S. 365.

v. Sigritz, G., k. Staatsschulden-Tilgungs-Cassa-Buchhalter. 31. D. S. 117.

Sill, J. Gg., Optiker. 3. D. L. 139.

Sill, Gg., Zimmergeselle. 18. D. S. 1275.

Sill, Leonh., Fabrikarbeiter. 25. D. S. 1683.

Sill, Lorenz, Pinselmacher. 16. D. S. 1078.

Siller, Gg., Wurzelschneider. 12. D. L. 647.

Silberer, Tob., Gartenpächter. 29. D. S. 213.

Silberhorn, Bernh., Braumeister. 11. D. L. 565b.

Silberhorn, Conr., Zimmergeselle. 29. D. L. 14.

Silchner, Gg., Fabrikarbeiter. 29. D. L. 19.

Siller, Jos., Kesselschmied. 16. D. L. 872b.

Siller, G. L., Schuhmacher. 17. D. S. 1174.

Simmerlein, G. K., Juwelier u. Goldarb. 8. D. S. 567

Simmerlein, Carl Ludw., Sattlermstr. 7. D. L. 355

Simmerlein, Anna Barb, Wirthswwe. 15. D. L. 818.

Simmerlein, Gg, Fabrikarbeiter. 21. D. S. 1440.

Simmerlein, Andr., Güterlader. 2. T. S. 97.

Simon, Zimmermstr. 27. D. L. 163.

Simon, J., Privatier. 19. D. L. 1110c.

Simon, Joh., Hopfenhändler. 11. D. L. 570.

Simon, Conr., Seifen- u. Lichterfabrik. 16. D. S. 1134.

Simon, Jul., Kaufmann. 4. D. S. 311.

Simon, Peter, Lehrer. 8. D. L. 430.

Simon, Mich., Pinselmacher. 22. D. L. 1326.

Simon, Conr., Maurermstr. 24. D. L. 1489.

Simon, J. Mich. 16. D. S. 1154.

Simon, Conr., Pachtgärtner. 29. D. L. 18.

Simon, Phil., Wurzelschneider. 23. D. L. 1420.

Simon, Magd., Zimmergesellenwwe. 26. T. S. 59.

Simon, Jac., Maurergeselle. 26. D. S. 59.

Simon, Andr., Maurergeselle. 26. T. S. 61.

Simon, J. C., Taglöhner. 19. D. S. 1315.

Simonsfeld, Philippine, Fräulein. 13. D. L. 761.

Simonsfeld, J., Hopfenhändler. 14. D. L. 761.

Simonsfeld, Sophie, Privatierswwe. 4. D. L. 191.

Sindel, Magistrats-Rechnungsführer. 19. D. L. 1109.

16

Sindel, Frdr., Maurergeselle. 31. D. S. 141h.
Singer, Pauline, Privatierswwe. 10. D. S. 750.
Singer, D. F., Commission u. Agenturen. 8. D. S. 566b.
Singer, Joh., Privatier. 29. D. S. 218.
Singer, Wilh., Kaufmann. 4. D. S. 314.
Singer, Abrah., Rothgießer. 16. D. L. 887.
Singer, Andr., Portefeuiller. 24. D. L. 1498.
Singer, Mich., Portefeuiller. 5. D. S. 374b.
Singer, Sus., Pastetenbäckerswwe. 4. D. L. 180.
Singer, Gg., Telegraphist. 17. D. L. 963.
Singer, Joh., Steindrucker. 23. D. L. 1412.
Singer, Frdr., Güterschaffer. 1. D. L. 54.
Singer, Barb., Metallschlagerswwe. 20. D. L. 1249.
Singer, Conr., Metallschlager. 13. D. L. 695.
Singer, M., Goldschlagergeselle. 23. D. L. 1423.
Singenberger, Carl, Goldschlager. 15. D. S. 1034.
Sinsel, Anna, Wagenwärterswwe. 29. D. L. 17.
Sinzel, J. Nik., Glasschleifer. 16. D. S. 1144.
Sinzel, Fr. Jos., Tüncherhandlanger. 15. D. S. 1067.
Sippel, J. G., Gold= u. Silberarbeiter. 13. D. L. 673.
Sippel, Kunig., Schneiderswwe. 25. D. S. 1681.
Sippel, Joh., Bäckermstr. 12. D. S. 843.
Sippel, J. Peter, Bäckermstr. 11. D. S. 783.
Sippel, Kath., Taglöhnerin. 6. D. S. 482.
Sippel, J. Phil., Gasarbeiter. 27b. D. L. 139.
Sißler, Marg., Blumenmacherin. 26. D. L. 63b.
Sixt, C. H., k. Decan. (Sebalder Pfarrwohnung.)
Sixt, J. Thom., Feingoldschlager. 32. D. S. 5.
Sixt, Ulrich, Goldschlager. 5. D. S. 359.
Sixt, Jak., Feingoldschlager. 32. D. S. 5.
Sixt, Joh., Zirkelschmiedmstr. 18. D. L. 1033.
Sixtus, Gg., Julius. Schneidermstr. 6. D. S. 441.
v. Soden, Frz. Ludw., Frhr., pens. Major. 20. D. S. 1370.
Söhn, Mart., Schuhmachergeselle. 28. D. S. 171.
Söhnlein, Heinr., Privatier. 2. D. L. 80.
Söhnlein, Pet., Lackirer. 21. D. S. 1436.
Söhnlein, Jak., Bezirksgerichtsschreiber. 23. D. S. 1532.
Söhnlein, J., Auslaufer. 23. D. S. 1547.
Soldan, Sigm., Buch= u. Kunsthändler. 4. D. S. 184.
Söldner, J. Theod., Zimmergeselle. 29. D. L. 8.
Solger, Leonh. Phil., städt. Baurath. 13. D. L. 679a.
Solger, N. H. Fr. (F.: Frdr. Erh. Solger.) 13. D. S. 877.
Solger, Mart. Heinr., Kaufmann. 8. D. S. 550.

Solger, Frdr., Kaufmann. 3. D. L. 169.

Söllnet, J., Bronzefarbenfabrik. 25. D. L. 1576.

Söllner, Carl, Glasermstr. u. Glasgraveur. 7. D. S. 490.

Söllner, Chr. J., Galanteriearbeiter. 15. D. S. 1059.

Söllner, Ambros., Modellschreiner. 13. D. L. 686.

Söllner, Marie, Illuministin. 22. D. L. 1325.

Söldner, Matth., Fabrikschreiner. 17. D. S. 1208.

Söltner, J. Ad., Fabrikschlosser. 12. D. L. 589a.

Söltner, G. Sim., Plattirarbeiter. 15. D. S. 1034.

Söltner, J. Friedr., Flaschner. 17. D. L. 951b.

Söltner, Matth., Schreinergeselle. 23. D. S. 1571.

Sommer, Carl Frdr., q. Landrichter. 5. D. S. 369.

Sommer, Dr. Frdr., k. Oberstabsarzt. 8. D. L. 423.

Sommer, Dr. med., prakt. Arzt. 5. D. S. 407.

Sommer, Quartiermstr. 21. D. L. 1279.

Sommer, J. Pet., Privatier. 22. D. L. 1364.

Sommer, Carl (F.: Winkler u. Schorn.) 5. D. S. 414.

Sommer, Joh., Buchbinder u. Portefeuiller. 4. D. L. 181.

Sommer, Chr., Posamentier. 25. D. S. 1678.

Sommer, Joh., Gold= u. Silberarbeiter. 3. D. S. 170.

Sommer, Gg., Schneidermeister. 6. D. L. 323.

Sommer, J., Tuchbereiter. 5. D. S. 433.

Sommer, Aug., Hornpresserswwe. 8. D. L. 420k.

Sommer, Gg., Fabrikschmied. 14. D. S. 997.

Sommer, Joh, Fabrikarbeiter. 22. D. S. 1453b.

Sommer, J. Fr., Tünchergeselle. 29. D. S. 217.

Sommer, J., Aufseher. 16. D. S. 1100.

Sondermann, J., Schuhmachermstr. 24. D. L. 1470.

Sondermann, Kath., Schuhmacherswwe. 23. D. L. 1419.

Sondermann, Ad., Goldschlager. 11. D. L. 565b.

Sondermann, Gg., Bleistiftarbeiter. 21. D. L. 1292.

Sonnenleiter, Kath., Wildprethändlerswwe. 1. D. S. 3.

Sorg, J. Leonh., Bierw. z. geharn. Mann. 17. D. S. 1189.

Sorg, Frdr., Post=Conducteur. 9. D. L. 452.

Sorg, Frdr., Getraidehändler. 27b. D. L. 167.

Sorg, Phil., Steinmetzengeselle. 26. D. L. 60.

Sorg, Babette, Wwe. 15. D. S. 1046a.

Sörgel, Doris, privatisirt. 14. D. S. 1001a.

Sörgel, Sophie, Goldstickerin. 3. D. S. 177a.

Sörgel, Leonh., Privatier. 19. D. L. 1125.

Sörgel, J., Kunstmühlenbesitzer. 3. D. S. 246.

Sörgel, Joh. Mich., Siegellackfabrikant. 15. D. L. 805.

Sörgel, Leonh., Schweinemetzger. 8. D. L. 425.

16*

Sörgel, J., Fabrikarbeiter. 12. D. S. 849.

Sörgel, J., Lokomotivführer. 20. D. L. 1210.

Sörgel, Walburga, Postpackerswwe. 10. D. L. 492.

Sörgel, J. Leonh., Maurergeschäftsführer. 24. D. S. 1604.

Sörgel, Wilh., Zimmermstr. 26. D. S. 68.

Sörgel, J., Fabrikarbeiter. 24. D. S. 1579.

Sotta, Babette, Kaufmannswittwe. 12. D. S. 808b.

Spachel, J. Jak., Rothgießermstr. 14. D. L. 749.

Spachel, Doroth. Marie. 15. D. S. 1042.

Spanner, J., Etiquettendrucker. 27b. D. L. 124.

Spannheimer, Wilh., pens. Anstaltsdiener. 27a. D. L. 57.

Späth, Wolfg., Steindrucker. 22. D. L. 1305.

Späth, Frdr., Maschinenschlosser. 14. D. S. 993.

Späth, Gg., Bäckermstr. 13. D. L. 716.

Speiser, Wilh., Schweinsborstenverlag en gros. 4. D. L. 194.

Speiser, J. L. H., Mannfacturwaaren. 5. D. L 273.

Speiser, Kunig., Landgerichtsdienerswwe. 23. D. S. 1541.

Spekhardt, J., Bäckermstr. 22. D. L. 1360.

Spekner, Tob., Post-Assistent. 13. D. L. 662.

Spengler, J. Steph., Bäckermstr. 5. D. S. 426.

Spenkuch, Barnabas, Nachtlichtermacher. 24. D. L. 1488c.

Sperber, Conr., Hopfenhändler. 22. D. L. 1342.

Sperber, Gg., Buchhalter. 5. D. L. 231.

Sperber, Gg., Magazinier. 10. D. L. 512.

Sperber, Gg., Lehrer. 4. D. L 200b.

Sperber, Lorenz. 16. D. L. 894.

Sperber, Leonh., Privatier. 26. D. L. 63a.

Sperber, J. Gg., Käsehändler. 10. D. L. 512.

Sperber, Leonh., Galanterieschreiner. 16. D. S. 1113.

Sperber, S., Neugoldwaarenverfert. 5. D. L. 231.

Sperber, J., Schuhmachermstr. 20. D. S. 1341.

Sperber, Chrstph., Schneidergeselle. 17. D. S. 1204b.

Sperber, Marie, Holzhändlerswwe. 27b. D. L. 116a.

Sperl, Joh., Landesproduktenhändler. 3. D. S. 177a.

Sperl, Anna Sus., privatisirt. 3. D. S. 227.

Sperl, Moritz, Nachtlichterfabrikant. 27b. D. L. 162.

Sperl, J. Wolfg., Pfragner. 21. D. L. 1255b.

Sperl, Adam, Wagner b. d. Eisenbahn. 18. D. L. 1052.

Sperl, J. Leonh., Fabrikarbeiter. 12. D. L. 634.

Spiegel, Joh. Tobias, Fabrikant landwirthschaftlicher Instrumente. 28. D. L. 100.

Spiegel, J., Getraidehändler. 18. D. L. 1007.

Spiegel, Heinr., Musiker. 28. D. S. 138.

Spiegel, Gg., Buchbinder. 19. D. S. 1329.
Spiegel, Kath., Wwe. 26. D. S. 26b.
Spiegel, Magd., Goldeinlegerin. 22. D. L. 1309.
Spier, Pet., Musiker. 22. D. L. 1323.
Spieß, Gg., Buchbindermstr. u. Graveur. 6. D, L. 325a.
Spieß, Peter, Oberlehrer. 16. D. S. 1163.
Spieß, Jac., Heinr., Lehrer. 16. D. S. 1163.
Spieß, Magistratsbote. 12. D. S. 841b.
Spindlbauer, Hauptzollamts-Revisionsbeamt. 16.D.L.857.
Spindler, Gg., Kammachergeselle. 24. D. S. 1624.
Spindler, Heinr., Werkmeister. 21. D. S. 1429.
Spitta, Carl Ludw., Relikt. (F.: C. Zinn.) 5. D. L. 276.
Spitzbart, J. Gg., Faschnermstr. 24. D. L. 1490.
v. Spitzel, J., k. Eisenbahn-Offizial. 13. D. S. 906.
Sponseldner, Mart., Salz-Oberbeamt. 30. D. L. 37e.
Sponsel, Joh., Tünchergeselle. 19. D. S. 1293.
Sponsel, Heinr., Ausläufer. 18. D. S. 1266.
Sporer, Gg. Frdr., Kupferstecher. 22. D. L. 1323.
Sporer, Friederike, Näherin. 28. D. L. 106.
Spörl, Mich., Fabrikarbeiter. 22. D S. 1450.
Spronger, Gg., Hefenhändler. 23. D. S. 1532.
Sprendel, August, Maler. 21. D. L. 1276a.
Spreng, Direktor des Gaswerks. 27. D. L. 143.
Sprenger, musik. Instrumentenmacher. 11. D. L. 545.
Springer, C, Kaufmann. 1. D. L. 7a.
Springer, J. G., Rothschmiedsdrechslermstr. 25.D.S.1699.
Springer, Louise, Rothschmiedswwe. 12. D. L. 584.
Springer, Wolfg., Fabrikant. 6. D. L. 340a.
Staab, Conr., Magistratsbote. 18. D. S. 1253a.
Stade, Gg., Musiker. 13. D. L. 662.
Städele, Joh., Polizeisoldat. 28. D. L. 85.
Stadelmann, Dr. med., prakt. Arzt. 11. D. S. 790.
Stadelmann, Carl Frdr., Dr. jur. 3. D. S. 221.
Stadelmann, Amalie, Kaufmannswwe. 7. D. S. 532a.
Stadelmann, Sabine, Wittwe. 14. D. L. 740.
Stadelmann, Friederike, privatisirt. 11. D. S. 802.
Stadelmann, Ant., Buchhalter. 12. D. L. 655.
Stadelmann, J. Pet., Schneidermstr. 27. D. S. 118a.
Stadelmann, J. Gg., Hafnermstr. 21. D. L. 1297.
Stadelmann, Balth., Schneidermstr. 27b. D. L. 116b.
Stadelmann, Frz. Frdr., Rothschmied. 25. D. S. 1670.
Stadelmann, A. J., Rothgießermstr. 15. D. L. 809.
Stadelmann, Heinr., Rothgießer. 21. D. S. 1407.

Stadelmann, Peter Joh., Rothschmied. 15. D. L. 809.

Stadelmann, J., Rothschmiedsdrechsler. 28. D. S. 137.

Stadelmann, Leonh., Fabrikarbeiter. 26. D. S. 25.

Stadelmann, Gg., Fabrikarbeiter. 22. D. S. 1450.

Stadelmann, J. Phil., Fabrikarbeiter. 26. D. S. 37.

Stadelmann, Wilh., Maurergeselle. 17. D. L. 1176.

Stadelmann, Pius, Tünchergeselle. 30 D. L. 38.

Stadelmann, Carl, Tünchergeselle. 21. D. S. 1394.

Stadelmann, Gg., Schneidergeselle. 23. D. S. 1538.

Stadelmann, Babette, Wäscherin. 15. D. S. 1037.

v. Stadler, Elise, Tabaksfbr. (F.: Lux u. Stadler.)4.D.L.182.

v. Stadler, S. Frz. Carl, Tabakfabrik. 4. D. L. 206.

v. Stadler, Wilh., Kaufmann. 6. D. L. 307.

v. Stadler, J. Gg., Colonial= u. Farbw. 6. D. L. 307.

v. Stadler, Anton, Kaufmann. 23. D. L. 1394.

v. Stadler, Frz., Privatier. 1. D. L. 206.

Stadler, J. Wolfg., Privatier. 23. D. L. 1399.

Stadler, Frdr., Steindruckereibesitzer. 24. D. S. 1611.

Stadler, Christ., Steindruckergehilfe. 25. D. S. 1650.

Stadler, Anna Barb., Kupferdruckerswwe. 16. D. L. 929.

Stadler, Christ., Flaschnermstr. 25. D. S. 1660.

Stadtler, Wilh., Schuhmacher. 19. D. L. 1171.

Stadler, Gg. Frz., Charcutier. 2. D. S. 98.

Städler, J. Seb., Privatier. 14. D. L. 750.

Städler, J. Gg., (F.: J. S. Städler.) 30. D. L. 31.

Städtler, Wolfg., Bleistiftfabrik. 24. D. S. 1579.

Städtler, Chr. Frdr., Bleistiftfabrik. 30. D. L. 37m.

Städtler, Frdr., Schneidermeister. 27b. D. L. 162a.

Städtler, Sigm., Kammmacher. 22. D. L. 1368.

Städler, Abrah. Jac., Drechslermstr. 20. D. L. 1254.

Städtler, Frdr., Goldarbeiter. 15 D. S. 1019.

Städler, Andr., Goldarbeiter. 14. D. S. 995.

Staedler, J. G., Bleistiftarbeiter. 24. D. L. 1499.

Städtler, Wolfg, Bleistiftzeichner. 19. D. L. 1099.

Städler, Jak., Eisenbahnarbeiter. 19. D. L. 1124.

Städtler, J., Papiermacher. 12. D. L. 581.

Staffer, Matthäus, Eisenbahn=Condukter. 20. D. L. 1204a.

Stahl, L. E., Rosoli= u. Essigfabrikant. 3. D. S. 198.

Stahl, Daniel, Privatier. 19. D. L. 1110b.

Stahl, J. Christ., Wagnermstrswwe. 15. D. L. 828.

Stahl, J. Gg., Pfragner. 1. D. S. 81.

Stahl, Joh., Kramkänsel. 4. D. L. 178.

Stahl, Nic., Gymnasial=Pedell. 11. D. S. 805b.

Stahl, Sim., Fabrikarbeiter. 18. D. S. 1269.

Stamler, M. Julie, Malerswwe. 17. D. S. 1215.

Stammler, Jac., Hafnermstr. 7. D. S. 495.

Stamler, Wilibald, Schneidergeselle. 19. D. S. 1334c.

Staudbartinger, Chr., Fabrikarbeiterswwe. 6. D. S. 464.

Stang, Michael, Zimmergeselle. 29. D. L. 19.

Stang, Gg. Val., Kramkäufel. 2. D. S. 123.

Stang, Gg., Zimmergeselle. 28. D. L. 97.

Staat, Frz., Maschinenwärter. 14. D. S. 997.

Staar, J. Frdr., Schuhmacher. 24. D. S. 1636.

Stark, J. L., Relikt. (F.: J. Ferd. Langrötger). 12. D. S. 806.

Stark, J. Jac., Zirkelschmiedmstr. 24. D. S. 1594.

Stark, Helene, Rothschmiedswwe. 24. D. S. 1599.

Stark, Marie, Näherin. 3. D. S. 229.

Stark, R., Paternostermacher. 20. D. L. 1238.

Stark, Joh., Mechaniker. 16. D. S. 1103.

Starkgauer, Gottfr., Schuhmachermstr. 6. D. S. 458.

Stauber, J., Flaschnermstr. 25. D. S. 1654.

Stauber, Elis., Zimmergesellenwwe. 29. D, L. 11b.

Stauber, Frd., Rothschmiedgeselle. 22. D. S. 1469.

Staubitzer, J. W., Wein, Caffee u. Restaur. 1. D. L. 10.

Staubitzer, Carl Heinr., Büttnermstr. 25. D. L. 1556.

Staubitzer, Chr. Wolfg. 5. D. S. 380.

v. Staudt, Gg. Dan., Privatier. 23. D. S. 1572.

Staudt, J. Frdr., Hutfabrikant. 17. D. S. 1186.

Staudt, J. Ad., Spielwaarenfabrik. 22. D. S. 1492.

Staudt, Gottl., Spielwaarenmacher. 13. D. S. 902.

Staudt, J. Heinr., Kammmachermstr. 30. D. S. 155.

Staudt, J., Schneidermstr. 22. D. L. 1328.

Staudt, Mich., Fabrikarbeiter. 29. D. S. 224.

Staudt, Gg., Fabrikarbeiter. 27. D. S. 121.

Staudt, Marie, ledig. 12. D. S. 833.

Staudinger, C. Fr., pens. k. Landrichter. 1. D. S. 73.

Staudinger, Peter, Schneidermstr. 4. D. S. 311.

Staudinger, Heinr., Portefeuiller. 19. D. L. 485.

Staudinger, J., Polizeisoldat. 13. D. L. 709.

Staufer, Barb., Wwe. 9. D. S 616.

Stauffer, Gg., Fabrikschreiner. 27. D. S. 122.

Stauffer, Albr., Bierbrauereibesitzer. 24. D. S. 1607.

Steg, Heinr., Fabrikarbeiter. 29. D. L. 1b.

Steger, B. St., 3. Pfarrer b. St. Egydien. 10. D. S. 727.

Steger, Carl, Zimmermeister. 26. D. L. 46a.

Steger, Mich., Zimmermstr. 30. D. L. 37e.

Steger, Martin, Zimmergeselle. 30. D. L. 37c.
Steger, J., Kramkäusel u. Güterschaffer. 2. D. S. 147.
Steger, Christ., Schuhmacher. 5. D. S. 363.
Stegmann, Alois, Auslaufer. 10. D. S. 697.
Steiger, Joh., Werkführer, Wwe. 25. D. S. 159.
Steigert, J. Casp., Fabrikarbeiter. 29. D. S. 203a.
Steigmann, Gg., Heizer. 16. D. S. 1143.
Stein, Carl, Ingenieur. 5. D. S. 388.
Stein, Babette, privatisirt. 8. D. S. 563.
Stein, Frdr., Metzgermstr. 22. D. L. 1345.
Stein, Mich., Polizeisoldat. 2. D. S. 154.
Steinbauer, Bernh., Buchhalter. 25. D. L. 1550.
Steinbauer, Jos., Dosenmacher. 27a. D. L. 66.
Steinbauer, B., Etiquettendrucker. 15. D. S. 1032b.
Steinbauer, Marie, Taglöhnerswwe. 27a. D. L 20.
Steinbauer, Gg., Fabrikarbeiter. 3. D. L. 154.
Steinberger, Frdr., Lokomotivführer. 21. D. L. 1256.
Steinberger, Abrah, Hopfeneinkäufer. 9. D. L. 481a.
Steinbrecher, Carol., Flaschnerswwe. 29. D. L. 19.
Steiner, J. Christ., Büttnermstr. 19. D. L. 1133.
Steiner, M., Schreinermstr. 15. D. S. 1026.
Steiner, Chrst., Fabrikschreiner. 22. D. S. 1486.
Steingräber, Joh., Gärtner. 21. D. S. 1420.
Steingruber, K., ehem. Beutlermstr. 25. D. L. 1574.
Steingruber, Ottmar. 20. D. L. 1205.
Steingruber, Marg., Hebamme. 5. D. S. 426.
Steinhäuser, Joh., Wirth. z. weiß. Taube. 18. D. S. 1254.
Steinhaußer, Marg., Arbeiterswwe. 14. D. S. 978b.
Steinl, J. Fr., Mehlschauer u. Mechaniker. 10. D. L. 499.
Steinle, Frz. Xav., pens. Administrator. 27b. D. L. 91.
Steinlein, Lorenz, Dosenlackirer. 24. D. L. 1445.
Steinlein, Ludw., Rosolifabrik. 5. D. L. 254.
Steinlein, Magd., Wwe. 24. D. L. 1471.
Steinlein, Aug., Messerschmiedmstr. 15. D. S. 1077.
Steinlein, Jak., Stationsdiener. 30. D. L. 29.
Steindl, Lisette, privatisirt. 8. D. S. 581.
Steinmetz, Particulierswwe. 13. D. S. 919.
Steinmetz, Aug., Dr. med., Wwe. 3. D. S. 229.
Steinmetz, Conr., Dechslermstrswwe. 3. D. S. 228.
Steinmetz, Adolph, Hopfenhändler. 26. D. L. 90.
Steinmetz, Frdr., Bahnwärter. 28. D. L. (Bahnh.)
Steinmetz, Joh., Frauenkleidermacher. 5. D. S. 385.
Steinmetz, Frdr., Schlossergeselle. 16. D. L. 889.

Steiß, Christ., Gärtner. 28. D. L. 73.

Steiß, Marie, Bankdienerswwe. 18. D. L. 1048.

Stellmacher, Caroline, Modistin. 4. D. L. 202.

Stelzlein, Chr., Auslaufer. 18. D. L. 1261.

Stelzner, Gg., Gastwirth. 3. D. S. 259a.

Stelzner, Barb.. Schneiderswwe. 24. D. L. 1510.

Stelzner, Bernh., Reisender. 23. D. L. 1420.

Stelzer, Gg., pens. Lieutenant. 4. D. S. 324.

Stellwag, Carl, Pinselfabrik. 17. D. S. 1204a.

Stellwag, Frz., Fabrikarbeiter. 17. D. S. 1229a.

Stengel, Leonh. Sixt, Kaufmann. 14. D. S. 994.

Stengel, Carol., Privatierswwe. 2. D. L. 99.

Stengel, J., Buchbindermstr. 12. D. S. 850.

Stengel, Wolfg., Büttnermstr. 13. D S. 957.

Stengel, J. Gottl., Rothschmiedmstr. 19. D. S. 1292.

Stengel, Conr., Gärtner. 31. D. S. 139.

Stengel, Kath. Rosa u. Magdal., Gartenbes. 27. D. L. 49.

Stengel, J Mich., Gärtner. 27a. D. L. 8.

Stengel, Kath., Wittwe. 12. D. L. 624.

Stengel, A. Marie, Taglöhnerswwe. 22. D. L. 1321b.

Stengel, Helene, Näherin. 24. D. L. 1472.

Stengel, Kath., Näherin. 26. D. S. 15.

Stengel, Frdr., Fabrikarbeiter. 25. D. S. 1682.

Stengel, Mich., Steinmetzengeselle. 30. D. L. 47a.

Stengel, Barb., Fabrikarbeiterswwe. 27. D. S. 115.

Stenglin, J. Frdr., Rothschmiedmstr. 12. D. L. 636b.

Stunglin, Casp., Rothschmied. 12. D. L. 636b.

Stenglin, J. Conr., Schachtelmacher. 18. D. S. 1267a.

Stenglin, Joh., Zugeherin. 12. D. L. 636.

Stenz, Peter, Lackirer. 29. D. S. 207.

Stepper, Jer., Schlossermstr. 26. D. S. 72.

Stepf, Frdr., Kaufmann. 26. D. L. 51a.

Stephan, Matth., Bader. 8. D. S. 592.

Stephan, Babette, Wwe. 5. D. L. 280.

Stephan, Joh., Rothgerbermstr. 5. D. L. 256b.

Stephan, Conr., Peitschenmacher. 27a. D. L. 42a.

Stephani, J., Zimmergeselle. 23. D. L. 1437.

Stephanus, Gg., Maurergeselle. 29. D. L. 32.

Sterl, Babette, Wwe. 24. D L 1450.

Stern, Sim. Jul., Goldspinner. 25. D. L. 1565.

Stern, Joh. Gg., Zimmermstr. 29. D. L. 25.

Stern, Sigm., Gas=Installateur. 10. D. L. 533.

Stern, Maier, Weißwaarenhndlg. 4. D. L. 199.

Stern, J. Conr., Bleistiftarbeiter. 25. D. S. 1673.
Stern, Nic., Schleifmühlbesitzer. 25. D. S. 1677.
Sternecker, Christ., Assessorswwe. 5. D. S. 340.
Sternecker, C., Oberzollinspektor. 16. D. L. 857.
Sternitzky, J., Reisender. 2. D. L. 97.
Stettner, Mart., Bildhauer. 18. D. S. 1242b.
Stettner, Paul, Güterlader. 16. D. S. 873.
Stettner, J. Gg., Schuhmachermstr. 22. D. S. 1491a.
Stettner, J. Gg., Schreinermstr. 15. D. L. 804.
Stettner, J. L., Schlossermstr. 15. D. L. 790.
Stettner, Leonh., Fabrikarbeiter. 19. D. L. 1108.
Stettner, Adam, Fabrikarbeiter. 30. D. L. 23.
Stendtner, Andr., Flaschnermstr. 22. D. L. 1319.
Steurer, Conr., Schlossermstr. 12. D. L. 637.
Steuerer, Gabr., Weißmacher. 24. D. L. 1453.
Steurer, Wolfg., Stecknadelmacher. 9. D. S. 625.
Steuerer, Joh., Rentamtskanzlist. 3. D. S. 177a.
Steuerer, Ev. Marg., Zugeherin. 7. D. S. 504.
Steuerer, J. Gg., Nadlerswwe. 14. D. L. 729.
Steuer, Rob., Musiklehrer. 5. D. L. 269b.
Stich, J. Mich., Mechaniker. 19. D. S. 1287.
Stich, Joh., Mechaniker. 15. D. S. 1037.
Stich, J. Lor., Buchdruckereibes. 24. D. L. 1478a.
Stich, Leonh., Knopfmachermstr. 27b. D. L. 172.
Stich, Pet., Paternostermacher. 19. D. S. 1323.
Stich, Chrst. Frdr., Feingoldschläger. 24. D. L. 1463.
Stich, J., Gastw. z. Mondschein. 27. D. S. 77.
Stich, Wilh., Schlossermstr. 10. D. S. 687.
Stich, J. Gg., Peitschenfabr. 16. D. S. 1081.
Stich, Heinr. 27. D. S. 96.
Stich, J. Gg., Wirthswwe. 27. D. S. 124.
Stich, Andr., Viehhändler. 29. D. S. 213b.
Stich, Ad., Viehhändler. 27. D. S. 117.
Stich, J. Gg., Viehhändler. 27. D. S. 94.
Stich, J. Gg., Viehhändlersgehülfe. 27. D. S. 124.
Stich, Kath., Fabrikarbeiterswwe. 29. D. L. 4b.
Stich, Nik., Tünchergeselle. 16. D. S. 1081.
Stich, J. Wolfg., Tünchergeselle. 9. D. S. 625.
Stichert, Ad. Theod., Agent. 14. D. S. 975.
Stieber, Ferd., Fabrikbes., leon. Gold- u. Silberdrahtfabr.
　　in Mühlhof. 32. D. S. 9.
Stieber, J. B., Rosoli- u. Liqueurfabr. 6. D. L. 343a.
Stiebel, Chrstn., Pachtgärtner. 30. D. L. 11.

Stief, Jul., Spielwaarenfabr. 10. D. S. 683.
Stief, Lisette, Zugeherin. 19. D. S. 1329.
Stief, Frdr., Fabrikarbeiter. 25. D. L. 1571.
Stieg, J. A., Schneidermstr. 1. D. S. 62.
Stieg, Chr., Papiermachéearbeiter. 21. D. S. 1438.
Stieg, Frdr., Fabrikarbeiter. 29. D. L. 4b.
Stiegler, Pet., Privatier. 21. D. S. 1413a.
Stiegler, J. Mich., Schneidermstr. 16. D. L. 914.
Stiegler, Abrah., Polirer. 24. D. S. 1634.
Stiegler, Gg., Kaufmann. 8. D. S. 563.
Stiegler, Pet., Bahnwärter. 28. D. (Bahnhof.)
Stiegliß, J. Leonh., Lehrer. 7. D. S. 534.
Stierhof, Gg. Frdr., Privatier. 6. D. S. 461.
Stießel, Frdr., Bürschner. 1. D. S. 42.
Stiller, Otto, Tabak- u. Cigarrenfabr. 10. D. S. 703.
Stillkraut, M. Bab., Privatierin. 4. D. S. 325.
Stillkraut, Adrian, Fabrikarbeiter. 26. D. S. 11.
Stinzendörfer, J. Gg., Garkoch. 4. D. S. 324b.
Stippler, Phil., Fräulein. 1. D. S. 15.
Stirnweiß, J. Ad., Schneider. 9. D. S. 616.
Stirnweis, M., Wwe., Gastw. z. weiß. Rose. 20.D. S.1364.
Stoeber, Conr., Schuhmachermstr. 25. D. S. 1693.
Stöber, Kunig., Zugeherin. 30. D. L. 27.
Stöber, Sab., ledig. 3. D. S. 205.
Stöckel, Bernh., Buchhalter. 1. D. L. 47.
Stöckel, Carl, Organist u. Musiklehrer. 25. D. L. 1571c.
Stöckel, J. Chrst. Kil., Uhrmacher. 25. D. S. 1689.
Stöckel, Marg., Schuhmacherswwe. 7. D. L. 376.
Stöckel, Mich., Heumeister. 26. D. L. 36.
Stöckel, Pauline, Wwe., privatisirt. 14. D. S. 995.
Stocker, Ferd., Schuhmacher. 17. D. S. 1195.
Stöcker, Frd., Cigarrenmacher. 19. D. S 1284.
Stöcker, Anna, Schneidermstrswwe. 2. D. S. 157.
Stöcker, J. Chrst., Großpfragner. 27. D. L. 44.
Stoecker, Marie, ledig. 13. D. L. 666.
Stöcker, Conr., Gartenbesitzer. 30. D. S. 161.
Stöcker, J. Chrstph., Gartenbesitzer. 30. D. S. 154.
Stöcker, J. Mich., Gartenbesitzer. 31. D. S. 143b.
Stöckert, Marie, Näherin. 13. D. L. 666.
Stöckert, Conr., Portier. 5. D. L. 228.
Stockmeier, Jul., Portefeuilleur. 25. D. S. 1702.
Stofflausner, Ther., Fabrikarbeiterin. 15. D. S. 1066.
Stöhr, Gg., Kaufmann. 1. D. S. 39a.

Stöhr, Joh., Rindmetzgermstr. 16. D. L. 882.
Stöhr, Frdr., Kammachermstr. 12 D. L. 636b.
Stöhr, Mich., Treberhändler. 5. D. L. 248.
Stöhr, J., Nadler. 16. D. S. 1153
Stöhr, J. Conr., Kleidermacher. 19. D. L. 1130.
Stoll, Gg. Jac., Sattlermstr. 16. D. L. 869.
Stoll, Gg., Schlossermstrswwe. 8. D. S. 581.
Stoll, Oskar, Werkmeister. 22. D. L. 1313.
Stollberg, Dr. med., prakt. Arzt. 1. D. S. 72.
Stoller, Joh., Pflasterermstr. 10. D. L. 502b.
Stölzel, Carl, k. Professor. 28. D. L. 71.
Stölzenberg, Frdr., Fabrikarbeiter. 11. D. L. 552.
Stör, Wilhelmine, Inspektorswwe. 23. D. S. 1542.
Stör, J. Ad., Schneidermstr. 9. D. L. 469.
Stör, Jac., Buchdruckereiarbeiter. 1. D. S. 55.
Stör, Chrstph., Pflasterergeselle. 27a. D. L. 46c.
Stör, Albr., Getraidmesser. 23. D. L. 1404.
Stör, Mar. Magd., Zugeherin. 25 D. S. 1646.
Storr, Lor., Schuhmachermstr. 13. D. L. 676.
Storch, J. Conr., Gärtner. 32. D. S. 60.
Storch, J. Conr., Gärtner. 32. D. S. 28a.
Storch, Christ., Maurergeselle. 9. D. S. 631b.
Storner, Gg, Schneidermstr. 21. D. S. 1445.
Stöttner, Conr., Schreinergeselle. 21. D. S. 1415.
Störzer, J., Tapezier. 6. D. L. 335.
Störzenbach, J. M., Rendant. 10. D. S. 704.
Straßer, Gg., Bierwirth. 17. D. S. 1177a.
Strasser, Marg., Hebamme. 16. D. S. 1143.
Strasser, M., Wittwe. 23. D. S. 1566.
Straßer, Joh., Zimmergeselle. 11. D. L. 552.
Straub, J. Gg., Taglöhner. 5. D. S. 355.
Straubel, J. H., Schreinermstr. 15. D. L. 807.
Sträubel, Joh., Eisenbahnschreiner. 17. D. L. 959.
Strauß, R., Privatier. 26. D. L. 92.
Strauß, J. Conr., Spielwaarenfabr. 5. D. L. 240.
Strauß, J. Matth., Wirthschaftsbes. 20. D. L 1221.
Strauß, J. G., Metalldrucker. 22 D. L. 1328.
Strauß, Joh., Kammmachermstr. 18. D. L. 1062.
Strauß, Kath., Victualienhdlrswwe. 12. D. L. 640b.
Strauß, Carl, q. Revierförster. 10. D. S. 752.
Streb, Carl, Kupferstecher. 13. D. S. 946.
Streb, Leonh., Kramkäusel. 2. D. S. 133.
Streb, Kath., Kräuterhdlrswwe. 15. D. S. 1045.

Streb, Gg. Jac., Ausläufer. 14. D. S. 960.
Streb, Conr., Webermstr. 18. D. S. 1244c.
Streb, J. Ad., Webermstr. 18. D. S. 1244c.
Streb, Mart., Schuhmachermstr. 7. D. S. 497.
Streble, Fanny, Rentbeamtenwwe. 14. D. S. 968.
Strebel, Gg. Phil., Brauereibesitzer. 26. D. S. 7.
Strebel, Frdr., Taglöhner. 26. D. S. 35.
Streiber, Forstamtsactuar. 31. D. S. 150.
Streifel, Wolfg., Fabrikarbeiter. 22. D. L. 1317.
Stremel, Frdr., Fabrikwagner. 26. D. S. 34.
Streng, Jof., Beutlerswwe. 26. D. L. 38.
Strenzel, Jof., Gärtner. 26. D. L. 54.
Streß, Bernh., Polizeisoldat. 24. D. L. 1484.
Striegel, G. Carl, Kammmacher. 22. D. L. 1358.
Striedinger, J. Chrst., Sattler u. Wagenb. 4. D. S. 299.
Strobel, Wilh., Kaufmann, Manufacturw. 6. D. L. 347.
Strobel, Chr. Fr., Privatier. 16. D. S. 1127.
Strobel, Frdr., Privatier. 4. D. S. 278.
Strobel, H. Frdr., Kaufmann. 16. D. S. 1127.
Strobel, J. Conr., Landesproduktenhdlr. 22. D. L. 1369.
Strobel, Erh., Schlossermstr. 10. D. L. 514.
Strobel, J. Mich., Drechslermstr. 28. D. S. 176.
Strobel, Andr. Flaschnermstr. 18. D. S. 1257a.
Strobel, M., Sattler. 22. D. S. 1475.
Strobel, J. Gg., Kramkäufel. 2. D. S. 124.
Strobel, Frdr., Portefenilleur. 10. D. S. 698.
Strobel, Gg., Wirth u. Garkoch. 12. D. S. 824.
Strobel, Joh., Pachtgärtner. 30. D. L. 48.
Strobel, Casp., Metallarbeiter. 30. D. L. 37b.
Strobel, Marg., Wwe., Hebamme. 12. D. L. 650.
Strobel, Thom., Schlosser. 12. D. L. 617.
Strobel, Phil., Schlosserges. 12. D. L. 617.
Strobel, Joh., Fabrikarbeiter. 10. D. S. 671.
Strobel, M., Wirthswwe. 17. D. S. 1210.
Strobel, Anna, Wirthswwe. 9. D. L. 469.
Strobel, M. Kath, Käuflin. 22. D. L. 1355b.
Ströbel, Paul, Taglöhner. 27a. D. L. 44e.
Ströbel, Conr., Gastwirth. 27. D. L. 92.
Ströbel, Chrstn., Fabrikarbeiter. 21. D. L. 1292.
Ströbel, Jof., Schneidergeselle. 9. D. L. 461.
Ströbel, Frz., Uhrmacher u. Tanzlehrer. 19. D. L. 1289.
Strobl, Wilh., k. Canalamts-Controleur. 4. D. S. 308.

Ströhlein, J. Gg., Schneidermstr. 6. D. S. 477.

Ströhlein, J., Lehrer. 14. D. S. 985.

Ströhlein, Mart., Wirthschaft. 13. D. L. 677.

Strohmeier, Carl, Wagenwärter. 30. D. L. 23.

Strom, Joh., Fabrikarbeiter. 6. D. L. 311.

Stromer v. Reichenbach, Chrst., Freih., Priv. 5.D. L.286.

Stromer v. Reichenbach, Gg. Carl. 10. D. S. 690.

v. Stromer, Freih., Rittmeister. 8. D. L. 409.

v. Stromer, C., Freifr., k. Hauptmannswwe. 10. D. S. 690.

v. Stromer, C., Freih., pens. Hauptmann. 20. D. S. 1376.

Strömsdörffer, M., Fräul., privatisirt 5. D. L. 282.

Strössenreuther, Th., Lehr. d. Handelssch. 27b. D. L.150.

Strunz, Phil., Privatier. 23. D. L. 1389.

Strunz, Gebr. (Joh. Alb. u. Ludw.) 1. D. L. 18.

Strunz, J. A. C., Seifen= u. Lichterfabr. 13. D. S. 916.

Strunz, Steph., Seifen= u. Lichterfabr. 15. D. S. 1015.

Strunz, Lor., jun., Seifen= u. Lichterfabr. 7. D. S. 495.

Strunz, Joh., Seifen= u. Lichterfabr. 3. D. L. 163.

Strunz, Lichter= u. Seifenfabr. 8. D. S. 565b.

Strunz, J. Ambros., Conditor. 4. D. L. 200b.

Stubenreich, J. Leonh., Metzgermstr. 3. D. S. 193.

Stubenreich, J. C., sen., Privatier. 21. D. L. 1256.

Stubenreich, J. C., jun., Metzgermstr. 21. D. L. 1257.

Stubenreich, Mich., Feingoldschlager. 7. D. L. 385.

Stübel, Conr., Büttnermstr. 1. D. S. 39b.

Stübel, Marg., Illuministin. 18. D. L. 1022.

Stüber, Ulr., Fabrikarbeiter. 25. D. L. 1538.

Stubnatzi, Heinr., Schuhmacher. 5. D. S. 416.

Studtruker, K., Goldspinner. 9. D. L. 476.

Stuhlfauth, k. Bauassistent. 2. D. L. 88.

Stümmel, Barb., Näherin. 10. D. S. 740b.

Stümer, Thom., Secret. b. Bezirksger. 4. D. S. 299.

Stumpf, Joh., Fabrikarbeiterswwe. 22. D. S. 1503.

Stumpner, Joh., Büttnermstr. 12. D. L. 640b.

Stumpner, J. Gg. Wwe., Spezereihdlg. 24.D. L. 1494.

Stumpner, Phil., Posamentier. 31. D. S. 150.

Stumpner, J., Posamentier. 5. D. S. 382.

Sturm, Dr., J. W., naturwissenschaftlicher Verlag und
    Sammlung. 10. D. S. 709.

Sturm, M., Pfarrerswwe. 10. D. S. 682.

Sturm, Kunig., Näherin. 21. D. L. 1300.

Sturm, J. Andr., Rothgießermstr. 30. D. S. 168.

Sturm, u. Lotter, Mechaniker, S. 1241.

Sturm, Frdr. Dan., Rothschmiedmstr. 19. D. L. 1097.

Sturm, Aug. Frdr., Flaschner. 15. D. S. 1052.

Sturm, J. Seb., Rothschmiedmstr. 9. D. S. 627.

Sturm, Joh., Lehrerswwe. 29. D. L. 32.

Sturm, J. Pet., Korbmacher. 22. D. S. 1469.

Sturm, Heinr. M., Fabrikarbeiter. 22. D. L. 1305.

Stürmer, Andr., Privatier. 24. D. L. 1467.

Stürmer, Elis., Wittwe. 10. D. S. 681.

Stürmer, Magd., Wittwe. 21. D. L. 1271.

Stürmer, Joh., Pfragner. 8. D. S. 604.

Stürmer, Frz., Handelsmann. 24. D. L. 1508a.

Stürmer, Mart., Feingoldschlager. 2. D. S. 195.

Stürmer, Bleistiftarbeiter. 27a. D. L. 41.

Sturz, Frieder., Doctorswwe. 10. D. L. 511.

Sturz, Wilh., Forstactuar. 1. D. S. 9.

Stürzenbaum, Privatier. 15. D. S. 1075.

Stützer, Conr., Rothschmiedmstr. 18. D. S. 1259.

Stützer, Barb., Schriftsetzerswwe. 19. D. L. 1142.

Stützer, Conr., Kartenmacher. 3. D. S. 226.

Stützer, Joh., Fabrikarbeiter. 19. D. S. 1295.

Stützer, Carl, Webermstr. 19. D. S. 1292.

Stützer, Marie, ledig. 13. D. L. 678.

Sucro, Fräul., privatisirt. 12. D. S. 815.

Sucker, Chrst. C., Seifen- u. Lichterfabr. 16. D. L. 863ab.

Sucker, J. Gg., Viehmarktskassier. 10. D. L. 506.

Suffert, Anna Reg., Kleinkuttlerin. 11. D. L. 560.

Sulzer, J., Schneidermstr. 3. D. L. 126.

Summa, Joh., Schneidermstr. 16. D. S. 1149.

v. Sundahl, q. k. Oberpostrath, Gen. d. Landwehr. 6. D. L. 327.

Supe, E. B., Wwe., Kramkäufel u. Taxatorin. 1. D. S. 60.

Supf, Frdr., Kaufmann. 8. D. S. 557.

Supf, Kath., privatisirt. 15. D. L. 838.

Sußner, J., Privatier. 20. D. S. 1377.

Sußner, G. W., Bleistiftfabr. 20. D. S. 1378.

Sußner, Elis., privatisirt. 16. D. S. 1079.

Sußner, Mich., Bäckermstr. 20. D. S. 1377.

Sußner, Conr., Landesprodukteuhdlg. 20. D. S. 1377.

Süß, J. Gg., Gartenbesitzer. 30. D. S. 173.

Süß, J. Steph., Gartenbesitzer. 30. D. S. 174.

Süß, Frdr., Bierbrauereibesitzer. 15. D. S. 1013.

Suttner, Leonh., Schuhmachermstr. 22. D. S. 1521.

Swatusch, Jac., Fabrikarbeiter. 27. D. S. 86.

Syrbinus, Marianne, Doctorswwe. 30. D. S. 162.

Syll, Marie, Taglöhnerswwe. 26. D. L. 74.

T.

Tagleben, Mich., Taglöhner. 32. D. S. 142.

Taglieb, J. Conr., Gartenbesitzer. 30. D. S. 183b.

Tandler, J., Bretterhdlr. 19. D. S. 1334a.

Tauber, K. Elis., Spielwaarenverf. 4. D. S. 274.

Tauber, Joh., Steindruckerswwe. 19. D. S. 1337a.

Taubenreuther, Kath., Wittwe. 18. D. L 1087.

Taubmann, Thom., Gartenbesitzer. 31. D. S. 145.

Taucher, Conr. (Firma: J. Löhner.) 15. D. S. 1073.

Taucher, Andr., Taglöhner. 18. D. L. 1008.

Taucher, Andr. Tob, Auslaufer. 21. D. L. 1287.

Täufer, L., Lehrer. 6. D. L. 318a.

v. Täuffenbach, Ant., Ritter, k. Major. 4. D. L. 206.

v. Tattenbach, Graf, k. Hauptmann. 11. D. L. 574.

Tauner, Jac, Schreinergeselle. 22. D. L. 1331.

Teichmann, A., Chocol. u. Conditoreigesch. 4. D. L. 172.

Teifel, Joh. Dietr., Privatier. 25. D. L. 1578.

Teifel, Carl Wilh., Buchhalter. 1. D. L. 61.

Teufel, Andr., Steinhauergeselle. 27a. D. L. 40a.

Teufel, Lina u. Amalie, privatisiren. 23. D. S. 1550.

Teufel, Reg., Kleidermacherin. 27b. D. L. 92.

Thaler, Conr. Mart., Wirth. 27. D. L. 56.

Thaler, J. Jac., Gärtner. 32. D. S. 65.

Thalheimer, Joh. Ad., Gastwirth. 15. D. L. 790.

Thanemann, Frdr., Wirthschaftsbef. 28. D. S. 163.

Thanhauser, Joh., Lohnrößler. 27a. D. L. 11.

Thäter, Joh., Privatlehrer. 30. D. S. 152.

Thäter, J. Gg., Holzhändler. 17. D. S. 1238.

Thätig, J., Tagarbeiter. 30. D. L. 11f.

Theurer, Emilie, Kaufmannswwe. 30. D. L. 127.

Theurer, J. Pet., Huf- u. Waffenschmied. 20. D. S. 1359.

Theurer, Bab., Feinwäscherin. 17. D. L. 969.

Thieme, Ernst, Bildhauer. 32. D. S. 48b.

Thieme, J. Frdr., Instrumentenmacher. 10. D. S. 696b.

Thieme, Aug., Tuchbereit. u. Decateur. 17. D. S. 1223.

Thieme, jun., J. Chrst., Tuchbereit. u. Decat. 13. D. S. 938.

Thiergärtner, Mör., Schweinmetzger. 3. D. S. 212.

Thierfelder, Kath., Spielwaarenmacher. 24. D. L. 1485.

Thierfelder, Joh. 18. D. S. 1261.

Thierfelder, Chrst., Strumpfwirkermstr. 11. D. S. 774.

Thierstein, Ernst, Schmied. 18. D. L. 1070.

Thieß, C. P., Lager von Eisen- u. Neusilberw. 4. D. L. 189

Thieß, Frdr., Kaufmann u. Fabrikant. 11. D. S. 781a.
Thieß, Joh., Metallschlagergeselle. 19. D. L. 1126.
Thom, Heinr., Farbholzmühlbesitzer. 27. D. S. 102.
Thom, Mich., Privatier. 15. D. S. 1003.
Thomm, Carl, Tapezier. 13. D. S. 926.
Thomas, Heinr., Hopfenhändler. 8. D. L. 325.
Thomas, Sophie, Näherin. 5. D. S. 379.
Thomas, Babette, Näherin. 22. D. L. 1303.
Thomas, Richard, Fabrikarbeiter. 24. D. L. 1484.
Thomas, Michael, Fabrikschreiner. 22. D. S. 1484.
Thon, Carl, Consulent. 12. D. S. 808b.
Thorner, Wolfg., Güterlader. 11. D. L. 570.
Thorsen, Heinr. Frdr., Schlossermstr. 1. D. L. 34.
Thorwarth, J. Pet., Beutlermstr. 16. D. L. 866.
Thümm, Gg. Leonh., Schriftsetzer. 11. D. L. 552.
Thuman, J., Schreiner. 5. D. S. 359.
v. Thüngen, Ludw., k. Oberlieutenant. 27b. D. L. 99.
Thur, Phil., Bedienter. 7. D. S. 521.
Thüringer, Frdr., Goldschlagergeselle. 20. D. S. 1366.
Thurn, Max, k. Aufschläger. 19. D. L. 1164.
Thurn, Heinr., Schreinermstr. 19. D. L. 1162.
Thurn, Carl, Hafnermstr. 9. D. L. 466a.
Thyßen, Jos., Musikdirektor. 14. D. L. 749.
Tiefbrunner, J., Kanzleidiener. 27b. D. L. 146.
Tischbein, Conr., Lohnkutscher. 27a. D. L. 84.
Tischer, Mart., Fabrikarbeiter. 25. D. S. 1649.
Titlbach, Carl, Flaschnermstr. 25. D. S. 1674.
Toberer, Julius Jac. Friedrich, Spezereihandlung. 23. D.
    L. 1382.
Toberer, W., Privatier. 22. D. L. 1352.
Todschinder, Christ., Fabrikarbeiter. 27. D. S. 94.
Tölke, C., Kunst= u. Handelsgärtner. 32. D. S. 137.
Tondu, Louise, Professorswwe. 5. D. S. 343.
Toussaint, Lisette, privatisirt. 25. D. L. 1533.
Toussaint, Bab., Clavierlehrerin. 8. D. L. 432.
Toussaint, Max, k. Post=Offizial. 5. D. L. 259.
Toussaint, Fräulein, privatisirt. 25. D. S. 1702.
Traidel, Marg., privatisirt. 19. D. L. 1158.
v. Train, Karl, k. Hauptmann. 4. D. L. 222.
Trambauer, Ad., Privatier. 28. D. S. 166.
Trambauer, Joh., Mechaniker. 12. D. S. 845b.
Trambauer, Gg., Magaziner. 15. D. S. 1009a.
Trambauer, J. Andr., Schlosser. 22. D. L. 1329.

Trambauer, J. Leonh. 16. D. S. 1103.

Trambauer, Gg., Schlossergeselle. 13. D. L. 698.

Trambauer, J. Gg., Flaschnermstr. 18. D. S. 1295.

Trambauer, J. Bernh., Rothschmiedmstr. 18. D. L. 1042.

Trambauer, J. L., Rothgießermstr. 18. D. L. 1042.

Trambauer, Chr. Ad., Rothschmiedmstr. 14. D. L. 722.

Tränke, Jak., Privatier. 12. D. L. 626.

Tränklein, J., Eisenbahnarbeiter. 30. D. L. 37e.

Trapp, Joh., Schreinermeister. 16. D. L. 925.

Trapp, Mich., Eisendreher. 26. D. S. 15.

Trapp, Gg., Schleifer. 4. D. S. 332.

Trapp, G. Chr., Eisendreher. 21. D. S. 1420.

Traß, J. Mich., Maler. 27. D. L. 46.

Traß, Joh., Gastwirth z. weißen Adler. 4. D. S. 264.

Traß, Gg., Flaschner. 12. D. L. 636b.

Traß, Gg., Tünchergeselle. 29. D. L. 27.

Traß, Carl, Zimmergeselle. 27a. D. L. 46c.

Traß, Gg., Fabrikarbeiter. 27a. D. L. 52.

Traß, Lorenz, Tünchergeselle. 27b. D. L. 101.

Traß, Wilh., Maurergeselle. 27a. D. L. 61.

Traß, Leonh., Holzhauer. 20. D. L. 1220.

Trautmann, H., Kaufmann. 3. D. L. 114.

Trautner, Frz., Lokomotivheizer. 18. D. L. 1007.

Trautner, J. Gg., Musiker. 23. D. L. 1413.

Trautner, M., Dosenfabrikantenwwe. 30. D. S. 124.

Trautner, Mich., Fabrikarbeiter. 26. D. S. 28.

Trautner, Joh., Fabrikarbeiter. 17. D. L. 969a.

Trautner, Marie Magdalene, Bierwirthswittwe. 23. D.
    L. 1421.

Trautner, J. Mart., Käsehändler. 29. D. S. 228.

Trautner, Joh. Nic., Büttnermstr. 28. D. S. 162.

Trautwein, Babette, Apothekerswwe. 30. D. S. 182.

Trebes, Frz., Magistratsbote. 12. D. S. 842.

Trebes, Andr., Fabrikarbeiter. 12. D. S. 854.

Trebinger, Val., Ballenbinder. 27. D. S. 123.

Treiber, J. Adam, Lichter= u. Seifenfabrikant. 14. D.
    S. 961.

Treiber, Valent., Magistrats=Secret. 6. D. S. 476.

Tremmel, Gg. Phil., Zahnbürstenmacher. 24. D. L. 1494.

Trempel, Franz, Fabrikarbeiter. 19. D. S. 663.

Trenka, M., Käufelswwe. 14. D. L. 746.

Treßel, Wilh., k. Pfarrer. 32. D. S. 33.

Treßel, Oberlieut. im 1. Chev.=Reg. 27a. D. L. 12.

Treu, k. Post-Offizial. 5. D. S. 416.
Treubeit, J. Leonh., Weißmacher. 25. D. S. 1697a.
Treubeit, K., Steindrucker. 9. D. S. 629.
Trier, Frdr., Steinhauer. 23. D. L. 1408b.
Trier, Friedr., Paternostermacher. 27b. D. L. 172.
Trobitius, J. Carl, Hornpressermstr. 23. D. L. 1438.
v. Tröltsch, Elise, Freifräulein. 5. D. S. 405.
v. Tröltsch, Frhr., k. Advokat. 4. D. S. 330.
Trommel, J. Gottl., Bürstenmachermstr. 11. D. S. 799.
Trost, W., Maler, Kunst- u. Schreibmathdlg. 20. D. L. 1238.
Trost, J. Paul Thom., Schneidermstr. 20. D. L. 1224.
Trost, M., Schuhmachermstr. 10. D. L. 487.
Trost, Carl Christ., Schneidergeselle. 20. D. L. 1224.
Trostel, J. Albert, Schwertfegermstr. 21. D. L. 1281a.
Tröster, G. M., Beutlermstr. 6. D. L. 327.
Tröster, G. M., Büttnermstr. 9. D. L. 459.
Troll, Frdr. 10. D. L. 506.
Trübenbach, J. Gg., Fabrikarbeiter. 18. D. S. 1266.
Trumm, Gabriel, Fabrikarbeiter. 27b. D. L. 124.
Trumm, Gg., Pfenntarbeiter. 15. D. L. 786.
Trummer, Wolfg., Taglöhner. 4. D. S. 331b.
Trummert, Chr., Tünchergeselle. 28. D. S. 173.
Trumert, Chrstph., Taglöhner. 29. D. L. 1e.
Trumert, Kath., Tünchergesellenwwe. 29. D. L. 22.
Trumeter, Friederike, Pfarrerswwe. 4. D. S. 308.
Trumeter, Kun., Wäscherin. 27b. D. L. 121.
Trump, Gg., Metallschlagermstr. 20. D. L. 1235.
v. Tucher, Carol., Freifrau, Wwe. 11. D. S. 757.
v. Tucher, Wilh., Frhr., k. Kämmerer. 11. D. S. 757.
v. Tucher, Sigm., Hauptmann à la Suite. 30. D. S. 187.
v. Tucher, Emilie, Freifrau. 7. D. S. 528.
Tuchmann, Jos., Kaufmann. 30. D. L. 20c.
Tuchmann, Ernst, Kaufmann. 30. D. L. 20c.
Tuchmann, S. u. Söhne, Großhändler. 30. D. L. 20c.
Tümm, J. Joach. Chr., Schuhmachermstr. 6. D. S. 440.
Tümmel, Heinr. Wilh., Buchdruckereibesitzer. 7. D. S. 544.
Tümmel, Fr. Conr., Wirth z. grauen Kater. 19. D. S.1329.
Tümler, Philippine, Taglöhnerin. 19. D. S. 1314.
Tümpel, Johanne, ledig. 19. D. L. 1101.
Türk, J., Viktualienhändler. 27b. D. L. 94a.
v. Turkowitz, Marie, privatisirt. 12. D. S. 807.
Türner, Joh., Maurergeselle. 14. D. L. 737.
Tyroff, J. A., Kunsthändler. 2. D. S. 96.

17*

U.

Uebeleisen, Minna, Doctorswittwe. 5. D. S. 399.

Uebeleisen, Privatierswwe. 7. D. S. 514.

Uebelhak, Adam, Schuhmachergeselle. 27a. D. L. 33a.

Uebelein, Leonh., Gärtner. 18. D. S. 1277b.

Uebelein, J. Gg., Schuhmacher. 16. D. S. 1139.

Uebelmann, Heinr., Fabrikarbeiter. 10. D. S. 749b.

Uebler, Steph., Fabrikschmied. 30. D. L. 49a.

Uebler, Eduard, Fabrikarbeiter. 12. D. L. 624.

Uebler, Marie, Privatierswwe. 16. D. S. 1145.

Uebler, Wilh., Zimmermstr. 18. D. S. 1250a.

Uebscher, Gg., Oberconducteur. 1. D. L. 47.

Uhl, M., Goldeinlegerin. 3. D. L. 164.

Uhlig, Carl, Spitzenhändlerswwe. 1. D. S. 35.

Uhrlaub, Kath. Barb., Schneiderswwe. 32. D. S. 148.

Ulherr, Anna Kath., Wwe. 26. D. S. 27.

Ulherr, Veronika, Steindruckerswwe. 29. D. S. 202a.

Ulherr, Conr., Zimmergeselle 27. D. S. 115.

Ulherr, Reinh., Hornpressermstr. 24. D. L. 1459.

Ulherr, Dav., Nagelschmiedmstr. 18. D. S. 1258.

Ulherr, Andr., Landkramhändler. 31. D. S. 125.

Ullmann, G. Ph., (F.: Feuerlein u. Göller.) 3. D. L. 129.

Ullmann, J. D., Hopfenhändler. 11. D. S. 785.

Ullmer, J., Zugführer d. Ostbahn. 30. D. L. 11d.

Ullrich, U., k. Post-Offizial. 30. D. L. 126.

Ullrich, Andr., Metallschlagermstr. 4. D. S. 282.

Ullrich, Joh. Frdr., Tapezier. 14. D. L. 749.

Ulrich, J. Andr., Farbmacher. 28. D. S. 130.

Ullrich, J. Gg., Büttnermstr. 17. D. L. 994.

Ullrich, Heinr., Zimmermstr. 27. D. L. 173.

Ullrich, J. Jac., Korbmacher. 26. D. S. 65.

Ullrich, Anna Marie, Zimmergesellenwwe. 30. D. L. 11b.

Ulrich, Ferd., Fabrikarbeiter. 30. D. S. 155.

Ullrich, Joh. Jac., Auslaufer. 12. D. L. 623.

Ullrich, Jakobine, Steinhauergesellenwwe. 29. D. L. 4b.

Ullrich, Mich., Schneidergeselle. 13. D. S. 940.

Ullrich, J., Holzhauer. 26. D. S. 40.

Ullrich, J., Tünchergeselle. 30. D. L. 11b.

Ulrich, Anna Kath., Dachdeckergesellenwwe. 29. D. S. 198a.

Ulsch, Gg. jun., Maurermstr. 28. D. S. 164.

Ulsch, Friedr., Gürtlermstr. 21. D. S. 105b.

Ultsch, Conr., Gürtler. 15. D. L. 787.

Ultſch, Bernh., Materialverwaltersgehilfe. 27b. D. L. 119a.
Ultſch, Ludw., Administrations-Actuar. 10. D. S. 701.
Ultſch, Marg., Gärtnerswwe. 23. D. S. 1561.
Ultſch, Chriſt. Wilh., Muſiker. 15. D. S. 1075.
Ultſch, Gg. M., Schuhmachermſtr. 18. D. L. 1031.
Ulurik, Chr., Conducteur. 28. D. L. 64.
Ungelehrt, J. Fr., Weber. 18. D. S. 1272.
Unger, Conr., Uhrmacher 4. D. S. 331.
Unger, J. H., Seifen- u. Lichterfabrik. 5. D. S. 375.
Unger, Joh., Muſiker. 3. D. L. 154.
Unger, Carl, Spielwaarenmacher. 18. D. L. 1064.
Ungert, J. Dav., Schreinergeſelle. 4. D. S. 262.
Unrein, Ph., Stadtförsterswwe. 25. D. L. 1550.
Unrein, J. Jerem., Kammmachermſtr. 1. D. S. 69 a b.
Unrein, Gottfr., Drechslermeiſter. 18. D. L. 1088.
Undheim, Matth., Schriftſetzer. 22. D. L. 1361.
Untheim, Joh., Wirth. 8. D. S. 588.
Undheim, Phil., Magazinier. 25. D. L. 1532.
Unſinn, Babette, Dienſtfrau. 18. D. L. 1022.
Urban, Peter, Fabrikarbeiter. 15. D. S. 1046a.
Uſchalt, J. Gg., Schmiedmſtr. 22. D. L. 1648.
Uttendörfers Zündhütchenfabrik. 32. D. S. 62c.
Uttenreuther, Marie, Näherin. 12. D. L. 581.
Utz, Frdr., Webermſtr. 15. D. S. 1056.
Utz, Gg. Balth., Privatier. 32. D. S. 7.
Utzelmann, J. Chriſt., Bäckermſtr. 6. D. S. 436.

V.

v. Vallade, k. Hauptmann. 25. D. L. 1576.
Veit, J., Condukteur. 30. D. L. 371.
Veit, Ludw., Fabrikschreiner. 17. D. L. 967.
Verſtl, Franz, Mechaniker. 18. D. L. 1061b.
Veſtner, J. Gg. Chrſtph., Werkmeiſter. 13. D. L. 671.
Veſtner, Andr., Tünchergeſelle. 20. D. L. 1252.
Veſtner, J. M., Eisenbahnarbeiter. 12. D. L. 636b.
Veſtner, J. Chriſt., Vorarbeiter. 23. D. S. 1531b.
Vetter, J. Gg., Schneidermſtr. 20. D. L. 1204b.
Vetter, Sophie Erneſt., Pfarrerswwe. 31. D. S. 104.
Vetter, J. Frdr., Kammmachermſtr. 22. D. S. 1453b.
Vetter, J. Albr., Bürſtenmachermſtr. 19. D. L. 1112.
Vetters, Frdr., Drechslermſtr. 22. D. L. 1307.
Viehbeck, J. Chrſtn., Zimmermſtr. 30. D. L. 16.

Viehbeck, Kunig., Oekonomenwwe. 30. D. L. 9.

Vierlein, J. Fr., Privatier. 23. D. L. 1390.

Vierröder, J. Leonh., Gärtner. 32. D. S. 139.

Viertel, Gg. Steph., Webermstr. 6. D. L. 325b.

Vierzigmann, Gg. Frdr., Wildprethändler. 17. D. S. 1181.

Vierzigmann, Gg. Frd., Metzgermeister. 18. D. L. 1091.

Vierzigmann, Gg. Frdr. Metzgermstr. 17. D. S. 1194.

Vies, Sophie, Registratorswwe. 16. D. S. 1123a.

Vill, k. Assessor. 17. D. L. 999.

Vitzthum, J., Monteur. 26. D. S. 4.

Vitzthum, J., Spiegelglas u. Steinlager. 8. D. S. 598.

Vitzthum, Kun., Gold= u. Silberarbeiterswwe. 21. D. S. 1411.

Vitzthum, Conr., Schleifermstr. 1. D. L. 22.

Vitzthum, J., Ausläufer. 13. D. L. 708.

Vitzthum, J. Frd., Instrumentenschleifer. 23. D. S. 1531e.

Vitzthum, Paul, Schuhmachermstr. 18. D. L. 1020.

Vitzthum, Gg. Adam. 27. D. L. 1.

Vitzthum, N., Wirthschaftsbes. z. Kaffeegarten. 32. D. S. 18.

Vitzthum, Babette, Schleiferswwe. 5 D. L. 274.

Vitzthum, Gg., Büttnergeselle. 21. D. L. 1295.

Vitzthum, J. Steph., Kärner. 21. D. S. 1439.

Vocke, Adalbert, Kaufmann. 26. D. L. 51.

Vogel, G. Chr., Seifen= u. Lichterfabrikwwe. 10. D. L. 521.

Vogel, Joh., Gastwirth z. Stadt Frankfurt. 5. D. L. 241.

Vogel, J. Frdr., Büttnermstr. 6. D. L. 339.

Vogel, Conr., pens. Ballenbinder. 31. D. S. 102.

Vogel, J. Conr., Gartenbesitzer. 31. D. S. 102.

Vogel, Marg., Seidenwäscherin. 19. D. L. 1177.

Vogel, Joh., Fabrikarbeiter. 18. D. L. 1064.

Vogel, Barb., Schachtelmacherswwe. 19. D. L. 1138.

Vogel, Sam., Tünchergeselle. 24. D. S. 1634.

Vogel, Phil., Colporteur. 25. D. S. 1647.

Vogel, Babette, Büttnerswwe. 17. D. S. 1200.

Vogel, Paul, Sattlergeselle. 23. D. S. 1531b.

Vogel, J. Paul, Fabrikschreiner. 17. D. S. 1196.

Vogel, Christ., Strumpfwirker. 15. D. L. 778.

Vogel, Chrst., Schriftgießer. 24. D. L. 1494.

Vogel, Carl, Zinngießergeselle. 24. D. L. 1510.

Vogel, A. Marie, Rübenmacherin. 10. D. S. 728b.

Vogel, Marie Sus., Näherin. 13. D. L. 709.

Vogel, Marg., Harmonika-Stimmerin. 23. D. L. 1412.

Vogel, J. Christ., Fabrikarbeiterswwe. 22. D. L. 1344.

Vogel, Barb., Wwe. 12. D. L. 618.

Vogel, Helene, Wittwe. 12. D. S. 845a.

Vogel, Heinr., Maschinenheizer. 21. D. S. 1411.

Vogel, Heinr., Fabrikarbeiter. 4. D. L. 218.

Vogel, Gg., Schlossermstr. 10. D. S. 694.

Vogel, J. Conr., Bäckermstr. 23. D. S. 1568.

Vogel, J. Egydius, Flaschnermstr. 12. D. S. 834.

Vogel, Gg., Flaschner. 4. D. S. 512.

Vogel, G. W., Großpfragnerswwe. 21. D. S. 1426.

Vogel, Agnes, Verwalterswwe. 20. D. S. 1385.

Vogel, J. Andr., Schreinermstr. 22. D. S. 1447.

Vogel, Conr., Büttnermstr. 9. D. S. 632.

Vogel, J. M., Schneidermstr. 27a. D. L. 11.

Vogel, J. Andr., Drechslermstr. 22. D. S. 1453.

Vogel, Ernst, Drechslermstr. 11. D. S. 796.

Vogel, J. Paul, Landesproduktenhändler. 30. D. L. 125.

Vogel, Albrecht, Handelsmann. 13. D. S. 925c.

Vogel, B., Kräuterhändler. 5. D. S. 360a.

Vogel, J. Paul, Maler. 5. D. S. 416.

Vogel, Gg. Conr., Gärtner. 29. D. L. 12.

Vogel, Frz., Bezirksgerichts-Diurnist. 25. D. L. 1564b.

Vogel, Val., Fabrikarbeiter. 27a. D. L. 25.

Vogel, Leob., Buchdruckergehilfe. 12. D. S. 831.

Vogel, Leonh. Andr., Getraidemesser. 29. D. L. 34.

Vogelsang, Joh., Blasbalgmacher. 23. D. S. 1532.

Vogelsang, Clara, Kartenmalerswwe. 6. D. S. 467.

Vogelhuber, A. Marg., Zirkelschmiedswwe. 16.D. S.1106.

Vogelreuther, J. Pet., Bierwirth. 15. D. S. 1079.

Vogler, Joh., Steinhauergeselle. 28. D. S. 137.

Vogt, Gg. Adam, Kramkäufel. 2. D. S. 126.

Vogt, Sebastian, Lackirer. 27. D. L. 119a.

Vogt, Joh., Schuhmacher. 20. D. L. 60.

Vogt, Joh., Rothschmiedgeselle. 31. D. S. 124.

Vogtherr, R., k. Bank-Cassier. 3. D. L. 134.

Vogtmann, J. Leonh., k. Eisenb.-Exped. 20 D. L. 1216.

Böhland, Sebast., Locomotivführer. 29. D. L. 23a.

Voigt, Wilh., Sortiermstr. 27. D. S. 98.

Voit, Wilh., Chemiker. 32. D. S. 21.

Voit, Jul., Rosoli- u. Liqueurfabrikant. 5. D. L. 268.

Voit, J. Sim., Goldsticker. 3. D. L. 115.

Voit, Wilh., Schneidermstr. 4. D. S. 317.

Voit, Mich., Schneidermstr. 12. D. S. 832.

Voit, Ant., Gärtner. 32. D. S. 111.

Voit, Elis., Zuspringerin. 22. D. S. 1469.

Voitlein, Mich., Schneidermeister. 13. D. L. 656.

Voll, M., Obristlieutenantswwe. 5. D. L. 275a.

Voll, Gg., Schreinergeselle. 24. D. L. 1455.

Volland, Frdr., Kaufmann. 23. D. L. 1378.

Volland, Gg., Gartenbesitzer. 31. D. S. 124.

Volland, Kath., Kinderwartfrau. 24. D. L. 1487a.

Volleth u. Böschel, Colonialw. en gros. 7. D. L. 302.

v. Völderndorf, C., Frhr., k. Handels-Appellgerichts-Rath. 3. D. L. 170.

Volk, k. Bezirks-Gerichts-Assessor. 11. D. L. 800.

Volk, Andr., Essigfabrikant. 6. D. L. 18.

Volk, Heinr., Gastwirth. 18. D. L. 1040.

Volk, Marg., Kramkäuflin. 4. D. S. 296.

Völk, Jak., Bäckermstr. 4. D. S. 322.

v. Volkammer, J., quiesc. königl. Revierförster. 19. D. S. 1308.

v. Volkammer, Friederike, Freiin. 3. D. L. 146.

v. Volkammer, Jak., Geometer. 4. D. S. 974.

Völkel, J., Lehrer. 17. D. L. 978.

Völkel, Gg., Lithograph. 25. D. S. 1705.

Völkel, J. Chrst., Kurzwaarenhändler. 20. D. L. 1201b.

Völkel, Gg. Wolfg., Oekonom 27. D. L. 68.

Völkel, J. Wolfg., Tünchergeselle. 27b. D. L. 121.

Völkel, J., Post-Condukteur. 7 D. L. 379b.

Völkel, Jos., Fabrikarbeiter. 12. D. L. 622.

Völkel, Adam, Zimmergeselle. 28. D. L. 97.

Völkel, J. M., Dosenlackirer. 3. D. L. 155a.

Völkel, Gg., Tünchergeselle. 28. D. L. 79.

Völkel, Marg., Köchin. 10. D. L. 521.

Volkert, Christ., Schlossermstr. 4. D. S. 290.

Volkert, Paul, Schreinermstr. 1. D. S. 33.

Volkert, Wilh., Spezereihandlung. 14. D. L. 747.

Volkert, Mich. Matth., Schreinermstr. 23. D. S. 1567a.

Volkert, Conr., Schuhmacher. 20. D. S. 1381.

Volkert, J. Gg., Schlossermstr. 25. D. L. 1544.

Volkert, Chrst., Fabrikarbeiter. 28. D. S. 129a.

Volkert, Frdr., Fabrikarbeiter. 22. D. S. 1452.

Volkert, Anna Syb., Nagelschmiedswwe. 17. D. L. 936.

Volkhard, Christ., Kantor u. Musiklehrer. 20. D. L. 1195.

Vollmer, Doctorswwe. 9. D. L. 467.

Vollrath u. Co., Hopfenhdlg. u. Liqueur. 7. D. L. 39.

Vollrath, J. L., Schneidermstr. 25. D. L. 1525.

Volz, Chr. Frdr., Schreinermstr. 3. D. S. 209.

Volz, Emil, Uhrmacher. 3. D. L. 167.
Volz, Gottl., Heizer, 46. D. L. 872a.
Volz, Aug., Vorarbeiter. 16. D. L. 879.
Volkert, Frdr., Bader. 20. D. S. 1373.
Volkert, Albr., Bader. 17. D. L. 955.
Volkert, Gg., Beinknopfmacher. 17. D. L. 982a.
Volkert, Frdr., Steindrucker. 13. D. S. 929.
Volkert, Ed., Buchdrucker. 5. D. S. 400.
Volkert, Gg. Heinr., Rothgießermstr. 12. D. L. 640a.
Volkert, Sam., Kirchendiener. 32. D. S. 33.
Volkert, Carl, Fabrikarbeiter. 13. D. S. 943.
Volkert, Joh., Käufel. 21. D. S. 1411.
Volkert, Marg., Lehrerswwe. 19. D. S. 1293.
Volkert, Conr., Schlossergeselle. 4. D. S. 566.
Volkert, Joh., Pflasterergeselle. 30. D. S. 147.
Volkert, Pet., Taglöhner. 26. D. L. 57.
Völklein, J. P., Spielwaarenfabr. 14. D. S. 1001c.
Völklein, M., Metzgerswwe. 17. D. S. 1213.
Völklein, J. Gg., Bäckermstr. 2. D. L. 89.
Völklein, J., Kräuterhdlr. 3. D. L. 153.
Voran, J. B., Handelsgerichtsbote. 1. D. S. 34.
Vorbrugg, J. Chr. Mich., 1. Pfarrer. 12. D. S. 861.
Vornberger, Jos., Privatier. 30. D. S. 168aa.
Vorstoffel, E. M., Wäscherin. 12. D. L. 653.
Vöst, Frdr., Pergamentverfertiger. 13. D. S. 911.

W.

Wabel, Joh., Spielwaarenfabr. 16. D. S. 1149.
Waack, Ferd. Hartw., Brillenfabr. 12. D. S. 872.
Wacker, Kath., Musikerswwe. 23. D. L. 1419.
Wadenklee, J. Gottf. Ed., Holzhändler. 27. D. L. 76.
Waeger, Heinr., Dr. 3. D. L. 133.
Wagler, P. Tob., Amtmann u. Notar. 8. D. S. 552.
Wagler, Dav., Papparbeiter. 24. D. L. 1508a.
Wagner, Jul., privatisirt. 1. D. L. 38.
Wagner, Gg. Conr., Privatier. 12. D. L. 588.
Wagner, J. Cont., Privatier. 27a. D. L. 12.
Wagner, Conr., Lehrer. 12. D. L. 607a.
Wagner, C., Lehrer. 10. D. S. 674.
Wagner, J. Gg., Gastw. z. roth. Löw. 20. D. S. 1360.
Wagner, J. Conr., Wirth. 24. D. L. 1476.

Wagner, Frdr., Rothschmied. 14. D. L. 737.

Wagner, Joh., Rothschmiedmstr. 15. D. L. 774.

Wagner, Conr., Buchbindermstr. 10. D. S. 695.

Wagner, Conr., Buchbindermstr. 16. D. S. 1156.

Wagner, Leonh., Wirthschaftspächter. 32. D. S. 66.

Wagner, C., Wirthschaftspächter. 16. D. L. 873b.

Wagner, Wwe., Feinbäckerei u. Kaffeewirthsch. 12.D. S. 866.

Wagner, Chrstn., Rosolifabr. 13. D. S. 881.

Wagner, Conr. (Firma: Steph. Wagner.) 21. D. L. 1278.

Wagner, Frz. C. C., Zirkelschmiedmstr. 21. D. L. 1266.

Wagner, Mart., Zirkelschmied. 17. D. L. 940.

Wagner, J. Frdr. Dan., Zirkelschmied. 24. D. S. 1624.

Wagner, Gg., Dachdecker. 6. D. L. 57a.

Wagner, G. Steph., Tüncherweißhändler. 7. D. L. 371.

Wagner, Joh. Clemens, Hutfabrikant. 2. D. S. 108.

Wagner, Gg. Steph., Metzger. 27b. D. L. 171.

Wagner, J. Gottl., Riemermstr. 1. D. S. 39b.

Wagner, Christ., Zinngießermstr. 8. D. S. 564b.

Wagner, Joh., Kammmacher. 5. D. S. 350.

Wagner, J. Tob., Büttnermstr. 22. D. S. 1446.

Wagner, Gg., Kammmacher. 18. D. S. 1262.

Wagner, Joh. Pet., Paternostermachermstr. 22. D. L. 1303.

Wagner, Gg. Leonh. 30. D. S. 185b.

Wagner, Gg., Portefeuilleur. 10. D. S. 700.

Wagner, J., Maler. 27. D. S. 85.

Wagner, Christine, Lehrerin. 18 D. S. 1246c.

Wagner, Christ., Schneidermstr. 24. D. S. 1593.

Wagner, J. P., Schneidermstr. u. Lohnd. 24. D. S. 1593.

Wagner, J., Hafnermstr. 25. D. S. 1692.

Wagner, Lisette, privatisirt. 9. D. S. 618.

Wagner, Doris, privatisirt. 2. D. S. 100.

Wagner, Marg. u. Carol., Malerinnen. 9. D. S. 616.

Wagner, J. A., Instrumentenmacherswwe. 9. D. S. 658.

Wagner, Elis., Rothschmiedswwe. 19. D. S. 1338b.

Wagner, Anna Kath., Wittwe. 30. D. S. 193.

Wagner, Ros., Wittwe. 26. D. S. 50.

Wagner, Carol., Näherin. 4. D. S. 274.

Wagner, J. Paul, Ahlenschmiedmstr. 13. D. L. 759.

Wagner, Mart., Flaschner. 21. D. L. 1272.

Wagner, J. Bapt., Salzamtsdiener. 15. D. L. 850a.

Wagner, C., Kürschnermstr. 22. D. S. 1453b.

Wagner, Frdr. 19. D. L. 1164.

Wagner, Gottfr., Banksperrer. 5. D. L. 238.

Wagner, Mich., Tünchergeselle. 19. D. L. 1007.

Wagner, Sebast., Fabrikschmied. 20. D. S. 1367.

Wagner, Marg., Schuhmacherswwe. 17. D. L. 974a b.

Wagner, Barb., Wittwe. 18. D. L. 1063m.

Wagner, Marg., Wäscherin. 20. D. L. 1251.

Wagner, J. Frdr., Holzhauer. 18. D. L. 1075.

Wagner, Ludw., Bleistiftarbeiter. 15. D. L. 777.

Wagner, Mich., Steinhauergeselle. 29. D. L. 11b.

Wagner, Ulr., Schmiedgeselle. 27a. D. L. 6c.

Wagner, Jak., Fabrikschmied. 18. D. S. 1260b.

Wagner, Sebast., Fabrikschmied. 22. D. S. 1459.

Wagner, Joh. Matth., Fabrikarbeiter. 18. D. L. 1077.

Wagner, Wilh., Ausläufer. 18. D. L. 1008.

v. Wächter, Max, 1. Bürgermeister. 1. D. L. 6a.

Wächter, J., Dachdecker. 29. D. S. 200.

Wächter, Jos., Dachdecker. 28. D. S. 177.

v. Wahler, Felicit., Rittergutsbesitzerswwe. 32. D. S. 14.

v. Wahler, Natalie, privatisirt. 32. D. S. 12.

Wahnschaffe, A., Manufacturwaarenhdlg. 4. D. L. 211.

Waiand, Gg., Zirkelschmiedgeselle. 17. D. S. 1230.

Walbert, Heinr. Christ., Fabrikarbeiter. 19. D. S. 1296.

Walbert, Paul, Spielwaarenmacher. 19. D. S. 1296.

Walbert, Joh., Fabrikarbeiter. 26. D. S. 37.

Walbinger, Conr., Privatier. 15. D. L. 820.

Walbinger, J., Kaufmann. 3. D. S. 229.

Walbinger, Sophie, Privatierswwe. 17. D. L. 1204.

Walbinger, Kath., Gärtnerswwe. 27b. D. L. 89.

Walbinger, Louise, privatisirt. 11. D. S. 795.

Walbinger, J., Steinmetzengeselle. 29. D. L. 12.

Walbinger, Joh., Eisengießer. 27. D. S. 124.

Walbinger, Gg., Steinhauergeselle. 27. D. S. 77.

Walbusky, C. Fr., Kaufmann. 3. D. S. 175.

Walch, Andr., Wagenwärter. 13. D. L. 686.

Wallany, Sebast., Strumpfwirkermstr. 25. D. S. 1678.

Wald, Heinr., Spielwaarenmacher. 25. D. S. 1647.

Wald, Marg., Haarflechterin. 17. D. L. 976b.

Walde, J. Joach., Spielwaarenmacher. 16. D. S. 1087.

Waldenberg, Carl, k. Oberpostoffizial. 5. D. L. 281.

Waldhelm, J. Christ., Gürtler. 22. D. L. 1327.

Waldmann, Clara und Lisette, Zinnmalerinnen. 9. D. S. 616.

Waldmann, Mich., Fabrikwagner. 26. D. S. 3.

Waldmann, Joh., Fabrikarbeiter. 29. D. S. 207.

Waldrab, Ernst, Eisenbahnschreiner. 17. D. L. 969a.

Waller, Gg., Wirth u. Metzgermstr. 17. D. L. 949.

Wallie, Marg., Bleistiftarbeiterswwe. 22. D. L. 1323.

Walliser, K. Reg., Pfarrerswwe. 17. D. S. 1219.

Walliser, Veit, Kaufmann, 7. D. S. 492.

Wallner, Kath., Wäscherin. 16. D. S. 1145.

Wallner, Sab., Zugeherin. 16. D. S. 1082.

Wallner, Sus., Näherin. 1. D. L. 3.

Wallner, J. Jac., Schuhmacher. 12. D. S. 831.

Walter, J. Leonh., Fabrikarbeiter. 29. D. S. 201.

Walter, Jak., Spielwaarenmacher. 21. D. S. 1427.

v. Walther, k. pens. Obristlieutenant. 5. D. S. 395.

Walther, Gottl., Drechslermstr. 26. D. L. 61b.

Walther, Ph., Kupferst. u. Zeichenlehrer. 18. D. S. 1242a.

Walther, Jos., Bauzeichner. 19. D. L. 1175.

Walther, Wolfg, Holzgalanteriearbeiter. 19. D. L. 1298.

Walther, Fr., Fabrikarbeiter. 10. D. S. 667.

Walther, Kath., Näherin. 29. D. L. 1e.

Walther, Jul., Portefeuilleur. 19. D. S. 1324.

Walther, Ant., Fabrikschreiner. 24. D. S. 1643.

Walwert, J., Fabrikarbeiter. 28. D. S. 144.

Walz, Adolph, Fabrikarbeiter. 18. D. L. 1014.

Walz, Mich., Fabrikarbeiter. 24. D. S. 1579.

Walz, Sybille, Zugeherin. 16. D. S. 1117.

Walz, Joh., Essig- u. Rosolifabr. 15. D. S. 1007.

Walz, Andr., Schuhmacher. 5. D. S. 524.

Walz, Gg., Wagenwärter. 16. D. L. 867.

Walz, Conr., Wagenwärter. 16. D. L. 867.

Wamsganz, Ph. Jac., Schreinermstr. 25. D. L. 1520.

Wanderer, Wilh., Maler. 20. D. L. 1238.

Wanderer, Gg., Conducteur. 19. D. L. 1124.

Wanschka, Joh., Polizeiactuar. 7. D. S. 517.

Warbach, L. Dan., Pinselfabrikant. 12. D. L. 603.

Warbach, Eleon., Pfarrerswwe. 7. D. L. 382.

Wärlein, Mich., Waagmacher. 27a. D. L. 41a.

Warmuth, Mor., Spielwaarenmacher. 15. D. L. 779.

Warmuth, Frz. Chrstph., Nudelfabr. 9. D. S. 608.

Warnhöfer, Conr., Lithograph. 26. D. S. 1587.

Wartenbach, Paul, Privatier. 8. D. S. 600.

Waas, Magd., Wittwe. 24. D. L. 1513.

Wäß, Wilh., Schuhmacher. 13. D. S. 915.

Wasser, Elise, Hofrathswwe. 26. D. L. 84.

Wassermann, J., Condukteurswwe. 9. D. L. 452.

Wassermann, Conr., Kaufmann. 12. D. S. 813a.

Waßner, Seb., Schweinemetzgermstr. 15. D. S. 1036.

Watger, J., Schreiner. 24. D. S. 1626.

Wayand, J. Gg., Schachtelmacher. 16. D. L. 930.

Waydelin, Louise, Fräulein, privatisirt. 23. D. L. 1380.

Waydelin, Carl, Kaufmann. 1. D. S. 19.

Weber, Gg. Alb., Privatier. 16. D. L. 917.

Weber, Joh., privatisirt. 32. D. S. 102.

Weber, Mich., Schuhwaarenfabr. 6. D. L. 341.

Weber, J. Gg, Handelsmann. 22. D. L. 1310.

Weber, Carl Andr., Buchbindermeister. 25. D. L. 1527.

Weber, J. Casp., Lumpenhdlr. 4. D. L. 218.

Weber, J. Mich., Bäckermstr. 2. D. L. 90.

Weber, J. Gg., Branntweinbrenner. 27. D. L. 80.

Weber, Lor., Victualienhdlr. 30. D. L. 5c.

Weber, Heinr., Spielwaarenfabr. 21. D. L. 1291.

Weber, Joh., Portefeuilleur. 19. D. L. 1115.

Weber, Mart., Schneidermstr. 14. D. S. 979.

Weber, J. Rud., Weißwaarenhdlg. 12. D. S. 813a.

Weber, Jac. (F.: J. Schmidt), Kaufm. 13. D. S. 894.

Weber, J. Val., Schuhmachermstr. 5. D. S. 365.

Weber, J. Gg., Baupalier. 18. D. S. 1243c.

Weber, Gg., Schreibf. u. Siegellackfabr. 4. D. S. 285b.

Weber, Joh., Flaschnermstr. 4. D. S. 271.

Weber, J. Gg., Bronzefabr. 20. D. S. 1343.

Weber, Joh., Spielwaarenmacher. 20. D. S. 1339a.

Weber, Leonh., Friseur. 3. D. S. 210a.

Weber, Gg. Leonh. 4. D. S. 285b.

Weber, Frdr., Portefeuilleur. 22. D. L. 1336a.

Weber, Gg., Bader. 26. D. L. 45.

Weber, Conr., Lohndiener. 27a. D. L. 52.

Weber, Andr., Oberappellationshandelsbote. 5. D. S. 427.

Weber, J. Leonh., Paternostermacher. 22. D. L. 1328.

Weber, J. Gg., Getreidemesser. 13. D. L. 661.

Weber, Gg., Wagenwärter.

Weber, Wilh. Bernh., Fabrikarbeiter. 20. D. L. 1222.

Weber, J. Christ., Fabrikarbeiter. 23. D. L. 1427.

Weber, Carl, Fabrikarbeiter. 19. D. S. 1296.

Weber, Thom., Tünchergeselle. 3. D. S. 235d.

Weber, Paul, Fabrikarbeiter. 28. D. S. 159.

Weber, Gg., Fabrikarbeiter. 22. D. S. 1481.

Weber, Nanette, Windenmacherstochter. 5. D. S. 348.

Weber, Kath., Fabrikarbeiterin. 29. D. S. 208.

Weber, Amalie, Fabrikarbeiterin. 24. D. S. 1581.

Weber, Kunig., Goldeinlegerin. 22. D. L. 1324.

Weber, Dor., Dosenmacherswwe. 22. D. L. 1328.

Weber, Elis., Fabrikarbeiterin. 23. D. L. 1429.

Weber, Marg, Näherin. 23. D. S. 1571.

Webersberger, Lor., Weber. 5. D. S. 419.

Webersberger, Unterhändler. 9. D. L. 464.

Webersberger, J. Conr., Maschinenheizer. 5. D. S. 392.

Wecker, Carl, kath. Lehrer. 30. D. L. 35.

Weckerlein, Sus, privatifirt. 12. D. S. 825.

Wecklein, Bab., Köchin 12. D. S. 825.

Weckmann, Wolfg., Schreiner. 10. D. S. 720.

Wedel, J. Jac., Mechaniker. 10. D. S. 728b.

Wedel, Steph., Pflasterergeselle. 32. D. S. 131.

Wedeles, Sigm, Lederhdlg. 6. D. L. 348.

Wedel, J. M, Zimmergeselle. 31. D. S. 123.

Wedermann, M. E., Bürstenmacher. 16. D. S. 1122.

Wedermann, A. Chrst., Kupferstecher. 25. D. S. 1686a.

Wedermann, Gg. Fr., Schlossermstr. 6. D. S. 452b.

Wedermann, Conr., Bürstenverleger. 4. D. S. 331b.

Wedermann, Dominikus, Borstenverl. 17. D. S. 1212.

Weger, Chrst., Schlossergeselle. 29. D. S. 186.

Weger, J. Gg., Kupferdruckerswwe. 24. D. L. 1502.

Wegerle, J. F. H., Seif. u. Lichterfabr. 19. D. L. 1129.

Wegerle, Phil., Kaufmann. 20. D. L. 1213.

Wegfritz, J. Fabrikarbeiter. 27a. D. L. 85a.

Weghorn, Mich. Paul, Maurergeselle. 22. D. S. 1337a.

Wegler, Carl, k. Wechselnotar. 18 D. L. 1006.

Wegler, Joh., Kaufmannswwe. 4. D. S. 285b.

Weglöhner, J. Kammmachermstr. 3. D. L. 156.

Weglöhner, J. Chrst., Kammmchrmstr. 3. D. L. 154.

Wehefritz, Gg., Dratharbeiter. 32. D. S. 29.

Wehefritz, Ad., Stecknadelfabr. 14. D. L. 745.

Wehefritz, J. P., Stecknadelmachermstr. 4. D. L. 23.

Wehefritz, J. Rentamtsassistent. 17. D. L. 948a.

Wehefritz, S., Waag- u. Gewichtsfabrwwe. 16. D. S. 1154.

Wehefritz, Stecknadelmacher. 14. D. L. 745.

Wechsler, Chrstph., Mechaniker. 28 D. S. 131.

Wechsler, Joh., Zimmergeselle. 29. D. S. 10.

Wechsler, J. Wirthschaftspächter. 29. D. L. 23a.

Wehner, J. Fabrikarbeiter. 29. D. S. 214.

Wehner, J. B., Goldschlager. 8. D. L. 155a.

Wehner, Jof., Mechaniker. 22. D. S. 1500.

Wehr, Joh., Lackirer. 16. D. L. 901.

Weiand, Reg., Rothschmiedswwe. 23. D. L. 1380.

Weibel, J., Mechaniker. 10. D. S. 670.

Weid, J. Mich., Wirthschaftsbes. 30. D. L. 37k.

Weid, Mor., Zimmergeselle. 29. D. L. 28.

Weider, Gg., Fabrikarbeiter. 21. D. S. 1411.

Weidenmeyer, Ernst, Vereinsdiener. 15. D. S. 1062b.

Weidinger, Christ., Hopfenhandlung. 6. D. L. 340a.

Weidinger, J., Bierwirth. 5. D. S. 371.

Weidinger, J. Conr., Salzhändler. 13. D. L. 661.

Weidinger, Leonh., Bankkassier. 23. D. L. 1385.

Weidinger, Barb., Wäscherin. 25. D. S. 1697.

Weidinger, J. Frdr., Fabrikarbeiter. 22. D. S. 1493.

Weidinger, Gg., Ausläufer. 8. D. S. 574b.

Weidinger, Mich., Eichwagenführer. 5. D. L. 259.

Weidinger, Conr., Obsthändler. 26. D. S. 59.

Weidinger, Gg. Heinr., Zirkelschmied. 32. D. S. 123.

Weidinger, Carl, Inspektor. 1. D. L. 23.

Weidinger, Cl., Wirthswwe. 3. D. L. 262.

Weidinger, Bab., Bäckerswwe. 5. D. L. 282.

Weidmann, Mich., Rothschmiedmstr. 18. D. L. 1042.

Weidmann, Phil., Bader. 3. D. S. 227.

Weidmann, Gg., Lederhandlung. 8. D. L. 423.

Weidmann, Bab., Wittwe. 13. D. L. 708.

Weidmann, Jul., Portefeuilleur. 4. D. L. 324b.

Weidmann, Eberh., Hafnermstr. 22. D. S. 1510.

Weidner, Mich., pen. Hautboist. 15. D. S. 1037.

Weidner, Christ., Tünchergeselle. 3. D. S. 196.

Weidner, Paul, Kaufmann. 23. D. L. 1385.

Weidner, H. W., Kaufmann. 9. D. L. 467.

Weidner, J. Spielwaarenmchr. u. Mechaniker. 9. D. L. 435.

Weidner, J. Gg., Schuhmachermstr. 5. D. L. 258.

Weidner, Kath., Näherin. 10. D. S. 696b.

Weigand, Gg. Andr., Conditor. 1. D. S. 43.

Weigand, Balth., Büttnermstr. 5. D. L. 229.

Weigandt, Joh., Lehrer. 24. D. S. 1614.

Weigand, Leonh., Maler. 32. D. S. 31.

Weigand, Casp., Taglöhner. 18. D. L. 1072.

Weigand, Lor., Arbeiter. 32. D. S. 101.

Weigel, N., k. Bezirksgerichtsassessor. 11. D. S. 785.

Weigel, J. Chr., Samen= u. Produktenhdlg. 14. D. S. 996.

Weigel, Conr., Büttnermstr. 28. D. S. 131.

Weigel, Mart. Gottl. 14. D. S. 995.

Weigel, Ulr., Holzhauer. 28. D. S. 151.

Weigel, Dav., Musiker. 24. D. L. 1507.

Weigel, Joh., Schreiner. 29. D. S. 188.

Weigel, Elis., Zugeherin. 27. D. S. 125.

Weigler, Anna S., Wittwe. 28. D. S. 151.

Weigmann, Marg., privatisirt. 6. D. S. 461.

Weigler, Mich., Fabrikarbeiter. 22. D. S. 1449.

Weih, Mich., Schneidermstr. 10. D. L. 501.

Weih, Gg., Hafnermstr. 20. D. S. 1343.

Weih, Gottl., Drechslermstr. 12. D. S. 827.

Weiher, J. L., Kammmachermstr. 25. D. S. 1656.

Weihmann, J., Wirthsch. z. weiß. Hirschen. 12. D. L.576.

Weihersmüller, Louise, Schriftsetzerswwe. 17. D. S.1218.

Weiersmüller, Casp., Drechsler. 23. D. S. 1544.

Weich, Wilh., Portefeuilleur. 16. D. S. 1145.

Weichs, Gg., Fabrikarbeiter. 7. D. S. 497.

Weichmüller, Leonh. 23. D. L. 1324.

Weikmann, Frdr., Arbeiter. 23. D. L. 1421.

Weickmann, Ant., Metzgermstr. 20. D. L. 1187.

Weil, Jos., Oberbriefträger. 24. D. L. 1451.

Weiler, Marie, Wegmeisterswwe. 8. D. S. 564b.

Weiler, J. Dan., Zirkelschmiedmstr. 25. D. L. 1530.

Weiler, Jac. Dan., Zirkelschmiedmstr. 27a. D. S. 31.

Weiler, Max, Fabrikarbeiter. 25. D. L. 1541.

Weilersbacher, J., Stadtgerichtsbote. 25. D. L. 1564.

Weilhäuser, J. L., Pfragn. u. Wirthswwe. 16. D. L.891.

Weilmann, Ferd., Spinner. 27. D. S. 124.

v. Weinbach, k. Rittmeister. 23. D. L. 1377.

Weinberger, Mos., Hopfentuchhdlg. 6. D. L. 338.

Weinberger, Tob., Schlosser. 26. D. L. 87b.

Weinberger, Conr., Schlosser. 9. D. S. 619.

Weinbrecht, Marie, Wittwe. 26. D. S. 50.

Weinder, Marg., Fabrikarbeiter. 26. D. L. 50b.

Weingärtner, Heinr., Kaufmann. 1. D. S. 72.

Weingärtner, Frz., Buchhalter. 2. D. S. 176.

Weingärtner, C, Privatier. 13. D. S. 931.

Weinhäuser, Chrst., Posthausmeister. 13. D. S. 883b.

Weinhardt, Käthe, privatisirt. 4. D S. 307.

Weinhard, Frdr. u. Jeannette, Privatleute. 24. D. L.1491a.

Weinhard, Jos., Strohhutappreteur. 24. D. L. 1484.

Weinmann, Chrstph., Wirthschaftsbes. 26. D. S. 28.

Weinzierl, Ant., Wirthschaftspächter. 5. D. S. 524.

Weiß, Chr. J. (F.: Mich. Weiß u. Sohn.) 1. D. S. 31.
Weiß, Frdr., Bezirksger.-Assessor. 5. D. L. 277.
Weiß, Ad., Dr., k. Professor. 10. D. L. 497b.
Weiß, Franz Jos., Privatier. 12. D. L. 618.
Weiß, J. Conr., Kaufmann. 3. D. L. 120.
Weiß, Joh. Jac., Privatier. 16. D. S. 1096.
Weiß, J. Conr., Strumpfwaaren. 3. D. L. 120.
Weiß, J. Gg., Spezerei- u. Tabakhndlg. 19. D. S. 1332.
Weiß, Conr., Geschäftsführer. 9. D. L. 477.
Weiß, Andr. Christ. Phil. 17. D. S. 1200.
Weiß, Phil., Functionär. 4. D. L. 195.
Weiß, Heinr., Bronzefabrik. 5. D. L. 264.
Weiß, Matthias, Südfrüchtenhändler. 27. D. L. 105.
Weiß, Andr., Citronenhändler 12. D. S. 817b.
Weiß, J. Gg. Jac., Teppichmacher. 4. D. L. 174.
Weiß, Schneidermeister. 15. D. L. 810.
Weiß, Joh., Waagmacher. 17. D. L. 969.
Weiß, Ign., Paternostermachermstr. 21. D. L. 1271.
Weiß, J., Goldschlagermstr. 25. D. L. 1563.
Weiß, Frdr., Drechslermstr. 22. D. L. 1321b.
Weiß, J. Gg. Mich., Fabrikant. 26. D. L. 84.
Weiß, Sebast., Etiquettendruckerei. 12. D. L. 575.
Weiß, Andr., Eisenbahnbediensteter. 8. D. L. 433.
Weiß, J. Gg., Bäckermstr. 9. D. L. 452.
Weiß, J. Sigm., Bleistiftmacher. 20. D. L. 1242.
Weiß, J. Mich., Garkoch. 27. D. L. 98.
Weiß, J. Thom., Papparbeiter. 18. D. S. 1260b.
Weiß, Marg., Bäckerswwe. 1. D. S. 39a.
Weiß, Kath., Paternostermacherswwe. 20. D. L. 1238.
Weiß, Kunig., Putzmacherin. 1. D. S. 28.
Weiß, Caroline, Spielwaaarenmacherin. 27b. D. L. 98.
Weiß, Sus., Büttnerswwe. 25. D. L. 1516.
Weiß, Kath., Teppichmacherswwe. 22. D. L. 1321.
Weiß, Kunig., Wittwe. 5. D. S. 378.
Weiß, Anna Kunig., Käsehändlerswwe. 25. D. L. 1563.
Weiß, A. M., Höcklerin. 12. D. S. 823.
Weiß, Barb., Lumpensammlerin. 3. D. L. 151.
Weiß, Kath., Zugeherin. 32. D. S. 135.
Weiß, Gg. Wilh., Güterlader. 4. D. S. 269.
Weiß, Heinr., Schriftsetzer. 19. D. L. 1133.
Weiß, Casp., Tünchergeselle. 29. D. L. 21.
Weiß, Conr., Papparbeiter. 21. D. S. 1439.
Weiß, Bleistiftarbeiter. 7. D. S. 495.

Weiß, Dav., Auslaufer. 18. D. S. 1264.

Weiß, Mich., Fabrikarbeiter. 29. D. L. 12.

Weiß, J. Gg., Tünchergeselle. 30. D. L. 13.

Weiß, Gg., Tünchergeselle. 22. D. L. 1364.

Weiß, Gg. Mich., Zimmergeselle. 24. D. S. 1607.

Weiß, Frdr., Zimmergeselle. 22. D. S. 1460.

Weiß, Casp., Fabrikarbeiter. 28. D. L. 70.

Weiß, J. G., Fabrikarbeiter. 13. D. S. 921.

Weiß, Casp., Tünchergeselle. 28. D. L. 97.

Weiß, J., Zimmergeselle. 29. D. L. 17.

Weiß, Mich., Fabrikarbeiter. 26. D. S. 33.

Weißbarth, J. Sixt., Feingoldschlagermstr. 3. D. S. 210b.

Weisbarth, Joh., Posamentier. 17. D. L. 961.

Weißbeck, Wolfg. 25. D. S. 1653.

Weißbeck, M., Möbellackirer. 4. D. S. 302.

Weißbeck, Conr., Lackirer. 18. D. L. 1071.

Weißbeck, Joh., Eisendreher. 13. D. L. 800.

Weißbein, Carol., Fabrikarbeiterin. 22. D. S. 1477.

Weiser, Marg., Post-Offiz.-Wwe. 8. D. L. 406.

Weiserl, Soph., Kaufmannswwe. 3. D. L. 146.

Weißenberger, Theod., Galanterieschreiner. 24.D. L.1461.

Weißenborn, Aug., Musiker. 1. D. L. 5.

Weisenfeld, Phil., Hopfenhändler. 11. D. L. 548a.

Weißenfeld, Ign., Hopfenhandlung. 5. D. L. 255.

Weißenseel, J. Conr., Holzgalanteriewsbrk. 6. D. L. 337.

Weißkopf, J. Wolfg., Wildprethändler. 20. D. S. 1351.

Weißling, Heinr., Klavierstimmer. 11. D. L. 536.

Weißmann, Gg., Fabrikarbeiter. 30. D. L. 37m.

Weismann, Gg., Taglöhner. 2. D. L. 59.

Weißmann, Frdr. Aug., Bronzefabrik. 27. D. S. 104.

Weißmann, Chrst., Lokomotivführer. 16. D. L. 903a.

Weißmann, M., Gürtlermstr. 5. D. L. 270.

Weißmann u. Co., Gyps- u. Sägemühle. 27. D. S. 104.

Weißmantel, Andr., q. Lottocollecteur. 20. D. S. 1372.

Weißmüller, Schreiner. 5. D. S. 369.

Weißinger, J. Mich., Schreinermstr. 25. D. L. 1535b.

Weldes, Adam, Zollamtsdiener. 13. D. S. 955.

Weldes, Fr., Buchbindermstr. 13. D. S. 955.

Welker, Otto, Buchhändler. 31. D. S. 149.

Weller, Gg. Mich., Landesproduktenhdlg. 24. D. L. 1477.

Wellhöfer, J. Andr., Doublirwaarenfbr. 6. D. S. 478a.

Wellhöfer, Carl, Kammmacher. 23. D. S. 1562.

Wellhöfer, Joh., Fabrikarbeiter. 26. D. L. 60.

Wellhöfer, Christ., Heubinder. 26. D. L. 86.

Wellhöfer, J., Zimmergeselle. 29. D. L. 5.

v. Welling, Marg., Goldarbeiterswwe. 3. D. S. 204.

Wellner, J. Mart., Wirthswwe. 26. D. L. 65.

v. Welser, M., Frhr., k. Bezirksger.-Direkt. 4. D. S. 310.

v. Welser, Chr. J. E., Freiherr. 8. D. S. 575c.

Weltes, Anton, Schreinergeselle. 12. D. L. 633b.

Weltrich, Ernst, Brauhaus-Administr. 5. D. L. 250.

Welz, Joh., Großkuttler. 19. D. L. 1171.

Welz, Joh., Packmeister. 19. D. L. 1115.

Wendel, Carl, Pergamentfabrikant. 5. D. L. 232.

Wendel, Leonh., Hafnermstr. 13. D. L. 712.

Wendel, Christ., Lehrerswwe. 25. D. L. 1571c.

Wendel, Gg., Sattlergeselle. 9. D. S. 618.

Wendler, Joh., Victualienhändler. 28. D. S. 161.

Wendt, Carl Gottl., Schreinermstr. 10. D. S. 736.

Wenger, J. B., Kaufmann. 4. D. S. 324.

Wening, Joh., Viehhändler. 28. D. S. 172.

Wening, Dan., Tünchergeselle u. Lackirer. 26. D. S. 26b.

Wening, Gust. Phil., Papparbeiter. 16. D. S. 1112.

Wening, Barb., Wäscherin. 15. D. S. 1069.

Wening, R., Privatier. 26. D. L. 62.

Wening, J., Lohnkutscher. 10. D. S. 690.

Wening, Phil., Steinhauergeselle. 29. D. L. 10.

Wening, Gust., Papparbeiter. 25. D. L. 1549.

Weninger, Aug., Kleidermacher. 2. D. S. 155.

v. Wenz, Max, k. Major. 30. D. L. 127.

Wenz, Mich., Fabrikarbeiter. 27. D. S. 100.

Wepf, Wilh., Putzmacherin. 24. D. L. 1467.

Werder, L., Direkt. d. v. Cramer-Klett'schen Fbrk. 30. D. S. 197.

Werfert, Joh., Drechslergeselle. 24. D. L. 1456.

Werler, Marie Clara, Drahtzieherswwe. 14. D. L. 736.

Wern, Gg. Mich., Fabrikarbeiter. 28. D. L. 91.

Werner, Peter, Flaschnermstr. 20. D. L. 1190.

Werner, Christ. Gottl., Flaschner. 20. D. L. 1206.

Werner, Erh., Kartenfabrikarbeiter. 4. D. L. 177.

Werner, Franziska, Briefträgerswwe. 11. D. L. 569.

Werner, Elisab., Zinnmalerin. 12. D. L. 620.

Werner, Barb., Obsthändlerin. 29. D. L. 18.

Werner, Mich., Modellschreiner. 30. D. L. 29b.

Wernhard, Alois, Portefeuiller. 24. D. L. 1472.

Werther, Jul., Wwe., Manufacturw. 2. D. L. 86.

Werther, Marie, Lehrerin. 13. D. S. 923.

Werthheimer, J. E., Banquier. 5. D. L. 298.

Werthheimer, Gette, Kaufmannswwe. 5. D. L. 303.

Werthheimer, S., Hopfenhandlung. 5. D. L. 303.

Werzinger, Joh, Fabrikarbeiter. 22. D. L. 1302.

West, Heinr., Mechaniker. 27. D. S. 74.

Westerholz, J. Gg. A., Metallschlagermstr. 19.D. L.1108.

Westerholz, C. H., Wirth z. Weiherhaus. 5. D. L. 270.

Westerholz, Gg. Sigm., Drahtziehermstr. 24. D. S. 1626.

Westermann, Carl, Buchhalter. 14. D. S. 992.

Westermeier, M., Pfraguerswwe. 5. D. S. 390.

Wetzel, Carol., Rechnungs-Commiss.-Wwe. 6. D. S. 460.

Wetzer, Kath., Näherin. 4. D. S. 338a.

Wetzstein, Steph., Webermstr. 18. D. S. 1260a.

Wetschoret, Lorenz, Lehrer. 3. D. L. 132.

Weyand, Joh. Thom., Schachtelmachermstr. 16.D. L. 929.

Weysel, J. Fr. T., Apotheke z. gold. Stern. 13. D. S. 920.

Wibel, Minna, Lehrerin. 10. D. L. 1185.

Wich, J. Chr., Juwel., Gold= u. Silberarb. 4. D. L. 204.

Wich, Gg., Gold= u. Silberarbeiter. 15. D. S. 1030.

Wich, J. C., Kammmachermstr. 20. D. L. 1198.

Wich, Nic., Uhrmacher. 1. D. L. 5.

Wich, M., Kammmacherswwe. 12. D. L. 637.

Wick, Carl, Lackirer. 10. D. S. 717.

Wicklein, M. Kath., Wäscherin. 17. D. S. 1192.

Widerspik, Leihhaus-Controlleur. 16. D. L. 858.

Widerspik, Paul, 27b. D. L. 100.

Wiedemann, Joh., Privatier. 12. D. L. 589b.

Wiedemann, Andr., Drechslermstr. 19. D. L. 1101.

Wiedmann, Emil, Privatier. 15. D. L. 791.

Wiedmann, Andr., Getraidmesser. 23. D. L. 1387.

Widnmann, Max, Kaufmann. 16. D. L. 876.

Widnmann, Carl, Kaufmann. 14. D. S. 995.

Widnmann, Frz., Buchhalter. 5. D. L. 251a

Widnmann, Carl, Pinselkapselfabrik. 23. D. S. 1547.

Wigand, Frz., k. Regim.-Arzt. 8. D. L. 425.

Wiegand, Gg., Maschinenschlosser. 30. D. L. 26.

Wieland, Christph. Gottl., Privatier. 4. D. S. 309.

Wieland, Pet., Rauchfleischfabrikant. 24. D. S. 1615.

Wieland, M. Barb., Conditorswwe. 13. D. S. 894.

Wieland, J., Kesselschmied. 26. D. S. 63.

Wiemer, Christ. Sigm., Dosenmacher. 11. D. L. 553.

Wiemer, J. Wunibald, Tabakeinkäufer. 20. D. S. 1385.

Wierer, Mich. J. Gg., Wwe., Wollenwhdlg.

Wieser, Frd., Gypsfigurenfabrikant. 26. D. L. 57a.

Wieser, J. Mich., Kunstmühlbesitzer. 27. D. S. 114.

Wieser, Matth., Vorarbeiter. 5. D. S. 411.

Wießel, Lorenz, Porzellanhandlung. 13. D. S. 883a.

Wieseckel, J., Fabrikarbeiter. 26. D. S. 18.

Wiesekel, Ad. Nic., Fabrikaufseher. 10. D. L. 507.

Wieseker, J. Conr., Verwalter. 27a. D. L. 48.

Wiesent, Marg., Viktualienhdlrswwe. 7. D. S. 46.

Wießerner, Gg., Regenschirmfbr. (F.: J. Kolb.) 3. D. L. 134.

Wießerner, Marie, Regenschirmmacherin. 32. D. S. 29.

Wießerner, J. H., Herrschaftskutscher. 10. D. S. 697.

Wießinger, Joh., Bäckermstr. 16. D. L. 867.

Wiesinger, J., Eisenbahnarbeiter. 28. D. S. 60.

Wießner, J. Mich., Privatier. 7. D. S. 501.

Wießner, Sus., Fräulein, Lehrerin. 1. D. L. 3.

Wießner, Jac., Handschuhfabrikant. 10. D. S. 680.

Wießner, Christ. Adolph, Spezereihändler. 5. D. S. 340.

Wießner, Joh., Modellschreiner. 8. D. S. 561b.

Wießner, Erh., Schreinermstr. 8. D. S. 592b.

Wießner, Frdr., Schlossermstrswwe. 20. D. L. 1197.

Wießner, Joh., Zimmergeselle. 29. D. L. 25.

Wießner, J. Steph., Heizer. 29. D. L. 16.

Wießner, Clara, ledig. 13. D. L. 709.

Wießner, Frdr. Gottl., Vorarbeiter. 21. D. L. 1258.

Wießner, Leonh., Bierwirth. 10. D. S. 699.

Wießner, J., Fabrikarbeiter. 30. D. S. 154.

Will, Joh., Fabrikarbeiter. 24. D. S. 1628.

Wilberger, Frdr., Kaufmann. 5. D. S. 398.

Wild, Paul, Büttnermstr. 3. D. S. 177b.

Wild, J. S. Adam, Lithograph. 1. D. S. 93.

Wild, Marie Marg., Fräulein, privatisirt. 1. D. S. 40b.

Wild, P. Carl, Musiklehrer. 1. D. S. 9.

Wild, Jac., Glockengießer. 26. D. S. 1153.

Wild, Rothschmiedmstrswwe. 8. D. S. 593.

Wild, Joh., Papierglätter u. Musikus. 3. D. L. 161.

Wild, J. C. Wilh., Feilenhauermstr. 22. D. S. 1494.

Wild, Frdr., Rothschmiedmstr. 19. D. S. 1319.

Wild, Leonh., Rothgießermstr. 24. D. S. 1606.

Wild, Nic., Feilenhauermstr. 24. D. S. 1642.

Wild, Anna Christ., Feilenhauerswwe. 18. D. L. 1039.

Wild, Carl, Restaurant. 1. D. L. 6b.

Wild, Karl, Spielwaarenmacher. 23. D. L. 1437.

Wild, J. Jac., Rosoligeschäft. 13. D. L. 675.

Wild, Jean, Controlleur am Gaswerk. 14. D. S. 1001b.

Wild, Casp., Metallschlager. 3. D. S. 177a.

Wild, Joh., Zimmergeselle. 29. D. S. 202a.

Wild, Carl, Fabrikarbeiter. 13. D. L. 707.

Wild, Gottl., Wagenwärter. 12. D. L 578.

Wild, J. Frdr., Fabrikarbeiter. 20. D. L. 1242.

Wild, Frdr., Büttnermstrswwe. 9. D. L. 481a.

Wild, Wilh., Kaufmann. 11. D. L. 542a.

Wildt, Heinr. Chrstph., Spezereihdlg. 6. D. S. 447.

Wilder, Ph., Stadtpfarrerswwe. 6. D. L. 343a.

Wildner, Frdr., Spielwaarenfabrik. 15. D. S. 1074b.

Wildner, Conr., Taglöhner. 11. D. S. 786.

Wildner, J., Tüncher. 5. D. S. 524.

Willer, J. A., k. Wechsel=Notar u. Amtmann. 6.D.L. 326b.

Willer, Joh. Pet., Fabrikarbeiter. 32. D. S. 38.

Willert, Gg., Farbholzmüller. 8. D. L. 432.

Willhalm, Eduard, Weinhdlg. u. Weinschenke. 7. D. L. 398.

Willhalm, Louise, Corsettenfabrik. 6. D. L 340a.

Wilhelm, Leonh., Rauchfleischfabrikant. 23. D. S. 1549b.

Wilhelm, Frdr., Nägelschmiedmstrswwe. 14. D. L. 737.

Wilhelm, Joh., Kaufmann. 4. D. S. 792.

Wilhelm, Gg. Heinr., Getraideunterhändler. 18. D. L. 1048.

Wilk, Clara, Kupferdruckerswwe. 26. D. L. 892.

Wilke, Fräulein. privatisirt. 7. D. S. 542.

Willmöhr, Dor., Hausmeisterswwe. 8. D. L. 426.

Wilson, Jak., Fabrikarbeiter. 29. D. S. 227.

Wiltenau, Marie, Wittwe, Putzgeschäft. 16. D. S. 1167.

Wiltensinn, Conr. Pet., Lebküchner. 22. D. L. 1363.

Wiltensinn, Chrst. Carl, Portefeuiller. 19. D. L. 1117.

Wimmer, Felix, Kartenfabrikant. 8. D. S. 592a.

Wimmer, Carl, Wirthschaftsbesitzer. 26. D. L. 54.

Wimmer, Clara, Verwalterswwe. 18. D. L. 1037.

Wimmer, Franz, Frauenschneider. 17. D. L. 969a.

Wimmersberger, Elis., Zinnmalerin. 23. D. L. 1426.

Wimmelmann, Andr., Schreiner. 7. D. S. 506.

Windisch, Herm., Buchdruckereifactor. 15. D. S. 1060.

Windisch, J. Leonh., Büttnermstr. 22. D. S. 1468.

Windisch, Joh., Wirthschaftsbesitzer. 26. D. L. 45.

Windisch, Kath., Wwe. 26. D. S. 12.

Winert, Ernst, Maler. 9. D. S. 629.

Winkler, Heinr., Spezereihdlr. 3. D. S. 199.

Winkler, J. Gg., Kutscher. 2. D. S. 164.

Winkler, Barbara, Wirthswwe. 4. D. S. 331c.

Winkler, G. A., Gastwirth z. gold. Stern. 21. D. S. 1428.
Winkler, Babette, Privatierswwe. 5. D. S. 344.
Winkler, Dav., Hopfenhändler, 4. D. L. 207.
Winkler, Gg. A., Gastw. z. gold. Mörser. 21. D. S. 1428.
Winkler, Sophie, Fräulein. 4. D. L. 224.
Winkler, Dr., k. Landgerichtsarzt. 8. D. S. 557.
Winkler, N., Canalhafenaufseher. 27b. D. L. 180.
Winkler, Sigm., Schneidermstr. 17. D. S. 1200.
Winkler, Chrstph., Büttnermstr. 4. D. L. 224.
Winkler, J. Ulrich, Dosenfabrikant. 27b. D. L. 91.
Winkler, J. Ad., Schuhmachermstr. 32. D. S. 20.
Winkler, Gg., Privatier. 32. D. S. 26.
Winkler, Clara, Wwe. 16. D. S. 1111.
Winkler, Anna Marie, Drechslerswwe. 17. D. L. 974ab.
Winkler, Lorenz, Auslaufer. 10. D. S. 667.
Winter, J. Mich., Juwelier, Schätzmstr. 22. D. S. 1474.
Winter, Franz Carl, Conditor. 4. D. S. 260.
Winter, Ch., Gold= u. Silberarbeiter. 1. D. L. 1.
Winter, Matth., Spiegelgeschäft. 8. D. S. 602.
Winter, J. Frdr., Großpfragner. 1. D. S. 11.
Winter, C., Goldarbeiter u. Taxator. 24. D. S. 1614.
Winter, Mart., Gastwirth z. Kronprinzen. 27. D. L. 22.
Winter, Christ., Korbmacherswwe. 1. D. L. 66.
Winter, Frdr., Modellschreiner. 31. D. S. 141m.
Winter, Mich., Privatier. 17. D. L. 989.
Winter, J. Gg., Kupferdrucker. 19. D. S. 1323.
Winter, Frdr., Schreinergeselle. 18. D. L. 1012.
Winter, G. Sim., Fabrikarbeiter. 25. D. S. 655.
Winter, Mart., Schuhmachermstr. 4. D. L. 226.
Winter, Joh., Gerichtstaxator. 19. D. L. 1110c.
Winter, Matth., Wwe., Hefenhandel. 15. D. S. 1023.
Winter, Wilh., Actuarswwe. 25. D. L. 1541.
Winter, B., Fabrikarbeiter. 19. D. S. 1337a.
Winter, Frdr., Fabrikarbeiter. 19. D. S. 1537a.
Winter, Lorenz, Goldschlagergeselle. 22. D. L. 1316.
Winter, Marie, Zuspringerin. 22. D. S. 1456a.
Winterbauer, Chr., Schneidermstr. 21. D. L. 1261.
Winterbauer, Anna, Polirerin. 22. D. L. 1307.
Wintergast, Ulr., Drechslergeselle. 22. D. S. 1455.
Winterstein, Conr., Flaschner. 27b. D. L. 121.
Winterschmidt, A. Elis., Musikalienhdlrswwe. 1. D. S. 32b.
Wippermüller, Urs., Wwe., privatisirt. 3. D. L. 135.
Wiplinger, Conr., Maschinenheizer. 26. D. L. 87b.

Wipplinger, Frdr., Lackirer. 17. D. L. 969a.

Wirsching, Moritz, Schlosser. 18. D. L. 1094.

Wirth, A., Privatier. 6. D. L. 326a.

Wirth, J., k. Auditor d. Chev.-Regim. 1. D. L. 55.

Wirth, Sim., Privatier. 17. D. L. 974 a b.

Wirth, Johanne, privatisirt. 17. D. S. 1197.

Wirth, Kath., Wittwe. 19. D. S. 1315.

Wirth, Carl, Waagmacher. 32. D. S. 28a.

Wirth, Joh., Spielwaarenmacher. 6. D. S. 464.

Wirth, Joh., Spielwaarenmacher. 23. D. L. 1417.

Wirth, Wilh. 10. D. S. 666.

Wirth, Carl, Wagenwärter. 14. D. L. 756.

Wirth, Joh., Zimmermstr. 20. D. L. 1227.

Wirth, Conr., Schreinergeselle. 24. D. L. 1500.

Wiß, J. D., Kaufmann u. Fabrikbesitzer. 13. D. S. 874.

Wiß, Oskar, Kaufmann. 13. D. S. 884.

Wiß, Benno, Kunst= u. Handelsmühle. 12. D. L. 603.

Wißmann, Ernst, Buchbinder. 19. D. L. 1107.

Wißmath, J. A., Dosenfabrikant. 1 D. S. 17 ab.

Wißmüller, J. Andr., Schweinemetzger. 17. D. L. 956.

Wißmüller, J. Pet., Metzgermstr. 15. D. L. 812.

Wißmüller, Paul, Charcutier. 2. D. L. 85.

Wißmüller, J. Ad., Wirth u. Pfraguer. 18. D. L. 107.

Wislyceny, H., Buchbinder u. Portef. 24. D. L. 1508a.

Wittmann, J. Frd., Huf= u. Waffenschmied. 15.D.L.838.

Wittmann, Franz Gg., Schuhmacher. 27. D. L. 125.

Wittmann, J. Gotth., Maler. 20. D. L. 1235.

Wittmann, Frdr., Großkuttler. 3. D. L. 167.

Wittmann, Barb., Kaffeeschenke. 12. D. S. 823.

Wittmann, Sebast., Auslaufer. 21. D. L. 1261.

Wittmann, Joh., Zimmergeselle. 17. D. L. 972.

Wittig, Regine, Fabrikarbeiterin. 17. D. L. 997.

Withmann, Gg., Fabrikarbeiter. 18. D. S. 1271.

Withmann, J. Phil., Webermstr. 18. D. S. 1280b.

Wittmann, J. Frdr. Em., Privatier. 15. D. L. 838.

Wittmann, J., Steindrucker. 16. D. S. 1162.

Wittmann, Joh., Rothgießermstr. 17. D. S. 1230.

Wittmann, Anna Elisabethe, Schuhmachermeisters=Wittwe. 13. D. S. 912.

Wittmann, Gg., Verwalter. 20. D. S. 1363.

Wittmann, J. K., Güterschaffer. 26. D. S. 71.

Wittmann, Conr., Schreiner. 29. D. S. 191.

Wittmann, J., Dosenmaler. 25. D. L. 1534.

Wittmann, Ludw., Schuhmachermstr. 25. D. L. 1531.

Wittmann, J., Bleicher. 26. D. L. 39.

Wittmann, Casp., Fabrikarbeiter. 26. D. L. 52.

Wittmann, Mich., Fabrikarbeiter. 28. D. S. 165.

Wittmann, Leonh., Fabrikarbeiter. 19. D. S. 1334c.

Wittmann, Jak., Dachdecker. 26. D. L. 57a.

Wittmann, J., Zimmergeselle. 26. D. S. 27.

Wittmann, Barb., ledig. 16. D. S. 1117.

Witz, Jos. W., Portefeuiller. 13. D. L. 665.

Witzel, Joh., Schneidergeselle. 3. D. S. 239.

Witzke, Jos., Fabrikarbeiter. 26. D. S. 51.

Wöckel, Kunig., Professorswwe. 23. D. S. 1565.

Wohlfarth, Jos., Wirthschaftsbesitzer. L. D. S. 80.

Wolfart, Chrstph, Unterhändler. 13. D. L. 692a.

Wohlgschaft, Xaver, Spielwaarenmacher. 20. D. L. 1228.

Wohlleben, Lorenz, Spielwaarenverfertiger. 25. D. L. 1539.

Wohlleben, Julius, Gravenr. 4. D. S. 301.

Wohlleben, Bernh., Spielwaarenmacher. 22. D. L. 1327.

Wohlleben, Adam, Kammmachergeselle. 18. D. L. 1075.

Wohlleben, Mich., Papparbeiter. 22. D. L. 1337a.

Wohlpold, Ludw., Kramkäufel. 2. D. S. 141.

Wohlrab, Gg. Christ., Nadlermstr. 22. D. L. 1364.

Wöhrer, Joh., Hornpresser. 18. D. L. 1073.

Wolf, C. W. J. (F.: Eyrich u. Wolf). 13. D. S. 901.

Wolf, Ernst, Commission u. Spedition. 2. D. S. 96.

Wolf, Theod., Landesproduktenhandlung. L. D. L. 364.

Wolf, J. Conr., Schnittwaarenhändler. 15. D. L. 819.

Wolf, Chrstn. Wilh., Gartenbesitzer. 31. D. S. 135.

Wolf, Conr. Joh., Handelsmann. 13. D. S. 954.

Wolf, Christ., Holzhändler. 11. D. L. 536a.

Wolf, Joh., Wirth. 29. D. L. 9.

Wolf, G. L., Pinselfabrikant. 10. D. S. 735.

Wolf, Joh., Webermstr. 22. D. S. 1514.

Wolf, J., Schuhmachermstr. 14. D. S. 975.

Wolf, Kilian, Büttnermstr. u. Essigfabrikant. 8. D. L. 427.

Wolf, Wilh., Metallschlager. 15. D. L. 809.

Wolf, Aug., Lehrer. 3. D. L. 171.

Wolf, Carl, Dr., k. Bataill.-Arzt. 12. D. L. 607b.

Wolf, G. M., k. Handels-Appellger.-Canzlist. 8. D. L. 424.

Wolf, J. Gg., Maler. 25. D. S. 1689.

Wolf, J., Portefeuiller. 22. D. L. 1321b.

Wolf, Joh., Wagnermstr. 18. D. L. 1049.

Wolf, Anna Dor., Lehrerswwe. 15. D. S. 1043.

Wolf, Nic., Lohnkutscherswwe. 10. D. S. 747.
Wolf, Charl., Bantrathswwe. 5. D. S. 566.
Wolf, Carol, Fräulein. 24. D. L. 1483.
Wolf, Clara, Modistin. 10. D. L. 506.
Wolf, Reg. L., Expeditorswwe. 19. D. L. 1161.
Wölf, Nanette, Offiziantenwwe. 13. D. S. 918.
Wolf, Jul., Aufschlägerswwe. 18. D. L. 1043.
Wolf, Marie, Wittwe. 25. D. S. 1699.
Wolf, Maxim., Dosenfabrikantenwwe. 25. D. L. 1527
Wolf, Marg., Pinselmacherin. 4. D. S. 284.
Wolf, Eleon., Zuspringerin. 32. D. S. 84.
Wolf, Suf., Näherin. 4. D. S. 267.
Wolf, G. Leonh., Hausmeister. 22. D. S. 1521.
Wolf, Frdr., Einkaffier. 3. D. S. 258.
Wolf, Gg., Auslaufer. 22. D. L. 1338.
Wolf, J. Kil., Ladergehülfe. 16. D. L. 917.
Wolf, Christ., Omnibusführer. 8. D. S. 575a.
Wolf, Conr., Auslaufer. 25. D. S. 1668.
Wolf, Jul., Keffelschmied. 25. D. S. 1697g.
Wolf, Heinr., Stationsdiener. 17. D. L. 952.
Wolf, Frz., Fabrikarbeiter. 22. D. S. 1486.
Wolf, J., Fabrikarbeiter. 19. D. S. 1288.
Wolf, Jof., Schreinergefelle. 17. D. S. 1229b.
Wolf, Mart., Holzhauer. 26. D. L. 67.
Wolf, Gg., Zimmergefelle. 28. D. L. 65.
Wölfel, J. Leonh., Gartenbefitzer. 32. D. S. 81.
Wölfel, Frdr., Metzgermftr. 12. D. L. 649.
Wölfel, Gz. Frdr., Großkuttler. 9. D. L. 442.
Wölfel, Frdr., Hopfenarbeiter. 15. D. S. 1046b.
Wölfel, J. Carl, Spezereihdlg. 21. D. S. 1406.
Wölfel, Dr., k. Gymnafialprofeffor. 3. D. L. 136.
Wölfel, C. H., sen., Privatier. 9. D. L. 442.
Wölfel, Mich., Schreinermftr. 18. D. S. 1248.
Wölfel, J. Leonh., Metzgermftr. 20. D. S. 1379.
Wölfel, J., Käfe= u. Rofolihdlg. 22. D. S. 1519.
Wölfel, Friedr., Schlofferswwe. 6. D. S. 646.
Wölfel, Elias, Fabrikschmied. 14. D. L. 741.
Wölfel, Conr., Fabrikarbeiter. 29. D. S. 225.
Wölfel, Andr., Drechslergefelle. 27b. D. L. 101.
Wölfel, J. Auslaufer. 7. D. S. 500.
Wolfermann, J. Melch., Spezereihdlg. 25. D. S. 1661.
Wölfert, Mart., Schneidermftr. 17. D. S 1232.
Wolfinger, J. Fr., Schachtelmachermftr. 18. D. S. 1258.

Wolfinger, Frdr., Mechaniker. 23. D. S. 1543.

Wolfinger, J. Paul, Rothschmied. 24. D. S. 1590.

Wolfinger, M., Auslaufer. 18. D. S. 1243c.

Wolfinger, W., Schuhmacher, Relikten. 24. D. S. 1578.

Wolfinger, Kath., Näherin. 6. D. S. 456.

Wolfsberger, Ludw., Auslaufer. 3. D. S. 180.

Wolfram, J. Frdr., Nagelschmiedmstr. 25. D. S. 1680.

Wolke, Oberschreiber. 7. D. S. 520b.

Wolkersdorfer, J., Güterlader. 16. D. L. 925d.

Wolkersdorfer, J. Ad., Metzgermstr. 25. D. S. 1657.

Wollner, Kath., Näherin. 21. D. L. 1268.

Wollner, Paul, Tünchergeselle. 8. D. S. 575a.

Wollner, J. Wolfg., Kutscher. 30. D. S. 193.

Wolpert, J. Mich., Privatier. 15. D. S. 1010.

Wollrab, J. Thom., Wirthschaftsbes. 19. D. L. 1160.

Wollrab, J., Pflasterergeselle. 30. D. S. 154.

Wolst, Bab., Lehrerswwe. 16. D. S. 1163.

Wolst, Joh., Buchbinder. 16. D. L. 888.

Wolz, Frdr., Schreinermstr. 9. D L. 467.

Wörlein, Wilh., Cantorswwe. 7. D. S. 537.

Wörlein, J. Gg., Gastw. z. gr. Weinst. 15. D. L. 843.

Wörlein, J. Steph., Landesprodukte. 7. D. L. 394.

Wörlein, Paul, Portefeuilleur. 5. D. S. 390.

Wörlein, Elis., Wäscherin. 19. D. L. 1069.

Wörlein, J. C. R., Fabrikarbeiter. 10. D. L. 521.

Wörndl, Mar., Wwe., privatisirt. 14. D. S. 995.

Wörndl, J. Dav., Kaufmann. 15. D. S. 1006.

Wörner, Barb., Wittwe. 25. D. S. 1682.

Wörner, J. Aug., Färber. 12. D. L. 647.

Wörnlein, Gg. Portefeuilleur. 24. D. L. 1454.

Wörnlein, Conr., Auslaufer. 4. D. L. 396.

Wucherer, Lor., k. Bezirksmaschinenmstr. (Postgeb.) 103.

Wucherer, J., Posamentier. 19. D. L. 1462.

Wuchinger, Ernst, Cassier der Post. 30. D. L. 112.

Wunder, Gottl. H., Schreinermstr. 5. D. S. 411.

Wunder, Büttnermstr. 22. D. L. 1349.

Wunder, Marie, Advokatenwwe. 32. D. S. 19.

Wunder, Conr., Gärtner. 32. D. S. 143.

Wunder, Pachtgärtner. 31. D. S. 102.

Wunder, Andr., Eisenbahnarbeiter. 13. D. S. 657.

Wunder, Marg., Wittwe. 27b. D. L. 124.

Wunder, Frdr., Zimmergeselle. 15. D. S. 1032b.

Wunderlich, Wilh., Kaufmann. 30. D. L. 90.

Wunderlich, C. D., Kaufmann. 4. D. L. 187.

Wunderlich, J., Spielmarkenfabr. 9. D. S. 626.

Wunderlich, Kath., Wwe., Zugeherin. 17. D. L. 956.

Wunderlich, Gg., Schreinergeselle. 18. D. L. 1064.

Wunderlich, Carl, Schreinergeselle. 17. D. L. 949.

Wünsch, Gottl. Ludw. Lebr., Kaufmann. 24. D. S. 1589.

Wünsch, Christ. Phil., Kaufmann. 25. D. L. 1575.

Wünsch, J. B., Gold- u. Silbertreffengesch. 20. D. L. 1194.

Wünsch, Erh., Brillenmacher. 18. D. L. 1055.

Wünsch, Gg., Lehrer. 17. D. L. 988.

Wünsch, Aug., Spinnmeister. 29. D. S. 210.

Wünschenmeyer, Leonh., Maurergeselle. 28. D. L. 174.

Wünschmeier, Phil., Wagenwärter. 27a. D. L. 6c.

Würkert, Kath, Wittwe. 18. D. L. 1010.

Wurm, J. Frdr., Schneidermstr. 11. D. L. 563.

Wurm, J., Hopfenhdlr. 9. D. L 467.

Wurm, Pet., Stadtthürm. u. Musiker. 8. D. S. 575b.

Wurm, Mar., Wwe., Zugeherin. 12. D. L. 624.

Würsching, C., Wwe., Bretterhandel. 24. D. S. 1599c.

Würsching, Kath., Gürtlerswwe. 1. D. L. 55.

Würsching, Frz., Bleistiftfabr. 20. D. L. 1250.

Wurst, J., Maurer. 30. D. S. 8.

Wurster, J. F., Gold- u. Silberdrahtfbk. 4. D. L. 214.

Wurster, Paul, Kupferstecher. 5. D. S. 430.

Wurster, Chr. Jac., Federkielfabrikant. 19. D. L. 1166.

Wurster, Eva, Portefeuillenrswwe. 21. D. S. 1399.

Wurster, J., Goldschlager. 5. D. S. 390.

Wurster, Madlon, Modistin. 8. D. L. 423.

Wurster, J., Eisenbahnarbeiter. 21. D. L. 1288.

Wurzbacher, M., Briefträgerswwe. 20. D. L. 1204b.

Wurzer, J., Schneidermstr. 16. D. S. 1165.

Wurzer, Frdr. Aug., Schneidermstr. 16. D. S. 1153.

Wurzinger, Mar., Zugeherin. 1. D. L. 36.

Wurzinger, J. Albr., Holzhauerswwe. 1. D. L. 36.

Würzinger, Frz., Schmiedgeselle. 11. D. L. 552.

Wüst, Ant. Lor., Privatier. 1. D. S. 21.

Wüst, A. W., Tapetenfabrik. 24. D. L. 1511.

Wüst, Wilh., Schuhmachermstr. 8. D. L. 402.

Wüst, Seb., Schlossermstr. 2. D. L. 156a.

Wüst, Marie Barb., Conducteurswwe. 20. D. S. 1345.

Wüst, Anna Mar., Wittwe. 18. D. S. 1250b.

Wüst, Wittwe, Cichorinkaffeefabr. 10. D. S. 669.

Wüstner, J., Wirthschaftsbes. u. Pfragner. 21. D. L. 1264.

Wüstner, Ad., Ultramarinarbeiter. 4. D. S. 338a.
Wutzel, A. C., Schreinermstr. 6. D. S. 460.

3.

Zacherl, M., Oberlieutenantsgattin. 10. D. S. 731.
Zadow, Alex., Kaufmann. 12. D. L. 809.
Zagel, J., Hopfenhändler. 7. D. L. 374.
Zagel, Fabrikarbeiter. 30. D. L. 37k.
Zagelmeier, Stadtgerichtsbotenwwe. 10. D. S. 693.
Zahn, Adolph (Firma: J. Mohrhard, Vater, und Zahn),
    Manufacturwaaren. 6. D. L. 344.
Zahn, J. B., Colonialw. en gros. 13. D. S. 905.
Zahn, Heinr., Kaufmann. 30. D. L. 88.
Zahn, Eduard. 19. D, S. 1323.
Zahn, Gg., Kaufmann. 11. D. S. 763.
Zahn, Dr. med., prakt. Arzt. 11. D. S. 767.
Zahn, Friederike, privatisirt. 13. D. S. 905.
Zahn, Mar., Magisterswwe. 8. D. L. 328.
Zahn, Frdr., Schuhmachermstr. 24. D. S. 1600.
Zahn, Gg. Erh., Nagelschmiedmstr. 13. D. L. 692a.
Zahn, Joh., Nagelschmiedmstr. 18. D. S. 1241c.
Zahn, J. Paul, Hafnermstr. 20. D. L. 1198.
Zahn, Chrst., Bader. 6. D. L. 293b.
Zahn, Gg., Kurzwaarenhdlr. 8. D. S. 575a.
Zahn, Gg., Steinmetzengeselle. 29. D. S. 188.
Zahn, Chrst., Fabrikarbeiter. 12. D. L. 655.
Zahn, Marg., Händlerin. 21. D. S. 1429.
Zangerle, Ph. Jac., Buchdrucker 4. D. S. 332.
Zangerle, Elis., Buchdruckerswwe. 23. D. L. 1416c.
Zankel, Mar. Aug., Präfektin des Instituts der englischen
    Fräulein. 11. D. L. 862.
Zanker, Gg. Chr. Aug., Reliften. 13. D. S. 962.
Zanker, M., Kaufmannswwe. 20. D. S. 1363.
v. Zarczynski, Graf, Gutsbes. 17. D. S. 1225.
Zäuner, Kath., Büttnermstrswwe. 15. D. L. 791.
Zäuner, Frdr. Aug., Modellschreiner. 25. D. S. 1649.
Zauß, J., Landgerichtsdiener. 11. D. L. 548a.
Zeh, Phil., Professor. 1. D. S. 32.
Zeh, Gg., Samenhdlr. 30. D. S. 148a b.
Zeh, Gg., Schuhmachermstr. 29. D. S. 225a.
Zech, Gabriel, Vergolder. 19. D. S. 1324.

Zech, J. Jac., Vergolder. 19. D. S. 1324.

Zechmeyer, Joh., Expeditor. 15. D. S. 1047.

Zehler, Fr., Dr. med., prakt. Arzt. 6. D. L. 320.

Zehler, Alb., k. pens. Artilleriehauptmann. 32. D. S. 138.

Zehrer, J., Nagelschmiedgeselle. 27b. D. L. 30.

Zehrer, Elis., Näherin. 23. D. S. 1562.

Zehsinger, J. Gg., Schlossermstr. 20. D. L. 1225.

Zeidler, Fr., k. Advokat. 10. D. L. 524.

Zeidler, J. Gg., Seifen- u. Lichterfabr. 27. D. L. 39.

Zeidler, Eva, Schachtelmacherswwe. 24. D. S. 1626.

Zeiser, Gg., Kaufmann. 6. D. L. 294.

Zeiser, Jac., Buchhändler. 3. D. L. 145.

Zeissinger, Anna, Lehrerin. 22. D. L. 1343.

Zeißlein, Heinr., Webermstr. 18. D. S. 1244a.

Zeisler, J., Schuhmacher. 12. D. L. 1071.

Zeller, J. Bapt., Posamentier. 8. D. L. 420g.

Zeller, Sam., Tünchergeselle. 27b. D. L. 111.

Zellfelder, Bab., Wittwe. 25. D. S. 1706

Zellhöfer, Mich., Zimmergeselle. 25. D. S. 1681.

Zellhöfer, J. M., Zimmergeselle. 18. D. S. 1270.

Zellhöfer, Mina, Zugeherin. 6. D. S. 482.

Zellhöfer, Joh., Maurergeselle. 19. D. S. 1317.

Zellhuber, Andr., Schuhmachermstr. 13. D. S. 890.

Zeltner, J. Gg., Privatier. 2. D. S. 161.

Zeltner, Gg. Heinr., Fabrikbesitzer. 27. D. L. 5½.

Zeltner, J. Gg., Brauereibesitzer. 24. D. L. 1447.

Zeltner, Bertha, Modistin. 14. D. S. 977.

Zeltner, W., Versatzkäuflin. 23. D. S. 1526.

Zeltner, Magd., Fabrikarbeiterswwe. 20. D. L. 1235.

Zeltner, Felix, Schuhmacher. 12. D. L. 589a.

Zeltner, Gg., Zimmergeselle. 29. D. L. 32.

Zembsch, Frdr., Privatierswwe. 26. D. L. 83a.

Zenger, Ludw., Bezirksingenieur. 30. D. L. 128.

Zenk, Paul, Büttnermstr. 18. D. L. 1081.

Zenker, Carol., Kaufmannswwe. 4. D. S. 274.

Zenner, J. Jos., Steinhauergeselle. 16. D. L. 918.

Zenz, Ant., Fabrikarbeiter. 22. D. L. 1329.

Zettel, Leonh., Landesproduktenhdlr. 27b. D. L. 121.

Zettler, J. Ant., Ausläufer. 5. D. S. 413.

Zeuch, Johann Andreas, Ring- und Kettenschmied. 24. D. S. 1583.

Zeuch, Gg., Metallschlagermstr. 9. D. S. 624.

Zeusch, Gottfr., Wirthschaftspächter. 18. D. S. 1267b.

Zick, Joh., Drechslermstr. 10. D. L. 490.

Zick, Jac. Frdr., Graveur. 19. D. L. 1161.

Zick, Wolfg., Drechslermstrswwe. 21. D. S. 1442.

Zick, Gg., Drechslermstr. 21. D. S. 1441.

Zick, Chrstph., Musikus. 13. D. S. 815.

Zick, Wolfg., Zimmergeselle. 30. D. L. 45.

Ziegler, Gg., Schreinermstr. 22. D. L. 1354.

Ziegler, J. Matth., Schreinermstr. 14. D. L. 723.

Ziegler, Joach. Reinh., Holzhdlr. 27. D. L. 75a.

Ziegler, F. X., Gastw. z. gold. Hahn. 8. D. S. 555.

Ziegler, Joh., Drechslermstr. 19. D. S. 1307.

Ziegler, Gg., Lohnkutschereibesitzer. 20. D. S. 1371.

Ziegler, W. Hier., Zirkelschmiedmstr. 22. D. S. 1490.

Ziegler, Sigm., Schneidermstr. 14. D. L. 756.

Ziegler, Joh., Schreinermstr. 5. D. S. 529.

Ziegler, Chrst. S P., Drechslermstr. 5. D. L. 247.

Ziegler, Zach., Goldarbeiter. 3. D. L. 164.

Ziegler, H., Goldarbeiter. 3. D. S. 204.

Ziegler, Chrst., Wirthsch. z. Alm. 10. D. S. 721.

Ziegler, Gg., Privatier. 20. D. S. 1371.

Ziegler, Mar., Pfarrerswwe. 23. D. L. 1389.

Ziegler, Anna, Oberzollinspektorswwe. 15. D. L. 836.

Ziegler, Sybille, Wittwe. 9. D. L. 472.

Ziegler, Dor., Webermstrswwe. 18. D. S. 1243b.

Ziegler, Kath., Wagenwärterswwe. 28. D. L. 62.

Ziegler, Conr., Bürstenbindermstr. 4. D. L. 217.

Ziegler, J., Pachtgärtner. 32. D. S. 126.

Ziegler, Pet. Paul, Vorarbeiter. 23. D. S. 1556.

Ziegler, Bleistiftmacherswwe. 19. D. L. 1139.

Ziegler, Chrst., Glasschneider. 22. D. L. 1368.

Ziegler, Heinr., Glasschleifer 20. D. L. 1220.

Ziegler, Leonh., Fabrikarbeiter. 22. D. L. 1321b.

Ziegler, J. Gg., Kartenmacher. 29. D. L. 3.

Ziegler, Gg., Vereinsdiener. 13. D. S. 946.

Ziegler, Peter, Auslaufer. 16. D. L. 927.

Ziegler, Kath., Zimmergesellenwwe. 24. D. S. 1636.

Ziegler, Eleonora, Goldpolirerin. 21. D. S. 1411.

Ziegler, Mar., Näherin. 12. D. L. 616.

Ziegler, Mar., Bleistiftarbeiterin. 29. D. L. 7.

Ziegelhöfer, H. M., Ahlenschmiedmstr. 20. D. L. 1227.

Ziegelhöfer, Chrst. W., Paternostermchr. 12. D. S. 823.

Ziegelhöfer, Carl, Paternostermacher. 18. D. L. 1044.

Ziegelhöfer, H. M., Pfragner. 20. D. L. 1227.

Ziegelmeier, Bab., Hopfenhändlerswwe. 7. D. L. 357.
Ziegelmeier, Mich., Paternostermacher. 22. D. L. 1325.
Ziegengeist, K., Kürschner. 16. D. S. 1096.
Ziegenthaler, Albr., Bezirksgerichtsbote. 32. D. S. 1.
Ziegelspiel, J., Kartenmacher. 25. D. S. 1653.
Ziehl, Gg., Schneidermstr. 15. D. L. 774.
Ziehl, J. Casp., Dr. med., Wittwe. 13. D. S. 903.
Zier, Matth., Gießer. 26. D. S. 46a.
Zilcher, Selmar, Lehrer d. Handelsschule. 15. D. L. 845.
Zimmermann, M. J., Rentier. 6. D. L. 305.
Zimmermann, Armond, Professor. 12. D. L. 600.
Zimmermann, J., Drechsler. 31. D. S. 124.
Zimmermann, Gg. Ludw., Bäckermstr. 22. D. S. 1471.
Zimmermann, J. H., Kummmachermstr. 27b. D. L. 128.
Zimmermann, Gg., Tabakfabrikant. 18. D. L. 1028.
Zimmermann, Hel., Cigarrenmacherin. 12. D. L. 1023.
Zimmermann, J., Fabrikarbeiter. 27b. D. L. 116.
Zimmermann, Adam, Eisengießer. 13. D. L. 695.
Zimmermann, Marg., Bäckerswwe. 22. D. S. 1471.
Zimmermann, Marg., Wittwe. 11. D. L. 553.
Zimmermann, E. M., Bäckermstrswwe. 22. D. S. 1489.
Zimmermann, Clara, Cigarrenmacherin. 19. D. S. 1316.
Zimmermann, Marg., Kleidermacherin. 21. D. S. 1398.
Zimmet, Gg. Wolfg., Fabrikarbeiter. 18. D. L. 1019.
Zimmer, Adam, Schuhmacher. 20. D. L. 1247.
Zimmler, Ed., Samenhdlg. 13. D. S. 891.
Zindel, Theodora, privatisirt. 4. D. S. 279.
Zindel, Gg., Lehrer. 26. D. S. 71.
Zindel, Kath, Kutscherswwe. 2. D. L. 156a.
Zindel, Joh., Spinnmeister. 26. D. S. 3.
Zinneker, Firmenmaler. 9. D. L. 464.
Zink, Jac., Privatier. 11. D. S. 760.
Zink, k. Kreis- u. Stadtgerichtsdirekt., Relikten. 1. D. S. 33.
Zink, J., Bierwirthsch. z. Leistlein. 1. D. S. 84.
Zink, Heinr., Gärtner. 27. D. L. 172.
Zink, Leonh., Pappdeckelfabr. 5. D. S. 353b.
Zink, Christine, led. Näherin. 17. D. S. 1238.
Zirk, Casp., Kaufmann. 1. D. L. 6a.
Zirngibl, J., Kaufmann. 14. D. S. 964.
Zischer, Ferd., Paternostermachermstr. 22. D. L. 1306aa.
Zischer, J. Frdr., Paternostermacher. 22. D. L. 1321a.
Zischer, Lor., Bleistiftarbeiter. 24. D. L. 1506.
Zischer, Gottfr., Holzmesser. 28. D. L. 60.

Zischler, Gott., Rübenfabrikant. 19. D. L. 1115.

Zitzmann, J. Paul, q. Landgerichts-Assessor. 10. D. S. 684.

Zitzmann, J. Paul, Gärtner. 32. D. S. 14.

Zitzmann, J. Gg., Frauenkleidermacher. 9. D. L. 469.

Zitzmann, Gg., Feingoldschlagermstr. 18. D. L. 1005.

Zitzmann, Dav., Bürstenmacher. 14. D. S. 993.

Zitzmann, Joh., Schuhmachermstr. 2. D. S. 109.

Zitzmann, Joh., Tabakeinkäufer. 9. D. S. 660.

Zitzmann, J. Ad., Drucker. 26. D. S. 38.

Zitzmann, Peter, Fabrikarbeiter. 18. D. S. 1278.

Zitzmann, Conr., Schreinergeselle. 13. D. L. 702.

Zitzmann, Frdr., Güterlader. 6. D. L. 291a.

Zitzmann, P., Zimmergeselle. 29. D. L. 7.

Zitzmann, Frdr., Fabrikarbeiter. 27a. D. L. 21.

Zitzmann, J., Holzhauer. 17. D. L. 988.

Zitzmann, Paul, Zimmergeselle. 30. D. L. 183a.

Zitzmann, Regine, ledig. 16. D. S. 1101.

Zitzmann, Leonh., Fabrikwächter. 5. D. S. 371.

Zitzmann, J. Gg., Tüncher. 12. D. L. 636b.

Zitzmann, Gg., Zimmergeselle. 12. D. L. 653.

Zitzmann, Joh. Jac., Malerswwe. 3. D. S. 205.

Zitzmann, Sophie, Tünchergesellenwwe. 27. D. S. 124.

Zitzmann, Barb., Wittwe. 28. D. S. 137.

Zitzmann, J. G., Steinmetzengeselle. 27. D. S. 124.

Zitzner, Joh., Schuhmachergeselle. 15. D. L. 790.

Zitzner, Wolfg., Kammmacher. 24. D. L. 1492.

Zobel, Conr., Fabrikarbeiter. 26. D. S. 60.

Zöbelein, Gastwirth z. Einhorn. 8. D. L. 402.

Zöbelein, Lorenz, Spiegelglasfabrikant. 13. D. S. 923.

Zöbisch, Johann. 32. D. S. 23.

v. Zoller, Frhr., k. Generallieut. u. Div.-Comm. 10. D. S. 702.

Zoller, Ed., Privatier. 30. D. S. 187.

Zöllein, J., Kupferdrucker. 29. D. S. 225½.

Zolleis, Magd., Bleistiftarbeiterin. 26. D. L. 78b.

Zollnecker, Joh., Postkondukteur. 14. D. L. 758.

Zöllner, Andr., Spezereihandlg. 24. D. S. 1617.

Zöllner, J. Fr., Steindrucker. 28. D. S. 153.

Zöllner, Marie, Buchdruckerswwe. 19. D. L. 1168.

Zöllner, Mich., Blumenmacher. 12. D. S. 845b.

Zöllner, J., Taglöhner. 18. D. S. 1273.

Zöltsch, Mich., Mühlarzt. 12. D. L. 636a.

Zöphy, Paul, Flaschner. 4. D. S. 269.

Zorn, Heinr., Fabrikarbeiter. 27. D. S. 96.

Zuber, J. Sigm., Schneidermeister. 25. D. L. 1542.
Zucker, Gg. Heinr. Carl, Pfragner. 25. D. L. 1535b.
Zuckermantel, Frz., Rothgießermstr. 26. D. S. 3.
Zuckermantel, J. Albr., Metalldreher. 23. D. S. 1548.
Zufraß, J., Tünchergeselle. 23. D. L. 1425a.
Zunner, Joh. P., Zirkelschmiedmstr. 18. D. L. 1002.
Zuru, Jos., Bank-Commis. 28. D. L. 99.
Zurk, Dav., Cigarrenfabrikant. 23. D. S. 1546.
Zwanziger, Elis., Wwe. 24. D. L. 1496.
Zwanziger, J. Chrstph., Glasermstr. 8. D. S. 556.
Zwanziger, M. Phil., Gold- u. Silberarb. 3. D. S. 202.
Zwanziger, J., Bremser. 29. D. L. 4b.
Zwerner, Leonh., Fabrikarbeiter. 21. D. S. 1404.
Zwick, Bab., Revisorswwe. 10. D. L. 505.
Zwickel, Gg., Wirthschaftsbesitzer. 26. D. L. 86b.
Zwickel, Conr., Gartenbesitzer. 31. D. S. 104.
Zwickel, Conr., Gartenbesitzer. 31. D. S. 122b.
Zwickel, Conrad, Mechaniker. 16. D. L. 873.
Zwickel, J., Schlossergeselle. 5. D. S. 371.
Zwickel, Joh., Pachtgärtner. 27b. D. L. 150a.
Zwingel, J. Sim., Bierwirth. 21. D. S. 1435.
Zwingel, Gg., Zimmermann. 18. D. S. 1270.
Zwingel, Conr., Spiegelbeleger. 27a. D. L. 33a.
Zwingel, Kath., Wwe. 21. D. L. 1287.
Zwingel, Barb., Paternostermacherswwe. 13. D. L. 707.

CPSIA information can be obtained
at www.ICGtesting.com
Printed in the USA
BVHW040819110722
641651BV00027B/60